Die Hüterin des Tempelschatzes

Sabine Martin

Hinter Sabine Martin verbirgt sich ein erfahrenes Autorenduo. Martin Conrath hat bereits zahlreiche Thriller und Kriminalromane veröffentlicht, von denen einer als »Tatort« verfilmt wurde. Sabine Klewe verfasste mehrere aktuelle und historische Kriminalromane, von denen einige zu Bestsellern wurden. Daneben arbeitet sie als Übersetzerin und Dozentin. Die Autoren leben und schreiben in Düsseldorf.

Sabine Martin

Die Hüterin des Tempelschatzes

Historischer Roman

Weltbild

Besuchen Sie uns im Internet:
www.weltbild.de

Genehmigte Lizenzausgabe für Weltbild GmbH & Co. KG,
Werner-von-Siemens-Straße 1, 86159 Augsburg

Umschlaggestaltung: Alexandra Dohse – www.grafikkiosk.de, München
Umschlagmotiv: Artwork Alexandra Dohse unter Verwendung von Bildern von
Arcangel Images / © Idiko Meer) und Shutterstock Images /
© Marti Bug Catcher, Guilbaud Stan und biletskiyevgeniy
Satz: Datagroup int. SRL, Timisoara
Druck und Bindung: CPI Moravia Books s.r.o., Pohorelice
Printed in the EU
ISBN 978-3-96377-883-4

2024 2023 2022 2021
Die letzte Jahreszahl gibt die aktuelle Lizenzausgabe an.

Templerkommende Beaune, Herzogtum Burgund, Januar 1265

Die Flammen an den Fackeln züngelten unruhig. Von draußen blies eisiger Wind durch die Ritzen im Gemäuer und unter der schweren Holztür hindurch. Ein Sturm heulte um die dicken Mauern der Kommende, die sich tief in die winterlichen Hügel des Burgund duckte.

Jacques de Molay schauderte unwillkürlich. Er war nicht abergläubisch, trotzdem erschien ihm das Wetter wie ein böses Omen, wie eine letzte Warnung vor dem Schritt, den er im Begriff war zu tun. Er streckte die Schultern durch und blickte seinem Gegenüber in die Augen. Humbert de Pairaud, der Generalvisitator des Ordens, maß ihn mit strengem Blick. Neben ihm stand Amaury de La Roche, der Ordensmeister der Provinz Frankreich.

»Jacques de Molay, sucht Ihr die Gemeinschaft des Ordens?«, fragte Pairaud.

»Ja«, erwiderte Jacques mit fester Stimme.

»Wisst Ihr, wie entbehrungsreich das Ordensleben ist? Ihr müsst bereit sein, Euch zu unterwerfen, Euren Willen dem Gottes und dem der Bruderschaft unterzuordnen. Ihr müsst bereit sein, Opfer zu bringen, Hunger zu leiden, hart zu arbeiten, furchtlos zu kämpfen, um der Sache des Herrn zu dienen, solange Ihr lebt.«

»Ja, das weiß ich, und ich will gern um Gottes willen leiden und bis ans Ende meiner Tage Knecht des Ordens sein.«

Pairaud nickte zufrieden. »Habt Ihr ein Weib oder eine Braut?«

»Nein.«

»Habt Ihr bei einem anderen Orden ein Gelübde abgelegt?«

»Nein.«

»Habt Ihr Schulden? Gibt es irgendeinen weltlichen Mann, dem Ihr etwas zahlen müsst, aber nicht könnt?«

»Nein.« Allmählich entspannte sich Jacques. Die Nervosität, die er vor Beginn der Zeremonie gespürt hatte, war einer prickelnden Vorfreude gewichen. Endlich war er dort, wo er hingehörte. Und er war fest entschlossen, dem Orden bis zu seinem letzten Blutstropfen zu dienen, mehr noch, dazu beizutragen, dass er zu seiner alten Größe wiederfand.

»Leidet Ihr an einer geheimen Krankheit?«, fragte Pairaud weiter. Seine eisblauen Augen blickten ihn aufmerksam, aber nicht ohne Wärme an.

»Nein.«

»Seid Ihr jemandes Knecht?«

»Nein, ich bin frei.«

»Ihr wollt Ritterbruder werden, also muss ich Euch fragen: Seid Ihr rechtmäßiger, ehelicher Sohn eines Ritters?«

»Ja, das bin ich.«

Pairaud tauschte einen Blick mit Amaury de La Roche, der bisher kein einziges Wort gesprochen hatte. Der nickte kaum merklich.

»Folgt uns, Postulant!«, sagte Pairaud zu Jacques.

De La Roche stieß die Tür der Kammer auf, Jacques lief hinter den beiden Ordensherren über den zugigen Hof der

Kommende auf das Haupthaus mit dem Kapitelsaal zu. Hier draußen war die Kälte noch schneidender. Schneeflocken tanzten um die Gebäude, der Sturm zerrte an den weißen Mänteln der Templer.

Im Kapitelsaal waren alle Männer der Kommende versammelt, der Komtur und acht weitere Ritterbrüder in weißen Mänteln mit rotem Tatzenkreuz auf der linken Schulter, einige davon alt und vom Kampf gezeichnet, mit fehlenden Gliedmaßen und Narben im Gesicht; sowie knapp zwei Dutzend Sergenten, die einen schwarzen Habit mit rotem Tatzenkreuz trugen. Am Kopfende des Saals stand der Kaplan.

Alle Köpfe schossen erwartungsvoll zum Eingang, als die drei Neuankömmlinge eintraten. Pairaud stellte sich neben den Geistlichen und bedeutete Jacques, sich ihm gegenüber aufzustellen. De La Roche trat auf die andere Seite.

Pairaud räusperte sich. »Brüder, dieser junge Ritter wünscht, in den Orden aufgenommen zu werden. Ich habe euch gerade schon einmal gefragt, nun, wo der Postulant vor euch steht, wiederhole ich die Frage: Ist einer unter euch, der an ihm etwas weiß, weshalb er auf rechtmäßige Weise nicht Bruder sein darf?«

Schweigen fiel über den Saal. Jacques' Herz schlug schneller. Es gab kein Hindernis. Trotzdem fürchtete er einige schreckliche Herzschläge lang, jemand könnte die Stimme erheben.

Pairaud sah Jacques an. »Sagt, was ist Euer Begehr?«

»Ich begehre, in die ›Arme Ritterschaft Christi und des salomonischen Tempels zu Jerusalem‹ aufgenommen zu werden.«

»Und Ihr wisst, dass das Leben in unserer Gemeinschaft nicht Reichtum und Wohlleben bedeutet, sondern Armut und Buße?«

»Ja, das weiß ich.«

»Dann sei es so.« Pairaud sah den Kaplan auffordernd an.

Der Geistliche reichte Jacques ein geöffnetes Evangeliar. Das heilige Buch war in feinstes Leder gebunden, wunderschöne Malereien zierten den Rand des Pergaments. »Sprecht mir nach: Ich gelobe Gehorsam, Keuschheit und Armut, und ich verspreche, die Sitten und Gebräuche des Hauses zu wahren.«

»Ich gelobe Gehorsam, Keuschheit und Armut, und ich verspreche, die Sitten und Gebräuche des Hauses zu wahren«, wiederholte Jacques feierlich.

»So seid willkommen in der ›Armen Ritterschaft Christi und des salomonischen Tempels zu Jerusalem‹.« Der Kaplan malte ein Kreuzzeichen in die Luft und sprach das Vaterunser, alle Brüder fielen ein.

Pairaud ließ sich von de La Roche einen weißen Mantel reichen und legte ihn Jacques um die Schultern.

»Nun seid Ihr unser Bruder«, verkündete er, beugte sich vor und küsste Jacques auf den Mund, wie es Brauch war.

Freude rieselte durch Jacques' Glieder wie perlender junger Wein. Er hatte es geschafft, er war ein Ritter des Tempels, einer von jenen ehrfurchteinflößenden Kämpfern Gottes, die er schon als Junge bewundert hatte. Bald schon würde er ins Morgenland geschickt werden und an der Seite seiner Brüder für den wahren Glauben kämpfen.

Jacques war so glückstrunken, dass er nicht sofort merkte, wie die Stimmung im Saal sich veränderte. Die feierliche Stille war einer gespannten Unruhe gewichen. Leise Stimmen waren zu hören, erst nur vereinzelt, dann vereint zu einem einzigen Ruf.

»Zugabe! Zugabe!«, riefen die Männer.

Jacques erstarrte. Er hatte die Gerüchte gehört. Aber er hatte sie nicht geglaubt. Natürlich wusste er, dass viele Gemeinschaften ihre Neulinge einer Mutprobe unterzogen. Oder ihnen derbe Streiche spielten. In seiner ersten Nacht als Page hatten die älteren Pagen und die Knappen ihn von seinem Strohsack gezerrt und nackt im Schweinestall eingesperrt, wie sie es mit jedem Neuling machten. Aber die edlen Tempelherren?

Jacques blickte verunsichert zu Pairaud.

Der Generalvisitator gab Amaury de La Roche ein Zeichen und trat zurück. De La Roche zog ein Kruzifix aus den Falten seines Gewandes und hielt es hoch.

Die Rufe verstummten.

Trotz der Kälte brach Jacques der Schweiß aus.

»Leugnet, dass der Gekreuzigte der Sohn Gottes ist!«, forderte der Ordensmeister Frankreichs mit schnarrender Stimme.

»Das kann ich nicht«, flüsterte Jacques.

»Ihr habt unbedingten Gehorsam gelobt.« De La Roche beugte sich vor. Seine Augen waren rotgerändert, als hätte er zu wenig Schlaf bekommen oder zu häufig dem Wein zugesprochen. Sein Bart glänzte rötlich im Schein der Fackeln.

Jacques rann der Schweiß den Rücken hinunter. In seiner Kehle saß ein Klumpen, dick wie ein reifer Pfirsich. »Herr im Himmel!«, flehte er stumm. »Was soll ich tun?«

»Leugnet!«, zischte de La Roche.

»Der Gekreuzigte ist nicht der Sohn Gottes«, presste Jacques hervor. *Herr, vergib mir! Du weißt, dass meine Zunge Worte formt, die mein Herz nicht fühlt!*

Ein Raunen ging durch die versammelten Brüder. Jacques hätte nicht zu sagen vermocht, ob sie schockiert waren oder leise frohlockten.

Der Ordensmeister reagierte nicht, nur seine Mundwinkel zuckten. »Und jetzt spuckt auf das Kruzifix!«, verlangte er. »Um Eure Worte zu bekräftigen.«

Jacques schloss die Augen. *Vater im Himmel, verzeih mir.* Er spuckte auf das Kruzifix, das de La Roche ihm auffordernd hinhielt, zielte jedoch so, dass er nur die obere Ecke traf, die am weitesten vom Abbild des Gekreuzigten entfernt war.

Unvermittelt brachen die Brüder in Jubel aus. Sie grölten und applaudierten. Einige traten vor und klopften ihm auf die Schulter.

Jacques blieb reglos stehen. Seine Knie waren so weich, dass er fürchtete, ein einziger Schritt könnte ausreichen, um ihn zu Fall zu bringen. Wie durch dicken, milchigen Nebel nahm er wahr, dass Humbert de Pairaud zu ihm trat.

»Keine Sorge, mein Sohn«, sagte er mit verhaltener Stimme. »Es ist eine alte Tradition aus der Zeit der Kämpfe gegen die Sarazenen. Wer in die Gewalt der Ungläubigen geriet, konnte nur auf Freilassung hoffen, wenn er vortäuschte, die Göttlichkeit Jesu zu leugnen. Gott zürnt Euch nicht, denn er weiß, dass Ihr nicht von Herzen gesprochen habt.«

Jacques hätte ihm gern geglaubt. Aber er konnte nicht. Eine dunkle Ahnung legte sich auf seine Schultern wie ein schwerer schwarzer Mantel. Eines Tages würde er, würden alle, die je an einem solchen Ritual teilgenommen hatten, für ihr gottloses Handeln geradestehen müssen. Und die Strafe des Herrn würde furchtbar sein.

Nahe Saint-Félix-de-Caraman,
Frankreich, Juni 1266

Guillaume wog das Messer in der Hand, das sein Vater ihm vor zwei Monaten zum siebten Geburtstag geschenkt hatte, und steckte es in die Scheide, die seine Mutter ihm genäht hatte. Ein Schwert wäre ihm lieber gewesen. Aber er besaß keines. Außerdem wäre es zu schwer, selbst wenn er es mit beiden Händen hielt. Er griff nach seinem Beutel. Hatte er an alles gedacht? Brot und Käse. Verdünnter Wein, ein warmer Umhang, denn obwohl Sommer war, konnte es in den Bergen nachts kalt werden, wenn der Wind von den Gipfeln der Pyrenäen herüberwehte.

Guillaume spitzte die Ohren. Das Röhren aus der Nase seines Onkels überdeckte alle anderen Geräusche. Das war einerseits gut, denn so konnte niemand hören, wie er heimlich nach draußen schlich. Andererseits konnte er nicht genau feststellen, wann die Wachen auf ihrer Runde an dem Haus vorbeikamen. Er kletterte über die schlafenden Körper hinweg zur Tür, öffnete sie vorsichtig, damit sie nicht quietschte.

Helles Mondlicht schien ihm ins Gesicht. Die Gebäude lagen still da. Scheune, Ställe und ein halb verfallener Schuppen zeichneten sich scharf gegen den Sternenhimmel ab. Sie waren leer. Der Onkel, seine Familie und alle Nachbarn, die mit ihnen in die Berge geflohen waren, verbrachten die Nacht ebenso wie Guillaume im Haupthaus des verlassenen Gehöfts.

Feiglinge allesamt. Das ganze Dorf war weggelaufen, als man Guillaumes Eltern verhaftet hatte. Niemand hatte geholfen, niemand protestiert. Alle hatten Angst gehabt, die Nächsten zu sein. Sie hätten kämpfen müssen! Sie hätten seinen Eltern beistehen müssen! Stattdessen hatten sie angstschlotternd ihre Habe gepackt und sich in den Bergen in Sicherheit gebracht.

Nur Guillaume hatte sich den Männern entgegengestellt, sie angebrüllt und mit den Fäusten traktiert. Daraufhin hatte einer von ihnen ihm einen Stüber verpasst, sodass er quer durch die Stube geflogen und kurz ohnmächtig geworden war.

Kaum war er wieder bei Sinnen gewesen, war er den Männern hinterhergerannt, hatte sie eingeholt, obwohl sie Pferde gehabt hatten. Das ganze Dorf war in Aufruhr gewesen, doch niemand hatte ihm beigestanden. Guillaume hatte sich eine Mistgabel gegriffen, doch bevor er den ersten Feind angreifen konnte, hatte sein Onkel ihn gepackt und weggeschleppt.

Als sie zurück im Haus waren, hatte sein Onkel ihm über den Kopf gestrichen und gesagt: »Du bist ein tapferer kleiner Mann, deine Eltern können stolz auf dich sein! Aber du musst stark sein, du musst das Banner deiner Familie weitertragen – und auf Gott vertrauen. Die Gnade des Herrn ist groß!«

Doch Guillaume wollte nicht auf Gott vertrauen. Er hatte zu oft gesehen, wie die Schergen des Papstes brave, anständige Menschen der Ketzerei bezichtigten und auf dem Scheiterhaufen verbrannten.

Wie beim Schachspiel hatte er sich einen Plan zurechtgelegt und war ihn immer wieder durchgegangen, hatte sich in seiner Fantasie vorgestellt, was sein würde, wenn er dieses oder jenes tat oder nicht tat, hatte alle Varianten durchprobiert. Vater hatte ihn das Spiel der Könige gelehrt, und bereits jetzt, mit sieben Jahren, gab es niemanden im Dorf, der ihn darin besiegen konnte. Dabei war es doch so einfach, vor allem am Anfang, wenn erst einige Figuren in den Kampf gezogen waren. Schwierig wurde es, wenn alle Figuren im Spiel waren. Dann musste er manchmal lange überlegen, aber er vergaß nie eine Wendung oder Möglichkeit. Neigte sich das Spiel dem Ende zu, wusste er bereits viele Züge im Voraus, dass sein Gegner verloren war.

Guillaume blickte in alle Richtungen. Keine Wache zu sehen. Bestimmt standen sie auf der anderen Seite der Mauer, die das Gehöft umgab, die Augen in die Ferne gerichtet. Sie rechneten mit einem Feind von außen, nicht mit einem Flüchtling aus ihren eigenen Reihen. Lautlos schlich Guillaume über den Hof. Sein Herz schlug wild in seiner Brust. Als er den Durchlass in der Mauer erreichte, in dem einst das Tor gewesen war, verlangsamte er seine Schritte. Vorsichtig spähte er um die Ecke. Etwa zwanzig Schritte entfernt standen zwei Männer. Gerade reichte der eine dem anderen einen Weinschlauch.

Das war die Gelegenheit.

Geduckt lief Guillaume los. Schnell hatte er die Ruine hinter sich gelassen und die schmale Landstraße erreicht, auf der sie vor weniger als einer Woche hergekommen waren. Er wusste, dass die Zeit knapp war. Sein Herz krampfte sich schmerzhaft zusammen, als er sich an das Gespräch erinnerte, das er gestern belauscht hatte.

Sein Onkel hatte sich mit einem der anderen Männer unterhalten. Gezischelt wie die Schlangen hatten sie, sich immer wieder umgeschaut, doch Guillaume hatte auf dem Dach des Backhauses gelegen und war unentdeckt geblieben.

»Ich habe Nachricht aus Caraman«, hatte sein Onkel geraunt. Das war die Stadt in der Nähe ihres Dorfes, wo die Eltern immer zum Markttag hinfuhren. »Das Urteil ist gefällt.« Dann hatte er betreten geschwiegen.

Guillaume wäre am liebsten vom Dach gesprungen und hätte die Worte aus ihm herausgeschüttelt, wie man Oliven vom Baum schüttelte.

Das Urteil ist gefällt!

Guillaume hatte ein Stoßgebet zum Himmel geschickt.

Schließlich hatte der Onkel weitergesprochen: »In drei Tagen, zu Johannis, wenn die Geburt des Täufers und die kürzeste Nacht des Jahres gefeiert wird ...«, seine Stimme brach, »... werden sie auf dem Scheiterhaufen verbrannt.« Er hatte tief geseufzt. »Wir können nichts dagegen tun, es ist Gottes Wille.«

Gottes Wille! Wie konnte Gott seinen Eltern, die nie einem Menschen etwas zuleide getan hatten, die immer fleißig beteten und hart arbeiteten, den Tod wünschen?

In dem Augenblick, oben auf dem Dach des Backhauses, hatte er beschlossen, sich der Anordnung seines Onkels zu widersetzen und seine Eltern zu retten.

Die ganze Nacht lief Guillaume auf der Landstraße, obwohl die Müdigkeit und die Kälte ihm arg zusetzten. Erst gegen Mittag suchte er sich ein Versteck, um ein wenig auszuruhen. Er bat Gott um Schutz und schlief vor Erschöpfung sofort ein.

Spät am Nachmittag schreckte Guillaume aus wilden Albträumen hoch. Die Sonne stand schon dicht über dem Horizont, es mochte bereits die zehnte oder elfte Stunde des Tages angebrochen sein. Sein Magen knurrte, er stopfte sich Brot und Käse in den Mund. Dann nahm er einen tiefen Schluck verdünnten Wein.

Bevor er aufbrach, kniete er sich nieder und betete das Vaterunser. Er erschrak vor seiner eigenen Stimme. Sie zitterte wie bei einem Greis. Die Angst schnürte ihm die Kehle zu, doch er erinnerte sich an die Worte seiner Mutter: »Was immer dir auf deinem Weg begegnen mag, sei es Versuchung, Schmerz oder Tod – mit der Hilfe Gottes wirst du jede Prüfung bestehen. Vergiss das niemals, mein Sohn. Du wirst das Schicksal, das dir zugedacht ist, erfüllen.«

Guillaume eilte weiter, rot gleißend versank die Sonne hinter den Bergen, der Mond stand schon am Himmel, sein Licht gewann mehr und mehr an Kraft. Die Geräusche des Tages verschwanden, die der Nacht setzten ein. Guillaume folgte weiter der Landstraße. Einige Male war er nicht sicher, welchen Abzweig er nehmen sollte, einmal musste er umkehren, weil der Weg so schmal wurde, dass es keinesfalls der richtige sein konnte.

Als die Dunkelheit der Nacht allmählich dem fahlen Licht des Morgens wich, erkannte er, dass er ganz in der Nähe seines Dorfes war. Jetzt war es nicht mehr weit bis nach Caraman. Er musste nur noch die Schlucht, die Gorge de la Reine überqueren, dann wäre er schon fast vor den Toren der Stadt.

Guillaume fühlte sich stark, trotz der Blasen an seinen

Füßen, trotz der Schwere in seinen Beinen. Er erklomm einen Hügel, von dem aus man einen guten Blick auf die Brücke über die Schlucht hatte. Sie war menschenleer. So früh am Tag war noch niemand unterwegs.

Schnell lief er los, doch schon nach zwei Dutzend Schritten blieb er entsetzt stehen. Der hintere Teil der Brücke, den er von der Kuppe des Hügels nicht hatte sehen können, war eingestürzt. Die ganze Kraft, die ihn hierhergetragen hatte, verflog wie Frühnebel. Er sank auf die Knie und weinte. Warum war Gott so ungerecht zu ihm? Was hatte er Böses getan? Wofür wurde er bestraft? Guillaume schlug seine Faust auf den steinigen Boden. Der Schmerz weckte seinen Widerstand; er streckte sein Kinn nach vorn und rief trotzig: »Wenn da keine Brücke ist, dann werde ich einen anderen Weg finden. Es gibt immer einen anderen Weg!«

Die Hänge links und rechts der Brücke waren zu steil, um hinunterzuklettern. Also wandte er sich nach Süden, dort wurde die Schlucht breiter und flacher. Mit jeder Stunde, die verstrich, sank seine Geduld. Immer wieder sagte er sich, dass es besser sei, einen Umweg zu gehen, als in die Schlucht zu stürzen und gar nichts mehr tun zu können. Doch die Zeit lief ihm davon. Der Tag war bereits weit fortgeschritten, und er wusste nicht, zu welcher Stunde seine Eltern hingerichtet werden sollten.

Schließlich hielt er es nicht mehr aus. Er begann den steilen Abstieg, um den Weg zu verkürzen, hangelte sich von Stein zu Stein, von Baum zu Baum, wählte jeden Schritt sorgsam. Schon konnte er den Grund der Schlucht erkennen, als vor ihm ein Vogel aufflatterte, er sich erschreckte und den Halt verlor. Sein Knöchel knickte um, der Schmerz fuhr ihm heiß das ganze Bein hinauf, er verlor den Halt, spürte, wie der Boden unter ihm ins Rutschen kam. Schützend hielt er sich die Hände vors Gesicht, überschlug sich, wurde immer schneller. Bevor er einen klaren Gedanken fassen konnte, schlug er mit dem Kopf auf einen Stein. Zuerst sah er Licht in allen Farben, dann nichts mehr.

Langsam kam Guillaume wieder zu sich. Als Erstes spürte er das Feuer in seinem Knöchel, dann den Durst, dann das Jucken und Kitzeln. Insekten krochen über ihn hinweg. Er schüttelte sie ab. Wie lange hatte er am Grund der Schlucht gelegen? Wenige Augenblicke oder Stunden? Er versuchte sich an den Stand der Sonne vor seinem Sturz zu erinnern, doch seine Gedanken flirrten zu sehr hin und her.

Hastig rappelte er sich auf. Sein Schädel brummte, seine Zunge lag pelzig in seinem Mund, Durst quälte ihn. Bei jedem Schritt jagte ein brennender Schmerz durch seinen Knöchel, er konnte nur humpeln, doch er kam voran.

Endlich hatte er den Höhenkamm auf der anderen Seite der Schlucht erreicht. Der Wind trug den Klang von Kirchenglocken zu ihm hin. Er hastete zu einer Stelle, wo kein Gestrüpp den Blick versperrte und er freie Sicht auf Caraman hatte.

Was er sah, trieb ihm die Tränen in die Augen. Eine Prozession schlängelte sich aus dem Stadttor in seine Richtung, angeführt von Fackelträgern in dunklen Gewändern. Der Zug bewegte sich auf eine Anhöhe zu, auf der zwei Scheiterhaufen errichtet waren.

Verzweiflung ergriff Besitz von Guillaume. Er war so nah, dass er Gesichter erkennen konnte, und doch zu weit weg. Selbst wenn er bei vollen Kräften wäre und sein Knöchel unverletzt, würde er noch fast eine Stunde brauchen, um die Stadt zu erreichen, denn eine weitere Schlucht tat sich zwischen ihm und seinem Ziel auf. Trotzdem wollte er nicht aufgeben. Er versuchte loszurennen, doch seine Beine knickten einfach unter ihm weg. Er zitterte am ganzen Leib, versuchte dennoch, sich wieder aufzurappeln, doch so sehr er es auch wollte, seine Glieder gehorchten ihm nicht mehr. Er konnte keinen Schritt mehr machen, ja er konnte sich nicht einmal auf allen vieren vorwärtsschleppen.

Der Schlag dumpfer Trommeln wogte herauf. Die Prozession wand sich wie eine feurige Schlange auf die Scheiterhaufen zu, die Fackeln erschienen Guillaume wie höhnisch grinsende Geister.

Immer wieder verschwamm ihm der Blick, er rieb sich die Augen, damit er scharf sehen konnte. Da waren sie! Vater und Mutter. Sie trugen graue Büßergewänder, ihre Gesichter waren bleich und verschmutzt, aber sie hielten sich aufrecht. Soldaten in voller Rüstung flankierten sie, jederzeit bereit, sie an der Flucht zu hindern. Der Bischof, die Dominikanermönche und die Henkersknechte bildeten die Spitze der Prozession, die Schaulustigen das Ende.

Der Zug kam zum Stehen. Und da entdeckte Guillaume etwas, das ihn vor Schreck erstarren ließ. Neben dem Priester stand ein halbes Dutzend Männer in weißen Mänteln mit rotem Tatzenkreuz. Ritter des Templerordens. Kälte rieselte durch Guillaumes Glieder. Einen der Männer kannte er. Sein Name war Antoine de Fauchait. Er war bei seinen Eltern ein und aus gegangen. Die Tempelherren, so hatte Vater es ihm erklärt, hätten sich immer für die Katharer eingesetzt, sich nie an ihrer Verfolgung beteiligt, sogar einige Freunde Gottes in ihrem Orden aufgenommen, um sie zu schützen. Was also machten diese Männer an der Seite derer, die seine Eltern töten wollten? Hatten sie sie verraten?

Ja, so musste es sein!

Verzweiflung und Wut über seine Machtlosigkeit und sein Versagen trieben Guillaume erneut die Tränen in die Augen. Hastig wischte er sie fort und faltete die Hände.

»Lieber Gott«, betete Guillaume mit erstickter Stimme, »erbarme dich meiner Eltern! Rette sie! Denn sie haben nichts Böses getan. Sie haben dich immer gelobt und verehrt. Sie sind deine Diener. Ich flehe dich an!«

Doch Gott erhörte ihn nicht. Die Soldaten banden Guillaumes Eltern an die beiden Pfähle, die aus dem aufgeschichteten Holz und Reisig herausragten, einer der Dominikaner trat vor, entrollte ein Pergament. Guillaume konnte seine Worte nicht hören. Er schien seine Eltern etwas zu fragen, beide schüttelten energisch den Kopf.

Der Bischof gab ein Zeichen, die Henkersknechte legten ihre Fackeln in das Reisig. Sofort schlugen Flammen hoch, weißer Rauch hüllte die Scheiterhaufen ein.

Guillaume hielt den Atem an. Grässliche Schreie drangen zu ihm hinauf. Ein Schauder durchlief seinen Körper, und ohne dass er etwas dagegen hätte tun können, schüttelte er sich vor Weinen. Er starrte auf das Feuer, das in den Himmel loderte. Er wusste, dass seine Eltern dort unten bei lebendigem Leib verbrannten, und er konnte nichts dagegen tun.

Die Schreie gingen in ein langgezogenes Heulen über, der Bischof hob eine Hand, Bogenschützen feuerten Salven in den Brand, die Schreie verstummten. Der Gottesmann hatte die furchtbaren Schmerzenslaute seiner Opfer nicht länger ertragen können.

Guillaume senkte den Blick. Jetzt waren sie tot! Seine Eltern waren tot! Verraten und ermordet von Rittern des Templerordens.

Mit zitternden Fingern wischte er sich Rotz und Tränen weg und vergrub sein Gesicht in der kalten Erde. Er wollte nur noch eins: Rache.

Entrecasteaux, Grafschaft Provence, August 1288

Die Farben, die Gerüche und der Lärm machten Amiel schwindelig. Er wusste gar nicht, wohin er zuerst gucken sollte. Zu den Buden, wo Türkischer Honig, kandierte Früchte und andere Leckereien angeboten wurden, oder zu den Gauklern, die die wundersamsten Kunststücke darboten. Gleichzeitig kroch die Angst in ihm höher und höher.

Gegen das ausdrückliche Verbot seines Vaters hatte Amiel seine kleine Schwester Aliénor mit auf den Jahrmarkt genommen, weil sie es sich gewünscht hatte. Und wenn er ehrlich war, war sie ein guter Vorwand, denn er selbst hatte nicht widerstehen können, als er von der Burg aus die bunten Wagen in die Stadt ziehen gesehen hatte.

Eben hatte er Aliénor eine Hand voll getrocknete Datteln gekauft, die sie mit großer Hingabe verspeiste, während sie einem Mann zuschauten, der bunte Tücher durch die Luft wirbelte, erst drei, dann vier, dann ein halbes Dutzend, und nicht eins davon zu Boden fallen ließ.

Aliénor war gerade vier geworden, er selbst war sieben. Schon nächste Woche würde er zu seinem Onkel nach Grimaud gebracht werden, wo seine Ausbildung zum Ritter beginnen sollte. Deshalb hatte er unbedingt noch einmal auf den Jahrmarkt gewollt. Sie schlenderten weiter, bewunderten die Feuerschlucker, staunten über die Frau ohne Knochen und fürchteten sich vor dem Bärenmenschen, der sie mit feurigen Augen anstarrte und sich die Lippen leckte.

Schreiend liefen sie weg, weil sie Angst hatten, gefressen zu werden.

Außer Atem blieben sie vor einem Zelt stehen. Ein Mann, wie ihn Amiel noch nie gesehen hatte, trat daraus hervor, lächelte und sagte: »Nun, werte Gäste, wie kann euch Randolf, der Wahrsager, zu Diensten sein?«

Mit offenem Mund blieb Amiel stehen, Aliénor fest an seiner Hand. Schlohweißes Haar fiel dem Mann bis über die Schultern, aber er war nicht alt. Sein Gesicht war glatt, seine Stimme jung und kräftig.

»Wollt ihr eure Zukunft wissen? Da seid ihr bei mir genau richtig. Man kann gar nicht früh genug anfangen, sein Schicksal zu erforschen.« Er wies auf das Innere des Zeltes. »Tretet ein!«

Amiel wich einen Schritt zurück. Der Mann war ihm unheimlich. Er trug einen Mantel, der ebenso weiß war wie sein Haar. Wie jedes seiner Haare. Auch die Brauen waren weiß. Dieser Randolf war ihm nicht geheuer. Vor allem seine Augen flößten Amiel Furcht ein. Sie waren rosa, wie bei dem Kaninchen, das Vater vor einem Jahr geschlachtet hatte. Es war auch ganz weiß gewesen und seine Augen ebenso rötlich wie die des Wahrsagers. Vater hatte gesagt, es sei kein gutes Tier, es würde beißen und nach den anderen Kaninchen ausschlagen.

»Wie heißt du denn?«, fragte Randolf, der Wahrsager, beugte sich vor und lächelte Aliénor an. »Du hast bestimmt einen schönen Namen, so hübsch wie du bist.«

Aliénor legte die Stirn in Falten, schaute an Randolf vorbei und zeigte auf eine Stange, an der Amulette hingen. »Da ist ein Drache!«

Der Wahrsager wandte sich um und nahm ein schwarz glänzendes Amulett ab, das einen Drachen zeigte. Er hielt es Aliénor hin. »Pass auf!« Er machte eine schnelle Handbewegung, dann hatte er zwei Teile in der Hand. »Das ist ein ganz besonderer Drache. Er muss von zwei Menschen geteilt werden. Die schützt er dann mit seinen magischen Kräften.«

»Nein!«, sagte Amiel. »Wir kaufen nichts.«

Aliénor zerrte an seiner Hand. »Amiel, bitte! Dann kannst du bei mir sein, auch wenn du fortgehst.«

Amiel zögerte. Er hatte genug Kupfermünzen in seinem Beutel, aber der Weißhaarige war ihm noch immer nicht geheuer. Außerdem gefiel ihm nicht, wie der Mann Aliénor anstarrte. Zwar waren er und seine Schwester es gewohnt, neugierige Blicke auf sich zu ziehen, weil ihre Haare hell waren wie die der Nordmänner, aber in den Augen des Fremden flackerte etwas, das über Neugier hinausging. Zudem mussten sie zusehen, dass sie heimkamen. Bevor jemand bemerkte, dass sie ausgebüxt waren.

»Ich will euch einen besonders guten Preis machen.« Der Wahrsager rieb sich das Kinn. »Sagen wir einen halben Denier.«

Amiel schnappte nach Luft. So viel Geld für ein billiges nutzloses Amulett? »Das ist zu teuer. Du willst uns betrügen! Aliénor! Lass uns gehen.«

Aber seine Schwester wollte nichts davon hören. »Der Drache wird uns beide beschützen. Für immer.« Tränen schimmerten in ihren Augen. »Du hast gesagt, dass die Welt gefährlich ist. Ein Drache ist stark!«

Der Wahrsager ließ die Amulette vor Amiel hin- und

herpendeln. Er hatte mit geschickten Fingern an die zweite Hälfte ebenfalls ein Lederband geknotet, sodass beide um den Hals getragen werden konnten. »Deine Schwester ist weise, junger Recke. Du solltest auf sie hören.«

»Bitte!«, quengelte Aliénor. »Bitte, bitte, bitte, bitte!«

Der Wahrsager tat so, als würde er nachdenken. Er zeigte auf Aliénor. »Weil du ein so gutes Kind bist, will ich mich für dich in den Ruin stürzen. Gebt mir eine halbe Kupfermünze, und der stärkste aller Drachen ist euer.«

Eine halbe Kupfermünze, der Gegenwert für ein Brot. Wahrscheinlich war auch das noch viel zu teuer für den billigen Tand. Amiel betrachtete Aliénor. Bald würde er sie verlassen. Sie würde es nicht verstehen, würde sich an ihn klammern, aber er hatte keine Wahl. Ein Abschiedsgeschenk würde sie trösten. Er zog eine halbe Kupfermünze aus seiner Geldkatze und reichte sie dem Wahrsager. Der verbeugte sich tief.

»Wer soll den Kopf bekommen?«

Amiel öffnete den Mund.

Doch der Mann war schneller. Er hob eine Hand. »Sag nichts, ich weiß es. Du, mein Junge, gebrauchst sehr oft deinen Verstand. Du bist ein wahrer Denker. Du bekommst den Kopf. Ein scharfer Verstand ist eine mächtige Waffe. Vergiss das nie!«

Mit einer schnellen Bewegung hängte Randolf ihm das Amulett um den Hals. Der Drachenkopf schimmerte dunkel, Amiel fasste ihn an. Der Stein fühlte sich glatt und kalt an.

»Du musst ihn am Herzen tragen. Nur so kann er seine Kraft entfalten!«

Amiel stopfte das Amulett unter sein Wams und nahm Randolf die andere Hälfte ab. Er sollte seiner Schwester nicht zu nahe kommen. Am Ende würde er noch einen Zauber über sie werfen.

Aliénor sprang auf, klatschte in die Hände. »Danke, danke, danke«, rief sie, und Amiel fragte sich, warum sie alles mindestens dreimal sagen musste. Er hängte ihr das Amulett um, fuhr mit dem Finger die geschwungene Linie entlang, zog sein eigenes noch einmal hervor und hielt die beiden Teile aneinander. Sie passten genau. Gemeinsam ergaben sie einen schuppigen Drachen mit Flügeln, Krallen, einem langen Schwanz und einem Kopf, aus dessen zahnbewehrtem Maul Feuer schlug.

»Es gibt kein Amulett, das genau die gleichen Bruchkanten hat und mit einer dieser Hälften zusammenpasst«, sagte Randolf. »Sie sind einmalig.« Er legte eine Hand auf sein Herz. »Das schwöre ich bei meiner unsterblichen Seele!«

»Du musst jetzt einen Zauberspruch aufsagen, sonst kann der Drache uns nicht beschützen«, flüsterte Aliénor. Sie hatte vor Aufregung rote Flecken im Gesicht.

»Zuerst gehen wir von hier weg«, sagte Amiel. »Sicher vermisst man uns schon. Wir kriegen Riesenärger, wenn wir erwischt werden.«

Amiel stapfte los, rannte fast, so eilig hatte er es plötzlich, und zog Aliénor hinter sich her. Nach einigen Schritten drehte er sich noch einmal um. Der Weißhaarige stand vor seinem Zelt, die unheimlichen rosa Augen auf sie geheftet. Da wusste Amiel plötzlich, dass etwas Schreckliches geschehen würde.

Trier, Heiliges Römisches Reich, Mai 1305

Elva rang nach Luft und strich sich eine blonde Strähne hinter das Ohr, die aus ihrer kunstvoll hochgesteckten Frisur gerutscht war. Sie waren den ganzen Weg vom Marktplatz bis zum Anwesen der de Pontes gerannt, an ihrem eigenen Haus in der Fleischgasse vorbei, über die Johannisgasse auf das Tor zu, das zur Anlegestelle an der Mosel führte, und dann links in die Feldgasse. Weg von dem Fest, von dem lustigen Gesang, den ausgelassenen Tänzen und den verführerisch duftenden Ständen mit Krapfen, Mandelkuchen und anderen Leckereien. Elva hatte nicht fortgewollt, doch Thorin hatte versprochen, ihr ein Geheimnis anzuvertrauen. Und sie liebte Geheimnisse.

»Was machen wir hier?«, fragte sie noch immer außer Atem.

»Wart's ab.« Thorin zog sie in den stillen, verlassenen Hof. Sein Vater, Bertolf de Ponte, handelte mit Wein. Er war ein Vetter des mächtigen Grafen de Ponte, der in der Burg vor dem Grimmtor residierte. In einer Ecke des Hofs stapelten sich Fässer, unter einem Holzdach stand eine große Presse. De Ponte besaß einen Weinberg vor der Stadt, ein Teil des Weins, den er verkaufte, stammte aus eigenem Anbau. Normalerweise wimmelte es auf dem Hof von Knechten, doch an einem Festtag wie heute hatte sogar das Gesinde frei.

Thorin griff nach einem Talglicht, das in einer Mauernische bereitstand, entzündete es und stieß eine wuchtige hölzerne Pforte auf. Ausgetretene Stufen wurden sichtbar, die hinab ins Dunkel führten. Schwerer süßlicher Duft strömte ihnen entgegen. Die Flamme der Talglampe flackerte unruhig.

»Der Weinkeller deines Vaters.« Elva verzog enttäuscht das Gesicht. »Dort soll das Geheimnis sein?«

Thorin sah sie schweigend an. In seinem Blick lag etwas, das Elva nicht deuten konnte. Er wirkte plötzlich fremd, dabei kannte sie ihn schon ihr ganzes Leben. Ob es daran lag, dass er seit einigen Monaten keine Muße mehr hatte, um sich wenigstens hin und wieder davonzuschleichen und mit ihr am Moselufer aus Weidenruten Bögen zu bauen und Wettschießen zu veranstalten? Dass er jetzt ein Mann war und seinem Vater von morgens bis abends im Geschäft zur Hand gehen musste?

Sie selbst fühlte sich gar nicht erwachsen, obwohl sie genau wie Thorin fünfzehn Jahre alt war und ihr Vater immer öfter davon sprach, dass sie bald heiraten würde. Ihre große Schwester Leni war die Vernünftige, die Kluge, die Fleißige. Leni hatte schon mit vierzehn geheiratet, einen Händler aus Marseille, mit dessen Familie die ihre seit Jahrzehnten Geschäfte machte. Das war vor fünf Jahren gewesen. Seither hatte Elva ihre große Schwester nicht gesehen. Viele Briefe waren gekommen, die vom Leben in der fernen großen Stadt erzählten, von den zwei Kindern, die Leni inzwischen geboren hatte, doch Elva fand nur selten die Muße zu antworten. Sie war nicht sehr geschickt mit Feder und Tinte. Viel lieber tollte sie draußen herum. Aber das war ihr nur noch selten vergönnt. So wie Thorin seinem Vater beim Weinhandel zu helfen hatte, musste sie im Haushalt mitanpacken und alles lernen, was eine gute Ehefrau zu wissen hatte.

Unwillkürlich drehte Elva sich um und blickte nach Westen. In einiger Entfernung war der Turm der Kirche zu erkennen, die in der Kommende der Tempelritter stand. Ein Ritter dieses Ordens hatte vor vielen Jahren Elvas Großvater mit dem Oberhaupt der Händlerfamilie Romarin aus dem fernen Marseille bekannt gemacht. Dieser provenzalische Händler kannte einen Araber, der ihm Pfeffer verkaufte und auf diese Weise das Monopol der Venezianer umging. So hatte alles begonnen. Pfeffer hatte die Familie Fleringen reich gemacht. Elvas Vater, der Gewürzhändler Jacob Fleringen, war einer der wohlhabendsten Männer Triers, und er saß sogar im Stadtrat.

Thorin fasste Elva bei der Hand. »Was ist mit dir? Du hast doch keine Angst?«

»Natürlich nicht!«

»Dann komm!« Er stieg die Stufen hinab, ließ dabei ihre Hand nicht los.

Elva blieb nichts anderes übrig, als hinter ihm her in die Dunkelheit zu stolpern. Seit zwei Jahren half Thorin seinem Vater nicht nur auf dem Hof, er begleitete ihn auch, wenn er überall im Land Wein auslieferte. Vielleicht hatte er ihr von seiner letzten Reise etwas mitgebracht. Elva unterdrückte einen Seufzer. Sie beneidete Thorin, weil er schon so viel von der Welt gesehen hatte. Er war sogar in Köln gewesen! Sie war bislang nicht ein einziges Mal aus Trier herausgekommen.

Sie erreichten den Treppenabsatz. Hier unten war es

stockfinster, bis auf das Talglicht in Thorins Hand, das zuckende Schatten an die Wände warf. Fässer waren zu beiden Seiten eines langen Gangs aufgereiht, dessen Ende Elva nicht erkennen konnte.

»Und nun?«, fragte sie. Ihre Stimme hallte dumpf durch das Gewölbe. Feuchtigkeit kroch unter den Stoff ihres dünnen Festtagskleides. Sie fröstelte, sehnte sich zurück nach dem Fest, nach der Wärme des Frühsommerabends, nach den Lichtern und der Musik.

»Morgen breche ich zu einer sehr langen Reise auf«, sagte Thorin mit feierlicher Stimme. Die eine Hälfte seines Gesichts lag im Schatten, seine Augen schimmerten geheimnisvoll. »Ich werde viele Monate fort sein.«

»Wohin geht es?« Elva fragte nicht aus Interesse, denn sie hatte nur eine sehr vage Vorstellung davon, wo ferne Städte und Länder lagen. Aber Thorin schien es zu erwarten.

»In den Norden.«

»Und das Geheimnis?« Ungeduldig trippelte Elva von einem Fuß auf den anderen. Warum spannte Thorin sie so auf die Folter?

Er räusperte sich. »Ich will, dass du mir einen Kuss schenkst zum Abschied.« Er schaute sie an, als ob sein Wunsch das Normalste auf der Welt sei.

»Aber …«

»Die Erinnerung wird mich wärmen, wenn ich dort oben in der Kälte und Einsamkeit Heimweh habe. Wusstest du, dass es Gegenden gibt, wo der Schnee nie schmilzt?«

»Nein. Ist das wahr?« Elva blinzelte verwirrt. Thorin sprang so abrupt von einem Thema zum anderen, dass sie Mühe hatte, seinen Gedanken zu folgen.

»Also? Kriege ich meinen Kuss?« Er beugte sich vor.

»Aber das dürfen wir …«

»Wenn ich wiederkomme, werde ich um deine Hand anhalten.«

Elvas Herz flatterte. Thorin de Ponte war ihr Spielkamerad, seit sie denken konnte, doch dieses Spiel hier war anders. Neu. Aufregend. »Dann sind wir jetzt verlobt?«, fragte sie mit bebender Stimme.

»Ja«, wisperte er. »Doch noch ist es geheim.«

Das also war das Geheimnis!

Thorin, der noch immer ihre Hand hielt, zog sie an sich. Sie spürte die Wärme seines Körpers, seinen Atem auf ihrem Gesicht. Sie schloss die Augen, als er seine Lippen auf die ihren presste. Ein Schwindel ergriff sie, der Keller schien sich zu drehen. Als Thorin seine Zunge in ihren Mund schob, sprang sie erschrocken zurück und zog ihre Hand aus seiner.

»Entschuldige«, murmelte Thorin und fuhr sich verlegen durch das Haar. »Ich wollte dich nicht …« Er sah sie an. Seine Augen wirkten plötzlich riesengroß. »Gib mir ein Pfand! Ein Liebespfand.«

»Was denn für ein Pfand? Ich verstehe nicht.«

Er streckte die Finger aus, berührte sachte den Stoff ihres Kleides. »Eins der Bänder. Löse es und gib es mir.«

Sie starrte an sich hinunter. Über der Brust und an den Seiten war das Kleid mit blauen Bändern geschnürt. »Das geht nicht.«

Er wurde ernst, seine Stimme hart. »Doch! Es muss sein. Ich brauche ein Pfand, damit ich deiner Liebe gewiss sein kann!« Er bückte sich, stellte das Talglicht auf dem Boden ab und öffnete die Ledertasche an seinem Gürtel, in der sein Messer steckte. Er zog es heraus, die Klinge blitzte.

Elva bekam es mit der Angst zu tun. Ihr Herz hämmerte wild. So hatte sie Thorin noch nie gesehen. Was war nur los mit ihm?

»Nicht das ganze Band, nur ein Stück«, sagte er mit rauer Stimme. »Lass es mich abschneiden.«

Noch bevor Elva protestieren konnte, hatte er die Schleife an ihrem Mieder gelöst. Er setzte das Messer an, lautlos glitt es durch den dünnen Stoff. Thorin hielt sich den blauen Streifen an die Nase, sog die Luft ein und lächelte. »Ich werde das Band immer an meinem Herzen tragen.«

Hastig band Elva die Schleife wieder zu, drapierte sie so, dass man das abgeschnittene Stück nicht sah. Sie würde ihrer Mutter sagen, dass sie an einem Strauch hängen geblieben war. Ärger würde sie trotzdem bekommen. »Können wir jetzt wieder zum Fest gehen?«, fragte sie.

»Erst wenn auch du ein Pfand von mir bekommen hast.« Thorin griff in sein Wams, zog einen schmalen goldenen Ring hervor und hielt ihn ihr hin.

»Aber Thorin ...«

Als Elva sah, wie Thorin verärgert die Brauen zusammenzog, schluckte sie den Protest hinunter. Er hielt noch immer das Messer in der anderen Hand, und so wie er dastand, mit diesem seltsamen Blick, war er ihr unheimlich. Zögernd nahm sie den Ring entgegen. Er schien im Licht der Talglampe zu pulsieren, als wäre er ein lebendiges Wesen.

Thorin beugte sich vor. »Geh jetzt«, flüsterte er. »Zurück zum Fest. Ich muss noch einiges für die Reise vorbereiten. Und wenn ich wiederkomme ...«

Mehr hörte Elva nicht, denn sie war bereits auf der Treppe. Sie hastete hinauf, rannte über den Hof zurück auf die Feldgasse, in Richtung Markt. Erst als die Musik lauter wurde und die Lichter des Festes vor ihr aufflackerten, verlangsamte sie ihre Schritte. Allmählich beruhigte sich ihr Herzschlag. Hinter einer Bude, an der kandierte Früchte feilgeboten wurden, blieb sie stehen und betrachtete den Ring. In ihrem Nacken kribbelte es. Hastig stopfte sie das Schmuckstück in ihren Beutel, schüttelte das unbehagliche Gefühl ab und eilte zum Tanzboden.

Paris, Frankreich, März 1306

Amiel de Lescaux schreckte aus dem Schlaf hoch. St. Bernhard, die große Glocke der Pariser Templerkirche, dröhnte durch den Schlafsaal. Fackeln warfen schummeriges Licht durch die staubgetränkte Luft. Wie immer, wenn sie auf Reisen waren, im Feld lagen oder eine Schlacht bevorstand, nächtigte Amiel gemeinsam mit seinen Ritterbrüdern. Obwohl ihm als Kommandeur und stellvertretendem Marschall des Templerordens eine eigene Kammer zugestanden hätte, verzichtete er darauf, denn er wollte an der Seite seiner Brüder sein, nicht über ihnen stehen.

Als einer der Ersten hatte Amiel Mantel und Waffengürtel angelegt. Er griff nach dem Helm und fuhr sich über den fast kahl rasierten Schädel. Früher waren seine Haare so hell gewesen, dass er Rousset genannt wurde, was Provenzalisch war und Goldstück hieß, doch im Laufe der Jahre waren sie nachgedunkelt, bis sie fast braun waren.

Amiel streckte die Schultern durch. Er wusste, was ihn erwartete. Der König war in Bedrängnis. Seit Tagen schwelte die Stimmung in der Stadt, jetzt war das Feuer ausgebrochen. Mit einem Griff an die Brust vergewisserte Amiel sich, dass sein Amulett mit dem Drachenkopf dort war, wo es sein sollte: an seinem Herzen.

Auch die Männer erhoben sich, Dutzende Leiber; sie sahen aus wie Gras, das sich nach einer Windböe aufrichtet. Sie kleideten sich an und eilten nach draußen. Erst vor wenigen Stunden hatten sie sich zur Ruhe gelegt, nach einem kräftezehrenden Gewaltritt. In nur zwei Tagen waren sie von Tours nach Paris geeilt, nachdem sie die Nachricht von Petrus de Tortavilla, dem Komtur von Paris, erreicht hatte: »Das Volk erhebt sich erneut gegen den König! Jeden Augenblick kann der Aufruhr ausbrechen!«

Wäre es nach Amiel gegangen, hätten sie sich nicht so beeilt, denn der König von Frankreich, Philipp, genannt der Schöne, war in seinen Augen kein Freund des Ordens. Aber Jacques de Molay, Amiels Herr, Großmeister der Templer und nur dem Papst Gehorsam schuldig, hatte befohlen, den König zu schützen. Was der Großmeister befahl, war Gesetz, und Amiel hätte nicht im Traum daran gedacht, Molays Befehle zu missachten.

Amiel schlug mit dem Schwert auf seinen Schild. Augenblicklich kehrte Ruhe ein. »Männer«, rief Amiel. »Es ist so weit. Das Volk bedroht den König. Wir müssen ihn schützen.«

»Sic!«, riefen die Männer. »So ist es!«

Amiel blickte zum Himmel. Es musste kurz vor den Laudes, dem Morgengebet sein, denn es dämmerte bereits.

»Formation«, befahl er. In Zweierreihen stellte sich seine Garde auf: sechzig kampferprobte Ritterbrüder, die es mit zweihundert Gegnern aufnehmen konnten. Zwei Brüder öffneten die Portale, Amiel fiel in einen lockeren Trab. Er führte seine Männer zum Sammelplatz, der unterhalb des uneinnehmbaren Donjons lag, innerhalb der meterdicken Mauern der Kommende.

Amiel war ursprünglich mit dem Auftrag nach Paris beordert worden, die Bücher der Kommende einzusehen, sie zu prüfen und eine Inventarliste der Schätze zu erstellen.

Erst unterwegs hatte er erfahren, dass er nicht nur zum Geldzählen gebraucht wurde. Dabei bedeutete auch diese Aufgabe eine große Verantwortung. Hinter den Mauern der Kommende ruhte nicht nur das französische Vermögen des Ordens, sondern auch das Geld vieler reicher Bürger, das die Templer für sie sicher aufbewahrten, sowie der Kronschatz Philipps des Schönen, der allerdings überwiegend aus leeren Truhen bestand.

Anders als die meisten Kommenden der Templer, die eher befestigten Gutshöfen glichen, war der Tempel von Paris eine Festung mit Donjon, Kirche, Stallungen und Werkstätten, mehreren Brunnen und einer starken Wehrmauer. Er war größer als der Louvre, Burg und Festung des Königs, an dem seit geraumer Zeit wegen Geldmangels nicht weitergebaut wurde. Molay hatte sich geweigert, Philipp noch mehr Geld zu leihen, denn der König kam seinen vereinbarten Tilgungszahlungen nicht nach.

Philipps Kämmerer Enguerrand de Marigny war nichts Besseres eingefallen, als eine erneute Münzverschlechterung anzuordnen. So verlor das Geld die Hälfte seines Wertes, die Menschen waren um ihren Lohn betrogen, und viele konnten sich nicht einmal mehr das tägliche Brot leisten. Hunger grassierte, Männer, Frauen und Kinder starben wie die Fliegen, während im Louvre ein Festmahl nach dem anderen aufgetischt wurde. Viele Hungernde versuchten, etwas zu essen zu stehlen, doch wer erwischt wurde, dem drohte die Todesstrafe.

Selbst die Speicher der Templer waren fast leer. Der Orden konnte nicht ganz Frankreich speisen. Die Menschen hatten die Wahl: verhungern oder sich erheben und aufgehängt werden. Sie hatten nichts mehr zu verlieren. Und wer nichts zu verlieren hatte, der griff zu den Waffen, auch wenn der Tod drohte.

Im Hof hatten sich neben den sechzig Ritterbrüdern dreihundert Sergenten eingefunden, die mit Bögen und Speeren bewaffnet waren. Bis auf das Schnauben der Pferde und das Scharren der Hufe war es totenstill. Ein Bote eilte auf Amiel zu und berichtete ihm die letzten Neuigkeiten.

Da der Marschall, Oberbefehlshaber aller Truppen der Templer, mit dem Großmeister Jacques de Molay auf Zypern weilte, war Amiel als stellvertretender Marschall der Heerführer. Er ritt nach vorne, wendete sein Pferd und stellte sich in den Sattel. »Brüder! Wir rücken sofort aus, König Philipp zittert im Louvre um sein Leben. Er wird von einer wütenden Menschenmenge belagert. Seine Truppen stehen drei Tagesmärsche von hier, seine Garde ist zehn zu eins unterlegen. Sie wird das Volk nicht lange aufhalten können. Die Menschen haben sich gegen den König aufgelehnt. Das ist ein Unrecht, das nicht hingenommen werden darf. Aber das Volk ist nicht unser Feind! Es hungert und handelt aus Not und Verzweiflung. Deshalb ist es unsere heilige Pflicht, kein unnötiges Blut zu vergießen. Denkt an Euer Gelübde! Tötet nur, wenn es nicht zu vermeiden ist!«

Er reckte die Faust in die Luft, die Tore flogen auf, Amiel sprengte an die Spitze des Zugs. Schon auf der Reise von Tours nach Paris hatte Amiel mit seinen Hauptmännern die Strategie besprochen, die sie im Falle eines Aufstandes anwenden würden. Es war ja nicht das erste Mal, und sie hatten gelernt. Beim letzten Aufstand war es zu einem unnötigen Gemetzel gekommen, das Amiel glücklicherweise nicht zu verantworten hatte.

Die Kommende der Templer lag ebenso wie der Louvre außerhalb der Stadtmauern, beide waren etwa eine halbe französische Meile voneinander entfernt. Die Route hatten sie vorher festgelegt: Sie würden die Straße nach Le Beau Bourg nehmen, dann abbiegen, um in fast gerader Linie bis zum Louvre vorzudringen. Die Sonne stieg über die Dächer, die Luft war kalt, aber der Himmel frei von Wolken. Gutes Wetter für einen Kampf, der hoffentlich nur wenige Opfer fordern würde. Amiel bat Gott um seinen Beistand und darum, dass er seine schützende Hand über sie halten möge.

Sie kamen gut voran, niemand stellte sich ihnen in den Weg. Auf halber Strecke befahl Amiel einem Teil der Sergenten, als Reserve zurückzubleiben. Mit dem Rest der Männer preschte er weiter.

Im gestreckten Galopp flogen die Ritter auf den Louvre zu, vor dessen Mauern sich eine tobende Menge versammelt hatte und mit einem mächtigen Balken das Tor zu sprengen versuchte. Amiel schätzte sie auf drei- oder viertausend Menschen. Das war selbst für seine rund dreihundert Kämpfer keine Kleinigkeit, denn die halb verhungerten Menschen waren in Raserei verfallen, sie kannten keine Angst mehr, fürchteten weder Schmerz noch Tod.

Die Templer trafen keinen Moment zu früh ein. Ächzend gab das Tor nach, wie ein Sturzbach ergossen sich die Leiber in den Hof des Louvre, Todesschreie wurden laut, die Garde des Königs hatte das Feuer mit Armbrüsten eröffnet, aber sie würde die Verzweifelten nicht lange aufhalten können.

Amiel reckte die Faust und zeigte nach links. Sie bogen

ab und ritten zum Hintereingang des Louvre, der nur von einigen Dutzend armseligen Gestalten belagert wurde. Ein Glück, dass die Aufständischen von niemandem angeführt wurden und daher planlos handelten, sonst hätten sie auch diesen Eingang mit Tausenden Leibern versperrt, und es wäre unweigerlich zu einem Gemetzel gekommen.

Von den Zinnen schoss die Garde wahllos in die Menge, Männer, Frauen und Kinder fielen. Amiel fluchte! Das schürte nur den Zorn der Menschen.

Er gab ein Zeichen. Die Ritter bildeten eine V-Formation, die ersten Reiter stießen mit den stumpfen Enden der Speere die Menschen zur Seite, der Beschuss aus dem Louvre hörte auf. Amiel konnte bei den Angreifern nicht ein Schwert sehen, nicht eine Armbrust, geschweige denn eine Rüstung, sie waren nur mit Knüppeln, Mistgabeln, Messern und Dreschflegeln bewaffnet.

Amiels Männer drängten die Menge auseinander, bildeten eine Gasse, die sie mit gekreuzten Lanzen befestigten.

Ein kleiner Junge schlüpfte durch die Phalanx der Speere, blickte sich verwirrt um. Er hatte sich wohl verlaufen, ahnte nicht, in welcher Gefahr er schwebte. Amiel gab seinem Pferd die Sporen, hob den kleinen Kerl auf sein Pferd und reichte ihn über die gekreuzten Speere den Eltern, die nach dem Kleinen riefen und vor Angst zitterten. Die beiden schienen nicht zu den Ärmsten der Armen zu gehören, ging Amiel nach ihrer Kleidung. Der Mann nickte ihm zu. Quer über sein Gesicht verlief eine Narbe. Amiel erwiderte den Gruß kurz, wandte sein Pferd und gab Befehl, den Durchgang zu sichern. Jeder, der jetzt noch versuchen würde, die Phalanx zu durchbrechen, wäre des Todes.

Das Tor schwang auf. Zwei Dutzend Reiter preschten heraus, unter ihnen der König. Die Ritterbrüder nahmen Philipp und seine Garde in die Mitte und gaben ihren Pferden die Sporen. Die Angreifer waren inzwischen zurückgewichen, sie hatten begriffen, dass sie gegen die Phalanx der Templer kein Mittel hatten. Aber es konnte nicht lange dauern, bis Verstärkung eintraf, bis sich herumgesprochen hatte, dass der König durch den Hintereingang floh.

Im gestreckten Galopp ging es zurück Richtung Tempel, diesmal jedoch nahmen sie den Weg westlich der Abtei von St. Martin, um unliebsamen Überraschungen, wie versprengten Aufständischen, aus dem Weg zu gehen. Als die Sergenten, die zurückgeblieben waren, das Banner des Königs sahen, kehrten sie ebenfalls zur Kommende zurück. Es wäre sinnlos, mit so wenigen Männern um den Louvre zu kämpfen. Darum sollten sich Philipps Soldaten kümmern, wenn sie in Paris eintrafen.

Bis dahin wäre der König Gast der Templer. Amiel hätte sich angenehmeren Besuch vorstellen können, aber er hatte keine Wahl, musste das Beste daraus machen. Immerhin musste er nicht den Gastgeber spielen, da der Komtur, Petrus de Tortavilla, für die Betreuung der Gäste zuständig war.

Was für ein schwacher König Philipp doch war! Ohne die Hilfe der Templer hätte die Menge ihn erschlagen, und das Land wäre im Chaos versunken. Nun musste Philipps General die Kastanien aus der Glut holen und den Louvre von den Aufständischen zurückerobern, während Philipp sich am Feuer der Tempelritter wärmte.

Immerhin gab es einen Trost: Philipp würde sich bald wünschen, woanders Unterschlupf gefunden zu haben.

Tortavilla würde seinetwegen weder den Tagesablauf noch den Speiseplan ändern noch Feste feiern lassen. Im Tempel herrschte zur Freude Amiels die strenge Regel des Ordens, entgegen den Gerüchten, die er allenthalben aufgeschnappt hatte: Gelage würden hinter den Mauern der Kommenden gefeiert! Männer würden mit Männern das Lager teilen wie Eheleute! Was für ein Unsinn! Er musste unbedingt mit Molay reden. Sie mussten diesen Gerüchten entgegentreten, mussten jeden, der sie verbreitete, der Ketzerei anklagen und verurteilen lassen. Die Templer waren gehorsame Diener Gottes. Niemand hatte das Recht, daran zu zweifeln.

Die Sonne stand schon hoch, als sie im Hof der Kommende ihre Pferde parierten. Die Knechte versorgten die Tiere, auch Gernot de Combret, der Ritterbruder, der Amiel als persönlicher Adlatus zur Seite gestellt war, griff nach den Zügeln. Doch Amiel winkte ab. Er wollte sich selbst um sein Schlachtross kümmern, das er Fulgor, Blitz, getauft hatte. Fulgor hatte ihn noch nie im Stich gelassen, er achtete auf jede noch so kleine Bewegung, die Amiel machte. Wenn Amiel die Zügel losließ, spürte Fulgor, was sein Herr wünschte, und er hatte sich als das schnellste Pferd entpuppt, das die Ritterbrüder je gesehen hatten.

Amiel versorgte Fulgor, dann begab er sich in das Haupthaus, wo sich der Kapitelsaal der Kommende befand. Dort waren bereits Tortavilla und der König mit seinem Gefolge an einer eilig aufgebauten Tafel versammelt.

Amiel hatte Philipp schon einmal gesehen, wenn auch nur von Weitem. Man nannte ihn den Schönen, doch heute waren seine durchaus edlen Gesichtszüge von Angst entstellt. Nur knapp war er dem Tod entronnen. Amiel deutete eine Verbeugung an, Philipp bedachte ihn mit einem vernichtenden Blick. Hatte der König allen Ernstes erwartet, dass er vor ihm niederkniete? Hatte er erwartet, dass Amiel ihm Honig um den Bart schmierte? Was auch immer, es scherte Amiel nicht. Er nahm seinen Platz neben dem Komtur ein, der unablässig seine Hände knetete.

»Wie kann ich Euch erfreuen?«, fragte Tortavilla den König ausgesucht höflich. Er ließ bewusst Philipps Titel weg, denn der König hatte keinerlei Machtbefugnisse über die Templer.

Dieser verzog das Gesicht. »Ein guter Anfang wäre, wenn Ihr die Räume, in denen Wir logieren werden, ein wenig wärmt, damit Euch nicht etwa gelingt, was dem Pöbel versagt blieb, nämlich Uns zu töten.«

Amiel kniff sich unter dem Tisch in die Hand. Philipp verhielt sich genau so, wie er erwartet hatte: undankbar, unverschämt und hochfahrend. Gerade hatten sie ihn vor dem sicheren Tod bewahrt, und er hatte nichts Besseres zu tun, als sie zu beleidigen. Doch anstatt den König zurechtzuweisen, lächelte der Komtur nur verlegen und sagte: »Aber sicher. Ihr werdet die Kammer des Großmeisters beziehen, solange Ihr bei uns zu Gast seid. Dort ist alles Nötige für Eure Einkehr vorhanden: ein kleiner, aber umso wertvollerer Altar mit Reliquien des heiligen Franziskus von Assisi, ein wunderbares Kruzifix, in das ein Splitter des Kreuzes unseres Herrn Jesus Christus eingearbeitet ist, und natürlich ein Psalter. Euch zu Ehren werden wir täglich drei Messen lesen lassen, sodass es Euch an Erbauung nicht fehlen wird. Wir wissen, dass Ihr ein gottesfürchtiger, eifriger Diener des Herrn seid.«

»Dafür danken Wir Euch aufrichtig. Doch sicherlich gibt es in diesen Mauern auch andere Möglichkeiten der Erbauung?«

Tortavilla geriet ins Schwitzen. »Die strenge Regel der Templer verbietet alle weltlichen Belustigungen wie Gesang, Tanz oder Spiel. Auch sind Hübschlerinnen in diesen Mauern nicht willkommen. Sicher habt Ihr dafür Verständnis.«

Philipp gähnte. »Nun, haben Wir denn eine Wahl?«

Der Komtur schwieg. Natürlich hatte der König keine Wahl. Er musste die Regeln des Ordens respektieren, solange er sich im Tempel aufhielt.

Der König erhob sich. »Wir sind erschöpft. Wenn Ihr Uns zu Unserem Gemach geleiten würdet?«

Der Komtur nickte dem Verwalter zu, der sich tief vor Philipp verbeugte und ihn bat, ihm zu folgen. Ohne Tortavilla und Amiel eines Blickes zu würdigen, rauschte der König hinaus, seine Lakaien schlichen hinter ihm her.

Kaum war er verschwunden, entfuhr dem Komtur ein tiefer Seufzer. »Beim Kreuze Christi! Was sollen wir nur mit diesem Menschen anfangen?«

Eine gute Frage, auf die Amiel keine Antwort hatte, zumindest keine, die er laut aussprechen durfte. »Passt auf ihn auf, Bruder«, sagte er stattdessen. »Sorgt dafür, dass es ihm an nichts fehlt, und lasst ihn nicht aus den Augen.«

»Immerhin ist er ein König«, murmelte Tortavilla.

»Ja und? Vor allem ist er ein Mensch.«

Der Komtur entspannte sich. »Ihr habt recht.« Er legte Amiel eine Hand auf die Schulter. »Was haltet Ihr davon, jetzt die Bücher durchzugehen? Ich brauche eine vernünftige Beschäftigung, und ich freue mich darauf, Inventur zu machen. Bin ich denn ein Schausteller, der das Volk belustigen soll?«

Amiel willigte gerne ein.

Den Rest des Tages verbrachten sie in der Schatzkammer, zählten und wogen, fertigten Listen an und verglichen Einnahmen und Ausgaben, hielten lediglich für einen kurzen Imbiss und die Gebetszeiten inne. Amiel war aufrichtig erfreut, als sie nur ein paar unbedeutende Abweichungen entdeckten und feststellten, dass das Vermögen der Templer erneut angewachsen war. Hätte der König seine Schulden bezahlt, hätte es sich fast verdoppelt. Für Molays ehrgeizige Pläne würde jedoch selbst dieses Vermögen nicht ausreichen.

Gerade unterzeichnete Amiel das letzte Dokument, das dem Komtur die Richtigkeit seiner Bücher bescheinigte, als Philipp nach Tortavilla verlangte. Lustlos kam dieser dem Wunsch des Königs nach.

Amiel zog es vor, sich mit seinen Männern zu unterhalten. Er verabschiedete den Komtur auf der Treppe vor der Schatzkammer und eilte zu dem Saal, in dem sie am Morgen so unsanft aus dem Schlaf gerissen worden waren.

Die Männer begrüßten Amiel mit Klopfen auf ihre Schilde. Keiner war verletzt worden, weil Amiel besonnen vorgegangen war. Das wussten sie zu schätzen. Amiel wiederum bedankte sich für den tapferen Einsatz.

Plötzlich stürmte ein Sergent außer Atem in den Saal. »Herr, Ihr müsst in den Kapitelsaal kommen, sofort. Der Komtur führt dem König unsere Schätze vor, um ihn zu zerstreuen.«

Amiel verschluckte sich vor Schreck und musste husten. Was war in den Komtur gefahren? War Petrus de Tortavilla von allen guten Geistern verlassen? Amiel sprang auf, rannte los. Vor dem Kapitelsaal hielt er inne, richtete seine Gewänder und klopfte sich den Staub von den Ärmeln. Er durfte nicht wie ein Bauernlümmel vor den König treten. Und da Tortavilla offenbar bereits mit der Präsentation begonnen hatte, war es sowieso zu spät, sie zu verhindern.

Amiel betrat den Saal, und seine Befürchtungen bestätigten sich. Der Komtur zeigte gerade auf eine geöffnete Truhe, in der Geschmeide von erlesener Güte schimmerte. Blutrote Rubine, grün funkelnde Smaragde, Schmuckstücke, die eines Königs würdig waren, ohne Zweifel.

»Wir verfügen über Schätze aus dem gesamten Weltenkreis«, sagte Tortavilla. In seinen Augen glänzte Stolz.

Philipp spannte seinen Körper an; Amiel hatte den Eindruck, eine Hyäne vor sich zu haben, die sich zum Sprung bereitmachte.

Jedes Kind wusste, dass Philipps Politik fast ausschließlich darin bestand, irgendwie Geld aufzutreiben, mit welchen Mitteln auch immer. Er war gierig, skrupellos, machtbesessen und gefürchtet. Ging etwas gegen seinen Willen, war sein Zorn schrecklich. Wie konnte der Komtur einem hungrigen Wolf ein wehrloses Lamm vor die Nase setzen? Der König war im Moment schwach, gewiss, aber das konnte sich jederzeit ändern. Von nun an würde sich jedenfalls sein Appetit auf die Schätze des Ordens ins Unermessliche steigern.

»Ist es nicht wunderbar? Wir können Euch jeden Tag etwas anderes vorführen, damit Euch die Zeit nicht allzu lang wird«, schwärmte Tortavilla.

Philipp leckte sich über die Lippen. »Habt Ihr vielleicht einen Becher Wein für Uns, damit Wir die Vorführung noch mehr genießen können?«

Der Komtur klatschte in die Hände, dienende Brüder traten ein, trugen Wein, Früchte und Pastete auf. Philipp langte zu, schmatzte laut, nickte Tortavilla zu. »Ganz ausgezeichnet, mein Lieber, ganz ausgezeichnet. Nur weiter so.«

So viel dazu, dass Philipp sich an die Regeln des Ordens halten muss, dachte Amiel verbittert.

Erneut klatschte der Komtur in die Hände. Auf Samtkissen brachten bewaffnete Ritterbrüder drei goldene, mit Edelsteinen aller Art verzierte Kronen herein und legten sie vor dem König auf den Tisch.

»Einst zierten diese Kronen die Köpfe heidnischer Fürsten«, erklärte Tortavilla und verneigte sich.

Amiel schätzte den Wert der Kronen auf zweitausend Pfund Silber, genug, um dreißig Schlachtrösser zu kaufen, wobei ein Schlachtross zehnmal so viel kostete wie ein gutes Reitpferd.

Was mochte bei diesem Anblick in Philipps Kopf vorgehen? Amiel konnte es sich nur zu gut vorstellen. Angesichts seiner misslichen Lage konnte ihn nur ein Gedanke beherrschen: Wie kann ich mir den Schatz der Templer aneignen?

Buch I

Oktober 1306

Eine Reise ins Ungewisse

Elva fuhr erschrocken zusammen, als der Mann die Fackel entfachte und die Flamme bis an die Decke des hohen Saals schoss. Ein Raunen ging durch die Hochzeitsgesellschaft, alle starrten gebannt auf das Feuer, das jetzt wieder klein und harmlos hin und her zuckte.

Der Mann, ein blonder Hüne mit harten Gesichtszügen und offenbar der Kopf der Gauklertruppe, ließ sich einen Weinschlauch reichen und setzte ihn an die Lippen. Dann warf er ihn weg und schob sich die brennende Fackel in den Rachen.

Elva hielt den Atem an. Musste der Mann nicht große Schmerzen leiden? Versengte das Feuer nicht seinen Hals?

Im gleichen Augenblick spie der Mann eine riesige Flamme aus seinem Mund, als wäre er ein Drache.

Ohs und Ahs wurden ausgestoßen, dann brach tosender Applaus los.

Auch Elva klatschte begeistert, bis ihr plötzlich wieder einfiel, wo sie war. Und wer sie war. Sie warf dem Mann an ihrer Seite rasch einen Blick zu. Graf Arnulf von Arras applaudierte nicht. Er starrte in seinen Wein. Ob er sich ärgerte? Über das wilde Treiben der Gaukler? Oder darüber, dass seine Braut sich so für die derben Belustigungen begeisterte? Elva biss sich auf die Lippe und sah hinüber zu Leni. Ihre Schwester saß am anderen Ende der Tafel. Gerade flüsterte sie ihrem Mann Zavié etwas ins Ohr. Sie sah glücklich aus.

Der Applaus verklang, die zarten Laute einer Flöte erfüllten den Saal.

Elva wandte sich wieder den Gauklern zu, die in der Mitte der hufeisenförmig zusammengestellten Tische ihre Künste darboten. Eine Flötenspielerin war vorgetreten. Sie trug lange glitzernde Gewänder, wie Elva sie von Zeichnungen aus einem Buch über den Orient kannte. In das Haar, das der Frau offen bis auf die Hüften fiel, waren Perlen und Bänder eingeflochten. Langsam begann sie, sich zu ihrem Flötenspiel zu bewegen. Erst nur mit kleinen trippelnden Schritten, dann mit dem ganzen Körper. Bald bog und wand sie sich wie eine Schlange.

Einige Hochzeitsgäste klatschten im Rhythmus der Musik mit, immer mehr fielen ein. Elva wiegte sich sacht hin und her. Oh, wenn sie doch auch so tanzen könnte! Nicht könnte, dürfte. Elvas Blick wanderte zu dem Scherenstuhl, in dem Erzbischof Diether von Nassau saß und leise schnarchte. Nach der Trauung hatte er seinen schweren Leib dorthin geschleppt, einige Becher Wein gekippt und war eingenickt. Elva konnte kaum glauben, dass das derselbe gestrenge Herr war, der über ihre Heimatstadt herrschte.

Genauso schwer fiel es ihr noch immer zu begreifen, dass dies nun ihr Leben war. Ihr Zuhause. Seit Vater ihr am Ende des Sommers eröffnet hatte, dass Graf Arras um ihre Hand angehalten habe, lebte sie wie in einem Traum. Zwar hatte sie gewusst, dass sie eines Tages verheiratet werden würde, doch für sie hatte dieses Ereignis in ferner Zukunft gelegen. Und dass Ihr Gemahl ein wahrhaftiger Graf sein würde, hätte sie sich in ihren kühnsten Träumen nicht ausgemalt. Arnulf von Arras hatte für diese nicht standesgemäße Ehe die Erlaubnis des Königs einholen müssen. Er brauchte dringend Geld, und Jacob Fleringen war bereit, tief in den Beutel zu greifen, um sich den lang gehegten Traum zu erfüllen, dass sein Enkel eines Tages ein Graf sein würde. Auch dieses Privileg hatte der König großzügig gewährt. Nur Elva würde nie eine Gräfin sein.

Die auf die Ankündigung folgenden Wochen, die sich wie eine nie enden wollende Reihe von Besuchen beim Schneider in ihrer Erinnerung festgesetzt hatten, waren unfassbar schnell vergangen. Erst gestern auf dem Weg von Trier durch das Moseltal bis zur Burg Arras war Elva klar geworden, wie weit fort von allem, was sie kannte, sie von nun an leben würde.

Nicht so weit wie Leni natürlich. Ihre Schwester hatte drei Nächte lang geweint, als Vater ihr verkündet hatte, dass er sie Zavié Romarin aus Marseille zur Frau geben würde. Leni war fest davon überzeugt gewesen, dass sie vor Heimweh sterben würde. Doch nichts dergleichen war geschehen. Im Gegenteil, in ihren Briefen schwärmte Leni von der großen Stadt am Meer und von Zavié, der sie wie eine Göttin zu verehren schien.

Elva war der schweigsame Mann mit dem kantigen Gesicht und den unergründlichen dunklen Augen immer etwas unheimlich gewesen. Als sie am Vorabend ihren zukünftigen Gemahl zum ersten Mal erblickt hatte, hatte sie ähnlich empfunden. Arnulf von Arras war zwar wesentlich älter und um einiges runder als Zavié, aber er schaute ähnlich finster drein wie der Provenzale. Zudem war seine Haut von hässlichen Pockennarben entstellt, was Elva an eine Kröte denken ließ. Die Vorstellung, dieses Gesicht zu liebkosen, jagte ihr einen Schauder über den Rücken.

Ein Aufstöhnen der Menge lenkte Elvas Aufmerksamkeit zurück auf die Gaukler. Die Tänzerin machte immer wildere Verrenkungen, rollte sich über den Boden, verknotete dabei Arme und Beine, ohne ihr Flötenspiel zu unterbrechen. Einigen Männern im Saal fielen beinahe die Augen aus dem Kopf.

Graf von Eltz, der dem Brautpaar gegenübersaß, leckte sich über die wulstigen Lippen. »Mit der würde ich gern mal ein Tänzchen wagen«, murmelte er. »Ihr nicht auch, Arras?« Er blickte fragend zu seinem Gastgeber.

»Seid Ihr sicher, dass Ihr der Kleinen gewachsen wärt?«, fragte Arras trocken zurück.

Elva sah ihn erstaunt an. Er hatte keine Miene verzogen, doch sie glaubte, ein ironisches Lächeln in seinen Mundwinkeln zucken zu sehen.

Ihr Blick wanderte zurück zu der Tänzerin. Sie musste plötzlich daran denken, wie sie als Kind ihre Glieder verrenkt hatte, um ihren Körper in die winzigsten Truhen und Nischen zu quetschen. Sie hatte sich einen Spaß daraus gemacht, in immer kleineren Schlupfwinkeln Platz zu finden, und sie war so gut darin gewesen, dass ihre Brüder aus lauter Narretei in Bechern und Töpfen nachsahen, wenn sie nach ihr suchten. Die alte Küchenmagd hatte immer gescherzt, dass Elva vermutlich als Säugling von Gauklern auf der Schwelle des Hauses niedergelegt worden sei, weil nur Sprösslinge dieser Leute über solch sonderbare Fähigkeiten verfügten. Und Elva hatte sich ausgemalt, wie ihr Leben verlaufen wäre, wenn sie wirklich bei Gauklern groß geworden, wenn sie mit ihnen durch die Lande gezogen wäre, durch fremde Dörfer und Städte.

Ihr Vater hatte allerdings wenig von Elvas Künsten gehalten. Er hatte ihr unschickliches Verhalten unerbittlich bestraft, wann immer er sie dabei erwischt hatte. Einmal hatte er sie aus einem Gewürzfass befreit. Elva kroch hinein, weil es so herrlich darin duftete, nach Nelken, Zimt, Seeluft und dem Sand der Wüsten des Orients. Das Fass war kaum höher als ihre Knie, und sie hatte bezweifelt, dass es ihr tatsächlich gelingen würde, ihre Glieder hineinzuzwängen. Umso mehr freute sie sich, als es glückte. Allerdings erwies sich das Herauskommen als unmöglich. Vater hatte sie unter dem Gejammer der Mutter und dem Gelächter der Brüder freisägen müssen. Die Prügel, die sie nach ihrer Rettung bezogen hatte, würde sie ihr Lebtag nicht vergessen.

Eine tiefe, warme Stimme riss Elva zurück in die Gegenwart. Ein Mann war neben die Flötenspielerin getreten und hatte ein Trinklied angestimmt. Der Sänger war fettleibig, das Lied derb, doch seine Stimme trieb Elva die Tränen in die Augen. Nie zuvor hatte sie etwas so Zauberhaftes vernommen.

Abrupt endete die Darbietung. Nachdem der Applaus verklungen war, erhob der Feuerschlucker die Stimme.

»Verehrter Graf, verehrte Herrin, liebe Hochzeitsgäste, bereitet Euch darauf vor, etwas zu sehen, was Ihr noch nie zuvor gesehen habt. Dieser Mann, genannt ›Milo mit den magischen Fingern‹, wird Euch das Staunen lehren. Er wird sich nun vor Euren Augen von sieben Fesseln befreien, und das, während Ihr bis zwanzig zählt. Seht genau hin!« Er deutete auf einen jungen Burschen, der kaum älter als Elva war und eng geschnittene Kleider aus weichem Leder trug. Sein dunkelblondes Haar fiel ihm in weichen Wellen auf die Schultern, seine blauen Augen blickten aufmerksam auf sein Publikum.

Die Tänzerin trat mit einigen Seilen über dem Arm näher. Mithilfe des Feuerschluckers begann sie, Milo zu fesseln. Nach jedem Knoten musste sich der junge Mann einmal im Kreis drehen, damit sich alle im Publikum davon überzeugen konnten, dass er auch fest saß.

Elva spürte eine Bewegung neben sich. Dieses Kunststück schien ihren Gemahl zu interessieren, er hatte sich vorgebeugt, die Augen zusammengekniffen.

Schließlich war nur noch ein Seil übrig.

»Verehrte Gäste«, rief der junge Gaukler, den sie Milo nannten. Seine Worte wurden von dem gleichen fremden Singsang untermalt, den Elva von Zavié kannte. »Einige von Euch denken sicherlich, dass dies alles nur Täuschung ist, dass meine Gefährten gar keine echten Knoten geknüpft haben. Darum möchte ich jemanden aus dem Publikum bitten, mir die letzte Fessel anzulegen.« Er machte eine Pause, Stille senkte sich über den Saal. »Wenn ich die liebreizende Braut nach vorne bitten dürfte?« Er sah Elva in die Augen und verneigte sich tief.

Elvas Herz machte einen Satz. Am liebsten wäre sie sofort losgestürmt. Im letzten Augenblick besann sie sich, warf ihrem Vater einen fragenden Blick zu, besann sich erneut und sah ihren Gemahl an.

Graf Arras hatte seinen Blick noch immer auf den jungen Gaukler gerichtet. Er schien von dessen Vorstellung völlig in Bann geschlagen zu sein. Eine Weile geschah nichts. Erwartungsvolles Schweigen knisterte im Saal. Dann wedelte Arras mit der Hand, kurz und schnell, als wolle er eine Fliege verscheuchen.

Überglücklich sprang Elva auf und eilte nach vorn. Mit klopfendem Herzen nahm sie das Seil entgegen. Es fühlte sich rau an, genau wie Milos Hände, die sie ohne Zögern ergriff. Seine Kumpane hatten sie ihm zwar schon auf dem Rücken zusammengebunden, aber Elva sah gleich, dass der Knoten zwar kunstvoll aussah, sich aber vermutlich mit einem kräftigen Ruck von allein lösen würde. Sie legte das Seil mehrfach um Milos Handgelenke und knotete es so fest zusammen, wie sie vermochte.

»Wollt Ihr mir das Blut abschnüren?«, raunte Milo so leise, dass nur sie es hören konnte.

»Aber nicht doch«, gab sie zurück. »Ich will nur herausfinden, wie gut Ihr wirklich seid.« Sie zurrte den Knoten fest.

Milo drehte sich um. »Besser als Euer Gemahl bin ich allemal, Gnädigste.« Er bohrte seine blauen Augen in ihre.

Erschrocken wich sie zurück. Obwohl sie nicht sicher war, was der Gaukler gemeint hatte, spürte sie, dass in seiner Bemerkung eine Bedeutung mitschwang, die über die Kunst der Entfesselung hinausging.

Zwei seiner Kumpane ergriffen ihn und drehten ihn noch einmal im Kreis, präsentierten die Knoten. Dann warfen sie ihm einen Sack über den Kopf. Der Feuerschlucker begann laut zu zählen: »Eins, zwei, drei ...«

Alle Gäste zählten mit.

Elva sah zu, wie es unter dem Sack zappelte. Eins nach dem anderen fielen die Seile zu Boden.

»... achtzehn, neunzehn, zwanzig!«

Ein letztes Zappeln, der Sack flog vom Kopf, Milo reckte die Arme in die Luft.

Tosender Beifall brandete auf. Auch Elva klatschte begeistert mit. Als Milo zu ihr hinüberschaute, spürte sie, wie sie errötete. Rasch wandte sie sich ab und hastete zurück zu ihrem Platz an der Seite ihres Mannes.

»Und, Gnädigste?«, fragte Graf von Eltz mit einem spöttischen Grinsen auf den Lippen. »Hat der Bursche Euch seine Tricks verraten?«

Ohne zu wissen, warum, errötete Elva erneut.

»Ihr solltet ein Auge auf sie haben, Arras«, fuhr Graf von Eltz fort. »Jetzt, wo sie weiß, wie man die Fesseln löst, wird sie schwer anzubinden sein.« Er zwinkerte anzüglich.

Wieder hatte Elva das Gefühl, nicht wirklich zu verstehen, was gesagt wurde. Doch an Arnulf von Arras' Reaktion merkte sie, dass es bedeutsam sein musste. Er erwiderte nichts, presste nur die Lippen so fest zusammen, dass alles Blut aus ihnen wich.

* * *

Die Monate waren nur so verflogen. Die meiste Zeit seit dem Aufstand gegen den König in Paris hatte Amiel auf staubigen Straßen und wankenden Schiffsplanken verbracht. Erst auf der Rückreise nach Marseille, dann von dort nach Limassol auf Zypern, zum Hauptsitz der Templer, wohin er zurückbeordert worden war. Leider nur für wenige Wochen, wie sich herausgestellt hatte. Denn schon wieder ging es nach Frankreich, diesmal auf Wunsch des Papstes, der den Großmeister der Templer zu sehen begehrte.

Die Provence war Amiels Heimat, doch zu Hause fühlte er sich auf Zypern. Dem Orden beigetreten war er in Marseille. Sein Vater hatte ihn, seinen jüngsten Sohn, für diesen Lebensweg bestimmt, und Amiel war ihm dankbar dafür. Vor dem Komtur der Kommende hatte Amiel Gott und dem Orden die Treue geschworen, das Kruzifix geküsst und ritterliche Tugenden gelobt: die Schwachen zu beschützen und nur zu töten, wenn es Gott gefiel. Vorher hatte man ihm alle sechshundertsechsundachtzig Regeln des Ordens vorgelesen, ihn mehrfach darauf hingewiesen, dass er Knecht und Sklave des Ordens sein würde und dass das Leben bei den Templern voller Mühsal und Entbehrungen sei, dass er niemals eine Frau küssen dürfe, nicht einmal die eigene Mutter, und dass er, ohne zu fragen, zu gehorchen hätte. Zu alldem hatte er sich freudig bereit erklärt. Glücklicherweise hatte man darüber hinaus nichts von ihm verlangt. Er wusste von Brüdern, die auf das Kreuz hatten spucken müssen, eine alte Tradition angeblich, eine Art Initiation, die nicht Teil des offiziellen Rituals war. Doch ihn hatte niemand zu dergleichen aufgefordert.

Amiel sog die würzige Luft tief in seine Lunge, schloss dabei kurz die Augen, atmete aus und ließ den Blick über das Land unter ihm schweifen. Sattes Grün wechselte sich mit den unzähligen Farben der Blüten ab, die sich nach dem letzten Regen geöffnet hatten. Palmwedel wogten im sanften Wind, der vom südlichen Mittelmeer heiße Luft mitbrachte. Der Abschied fiel ihm schwer. Wann würde er Zypern wiedersehen? Wann würde er das nächste Mal in

Limassol mit seinen Freunden einen Krug Wein leeren? Würde er überhaupt wiederkehren? Würde er jemals wieder auf dem Dach des Wohnturmes der Burg Kolossi stehen und die Schöpfung mit seinen Gebeten loben?

Er legte eine Hand auf die rauen Zinnen. Anfangs hatte er dieses Land gehasst, sich gewünscht, in seine Heimat, die Provence zurückkehren zu dürfen, doch jetzt wollte er nicht mehr fort von hier. Er griff sich an die Brust. Das Amulett mit dem Drachenkopf war wie immer an seinem Platz. Heute schien es zu pulsieren. Wollte es ihn an das Gelübde erinnern, das er seiner sterbenden Mutter gegeben hatte? Er war gerade zwölf geworden, als ihn sein ältester Bruder Barnabé bei seinem Onkel abgeholt hatte. Drei Nächte hatten sie am Sterbebett gewacht. Dann hatte Mutter ihn zu sich gewinkt und ihm ins Ohr geflüstert: »Amiel, du warst mir immer der liebste Sohn.« Sie hatte gestockt, ihr Atem hatte gerasselt wie die Kette der Zugbrücke. »Sag es niemandem.« Sie hatte gequält gelächelt. »Du musst mir versprechen, nach Aliénor zu suchen. Sie lebt, ich weiß es. Du darfst niemals aufgeben. Das musst du mir schwören.«

Amiel hatte nicht sprechen können, sein Hals war zugeschwollen, Tränen liefen ihm in Strömen übers Gesicht, obwohl das für einen Mann unschicklich war. Er hatte die Hand auf den Drachenkopf gepresst, genickt und damit den Schwur geleistet, das Gelübde abgelegt. Nur wenig später tat seine Mutter ihren letzten Atemzug, und schon am nächsten Tag hatte Amiel zurück zu seinem Onkel gemusst.

Erst Jahre später, als er zum Ritter geschlagen war, konnte er darangehen, seinen Schwur zu erfüllen. Er wusste, nach wem er zu suchen hatte, um etwas über seine Schwester zu erfahren: Er musste Randolf, den weißhaarigen Wahrsager finden. Er hatte sich damals auf dem Jahrmarkt auffallend für Aliénor interessiert. Und am nächsten Tag war sie spurlos verschwunden.

Es war, als hätte man Amiel das Herz bei lebendigem Leibe herausgerissen. Tagsüber half er bei der Suche, in den Nächten weinte er leise, damit es niemand bemerkte. Erst eine Woche später traute er sich zu erzählen, dass er mit Aliénor auf dem Jahrmarkt gewesen war, dass sie diesen unheimlichen Wahrsager aufgesucht hatten. Doch der war da schon längst weitergezogen. Keiner wusste, wohin. Amiel bezog zwar für seinen Ungehorsam Prügel, aber niemand außer ihm glaubte, dass ein Zusammenhang zwischen dem Jahrmarktsbesuch und Aliénors Verschwinden bestand. Alle nahmen an, seine Schwester sei in die Bresque gefallen und ertrunken oder von wilden Tieren verschleppt worden.

Noch am Tag seines Geständnisses war Amiel zu seinem Onkel nach Grimaud geschickt worden, wo seine Ausbildung zum Ritter begann. Bis heute hatte er keine Spur von Randolf, dem Wahrsager, gefunden, obwohl er sicher war, dass es Menschen geben musste, die mehr über den Mann mit dem auffälligen Äußeren wussten.

Amiel glaubte nicht daran, Aliénor lebend zu finden, aber er wollte herausbekommen, was geschehen war. Und er war sich sicher, dass der Wahrsager etwas mit ihrem Verschwinden zu tun hatte. Schon oft hatte er Geschichten gehört, dass fahrende Leute Kinder raubten und als Sklaven verkauften.

Nun wurde er nach Frankreich zurückbeordert. War das

ein göttliches Zeichen, die Suche nach seiner Schwester wieder aufzunehmen? Er nahm sich vor, noch einen letzten Versuch zu machen. Wenn auch der scheiterte, würde er am Grab seiner Mutter eingestehen, dass er seine Schwester nicht finden konnte, und sie um Vergebung bitten, weil er seinen Schwur nicht hatte halten können.

Amiel hörte hinter sich Sohlen auf Stein klacken, erkannte im einzigartigen Rhythmus der Schritte seinen besten Freund Cyprian. Eine Hand legte sich auf seine Schulter. Die Berührung schenkte Amiel ein wenig Trost.

»Mir geht es wie dir, mein Freund«, sagte Cyprian mit seiner warmen, dunklen Stimme. »Mir ist schon jetzt das Herz schwer, noch bevor wir uns eingeschifft haben. Ich habe keine Sehnsucht nach dem rauen Wind Frankreichs.«

»Ach Cyprian, wohin führt uns Gott nur?« Amiel schämte sich sofort seiner Worte. Waren die Wege des Herrn nicht immer die richtigen? Auch wenn er sie nicht verstehen konnte?

»Ich würde sagen nach Marseille.« Cyprian lachte leise. »Dann zu unserer uneinnehmbaren Festung La Couvertoirade, die kostbare Fracht gut verstauen, und von da vermutlich nach Poitiers, in die derzeitige Unterkunft des Nachfolgers von Simon Petrus. Ob der Papst sich wohl je entscheidet, wo er residieren will?« Cyprian drückte kurz Amiels Schulter. »Komm, mein Freund. Es wird Zeit. Molay, unser *großer* Großmeister, wird nicht warten wollen. Schließlich hat er hochtrabende Pläne.«

Amiel entging Cyprians spöttischer Ton nicht, und er wandte sich um. Die Worte sollten ihn wohl erheitern, dafür war er dem Freund dankbar, aber sie verfehlten ihren

Zweck. Sie erinnerten Amiel nur daran, was für ein ehrgeiziges Vorhaben Molay sich in den Kopf gesetzt hatte. Er wollte alle Kräfte sammeln und das Heilige Land zurückerobern. Ausgerechnet jetzt, wo die Templer von allen Seiten mit Misstrauen und Feindseligkeit beäugt wurden. Oder womöglich gerade deshalb, um allen Zweiflern ein für alle Mal klarzumachen, dass der Orden fest im Glauben stand und bereit war, alles für den Ruhm Gottes zu tun.

Doch wie sollte das gelingen? Die Templer waren reich, keine Frage. Sehr reich. Aber für einen Kriegszug von diesen Dimensionen besaßen selbst sie nicht die Mittel. Oder stimmten die Gerüchte, die Amiel vernommen hatte? Dass der Orden über einen Schatz verfügte, der von unvorstellbarem Wert war?

Selbst wenn, war der Zeitpunkt schlecht gewählt. Amiel hatte versucht, mit dem Großmeister darüber zu reden. Doch Molay hatte stets wichtigere Dinge zu tun und Amiels Anliegen mit einer Handbewegung abgetan.

Gelegentlich fragte Amiel sich, warum der Großmeister ihn als stellvertretenden Marschall und persönlichen Berater gewählt hatte, wenn er doch nicht auf ihn hörte. Aber natürlich kannte er die Antwort. Es lag an seiner Ausbildung. Amiel hatte nicht nur das Kriegshandwerk erlernt. Sein Onkel, der angesehene Graf Raimond de St. Maurice, der seine Ausbildung übernommen hatte, hatte darauf bestanden, ihn in die Feinheiten der Politik einzuweihen. Dafür musste Amiel schreiben und lesen lernen, in vier verschiedenen Sprachen.

Anfangs hatte Amiel die Lektionen gehasst, viel lieber wäre er auf die Jagd nach Hasen gegangen, doch sein Onkel hatte keine Widerworte gelten lassen. Und bald hatte Amiel begriffen, wie viel Macht im Wissen lag. Heute wusste er auch, warum sein Onkel so erpicht darauf gewesen war. Es war auf Anordnung von Amiels Vater geschehen. Der hatte zwar nie viel Zeit oder gute Worte für seinen dritten Sohn gehabt, jedoch den festen Plan, ihm bei den Templern einen hohen Posten zu besorgen. Dafür brauchte Amiel mehr als einen starken Schwertarm. Die wenigsten Ritterbrüder konnten lesen, geschweige denn schreiben. Und die Sergenten schon gar nicht. Viele stammten aus niederem Adel, und bei der Aufnahme in den Orden wurde mehr darauf geachtet, welche Güter der zukünftige Bruder mitbrachte und wie gut er kämpfen konnte, als auf seine Bildung. Die wenigen aber, die in den Wissenschaften bewandert waren, konnten bei den Templern schnell aufsteigen. So wie Amiel. Die Rechnung seines Vaters war aufgegangen.

Cyprian hatte eher zu den rauflustigen Knappen gehört, er glaubte, dass die Macht des Schwertes der des Wortes überlegen wäre, obwohl er ebenfalls lesen und schreiben hatte lernen müssen. Darauf hatte Amiels Onkel bestanden. Niemand sollte ihm nachsagen, er habe nur Schlagetots ausgebildet. Vielleicht hatte Molay doch recht. Vielleicht würde der Orden wieder zu seiner alten Größe finden, wenn es ihm gelang, den heiligen Boden zurückzuerobern. Vielleicht verstummten die dummen Gerüchte dann von ganz allein.

»Er geht ein großes Wagnis ein, unser Großmeister«, sagte Amiel bedächtig. »Aber ich bin sicher, dass er weiß, was er tut.« Wusste Molay das wirklich? Warum reisten fast alle Ritterbrüder mit nach Marseille? Warum nahmen sie alle Unterlagen, alles Gold und alle Schuldverschreibungen mit? »Trotzdem ist mir nicht wohl bei der Sache. Sollte ein Sturm die Schiffe versenken, wäre der Orden seiner Zunge, seines Gedächtnisses und seiner Reichtümer beraubt und damit dem Untergang geweiht.«

Cyprian winkte ab. »Es ist doch gleich, was wir denken. Molay hat entschieden. Fertig.« Seine Miene verdunkelte sich.

Amiel hingegen zwang sich ein Lächeln auf die Lippen. »Genug Trübsal geblasen! Lass uns aufbrechen, lass uns Abenteuer erleben und die Sache Gottes und des Ordens voranbringen!«

Wie zwei Halbwüchsige, so wie in alten Zeiten, als sie noch Knappen gewesen waren, tollten sie die steilen Holztreppen des Wohnturmes hinunter, schubsten sich gegenseitig und wären fast gestürzt. Genau genommen verstießen sie damit gegen die Regeln, denn ein Ritterbruder hatte sich immer und überall gesittet und ruhig zu verhalten. Nur die Oberen des Ordens genossen Sonderrechte. So wie Amiel. Nicht aber Cyprian.

* * *

Karel Vranovsky drückte sich in den Schatten einer Mauernische, als die Braut an ihm vorbeieilte. Einen Wimpernschlag lang war sie ihm so nah, dass der Ärmel ihres kunstvoll bestickten Kleides ihn streifte. Die Berührung brannte wie glühendes Eisen auf der nackten Haut seines Unterarms.

Sechs Jahre war Isabel von Arras nun tot. Sechs Jahre

lang hatte Karel den Grafen erfolgreich davon abgehalten, sich eine zweite Frau zu suchen. Natürlich war es nur eine Frage der Zeit gewesen, bis Arras sich neu vermählen würde. Darüber hatte Karel sich keinerlei Illusionen hingegeben. Der Graf brauchte einen Erben. Einen legitimen Erben. Und er brauchte Geld. Viel Geld. Um die Burg und die umliegenden Ländereien war es schlecht bestellt. Dem Grafen stand das Wasser bis zum Hals. Und die dämliche kleine Kaufmannstochter brachte ein Vermögen mit in die Ehe, denn ihrem ehrgeizigen Vater war kein Preis zu hoch gewesen, um Arras als Bräutigam zu gewinnen. Schließlich wäre sein Enkel einmal ein Graf. Für diese Aussicht hatte Jacob Fleringen sich auspressen lassen wie eine Zitrone. Arnulf von Arras hatte also klug gehandelt. Aber das linderte nicht den brennenden Schmerz in Karels Brust. Und es hatte Augenblicke gegeben, in denen Karel wider jede Vernunft gehofft hatte ...

Nun war es also geschehen. Und alles würde wieder von vorne losgehen.

Karel berührte die Stelle an seinem Unterarm, wo Elvas Ärmel ihn gestreift hatte. Er würde leichtes Spiel mit ihr haben. Die Schnepfe hatte bereits bewiesen, wie einfältig sie war. Wie ein kleines Kind hatte sie mit großen Augen die albernen Darbietungen der Gaukler bewundert, als gäbe es so etwas nicht auf jedem Jahrmarkt zu sehen. Und dann hatte sie sich auch noch von diesem Hampelmann mit den Seilen in Verlegenheit bringen lassen. Karel hatte Arras angesehen, wie sehr er unter diesen Peinlichkeiten litt.

Nur der Hampelmann selbst hatte dem Grafen offenbar

gefallen. Kein Wunder, er war ein äußerst ansehnlicher junger Bursche. Deshalb hatte Karel sich mächtig ins Zeug gelegt, Arras zu überreden, die Gauklertruppe früher fortzuschicken. Es genügte vollkommen, wenn ihm das dumme Miststück ins Gehege kam. Einen weiteren Konkurrenten um des Grafen Gunst konnte er wahrhaftig nicht gebrauchen.

Karel schloss die Augen, holte Luft, sog den süßen Duft nach Lavendel und Rosenblüten ein, den Elva im Korridor zurückgelassen hatte. Dann eilte er hinter ihr her die Stufen in den Burghof hinunter.

Er würde sie loswerden. So wie er Isabel losgeworden war. Diesmal allerdings würde er es geschickter anstellen. Diesmal würde ihm kein Fehler unterlaufen.

* * *

Atemlos erreichte Elva den äußeren Burghof. Gerade noch rechtzeitig. Die Gaukler hatten bereits all ihre Habseligkeiten auf dem Karren verstaut, waren im Begriff aufzubrechen.

Viele Hochzeitsgäste hatten sich ebenfalls hier unten eingefunden, um die bunte Truppe abziehen zu sehen. Elva entdeckte ihre Schwester, die neben dem Torbogen zum inneren Burghof stand und ihr winkte. In ihrem Blick lag Sorge.

Elva schlenderte auf Leni zu, die sie hinter den Brunnen zog, wo sie etwas abseits standen.

»Ich dachte, die Gaukler bleiben über Nacht, um morgen nach dem Turnier noch einmal aufzutreten«, sagte

Leni. Für den nächsten Tag war zur Belustigung der Hochzeitsgäste ein Ritterturnier geplant.

»Graf Arras hat es sich anders überlegt«, erwiderte Elva.

»Hat ihm die Darbietung nicht gefallen?«

»Womöglich hat ihm die Rolle, die seine Gemahlin dabei gespielt hat, nicht zugesagt.«

»Der Kerl mit den Fesseln hat dir etwas zugeflüstert, und du bist errötet.«

Elva sah sie erschrocken an. »Haben das alle bemerkt?«

Leni legte ihr die Hand auf die Schulter. »Jeder weiß, dass Gaukler ungehobelte Gesellen sind, die zu derben Scherzen neigen. Es wundert niemanden, wenn sie eine anständige Frau zum Erröten bringen.«

Elva senkte den Blick, musterte die Spitzen ihrer Schuhe. Das zarte braune Leder war mit Silberfäden bestickt. Es gab so vieles, das sie ihre Schwester gern gefragt hätte. Über die Ehe. Aber sie wusste nicht, wo sie anfangen sollte. Früher einmal hatten sie sich sehr nahe gestanden. Leni hatte sie beschützt, sie gedeckt, wenn sie mal wieder über die Stränge schlug, und sie hatte ihrer großen Schwester alles anvertrauen können. Aber in den vergangenen Jahren hatten sie nicht mehr ausgetauscht als einige Briefe, und Leni hatte sich verändert. Sie war schon immer viel vernünftiger gewesen als Elva. Und nun erschien sie ihr fast wie eine zweite Mutter.

»Was ist mit dir?«, fragte Leni leise. »Hast du Angst? Vor der Ehe? Vor deinem Gemahl?«

Elva zuckte mit den Schultern. »Ich mache bestimmt alles falsch«, sagte sie. »Ich habe keine Ahnung, wie man einer großen Burg vorsteht, was alles getan werden muss, welche Bediensteten es gibt, welche Aufgaben die Hausherrin hat. Wenn mein Gemahl ein Kaufmann wäre, wüsste ich, was ich zu tun hätte. Aber was verstehe ich von den Pflichten einer Burgherrin?« Sie stieß mit der Schuhspitze gegen den Brunnen. »Von den Pflichten einer Ehefrau ganz zu schweigen.«

»Die sind nicht so schlimm, wie du denkst. Im Gegenteil.« Ein breites Lächeln erhellte Lenis Gesicht. »Sie sind sogar sehr – angenehm.«

Elva sah sie überrascht an. »Ich habe gesehen, wie die Gäule auf der Weide ... Ich kann mir nicht vorstellen ...«

»Bei den Menschen ist es ganz anders, glaube mir. Sie schauen sich dabei in die Augen. Halten sich in den Armen.« Leni räusperte sich, eine Röte stahl sich auf ihre Wangen, die Elva zum letzten Mal dort gesehen hatte, als ihre Schwester ihr von ihrem ersten Tanzfest erzählt hatte. »Und wenn du erst einmal die Angst überwunden hast, ist es wunderschön. Schöner als alles, was du je gefühlt hast. Als würde der Boden sich unter dir auftun und du könntest fliegen wie eine Schwalbe.«

Elva hätte ihrer Schwester gern geglaubt. Aber sie konnte sich nicht vorstellen, dass Arnulf von Arras sie jemals so ansehen würde, wie Zavié Leni ansah. Oder dass es sich anfühlen könnte wie ein Flug mit den Schwalben, in seinen Armen zu liegen. War es ihre Aufgabe, ihn dazu zu bringen? »Aber wie soll ich ...«

»Du sollst gar nichts, Elva. Lass es einfach geschehen. Lass dich von ihm führen. Er war schon einmal verheiratet, er wird wissen, was zu tun ist.«

»Wenn du meinst.« Elva versuchte, zuversichtlich dreinzublicken. Sie hörte einen kehligen Laut, eine Art Räuspern. Erschrocken fuhr sie herum. Aber da war niemand. Nur der Torbogen zum inneren Hof. Rechts davon führte eine Treppe auf die Burgmauer. Elva konnte nicht über die Mauer hinüberschauen, doch sie wusste auch so, dass es dort nichts zu sehen gab. Nichts jedenfalls außer endlosen dunklen Wäldern. Burg Arras lag einsam auf einem Felssporn. Zwar waren die Mosel und einige Dörfer vom Bergfried aus in der Ferne auszumachen. Doch der Anblick der winzigen hellen Flecken verstärkte nur das Gefühl der Einsamkeit. Sie seufzte. »Ich habe jetzt schon Heimweh.«

»Auch das wird vergehen.«

»So wie bei dir?«

»So wie bei mir.«

»Einen Groschen, und ich sage Euch die Zukunft voraus.«

Elva fuhr herum und starrte die Flötenspielerin an, die wie aus dem Nichts vor ihnen aufgetaucht war.

»Scher dich fort!«, herrschte Leni sie an.

»Ihr glaubt wohl nicht an die Macht des Schicksals?« Das Mädchen schüttelte den Kopf, sodass die Perlen in ihrem Haar klimperten, und lächelte wissend. »Solltet Ihr aber.« Sie sprach mit dem gleichen singenden Tonfall wie der Entfesselungskünstler. Sie hatte auch die gleichen klarblauen Augen. »Reicht mir Eure Hand.« Sie schaute Elva auffordernd an. »Da Ihr die Braut seid, müsst Ihr für meine Dienste nicht bezahlen. Ich schenke Euch einen Blick in die Zukunft.«

»Was fällt dir ein!« Leni trat vor und stemmte die Hände in die Hüften. »Verschwinde! Wir wollen deine Märchen nicht hören!«

»Doch!« Elva streckte ihre Hand aus. »Ich will hören, was sie zu sagen hat.«

»Elva ...«

Lenis ängstliches Gesicht verunsicherte Elva einen Augenblick lang. Doch dann lachte sie auf. Das hier war ein Spiel, niemand außer Gott wusste, was die Zukunft brachte, und ganz bestimmt nicht dieses zerzauste Geschöpf mit den schillernden Kleidern und dem wirren Haar. Aber es wäre ein rechter Spaß zu hören, was sie über reichen Kindersegen, eine glückliche Ehe und ein langes Leben zusammenfantasierte. Das war es doch, was das fahrende Volk einem immer prophezeite.

Elva hielt der Tänzerin ihre Hand hin. »Und? Was siehst du?«

Mit einem verschmitzten Lächeln griff das Mädchen danach. »Ich sehe ein großes altes Haus mit vielen langen, düsteren Gängen und leeren Hallen«, sagte sie und strich mit dem Finger über Elvas Handfläche.

Die Berührung knisterte auf der Haut. Unwillkürlich schauderte Elva. Dabei hatte das Mädchen nichts Ungewöhnliches gesagt. Das große Haus war Burg Arras. Natürlich.

»Und ich sehe einen Mann«, fuhr das Mädchen fort. »Und etwas Rotes. Es ist ... O nein ...« Die Gauklerin ließ Elvas Hand los und taumelte rückwärts. »Nein«, flüsterte sie noch einmal.

»Was denn?«, fragte Elva mit belegter Stimme. »Was siehst du? Sag es mir!«

Doch das Mädchen schwieg. Sie war mit einem Mal leichenblass.

»Musst du meine Schwester so erschrecken, du unverschämtes Luder?«, herrschte Leni sie an. »Ich wusste doch, dass es nur Ärger bringt, diesem Pack zu vertrauen. Scher dich fort, bevor ich mich vergesse!«

»Nein!«, rief Elva. »Sie soll mir sagen, was sie gesehen hat!«

Doch das Mädchen starrte sie nur mit großen Augen an, schüttelte den Kopf und rannte davon.

Elva beobachtete, wie sie zu ihren Leuten stieß, gerade als diese aufbrachen. Der Anblick des bunten Wagens mischte sich mit einer Erinnerung, mit dem verschwommenen Bild eines anderen, ganz ähnlichen Gefährts, das mit gebrochener Achse und zersplitterter Seitenwand im Graben lag. Elva hörte die Schreie der Verunglückten, roch das süßliche Blut und die beißenden Exkremente. Unwillkürlich griff sie an ihr Amulett und zwang ihre Gedanken zurück in die Gegenwart.

Unter großem Getöse setzte sich das Gefährt der Gaukler in Bewegung. Die Truppe folgte ihm zu Fuß, nur der dicke Sänger saß auf dem Bock und hielt die Zügel. Hinterher lief ein vollbepackter Esel, der an dem Karren festgebunden war.

Die Tänzerin zog ihre Flöte aus den Falten ihres Gewandes und spielte eine Melodie, die Elva noch nie gehört hatte. Das Lied war fröhlich und traurig zugleich. Elva schossen die Tränen in die Augen. Sie spürte kaum, wie Leni ihr den Arm um die Schultern legte. Der Teil der Hochzeitsgäste, der mit auf den Hof gekommen war, applaudierte und jubelte, Münzen flogen durch die Luft und wurden geschickt aufgefangen. Dann rasselte das schwere

Torgitter hinter der bunten Truppe herunter. Für Elva hörte es sich an, als würde die Tür eines Kerkers zugeschlagen.

* * *

Der Tross war zur Abreise nach Frankreich bereit. Die Habseligkeiten der Ritterbrüder waren auf Karren verladen worden. Amiel würde an der Spitze reiten, hinter dem Großmeister, dem Marschall und dem Schatzmeister des Ordens.

Cyprian folgte als Führer der Nachhut am Ende des Zuges. Er befehligte zwanzig Ritterbrüder und sollte bald befördert werden. Amiel hoffte inständig, dass das Ordenskapitel bei der nächsten Zusammenkunft die nötigen Beschlüsse fassen würde. Cyprian hatte es mehr als verdient. Bei der Belagerung der Inselfestung Aruad, ihrer letzten Bastion im Heiligen Land, hatte er wahrhaft heldenhaft gekämpft.

Die Mamelucken hatten versprochen, Ritter, Bogenschützen und Zivilisten ziehen zu lassen, wenn die Stadt sich ergab. Doch als die Brüder die Tore öffneten, stürmten die Heiden die Festung und erschlugen fast alle Einwohner. Viele Brüder wurden überwältigt und in die Kerker der Ungläubigen geworfen, wo sie elendig verreckten.

Erst als der Baucent, die schwarz-weiße Fahne des Ordens, im Staub lag, der Marschall gefallen war und Cyprian, aus vielen Wunden blutend, allein gegen Hunderte Feinde hätte kämpfen müssen, erst da entschloss er sich zur Flucht. Aber nicht, um sein Leben zu retten, sondern um seine

Brüder zu warnen. Denn die Mamelucken hatten die Insel mit einer mächtigen Flotte vollständig umzingelt und warteten nun auf die Schiffe der Templer. Es war eine Falle.

Cyprian schlug sich mit einem Sergenten und einem kleinen Jungen zur Westküste der Insel durch, kaperte ein Fischerboot und stach in See. Gott kam ihnen zu Hilfe und schickte ein Gewitter, mit Regen, der so dicht fiel, dass er die Nussschale vor den Augen des Feindes verbarg.

Amiel, der gespürt hatte, dass sein Freund noch lebte, hatte durchgesetzt, mit einer schnellen Galeere der Entsatzflotte vorauszufahren. Im letzten Moment hatte er den halbtoten Cyprian und seine Begleiter aus dem Meer gefischt. Aufgrund von Cyprians Berichten hatte sich Molay entschieden, umzukehren und Aruad aufzugeben. Wären sie weitergesegelt, hätten die Heiden die Flotte des Ordens vollständig vernichtet.

Von einer Anhöhe aus kam der Hafen in Sicht. Dicht gedrängt lagen Dutzende Schiffe vor Anker, an sechsen flatterte der schwarz-weiße Baucent am Mast: An der *Santa Anna* und der *Falcon*, zwei der größten Karacken des Mittelmeeres, an dem etwas kleineren, aber noch immer mächtigen Flaggschiff, der *Stella Orientis*, und an drei Fustas. Die beiden Karacken waren mit Vorräten, Männern, Pferden beladen, auf der *Falcon* waren zusätzlich die vier riesigen Schatztruhen des Ordens untergebracht. Die *Stella Orientis*, der Stern des Morgenlands, war die größte Kriegsgaleere des Ordens und bot Platz für zweihundertzwanzig Mann samt Gepäck. Die drei Fustas, kleine pfeilschnelle Galeeren, dienten den großen Schiffen als Geleitschutz.

Die meiste Zeit wurden die Schiffe von ihren Segeln angetrieben. Nur bei Flaute kamen die Galeeren mit der Kraft ihrer Ruder voran. Alle Ruderbänke waren dann mit Ritterbrüdern, Sergenten und Hilfstruppen besetzt.

Mannschaft und Schiffe warteten auf den Großmeister und sein Gefolge. Die *Stella Orientis* wirkte zierlich neben den dickbauchigen Lastseglern, die wie leichte Beute aussahen. Doch wer immer die Flotte angreifen sollte, würde es bereuen. Die *Stella Orientis* war nahezu ebenso schnell wie die Fustas, ihr Rammbock war aus massivem Eisen geschmiedet, und an Deck warteten einhundert Bogenschützen, vier Katapulte mit Griechischem Feuer und achtzig Ritterbrüder auf die Feinde. Auf der *Santa Anna* und der *Falcon* waren noch mehr Kämpfer untergebracht.

Amiel fand es beruhigend, eine solche Streitmacht hinter sich zu wissen. Auch wenn er eine ereignislose Überfahrt erwartete. Denn es war unwahrscheinlich, dass sie von Piraten angegriffen würden, da diese meist nur einige Fustas besaßen und normalerweise einen riesigen Bogen um die Templerflotte machten.

Zudem führte ihre Route sie entlang der Küsten, an denen ihre Verbündeten herrschten. Nur eine Passage würde gefährlich werden: Fast dreihundert Meilen weit mussten sie über das Ionische Meer, die offene See zwischen Argostolion und Messina. Solange das Wetter mitspielte, bestand kein Grund zur Sorge. Die Kapitäne waren erfahrene Seeleute und Meister der Navigation. Aber das Ende des Monats Oktober war eine ungünstige Zeit für die Überquerung des Mittelmeeres von Ost nach West.

Molay hatte auch in diesem Punkt nicht nachgegeben, obwohl sie dem Befehl des Papstes, bis zu Allerheiligen nach Poitiers zu kommen, ohnehin nicht mehr pünktlich Folge leisten konnten. Allein bis Marseille brauchten sie mindestens zwei Wochen auf See, selbst unter günstigsten Bedingungen, und von dort noch einmal mindestens drei Wochen auf dem Landweg bis Poitiers – vorausgesetzt es kam nichts dazwischen. Und es kam immer etwas dazwischen.

Geschrei riss Amiel aus seinen Gedanken. Er richtete sich im Sattel auf, konnte aber nichts erkennen, außer Molays in den Himmel gereckte Faust. Der Zug stoppte. Amiel preschte an dem Schatzmeister und dem Marschall vorbei und hielt neben Molay.

Ein Fuhrwerk stand quer auf der Straße und versperrte den Weg. Ein Rad war gebrochen, der Wagen ließ sich nicht mehr manövrieren. Rechts und links war eine steile Böschung, es gab keine Möglichkeit, um das Hindernis herumzureiten.

Fluchend versuchten die Knechte das Rad zu wechseln, aber immer wieder rutschte das neue Rad von der Nabe. Nach dem dritten Versuch riss Molay der Geduldsfaden.

»Entladet das Fuhrwerk und schafft es von der Straße«, befahl er. Seine Stimme war nicht hochfahrend, aber die unterdrückte Wut war nicht zu überhören.

Sofort wollten sich sechs Ritterbrüder seiner Leibgarde an die Arbeit machen. Doch der Herr der Knechte, ein offensichtlich wohlhabender christlicher Händler, stellte sich den Rittern in den Weg und hob eine Hand.

»Das könnt Ihr nicht machen!«, rief er. »Wir sind bald fertig. Dann könnt Ihr weiterziehen. Ihr seht doch, wie steil die Böschung ist. Wenn Ihr den Wagen da hinunterstoßt, bekomme ich ihn nicht wieder hochgezogen. Außerdem ist er dann vermutlich völlig zerstört.«

Molay lenkte sein Pferd an den Händler heran. »Seid Ihr blind? Wir sind Tempelritter«, zischte er. »Wir sind im Namen Gottes unterwegs, das Heilige Land zurückzuerobern. Dem muss alles andere nachstehen. Gebt also den Weg frei und lasst meine Männer ihre Pflicht erfüllen.«

Doch der Handelsmann wich keine Handbreit. »Das Heilige Land zurückerobern? Ich habe gehört, Ihr segelt nach Frankreich. Ich wusste nicht, dass das Heilige Land neuerdings dort zu finden ist.«

Einige der Umstehenden lachten, spendeten Beifall. Molay legte seine Hand an den Schwertknauf. Amiel fluchte innerlich. Molay war dünnhäutig in letzter Zeit. Es war nicht nötig, sich noch mehr Feinde zu machen, als sie ohnehin schon hatten. Er musste eingreifen, einen offenen Konflikt verhindern.

Immer mehr Menschen näherten sich von der anderen Seite und blieben neugierig hinter dem Fuhrwerk stehen, darunter auch ein gutes Dutzend Johanniterritter, die ihre Hände an ihre Schwerter legten, darauf hoffend, mit den Templern aneinanderzugeraten.

Das hätte gerade noch gefehlt! Die Stellung des Ordens auf Zypern war nicht gefestigt, und wenn sie sich jetzt auf einen Kampf einließen, konnte nicht nur Kolossi gefährdet sein, sondern die ganze Unternehmung zur Rückeroberung des Heiligen Landes. Außerdem wurde in Poitiers just in dem Augenblick mit den Johannitern verhandelt. Es ging darum, ob die Templer sich den Johannitern anschließen sollten.

Öffentlich konnte Amiel die Befehle Molays nicht in Frage stellen, das hätte seinen sofortigen Ausschluss aus dem Orden bedeutet, auch wenn er der stellvertretende Marschall war.

Amiel lenkte sein Pferd ganz nah an den Großmeister und flüsterte ihm ins Ohr. »Meister, wir haben es in der Tat eilig. Wenn wir dem Mann helfen, das Rad zu wechseln, brauchen wir viel weniger Zeit, als wenn wir …«

Molay drehte den Kopf, sah Amiel tief in die Augen. Jetzt kam es darauf an, nicht den Blick abzuwenden. Amiel musste Stärke und Sicherheit beweisen.

»Nicht dass wir im Unrecht wären, aber …«, fügte Amiel hinzu.

»Schon gut, Lescaux«, knurrte Molay und wandte sich ab. »Männer, helft diesen Knechten, die ihr Brot nicht wert sind, sonst nimmt das hier gar kein Ende mehr.« Er zeigte auf den Händler. »Und Ihr werdet die Templer noch anflehen, Euch den Zutritt zur Heiligen Stadt zu gewähren!«

Die verblüfften Ritterbrüder gingen den Knechten zur Hand, nach kurzer Zeit war der Weg frei, Molay gab seinem Pferd die Sporen. Amiel grüßte die enttäuschten Johanniter mit einem schmalen Lächeln. Doch ihm war alles andere als heiter zumute.

* * *

Elvas Hand zitterte, als sie die Bänder an ihrem Kleid aufschnürte. Eben hatte die Hochzeitsgesellschaft sie und ihren Gemahl bis an die Tür ihres Schlafgemachs geleitet. Als einige Gäste ihnen auch noch in den Raum folgen wollten, hatte Graf Arras ihnen energisch die Tür vor der Nase zugeknallt.

Elva war ihm dankbar dafür. Andererseits machte es sie nervös, dass sie nun zum ersten Mal allein mit ihm war. Fast allein. Affra, die Zofe, ein Mädchen mit schnellen Fingern und ausdruckslosem Blick, half Elva, ihr Hochzeitsgewand abzulegen. Sie drapierte das Kleid auf einem Schemel, dann blickte sie fragend zu ihrem Herrn, der sie mit einer Handbewegung fortscheuchte.

Als die Tür hinter ihr zufiel, krampfte sich Elvas Magen zusammen. Obwohl ein Feuer im Kamin loderte, fror sie in dem dünnen Unterkleid. Draußen war es längst dunkel, außer dem Feuer brannte kein Licht, sodass alles im Raum aus tanzenden Schatten zu bestehen schien.

Elva starrte auf das Kleid. Wie viele Stunden sie damit zugebracht hatte, den Stoff und den Schnitt auszuwählen und es wieder und wieder anzuprobieren! Es war fast so, als hätte das Kleid in den vergangenen Wochen all ihre Aufmerksamkeit auf sich gezogen, sodass ihr kaum Zeit geblieben war, sich über andere Dinge Gedanken zu machen. Und nun war seine Aufgabe erfüllt.

Elva bemerkte, dass eins der Bänder, mit denen das Kleid über der Brust geschnürt wurde, eingerissen war. Der Anblick löste eine Erinnerung in ihr aus.

Thorin. Der Weinkeller seines Vaters. Unwillkürlich griff sich Elva an den Hals, wo sie den schmalen Ring zusammen mit ihrem Amulett trug. Wie lange sie schon nicht mehr an Thorin gedacht hatte! Er musste schon vor Monaten von der Reise zurückgekehrt sein. Nein, unmöglich, dann wären sie sich bestimmt auf dem Markt oder in der Kirche begegnet.

Ihr fiel ein, dass ihr Vater davon gesprochen hatte, ein Schiffsunglück habe den alten de Ponte und seinen Sohn aufgehalten. Sie hatte nur mit einem Ohr zugehört, denn ihre Gedanken waren völlig von den Hochzeitsvorbereitungen eingenommen gewesen. Was wohl geschehen wäre, wenn Thorin früher heimgekommen wäre? Hätte er dann um ihre Hand angehalten? Wäre sie nun seine Gemahlin?

Ein Knacken schreckte Elva auf. Entsetzt schaute sie zu Arras. Hatte sie etwa ihre Gedanken laut ausgesprochen? Doch ihr Gemahl beachtete sie gar nicht, sondern stierte finster ins Feuer. Er wirkte unsicher. Als wüsste er nicht genau, was er tun solle. Aber das konnte nicht sein. Schließlich war dies nicht seine erste Hochzeitsnacht. Arras war schon einmal verheiratet gewesen. Seine erste Frau war jung gestorben, ohne ihm einen Erben zu schenken.

Elva kaute auf ihrer Unterlippe. Sollte sie etwas sagen? Etwas tun? Sie dachte an Lenis Worte. *Lass es einfach geschehen. Lass dich von ihm führen.*

Also schwieg sie, knetete ihre Finger.

»Nun denn«, sagte Arras nach einer Weile. Er deutete auf das Bett.

Schweigend gehorchte sie, setzte sich ans Fußende.

»Umdrehen!«

Sie sah ihn verständnislos an.

»Leg dich hin, auf den Bauch, nun mach schon!« Seine Stimme klang ruppig, befehlsgewohnt. Doch der rüde Tonfall sollte wohl auch Verlegenheit kaschieren.

Sie drehte sich um und legte sich bäuchlings auf das Bett. Vermutlich wollte er nicht, dass sie zusah, wie er sich entkleidete. Ein heißer Verdacht schoss ihr durch die

Adern. Vielleicht war er entstellt! Vielleicht hatte er eine hässliche Narbe oder eine Missbildung, die er vor ihr verbergen wollte! Neugier erfasste sie. Sie hob den Kopf und blickte zu dem Schemel, auf dem ihr Kleid lag. In der Gürtelschnalle spiegelten sich die Bewegungen hinter ihr. Doch zu verzerrt, um etwas zu erkennen. Da sie nicht wagte, sich umzudrehen, ließ sie den Kopf auf das Bett zurücksinken, lauschte dem Prasseln des Feuers und dem leisen Lachen, das aus dem Rittersaal heraufperlte, und beneidete die Menschen, die dort unten unbeschwert feierten.

Dann hörte sie, wie ihr Gemahl hinter sie trat. Das Poltern seiner Stiefel verschluckte jeden anderen Laut. Stoff raschelte. Als Nächstes packten seine Hände ihre Fußgelenke und zogen sie nach hinten, so weit, dass sie nur noch mit dem Oberkörper auf dem Bett lag. Ihre nackten Füße landeten auf dem kalten Holzboden. Ihr Herz schlug wild. Sie dachte wieder an die Gäule, die sie als Kind beobachtet hatte. Leni hatte gesagt, dass die Menschen es nicht wie die Gäule machten. Nur wie ...

Weiter kam Elva nicht mit ihren Überlegungen. Arras schob ihr mit einer ruckartigen Bewegung das Unterkleid hoch, drückte ihre Beine auseinander, und im gleichen Augenblick bohrte sich ein Schmerz in ihren Unterleib, der schlimmer war als jede Tracht Prügel, die sie je von ihrem Vater bezogen hatte.

Sie schrie auf.

Ihr Gemahl stieß wieder zu. Und wieder und wieder. Dabei atmete er keuchend, als würde er einen Sack Mehl eine Treppe hinaufschleppen.

Elva schloss die Augen, presste die Zähne fest aufeinander, ließ es geschehen.

Es war schnell vorbei. Arras stöhnte laut auf, dann sackte er über ihr zusammen. Sie roch seinen Schweiß, spürte die Stoppeln seines Bartes durch den dünnen Stoff des Unterkleides. Eine Weile blieb er schwer atmend so liegen. Endlich erhob er sich. Elva wagte nicht, sich zu rühren. Stoff raschelte, Schritte stapften, die Tür knarrte und fiel ins Schloss.

Jetzt endlich richtete Elva sich auf. Zwischen ihren Beinen brannte es, als hätte sie sich in ein Feld aus Brennnesseln gesetzt. Ein ziehender Schmerz im Unterleib ließ sie bei jeder Bewegung zusammenfahren. Sie legte sich die Decke um die Schultern und zog die Beine an. Tränen liefen ihr über die Wangen, ließen die tänzelnden Flammen im Kamin vor ihren Augen verschwimmen.

Wieder musste sie an Thorin denken, an seine flehenden Augen, seinen hungrigen Kuss. Sie griff nach dem Ring und führte ihn an ihre Lippen.

»Ach, Thorin«, murmelte sie. »Warum bist du nicht rechtzeitig zurückgekehrt?«

* * *

Leider war das kaputte Fuhrwerk nicht die einzige Verzögerung geblieben. Ein Wagenzug mit Vorräten war verspätet eingetroffen, und dann hatten einige Hengste sich geweigert, an Bord zu gehen. Amiel persönlich hatte sich kümmern müssen, denn die Knechte hatten schnell die Geduld verloren und die Peitsche geschwungen, aber mit Gewalt war bei Schlachtrössern nichts auszurichten. Er verscheuchte die groben Kerle mit ein paar kräftigen Stübern, an die sie noch lange denken würden, und beruhigte die Pferde, die sich alsbald mit losem Zügel aufs Schiff führen ließen.

»Das muss Teufelswerk sein …«, hatte eine Stimme in seinem Rücken geraunt.

Er hatte nicht ausmachen können, wer das gesagt hatte, aber ihm war noch einmal deutlich geworden, dass die Achtung gegenüber dem Orden mit jedem Tag geringer wurde. Nicht der Teufel hatte ihn den Umgang mit Pferden gelehrt, sondern ein Ritterbruder, der mit ihnen reden konnte, der jede Regung der Tiere verstand. Die Pferdezucht hatte eine lange Tradition in den Reihen des Ordens, die besten Rösser des Abendlandes stammten von seinen Gestüten. Ein nicht unerheblicher Teil des Vermögens der Templer stammte aus den Gewinnen der Pferdezucht.

Die ganze Nacht hindurch hatte das Verladen der letzten Güter und Tiere gedauert. Amiel hatte die Männer, die die *Falcon* beluden, keinen Moment aus den Augen gelassen. Schließlich war dies das Schiff, für das er verantwortlich war. Erst in den frühen Morgenstunden war das letzte Pferd wohlbehalten an Bord, konnten die Luken verschlossen werden, waren sie endlich bereit zur Abfahrt.

Während das erste Grau des Morgens die Nacht vertrieb, versammelte Molay alle Brüder zu den Laudes, wies nach Osten und erhob seine Stimme.

»Brüder!« Sein langer Bart, der in den letzten Jahren ergraut war, wehte wie ein Banner im Wind, seine Stimme hallte von den langen Wänden der Lagerhäuser wider. »Brüder!«, wiederholte Molay. »Ihr alle wisst, dass wir nur ein Begehr haben, dass uns nur eine heilige Pflicht antreibt, auch wenn böse Zungen das Gegenteil behaupten: Jerusalem muss befreit werden. Das Heilige Land muss befreit werden!«

Alle jubelten und riefen Gott um Beistand an. Molay wartete, bis sich die Männer beruhigt hatten, seine Augen überzogen sich mit einem matten Glanz.

»Viele unserer Brüder haben ihre Pflicht erfüllt und ihr Leben gegeben, sie haben tapfer gekämpft und sind von keinem Feind je in die Flucht geschlagen worden. Entweder sie siegten oder sie starben und sitzen nun zu Füßen des Herrn.«

Amiel hatte viele Geschichten gehört über den Verlust des Heiligen Landes und die heldenhaften Ritterbrüder, die im Stich gelassen worden waren von der gesamten Christenheit. Er selbst war noch ein Knabe gewesen, kaum zehn Jahre alt, als die Schreckenskunde durchs Land zog: »Jerusalem ist verloren! Aleppo ist gefallen! Akkon, die letzte Feste der Christenheit, ist von den Heiden erobert! Das Heilige Land ist uns entrissen!«

Damals hatte er Angst gehabt, die Mamelucken würden über das Meer kommen und seine Heimat erobern, Entrecasteaux plündern, die Burg schleifen und alle umbringen. Er war da schon seit drei Jahren bei seinem Onkel in Grimaud, zu weit weg, um seiner Familie bei der Verteidigung der Burg zu helfen. Die Vorstellung, eines Tages zurückzukehren und alles in Schutt und Asche vorzufinden, hatte ihm viele schlaflose Nächte bereitet.

Molays tiefe Stimme flog über die Mole. »Jeder von Euch hat den heiligen Auftrag, zehn Ritter zu werben, die wiederum zehn Ritter werben sollen für den Letzten aller

Kreuzzüge. Wir werden mit der größten Streitmacht ins Heilige Land zurückkehren, die die Welt je gesehen hat. Wir werden all unsere Schätze in die Waagschale werfen, werden Schiffe und Belagerungsmaschinen bauen lassen, um jede Feste des Feindes in Staub zu verwandeln! Ich werde die Könige des Abendlandes für unsere Sache gewinnen. Vereint für Gott!« Molay reckte die Faust in die Luft. »Non nobis, Domine, non nobis, sed nomini tuo da gloriam!«, rief er aus.

Auch Amiel wiederholte den Leitspruch des Templerordens, so laut er nur konnte. »Nicht uns, oh Herr, nicht uns, sondern deinem Namen sei Ehre!«

Gestärkt vom gemeinsamen Gebet und der Ansprache Molays begaben sich alle auf ihre Positionen. Leider war Cyprian auf der *Stella Orientis* eingeteilt, wo er, wie viele andere Brüder auch, an den Rudern Dienst tun musste, wenn nötig.

Amiels Bitte, ihm Cyprian als rechte Hand zu überlassen, war abschlägig beschieden worden. Nun, es würde irgendwann eine Gelegenheit geben, Cyprian einen angemessenen Posten zu verschaffen.

Amiel war sich seiner Verantwortung bewusst. Im Bauch der *Falcon* warteten die Schlachtrösser in ihren engen Verschlägen auf das Ende der Reise, dort lagerten Vorräte und der Teil des Vermögens des Ordens, der bisher in Kolossi aufbewahrt worden war. Vier große, aber unscheinbare Truhen, in denen Gold und Dokumente lagen. Angeblich befand sich noch etwas in den Truhen, von dem nur Molay wusste. Und es ging das Gerücht um, dass es etwas war, das ein gewöhnlicher Mensch nicht schauen durfte.

Die Schlüssel zu den Truhen verwahrte Molay. Er fuhr mit dem Marschall und dem Schatzmeister auf der *Santa Anna*, wo mit viel Getöse ein halbes Dutzend schwere Truhen verladen worden waren, die nichts weiter als Rüben enthielten. Jeder, der das beobachtet hatte, musste glauben, dass hier der Schatz der Templer untergebracht worden war.

Der Wind erhob sich mit den ersten roten Streifen am Horizont, also war es nicht nötig, die Frachtschiffe aus dem Hafen zu schleppen. Das Focksegel wurde gehisst, es blähte sich, geschickt navigierte der Kapitän die *Falcon* hinaus auf das offene Meer. Das Schiff war Ergebnis jahrzehntelanger Versuche. Unermüdlich hatten die Baumeister des Ordens nach Wegen gesucht, Frachtvolumen und Seetüchtigkeit gleichermaßen zu erhöhen, und hatten das richtige Verhältnis von Länge, Breite und Form des Rumpfes ermittelt, eines der großen Geheimnisse des Ordens. Die *Falcon* konnte bis zu zweihundertfünfzig Lasten aufnehmen, doppelt so viel wie herkömmliche Handelsschiffe.

Gleichzeitig war sie wendig, schnell und mit nur vierzig Mann Besatzung zu segeln und dadurch enorm gewinnbringend. Aber das war nicht allein der Grund, warum Amiel sich glücklich schätzte, auf der *Falcon* zu segeln. Auf diesem Schiff stand sowohl dem Kapitän als auch ihm eine eigene Kajüte zu. Auf See gönnte sich Amiel diese Bequemlichkeit.

Der Kapitän rief Befehle, die Seeleute hissten jeden Fuß Segel, schwitzten und fluchten, zogen an den Tauen, als ginge es um ihr Leben. Die *Falcon* nahm Fahrt auf, setzte sich an die Spitze der Flotte. Die Luft roch würzig, die Sonne warf ihre goldenen Strahlen auf die sanfte Dünung.

Amiel nickte dem Kapitän zu und begab sich auf seinen ersten Rundgang. Er musste dafür sorgen, dass an Bord alles seine Ordnung hatte. Zuerst inspizierte er das Oberdeck, auf dem die Ritterbrüder bei jedem Wetter übernachteten. Ein Segel lag bereit, das die Männer sowohl vor stechender Sonne als auch vor Regen schützen sollte. Hier wurden auch die Horen gesprochen und die Messen gelesen. Jedes Schiff hatte einen eigenen Kaplan. Das hatten sie Molay zu verdanken, der keine Kosten gescheut hatte, das Seelenheil aller sicherzustellen. In Frankreich, dem Mutterland des Ordens, kam oft auf zehn Komtureien nur ein einziger Geistlicher.

Die meisten Brüder kannte Amiel beim Namen, sie waren noch jung und in den letzten zwei oder drei Jahren dem Orden beigetreten, ein wichtiger Schuss frischen Blutes, denn der Verlust des Heiligen Landes war einhergegangen mit dem Verlust Hunderter Ritterbrüder.

Amiel grüßte die Männer mit einem Nicken, hier und da fragte er, ob jemand etwas brauchte, aber niemand meldete sich. Amiel war zufrieden, alles war bestens.

Er stieg hinunter ins erste Zwischendeck, das zum größten Teil zu Pferdeställen umgebaut worden war. Auch seine eigenen Pferde und das seines Adlatus Gernot de Combret waren hier untergebracht. Sorgfältig prüfte Amiel die Ställe. Die Tiere mussten während der Überfahrt in engen Verschlägen stehen, mit Netzen gesichert, damit sie bei schwerer See nicht strauchelten. Unangenehm für die Tiere, aber notwendig. Gingen die Verschläge zu Bruch, rissen die Netze, käme es zur Katastrophe. Kamen die Pferde frei, konnten sie mit ihrem Gewicht die *Falcon* zum

Kentern bringen. Amiel ließ keinen Verschlag aus, bis auf einige Kleinigkeiten hatte er nichts zu bemängeln.

Die Knechte verbeugten sich vor ihm, ebenso die Sergenten, die das Rückgrat des Templerheeres bildeten. Auf der *Falcon* fuhren einhundert Sergenten mit, allesamt Armbrust- oder Bogenschützen und Lanzenträger. Im mittleren Teil entdeckte Amiel gespannte Bögen und herumliegende Pfeile sowie ungesicherte Lanzen.

»Was geht hier vor?«, fragte Amiel einen Sergenten.

»Die Männer sind auf der Latrine.«

»Das ist keine Entschuldigung«, erwiderte Amiel mit scharfer Stimme. »Selbst wenn es eilig ist.«

In dem Augenblick tauchten die Besitzer der Waffen mit bleichen Gesichtern auf. Amiel ermahnte sie, beim nächsten Mal die Waffen nicht ungesichert zurückzulassen, sondern anderen die Verantwortung zu übertragen.

Die Sergenten baten um Verzeihung und begannen sofort, das Versäumnis nachzuholen. Ohne Frage hätte Amiel alle streng bestrafen können, aber er wusste, dass die Seekrankheit oft über einen herfiel wie eine Horde blutgieriger Mamelucken. Er verzichtete auch deshalb auf eine Züchtigung, weil seiner Erfahrung nach kleinliche Bestrafung dazu führte, dass die Sergenten nicht besser, sondern schlechter dienten.

Im hinteren Teil des Zwischendecks führte eine schmale Leiter hinab in das Unterdeck. Dort lagerten Futter und Streu für die Pferde, Tag und Nacht bewacht von zwei Dutzend Sergenten, deren einzige Aufgabe es war, darauf zu achten, dass sich kein Feuer entwickelte. Der Lagerraum war mit dicken Eichenbohlen ausgekleidet, die einem

Feuer einige Zeit standhielten. Durch Luken in der Decke konnte Wasser in den Raum geschüttet werden, jeder Sergent trug einen Eimer bei sich, die Löschfässer standen bereit und waren mit Meerwasser gefüllt. Das leicht brennbare Futter wurde hier gelagert, um zu verhindern, dass feindliche Brandpfeile es entzünden konnten. Die Sergenten salutierten, Amiel lobte sie für ihre Aufmerksamkeit, verließ das Lager und betrat den Vorraum zur Schatzkammer.

Schwere Eisenbeschläge an der Tür und vier Ritterbrüder sorgten dafür, dass kein Unbefugter in die Schatzkammer eindringen konnte. Nur Amiel und der Großmeister besaßen den Schlüssel für das schwere Schloss der Tür, hinter der der Schatz des Ordens lagerte.

»Gott zu Ehren.« Amiel legte eine Faust auf das rote Tatzenkreuz seines weißen Mantels. Stolz durchflutete ihn, und ein sündiger Gedanke: Würde er eines Tages Großmeister werden? Würde *er* das Heilige Land verteidigen, wenn sie es zurückerobert hatten? Würde er in Jerusalem herrschen? Amiel verscheuchte das Bild.

»Gott zu Ehren«, wiederholten die Wächter und traten zur Seite.

Amiel zog den schweren Schlüssel hervor, steckte ihn in das Schloss, drehte ihn ohne Mühe. Die massive Tür schwang leicht auf, die Angeln waren gut gefettet, die Handwerker hatten ihr Bestes gegeben. Ein Fuß Eichenholz sowie Eisen, so dick wie sein kleiner Finger, machten es so gut wie unmöglich, hier hineinzukommen, ohne rohe Gewalt anzuwenden.

Amiel war nicht zugegen gewesen, als die vier geheimnisvollen Truhen verladen worden waren, und auch er kannte nur die Gerüchte über den Schatz von unermesslichem Wert, den sie angeblich enthielten. Molay hatte ihm mitgeteilt, dass er ihn zu gegebener Zeit ins Vertrauen ziehen würde, und ihm eingeschärft, niemanden in die Nähe des Schatzes zu lassen. Damit musste er sich begnügen.

Amiel zog die Tür zu und versperrte sie von innen. Eine einzige Öllampe hing von der Decke. Amiel entzündete sie mit einem Kienspan. Die Luft war stickig, die Sicht schlecht, die Lampe rußte, und es gab nur einen kleinen Abzug, ohne den Amiel sich nur wenige Momente in der Kammer hätte aufhalten können, ohne zu ersticken.

Allmählich gewöhnten sich seine Augen an das trübe Zwielicht, doch sein erster Eindruck bestätigte sich: Die Kammer war so gut wie leer. Nur die vier Truhen standen dort, die allerdings von enormem Ausmaß waren: sieben Fuß lang, drei Fuß hoch und drei Fuß breit. Ihre Form erinnerte an die Särge, in denen sich reiche Adlige oder geistliche Würdenträger beisetzen ließen, nur dass sie nicht annähernd so aufwändig verziert waren. Viel Aufwand hatte man lediglich mit dem Schließmechanismus betrieben, ohne den passenden Schlüssel waren die Schlösser ein unüberwindliches Hindernis. Und mit der Sicherung der Truhen an Bord. Sie waren mit schweren Ketten am Rumpf des Schiffes festgemacht.

Amiel rieb sich die Stirn. Das sollte der größte Schatz der Menschheit sein? In diesen vier Truhen konnte man vielleicht zwölfhundert Pfund Gold transportieren. Ein Vermögen, das eines Fürsten würdig war, zweifelsohne. Aber nur ein Bruchteil dessen, was ein Kreuzzug zur Rückeroberung des Heiligen Landes kosten würde, sollte der von Erfolg gekrönt sein.

In diesen Truhen mochte alles Mögliche eingesperrt sein. Gold war es nicht, auch kein Geschmeide, wenn es wirklich so wertvoll war, wie Molay angedeutet hatte.

Amiel spürte einen Schauer über den Rücken rieseln. Was immer unter den dicken Eisenbändern verborgen, ja gefesselt lag: Wollte Molay damit einen Kreuzzug gewinnen, konnte es nicht von dieser Welt sein.

Unsichtbare Gegner

Guillaume de Nogaret starrte auf das Pergament, aber er konnte kein einziges Wort entziffern. Lag es am Licht? Wohl kaum. Die Schreibstube lag im Westflügel des Louvre, große Fenster ließen das Licht ungehindert hereinströmen, die Sonne stand am wolkenlosen Himmel. Er rieb sich die Augen, dennoch verschwammen die Buchstaben, als seien sie von Nebel eingehüllt. Es wurde immer schlimmer. Jeden Tag flehte er Gott an, er möge ihm nicht das Augenlicht nehmen. Als Blinder würde er seine Ämter verlieren, sein Ansehen und seine Macht.

Er griff in seinen Umhang, zog einen Beutel hervor, entnahm ihm das Leseglas und legte es auf das Pergament. Jetzt konnte er jeden Buchstaben deutlich erkennen. An manchen Tagen brauchte er das Glas überhaupt nicht, an anderen kam er ohne nicht aus. Das Alter machte ihm zu schaffen. Fünfzig Jahre hatte er hinter sich gebracht, und seine Augen und sein Knie spielten nicht mehr richtig mit. Immerhin waren ihm schwere Krankheiten bisher erspart geblieben.

Abgesehen von den Wehwehchen des Alters gab es nur eine Verletzung, die nie richtig verheilt war. Sein Knöchel, den er sich vor dreiundvierzig Jahren in der Gorge de la Reine verstaucht hatte, schmerzte noch immer gelegentlich. Nichts hatte er vergessen, wieder und wieder suchten ihn Albträume heim, als wäre es erst gestern geschehen, als hätte er erst gestern seine Eltern auf dem Scheiterhaufen brennen sehen.

Der damalige Bischof hatte zwar den Befehl gegeben, sie mithilfe der Bogenschützen von ihren Qualen zu erlösen, aber das hatte ihm nichts genutzt. Guillaumes Rache hatte den Mann der Kirche zehn Jahre nach dem Mord an seinen Eltern ereilt. Damals hatte Guillaume bereits in Montpellier das Studium der Rechtswissenschaften aufgenommen, denn er wusste, dass er bis ganz nach oben aufsteigen musste, um sich an allen zu rächen, die er für den Tod seiner Eltern verantwortlich machte. Er hatte den Mann nicht getötet, oh nein. Das wäre zu gnädig gewesen. Er hatte den Bischof in aller Stille entführen lassen und ihn als Sklaven an Nordmänner verkauft. Das Geld, das er für den feigen Mörder erhielt, hatte er in die Seine geworfen. Den Templer, den Verräter Antoine de Fauchait hatte er noch nicht zur Rechenschaft ziehen können.

Aber Guillaume hatte Geduld. Sehr viel Geduld. Fauchait würde bezahlen. Und seine niederträchtigen Brüder ebenfalls. Er würde den gesamten Orden zertreten wie ein widerliches Insekt. Wenn Guillaume mit ihm fertig war, würde es in Frankreich keine Templer mehr geben.

Guillaume lehnte sich zurück und streckte die Schultern durch. Seine Geduld und seine Beharrlichkeit hatten sich ausgezahlt. Gestern waren zwei gute Nachrichten eingetroffen: Die mächtige Flotte, die den Templern die Überfahrt nach Frankreich versalzen würde, war bereits von der ungarischen Küste ausgelaufen. Und Antoine de Fauchait befand sich im Gewahrsam von Guillaumes Männern. Endlich! Mehr als vierzig Jahre hatte er auf diesen Augenblick warten müssen.

Als Fauchait seine Eltern an die Inquisition verraten

hatte, war er achtzehn Jahre alt gewesen und gerade in den Templerorden eingetreten. Kurz nach der feigen Tat war Fauchait nach Kolossi beordert worden und dort geblieben. Unerreichbar für Guillaume. Doch im März dieses Jahres war er unter den Männern gewesen, die Philipp in Paris den Hals gerettet hatten, als das Pack in den Louvre eingedrungen war. Guillaume hatte ihm einige zuverlässige Männer hinterhergeschickt, hatte ihnen befohlen, erst zuzuschlagen, wenn es ihnen ohne Blutvergießen und vor allem ohne Aufsehen möglich war. Keinesfalls sollte die Spur zu ihm zurückverfolgbar sein. Das galt auch für die Flotte im Mittelmeer. Philipp würde ihm den Kopf abschlagen lassen, sollte er davon erfahren.

Eines Tages würde der König ihm dafür dankbar sein. Bis dahin musste Guillaume verdeckt agieren. Niemand sollte ihm nachsagen können, dass er bei seinem Kampf gegen die Templer von persönlichen Rachemotiven angetrieben wurde.

Guillaume rieb sich die Hände. Noch heute würde Fauchait in Paris eintreffen, und Guillaume würde ihm in seinem Wohnturm mit Freuden die erlesenste Gastfreundschaft entgegenbringen. Alles war vorbereitet. Fauchaits Zelle war durchaus komfortabel: Sie war weder feucht noch kalt, und es gab kaum Ungeziefer. Schließlich sollte sein Gast möglichst lange leben. Und wenn Guillaume seiner überdrüssig werden sollte, hatte er ja noch das Messer, das ihm sein Vater zum siebten Geburtstag geschenkt hatte. Das würde er Fauchait langsam ins Herz bohren und ihm in die Augen schauen, während das Leben aus ihm wich.

Guillaume rollte das Pergament zusammen und legte es

in eine Truhe. Es ging um eine lästige Auseinandersetzung zwischen zwei Baronen über ein Stück Land. Die Streithähne hatten das königliche Gericht angerufen, also musste er sich darum kümmern, auch wenn das Urteil schon feststand. Philipp würde das Land unter die Verwaltung der Krone stellen, die beiden Barone würden jeweils einen geringen Pachtzins erhalten.

Als Nächstes stand der Kronrat auf der Tagesordnung. Guillaum hatte ihn einberufen. Das Problem mit den Flamen musste endlich angegangen werden. Und wie immer waren die Schatzkammern des Königs leer. Das Volk murrte. Aber ein Aufstand wie Anfang des Jahres würde nicht wieder ausbrechen, dafür hatten Philipps Truppen gesorgt.

Nur vier Tage nach dem Sturm des Louvre war die Stadt gesäubert worden. Tausende waren niedergemäht worden wie Gras, Hunderte siechten in Gefängnissen oder waren öffentlich hingerichtet worden, die Ordnung war wiederhergestellt. Wenn jedoch nicht bald Geld in die Truhen floss, würde Philipp seine Macht nicht halten können. Er würde stürzen und Guillaume mit ihm.

Nicht nur das einfache Volk, auch der Adel war unzufrieden, Guillaume waren Gerüchte zu Ohren gekommen, dass einige Barone darüber nachdachten, Philipp abzusetzen. Das hätte unvermeidlich zum Bürgerkrieg geführt. Der englische und der deutsche König lagen auf der Lauer, sie warteten nur darauf, dass der erste Schwertstreich fiel. Eine vertrackte Lage, die mit Fingerspitzengefühl behandelt werden musste.

Mit seinen zwei Leibwächtern an der Seite wechselte

Guillaume von der Schreibstube in den Thronsaal. Der war in voller Pracht wiederhergestellt worden, Gemälde von überirdischer Schönheit zeigten den Kreuzweg, Teppiche hingen an den Wänden, auf poliertem Holz eilten die Lakaien hin und her, um den Mitgliedern des Rates Getränke und Naschwerk zu kredenzen. Bis auf den König waren bereits alle versammelt. Man konnte von Philipp halten, was man wollte, sein Rat bestand aus den fähigsten Männern, die Frankreich zu bieten hatte, unabhängig vom Stand. Für Philipp war der Adel nur ein notwendiges Übel, um seine von Gott gegebene Herrschaft ausüben zu können.

Das Gemurmel, das den Saal erfüllt hatte, verstummte. Alle hatten Angst vor Guillaume, und das war gut so. Ihm unterstanden die Gens du Roi, eine schlagkräftige, über ganz Frankreich verteilte Truppe von bestens ausgebildeten Bütteln, die für ihn spionierten, Gelder eintrieben und Verhaftungen durchführten.

Sein Arm reichte weit. Der Wille des Königs war sein Wille – er musste nur dafür sorgen, dass sein Wille der des Königs war.

Ein Sargnagel für die Templer würde Philipps alter Gefährte Bertrand de Got sein, der sich jetzt Papst Clemens V. nennen durfte. Guillaume und Philipp hatten lange beraten, bevor sie beschlossen, ihn zum Papst zu machen. Bertrand war alt und schwach, er würde sich im richtigen Moment manipulieren lassen. Zwar stand er mit Guillaume auf Kriegsfuß, weil er ihn für den Anschlag auf seinen Vorgänger Bonifatius VIII. verantwortlich machte, er hatte Guillaume sogar exkommuniziert. Doch solange der Papst nicht versuchte, in Philipps Herrschaft hineinzupfuschen, scherte das Guillaume nicht.

Mühelos hatten der König und er Bertrand de Got ins Amt gehievt. Und ein erster Erfolg war bereits zu verzeichnen. Obwohl Clemens immer wieder beteuerte, dass er sich bald nach Rom begeben werde, hatte er Frankreich noch nicht verlassen. Im Augenblick residierte er in Poitiers, weniger als hundert französische Meilen von Paris entfernt. Solange der Papst in Philipps Herrschaftsbereich weilte, war er leicht zu steuern.

Jedes Mitglied des Rates begrüßte Guillaume mit Handschlag, erkundigte sich nach dem Befinden und schaute ihm dabei prüfend in die Augen, um zu ergründen, ob er womöglich etwas im Schilde führte. Die meisten senkten schnell den Blick.

Guillaume begab sich zu seinem Platz neben dem leeren Stuhl des Königs, und wie immer trat Philipp genau in diesem Moment aus einer der Dutzend Geheimtüren. Alle erhoben und verbeugten sich, Philipp nahm Platz, der Rat folgte seinem Beispiel.

Guillaume bemerkte, wie der König die Mundwinkel herunterhängen ließ und die Augen zusammenkniff, während er die versammelten Ratsmitglieder musterte, und machte sich auf ein Donnerwetter gefasst.

Und schon setzte Philipp zu einer Schimpftirade an. »Meine Herren! Wisst Ihr, wie viel Geld und Männer Uns der sinnlose Sieg über die Flamen gekostet hat?«

Jeder am Tisch wusste das, und jeder wusste, dass der Krieg nicht gänzlich sinnlos gewesen war und dass Philipp selbst darauf bestanden hatte, die Flamen endgültig zu schlagen.

Philipp wedelte mit den Armen. »Habt Ihr auch nur einen blassen Schimmer, wie viele Nächte Wir schlaflos verbracht haben, um eine Lösung für das Flamenproblem zu finden?«

Das wusste niemand, und bis jetzt war keine Lösung in Sicht. Wie so oft gab Philipp vor, eine Idee zu haben, die er gar nicht hatte.

Er wandte sich an Marigny, den Kämmerer. »Wo ist das ganze Gold der Juden geblieben?«

Marigny erhob sich, verbeugte sich. »Mein König, die Juden haben einen Teil ihres Vermögens außer Landes schaffen können. Fragt Nogaret!« Eine unverhohlene Andeutung, es sei Guillaumes Schuld, dass einige Juden hatten fliehen können – samt ihrer Schatztruhen und Schuldverschreibungen.

Guillaume faltete die Hände und lächelte. »Wir wissen bis heute nicht, wer unseren Plan verraten hat.« Er sah den König an. »Die Summe, die uns entgangen ist, ist jedoch nicht der Rede wert. Viel bedenklicher ist, dass die Steuern nicht richtig eingetrieben werden.«

Marigny wurde blass. »Das ist eine ...«

Philipp schlug mit der Faust auf den Tisch. »Es reicht! Marigny, Ihr werdet Euch am Adel schadlos halten. Verdoppelt die Abgaben der Grundbesitzer, gleich ob weltlich oder nicht. Und wer dem König und Gott die Treue verweigert, indem er seine Abgaben verweigert, den stellt an den Pranger, egal wer es ist!«

»Aber Euer Gnaden ...« Marigny schwieg bestürzt, als ihm bewusst wurde, dass sein Schuss nicht Guillaume, sondern ihn selbst getroffen hatte.

Philipp wandte sich an Guillaume. »Und Ihr arbeitet ein

königliches Dekret aus, damit sich keiner drücken kann. Es tritt morgen in Kraft!«

So ging es weiter, jedes Problem wurde an einen der Minister delegiert. Guillaume fand keine günstige Gelegenheit, die Sache der Templer aufs Tapet zu bringen. So wie Marigny sich gebärdet hatte mit seinem Frontalangriff auf Guillaume, war es sowieso besser, den König unter vier Augen darauf anzusprechen. Marigny hatte zu viele Bedenken, ihm war nicht klar, dass der König von Gott auf die Erde gesandt worden war, den göttlichen Willen durchzusetzen – auch gegen den Widerstand von Adel und Klerus. Und dass er auf einen Verlierer setzte, wenn er den Templerorden in Schutz nahm.

Ungeduldig wartete Guillaume auf das Ende der Sitzung. Als der König sie endlich entließ, raffte Guillaume seine Sachen zusammen und eilte voller Vorfreude nach Hause. Nur noch wenige Augenblicke, dann würde er dem Mörder seiner Eltern gegenüberstehen.

* * *

Es dämmerte, obwohl es noch früh am Nachmittag war. Ein untrügliches Zeichen dafür, dass die kalte, dunkle Jahreszeit gekommen war. Elva legte ihre Hand auf den rauen Stein des Bergfrieds und atmete tief ein und aus. Unten im Tal zeichneten sich die Häuser des Dorfes Alf als eine Ansammlung heller Flecken von den schwarzen Berghängen ab, in der Ferne schimmerte ein winziges Stück Mosel. Wasser und Land verschmolzen mehr und mehr miteinander, je dunkler es wurde. Mit dem Schwinden des Lichts schienen die Berge näher zu rücken. Elva kam es vor, als müsse sie nur die Hand ausstrecken, um sie zu berühren.

Allmählich wurde es kalt. Doch Elva verspürte keine Lust, die Stiege hinunterzugehen. Hier oben in der Gesellschaft der Berge fühlte sie sich sicher. Geborgen. Allein, aber trotzdem verbunden mit der Welt. In den düsteren Gängen der Burg hingegen war sie einsam. Niemand sprach mit ihr, niemand interessierte sich dafür, was sie den ganzen Tag trieb. Trotzdem hatte sie das Gefühl, ständig belauert zu werden. Die Wände schienen Augen zu haben.

Eine Woche war seit dem Hochzeitsfest vergangen, und noch immer fühlte Elva sich fremd auf Burg Arras. Wie anders war doch das Leben in dem kalten, dunklen Gemäuer im Vergleich zur Stadt! Hier konnte sie nicht eben auf die Straße treten, um Menschen zu treffen und einen Schwatz zu halten, nicht kurz über den Markt schlendern oder in der Messe mit Freundinnen tuscheln. Hier hatte sie überhaupt niemanden, mit dem sie reden konnte. Alle ließen sie spüren, dass sie nicht dazugehörte, dass sie keine Gräfin war und auch nie eine sein würde. Als Tochter eines Burggrafen, egal wie unbedeutend und arm, wäre sie mit Respekt behandelt worden, doch all das Geld ihres Vaters änderte nichts daran, dass sie eine Kaufmannstochter und damit von niederem Stand war.

Ihren Gemahl sah Elva gewöhnlich erst zum Abendessen, bei dem auch die Knappen, Ritter und Hofdamen anwesend waren. Nach dem Mahl hatte sie sich in ihr Schlafgemach zurückzuziehen und auf Graf Arras zu warten. Wenn er eintraf, wiederholte sich die Prozedur der Hochzeitsnacht. Inzwischen verspürte Elva keine Schmerzen mehr, wenn Arras von ihr Besitz ergriff. Trotzdem weinte sie jedes Mal, wenn es vorüber war. Etwas war nicht so, wie es sein sollte, doch sie wusste nicht genau, was nicht richtig war. Und sie wusste auch nicht, ob es an ihr lag. Ob sie etwas falsch machte.

Das Glöckchen der Burgkapelle schlug, Elva erschrak. Sie hatte gar nicht gemerkt, wie die Stunden vergangen waren. Es wurde Zeit, dass sie sich für das Abendessen fertig machte. Sie eilte die steile Stiege hinunter, an der Kapelle vorbei, die sich in einer Nische im ersten Stock des Bergfrieds befand, stieß die schwere Verbindungstür zum Palas auf und lief durch den Korridor zu ihrem Gemach. Affra, die Zofe, hatte bereits Feuer im Kamin gemacht, und der Raum war angenehm warm.

Als Elva die Tür hinter sich schließen wollte, glaubte sie, draußen ein Räuspern zu hören. Sie erstarrte. Karel Vranovsky, einer der Ritter in Arras' Gefolge, hatte die Angewohnheit, sich ständig zu räuspern. Und er schien Elva überall aufzulauern. Oft entdeckte sie, wenn sie über einer Stickarbeit saß und sich unbeobachtet wähnte, plötzlich seine blauen Augen, die mit unergründlichem Blick auf ihr ruhten.

Mit einer abrupten Bewegung stieß Elva die Tür wieder auf. Doch der Gang vor ihrem Gemach war verlassen. Elva lauschte. Die Stille schien zu knistern. Schatten schienen in den Nischen zu flattern wie Fledermäuse. Hastig zog Elva die Tür zu und lehnte sich gegen das Holz. Ihr Herz schlug wild. Ach, wenn doch nur Leni hier wäre! Wenn sie jemanden bei sich hätte, mit dem sie sprechen könnte! Doch da war niemand. Arnulf von Arras wechselte kaum ein Wort mit ihr, die Hofdamen schnitten sie und tuschelten hinter ihrem Rücken, selbst Affra verhielt sich abweisend.

Elva löste sich von der Tür. Da fiel ihr Blick auf das Bett. Ein hölzernes Kästchen stand dort, etwa so groß wie die Schatulle, in der Vater sein Geld aufbewahrte. Doch das Kästchen war nicht so kunstvoll verziert, und es hatte auch kein Schloss.

Neugierig trat Elva näher. Ein Geschenk von ihrem Gemahl? Die Morgengabe konnte es nicht sein, die hatte er ihr am Tag nach der Vermählung überreicht, ein wertvolles Geschmeide sowie die Besitzurkunde für ein Weingut in Zell, über dessen Einkünfte sie nun verfügte. Ein Geschenk, wie es für die Gemahlin eines Grafen angemessen war.

Schließlich würde sie, wenn auch keine Gräfin, doch immerhin die Mutter eines Grafen sein, da Arras durchgesetzt hatte, dass sein Sohn trotz der nicht standesgemäßen Ehe sein Erbe würde antreten können. Der König selbst hatte ihm zugesichert, dass einer Standeserhöhung nichts im Wege stehen würde. Graf Arras besaß zwar nicht viel Geld, aber gute Verbindungen.

Elva ließ sich auf dem Bett nieder und legte ihre Hand auf das Kästchen. Ihre Finger berührten etwas Feuchtes, und sie zuckte erschrocken zurück. Ihre Fingerspitzen waren rot.

O Gott, was war das?

Elva starrte das Kästchen an. Am liebsten hätte sie nach Affra gerufen, aber sie kam sich albern vor. Was, wenn es ein Rest Siegelwachs war, der an dem Deckel des Kästchens haftete? Oder rote Tinte?

Mit klopfendem Herzen klappte Elva den Deckel auf. Erleichtert lachte sie auf. Arnulf hatte ihr Kirschen schicken lassen. Frische, saftige, prall glänzende Früchte. Und das im November. Elva lächelte, nahm eine Kirsche und schob sie in den Mund. Der süße Saft explodierte an ihrem Gaumen, als sie zubiss. Sie kaute, schluckte, spuckte den Kern in ihre Hand. Rasch stopfte sie eine weitere Kirsche in ihren Mund und noch eine. Sie spürte, wie sich ein Lächeln auf ihre Lippen stahl, als sie an ihren Gemahl dachte. Vielleicht war das alles ja gar nicht so falsch, wie sie dachte. Vielleicht war Arnulf von Arras einfach nur schüchtern, oder er besaß eine Missbildung, so wie sie in der ersten Nacht vermutet hatte. Sie musste sein Vertrauen gewinnen, ihm eine gute Frau sein. Dann würde sich alles fügen.

Elva griff nach einer weiteren Kirsche. Doch statt der glatten Frucht berührten ihre Finger etwas Weiches.

Etwas Starres. Kaltes.

Elvas Magen krampfte sich zusammen. Sie spähte in das Kistchen. Unter den Kirschen lag eine tote Ratte. Der Bauch war aufgeschlitzt, die Eingeweide hingen heraus, pralle rote Kirschen glänzten dort, wo eigentlich Magen und Gedärme des toten Tieres sein sollten.

Mit letzter Kraft schaffte Elva es zur Waschschüssel. Sie würgte ihren Mageninhalt heraus, bis nichts mehr kam außer bitterer Galle. Dann rannte sie aus der Kammer.

Im Gang vor dem Rittersaal stieß sie auf Affra und erzählte ihr unter Tränen von dem grausigen Fund. Als sie beide in Elvas Schlafgemach zurückkehrten, war das Bett leer.

* * *

Sein schmerzendes Knie erinnerte Guillaume an die Vergänglichkeit allen Fleisches, als er in das Erdgeschoss seines Wohnturms hinunterstieg, wo Waren und Vorräte lagerten. Eine weitere steile Treppe führte in den Keller, in dem nicht nur die Weinfässer standen, sondern auch einige Gefängniszellen untergebracht waren. Guillaume rieb sich die Hände. Die Vorfreude auf seine Gäste vertrieb die Schmerzen in seinen Gelenken. Seine Männer hatten neben Fauchait auch dessen zwei Begleiter mitgebracht. Guillaume würde prüfen, ob sie von Nutzen waren, bevor er sich ihrer entledigte.

Die Leibwächter folgten ihm in den hinteren Teil des Kellers. Vor Fauchaits Zelle stand Massimo, ein vierschrötiger Kerl mit enormen Körperkräften, den Guillaume vor Jahren vor dem Scheiterhaufen bewahrt hatte. Einer dieser unsäglichen kleinen Inquisitoren hatte den Mann beschuldigt, mit dem Teufel im Bunde zu stehen. Angeblich habe er die Ernte des Dorfes, aus dem er stammte, durch Schadzauber vernichtet. Guillaume hatte sich umgehört und herausgefunden, dass Massimo dem Abt des benachbarten Klosters ein Dorn im Auge war, weil er den Geistlichen beim Stelldichein mit einem Knaben erwischt hatte. Nun hatte der Abt keine weltlichen Probleme mehr, er musste sich nur noch seinem obersten Herrn gegenüber verantworten: Sowohl den Abt als auch den anmaßenden Inquisitor hatte Guillaume heimlich töten lassen und dabei ein Gebet für seine Eltern gesprochen, die genau wie Massimo heimtückisch denunziert worden waren.

Massimo grüßte Guillaume mit einer tiefen Verbeugung, öffnete die Zelle, zog einen langen Dolch und platzierte sich vor den Gefangenen. Die zwei Leibwachen stellten sich rechts und links der Tür auf.

Antoine de Fauchait und seine zwei Begleiter, Didier de Arcachon und Pergido de Guéron, starrten Guillaume an. Alle drei trugen den weißen Mantel der Templer mit dem blutroten Tatzenkreuz.

Guillaume hatte nur Augen für Fauchait. Seine Nackenhaare stellten sich auf, ihm wurde schwindelig. Dieser Mann war der Mörder seiner Eltern! Aus weiter Ferne hörte er sie vor Schmerzen schreien. Der Geruch von verbranntem Fleisch stieg ihm in die Nase. Guillaume riss sich zusammen, befahl sich, zurückzukehren ins Hier und Jetzt.

Sein Blick klärte sich, die Bilder verflogen. Mit steinerner Miene musterte er Fauchait. Der Mann war alt geworden, er musste inzwischen fast sechzig Sommer gesehen haben.

Fauchait reckte das Kinn vor. »Ich verlange, dass Ihr mich augenblicklich freilasst, Nogaret. Ihr habt kein Recht ...«

Guillaume tat einen Schritt nach vorn und schlug Fauchait mit der Faust ins Gesicht. »Ihr redet, wenn Ihr gefragt werdet!«

Fauchait stöhnte, griff sich an den Mund. Blut sickerte aus der Lippe.

Arcachon sprang zu ihm, doch Massimo stieß ihn zurück, sodass der Ritter mit einem Schmerzenslaut gegen die Rückwand der Zelle prallte.

Fauchait straffte sich. »Ihr schert Euch nicht um das

Recht. Nun gut. Gott hat beschlossen, mir diese Prüfung aufzuerlegen. Wer bin ich, seine Pläne in Frage zu stellen?«

»Ihr werde Euch an Eure Rede erinnern, wenn Ihr auf der Streckbank liegt. Außerdem solltet Ihr nicht von Recht sprechen.«

Fauchaits Mundwinkel zuckten. »Ich weiß, worauf Ihr anspielt. Ich erinnere mich an Eure Eltern. Sie waren Ketzer. Sie waren vom wahren Glauben abgefallen, haben die Autorität des Papstes angezweifelt, waren der Kirche gegenüber ungehorsam. Sie sind zu Recht gestorben. So wie Ihr sterben werdet. So wie der König sterben wird. Auch er ist ein Ketzer! Aber Ihr seid der Schlimmste von allen. Ihr unterwerft Euch nicht dem Papst. Schlimmer noch, Ihr habt versucht, einen Heiligen Vater zu ermorden. Doch Gott hatte die treuen Bürger Anignis mit seiner heiligen Kraft ausgestattet, und sie haben Euch verjagt. Eines Tages wird Gott Euch zur Rechenschaft ziehen. Ihr werdet in der Hölle landen. Dort könnt Ihr Euren Eltern Gesellschaft leisten.«

Unbeschreibliche Wut loderte in Guillaume hoch. Wieder hörte er seine Eltern schreien. So laut, dass ihr Gebrüll alle anderen Laute erstickte. Voll blindem Hass riss Guillaume sein Messer aus der Lederscheide und zog es Fauchait durch die Kehle.

Blut spritzte. Ein entsetztes Aufstöhnen hallte von den Mauern des Kerkers wider.

Fassungslos griff Fauchait sich an den Hals. Er gurgelte, seine Augen verdrehten sich, dann sank er in sich zusammen.

Schwer atmend wischte Guillaume das Messer an Fauchaits

Hemd ab. Seine Finger zitterten, als er es zurück in die Scheide steckte.

Verflucht! Verflucht! Wie hatte er nur so die Kontrolle verlieren können? Was war mit seinen Plänen? Der sorgsam präparierten Zelle?

»Schafft ihn weg!«, herrschte er seine Männer an.

Sie gehorchten wortlos.

Langsam gewann Guillaume seine Fassung zurück. Er durfte sich nicht anmerken lassen, wie schwer es ihm fiel, seine Wut zu zügeln. Normalerweise gelang ihm das. Er galt als kühl und berechnend. Und meistens war er das auch. Nur manchmal brach es aus ihm heraus, und dann gab es kein Halten mehr. Vor allem wenn es um seine Eltern ging, um den Papst und um die Templer.

Guillaume atmete tief ein und aus und wandte sich den beiden anderen Weißmänteln zu. »Ihr habt gesehen, wie schnell es zu Ende sein kann. Aber diese große Gnade gewähre ich nur ganz speziellen Menschen. Auch solchen, die sich als gesprächig erweisen. Ich habe Dinge über die Templer gehört …«

Guillaume dachte an Esquiu de Floryan. Der junge Mann war vor einem halben Jahr bei ihm aufgetaucht und hatte ihm die abenteuerlichsten Geschichten über den Orden erzählt. Wenn nur die Hälfte davon stimmte, waren die Templer die schlimmsten aller Ketzer. Floryan war mit der Geschichte schon beim spanischen König gewesen, doch der hatte sich gescheut, den Anschuldigungen auf den Grund zu gehen. Kein Wunder. Floryan war ein gewöhnlicher Ganove, der behauptete, mit Templern in einer Gefängniszelle gesessen und dabei Geheimnisse erfahren zu haben. Niemand würde ihm Glauben schenken. »Wenn aber ein Templer diese Ungeheuerlichkeiten bestätigte …«

Didier de Arcachon spuckte auf den Boden, seine Mundwinkel zuckten verächtlich. Pergido de Guéron schwieg, Schweiß stand ihm auf der Stirn.

Guillaume schaute ihn an.

Guéron nickte kaum merklich.

»Schafft Arcachon in die Folterkammer. Ich kümmere mich später um ihn«, befahl Guillaume den Bewaffneten. »Und seid nicht zimperlich.«

Arcachon stolperte mit gebeugtem Körper hinter den Bewaffneten her. Nur Massimo blieb bei Guillaume. Und Guéron.

»Ich sehe, Ihr seid ein vernünftiger Mann«, sagte Guillaume. »Was habt Ihr mir zu sagen?«

»Was wollt Ihr hören?« Guéron spannte jeden Muskel an.

»Die Wahrheit.« Guillaume lächelte. »Nichts als die Wahrheit. Könnt Ihr bestätigen, dass Ihr bei der Aufnahme in den Orden aufgefordert wurdet, auf das Kreuz zu spucken?«

Guéron leckte sich über die Lippen. »Das kann ich, Herr. Ich würde es jederzeit beschwören. Deshalb bin ich Euch dankbar, dass Ihr mich endlich aus den Klauen dieser furchtbaren Antichristen befreit.« Er zog den Templermantel aus und warf ihn in den Dreck. »Man hat mich gezwungen, dem Orden beizutreten.« Er zögerte, dachte nach. »Mein Leben stand auf dem Spiel. Ich sah das Kreuz, man hat mich geschlagen und mir Höllenqualen angedroht, dennoch habe ich danebengespuckt, niemand hat es gemerkt.«

Guillaume betrachtete den Mann. Er war ein Lügner allererster Güte. Er würde seine Geschichte vor Gericht nicht nur wiederholen, sondern in den grellsten Farben ausschmücken. Und das Gericht konnte sich davon überzeugen, dass Guéron nicht einmal gefoltert worden war. »Nur zu. Ich werde Euch nichts tun, solange Ihr die Wahrheit sprecht.«

Guéron senkte den Kopf. »Es war furchtbar. Fauchait und Arcachon haben immer wieder versucht ...«

»... Euch zu sodomitischen Handlungen zu zwingen?«

Guéron seufzte und nickte heftig. »Ich konnte sie abwehren, doch viele andere hatten nicht so viel Glück. Vor allem die Reitknechte, junge Burschen, manche kaum vierzehn Jahre alt, waren ihnen hilflos ausgeliefert. Wenn sie sich weigerten, wurden sie ermordet.«

Guillaume bezweifelte, dass das auch nur annähernd der Wahrheit entsprach. Aber es war ein nützliches Detail, das den Katalog der Anklagen erweiterte: Mord an Bediensteten.

»Mein lieber Pergido, ich darf Euch doch so nennen?« Guillaume wartete die Antwort nicht ab. »Ich bin erfreut, dass Eure Seele rein geblieben ist, trotz all der Versuchungen.«

Guéron nickte eifrig.

»Könnt Ihr schreiben?«

»Ja, ich lernte es von einem alten Bruder in La Couvertoirade. Dort war ich drei Jahre lang.«

»Wunderbar!«, rief Guillaume. Noch war es nicht an der Zeit, doch es konnte nicht schaden, frühzeitig über die Befestigungsanlagen der Feinde Bescheid zu wissen. »Ganz wunderbar! La Couvertoirade ist keine einfache Kommende, sondern eine uneinnehmbare Festung, ist es nicht so?«

»Ja.«

»Und sie hat keine Schwachstellen?«

»Nicht dass ich wüsste.« Guéron massierte sich den Schädel. Seine Hände waren rau vom harten Leben im Feld. »Es gibt ein Gerücht, aber ich glaube, da ist nichts dran.«

»Nur zu, Pergido. Jede Kleinigkeit kann wichtig sein.«

»Der Schmied hat mir erzählt, sein Urgroßvater habe mitgeholfen, einen geheimen unterirdischen Ausgang zu graben. Aber ich kenne in La Couvertoirade jeden Winkel, jeden Schacht und jede Kammer, sowohl über als auch unter der Erde. Der Fels, auf dem die Burg erbaut ist, ist fraglos nicht sehr hart, es ist vorwiegend Kalk, und es wäre ein Leichtes gewesen, einen Tunnel zu schlagen. Aber ich habe keinen gefunden. Und es würde auch keinen Sinn machen, denn La Couvertoirade liegt in seinem Talkessel, und wäre die Festung umzingelt, gäbe es kein Entrinnen. Nein, die Stärke von La Couvertoirade sind ihre Türme und Mauern.«

Guillaume rieb sich das Kinn. Er wusste, dass die Burg vor fast hundert Jahren im Auftrag des Königs von Aragon erbaut worden war, der dort einen Rückzugsort haben wollte. Warum sollte er nicht auch einen Fluchttunnel angelegt haben? An jedem Gerücht war etwas dran. Im Augenblick nützte Guillaume diese Information nichts. Aber wer wusste denn schon, wofür er sie eines Tages gebrauchen konnte? Auf jeden Fall hatte er mit Guéron einen Glücksgriff getan.

Er stand auf, reichte Guéron die Hand, der sie nahm und drückte. Sie war schweißnass, aber das störte Guillaume nicht. Guéron würde ihm Namen geben, ihm alle Schwachstellen der Templer aufzeigen, die er noch nicht kannte. »Ich werde Euch Pergament bringen lassen und Tinte und eine Feder, außerdem Wein und eine anständige Mahlzeit. Ein Tisch und ein Strohsack passen ebenfalls hier hinein. Ich kann Euch zwar noch nicht freilassen, aber es soll Euch an nichts fehlen. Und sobald wir die Templer unschädlich gemacht haben, könnt Ihr nach Hause zurückkehren.«

Guéron verbeugte sich tief. »Ich stehe für ewig in Eurer Schuld, Guillaume de Nogaret.«

Dieser Feigling würde sich wundern, wie schnell die Ewigkeit verflog, wie schnell er auf dem Scheiterhaufen um sein Leben betteln würde. Er und all seine Brüder.

* * *

Der Wind heulte so laut durch die Takelage, dass Amiel ihn auch in seiner engen Kammer tief im Bauch der *Falcon* hören konnte. Das Schiff legte sich auf die Seite, das Tintenfass rutschte über das Schreibpult bis zur erhöhten Kante, dann machte es sich auf den Rückweg. Amiel fing es ein und klemmte es zwischen zwei rote Ziegelsteine, die normalerweise dazu dienten, Pergamente an den Ecken zu beschweren, damit sie gerade lagen und sich nicht wieder aufrollten. Die *Falcon* legte sich auf die andere Seite, Amiel vollzog die Bewegung mit. Das war die beste Medizin gegen die Seekrankheit. Noch verspürte er nur einen dumpfen Druck im Magen. Die Sext war gerade vorüber, die meisten Männer hatten auf ihre Mahlzeit verzichtet. Amiel hatte den Hirsebrei hinuntergewürgt und hoffte, dass er nicht wieder hochkommen würde. Er musste essen, er brauchte seine Kräfte.

Der Sturm war im Laufe der Nacht aufgekommen. Inzwischen war er etwas abgeflaut, aber viele Männer standen noch immer an der Reling und erbrachen Galle in die Gischt. Auch Gernot de Combret wurde nicht verschont. Amiel musste sich also selbst um die Dinge kümmern, die üblicherweise sein Adlatus erledigte.

Der geregelte Tagesablauf und seine vielfältigen Aufgaben halfen Amiel, nicht in trübe Gedanken zu versinken. So viele Fragen drängten auf eine Antwort. Dunkle Wolken waren über den Templern aufgezogen, aber niemand wollte etwas davon wissen.

Wenn er wenigstens mit Cyprian hätte reden können! Vor seinem Freund hatte er keine Geheimnisse. Ihm gegenüber konnte er aufrichtig über seine Sorgen und Nöte sprechen, mit ihm konnte er die Pläne durchgehen, die im Ordenskapitel beschlossen wurden, und Cyprian hatte immer den einen oder anderen guten Gedanken beizusteuern, auch wenn sein Gemüt in der letzten Zeit nicht so sonnig war wie sonst.

Für Cyprian hätte Amiel sein Leben gegeben – und umgekehrt. Das war nicht immer so gewesen. Als Cyprian mit sieben Jahren an den Hof von Amiels Onkel, dem Baron Raimond de St. Maurice gekommen war, war er ein Außenseiter gewesen. Alle anderen Pagen, auch Amiel, befanden sich schon ein Jahr in der Ausbildung, niemand wollte etwas mit Cyprian zu tun haben.

Er stammte aus niederem Adel, war schüchtern und ein armer Schlucker. Angeblich hatte der Onkel Cyprian nur als Pagen genommen, weil er irgendeines Mächtigen unehelicher Sohn war. Aber das war nur üble Nachrede.

Amiel hatte sich nie an den Hänseleien der anderen beteiligt. Er hatte sich einfach nicht für Cyprian interessiert. Einer, der sich nicht für das Studium der Sprachen, der Mathematik und der Rhetorik begeistern konnte, war Amiel gleichgültig. Außerdem war er so vertieft gewesen in seine Bücher, dass er die anderen Pagen kaum wahrgenommen hatte.

Doch eines Tages änderte sich das. Inzwischen waren beide Knappen, Amiel vierzehn, Cyprian dreizehn Jahre alt. Sie waren alle auf der Bärenjagd. Amiel nahm einen falschen Abzweig und verlor die Jagdgesellschaft aus den Augen. Er suchte sie so lange, bis die Erschöpfung ihn übermannte. Auf einer Lichtung rastete er, nickte ein. Im Halbschlaf glaubte er, ein Gewitter zöge heran, fernes Donnergrollen drang an seine Ohren. Doch als er die Augen öffnete, erhob sich ein Bär über ihm, so groß, wie er noch nie einen gesehen hatte.

Hektisch blickte er sich um. Sein Schwert lag außer Reichweite, ebenso sein Speer. Welch sträflicher Leichtsinn! Sein Ross musste den Bären gewittert und sich losgerissen haben. Amiel hatte so tief geschlafen, dass er nichts bemerkt hatte.

Der Bär brüllte und griff an. Amiel rollte sich zur Seite, riss seinen Dolch aus dem Gürtel und sprang auf. Der Bär erhob sich zu seiner vollen Größe und holte zum tödlichen Schlag aus. Amiel wusste, dass er ihm nichts entgegenzusetzen hatte. Er würde sterben.

Da hielt der Bär mitten in der Bewegung inne. Sein Blick brach, er kippte zur Seite und war tot. Eine Pfeilspitze steckte zwischen seinen Kiefern; sie hatte das Rückenmark und dann das Gehirn des Bären von hinten durchbohrt. Ein Meisterschuss!

»Euch kann man nicht alleine lassen, Amiel de Lescaux«, sagte eine amüsierte Stimme.

Amiel hob den Blick.

Cyprian kam auf ihn zu, ließ den Bogen sinken. »Manchmal hilft einem die Rhetorik nicht weiter, dann muss man die Waffen sprechen lassen.«

Amiel starrte Cyprian an, dann lachte er in einer Mischung aus Erleichterung und Staunen los, bis ihm die Luft wegblieb und er fast erstickte.

Cyprian schüttelte den Kopf. »Zuerst bietet er sich als Häppchen einem Bären feil, dann lacht er sich fast tot. Ihr seid seltsam, Amiel de Lescaux.«

Amiel wurde schlagartig ernst. »Cyprian de Batiste! Ihr habt mir das Leben gerettet. Ich stehe für immer in Eurer Schuld.«

Cyprian senkte den Blick. »Ihr schuldet mir nichts«, sagte er leise.

Amiel hob Cyprians Kopf, legte ihm eine Hand auf die Schulter. »Ich stehe in Eurer Schuld, und es wird der Tag kommen, an dem ich sie einlösen werde.« Amiel betrachtete den Bären. »Und jetzt nehmt Euch, was Euch gebührt!«

Von dem Tag an waren Amiel und Cyprian unzertrennlich. Die Krallen des Bären trug Cyprian noch immer bei sich, in einem Lederbeutel, den er mit einer fein gearbeiteten Eisenkette um den Hals hängen hatte.

Jahre später konnte Amiel einen Teil seiner Schuld abtragen. Cyprian war nach seiner Schwertleite einige Zeit untergetaucht, hatte sich als Söldner verdingt, jetzt wollte er sich den Templern anschließen. Doch dafür fehlten ihm das Vermögen und die notwendige Ausrüstung. Er besaß zwei Pferde, ein Packtier und ein Reitpferd, nicht genug, um als Ritterbruder aufgenommen zu werden. Er brauchte ein drittes, ein echtes Schlachtross. Amiel schenkte ihm sein bestes Ross und bürgte für ihn. Das war fünf Jahre her. Amiel erschien es wie eine Ewigkeit.

Die Schiffsglocke riss ihn aus seinen Erinnerungen. Alarm! Amiel sprang auf, packte sein Schwert und stürmte an Deck. Der Sturm hatte nachgelassen, die Wolkendecke war aufgerissen, die Sonne stand tief im Westen.

Der Kapitän lief auf dem Oberdeck hin und her und brüllte Befehle. Amiel nahm die sechs Stufen mit zwei Sprüngen, der Kapitän nickte ihm knapp zu und zeigte nach Nordost, dann nach Südwest.

»Heilige Maria Muttergottes!«, entfuhr es Amiel.

Was da auf sie zukam, war eine ganze Flotte an Fustas. Jeweils sechs aus den beiden Himmelsrichtungen. Ein Zangenangriff. Amiel drehte sich einmal um seine Achse. Wo war die *Stella Orientis*? Wo die *Santa Anna*?

Der Kapitän kam seiner Frage zuvor. »Wir sind im Sturm auseinandergetrieben worden.« Er zeigte auf die Schiffe der Feinde. »Darauf haben sie gewartet. Sie müssen uns schon seit Tagen gefolgt sein, immer knapp unter dem Horizont.«

Wer hat uns verraten?, schoss es Amiel durch den Kopf. Wer weiß, dass der Schatz nicht auf der *Santa Anna* ist? Wer hat Macht genug, eine solche Flotte aufzubieten?

Die Genuesen konnten es nicht sein. Die würden sich hüten, Templerschiffe anzugreifen. Zu oft hatten sie den Kürzeren gezogen.

Sie befanden sich im Ionischen Meer, zwischen dem Römischen Reich und dem Königreich Sizilien-Neapel. Beide Mächte standen mit den Templern in enger freundschaftlicher Beziehung. Aus dieser Richtung konnte der Angriff nicht kommen.

Amiel schloss kurz die Augen. Wer immer die Schiffe befehligte, er hatte es auf die *Falcon* und den Schatz abgesehen. Er musste also darauf achten, dass die Karacke nicht versenkt wurde, anders als in einer normalen Seeschlacht, bei der es darum ging, den Feind mit Stumpf und Stiel zu vernichten. Das gab ihnen einen kleinen, aber wertvollen Vorteil gegen die Übermacht. Die Feinde würden versuchen, die *Falcon* nicht zu beschädigen, sondern sie einkreisen, mit Pfeilen eindecken, dann Enterbrücken legen und mit ihrer Überzahl das Schiff übernehmen.

Amiel warf einen Blick auf die Fustas, und da erkannte er es: Der Anführer der Flotte hatte einen Fehler begangen!

Er packte den Kapitän an der Schulter. »Sobald sie nah genug sind, legt Ihr das Schiff mit der Breitseite zu ihren Rammböcken.«

»Aber ...« Entsetzt starrte der Kapitän ihn an. »Das wäre Selbstmord. Sie werden uns in Stücke reißen!«

»Genau das sollen sie.«

Der Kapitän wurde blass. »Aber dann sind wir alle des Todes!«

Amiel lächelte. »Ich weiß. Irgendwann muss jeder sterben, ist es nicht so?« Er schlug dem Kapitän mit der Hand auf die Schulter. »Aber es wird nicht heute sein. Vertraut mir. Tut, was ich sage, und wir werden als Sieger aus der Schlacht segeln.«

Der Kapitän schluckte, er schien nicht überzeugt. Auch Amiel selbst war es nicht. Sein Plan war mehr als riskant. Aber es war die einzige Möglichkeit, mit heiler Haut davonzukommen und – was viel wichtiger war – den Schatz in Sicherheit zu bringen.

Amiel blickte dem Kapitän noch einmal in die Augen und sah, dass der Mann ihm trotz aller Zweifel vertraute. Dann verließ er das Oberdeck, winkte die Hauptmänner zu sich und gab ihnen Anweisungen, die sofort befolgt wurden: Beide Anker wurden auf eine Seite geschafft; Männer mit Äxten enterten in die Masten auf; das Griechische Feuer wurde in Stellung gebracht; die Schilde der Ritter wurden hinter dem Schanzkleid versteckt.

Gernot de Combret stieß zu Amiel, er war weiß wie eine Wand, von der Seekrankheit gezeichnet und dennoch kampfbereit, in seinen Augen lag wilde Entschlossenheit, alles zu geben. Amiel vertraute ihm die Verteidigung des Hecks an.

Dann bestimmte er zwanzig seiner zuverlässigsten Männer, denen er das Versprechen abnahm, die *Falcon* zu versenken, sollte sie geentert werden. Alle legten ohne Zögern einen Schwur ab, bei ihrer Seele nicht zu verzagen, wenn es hart auf hart kam. Amiel hoffte, dass ihre Standhaftigkeit nicht geprüft werden musste, und falls doch, dass zumindest drei oder vier Männer ihren Schwur hielten. Im Angesicht des Todes hatte schon so mancher Ritter seine Schwüre vergessen.

* * *

Elva legte das Pergament auf den Tisch und seufzte. Ein Brief von Leni. Ihre Schwester war noch in Trier beim Vater, erst Anfang Dezember wollten ihr Gemahl und sie wieder gen Marseille aufbrechen. Zavié hatte Geschäftliches zu erledigen, und Leni ging derweil dem Vater beim Führen der Bücher zur Hand, eine Arbeit, die Elva noch bis vor Kurzem erledigt hatte, neben der Hausarbeit für die Mutter. Ihre Brüder konnten nur mäßig rechnen, schreiben und lesen, hatten, wann immer es ging, den Unterricht geschwänzt, trotz der strengen Strafen des Vaters, der ihnen stets eingebläut hatte, wie wichtig diese Fertigkeiten fürs Geschäft waren. So drückten sie sich auch jetzt noch, wenn es irgend möglich war, um das Niederschreiben von Zahlenkolonnen und das Nachzählen der Beträge.

Behutsam strich Elva über das Pergament. Draußen dämmerte es bereits, und im Schein des Talglichts konnte sie die Schrift kaum ausmachen. Aber das war auch nicht nötig. Elva kannte die wenigen Zeilen längst auswendig, so oft hatte sie sie in den vergangenen Stunden gelesen.

Ihre Schwester wollte wissen, wie ihr das Leben als Burgherrin und Ehefrau gefiel, und ob sie es genoss, den ganzen Tag auf der faulen Haut zu liegen und ihr Gesinde herumzukommandieren. Natürlich meinte Leni das mit der faulen Haut nur scherzhaft, aber gerade wegen dieses heiteren Tonfalls schmerzte Elva ihr Brief so sehr.

Wenn Leni sie doch nur auf Arras besuchen könnte!

Oder, besser noch, wenn sie nach Trier fahren und einige Tage mit ihrer Schwester verbringen dürfte! Womöglich war es die letzte Gelegenheit, denn wenn Leni erst wieder in der fernen Provence war, wäre ein Treffen unmöglich. Es würden Jahre vergehen, bis eine von ihnen Gelegenheit hätte, die weite Reise anzutreten, falls es überhaupt je dazu kam.

Bei dem Gedanken an die Provence berührte Elva unwillkürlich das Amulett, das zusammen mit Thorins Ring um ihren Hals hing, und eine Erinnerung blitzte vor ihrem inneren Auge auf.

Hastig ließ sie die Hand sinken und verbannte die grausigen Bilder aus ihrem Gedächtnis. Doch statt zurück zu Leni wanderten ihre Gedanken zu dem Kästchen, das sie vor drei Tagen auf ihrem Bett gefunden hatte. Aus dem Blut, das sie eben noch vor sich gesehen hatte, wurde der tiefrote Saft von Kirschen, der über das graue Fell einer toten Ratte strömte. Ihr Blick schoss zum Bett. Doch da war nichts. Natürlich nicht.

Aber sie hatte sich das Kästchen nicht nur eingebildet. Auch wenn es fort gewesen war, als sie mit der Zofe zurückkehrte. Wer auch immer es auf ihr Bett gestellt hatte, hatte es wieder entfernt, nachdem es seinen Zweck erfüllt hatte. Jemand hatte ihr einen Streich gespielt. Vielleicht eine der Hofdamen, die sie hasste, weil sie selbst gern Herrin von Arras geworden wäre.

Affra hatte ihr nicht geglaubt, das hatte Elva in ihren Augen gesehen. Immerhin hatte die Dienerin ihr versprochen, niemandem etwas zu erzählen. Zum ersten Mal hatte Elva in den gleichgültigen Augen der Frau so etwas wie Mitgefühl entdeckt. Aber vielleicht war es auch nur Sensationsgier gewesen.

Wieder betrachtete Elva den Brief. Ob sie Graf Arras um die Erlaubnis bitten sollte, nach Trier fahren zu dürfen? Doch welchen Grund sollte sie nennen? Sie konnte ihm ja nicht sagen, dass sie sich in seiner Burg unwohl fühlte, dass sie unsägliches Heimweh hatte und vor Einsamkeit beinahe zugrunde ging. Mehr noch, dass sie sich beobachtet fühlte, dass die dunklen stillen Gänge ihr Furcht einflößten.

Sollte sie vortäuschen, dass ihre Schwester krank war? Oder ihr Vater? In diesem Fall konnte Arras nichts dagegen einzuwenden haben. Aber was, wenn ihr Schwindel aufflog? Arras hatte gute Verbindungen zu Diether von Nassau. Nein, sie durfte ihn nicht belügen, damit riskierte sie, dass er ihr nie wieder traute.

Elva stieß einen tiefen Seufzer aus, und im gleichen Moment klopfte es an der Tür.

»Ja?«

Die Zofe steckte den Kopf durch den Türspalt. »Zeit, Euch für das Abendessen umzukleiden, Herrin.«

Elva erhob sich. »Meinst du, Affra, ich könnte ...« Sie brach ab. Auch wenn die Zofe in den letzten Tagen freundlicher zu ihr gewesen war, Elva konnte nicht einschätzen, wem ihre Loyalität galt. Womöglich spionierte sie für Arnulf von Arras. Oder für eine der Hofdamen oder diesen undurchsichtigen Karel Vranovsky.

»Was denn, Herrin?«

»Ach nichts.«

»Wie Ihr meint.« Affra zuckte mit den Schultern und wandte sich ab, um ein Kleid aus der Truhe zu nehmen.

Bevor die Zofe sich ganz weggedreht hatte, sah Elva das verärgerte Blitzen in deren Augen, und ein kalter Schauer des Argwohns rieselte durch ihre Adern.

* * *

Amiel kehrte zurück auf das Oberdeck. Von dort würde er seine Männer befehligen. Er selbst durfte erst in den Kampf eingreifen, wenn es keine andere Möglichkeit mehr gab, wenn der Feind die *Falcon* geentert hatte. Sein Herz schlug schnell, aber gleichmäßig, er bat Gott um die Vergebung seiner Sünden, berührte den Drachenkopf, dann war er bereit, die Feinde konnten kommen.

Der Wind war abgeflaut bis auf eine starke Brise, die Fustas näherten sich schnell. Sie waren vollgestopft mit Kämpfern, die zuerst ihre Bogen abfeuern, anschließend mit Seilen, Haken und Planken versuchen würden, die *Falcon* zu entern, um dann mit Schwert und Speer den Kampf an Deck auszutragen.

Doch eines hatten sie nicht an Bord: Griechisches Feuer. Darauf zumindest setzte Amiel. Denn damit hätten sie ihre Beute in Gefahr gebracht.

Amiel nickte dem Kapitän zu. Er ließ jeden Fuß Segel setzen und brachte die *Falcon* genau in eine Linie mit den Fustas. Der Anführer musste frohlocken, denn damit hatte er gerechnet. Er glaubte, der Kapitän der *Falcon* sei ein Hasenfuß, wolle die Reihe der Fustas durchbrechen und fliehen – ein aussichtloses Unterfangen. Damit wäre die Falle zugeschnappt.

Amiel gab Befehl, das Griechische Feuer zu schleudern.

Zischend flogen die Amphoren mit der tödlichen Fracht den Fustas entgegen. Doch Amiel hatte seinen Gegner unterschätzt. Mit langen Stangen, die am Ende breit waren wie Brotschieber, schlugen die Männer die meisten Geschosse ins Wasser. Einige allerdings entgingen den Feinden und zerstoben auf dem Deck zweier Fustas, die augenblicklich in Flammen standen. Schmerzensschreie übertönten das Rauschen des Windes. Wasser half nicht gegen Griechisches Feuer. Nur mit Sand hätten die Angreifer die Flammen ersticken können, doch den hatten sie nicht an Bord.

Wenige Augenblicke später waren die Fustas in Schussweite. Sie liefen mit voller Kraft auf die *Falcon* zu. Amiel hob die Faust. Ein Wall aus Eisenschilden schoss nach oben und wehrte die erste Salve ab. Unter den Schilden hatten alle Männer ihre Augen auf Amiel gerichtet. Er musste den richtigen Moment erwischen. Gab er den Befehl zu früh, würden die Fustas ausweichen können, gab er ihn zu spät, saß die *Falcon* in der Falle und wurde geentert.

Die Fustas waren bis auf zwei Schiffslängen heran, Amiel zählte langsam bis zehn, die nächste Salve prasselte nieder. Jetzt! Er sprang aus der Deckung und schwenkte ein rotes Tuch. Sofort wurden die Schilde beiseitegeworfen, die Schützen griffen nach ihren Bögen und feuerten, damit die Feinde in Deckung gehen mussten und das Manöver der *Falcon* zu spät bemerkten.

Die Ritter rannten zum Bug, stemmten die Anker auf die Reling. Amiel atmete durch, überzeugte sich noch einmal, dass alle auf ihren Positionen waren, dann ließ er das rote Tuch fallen. Die Anker gingen über Bord, beide auf einer Seite; die Männer in der Takelage durchtrennten die Haltetaue der Segel, die aufs Deck stürzten; der Steuermann warf das Ruder herum. Ein mächtiger Ruck ging durch die *Falcon*, die beiden Anker bremsten die Fahrt der Karacke abrupt ab, es fühlte sich an, als sei sie auf ein Riff gelaufen. Da die Segel keinen Wind mehr aufnahmen und das Ruder voll eingeschlagen war, stellte sich das Schiff mit einem Schlag quer. Amiel hatte nicht mit der Wucht gerechnet, es riss ihn von den Füßen.

Er rappelte sich hoch und blickte zu den Fustas. Die Karacke stand im rechten Winkel zu den Rammböcken der Angreifer. Die Fustas mussten ausweichen, oder die *Falcon* würde versenkt und jedes Schiff, das in sie verkeilt war, mit sich auf den Grund des Meeres ziehen.

Großes Geschrei erhob sich. Der Feind hatte nicht mit dieser Finte gerechnet. Befehle wurden gebrüllt, aber nun handelte jeder Kapitän auf eigene Faust. Die Fustas versuchten beizudrehen, doch anstatt in eine Richtung zu wenden, drehten sie sich einander zu – und erkannten zu spät, dass sie sich gegenseitig rammen würden.

Amiel reckte erneut die Faust in die Luft. Eine weitere Salve Griechisches Feuer regnete auf die Feinde nieder. Diesmal konnten sie es nicht abwehren. Acht Schiffe hatten sich gerammt, ineinander verkeilt und standen in Flammen. Doch vier Fustas war es gelungen, auszuweichen, sich zu formieren und backbord in Stellung zu bringen. Die feindlichen Soldaten warfen Enterhaken und zogen sich an die *Falcon* heran. Die Kapitäne der brennenden Schiffe erkannten, dass sie noch immer den Sieg davontragen konnten, also befahlen sie allen Männern, weiter auf die Karacke zu schießen. Wer sich weigerte, wurde auf der Stelle erschlagen.

Amiels Männer taten das Richtige: Gegen die Pfeile errichteten sie den Schildwall, nahmen die Schiffe ihrerseits unter Feuer, die Eindringlinge von backbord wurden mit Speeren und Steinschleudern begrüßt. Dennoch rückten die Feinde vor. Wie Amiel erwartet hatte, waren es keine dahergelaufenen Seeräuber, sondern bestens trainierte Soldaten unter straffer Führung und mit perfekter Bewaffnung.

Jetzt war der Moment gekommen. Amiel nahm einen Kurzschild auf, zog sein Schwert und stürzte sich in den Kampf. Gut zwei Dutzend Männer lagen bereits in ihrem Blut. Amiel stürmte mit Gebrüll nach vorne in die erste Reihe, erschlug zwei Feinde und ordnete die Kampfreihe neu, die gedroht hatte zu brechen. Als Phalanx gingen sie vor, dicht geschlossen, so wie die Spartaner es gelehrt hatten.

Die Speere stachen durch die Schilde auf die Feinde ein. Doch von den vier Fustas drängten immer mehr Angreifer nach. Die Männer mussten Schritt für Schritt zurückweichen. Amiels Kräfte ließen nach. In einer normalen Schlacht wären seine Brüder von hinten nachgerückt, aber hier gab es niemanden, der aufschließen konnte. Außerdem war es viel zu eng für ein entsprechendes Manöver. Eine Speerspitze fuhr unter Amiels Lederwams und drang in seine Schulter ein. Er riss die Lanze heraus, warm quoll das Blut hervor. Der Schmerz fachte seinen Mut an. Wenn Gott wollte, dass er hier und heute starb, sollte es so sein.

Aber niemand würde ihm nachsagen können, er habe nicht gekämpft wie ein Löwe.

Amiel ließ den Schild fallen und warf sich mitten in die Feinde, die verblüfft innehielten. War er so Furcht erregend, dass er Krieger zu Salzsäulen erstarren lassen konnte? Die Angreifer wichen zurück. Seine Männer rückten nach, Amiel warf einen Blick über die Schulter und sah den Grund für die Furcht der Gegner.

Die mächtige *Stella Orientis* fuhr wie ein Seeungeheuer in die Fustas und fegte sie hinweg. Der Rammbock zerschnitt die Rümpfe wie Butter. Auf dem Vorderdeck stand Cyprian in der Reihe der Schützen und sandte Pfeil um Pfeil in die Reihen der Gegner.

Amiel ließ sein Schwert sinken. Die Schlacht war entschieden!

Mit geblähten Segeln schoss auch die *Santa Anna* herbei und deckte die Fustas mit Geschossen ein. Mann um Mann fielen die Feinde, sie waren besiegt. Was jetzt folgen würde, war nicht zu vermeiden, aber nicht in Amiels Sinn. Molay würde befehlen, die feindlichen Schiffe zu versenken, und die Männer an Bord, die noch nicht den Flammen zum Opfer gefallen waren, mit ihnen. Es wäre zu gefährlich, sie alle als Gefangene mitzunehmen. Außerdem mussten sie wie Piraten behandelt werden, da sie unter keiner Flagge segelten. Damit hatten sie ihr eigenes Todesurteil gesprochen.

Nur einige Kapitäne und Hauptmänner würde man am Leben lassen, in der Hoffnung, dass sie unter der Folter verrieten, wer ihr Auftraggeber war. Amiel bezweifelte, dass sie etwas wussten. Sie waren mit Sicherheit über Mittelsmänner angeheuert worden.

Die Nacht war bereits weit fortgeschritten, als das Gemetzel endlich vorbei war. Amiel beteiligte sich nicht daran, er ließ seine Wunde versorgen. Es war nur eine oberflächliche Verletzung, die mit ein paar Stichen genäht werden konnte. Der Chirurgicus machte seine Arbeit gewissenhaft, Amiel konnte seinen Arm fast ohne Einschränkung benutzen. Molay gab noch vor dem Morgengrauen den Befehl aufzubrechen, er wollte nicht noch mehr Zeit verschwenden.

Der Himmel war sternenklar, alle Schiffe der Flotte waren seetüchtig. Amiel ließ die Segel hissen, ab jetzt würden sie einen engen Verband einhalten, auch wenn Sturm aufkommen sollte. So etwas durfte nicht wieder passieren.

Sie nahmen Fahrt auf, vom Deck der *Santa Anna* hallten die Schreie der gefangenen Männer über das Meer. Wie Amiel erwartet hatte, brachte selbst die grausamste Folter kein Ergebnis. Die Männer erzählten alles, was Molay hören wollte. Einer behauptete, der Papst habe sie beauftragt, ein anderer sprach vom Teufel, ein dritter schwor, es sei der König von England gewesen.

Molay war so voller Zorn, dass er entgegen Amiels Rat alle über Bord werfen ließ. Ruhe kehrte ein. Doch die Stimmung auf der *Falcon* war gedrückt. Viele waren nicht damit einverstanden, die Schiffe samt Besatzung einfach zu versenken. Sie dachten mit Grauen daran, wie man mit ihnen umspringen würde, sollten sie eines Tages die Unterlegenen sein.

Das unstete Licht der Fackeln brach sich in der Dünung, es sah aus, als schwebten die Geister der Ertrunkenen über dem Wasser. Amiel stand am Bug der *Falcon*, blickte zu den blitzenden Sternen auf und fragte sich, ob dies wirklich Gottes Wille war. Aber wie konnte es anders sein? Nichts geschah ohne seine Zustimmung. Alles, was geschah, war sein Wille.

* * *

Elva schreckte aus dem Schlaf hoch und horchte mit klopfendem Herzen. Ihr war, als hätte sie Schreie gehört, doch auf der Burg war alles still. Sie musste geträumt haben. Sie versuchte, sich an ihren Traum zu erinnern, aber sie fand nichts als verschwommene zusammenhanglose Bilder in ihrem Kopf.

Langsam legte sie sich zurück auf das Kissen und schloss die Augen. Doch sofort waren die Bilder wieder da. Jetzt waren sie klarer. Schreiende Menschen, zersplittertes Holz, süßliches, klebriges Blut.

Elva schlug die Augen wieder auf. Warum kehrte die längst vergessene Erinnerung nach all den Jahren zurück? So lange hatte sie nicht mehr an jenen Tag gedacht, und nun schien es, als wolle er sich mit aller Macht in ihr Gedächtnis drängen. Sie hatte ein Versprechen gegeben, leichtfertig und gedankenlos, ein Versprechen, das sie nie würde einhalten können.

Aber was konnte sie tun? Sie war eine Gefangene, lebenslänglich eingesperrt, und die Burg war ihr Kerker, das wusste sie spätestens seit dem gestrigen Abend.

Nach dem Abendessen, als Arras in ihre Kemenate gekommen war, hatte sie sich ein Herz gefasst und ihn gefragt, ob sie ihre Schwester in Trier besuchen dürfe, nur für ein paar Tage.

»Wozu soll das gut sein, Weib?«, hatte Arras barsch zurückgefragt.

»Sie reist bald nach Marseille ab, und dann sehe ich sie vielleicht nie wieder.« Elva hatte ihn mit flehenden Augen angesehen.

»So ist das Leben.«

»Es würde mich sehr glücklich machen.«

»Leider können wir nicht nur das tun, was uns glücklich macht. Ganz im Gegenteil. Wir müssen unsere Pflicht erfüllen, den Platz einnehmen, den der Herrgott uns zuweist.« Der Graf hatte eine Grimasse geschnitten. »Und dein Platz ist hier auf Arras. Du bist mein Weib, die Gemahlin eines Grafen. Es haben sich schon genug Leute das Maul darüber zerrissen, dass ich die Tochter eines Gewürzhändlers zur Burgherrin gemacht habe. Meinst du, da lasse ich dich in der Welt herumreisen wie einen fahrenden Theriakhändler?«

»Aber ich könnte doch ...«

»Genug davon!«, hatte er sie mit schneidender Stimme unterbrochen. »Du bleibst hier. Deine Aufgabe ist es, mir einen Erben zu gebären.« Er hatte sich die Haare aus der Stirn gestrichen und auf das Bett gezeigt. »Hinlegen!«

Elva hatte die Tränen heruntergeschluckt, sich bäuchlings auf das Bett gelegt und das Kleid hochgezogen.

Kurz darauf hatte Arras wortlos die Kammer verlassen.

Elva war aufgestanden, hatte das Kleid wieder heruntergezogen und einen Antwortbrief an Leni verfasst. Sie hatte es sich untersagt, ihrer Schwester mitzuteilen, wie elend sie sich fühlte, denn sie wollte nicht, dass Leni sich ihretwegen sorgte. Also hatte sie sich kurz gefasst und nur betont, wie ungewohnt und fremd der Alltag auf der Burg war und wie sehr sie den Trubel in den Gassen von Trier vermisste.

Am Morgen des siebzehnten November tauchte endlich am Horizont Land auf. Sie näherten sich der französischen Küste. Der Rest der Reise war ohne Zwischenfälle verlaufen. Amiels Sorgfalt bei der Unterbringung der Ladung und der Tiere hatte sich ausgezahlt. Trotz Sturm und Schlacht hatten sich nur vier Pferde verletzt, eines davon allerdings so schwer, dass es getötet werden musste. Die Männer hatten sich über frisches Fleisch gefreut, der Besitzer würde vom Orden ein neues Tier erhalten.

Die Templerflotte musste einen halben Tag vor Marseille ankern, bis sich die Beamten des Königreichs Sizilien davon überzeugt hatten, dass von ihnen keine Gefahr ausging. Die Provence gehörte zwar zum Heiligen Römischen Reich, allerdings lediglich formal, Karl von Anjou, der König von Neapel, herrschte weitgehend unabhängig.

Nach fast vier Wochen auf See sehnte sich Amiel nach festem Boden, frischem Essen und vor allem nach einem heißen Badezuber. Der Wind stand ungünstig, also mussten die Fustas die großen Schiffe in den Hafen schleppen, eine weitere Verzögerung. Als Letzte legte die *Santa Anna* an.

Molay kam sofort zu Amiel auf die *Falcon* geeilt, seine Miene, wie immer in letzter Zeit, grimmig, doch seine Stimme war freundlich. »Lescaux, kommt bitte mit mir.«

Amiel war überrascht über den herzlichen Ton, der im Widerspruch zu Molays Gesichtsausdruck stand. Er folgte dem Großmeister zurück zur *Santa Anna*, auf das Vorschiff. Mit einer Handbewegung verscheuchte dieser ein paar Sergenten, die sich ein wenig Platz ergattert hatten und ihre Kettenhemden mit feinem Sand polierten. Es würde noch einige Zeit dauern, bis sie die Schiffe endgültig verlassen würden, um nach Poitiers aufzubrechen, und so versuchte jeder, einen kleinen Flecken für sich zu erobern.

Molay schaute sich noch einmal in alle Richtungen um. »Die Zeiten sind schwierig, Amiel, mein Freund«, raunte er.

Amiel spürte einen leichten Druck im Magen. Wenn Molay das Offensichtliche verkündete, war etwas im Busch.

»Bevor ich Euch Eure neuen Aufgaben zuteile, möchte ich mich bedanken, dass Ihr mich am Tag der Abreise vor einer Dummheit bewahrt habt.« Molays Augen schimmerten wie grauer Schiefer.

Amiel fühlte sich nicht geschmeichelt. Der Vorfall war im Vergleich zu dem Gemetzel auf hoher See eine Kleinigkeit gewesen. Er hätte diese sinnlose Gewalt gern verhindert.

»Herr ...«, setzte er an.

Aber Molay hob die Hand. »Wir sind nicht oft einer Meinung, gewiss, aber seid versichert, dass ich Euren Rat stets beherzige, ihn immer mit in meine Erwägungen einbeziehe. Ihr habt einen klaren Blick auf die Dinge, doch oft muss ich Entscheidungen treffen, die im ersten Moment falsch erscheinen – und manchmal grausam.«

Und auch oft falsch *sind*, dachte Amiel, aber das behielt er für sich. Es war nicht seine Aufgabe, den Großmeister zu belehren, und er wusste, es lag nicht an Molay, dass das Heilige Land verloren gegangen war. Er war erst danach zum Großmeister gewählt worden, das Erbe seiner Vorgänger war nicht einfach zu verwalten.

»Einig sind wir in unserem Ziel«, sagte Molay.

Amiel nickte.

»Ich setze großes Vertrauen in Euch, Lescaux.«

»Das ich niemals enttäuschen werde, Meister, was immer Ihr auch von mir verlangt.« Wann kam der Großmeister endlich zur Sache?

Molay schwieg einen Moment, als wolle er seine Entscheidung noch einmal überdenken.

»So sei es. Vernehmt dies.« Wieder zögerte er. »Für einen erfolgreichen Kreuzzug benötigen wir zweihundert Schiffe von der Größe der *Falcon*.«

Amiel zuckte zusammen. Zweihundert! Ihm war klar, dass es eines mächtigen Heeres bedurfte, aber diese Anzahl Schiffe sprengte sein Vorstellungsvermögen. Mit der *Falcon* konnte man zweihundert Schlachtrösser samt Rittern, Knechten und Ausrüstung transportieren, eintausend Pilger oder genug Gold, um die halbe Welt zu kaufen. Zweihundert Schiffe! Eine solche Flotte hatte die Welt noch nicht gesehen.

Im nächsten Augenblick begriff Amiel, worauf Molay hinauswollte. Sie beide wussten, dass es keinen Fürsten gab, der diese Menge an Schiffen auch nur annähernd aufbringen konnte. Man hätte alle Schiffe der Venezianer, Genuesen, Pisaner und Flamen, die Flotte Frankreichs, Englands und der Portugiesen zusammennehmen müssen, dann wäre man vielleicht auf diese ungeheure Zahl gekommen. Doch diese Länder führten entweder Krieg miteinander oder beäugten misstrauisch jeden Schritt ihrer Gegner.

Frankreich hatte zwar vor drei Jahren Frieden mit England geschlossen, aber der war brüchig. Schon deshalb bezweifelte Amiel, dass es Molay gelingen konnte, eine Allianz zu schmieden, die mächtig genug war, die Mamelucken aus dem Heiligen Land zu vertreiben. Die Fürsten Europas hatten andere Sorgen.

»Ihr wollt die Schiffe bauen lassen«, folgerte Amiel.

Molays Lippen verzogen sich zu einem wölfischen Grinsen. »Wir werden von Zypern aus in drei Wellen landen: Die erste Welle besteht aus fünfzehntausend Rittern, achttausend Langbogenschützen und zehntausend Speeren. Und einem Tross, der genug Nahrung mit sich führt, um das gesamte Heer mindestens drei Monate zu versorgen. Die Mamelucken können alle Brunnen vergiften und alle Quellen zuschütten, sie können die Felder verbrennen und jeden Baum fällen. Es wird ihnen nichts nützen. Wir werden so schnell und so hart zuschlagen, dass der Feind nicht reagieren kann. Die Mamelucken rechnen mit einem Angriff von Armenien und Zypern aus. Aber wir werden sie in die Irre führen und von dort einen Scheinangriff starten. Danach wird die erste Welle des Hauptheeres einen Brückenkopf bei Jaffa bilden, ihn halten und warten, bis die Flotte die zweite Welle bringt und dann die dritte.«

»Und wenn Ihr die Herrscher und Fürsten nicht überzeugen könnt? Es wäre nicht das erste Mal.«

»Wenn der Adel feige auf seinen lächerlichen Burgen sitzen bleibt, um zu huren und zu saufen?« Molay machte eine wegwerfende Handbewegung. »Dann heuere ich Söldner an. Nordmänner, Franken, Angelsachsen, Ungarn, wen auch immer. Hauptsache, es sind gute Christen. Und wenn es nicht anders geht, erhalten sie eine Nottaufe. Ich werde sie bezahlen, ihnen Land und Titel geben. Und der Orden der Templer wird über das Königreich Jerusalem herrschen, das von Tarsus bis Kairo reichen wird. Das Reich der Templer wird zehnmal so groß sein wie Frankreich.« Molay senkte die Stimme. »Ein König für den Thron Jerusalems, der nach unseren Wünschen handelt, Lescaux, ist schnell gefunden, das ist das geringste Problem. Und dann werden die eitlen Herrscher Europas auf die Knie fallen und uns anflehen, Jerusalem betreten zu dürfen. Philipp, dieser heuchlerische Frömmler, allen voran.«

Molay wartete einen Moment auf Amiels Reaktion, der bestürzt schwieg.

»Dann verlassen wir Frankreich bis auf ein Netz von Komtureien, von denen aus wir unsere Güter verwalten. Und sollte einer der adligen Herren die Hand auf unser Eigentum, also das Eigentum Gottes legen wollen, werden wir ihn spüren lassen, was es heißt, den Orden der Tempelritter gegen sich aufzubringen.« Molay hob einen Zeigefinger. »Ich bin nicht blind, Lescaux. Ich sehe die Wolken am Horizont. Aber es sind nur Wolken, nichts weiter. Der Sturm, den *wir* entfesseln, wird sie vertreiben.«

Konnte dieser Plan wirklich gelingen? Wenn ja, hätte der Orden endlich ein eigenes Land und wäre unangreifbar für alle Zeiten. Doch war der Plan mit der Ordensregel vereinbar, die jeden Bruder zu Armut und Machtverzicht verpflichtete? Ein Königreich der Tempelritter? Durfte irgendein dahergelaufener König die Geschicke des Ordens, ja der gesamten Christenheit lenken?

»Herr, das sind wunderbare Gedanken«, sagte Amiel vorsichtig. »Aber sollte nicht der Papst den Thron Jerusalems besteigen?«

Molay kniff die Augen zusammen. »Ihr seid nicht umsonst einer meiner besten Berater, Lescaux. Natürlich! Nur der Papst darf das Heilige Land beherrschen, nur er ist der Stellvertreter Gottes auf Erden. Er wird in aller Herrlichkeit im Zentrum der Welt, in Jerusalem, über die Christenheit herrschen, so wie es Gott vorgesehen hat.«

Amiel war erleichtert, dass Molay sich nicht mit dem Gedanken trug, selbst den Thron zu besteigen, sondern mit Leib und Seele den heiligen Zielen des Ordens verpflichtet blieb. Aber selbst wenn der Papst den Thron Jerusalems besteigen würde, so blieben doch viele Unwägbarkeiten ob des kühnen Plans seines Meisters. Würden sich Söldner, die plötzlich reich und mächtig wurden, dem Gesetz Gottes unterwerfen? Würden sie nicht über kurz oder lang mehr wollen? Würden sie sich über den Papst stellen und einen Bürgerkrieg unumgänglich machen?

Und das war nicht die einzige Gefahr. Lange bevor Molays Vision Wirklichkeit werden konnte, würden die Könige Europas seinen Plan zu verhindern versuchen. Denn sie fürchteten einen Templerstaat, der sich nicht mit dem Heiligen Land begnügen, sondern stetig nach mehr Macht streben würde. Selbst der englische König, der sich den Templern freundschaftlich verbunden fühlte, würde alles tun, die Herrschaft des Ordens über das Heilige Land zu verhindern. Der Orden würde zwischen Okzident und Orient zermalmt werden wie eine Haselnuss zwischen Hammer und Amboss. So oder so: Molays Plan konnte nicht aufgehen!

Amiel holte Luft, um Einwände zu erheben, doch Molay schnitt ihm das Wort ab. »Es ist entschieden. Von Euch will ich nur eines wissen: Steht Ihr treu bis in den Tod zum Orden?«

Amiels Hals wurde trocken. »Wie könnt Ihr an mir zweifeln?«

Molay lächelte. »Das wollte ich hören, Lescaux. Und ich wollte es in Euren Augen sehen. Ich muss mir sicher sein, denn das Gelingen des Auftrags, den ich für Euch habe, entscheidet mit über die Zukunft des Ordens.«

Amiel schluckte hörbar.

»Ihr habt sicherlich schon überschlagen, welche enormen Summen unser Vorhaben verschlingen wird. Und Ihr habt die Truhen gesehen.«

Amiel hatte Berechnungen angestellt. Die Summe, die ein solcher Kreuzzug kosten würde, war unvorstellbar groß. Es mussten nicht nur Schiffe gebaut und Söldner angeworben, ausgerüstet und für mindestens zwei Jahre bezahlt werden, auch wenn sich die Zahl während der ersten Monate des Kampfes deutlich reduzieren würde. Der Verpflegungstross musste ebenfalls zusammengestellt werden: Hunderte Packpferde und Wagen. Die Nachschublinien mussten bedient und geschützt werden. Es war ein Unternehmen, das in dieser Größenordnung noch niemand gewagt hatte und das ernsthafte Probleme aufwarf.

Wiederum schien Molay seine Gedanken zu lesen. »Wir müssen alles in die Waagschale werfen, Lescaux. Es ist ein gerechter und heiliger Krieg, den wir führen. Dem muss alles untergeordnet werden. Auch die Ordensregel. Es wird streng festgelegte Ausnahmen geben. Haben wir das Heilige Land erst in der Hand, werden wieder Zucht und Ordnung einkehren, darauf könnt Ihr Euch verlassen. Wir werden einen Gottesstaat errichten, dessen Gesetz einzig die Bibel und der Wille des Herrn ist.«

»Gott will es«, murmelte Amiel, der sich fühlte, als habe er einen Hieb mit der Streitaxt auf den Kopf bekommen.

»Gott will es, Lescaux, Ihr sagt es, und deshalb vertraue ich Euch die Aufsicht über den Schiffsbau in Marseille an. Ihr könnt rechnen, wisst, wem man trauen kann und wem nicht, und Ihr könnt gut mit den Männern umgehen, könnt sie zu großen Leistungen anspornen, ohne dass sie murren.«

Etwas, das Euch fehlt, dachte Amiel. Molay war oft ruppig, verschob verdiente Beförderungen, so wie bei Cyprian, und überforderte die Männer immer wieder. Doch jetzt war nicht der geeignete Moment, über Cyprian zu sprechen. Molay hätte es zu Recht als Erpressung empfunden, wenn Amiel seine Dienste von einer Gefälligkeit abhängig gemacht hätte.

»Es ist mir eine Ehre, Meister. Allerdings müssen wir Schiffsbauer anheuern, die nicht dem Orden angehören. Wie können wir sichergehen, dass sie unsere Baupläne nicht an unsere Feinde verkaufen? Wir müssen Kapitäne ausbilden und in die Geheimnisse unserer Navigationskunst einweihen. Wir können nicht verhindern, dass sie ihr Wissen in die Welt hinaustragen.«

»Das kann sein«, sagte Molay tonlos. »Aber wir werden so viele Schiffe besitzen, dass wir all diese Kapitäne in unsere Dienste stellen. Sie müssen auf den Orden schwören. Ebenso die Schiffsbauer. Wer etwas verrät, wird es bereuen.«

Amiel begriff, dass jedes weitere Wort überflüssig war. Jacques de Molay hatte beschlossen, die Regeln des Ordens aus den Angeln zu heben, um ihn zu bewahren. Daran gab es nichts mehr zu rütteln. Amiel würde den Auftrag seines Meisters zu dessen Zufriedenheit erledigen, ganz gleich, was er darüber dachte. So war es immer gewesen, und so würde es immer sein. Das war die gottgewollte Ordnung.

»Ich statte Euch mit ausreichend Mitteln und Vollmachten aus, um die nötigen Männer anzuwerben und das Material zu bezahlen. Wir werden alle Werften Marseilles und der Umgebung beauftragen, alle Welt soll sehen, dass der Orden des Tempels nicht müßig ist. Sind wir Tagelöhner, die sich vor Scham verstecken müssen? Die Werften von Bordeaux und La Rochelle werden ebenfalls unsere Schiffe bauen. Was schätzt Ihr, Lescaux, wie lange wird das dauern?«

»Drei Jahre unter normalen Bedingungen. Zwei Jahre, wenn ich die Löhne verdoppeln und gut gelagertes Holz aus Dalmatien kaufen kann.«

Molay nickte. »So denkt ein Mann, der das Ganze im Blick hat. 1309! Das ist das Jahr, in dem wir das Osterfest in Jerusalem feiern werden.«

Molays Augen glänzten wie im Fieber. Amiels Herz schlug schneller. Seit er denken konnte, sehnte er sich danach, auf dem Tempelberg beten zu können, die heiligen Orte mit eigenen Augen zu sehen, die Luft Jerusalems zu atmen und auf der heiligen Erde niederzuknien. Doch bisher war ihm die Pilgerreise ins Heilige Land verwehrt gewesen.

»Ich werde die besten, schnellsten und größten Schiffe

bauen, in einer Zeitspanne, die niemand für möglich halten wird, Meister, so wahr mir Gott helfe! Doch wie soll ich das bezahlen? Wo habt Ihr all das Gold versteckt, das dafür nötig ist? Auf der *Falcon* habe ich es nicht finden können.«

Molay tat etwas, mit dem Amiel nie gerechnet hätte. Er packte ihn mit beiden Händen an den Schultern und lachte kurz. »Das, mein Lieber, werdet Ihr erfahren, sobald wir La Couvertoirade wohlbehalten erreicht haben.«

* * *

Karel Vranovsky sah den Reitern nach, bis sie hinter einer Biegung verschwanden, lauschte dem Hufschlag, bis er von den Geräuschen des Waldes verschluckt wurde, dem Krächzen einer Krähe, dem Rascheln im Unterholz, dem Singen des Windes in den Kronen der fast kahlen Buchen.

Graf Arras war unterwegs zur Burg Eltz, er würde mindestens eine Woche fortbleiben. Zehn Ritter begleiteten ihn, doch Karel war nicht unter ihnen. Es schmerzte ihn, dass Arras auf seine Gesellschaft verzichtete, auch wenn der ihn aus gutem Grund zurückgelassen hatte. Karel sollte einer viel wichtigeren Aufgabe nachkommen. Er sollte auf Arras' frisch angetraute Gemahlin achtgeben.

Ausgerechnet.

Arnulf von Arras machte sich Sorgen. Elva war blass und schweigsam, kränkelte seit einigen Tagen, und der Graf hatte Angst, auch sie zu verlieren.

Karel presste seine heiße Stirn gegen den kühlen Stamm einer Buche. Eigentlich eine gute Gelegenheit, das Weib loszuwerden. Er musste es nur geschickt anstellen. Die ersten Schritte waren ja bereits getan. Dass Elva so elend war, hatte sie ihm zu verdanken. Besser gesagt, dem kleinen Geschenk, das er ihr gemacht hatte. Sie brauchte nur noch einen kleinen Schubs …

Andererseits würde Arras Karel zürnen, wenn Elva unter seiner Obhut etwas zustieß. Keinesfalls wollte Karel seinen geliebten Herrn gegen sich aufbringen. Im Gegenteil. Er wollte ihn zurückhaben. Er wollte, dass alles wieder so war wie vor der Hochzeit. Als es nur sie beide gegeben hatte. Und kein dämliches Weib, das zwischen ihnen stand.

Auch wenn Karel wusste, dass Arras lediglich seine Pflicht tat, wenn er sich abends in Elvas Schlafgemach begab, zerriss es ihn vor Eifersucht. Die Vorstellung, dass sein geliebter Herr das Lager mit diesem Weibsstück teilte, raubte ihm den Verstand. Arras gehörte ihm allein. Niemand hatte das Recht, sich zwischen sie zu stellen.

Als siebenjähriger Bursche war Karel von seinem Vater von dem heimatlichen Rittergut bei Prag an die ferne Mosel geschickt worden, um bei einem befreundeten Grafen als Page zu dienen. Bitterlich hatte er geweint auf der endlos langen Reise, er war sich sicher gewesen, dass er vor Kummer sterben würde.

Doch schneller als gedacht hatte er sich mit den anderen Pagen angefreundet und in der Fremde eingelebt. Er bewunderte die stattlichen Knappen und Ritter, liebte es, ihnen beim Wettkampf oder beim Üben zuzusehen und es ihnen nachzutun und seinen eigenen Körper zu stählen.

Nach und nach begannen seine Kumpane, sich für Frauen zu interessieren. Sie besuchten Huren, lockten Mägde in ihr Lager. Doch Karel spürte nichts bei dem Gedanken an eine Frau. Umso höher schlug sein Herz beim Anblick eines stattlichen Ritters. Doch einen anderen Mann zu begehren war eine Todsünde, und niemand durfte es erfahren. Allmählich fingen die anderen an, ihn zu hänseln. Er musste immer neue Ausreden erfinden, und Tag und Nacht plagte ihn die Angst, entdeckt zu werden.

Schließlich überwand er sich, und es gelang ihm, einer Frau beizuliegen. Es bereitete ihm keine Lust, aber zumindest ließen ihn die anderen nun in Ruhe.

Und dann traf er auf einem Turnier Graf Arras. Er wusste nicht, woran sie sich erkannt hatten, ob es ein Blick gewesen war oder eine Geste. Auf jeden Fall nahm ihn der Graf in seine Dienste und führte ihn in die Künste der Liebe ein. Als Arras sich ein Weib nahm, dachte Karel zuerst, dass es ihm nichts ausmachen würde. Schließlich musste sein Herr den Schein wahren und einen Erben zeugen. Doch die Eifersucht zerfraß ihn wie eine Krankheit. Als Isabel tot war, atmete er auf. Bis Arras beschloss, eine zweite Ehe einzugehen.

Karels Stirn begann zu brennen. Vorsichtig richtete er sich auf und tastete, spürte, wie die Maserung der Rinde Furchen in seine Haut gegraben hatte, so tief, dass sie aufgeschürft war. Er betrachtete das Blut an seinen Fingern. Wenn es doch nur Elvas Blut wäre!

Er ballte die Faust. Er musste sich gedulden, musste behutsam vorgehen. Den richtigen Moment abwarten. Und bis dahin musste er Elva so weit gebracht haben, dass nur noch ein Fingerschnipsen vonnöten war, um sie endgültig zu erledigen. Und damit auch nicht der geringste Verdacht auf ihn fiel, würde er sich bis dahin rührend um das Miststück kümmern. Keinen Schritt würde er von ihrer Seite weichen. Genau wie Arras es verlangt hatte.

Karel zog ein Taschentuch aus dem Wams und tupfte sich die Stirn ab. Vorfreude loderte in seinen Lenden, als er durch das geöffnete Tor zurück in die Vorburg schlenderte. Noch vor dem Weihnachtsfest wäre Elva Geschichte, und Arras würde ihm wieder ganz allein gehören.

* * *

Cyprian stellte sich im Sattel auf und schaute nach vorn. Wie ein Lindwurm zog sich der Zug der Templer den steilen Aufstieg zum Plateau von Larzac dahin. Bis La Couvertoirade war es nicht mehr weit. Die Burg lag in einer Senke, umgeben von den Hängen der Hochebene und den Ausläufern der Cevennen. Den Kopf des Ungeheuers bildete Molay mit seinem Gefolge, auch Amiel ritt an der Spitze mit. Während der ganzen Reise hatte Cyprian seinen Freund kaum gesehen, auch nach der Ankunft in Marseille nicht.

Nach dem Anlegen hatten sie nur wenige Worte gewechselt. Cyprian hatte Amiel nicht einmal fragen können, ob er noch einmal mit dem Großmeister über sein Anliegen gesprochen hatte, endlich befördert zu werden. Molay schien Cyprian absichtlich zu ignorieren. Selbst nachdem er die Flotte der Templer vor Aruad gewarnt und dadurch gerettet hatte, hatte Molay sich nicht geäußert. Der Großmeister hatte ihm lediglich ausrichten lassen, dass er seine Pflicht erfüllt habe und man ihn nicht anklagen werde ob seiner Flucht. Bei dem Gedanken an Molay spuckte Cyprian aus und verfehlte nur knapp einen Sergenten, der im letzten Moment den Kopf einzog.

Cyprians Pferd, das er Bucephalus getauft hatte, nach dem berühmten Ross Alexanders des Großen, warf den Kopf nach oben und wieherte ungehalten.

»Dir kann ich nichts vormachen, mein Freund«, sagte Cyprian und tätschelte den muskulösen Hals.

Amiel! Sein bester und einziger Freund. Warum war nicht er Großmeister geworden? Dann wäre Cyprian jetzt Seneschall oder noch besser Marschall, der Kommandant aller Truppen des Ordens und in Kriegszeiten der mächtigste und wichtigste Mann der Templer.

Gemeinsam mit Amiel hätte Cyprian das Heilige Land schon längst zurückgewonnen. Molay ging viel zu zimperlich vor. Er hätte Bertrand de Got, diese Marionette Philipps des Schönen, beseitigen lassen müssen, damit er nicht zum Papst gekrönt wurde. Diesen Emporkömmling, der mehr Hurenhäuser als Kirchen von innen kannte, hatten die Feinde der Templer zum Vertreter Gottes auf Erden eingesetzt.

Cyprian war sich sicher, dass de Got sie nicht schützen würde, wenn es hart auf hart kam. Aber Molay war ja so viel schlauer, glaubte fest an die Ehrlichkeit und die Treue des Papstes und gab nichts auf ihn, Cyprian Batiste, den vierten Sohn eines verarmten Burgherrn, der nach drei Jahren Dienst als Söldner mit nichts als seinem festen Glauben und seinem mutigen Herzen bei den Templern vorgesprochen hatte.

Seinem Freund Amiel konnte Cyprian keinen Vorwurf machen. Er war zu gut für diese Welt. Aber Cyprian wollte mehr. Und er hatte mehr geboten bekommen. Ein anderer hatte Cyprians Bestimmung zum Herrschen erkannt, und dieser andere würde ihm zu der Position verhelfen, die er verdient hatte – wenn die Templer endgültig entmachtet waren.

Nur eine Bedingung hatte Cyprian gestellt: Amiel durfte kein Leid geschehen. Sein neuer Herr hatte, ohne zu zögern, sein Einverständnis erklärt und sogar in Aussicht gestellt, Amiel ebenfalls in seine Dienste zu nehmen, wenn die Templer Geschichte waren.

Die Türme von La Couvertoirade tauchten am Horizont auf. Die Festung kam schnell näher. Sie beherrschte die hoch gelegene Senke und alle Wege, die hinein- und hinausführten. Unterhalb des mächtigen Südturms standen Belagerungsmaschinen, vier kleine, bewegliche Trebuchets und drei zum Teil zerlegte große, die darauf warteten, mit ihren Geschossen die Burgen der Heiden zu zertrümmern. Jetzt dienten sie zur Ausbildung der Geschützmannschaften und Handwerker, die den Bau der Maschinen erlernten. Die großen Trebuchets mussten von dreißig Mann bedient werden, ein riesiger Aufwand, dafür war ihre Wirkung allerdings verheerend.

Wie immer war die Burg gestopft voll, der Tross der Templer musste vor den Toren lagern, unterhalb des Mühlberges und auf dem Übungsfeld der Geschützmannschaften. Und wie immer durften nur Molay und die anderen Großen die Freuden einer befestigten Unterkunft genießen: heiße Bäder, gutes Essen und eigene Kammern.

Die Sonne stand noch hoch am Himmel, als sie La Couvertoirade erreichten. Cyprian und seiner Abteilung wurde ein Platz auf der Ostseite mit Blick auf den größten Turm der Festung zugewiesen, ein abgeerntetes Feld, auf dem Emmer gestanden hatte und jetzt die demontierten Trebuchets lagerten.

Cyprian stieg ab und befahl seinen Sergenten, die Zelte aufzubauen und sie sorgfältig zu sichern. Seinem Knecht überreichte er Bucephalus' Zügel und wies ihn an, das Tier gründlich mit Stroh abzureiben und vor allem die Hufe zu kontrollieren. Das Plateau war übersät mit Steinen, die sich in die Hufe drücken konnten. Kratzte man die Fremdkörper nicht heraus, konnte es zu Entzündungen kommen, die oft tödlich verliefen.

Von der Kirche der Festung schlug die Glocke zur Non. Cyprian ließ sich auf die Knie sinken, faltete die Hände und murmelte einige Vaterunser. Im Gebet fand er noch immer Trost, denn er war überzeugt, dass Gott ihn beschützte, auch wenn er ihm einige schwere Prüfungen auferlegt hatte. Doch die hatte Cyprian alle mit Bravour gemeistert.

Ein Psalm wurde nicht verlesen. Die Kapläne, die auf den Schiffen für ihre Seelen verantwortlich gewesen waren, waren alle in Marseille zurückgeblieben. Nur in der Kirche gab es einen Geistlichen, der allerdings nicht außerhalb der Mauern Dienst tat. Außerdem galten auf dieser Reise dieselben Regeln wie bei einem Feldzug, und das hieß, statt Psalmen und Bibeltexte zu verlesen, wurden so viele Vaterunser gebetet, wie es die Aufgaben zuließen. Cyprian betete ein Dutzend, schlug vierfach das Kreuz, dann erhob er sich, um die Arbeit seiner Sergenten zu begutachten.

Das erste Zelt stand bereits, doch die Leinen waren nicht ausreichend gespannt. Cyprian verpasste einem Sergenten eine derbe Kopfnuss.

»Willst du, dass alles davonfliegt, sobald Wind aufkommt?«, bellte er. »Sieh dich um! Die Gipfel der Cevennen sind fast mit der Hand zu greifen. Von dort toben Stürme so schnell herab, dass man nur noch zusehen kann, wie alles zu Bruch geht, und Glück hat, wenn man die eigene Haut rettet!«

Der Sergent verbeugte sich mehrmals, murmelte eine Entschuldigung und beeilte sich, seinen Fehler wiedergutzumachen. Cyprian seufzte. Nichts als Ärger hatte man mit diesem dummen Pack. Nichts machten sie richtig. Alles musste man selber tun.

»Ich glaube, ich habe die richtige Medizin für einen Mann, der gegen die allgegenwärtige Abgestumpftheit des menschlichen Geistes und die Trägheit des Fleisches vergebens ankämpft.«

Cyprian wandte sich um. Mit einem breiten Lächeln auf dem Gesicht stand Amiel vor ihm und hielt ihm einen Weinschlauch hin.

»Du kommst gerade recht«, murmelte Cyprian. »Bei Gott dem Allmächtigen! Wie sollen wir das Heilige Land zurückerobern, wenn die Männer nicht einmal ein Zelt aufbauen können?«

»Das ist eine berechtigte Frage, mein Freund, der wir uns gleich in aller Ernsthaftigkeit widmen werden.« Amiel wies auf den Mühlenhügel, von dem man einen guten Überblick über La Couvertoirade hatte.

Sie schlenderten hinauf und ließen sich unter einem Erdbeerbaum nieder. Es war kühl, bald würde es richtig kalt werden, und dann war auch mit Schnee zu rechnen.

Amiel reichte ihm den Schlauch, Cyprian setzte ihn an,

ließ einen Schluck die Kehle hinabrinnen. Was für ein Tropfen! »Wo hast du dies edle Getränk her? Es ist Königen würdig. So etwas habe ich seit Monaten nicht mehr getrunken.«

Amiel schürzte die Lippen. »Aber du darfst es niemandem weitererzählen!«

Cyprian spielte den Entrüsteten. »Das würde ich niemals!«

Amiel zeigte auf den Schlauch und flüsterte. »Das ist eine kleine Spende unseres Großmeisters zur Erbauung und Festigung unserer Seelen.«

»Das haben wir fürwahr bitter nötig.« Cyprian nahm einen weiteren tiefen Schluck. Der Wein wärmte ihn von innen. Schnell stieg ihm der Alkohol zu Kopf, hüllte seine Sorgen in ein weiches Tuch, ließ seine Ängste schrumpfen und seinen Zorn verpuffen. Es fühlte sich gut an, und doch ergriff ihn ein Gefühl der Trauer. Nie hätte er sich vorstellen können, seinen besten Freund zu hintergehen. Wenngleich er dafür sorgen würde, dass Amiel nichts Böses geschah, so missbrauchte er dennoch dessen Vertrauen. Vielleicht wäre es besser, ihm die Wahrheit zu sagen und ihn um Verzeihung zu bitten? War die Freundschaft zu Amiel nicht wichtiger als alle irdischen Güter und Titel?

Cyprian öffnete den Mund und schloss ihn wieder. Nein! Er musste seinen Freund beschützen, aber er durfte nicht von seinem Weg abweichen, das war er sich schuldig. Und wenn sich Cyprians Gewährsmann nicht an die Absprachen hielt, würde er ihn mit eigener Hand erwürgen.

»Du scheinst gar nicht genug davon zu kriegen!« Amiel lachte. »Lass mir etwas übrig!« Er nahm Cyprian den

Schlauch aus der Hand, hob ihn über seinen Kopf und ließ einen Strahl der rubinroten Flüssigkeit in seinen Mund spritzen. Ein wenig davon lief ihm über das Kinn und den Hals.

Cyprian schauderte. Es sah aus, als hätte jemand seinem Freund die Kehle aufgeschlitzt.

* * *

Elvas Hand zitterte, als sie den Riegel zur Seite schob. Ihr war schwindelig, ihr Kopf hämmerte so heftig, dass sie das Gefühl hatte, er müsse auseinanderfliegen. Der Gang war leer, doch das beruhigte sie nicht. In letzter Zeit war ihre Einbildung so oft mit ihr durchgegangen, dass sie sich selbst nicht mehr traute.

Angefangen hatte alles mit dem Kästchen. Die Kirschen. Die tote Ratte, die nicht mehr da gewesen war, als sie mit der Zofe zurückkehrte. Danach hatte sie einige Tage Ruhe gehabt und war schon zu der Überzeugung gelangt, dass es sich um einen einmaligen bösen Scherz gehandelt hätte.

Doch dann waren weitere merkwürdige Dinge geschehen. In der vergangenen Woche war die Ahnentafel im großen Saal von der Wand gefallen, als Elva daran vorbeigegangen war. So als würden Arnulf von Arras' Vorväter ihr zürnen, weil sie keine standesgemäße Ehefrau war. Elva hatte den Hofmeister rufen lassen, um ihm von ihrem Missgeschick zu berichten. Doch als sie in den Saal zurückgekehrt waren, hatte die Tafel wie immer an ihrem Platz gehangen. Als Elva zwei Tage später Würmer in ihren Stiefeln fand, hatte sie sich gar nicht erst die Mühe gemacht, Hilfe zu holen.

So lautlos wie möglich schlich Elva den Korridor entlang. Sie wollte hinauf auf den Bergfried, den einzigen Ort in der Burg, wo sie sich sicher fühlte. Als sie den Rittersaal passierte, hörte sie ein Räuspern. Karel musste irgendwo in der Nähe sein. Das Zittern in ihren Fingern verstärkte sich. Am Eingang zum Saal hing eine Reihe blank polierte Schilde, in denen sich Elvas Gesicht spiegelte. Wie bleich und schmal es geworden war! Nach dem Vorfall mit der Ratte hatte sie eine Woche keinen Bissen herunterbekommen. Jedes Mal, wenn sie auch nur an Essen dachte, hatte sich ihr der Magen umgedreht. Sie hatte die Zeit im Bett verbracht. Ihr Gemahl hatte sich ernsthaft besorgt gezeigt und Affra an ihrer Seite wachen lassen. Und er hatte auf seine abendlichen Besuche verzichtet.

Elva hatte gehofft, dass er nach ihrer Schwester rufen würde. Er musste doch sehen, dass sie ein vertrautes Gesicht brauchte, wenn sie so elend war. Sie hatte sogar ein paar zaghafte Andeutungen gewagt, sich jedoch nicht getraut, ihr Anliegen noch einmal vorzubringen. Doch falls ihr Gemahl verstanden hatte, was sie sich von ihm wünschte, hatte er sich nichts anmerken lassen.

Kaum war es ihr etwas besser gegangen, war Arras zu einer Reise aufgebrochen. Seit einer Woche war er zurück. Am Abend nach seiner Rückkehr hatte er sie gefragt, ob sie schon guter Hoffnung sei. Als Elva verneinte, hatte er mit zusammengepressten Lippen auf das Bett gedeutet und das abendliche Ritual wieder aufgenommen.

Plötzlich spürte Elva einen Windhauch. Aus dem Rittersaal kam eine Gestalt auf sie zu, eine Frau in einem weißen Gewand, das von innen her zu leuchten schien. In der rechten Hand hielt die Frau einen Dolch.

Elva erstarrte. Obwohl sie Todesangst verspürte, gelang es ihr nicht, auch nur einen Finger zu rühren. Sie öffnete den Mund, doch kein Laut drang über ihre Lippen.

Einige Schritte von Elva entfernt blieb die Frau stehen. Sie trug einen Schleier, sodass Elva das Gesicht nicht sehen konnte. Trotzdem war Elva sicher, ihre Vorgängerin vor sich zu haben. Doch was wollte Isabel von Arras von ihr? Die Gestalt bewegte die Hand, die Klinge des Dolchs blitzte auf, Elva erkannte Blut.

Jetzt endlich löste sich ein Schrei aus ihrer Kehle. Sie schlug die Hände vors Gesicht und stolperte rückwärts, bis sie gegen die Mauer prallte.

Sie horchte, alles blieb still. Ganz vorsichtig nahm sie die Finger vom Gesicht. Die Gestalt war verschwunden.

Verstört blickte Elva den Gang hinauf und hinab, dann spähte sie in den Saal. Da war niemand. Sie schaute auf ihre zitternden Hände. Mit einem Mal war sie sicher, dass sie dabei war, den Verstand zu verlieren. Sie wurde verrückt, das war es.

Mit einem Schauder dachte Elva an den irren Lück, einen jungen Mann, der sich in ihrer Kindheit auf dem Marktplatz herumgedrückt hatte. Der irre Lück hatte ständig vor sich hin gebrabbelt, mit Menschen geredet, die nur er sah, hatte manchmal urplötzlich den Kopf hin- und hergeworfen, gebrüllt, sich auf den Boden geschmissen und vor Angst gewimmert. Hatte er auch Dinge gesehen, die gar nicht da waren? So wie sie?

Immer dicht an der Wand entlang schob Elva sich zurück in den Gang, der zu ihrem Gemach führte. Sie hatte die Tür fast erreicht, als sich von der anderen Seite her ein

Schatten näherte. Mit Mühe unterdrückte Elva einen Schrei.

Endlich erkannte sie Affra, die mit besorgtem Blick näher kam. »Habt Ihr geschrien, Herrin? Ich dachte, ich hätte etwas gehört.«

»Eine Maus.« Elva bemühte sich um ein verlegenes Lächeln. »Sie hat mich erschreckt. Albern, ich weiß.«

Es war unschwer zu sehen, dass Affra ihr kein Wort glaubte. »Ihr seid weiß wie ein Leichentuch, Herrin. Vielleicht legt Ihr Euch besser hin.«

»Ja, das werde ich.« Elva griff nach dem Türknauf.

»Herrin«, flüsterte Affra kaum hörbar in ihrem Nacken.

»Ja?« Elva drehte sich langsam zu ihr um.

»Ihr solltet von hier verschwinden. Noch ist Zeit.«

»Wie meinst du das?« Elva suchte Affras Blick, doch die Zofe sah in eine andere Richtung.

»Es ist nur ... die erste Herrin ... Gräfin Isabel ... bei ihr hat es auch so angefangen. So habe ich es zumindest gehört. Ich selbst war damals noch nicht hier. Und dann ...«

»Und dann was?« Elva spürte ihr Herz im Hals schlagen. Plötzlich sah sie die Erscheinung wieder vor sich, die Gestalt im Rittersaal. War Isabel von den Toten zurückgekehrt, um sie zu warnen? Doch wovor?

Affra winkte ab. »Ach nichts. Vergesst, was ich gesagt habe, Herrin. Nichts als das dumme Geschwätz einer Zofe.« Affra eilte davon.

Elva starrte ihr hinterher, unfähig, sich zu rühren, bis sie wieder allein war mit den flüsternden Schatten. Dann sank sie auf den Boden und begann hemmungslos zu schluchzen.

* * *

Amiel wischte sich den Mund ab. Er genoss die ruhigen Augenblicke mit seinem Freund. Leider hatte sich Cyprians Seele in den vergangenen Monaten mehr und mehr verfinstert. Deshalb war Amiel in Molays persönlichen Weinkeller unter dem Donjon hinuntergestiegen, wo er sich jederzeit bedienen durfte, hatte einen Schlauch gefüllt und Cyprian aufgesucht.

Der Wein wärmte und entspannte ihn, und er genoss den Blick über die Burg, das Dorf und das Plateau, wo weitere Kommenden lagen: La Cavalerie, ein kleiner Gutshof, zu dem einige gewinnbringende Landgüter gehörten, und natürlich die gut befestigte Kommende Sainte Eulalie, der sowohl La Cavalerie als auch La Couvertoirade unterstanden.

So schön die Aussicht war, einem Vergleich mit dem weiten Blick von Grimaud über das Meer hielt sie nicht stand. Auf der Burg seines Onkels hatte Amiel viele Stunden damit verbracht, auf den Zinnen der Südmauer zu sitzen und Zwiegespräche mit Gott zu halten. Er hatte ihn gefragt, ob es recht sei, dass der Papst einer der reichsten Männer der Welt war, obwohl ihm irdische Güter gleichgültig sein sollten; ob es recht sei, dass jeder Fürst über Leben und Tod seiner Untertanen beliebig verfügen durfte, wo doch er, Gott, der Einzige war, dem dies zustand; ob es recht sei, dass Christen sowohl Juden als auch Moslems töteten und dies als rechtmäßig erachteten, obwohl sie doch auch an den einen Gott glaubten.

Anfangs hatte er Angst gehabt, Gott würde ihm ob dieser Gedanken zürnen, aber falls er das tat, ließ er es Amiel nicht spüren. Eines Tages hatte er ihm allerdings ein Zeichen gesandt. Eine Zeit lang hatte Amiel damit gehadert, den Templern beizutreten, obwohl er sich als kleiner Junge nichts sehnlicher gewünscht hatte. Als er wieder einmal darüber nachdachte, hatte ein Adler ihm einen toten Skorpion vor die Füße fallen lassen. Deutlicher hätte Gottes Antwort nicht sein können, denn Jesus hatte gesagt: »Seht, ich habe euch die Vollmacht gegeben, auf Schlangen und Skorpione zu treten und die ganze Macht des Feindes zu überwinden. Nichts wird euch schaden können!«

Die Sonne senkte sich über die Berge im Westen. Es wurde Zeit. »Molay hat alle Kommandanten für die Stunde vor dem Sonnenuntergang zu sich bestellt«, sagte Amiel und stand auf. »Ich muss los.«

Cyprian erhob sich ebenfalls und nickte.

Amiel umarmte seinen Freund, spürte Cyprians Kraft. Er ermahnte sich, Molay dazu zu bringen, seinem Freund eine größere Aufgabe anzuvertrauen.

Cyprian löste sich von ihm. »Geh nur, mein Freund. Ich zweifle nicht an deiner Treue zu mir. Unsere Freundschaft ist stärker und reiner als alles andere auf der Welt.«

»So ist es«, bestätigte Amiel. Wie gut, dass Cyprian nicht von echter Verbitterung heimgesucht wurde.

Mit langen Schritten lief Amiel los. Er passierte die Wachen und ging in den Kapitelsaal, der im Donjon der Burg lag. Zuerst dachte er, er habe sich im Raum geirrt, denn niemand war anwesend. Irritiert blieb er stehen und sah sich um. Gerade wollte er den Saal wieder verlassen, als Molay eintrat.

»Ich muss Euch unter vier Augen sprechen, Lescaux«, sagte er. »Wir haben nicht viel Zeit. Ich reise morgen nach Poitiers weiter, der Seneschall und der Marschall kommen mit mir. Das Kommando über La Couvertoirade verbleibt beim Komtur, Siegfried von Zähringen, allerdings habt Ihr Sondervollmachten, die Euch ihm weitgehend gleichstellen. Und natürlich unterstehen Euch alle Männer des Ordens mit voller Befehlsgewalt. Zudem habe ich eine überaus wichtige Aufgabe für Euch, die ich niemand anderem anvertrauen kann. Ihr wolltet wissen, woher ich das Gold nehmen will, um unseren Kreuzzug zu bezahlen?« Molay wartete die Antwort nicht ab. »Folgt mir. Ich hatte versprochen, Euch einzuweihen, jetzt werde ich mein Versprechen einlösen.«

Molay nahm im Vorbeigehen eine Fackel von der Wand und wies die Wachen an zurückzubleiben. Er öffnete eine Tür, hinter der sich eine steile Treppe ins Kellergewölbe hinunterwand.

Mit klopfendem Herzen stieg Amiel hinter dem Großmeister hinab in den Untergrund. Was würde ihn dort unten erwarten? Ging es um die geheimnisvollen Truhen? Oder um geheime Riten? Um Zauber?

Den vorderen Teil des Gewölbes kannte Amiel. Hier lagerten Wein, Räucherfleisch und gesalzener Fisch in Fässern. Hier befand sich auch Molays privater Weinkeller, den Amiel kurz zuvor noch aufgesucht hatte. Der Raum war eng und dunkel.

Molay, dessen Statur eher zierlich war, verschwand hinter einem Fass. Amiel hörte das Rasseln von Ketten.

»Hier herunter«, rief der Großmeister.

Amiel quetschte sich hinter das Fass. Eine Luke im Boden stand offen, von unten leuchtete Molay mit der Fackel. Amiel kletterte die Leiter hinunter, Molay drückte ihm eine frische Fackel in die Hand und zündete sie mit seiner an.

»Ist das ein Fluchttunnel?«, frage Amiel. Fast jede Kommende der Templer war mit unterirdischen Gängen und Schächten ausgestattet, die im Notfall ein Entkommen ermöglichten. Sie waren jedoch auch Schwachstellen, über die Feinde eindringen konnten.

»Vielleicht früher einmal.« Molays Stimme hallte dumpf von den Wänden wider. »Jetzt ist alles verschüttet, kein Weg reicht nach draußen, aber einer führt unter die Kirche, mit einem steilen Schacht nach oben.«

Sie liefen los. Immer tiefer ging es in den Untergrund. Amiel kam sich vor wie ein Maulwurf.

»Bald müsst Ihr einer Abordnung von Juden diesen Weg weisen«, sagte Molay.

»Juden?« Amiel starrte ungläubig auf Molays gebeugten Rücken. Die Juden waren aus Frankreich vertrieben worden. Es war verboten, sie aufzunehmen oder Geschäfte mit ihnen zu machen. Was führte Molay im Schilde?

»Ihr habt richtig gehört. Juden. Wir werden ihnen etwas verkaufen. Sie werden unseren Kreuzzug bezahlen.« Molay drehte sich um und lächelte. »Die Abordnung der Juden, die die Echtheit der Ware überprüfen soll, kommt erst in einer Woche. Im Augenblick rastet sie in unserer Kommende in Orange.«

»Und Orange liegt in der Provence, die zum Heiligen Römischen Reich gehört …«

»... das die Juden unter seinen Schutz gestellt hat. Vorerst«, ergänzte Molay. »Wenn die Echtheit bestätigt ist, reist Ihr wie vereinbart zurück nach Marseille. Ihr werdet einen oder mehrere Kreditbriefe von den Juden erhalten, mit denen Ihr alles bezahlen könnt, was für den Bau der Schiffe nötig ist. In Eurer Abwesenheit wird von Zähringen das Kommando übernehmen. Er ist ein erfahrener Mann. Es steht Euch aber auch frei, einen anderen fähigen Vertreter zu bestimmen.« Molay lief weiter. »Vergesst nicht: Niemand darf etwas von unserem Geschäft mit den Juden erfahren! Niemand darf wissen, was wir hier verstecken. Am besten verbannt Ihr selbst es sofort wieder aus Euren Gedanken, wenn Ihr es gesehen habt.« Molays Stimme wurde steinhart, er warf einen Blick über die Schulter, ohne stehen zu bleiben. »Wir dürfen nicht fehlgehen, Lescaux! Es wäre unser Untergang! Wir haben nur noch diese eine Möglichkeit.«

Amiel schwirrte der Kopf. »Aber Meister, ich verstehe noch immer nicht, warum die Juden uns den Kreuzzug bezahlen sollten. Sie sind bei den Moslems im Heiligen Land willkommen, solange sie ihre Steuern entrichten. Sie müssen nicht die Mamelucken fürchten, sondern die Christen, allen voran den König von Frankreich, der sie aus seinem Reich verbannt hat.«

Molay blieb abrupt stehen und drehte sich um. Amiel lief fast in ihn hinein. »Wofür würdet Ihr Euer Leben geben?«

Amiel zögerte nicht. »Für Gott – und meine Ritterbrüder.«

»Würdet Ihr Euer Leben geben für den Heiligen Gral?«

Amiel erschrak. Molay hatte den Heiligen Gral in seinem Besitz? Was hatte er damit vor? Ihn den Juden zu verkaufen? Das wäre eine Todsünde. Außerdem würden die Juden nicht viel dafür herausrücken. Jesus war für sie nicht der Sohn Gottes, sondern nur ein Prophet, der Gral also nichts weiter als der Becher eines Zimmermanns. »Herr, ja, ich würde mein Leben dafür geben, dass der Gral an einen sicheren Ort gebracht wird und niemals wieder verloren gehen kann.«

»Würdet Ihr ihn verkaufen, um das Heilige Land zurückzuerobern?«

Amiel fand keine Worte. Das konnte Molay nicht wirklich vorhaben! Es wäre ein furchtbarer Frevel.

»Sprecht!« Molay trat so dicht an ihn heran, dass Amiel den schwachen Duft nach Myrrhe wahrnahm, mit der die Seife des Großmeisters parfümiert war.

Amiel trat einen Schritt zurück, legte die Hand an den Schwertknauf. »Niemals. Nur über meine Leiche!«

Molay starrte ihn an, dann entspannten sich seine Gesichtszüge. »Nichts anderes habe ich von Euch erwartet. Ich weiß Euch an meiner Seite, sollte der Gral jemals gefunden werden. Denn sosehr ich mich danach sehne, das Heilige Land zu erobern – den Gral würde ich dafür niemals opfern!«

Amiel ließ den Schwertknauf los, seine Hand schmerzte, so fest hatte er ihn umklammert. Hätte er wirklich das Schwert gegen Molay gezogen? Amiel hoffte, eine solche Entscheidung nie treffen zu müssen. »Ihr habt also nicht den Gral gefunden, nun gut. Aber was ist es, wofür die Juden so viel Gold hergeben würden, dass sie uns damit die Rückeroberung des Heiligen Landes finanzieren?«

»Kommt!« Molay stürmte los, beinah erlosch die Fackel im Luftzug.

Bald darauf machte der Gang eine Biegung, und sie erreichten eine massive Tür mit Eisenbeschlägen. Vier Wachen standen davor.

Molay winkte die Männer zur Seite, öffnete die Tür mit einem schweren Schlüssel, wies in den Raum. Amiel ging vor, Molay folgte ihm und schloss die Tür. Das nervöse Flackern der Fackeln beleuchtete die vier Truhen, die Amiel auf der *Falcon* gesehen hatte.

Molay trat zu der ersten. »In dieser Truhe befindet sich das Schwert, mit dem wir das Heilige Land erobern werden.« Er zog einen Schlüssel hervor. »In den drei anderen Truhen verbirgt sich ein großes Vermögen, fürwahr. Gold und Dokumente, die ein Vielfaches mehr wert sind als die Münzen, auf denen sie lagern. Aber das alles ist nichts gegen den Schatz, der in dieser Truhe liegt.«

Molay steckte den Schlüssel ins Schloss, drehte ihn und hob den Deckel.

»Seht selbst«, sagte er und trat beiseite.

Amiel machte einen Schritt auf die Truhe zu.

»Nur Mut, zögert nicht!«

Amiel atmete tief durch und betrachtete den Inhalt. Der Boden schien sich unter ihm aufzutun. »Das kann nicht wahr sein!«

Dunkle Schatten

Sanft fuhr Elva mit den Fingern über den Stoff. So etwas Wunderbares hatte sie noch nie gesehen. Die zartgelbe Seide war mit aufwändigen Stickereien aus Goldfäden versehen, die Ranken und Blüten darstellten. Selbst ihr Vater, einer der reichsten Kaufmänner von Trier und ein Liebhaber kostbarer Kleider, besaß kein Gewand aus vergleichbarem Material.

»Wunderschön«, murmelte sie.

»Und eines Grafen mehr als würdig.« Der Schneider lächelte beflissen.

Elva hatte ihn aus Zell kommen lassen, weil sie neue Kleider brauchte. Mit Affras Hilfe hatte sie an den alten Kleidern einige Änderungen vorgenommen, damit sie ihr wieder passten, nachdem sie so stark abgemagert war. Trotzdem sah sie neben den Hofdamen oft aus wie eine Bettlerin. Und sie wollte nicht, dass Graf Arras sich für seine Frau schämen musste.

Als der Schneider ihr den Stoff mit den Goldstickereien präsentiert hatte, war Elva die Idee gekommen, Arnulf ein Hemd nähen zu lassen. Als Geschenk.

Gestern hatte sie noch lange nachgedacht. Über den vermeintlichen Geist. Über das Kästchen mit der Ratte. Über Affras Warnung. Und sie war zu dem Schluss gekommen, dass sie diesen Nichtigkeiten zu viel Bedeutung beimaß. Sie war nervös und überreizt, und aus diesem Grund sah und hörte sie Dinge, die gar nicht existierten. Sie hatte beschlossen, nicht mehr über diese Vorkommnisse zu grübeln und in Zukunft alles zu tun, was in ihrer Macht stand, um ihrem Gemahl eine gute Ehefrau zu sein. Deshalb die neuen Kleider für sie. Deshalb das Geschenk für ihn.

Und wenn er heute Abend in ihr Schlafgemach käme, würde sie versuchen, einige Worte mit ihm zu wechseln und ihm ein aufmunterndes Lächeln zu schenken. Sie wollte ihm zeigen, dass sie zu ihm stand, dass er sich nicht zu scheuen brauchte, sich ihr zu offenbaren. Was auch immer sein Geheimnis war, sie würde ihn nicht dafür verurteilen.

»Ich möchte, dass Ihr aus diesem Stoff ein Hemd für meinen Gemahl näht. Aber er darf nichts davon erfahren. Es soll eine Überraschung sein.«

»Eine sehr gute Wahl. Und selbstverständlich könnt Ihr Euch auf meine Diskretion verlassen.«

»Ihr kennt die Maße des Grafen?«

»Seid versichert, das Hemd wird sitzen wie angegossen.«

»Fein. Wann könnt Ihr fertig sein?« Plötzlich konnte Elva es kaum erwarten, Graf Arras mit dem Geschenk zu überraschen. Warum war sie nicht schon früher auf die Idee gekommen?

»Wenn es eilt, könnte ich die Arbeit vorziehen, und das Hemd wäre in zwei Wochen fertig.«

Ein leises Räuspern ließ Elva zusammenfahren. Es schien von der Wandbespannung her zu kommen.

»Alles in Ordnung, Gräfin? Ihr seid plötzlich ganz blass geworden.«

Elva verzichtete darauf, ihn zu korrigieren. Sie war keine Gräfin, würde nie eine sein. Verunsichert schielte sie zu dem Wandbehang. »Ich dachte, ich hätte etwas gehört.«

»Sicherlich eine Ratte. Die Viecher sind eine Plage.«

»In der Tat.« Elva erhob sich. »Zwei Wochen also«, sagte sie mit bemüht fester Stimme. »Und zu niemandem ein Wort.« Noch einmal blickte sie zu dem Wandteppich, doch dort rührte sich nichts. Sie rief sich zur Ordnung, sie wollte nichts mehr auf ihre Einbildungen geben. Mit einem Nicken verabschiedete sie sich von dem Schneider und eilte aus dem Saal.

Als sie die Tür zu ihrem Schlafgemach hinter sich schloss, lächelte sie zufrieden. Seit Wochen hatte sie sich nicht mehr so leicht und froh gefühlt. Arras würde sich über ihr Geschenk freuen, da war sie sicher.

Sie trat ans Fenster und löste den Rahmen mit der Rinderhaut aus der Öffnung, damit sie nach draußen blicken konnte. Unter ihr lag der Burghof einsam im bleigrauen Licht des Nachmittags. Plötzlich huschte eine Gestalt vorbei und verschwand hinter dem Eingang zum Kerker. Obwohl Elva sie nur für einen kurzen Moment gesehen hatte, war sie sicher, dass es die gleiche weiß gekleidete Frau war, die ihr im Rittersaal begegnet war. Sie lehnte sich aus dem Fenster. Keine Spur mehr von der Frau. Der Hof war leer. Gelbes und braunes Laub hatte sich in den Ecken vor der Mauer gesammelt. Genau unter ihrem Fenster bildeten die Blätter ein gleichförmiges Muster.

Nein. Kein Muster.

Die Blätter formten Worte.

Flieh oder stirb!

* * *

Guillaume de Nogaret rieb sich das Knie. Trotz aller Tinkturen und Umschläge schmerzte das Gelenk, als steckte ein Pfeil darin. Der lange Ritt von Paris war eine Qual gewesen, doch das unwegsame Gelände hier auf dem Plateau de Larzac, das mit Löchern und schwer zu umgehenden Findlingen gespickt war, wuchs sich zu einer Strafe Gottes aus.

Immerhin hatten sie den langen Aufstieg von Millau hierher zu den sogenannten Rabenfelsen ohne Zwischenfälle hinter sich gebracht. Die Gegend war gefährlich. In dem unwegsamen Gebiet hausten Räuber und anderes Gesindel, das sich in den Schluchten versteckte und plötzlich wie ein Gewittersturm hervorbrechen konnte.

Dennoch war es richtig gewesen, das Treffen an diesem Ort zu vereinbaren, denn er lag nahe an La Couvertoirade und war zugleich weithin einsehbar und unwirtlich. Bis zur nächsten Behausung war es fast eine Meile.

Die Rabenfelsen selbst boten hervorragende Deckung und wurde passenderweise von den Einheimischen »Felsen der Verräter« genannt.

Guillaume juckte es in den Fingern, die Templer sofort anzugreifen, aber er musste sich in Geduld üben. Zum einen war er bei Weitem nicht stark genug, um es mit einer Festung wie La Couvertoirade aufzunehmen, zum anderen hätte er die Templer aufgescheucht. Nein, er musste sie in Sicherheit wiegen. Philipp, dieser Zauderer, hatte sich noch immer nicht durchringen können, ihm endlich freie Hand zu geben. Der König fürchtete die Rache der Tempelritter, sollte der Plan, sie mit einem Schlag auszuschalten, misslingen.

Seine Angst war nicht unberechtigt. Die Templer waren stark genug, Philipp vom Thron zu fegen, man durfte sie nicht unterschätzen. Das hatte der Überfall auf ihre Flotte deutlich gezeigt. Nicht eines der von Guillaume angeheuerten Schiffe war zurückgekehrt. Nicht ein Mann hatte überlebt. Ein kostspieliges Abenteuer, das Guillaume das Genick brechen konnte, sollte Philipp je davon erfahren.

Guillaume gab seinem Hauptmann ein Zeichen, der Wachen einteilte und ein rauchloses Holzkohlefeuer entzünden ließ, damit Guillaume sich die Glieder wärmen konnte. Er setzte sich auf ein Bärenfell, legte sich einen Mantel aus Biberfellen um die Schultern und rieb sich sein Knie. Die Felsen ragten über ihm auf, jeder von ihnen angeblich ein versteinerter Verräter. Dummer Aberglaube, aber er sorgte dafür, dass niemand die Rabenfelsen freiwillig aufsuchte.

Der Schmerz legte sich, Guillaume atmete auf, aber er fühlte sich dennoch wie ein Greis. Sein Körper wollte ihm nicht mehr gehorchen, immer mehr Zipperlein gesellten sich hinzu, und nur die wenigsten verschwanden nach einiger Zeit wieder.

Die Wache pfiff durch die Zähne. Jemand näherte sich dem Lager. Hoffentlich war es sein Spion! Ein zweiter Pfiff. Der Hauptmann winkte Guillaume und zeigte fünf Finger: fünf bewaffnete Räuber, die auf ihr Lager zuhielten. Gott hatte entschieden, ihr Leben heute zu beenden. Guillaume fuhr sich mit dem Daumen über die Kehle, der Hauptmann nickte und machte seinen Leuten Zeichen. Wenig später hörte Guillaume erstickte Laute, dann tauchte der Hauptmann wieder auf und gab Entwarnung.

Fünf Gesetzlose weniger – immerhin ein kleiner Erfolg. Aber wo blieb sein Spion? Er hasste Unzuverlässigkeit.

Auch wenn es in diesem Fall vielleicht sein mochte, dass die Umstände es nicht zuließen, dass der Mann pünktlich kam. Schließlich durfte niemand merken, dass er sich von seinen Leuten entfernte.

Der Hauptmann gab erneut Zeichen. Diesmal war es sein Mann. Nachdem er gründlich durchsucht und ihm seine Waffen abgenommen worden waren, wurde er zu Guillaume vorgelassen.

»Cyprian de Batiste!«, sagte Guillaume. »Welch Freude! Nehmt Platz.« Guillaume nickte seinem Diener zu, der Batiste einen Weinschlauch und Brot reichte. Der Bursche sollte das Gefühl haben, er stünde mit Guillaume auf einer Stufe. Dieser Emporkömmling war überheblich genug, das zu glauben. Batiste war nichts als ein entbehrlicher Bauer in dem großen Schachspiel seiner Politik. Wenn es so weit war, würde er ihn ohne Zögern opfern.

Batiste deutete eine Verneigung an und nahm auf einem Felsklotz Guillaume gegenüber Platz. »Ich grüße Euch, mein Herr.« Er trank und biss in das Brot, ein Zeichen, dass er seinem Gegenüber vertraute.

Guillaume hatte Batiste zum letzten Mal vor mehr als einem halben Jahr in Paris gesehen, kurz nach dem Aufstand. »Ich bin erfreut, dass es Euch gut geht. Ich habe gehört, Ihr habt maßgeblich zum Sieg der Templerflotte bei der Schlacht im Ionischen Meer beigetragen?«

Batiste verzog keine Miene. »Habt Ihr die Angreifer gesandt?«

»Und wenn es so wäre?«

»Das nächste Mal solltet Ihr fähigere Leute auswählen. Sie sind auf eine simple List hereingefallen.«

Batistes Ton war anmaßend, aber Guillaume brauchte ihn noch. »Ich muss zugeben, Amiel de Lescaux hat seine Sache recht gut gemacht.«

Die Einzelheiten der Schlacht hatten sich schnell herumgesprochen, und Guillaume musste Lescaux Respekt zollen. Sein Manöver war erstklassig gewesen. Schade, dass er niemals in Guillaumes Dienste treten würde. So musste er sich mit Batiste begnügen, der gegen Lescaux ein hirnloser Rüpel war.

Vor etwas mehr als einem Jahr hatten Guillaumes Männer Cyprian Batiste in einer Spelunke im Suff über Molay fluchen gehört. Schnell hatten sie ihn in ein Gespräch verwickelt und herausgefunden, dass es sich um den Ritterbruder handelte, der die Flotte der Templer nach der Schlacht von Aruad vor dem Untergang bewahrt hatte. Gedankt hatte man es ihm nicht, und so war er verbittert und suchte eine Möglichkeit, sich an Molay und dem Orden zu rächen.

Nichts leichter als das. Die besten Spione waren jene, die nicht aus Geldgier, sondern aus Überzeugung, aus gekränkter Eitelkeit, Hass oder Eifersucht ihre Leute verrieten. Auf Batistes Bedingung, Amiel de Lescaux zu verschonen, wenn der Orden zerschmettert wurde, war Guillaume selbstverständlich eingegangen. Die meisten Templer waren naive Schwärmer, die gut mit dem Schwert umgehen konnten und zugegebenermaßen auch mit dem Abakus, aber von großer Politik keine Ahnung hatten.

»Habt Ihr mit Philipp geredet?«, fragte Batiste unverwandt.

Das tat Guillaume ständig, aber nicht über Batiste oder

Lescaux. Philipp wusste nichts von Guillaumes Versprechungen. »Er wird all Eure Wünsche erfüllen: Amiel de Lescaux wird verschont. Ihr erhaltet Titel und Ländereien der Grafschaft Villeneuve-sur-Lot.«

Batiste entspannte sich und grinste breit. »Ich bin dem König und Euch überaus dankbar, und ich glaube, ich habe einiges zu erzählen, das Euch brennend interessieren wird.«

Guillaume hob auffordernd die Arme.

Batiste warf einen Blick auf Guillaumes Hauptmann.

»Ich habe keine Geheimnisse vor ihm.«

»Nun gut. Dass Molay einen Kreuzzug plant, wisst Ihr. Dass das unmöglich ist, ebenfalls. Ihr habt die *Falcon* überfallen lassen, weil Ihr aus meinen Briefen wusstet, dass sie in ihrem Bauch den Schatz des Ordens befördert. Was Ihr aber nicht wisst: Es handelt sich nicht um Gold oder Geschmeide. Was die *Falcon* nach Frankreich brachte und was jetzt in den Katakomben von La Couvertoirade versteckt ist, muss etwas sein, das das Unmögliche möglich machen kann. Von Zypern haben wir nur wenige Truhen mitgebracht, in denen auf keinen Fall so viel Geld verstaut sein kann, dass man damit einen Kreuzzug bezahlen könnte. Und doch muss darin etwas aufbewahrt sein, das unendlich mehr wert ist als Gold und Edelsteine. Molay plant, ohne die Hilfe der christlichen Herrscher ein Heer von unglaublicher Größe zusammenzustellen. Er lässt Schiffe bauen – zweihundert an der Zahl, die Hälfte davon Kriegsgaleeren, die andere Hälfte riesige Lastschiffe. Und er will Söldner anwerben und ihnen Land und Titel versprechen. Er will das Heilige Land zum Reich der Templer machen.«

Guillaume wurde heiß. Bei allen Heiligen! Wenn dieser

Bursche nicht herumfantasierte, waren das in der Tat ungeheure Nachrichten. Ein Schatz, der mehr wert war als alles Gold der Welt. Was mochte das sein? Wenn es wahr war, stand es noch schlimmer, als Guillaume es sich in seinen finstersten Träumen ausgemalt hatte. Diese Nachricht müsste Philipp endlich umstimmen. Er musste ein Einsehen haben!

Guillaume überlegte. Molay musste den Gral haben, es gab keine andere Möglichkeit. Aber wer immer den Gral sein Eigen nannte, besaß unendliche Macht, warum also sollte Molay den Umweg über einen Kreuzzug wählen? Oder wohnte dem Gral nicht die Macht inne, die ihm zugeschrieben wurde? Verweigerte er gar den Templern seine Macht? Wollte Molay ihn deshalb zu Gold machen, ihn verkaufen? Das traute Guillaume dem Großmeister durchaus zu. Die Templer waren schon immer Verräter gewesen, warum sollten sie davor zurückschrecken, die heiligsten Gegenstände der Christenheit zu verscherbeln?

Doch selbst wenn Guillaume mit seinen Überlegungen richtig lag, wer brachte so viel Geld auf, um einen solchen Schatz zu kaufen?

Er schlug mit der Faust in die flache Hand. »Batiste, ich muss wissen, was in den Truhen ist.«

»Sie sind zu gut bewacht, und Lescaux schweigt sich aus.«

Guillaume fluchte innerlich. Batiste hatte leider recht, dass er den Falschen mit der Führung der Flotte beauftragt hatte. Hätte er selbst den Angriff befehligt, läge der Hort der Templer jetzt in seiner Schatzkammer und nicht in einer uneinnehmbaren Festung.

»Batiste! Wenn es Euch gelingt, die Truhen in meine Obhut zu übergeben, dann sollt Ihr nicht nur eine Grafschaft Euer Eigen nennen, dann mache ich Euch zu meinem Vertreter und zum Großsiegelbewahrer des Königs. Ihr werdet mächtiger sein als Molay und der Papst zusammen.«

Guillaume achtete auf jede Regung seines Spions. Batistes Lider zuckten, er schluckte heftig und rieb sich dann mit der Hand über die Stirn. Guillaume hatte ihn am Haken. »Nicht dass ich Euch falsche Beweggründe unterstellen will ...«

Batiste faltete die Hände wie zum Gebet und legte sie an sein Kinn. »Ich werde Euch nicht enttäuschen.«

»Das habe ich nicht anders erwartet. Und um Euch die Aufgabe zu erleichtern, verrate ich Euch etwas: Es gibt Gerüchte, dass ein geheimer Gang von außen in die Kellergewölbe von La Couvertoirade führt. Die Felsen der Causse sind weich, nichts läge näher, als einen Fluchtweg zu graben. Findet ihn, und Ihr könnt den Schatz unter den Augen Eurer falschen Freunde heraustragen, ohne dass sie es bemerken.«

* * *

Schnee fiel schwer vom Himmel. Gegen die hellgraue Wolkenwand sahen die dicken Flocken schmutzig aus, doch sobald sie sich der dunklen gefrorenen Erde näherten, wirkten sie mit einem Mal rein und weiß wie Rosenblätter. Innerhalb von wenigen Augenblicken war der Burghof von einer geschlossenen Schicht bedeckt, als hätte jemand Milch ausgegossen.

Elva knöpfte ihren Mantel zu. Schon immer hatte sie es geliebt, am Tag des ersten Schnees nach draußen zu laufen, das Knirschen unter ihren Sohlen zu spüren, den besonderen Duft einzuatmen, den der Schnee verströmte. Die Krönung jedes ersten Schneespaziergangs war es gewesen, sich mit Leni rücklings in die weiße Pracht fallen zu lassen, die ausgestreckten Arme auf und ab zu bewegen und dann ganz vorsichtig wieder aufzustehen, ohne die Engel zu zerstören, die so entstanden waren. Natürlich hatten sie sich dabei nicht erwischen lassen dürfen. Die Male, die Vater ihnen auf die Schliche gekommen war, hatte es arge Schelte gegeben für die patschnassen Mäntel und die verschmutzten Kleider. Aber der Spaß war es wert gewesen.

Elva trat vor den Palas, lief durch das Tor in den Hof der Vorburg, wo die Stallungen und die Hütten der Handwerker sich an die Mauer drückten. Das äußere Tor war geschlossen, doch die Mannpforte stand offen. Seit ihrer Hochzeit war sie kein einziges Mal vor das Tor getreten. Doch seit einigen Tagen fühlte sie sich besser. Zuversichtlicher.

Am Abend nach dem Besuch des Schneiders hatte sie ihre Entscheidung in die Tat umgesetzt und Graf Arras angesprochen, als er wie immer nach dem Essen in ihr Gemach gekommen war. Erst hatte er sie mit gerunzelter Stirn gemustert, doch dann beantwortete er bereitwillig ihre Frage danach, wie er seinen Tag verbracht hatte. Er berichtete ihr sogar von dem Ärger mit einem der Jagdpächter und hörte sich an, was sie darüber dachte. Zwar musste sie sich danach wieder bäuchlings auf das Bett legen, doch sie hatte das Gefühl, dass er behutsamer in sie eindrang als sonst.

Auch an den drei folgenden Abenden hatten sie vor dem Bettritual geplaudert, gestern hatte Arras sogar eine Karaffe Wein bringen lassen und mit ihr angestoßen. Und dann hatte er zum ersten Mal von sich selbst erzählt, von seiner Kindheit auf der Burg, von dem strengen Ritter, bei dem er als Knappe gedient hatte, und seiner Überzeugung, dass Recht und Gesetz immer beachtet werden mussten, und seinem Vertrauen darauf, dass Gott alles füge.

Bei der Erinnerung musste Elva lächeln. Arnulf von Arras hatte sich als guter Mann entpuppt, und er schien sie inzwischen zu schätzen, dessen war sie gewiss. Aber er hatte ein Geheimnis, einen verborgenen Kummer, der wie ein schwarzer Schatten sein Leben verdunkelte. Elva vermutete, dass es mit seiner ersten Frau zusammenhing. Mit ihrem Tod. Trauerte er noch immer um sie? Oder fühlte er sich schuldig an dem, was geschehen war?

Doch was war geschehen?

Mit klopfendem Herzen trat Elva durch die Mannpforte. Als sie auf der anderen Seite stand, stieß sie erleichtert den Atem aus. Bis zu diesem Augenblick war sie nicht sicher gewesen, ob sie einfach so nach draußen spazieren konnte. Sie hatte fest damit gerechnet, dass irgendwer sie aufhalten würde. Noch immer war sie nicht ganz sicher, ob ihr nicht jemand folgte. Hastig warf sie einen Blick über die Schulter. Doch da war niemand. Selbst die Hütten der Handwerker lagen still da.

Elva drehte sich um, ging eilig los, rannte fast, folgte der Straße, die von der Burg hinab ins Tal führte. Während sie ausschritt, ließ sie ihren Gedanken freien Lauf. Der rätselhafte Kummer des Grafen ging ihr nicht aus dem Sinn.

Heute Morgen hatte Elva ihre Zofe gefragt, wie Isabel von Arras gestorben war.

»Lasst die Toten ruhen«, hatte Affra mit barscher Stimme geantwortet.

»Aber ich will doch nur wissen, was geschehen ist. Ich glaube, der Graf trauert noch immer um sie.«

Affra hatte sie lange schweigend angesehen.

»Was ist passiert?«, hatte Elva nachgehakt.

»Sie ist tot. Tot und begraben. Dabei solltet Ihr es belassen, Herrin.« Das war Affras letztes Wort gewesen.

Elva gelangte an die Stelle, wo der Weg in den Wald eintauchte. Zwischen den Bäumen lag der Schnee dünner, einige Flecken waren sogar ganz nackt. Hier bildeten Nadeln und verrottetes Laub einen braunen, federnden Untergrund. Es ging steil bergab. Elva lief weiter, bis sie eine Biegung erreichte, die den Blick ins Tal freigab.

Sie blieb stehen, betrachtete die weiß gepuderte Landschaft. Sehnsucht ergriff von ihr Besitz. Sehnsucht nach dem quirligen Treiben in Trier, nach dem Poltern der Karren in den Gassen, dem Bellen der Hunde, dem Grunzen, Quieken und Knurren der anderen Tiere, die überall umherliefen. Dem Geschrei, den Farben und Gerüchen auf dem Markt. Sogar nach dem Gestank, den die Kloaken und Müllhaufen verbreiteten.

Hier war alles einsam und still. Selbst die Laute des Waldes, die sonst immer zu hören waren, schluckte der Schnee. Abrupt wandte Elva sich ab und lief weiter. Sie wollte nicht zulassen, dass die düsteren Gedanken wieder über sie herfielen. Viel schneller als erwartet mündete der Weg auf die Landstraße im Tal. Auch hier war keine Menschenseele zu sehen. Bei der Witterung machten die Leute, dass sie rechtzeitig vor der Dämmerung zu Hause waren.

Elva hörte das Gluckern eines Bachs und folgte dem Geräusch. Sie hatte den Bach schon oft vom Bergfried aus betrachtet. An einer Stelle führte ein hölzerner Steg über das Wasser. Immer wieder hatte sie sich ausgemalt, mit nackten Füßen über das raue Holz zu laufen. Sie bog von der Straße ab und folgte einem Pfad. Tatsächlich, da war der Bach, und auch der Steg. Der Schnee auf den Holzbrettern war unberührt.

Elva ging auf den Steg, schloss die Augen und stellte sich vor, in eine fremde Welt einzutreten. In ein Reich aus den Sagen und Legenden, denen sie in ihrer Kindheit so gern gelauscht hatte. Leni war eine gute Geschichtenerzählerin gewesen, und Elva hatte nicht genug bekommen von Drachen, Waldgeistern und verzauberten Prinzessinnen.

Sie stellte sich vor, eine solche Prinzessin zu sein, die mit einem Fluch belegt worden war und auf Rettung wartete. Doch nach einigen Schritten rutschte sie auf dem glitschigen Untergrund beinahe aus und wurde abrupt aus ihrer Fantasiereise gerissen. Sie war keine verfluchte Prinzessin, und niemand würde kommen, um sie zu befreien.

Rasch schritt sie ans andere Ufer. Dort angekommen blickte sie in den Himmel. Es wurde allmählich dunkel. Zeit umzukehren. Sie entschied, dem Pfad noch bis zur nächsten Biegung zu folgen und sich dann wieder an den Anstieg zu machen. Sie musste rechtzeitig zum Abendessen auf Arras sein, keinesfalls wollte sie, dass ihr Gemahl sich ihretwegen sorgte.

Hinter der Biegung stand eine verlassene Köhlerhütte.

Elva lugte einmal in jede der beiden Fensteröffnungen und versuchte, etwas zu erkennen. Doch in der Hütte war es stockdunkel. Mit einem Achselzucken machte sie kehrt. Als sie wieder bei dem Steg ankam, blieb sie abrupt stehen.

Etwas stimmte nicht, aber sie erkannte nicht sofort, was es war. Auf den ersten Blick sah alles normal aus. Ihre Fußspuren auf den Brettern hatte der frische Schnee schon fast vollständig zugedeckt. Darunter gurgelte das Wasser. Noch war die Kälte nicht groß genug, um die Oberfläche erstarren zu lassen.

Dann entdeckte sie es: Das Wasser hatte sich verändert. Es war rot. Der Bach war voller Blut.

* * *

Kaum war Molay abgereist, hatte Amiel Cyprian das Kommando über das gesamte Lager der Templer außerhalb der Burgmauern übergeben. Er hatte nun den Oberbefehl über zwei Dutzend Ritterbrüder und dreimal so viele Sergenten, zuzüglich der Reitknechte und Handwerker. Und tatsächlich, es dauerte nicht lange, bis alles in bester Ordnung war. Cyprian griff durch, und er beherzigte Amiels Mahnung, nur zu strafen, wenn es nicht anders ging. Amiel hatte schon immer gewusst, dass Cyprian zu mehr taugte, als ein paar Sergenten zu führen, auch wenn er manchmal etwas rau mit den Männern umsprang.

Das Wetter war umgeschlagen, von den Cevennen im Osten wehte ein eisiger Wind, der erste Schnee hatte die Gipfel weiß gefärbt. Jetzt schien die Sonne von einem tiefblauen Himmel, warf scharfe Schatten und ließ Amiel fast vergessen, dass der Winter vor der Tür stand, der hier im Süden zwar nicht so streng war wie in Paris, aber nass und kalt, sodass die Feuchtigkeit in jede Ritze zog.

Die Laudes waren beendet, alle Brüder machten sich an ihre Arbeit. Für Amiel war heute ein besonderer Tag. Er erwartete die Abordnung der Juden, die die Echtheit des Schatzes überprüfen würden. Amiel war sich noch immer nicht sicher, warum Molay ihm diese Aufgabe übertragen hatte.

Der Papst wartete schon so viele Wochen auf ihn, da kam es wohl kaum auf ein paar Tage mehr oder weniger an. Fürchtete der Großmeister, der Inhalt der Truhe könnte eine Fälschung sein? Brauchte er einen Sündenbock? Hatte Molay ihm ein wichtiges Amt übertragen oder ihn im Stich gelassen?

Amiel ging in den Kapitelsaal, in dem er sich jeden Morgen mit dem Komtur, dem Kommandanten des Lagers, dem Schatzmeister der Kommende und dem Cellerar, der für die Verpflegung zuständig war, zur Besprechung traf. Cyprian war bereits mit dem ersten Schreiber und dem Komtur in einen Berg Dokumente vertieft.

Amiel sah sich die Abrechnungen des letzten Tages an. Er nahm das Eingangsbuch und das Ausgabenbuch zur Hand, verglich die Zahlenkolonnen. Zwanzig Pfund Silber waren gestern gegen Kreditbriefe ausgezahlt worden, davon waren sechshundert Gramm Silber einbehalten worden, das entsprach drei Prozent. Allein durch diese Gebühren nahm die Kommende im Jahr fast vierhundert Pfund Silber ein. Korn war angeliefert worden, Wein und gesalzener Fisch.

Alles stimmte bis auf das letzte Gran. Die Abrechnungen mussten fehlerfrei sein, immer. Nichts durfte fehlen, und es durfte auch nicht zu viel sein. Viele mochten die Templer nicht, aber alle vertrauten ihnen ihr Silber, ihr Gold und die Führung ihrer Bücher an, denn die Zuverlässigkeit der Ritter war sprichwörtlich. Entlang aller Handelsrouten gab es Stützpunkte der Templer, die jeden gezeichneten Kreditbrief gegen Silber oder Gold einwechselten. Das System hatten sie von den Arabern übernommen. So mussten die Händler nur Pergament mit sich führen anstatt Gold, und Räuber hatten das Nachsehen.

Die Templer wiederum konnten genug Ritter aufbieten, um die Schätze zu bewachen, und sie besaßen genug Vermögen, um verloren gegangenes Gold zu ersetzen. Wer immer einen Kreditbrief bei den Templern zeichnete, wusste, dass er den vereinbarten Wert zurückbekommen würde. Ein Geschäft, das hohe Gewinne abwarf und nicht gegen das Zinsverbot verstieß, denn die Templer verliehen ja kein Geld, sondern sorgten nur dafür, dass es nicht abhandenkam.

Schließlich trafen auch die Übrigen ein, und sie besprachen kurz, was für den Tag anstand. Zur Sext waren sie fertig. Der Kaplan stieß zu ihnen. Gemeinsam beteten sie und nahmen ein einfaches Mahl ein.

Danach blieben nur Amiel und Cyprian im Saal zurück. Cyprian setzte sich zu Amiel an den Tisch, der noch immer mit Pergamentrollen und Büchern übersät war, verschränkte die Arme vor der Brust. »Vermisst du den Großmeister?«

Amiel hob die Augenbrauen. »Was willst du damit sagen?«

Cyprian schlug die Augen nieder. »Versteh mich nicht falsch. Nur für den Fall, dass Molay etwas zustoßen sollte – wer wird dann die Geschicke des Ordens leiten?«

Amiel verwunderte die Frage. »Der Seneschall, der Vertreter des Großmeisters – so lange, bis ein neuer gewählt ist. Wer sonst?«

»Vertraust du dem Seneschall? Er trägt alle Entscheidungen Molays mit – auch die falschen.«

»So wie ich, mein Freund.« Was war nur mit Cyprian los? »Was liegt dir auf dem Herzen? Fürchtest du die Rückkehr des Großmeisters? Fürchtest du, dass du deines neuen Amtes enthoben wirst?«

»Wird es nicht so sein?« Cyprian kreuzte die Arme hinter dem Rücken.

Amiel verstand und lachte. »Du hast allen Grund, Molay zu misstrauen. Aber ich kenne den Meister sehr gut. Er hat mir alle Vollmachten erteilt. Als sein Stellvertreter habe ich das Recht, dich einzusetzen, ja sogar die Pflicht. Er wird einen Teufel tun, seine eigene Autorität zu untergraben, indem er meine Anordnungen rückgängig macht. Vor allem, weil du hervorragende Arbeit leistest. Du hast bewiesen, dass ich die richtige Entscheidung getroffen habe.« Amiel senkte die Stimme zu einem Flüstern. »Wir haben Molay schachmatt gesetzt in der Partie um deine Position. Und wenn er um alles in der Welt deine Beförderung hätte verhindern wollen, hätte er mich nicht als Stellvertreter eingesetzt, oder er hätte mir ausdrücklich untersagt, dich zu befördern. Er hat damit gerechnet, dass ich dich ernennen werde, sobald er weg ist.«

Cyprian hob den Kopf, ein seltsamer Ausdruck lag auf

seinem Gesicht. Er schaute drein, als habe er etwas erkannt, das er vorher nicht gesehen hatte.

»Siehst du, Cyprian, manchmal muss man einfach nur Geduld haben, und alles fügt sich. Du bist jetzt *mein* Stellvertreter, Kommandant des Lagers, und wirst es bleiben. Das ist Politik.«

»Du vertraust mir?«, fragte Cyprian.

Amiel legte ihm eine Hand auf die Schulter. »Wie kannst du daran zweifeln? Ich vertraue dir so sehr, dass ich dir den größten Schatz des Ordens anvertraue, wenn ich morgen nach Marseille aufbreche.«

Cyprians Augen wurden feucht. »Ich soll diesen Schatz bewachen?« Er trat einen Schritt zurück, wandte sich ab. »Ich weiß nicht, ob ich das kann.«

Amiel lachte. Cyprian war die richtige Wahl! Er war zwar ehrgeizig, aber er kannte auch seine Grenzen, er drängte sich nicht auf. »Nun, die Aufgabe ist nicht schwer. Selbst wenn die halbe Armee Frankreichs anrücken würde – sie könnte La Couvertoirade nicht ohne Weiteres einnehmen. Wir haben ausreichend Männer. Und die Tür zum Versteck ist fest verriegelt, es liegt in den Katakomben unter uns. Du musst nur einmal am Tag hinabsteigen und dich davon überzeugen, dass alles an seinem Platz ist. Du wirst der Einzige sein, der Zutritt erhält. Ich werde die Wachen anweisen, niemanden außer dir vorzulassen.«

Amiel wusste, dass Cyprian dieser Aufgabe spielend gewachsen sein würde, er musste die Herausforderung nur annehmen, musste den Mut haben, die ungeheure Verantwortung zu schultern. Wen sonst sollte er damit beauftragen? Niemandem außer Cyprian vertraute Amiel so bedingungslos, nicht einmal Molay.

Cyprian schien zu schrumpfen. Was ließ ihn zögern? Es war eine Gelegenheit, die nie wiederkommen würde. Hatte sich Amiel in ihm getäuscht? »Lass mich nicht im Stich, mein Freund!«

Cyprian streckte seinen Körper durch. »Wie konnte ich auch nur einen Wimpernschlag lang zögern? Ich werde die Aufgabe übernehmen. Ich werde das Richtige tun. Und ich werde dich beschützen, solange ich lebe, das schwöre ich bei meiner Mutter und der heiligen Maria.«

Amiel atmete auf. »So ist es richtig! Frisch drauflos! Gott wird es dir vergelten.«

Ein Sergent betrat den Saal. »Herr, am Tor sind sechs Männer, allesamt verhüllt, sodass man ihre Gesichter nicht sehen kann. Sie werden von zwanzig Kriegern begleitet, deren Herkunft niemand kennt, die aber aussehen, als kämen sie geradewegs aus der Hölle. Einige Dorfbewohner sind vor Schreck in ihre Häuser geflüchtet. Die Besucher behaupten, sie würden erwartet. Sie sagten: ›Der HaSchem wird uns führen zur Wahrheit und zum Licht.‹«

Das war die richtige Parole. Endlich! Die sechs Rabbis und ihre Leibgarde. Sie waren gekommen. »Lasst sie ein, sofort! Führt die Männer zu mir und gebt den Kriegern zu essen und zu trinken und tastet ihre Waffen nicht an. Ich bürge für sie.«

Der Sergent eilte aus dem Saal, Amiel versicherte sich, dass er den Schlüssel bei sich hatte. Er würde Cyprian mit in das Gewölbe nehmen. Sein Freund musste den Weg kennen und den Wachen vorgestellt werden. Jetzt würde sich das Schicksal des Ordens entscheiden.

Gemessenen Schrittes trat er aus dem Portal des Donjons

in den Hof hinaus. Die Krieger waren von hünenhafter Gestalt, die Gesichter und die nackten Arme mit Narben übersät. Einer Armee aus solchen Männern, dachte Amiel, kann sich nichts und niemand entgegenstellen. Einer der Vermummten trat vor, verneigte sich. »Wo ist der Großmeister?«

»Ich bin Amiel de Lescaux, sein Vertreter.« Amiel reichte dem Mann ein Pergament.

Der Fremde rollte es auf, las es und nickte.

»Und wer seid Ihr?«, fragte Amiel mit weicher Stimme.

»Verzeiht, dass ich mich nicht zuerst vorgestellt habe, aber unsere Angelegenheit ist äußerst delikat. Ich bin Rabbi Isaak, und diese Männer sind ebenfalls Rabbiner. Ihre Namen tun nichts zur Sache. Wir sind die Bevollmächtigten des jüdischen Volkes.« Er reichte das Pergament seinen Begleitern, und erst als alle sechs es gelesen und für echt befunden hatten, konnte es weitergehen.

Amiel führte die Gruppe an. An der Stiege hinter dem Fass gab es eine kurze Verzögerung, denn die alten Männer taten sich schwer mit dem steilen Abstieg. Cyprian bildete die Nachhut, er achtete darauf, dass ihnen niemand folgte. Die Wachen vor der Schatzkammer wichen zur Seite, als sie Amiel erblickten. Er öffnete die Tür, ließ die Rabbiner vortreten.

Dann wandte er sich an Cyprian. »Wenn du herunterkommst, um nach dem Rechten zu sehen«, sagte er so leise, dass niemand mithören konnte, »vergewisserst du dich, dass die vier Truhen immer genau so dastehen und unversehrt sind. Der Schatz lagert in der vorderen Truhe, die drei anderen dienen zur Ablenkung. Aber auch sie sind wertvoll, mit Gold und Schuldverschreibungen gefüllt.«

Cyprian reckte den Hals. Für einen winzigen Augenblick glaubte Amiel, ein seltsames Flackern in den Augen seines Freundes zu sehen, doch es war sofort wieder verschwunden.

»Und jetzt warte bitte hier. Den Inhalt der vorderen Truhe darf ich nur den Juden zeigen.« Amiel schloss die Tür.

Er drehte sich zu den Besuchern um und deutete auf die erste Truhe. »Hierin befindet sich, was Ihr begehrt. Der Wille Gottes hat diesen kostbaren Schatz in die Hände der Templer gelegt, um ihn Euch, den rechtmäßigen Besitzern, zurückzugeben. Wir zweifeln nicht daran, dass er echt ist.«

Die Vermummten atmeten heftig, fast gleichzeitig schlugen sie die Kapuzen zurück. Zum Vorschein kamen sechs Gesichter, verwittert wie Felsen, mit langen grauen Bärten und Haaren. Sie schienen ebenso alt zu sein wie der Gegenstand, den sie prüfen sollten. Doch ihre Augen blickten hell und klar und voller Weisheit und Wärme. Amiel hatte schon viele Juden kennengelernt, die ihn beeindruckt hatten, doch diese Männer strahlten etwas aus, das größer war als sie selbst.

Er beugte sich vor, schloss die Truhe auf und klappte den Deckel hoch.

Ein aufgeregtes Raunen war von den Männern zu hören.

Rabbi Isaak schaute Amiel in die Augen. »Hat irgendwer sie angefasst?«

»Niemand, soweit mein Großmeister und ich es bezeugen können.«

Rabbi Isaak zog weiße Handschuhe hervor, die aus Seide gefertigt waren. Er beugte sich über die Truhe, strich mit den Händen an den Außenseiten entlang und murmelte dabei Worte in einer fremden Sprache. Amiel vermutete, dass es Hebräisch war. Er verstand nichts, nur der Klang war ihm seltsam vertraut.

Plötzlich drehte sich der Anführer um und begann aufgeregt zu reden. Die anderen fielen mit ein, sie schnatterten durcheinander, Amiel verstand nichts. Genauso abrupt, wie sie losgeplappert hatten, verstummten sie wieder. Rabbi Isaak wandte sich erneut der Truhe zu und zog ein Messer.

Amiel fiel ihm sofort in den Arm und griff nach seinem Schwert.

»Haltet ein!«, rief Rabbi Isaak und ließ das Messer sinken. »Verzeiht, dass wir Euch nicht gesagt haben, worum es geht.« Er atmete schnell ein und aus und hielt das Messer hoch. »Das ist ein heiliges geweihtes Werkzeug. Ich werde nun ein Stück Holz damit heraushebeln. Darunter befindet sich ein Hohlraum, in dem ein bestimmter Gegenstand liegen muss. Ich bitte Euch um Verständnis, dass Eure Augen diesen Gegenstand nicht schauen dürfen.«

Amiel schob sein Schwert in die Scheide, trat von der Truhe zurück und betete, dass dieser Gegenstand, was auch immer es sein mochte, sich genau dort befand, wo er sich befinden sollte.

Das Messer kratzte über Holz, der Rabbi beugte sich noch tiefer über die Truhe, es knackte, er sog scharf die Luft ein. Einen Moment lang war es totenstill in der Kammer. Dann knackte es erneut, der Rabbi richtete sich auf und rief: »Er ist unter uns!«

Amiel wich zurück, als die sechs ohne Ankündigung auf die Knie sanken und einen seltsamen Singsang anstimmten. Ihre Gesichter glänzten vor Freude, Tränen rannen ihnen über die Wangen.

Amiel hätte vor Erleichterung am liebsten ebenfalls geweint.

Die Rabbis beendeten ihren Singsang, Schweiß glänzte auf ihren Gesichtern, ihre Augen strahlten vor Ehrfurcht.

»Amiel de Lescaux«, sagte Rabbi Isaak feierlich. »Dies ist der Tag, an dem HaSchem uns erhört hat. Und er hat die Wächter wohl gewählt, denn das Heiligtum ist in bestem Zustand. Viele haben uns Fälschungen angeboten, doch Ihr habt uns nicht betrogen. Nun werden auch wir unser Wort halten. Ich habe mit Eurem Großmeister bereits alle Einzelheiten besprochen. Richtet ihm aus, dass alles so geschehen wird. Für Euch habe ich Kreditbriefe, die Ihr in Marseille einlösen könnt, im Bankhaus der Genuesen.« Er hielt Amiel eine Anzahl Pergamentrollen hin.

Amiel stutzte. »Die Juden sind aus Frankreich vertrieben worden, und Philipp hat jedem, der mit Euch Geschäfte macht, mit seinem Zorn gedroht. Wie soll ich in Marseille Eure Kreditbriefe einlösen?«

Rabbi Isaaks Miene verfinsterte sich. »Der König ist nicht so schlau, wie er glaubt. Ich darf Euch keine Einzelheiten anvertrauen, verzeiht mir abermals, aber Ihr werdet bei den Genuesen jede Summe dafür erhalten, die Ihr fordert.«

»Die Genuesen sind unsere Feinde, Rabbi Isaak. Warum sollten sie uns Geld geben?«

»Vertraut mir, Amiel de Lescaux! Das große Geld kennt weder Freund noch Feind.«

Das war ein überzeugendes Argument. Amiel steckte die

Pergamente ein, ohne einen Blick darauf zu werfen. Molays Plan schien aufzugehen. Vielleicht würde er wirklich schon bald in der Heiligen Stadt beten.

* * *

Elva hatte kein Wort über das Blut im Bach verloren. Nachdem die erste Panikwelle abgeklungen war, war sie zu dem Schluss gelangt, dass es eine ganz einfache Erklärung dafür geben musste. Womöglich hatte ein Wilderer ein Stück weiter bachaufwärts seine Beute ausgenommen und sein Messer im Wasser gereinigt. Oder ein Bussard hatte ein Kaninchen dicht am Ufer geschlagen. Ja, so musste es gewesen sein. Aber konnte ein einzelnes Kaninchen so stark bluten, dass es noch Hunderte Schritte weiter das Wasser des Bachs rot färbte? Elva mochte nicht darüber nachdenken, denn die einzige andere Erklärung war noch erschreckender: In dem Bach war niemals Blut gewesen, sie hatte es sich nur eingebildet.

In den Tagen nach dem Schneespaziergang hatte Elva sich alle Mühe gegeben, nicht mehr an das Blut zu denken. Und es war ihr gut gelungen. Sie hatte sich in ihre neue Aufgabe als Burgherrin gestürzt, hatte sich von der Wirtschafterin herumführen und alles erklären lassen und abends mit ihrem Mann darüber gesprochen.

Nur nachts, wenn sie ihre Gedanken nicht kontrollieren konnte, suchte die Erinnerung sie heim. Dann träumte sie von dem Blut. In diesen Träumen füllte sich der Bach so sehr mit dem roten Saft, dass er überlief, dass er das Tal flutete und bis hoch zur Burg anwuchs, an den Mauern und

Toren leckte, in den Burghof schwappte und schließlich so anschwoll, dass er durch das offene Fenster in Elvas Schlafgemach strömte. Von dem Gefühl, in süßem, klebrigem Blut zu ersticken, wachte Elva jedes Mal schweißgebadet auf. Dann dachte sie an den irren Lück, und ihr wurde kalt vor Angst.

Mittlerweile war es Dezember, zwischen Morgengrauen und Abenddämmerung gab es nur wenige Stunden Tageslicht. Heute schien es gar nicht richtig hell zu werden. Elva legte ihre Handarbeit zur Seite und blickte zum Fenster. Bleigrau hingen die Wolken über dem Moseltal. Sie dachte an ihre Schwester, die jetzt wohl schon wieder in Marseille war. In Lenis neuer Heimat gab es keinen Schnee, und der Winter war nicht so schneidend kalt und dunkel wie an der Mosel.

Elva bewegte ihre steif gefrorenen Finger. Trotz des Feuers im Kamin war es kühl in dem Gemach. Sie sollte die Fensteröffnung verschließen, doch damit würde sie auch das letzte bisschen Tageslicht aussperren. Immerhin war es hier längst nicht so kalt wie auf den Korridoren, im großen Saal und in den Räumen der Burg, die keinen Kamin hatten.

Elva erhob sich. Ein Aufstieg auf den Bergfried würde sie auf andere Gedanken bringen. Und ordentlich durchwärmen. Sie trat auf den Gang hinaus, wo ihr schneidende Kälte entgegenschlug. Ihr Atem formte weiße Wölkchen. Sie rieb die Handflächen gegeneinander, um den Frost zu vertreiben, und lief los. Als sie auf der Höhe des Rittersaals angekommen war, blieb sie abrupt stehen. Sie hatte ein Schaben gehört.

Zögernd betrat sie den Saal. Er wirkte verlassen. Sie machte ein paar weitere Schritte, drehte sich langsam im Kreis. Aus einem anderen Teil des Palas ertönte gedämpftes Lachen. Die Hofdamen. Elva hatte den Versuch aufgegeben, sie für sich zu gewinnen. Von einer plötzlichen Laune erfasst drehte sie sich schneller und schneller. Wandteppiche, Fensteröffnungen und Mauernischen flogen an ihr vorbei.

Schließlich hielt sie inne und presste die Hand auf den Bauch. Ihr war schwindelig. Der Saal schien sich noch immer zu drehen, obwohl sie längst stillstand.

Gerade wollte Elva sich wieder in Bewegung setzen, da ratterte es über ihr. Metall schabte über Metall. Ein dunkler Schatten senkte sich über sie, schneller als ein Bussard sich auf seine Beute stürzte. Elva sprang zur Seite, im gleichen Augenblick krachte ein mächtiger Deckenleuchter eine Handbreit neben ihr auf den Boden. Elva schrie auf und krabbelte weg. Mit rasendem Herzen presste sie sich an die Mauer. Der Kronleuchter wippte auf dem Boden hin und her. Er hatte eine tiefe Kerbe im Holz hinterlassen.

Schritte näherten sich. Affra stürzte in den Saal, gefolgt von Karel Vranovsky.

»Du liebe Güte, Herrin, was ist geschehen?« Affra trat zu Elva. »Seid Ihr verletzt?«

»Nein«, flüsterte Elva benommen. »Es geht mir gut.« Sie blickte zu dem Ritter.

Karel war schneebleich. Sein Blick wanderte fassungslos zwischen Elva und dem Leuchter hin und her. »Wie konnte das geschehen?« Er bewegte sich auf den Leuchter zu, griff nach der Kette, mit der dieser aufgehängt wurde. Das Ende der Kette war gewöhnlich um einen schweren hölzernen Griff an der Wand geschlungen, lief von da aus über einen Deckenhaken, sodass es möglich war, die Höhe des Leuchters zu verstellen. »Die Kette muss sich gelöst haben.« Er sprach mehr zu sich selbst als zu Elva.

»Bitte, Affra, begleite mich in mein Gemach«, bat Elva. Ihre Beine fühlten sich an, als wären sie aus Brotteig, ohne Hilfe würde sie keinen Schritt machen können.

»Selbstverständlich.« Affra packte sie unter den Armen und führte sie zur Tür.

Als sie an Karel vorbeikamen, trafen sich ihre Blicke. Der Ritter sah ehrlich entsetzt aus. Was auch immer er gegen sie hatte, ihren Tod schien er nicht zu wollen.

Erst als Elva allein in ihrem Schlafgemach war, wurde ihr klar, was der Zwischenfall im Rittersaal bedeutete: Zum ersten Mal gab es Zeugen für das, was ihr widerfahren war. Sie litt nicht unter Sinnestäuschungen, sie wurde nicht verrückt. Diese Dinge geschahen tatsächlich. Allerdings bedeutete das auch, dass die Gefahr real war und dass irgendwer auf Burg Arras ihr nach dem Leben trachtete.

Feuer und Eis

Guillaume de Nogaret betrat die Kirche Saint Louis de Louvre durch den Eingang am hinteren Seitenschiff. Von seiner Schreibstube aus war es ein kurzer Spaziergang, dennoch flankierten ihn zwei Mann der Wache. Unter das Gemurmel dutzender Menschen mischten sich die Gesänge und Predigten der Priester. Mehrere Gottesdienste fanden zeitgleich statt.

Saint Louis de Louvre bot neben dem Hauptaltar, an dem die wichtigen Messen gehalten wurden, sechs weitere Altäre für die täglichen Gottesdienste. Jeder Altar hatte seine eigenen Gläubigen: Die beiden, die dem Hauptaltar am nächsten lagen, waren für die Adligen des Hofstaates und die hohen Gäste Philipps; die mittleren zwei für die Beamten des Hofstaates; der hintere rechte für die Bediensteten des Louvre, der hintere linke für die Soldaten und Wachen.

Philipp kniete vor dem Hauptaltar, wo ein Priester mit erhobenen Händen predigte. Der König suchte häufig die Kirche auf, um seinem Herrn nahe zu sein und aus allererster Hand Rat zu empfangen. Und weil er davon überzeugt war, dass regelmäßiger Kirchgang den Weg ins Paradies verkürzen konnte. Für Philipp gab es niemanden, der über dem König von Frankreich stand, denn er war überzeugt, dass er und sein Volk auserwählt waren, die Geschicke der gesamten Christenheit zu lenken. Doch im Augenblick war nicht viel davon zu spüren. Im Gegenteil, Philipp musste aufpassen, dass seine Herrschaft über Frankreich nicht ins Wanken geriet.

Der König hatte Guillaume und seine wichtigsten Minister herbestellt. Guillaume ahnte, dass es keine angenehme Unterredung werden würde. Er trat in einigem Abstand hinter den König und deutete einen Kniefall an. Weit kam er nicht herunter, zu sehr machte ihm sein Knie zu schaffen. Er bekreuzigte sich und anempfahl sein Schicksal der Heiligen Dreifaltigkeit, dann blickte er sich um.

Wie geplant war er der Erste. So konnte er die anderen bei ihrer Ankunft in Augenschein nehmen. Der Kämmerer Marigny, ein kleiner magerer Mann, eilte leicht gebeugt durch den Mittelgang. Sein silberdurchwirkter Mantel schien für einen weitaus kräftigeren Mann angefertigt worden zu sein. Seine Wachen, drei an der Zahl, folgten ihm mit langen Schritten. Er verbeugte sich vor dem Altar, schlug das Kreuz, nickte Guillaume knapp zu, wandte den Blick schnell wieder ab. Ah! Marigny hatte Angst vor ihm. Sehr gut.

Gaucher de Châtillon, der Konnetabel der Krone, oberster Befehlshaber der Armee, stolzierte mit militärischem Schritt auf Guillaume zu und verzog das kantige Gesicht, das zu seiner kräftigen Statur hervorragend passte, zu einer Grimasse. Auch er schien auf Ärger vorbereitet zu sein.

Zuletzt traf Pierre de Belleperche ein, der Großsiegelbewahrer des Königs. Seine Figur war untersetzt, mit einem Hang zur Fettleibigkeit. Obwohl es kühl war, schwitzte er. Auch er hatte Angst.

Damit waren die geladenen Mitglieder des Kronrats versammelt. Jetzt hieß es warten, bis der König sein Gebet beendet hatte. Es dauerte nicht lang. Philipp erhob sich und drehte sich zu ihnen um. Er blickte grimmig drein, in einer Hand hielt er ein Dokument, zweifellos der Anlass für ihr Treffen.

Irgendwo hinter Guillaume erhob ein Priester die Stimme. »Dieses Volk soll erkennen, dass du, Herr, der wahre Gott bist und dass du sein Herz zur Umkehr wendest ...« Der Geistliche ließ sich nicht von Philipps Anwesenheit beeindrucken oder gar unterbrechen. Das musste er auch nicht. Philipp selbst hatte es so angeordnet. Eine Messe durfte nie abgebrochen werden – es sei denn, er befahl es ausdrücklich.

Die fünf Männer bildeten einen Kreis. Der König schwenkte das Dokument. »Nichts ist passiert!«, schimpfte er. »Die flämischen Städte, allen voran Brügge, tanzen Uns auf der Nase herum, sie fressen Unsere Soldaten, als wären es Leckereien.«

Marigny wurde blass, der Konnetabel ließ sich nichts anmerken, und Belleperche leckte sich die Lippen. Guillaume blieb ruhig.

»Das ganze Volk sah es, warf sich auf das Angesicht nieder und rief: Jahwe ist Gott, Jahwe ist Gott!«, verkündete der Priester.

»Behüte mich, Gott, denn ich vertraue auf dich«, murmelten seine Schäfchen.

Guillaume musterte Philipp, der nach dem Wutausbruch in sich zusammengesunken war. Vielleicht hatten ihn die Worte des Geistlichen zur Besinnung gerufen. Doch Guillaume zweifelte daran. Wie immer tat der König seinen Ministern Unrecht, indem er sie für seine Niederlagen verantwortlich machte. Diesmal traf es vor allem den Konnetabel. Dabei hatte dieser schon mehr als ein Dutzend Siege für Philipp errungen, davon einige gegen Heere, die weit überlegen gewesen waren. Châtillon war dem König treu ergeben.

Doch Guillaume hatte eigene Sorgen. Noch immer drückte sich Philipp um eine Entscheidung in der Sache der Templer. Selbst das ausführliche Geständnis von Pergido de Guéron, der sich als wahre Schatztruhe für intimste Details aus dem Templerorden herausgestellt hatte, reichte Philipp nicht aus, endlich gegen den Orden vorzugehen. Seit mehr als einem Monat hielt der König Guillaume hin. Er gab vor, den Zorn Gottes zu fürchten, weil er mit jeder Handlung gegen die Templer indirekt auch den Papst angriff. Als wenn es Philipp scheren würde, was mit dem Papst geschah. Oder hatte er Gewissensbisse, weil er de Got schon so lange kannte? Das konnte sich Guillaume beim besten Willen nicht vorstellen.

Der König war zwar fromm wie ein Mönch. Er traf keine weitreichende Entscheidung, ohne vorher zwei Messen gehört zu haben. Aber er verfluchte seit Jahr und Tag die Einmischung der Kurie in seine Herrschaft, und er misstraute sogar seinem Beichtvater, dem Dominikaner Bruder Humbert, der zugleich Großinquisitor war. Darin tat er allerdings gut. Humbert wäre imstande, selbst den König auf den Scheiterhaufen zu bringen, wenn es ihm in den Kram passte.

»Hat einer der Herren etwas beizutragen?« Philipp blickte jeden scharf an.

»Mein König«, sagte Guillaume. »Die Flamen sind nicht

mit Gewalt zu unterwerfen, das hat sich gezeigt. Wir sollten sie da treffen, wo sie sich nicht wehren können.« Er machte eine Kunstpause, der König trommelte mit den Fingern auf den Rand des Weihwasserbeckens. Ein untrügliches Zeichen, dass er kurz davorstand, die Geduld zu verlieren.

Guillaume wusste genau, wie weit er gehen durfte. Jetzt musste er einen vernünftigen Plan vorlegen. »Wir schneiden ihnen die Handelswege ab, auf die sie angewiesen sind. Mit Edward von England liegen wir zwar nicht mehr im Krieg, dennoch könnten wir den Seeweg nach England unterbinden, anstatt uns in endlosen Landschlachten aufzureiben, die keiner gewinnen kann. England wird zetern, deshalb geben wir nach ein paar Monaten nach. Diese Zeit reicht, um die Flamen wirtschaftlich zu ruinieren.«

Gaucher de Châtillon sprang ihm bei. »Eine ausgezeichnete Idee, mein König. Es würde unsere Kräfte schonen, und die englische Flotte ist zurzeit schwach.«

Philipps Finger beendeten ihren Tanz. »Haben Wir denn ausreichend Schiffe? Der Hansebund wird Uns die Hölle heißmachen, wenn Wir seine Koggen aufbringen. Die Dänen ebenfalls.« Er blickte zu Guillaume. »Wir haben keine Lust auf Abenteuer, die Uns vollends ruinieren könnten.«

»Du Hoffnung der ganzen Erde«, sang der Priester.

»Herr, erbarme dich«, antworteten die Gläubigen.

Guillaume lächelte verbindlich. In den Schatztruhen des Königs zeigte sich seit der Erhöhung der Abgaben von Adel und Klerus zumindest ein Bodensatz. Aber Philipp würde auch dann jammern, wenn alle Schätze der Welt in den Katakomben des Louvre lägen.

»Nun, wir könnten die Templer …« Guillaume ließ den Satz unvollendet und studierte die Gesichter der anderen Ratsmitglieder.

Pierre de Belleperches Augenbrauen schossen nach oben. Guillaume war sich nicht sicher, auf welche Seite sich der Großsiegelbewahrer stellen würde, sollte der König die Templer verhaften lassen. Von Marigny hatte er keine Probleme zu erwarten, obwohl dieser Guillaume nicht sonderlich mochte. Solange Geld in die Kassen floss, war es dem Kämmerer egal, woher es kam und mit welchen Mitteln es eingetrieben wurde. Dem Konnetabel wiederum sagte man nach, er habe gute Verbindungen zu den Templern. Würde das seine Königstreue ins Wanken bringen?

»Das ist mein Leib, der für euch hingegeben wird. Tut dies zu meinem Gedächtnis!«, deklamierte der Priester.

Philipp wandte sich dem Priester zu und nickte.

Der fuhr fort. »Dieser Kelch ist der Neue Bund in meinem Blut. Tut dies, so oft ihr daraus trinkt, zu meinem Gedächtnis!« Der Priester trat vor Philipp und gab ihm vom Brot und vom Wein mit einem goldenen Löffel.

Guillaume empfing als Letzter, der Priester trat zurück an seinen Altar und verteilte Brot und Wein an die übrigen Besucher der Messe.

Philipp sprach weiter, als hätte es keine Unterbrechung gegeben. »Das kommt nicht in Frage. Niemand legt Hand an die Templer.«

Keiner sagte etwas, Stille war eingekehrt.

Philipp warf dem Priester, der sich die Hände wusch, einen Blick zu. Die Messe war beendet, die Menschen strömten aus der Kirche. »Genug für heute. Euer Vorschlag,

Guillaume, ist, wie meistens, der beste der schlechten, und heute sogar der einzige.«

Guillaume verzog keine Miene.

»Châtillon, Ihr prüft, ob Wir die Handelswege der Flamen unterbrechen können, ohne dass England einen Krieg vom Zaun bricht«, sprach der König weiter. »Marigny, Ihr werdet dafür sorgen, dass das Silber in den Münzen um zehn Prozent verringert wird. Und zieht von allen Baronen eine Sondersteuer ein.« Er wedelte mit den Händen. »Und jetzt möchten Wir einer weiteren Messe lauschen. Ich glaube, Frater Ambrosius hält die Predigt. Das wollen Wir nicht versäumen.«

Der Rat verbeugte sich, die drei Minister verließen die Kirche, nur Guillaume blieb zurück.

Philipp starrte ihn missmutig an. »Was denn noch, Nogaret? Warum steht Ihr hier rum? Habt Ihr nichts zu tun? Wollt Ihr Unsere Geduld auf die Probe stellen?«

Guillaume neigte das Haupt. »Eure Geduld ist sprichwörtlich, mein König. Ich bin noch hier, weil es Wichtiges zu tun gibt, das ich ohne Eure Zustimmung nicht ausführen kann. Es geht um die Templer.«

»Ihr habt Unsere Antwort gehört.« Philipp machte einen Schritt auf Guillaume zu, die Seide seines Umhangs knisterte leise. »Wir schätzen Euch sehr, Nogaret, das dürft Ihr Uns glauben, auch wenn Eure Zunge manchmal spitzer ist, als es Euch guttut.« Er senkte die Stimme. »Wir wissen, was Ihr wollt: Ihr wollt die Templer brennen sehen.« Philipp schlug sich mit der Faust in die Hand. »Bei Gott, das würden Wir auch gern! Die Reichtümer, die der Orden in seinen Kellern hortet, gehen Uns nicht mehr aus dem Sinn.

Wir haben nicht gewusst, dass sie so reich sind. Wir müssen Petrus de Tortavilla dankbar dafür sein, dass er Uns die Augen geöffnet hat. Hinter den kalten Mauern des Tempels wartet ein unschätzbares Vermögen. Sieben Türme hat der Tempel! Wie viele hat der Louvre?«

Guillaume schwieg.

»Vier! Und davon ist einer nicht einmal fertiggestellt. Überall stehen hässliche Gerüste herum, aber es wird nicht weitergebaut! Liebend gerne würden Wir Uns die Templer vom Hals schaffen und ihre Schätze für die Sache Frankreichs einsetzen. Aber sie sind nicht Unsere Feinde! Im Gegenteil. Ohne sie wären Wir tot. Sie mögen allein dem Befehl des Papstes unterstehen, aber sie sind Uns treu ergeben. Wären sie nicht in der Stadt, würde sich der Pöbel mit Sicherheit wieder erheben. Und nach Unseren Beschlüssen von heute würden ihm die Barone zur Seite stehen.«

»Was, wenn sich das ändern sollte?« Guillaume musste sein Gift tröpfchenweise in Philipps Ohren träufeln. »Nicht immer haben die weißen Brüder auf Eurer Seite gestanden, wenn das Volk sich erhoben hat, wie Ihr Euch sicherlich erinnert. Was, wenn Ihr nicht mehr auf die wankelmütigen Rotkreuzler angewiesen wärt?«

»Und wie, bitte, sollte das gehen? Welchen Grund sollte es geben, die Templer zu entmachten? Ein paar gekaufte Zeugen reichen nicht! Das überzeugt weder Uns noch den Großinquisitor und auch Bertrand nicht.«

Da war es wieder! Philipp nannte den Papst vertraulich »Bertrand«. Er hegte noch immer freundschaftliche Gefühle für den alten Mann. War es doch ein Fehler gewesen, de Got als Papst einzusetzen?

Guillaume ging nicht auf den Einwand des Königs ein, denn leider hatte er nur allzu recht. »Wenn die Templer etwas planen würden, das Eure Herrschaft gefährden könnte …«

»Nein, Nogaret. Nein! Molay ist nicht verrückt. Außerdem verlaufen die Verhandlungen über die Vereinigung der Templer mit den Johannitern nicht schlecht. Wenn die beiden Orden zusammengelegt werden, können Wir weitere Orden unter Unsere Kontrolle bringen. Bald haben Wir Zugriff auf das Vermögen und die Ritter aller kämpfenden Orden, und das, ohne einen Tropfen Blut zu vergießen.«

Philipp war tatsächlich der Meinung, die Templer würden sich den Johannitern anschließen. Nie und nimmer! Seit Monaten trafen sich hochrangige Vertreter der Templer und des Papstes zu vertraulichen Verhandlungen mit Johannitern und einem halben Dutzend von Philipps Juristen. Aber es ging immer einen Schritt vor und zwei zurück, war eine strittige Frage geklärt, tauchten zwei neue auf. Molay würde seinen Stuhl niemals freiwillig räumen.

An einem Seitenaltar erschien ein Geistlicher. Das musste Frater Ambrosius sein, denn Philipp bewegte sich in diese Richtung.

Guillaume folgte ihm. »Mein König!«

Philipp drehte sich um. »Genug davon! Über die Templer gehen zwar alle möglichen Gerüchte um, aber nichts davon ist bewiesen. Solange die Ritterbrüder dem Papst gehorchen und der Papst Uns gehorcht, ist alles in bester Ordnung. Ihr müsst nur dafür sorgen, dass die Templer Uns wieder Geld leihen. Versprecht ihnen, was sie wollen, gebt ihnen Privilegien und Sicherheiten, aber schafft Geld herbei.

Nichts anderes ist wichtig. Und jetzt entschuldigt Uns.« Philipp wandte sich dem Priester zu, der mit der Predigt begonnen hatte.

Guillaume ballte die Fäuste. Der König war ebenso blind wie der Großmeister der Templer. Nun, so schnell würde Guillaume nicht aufgeben. Er würde den König umstimmen, es war nur eine Frage der Zeit. Und der guten Argumente. Der Großinquisitor des Reiches, Bruder Humbert, würde Guillaumes williger Helfer werden. Sein blinder Eifer machte ihn zum tollwütigen Kettenhund. Er musste ihm lediglich ein paar schmackhafte Knochen hinwerfen und ihn von der Leine lassen. Doch letztlich würde es der Papst selber sein, mit dessen Hilfe Guillaume die Templer auf den Scheiterhaufen bringen würde.

* * *

Draußen stürmte es. Der Wind wirbelte die weißen Flocken durch die Luft, als wolle er verhindern, dass sie sich irgendwo niederließen. Schaudernd wandte Elva sich vom Fenster ab. Auch wenn die Angst ihr die Kehle zuschnürte, war sie lieber in der finsteren Burg als in dem eisigen Sturm.

Nach dem Vorfall mit dem Leuchter hatte Graf Arras sie zu sich kommen lassen. Mit finsterer Miene hatte er sie ausgefragt, sich haarklein schildern lassen, was geschehen war. Elva vertraute sich ihm an, erzählte nicht nur von dem Leuchter, sondern auch von den anderen merkwürdigen Vorkommnissen. Von der Ratte in dem Kästchen mit Kirschen, von der Geistererscheinung, von der Warnung aus Blättern, von dem Blut im Bach.

Mit versteinertem Gesicht hörte Arnulf von Arras zu. Nachdem sie geendet hatte, starrte er lange schweigend in das Feuer, das im Kamin prasselte. Elva wagte nicht zu fragen, ob er einen Verdacht hege, wer hinter all den Vorfällen stecken konnte. Und er sagte von sich aus nichts dazu. Doch seit jenem Abend stand Tag und Nacht ein Knappe vor ihrer Tür und hielt Wache. Wo auch immer sie hinging, nie tat sie es ohne Begleitung. Trotzdem fühlte sie sich nicht sicher.

Das lag vor allem daran, dass sie ihren Gemahl seit jenem Abend nicht gesehen hatte. Er erschien nicht zu den Mahlzeiten im großen Saal, und er hatte sie seither auch nicht mehr in ihrem Schlafgemach aufgesucht. So unangenehm ihr die abendliche Bettprozedur gewesen war, so sehr vermisste sie die Gespräche mit ihm. Er war der einzige Mensch auf Arras, der überhaupt mit ihr redete, wenn man von der Zofe und der Wirtschafterin absah, mit denen Elva sich jedoch nur über die Speisenfolge oder das Wäschestopfen unterhielt.

Elva wusste nicht, warum Arras ihre Gesellschaft mied. War er ihr böse? Gab er ihr die Verantwortung für das, was geschehen war? Hielt er sie für verrückt? Oder war er schlicht ihrer überdrüssig?

Ein ratterndes Geräusch lenkte Elvas Aufmerksamkeit zurück zum Fenster. Sie entdeckte einen Wagen, der auf den Burghof rollte. Elva kniff die Augen zusammen. Ein junger Bursche stieg vom Bock und öffnete die hintere Tür. Ein Mann im dicken Pelzmantel stieg aus, der ein Päckchen unter dem Arm trug. Der Schneider! Vielleicht hatte er das Geschenk schon fertig! Das wäre die Gelegenheit, mit Arras zu sprechen.

Elva lief zur Tür und stieß sie auf. Der Knappe, der im Korridor Wache hielt, griff nach dem Schwertknauf und stellte sich ihr in den Weg.

»Wohin so eilig, Herrin?«

»Ich wüsste nicht, was Euch das anginge«, gab sie zurück.

»Das sieht mein Herr anders.« Der Knappe wirkte nicht im Geringsten eingeschüchtert.

Elva wurde mulmig. Sie war sich mit einem Mal nicht mehr sicher, ob der Knappe sie beschützen oder bewachen sollte.

»Ich muss zu meinem Gemahl, und zwar auf der Stelle. Ihr könnt mich gern begleiten, wenn Ihr es nicht ohne meine Gesellschaft aushaltet.«

Mit diesen Worten schob sie sich an ihm vorbei und rannte auf den großen Saal zu. Hinter sich hörte sie die Schritte ihres Beschützers. Vor dem Saal traf sie auf einen Knecht, der einen Arm voll Brennholz trug.

»Der Schneider?«, fragte sie ihn. »Wohin hat man ihn geführt?«

»Ich – ich weiß nicht, Herrin.«

Ungeduldig drehte Elva sich um. »Eben ist der Schneider gekommen«, sagte sie zu dem Knappen. »Ich muss ihn sprechen. Findet heraus, wo er ist.«

»Ich darf Euch nicht allein lassen, Herrin.«

»Herrgott!« Elva ballte ungeduldig die Faust. Hoffentlich erinnerte sich der Schneider an sein Versprechen und überreichte Arras nicht einfach das Hemd!

Sie hörte ein Knallen aus dem Hof, stürzte zum Fenster und sah gerade noch, wie der Wagen sich in Bewegung setzte. Brach der Schneider etwa schon wieder auf? Was war mit dem Päckchen? Wo hatte er es gelassen?

Elva drehte sich um, rannte aus dem Saal auf die Gemächer ihres Gemahls zu und klopfte. Nichts rührte sich. Wieder klopfte sie, diesmal fester. Sie hörte ein Poltern, dann öffnete sich die Tür einen Spalt breit.

Karel steckte seinen Kopf hinaus. Sein Haar war zerzaust, seine Cotte saß schief. »Was wollt Ihr?«, herrschte er Elva an.

»Ich muss mit meinem Gemahl sprechen.«

»Graf Arras hat jetzt keine Zeit.«

Elva biss sich auf die Lippe. »Der Schneider war hier, er hat etwas gebracht.«

»Kann schon sein.«

»Es war für mich.«

»Ihr irrt Euch.« Karel machte Anstalten, die Tür zu schließen.

»Wartet.« Elva stemmte ihre Hand gegen die Tür. »Ihr versteht nicht.« Sie reckte den Hals, versuchte durch den Spalt zu spähen. Obwohl Karel sich rasch vor sie stellte, erhaschte sie einen Blick auf ihren Gemahl, der nur mit Hemd und Bruche bekleidet auf dem Bett lag, einen Becher Wein in der Hand.

Karel winkte dem Knappen. »Ihr solltet doch auf sie aufpassen!«

»Sie ist einfach losgerannt«, verteidigte sich der Bursche.

»Sie darf sich nicht frei in der Burg bewegen. Ihr wisst doch, dass ihr Leben in Gefahr ist!«

»Sehr wohl.« Der Knappe verneigte sich.

»Bitte!«, versuchte Elva es noch einmal. »Das Päckchen,

das der Schneider gebracht hat, ist ein Geschenk von mir. Ich möchte dabei sein, wenn der Graf es öffnet.«

»Ich werde sehen, was sich machen lässt.« Karel knallte ihr die Tür vor der Nase zu.

Fassungslos blieb sie davor stehen.

»Bitte kommt, Herrin.« Der Knappe klang beunruhigt. »Ich bringe Euch wieder in Euer Gemach.«

Mit hängendem Kopf trottete Elva hinter ihm her zurück zu ihrer eigenen Kammer. Sie hatte sich so sehr darauf gefreut, Graf Arras das Hemd zu überreichen. Die Freude in seinen Augen zu sehen. Warum ließ Karel sie nicht zu ihm vor? Und warum gestattete Arnulf ihm das? Sie war schließlich seine Gemahlin! Nachdem Elva die Tür hinter sich zugezogen hatte, warf sie sich aufs Bett und ließ ihren Tränen freien Lauf.

Nach einer Weile beruhigte sie sich. Langsam drehte sie sich auf den Rücken und horchte. Vielleicht kam Arras zu ihr, um sich zu bedanken, wenn er sah, was für ein kostbares Geschenk sie für ihn hatte fertigen lassen. Aber außer dem Heulen des Windes war nichts zu hören.

Doch! Da war etwas. Elva hörte ein Zischen, und im gleichen Augenblick nahm sie eine Bewegung neben sich wahr. Ihr Kopf fuhr herum.

O Gott! Eine Schlange!

Für einen Moment war Elva wie erstarrt. Sie wagte nicht einmal zu schlucken. Die Schlange bewegte sich auf sie zu, stieß ihre Zunge aus dem Maul und zischte bedrohlich.

Jemand wollte sie umbringen, das war ihr nun klar. Das hier war kein Streich und auch keine Drohung. Das hier war der feige Versuch, sie zu töten.

Die Erscheinung schoss Elva durch den Kopf. Der Geist von Isabel von Arras, ihrer Vorgängerin, die versucht hatte, sie zu warnen. War sie ebenso heimtückisch ermordet worden?

Wieder stieß die Schlange zischend die Zunge aus dem Maul. Ihr schuppiger Körper glänzte.

Da überkam Elva eine plötzliche, beinahe unheimliche Ruhe. Sie wusste nun, dass sie Burg Arras verlassen musste, wenn sie überleben wollte, und zwar auf der Stelle. Nicht eine einzige weitere Nacht durfte sie bleiben. Sie würde um ihr Leben rennen. Und niemand würde sie davon abhalten.

Mit vorsichtigen, gleichmäßigen Bewegungen rutschte Elva vom Bett. Ohne die Schlange auch nur einen Wimpernschlag lang aus den Augen zu lassen, zog sie ihre Stiefel und ihren Mantel an, hängte ihren Beutel an den Gürtel.

Dann griff sie nach einem Weinbecher, schlich zur Tür und öffnete sie einen Spalt. Der Knappe stand genau gegenüber und studierte seine Fußspitzen. Elva schob die Tür noch ein Stück weiter auf und schleuderte den Becher ans Ende des Korridors.

Mit einem lauten Scheppern zerschellte das Trinkgefäß an der Wand. Der Knappe schreckte auf und eilte auf die Stelle zu, an der die Scherben auf den Boden geregnet waren, das Schwert in der Hand.

»Wer ist da?«, rief er. »Zeigt Euch!«

Elva zögerte nicht einen Herzschlag lang. Sie schlüpfte aus der Kammer, schob die Tür zu und stürzte in die entgegengesetzte Richtung. Nachdem sie um die Ecke gebogen war, hielt sie kurz inne. Ihr Herz hämmerte so wild, dass sie glaubte, jeder Schlag müsse durch die gesamte Burg hallen.

Sie lauschte den Schritten des Knappen, der auf seinen Wachposten vor der Tür zurückkehrte und dabei leise vor sich hin murmelte. Er hatte nichts von ihrer Flucht bemerkt.

Lautlos schlich Elva durch die verlassenen Gänge der Burg, stieg eine schmale Treppe hinab ins Erdgeschoss und lief einen weiteren Gang neben der Küche entlang, bis sie eine kleine Seitenpforte erreichte, die auf den Burghof führte. Hoffentlich war sie nicht verschlossen! Sie presste die Lippen aufeinander, spürte Schweiß auf ihrer Stirn. Ängstlich zog sie am Knauf. Die Pforte sprang auf!

Als Elva nach draußen trat, empfing sie die Winternacht mit einer heftigen schneegesprenkelten Windbö. Sie wankte, fing sich aber rasch wieder. Im Schutz der Mauer bewegte sie sich auf das Tor zu. Dabei musste sie den Turm umrunden, in dem sich der Eingang zum Verlies befand. Beim Anblick der schweren Tür schauderte sie unwillkürlich. Ohne Zwischenfälle erreichte sie die Vorburg. Von den Ställen her waren Stimmen und Schnauben zu hören, doch es war bereits so dunkel, dass sie mit der Mauer verschmolz, wenn sie nur dicht genug daran entlanglief.

Ihre nächste Hürde war das Haupttor. Normalerweise wurde es geschlossen, sobald es dämmerte. Aber da eben noch der Schneider hindurchgefahren war, bestand die Hoffnung, dass niemand hinter ihm zugemacht hatte. Tatsächlich, das Tor stand offen. Doch die Wache war womöglich schon im Anmarsch. Elva musste sich beeilen.

Niemand stellte sich ihr in den Weg, als sie durch das Tor

schritt. Ohne sich noch einmal umzudrehen, rannte sie los. Erst als sie nach der ersten Straßenbiegung den Waldsaum erreichte, gönnte sie sich eine kurze Verschnaufpause.

* * *

Karel betrachtete das Päckchen, das der Schneider gebracht hatte. Der Mann hatte gesagt, dass es sich um ein Geschenk der Hausherrin an ihren werten Gemahl handle und nur der Graf höchstselbst es öffnen dürfe. Dann war er rasch davongeeilt, angeblich, um zurück in Zell zu sein, bevor es dunkel wurde.

Die Eile des Schneiders war Karel merkwürdig vorgekommen. Gewöhnlich nahm der Mann gern einen Imbiss und einen Schluck Wein entgegen, wenn er Graf Arras aufsuchte. Zwar dämmerte es in der Tat schon, doch warum hatte der Mann überhaupt zu dieser Stunde den weiten Weg auf sich genommen? Er hätte genauso gut am nächsten Tag kommen können. Es war fast, als hätte er das Päckchen so schnell wie möglich loswerden wollen.

Und dann war auch noch Elva aufgetaucht und hatte darauf bestanden, zugegen zu sein, wenn Arras das Päckchen öffnete. Das hätte ihr so gepasst! Nachdem er solche Mühen auf sich genommen hatte, einen Keil zwischen dieses Weibsstück und seinen geliebten Herrn zu treiben, würde er sie ganz bestimmt nicht einfach so zu ihm vorlassen. Karel knetete seine Finger. Schon als er das Gespräch zwischen Elva und dem Schneider belauscht hatte, hatte er geahnt, dass die Metze plante, sich mit dem Geschenk bei Arras einzuschmeicheln. Aber da hatte sie die Rechnung ohne Karel Vranovsky gemacht!

»Was ist denn, Vranovsky?«, fragte Arras schläfrig vom Bett her. »Ich dachte, ich hätte die Stimme meiner Frau gehört. Was wollte sie?«

»Der Schneider hat etwas gebracht.« Karel seufzte. Es hatte keinen Sinn zu lügen. »Offenbar hat Eure Gemahlin ein Geschenk für Euch in Auftrag gegeben.«

»Ach ja?« Arras richtete sich auf und verzog dabei das Gesicht vor Schmerzen. Auch wenn der Graf so tat, als würde er die Sache leichtnehmen, wusste Karel, wie elend ihm war. Arras litt an Unterleibskrämpfen, die, so meinte er, daher rührten, dass jemand seinen Wein vergiftet hatte. Für ihn kam es einem Wunder gleich, dass er noch lebte.

Alle auf der Burg glaubten das und waren entsprechend besorgt um das Wohl ihres Herrn. In Wahrheit hatte Karel ein Löffelchen Muskat in den Weinbecher seines Herrn gegeben und dafür gesorgt, dass dieser den Becher bis zum Grund leerte. Arnulf von Arras' Leben war zu keinem Zeitpunkt in Gefahr gewesen. Mehr als heftige Übelkeit und Herzrasen bewirkte Muskat nicht. Manchmal kamen Halluzinationen dazu. Auch das war eine äußerst hilfreiche Nebenwirkung, denn sie erleichterte Karel seine Aufgabe.

Er hatte sich aufopfernd um seinen Herrn gekümmert und dabei dafür gesorgt, dass dessen Wein auch weiterhin mit Muskat versetzt war, damit Arras ans Bett gefesselt blieb. Und dann hatte er ihn, scheinbar zögernd, daran erinnert, dass Elva die Tochter eines Gewürzhändlers war und sich sicherlich mit Kräutern und Pülverchen aller Art bestens auskannte. Erst hatte der Graf den Verdacht brüsk zurückgewiesen, doch allmählich begann das Gift in Karels Worten Wirkung zu zeigen.

Auch wenn es Karel schmerzte, dass er seinem Herrn solches Leid zufügen musste, bereute er es nicht. Er hatte schließlich keine Wahl gehabt. Nachdem Graf Arras' abendliche Besuche in Elvas Gemach sich immer länger ausgedehnt hatten, und nachdem Arras immer aufgeräumter von ihnen zurückgekehrt war, ja sich sogar vorher darauf zu freuen schien, hatte Karel handeln müssen. Diesen Weibern war nicht zu trauen. Ehe man sich versah, hatten sie den besten Mann bezirzt und um den Finger gewickelt. So weit durfte es nicht kommen.

Karel sah seinen Herrn an. »Soll ich das Päckchen von einem Knecht öffnen lassen?«

»Unfug! Glaubt Ihr ernsthaft, meine Frau hat in dem Paket einen Dolch versteckt, der mir in die Eingeweide springt, wenn ich es öffne?«

Karel hob die Schultern. »Weiber sind trügerisch. Und sehr einfallsreich.«

Unter lautem Stöhnen erhob sich Arras vom Bett. »Ich weiß, dass Ihr es wohlmeint, Vranovsky«, sagte er, die Hand auf den Unterleib gepresst. »Aber ich glaube nicht, dass meine Frau mir nach dem Leben trachtet. Welchen Grund sollte sie haben? Sie hat bisher nicht einmal meinen Erben empfangen. Wenn ich tot bin, bleibt ihr nichts außer ihrer Morgengabe. Sie dürfte nicht einmal auf Burg Arras leben.«

»Die Leidenschaft eines Weibes ist nicht immer mit dem kühlen Verstand vereinbar.«

Arras grinste. »Ach ja?« Er trat näher und tätschelte Karel das Gesäß. »Ist das so, geschätzter Freund? Ich wusste gar nicht, dass Ihr so viel von den Weibern versteht.«

Karel wurde heiß. »Nun ja …«

»Schon gut, schon gut. Sie ist in ihrem Gemach?«

»Der Knappe lässt sie nicht aus den Augen.«

»Gut. Und jetzt her mit meinem Geschenk!«

Trotz des mulmigen Gefühls in der Magengrube überreichte Karel seinem Herrn das Paket des Schneiders. Sollte die dumme Metze doch versuchen, sich bei Arras einzuschmeicheln, Karel nahm es allemal mit ihr auf.

Dabei wäre sein Plan beinahe furchtbar schiefgegangen. Noch jetzt grauste es Karel, wenn er an den Leuchter im großen Saal dachte. Er hatte ihn präpariert, um die vermeintliche lebensbedrohliche Falle später im richtigen Moment zu »entdecken«. Doch er hatte es falsch angestellt und so fast einen tödlichen Unfall verursacht. Nicht auszudenken, wenn Graf Arras unter dem Leuchter gestanden hätte! Oder wenn Elva nicht rechtzeitig zur Seite gesprungen wäre. Er wollte sie loswerden, zugegeben, aber er wollte nicht, dass sie starb. Er hatte einmal den Tod eines Menschen verschuldet, ohne es zu beabsichtigen, ein zweites Mal würde er sich nicht verzeihen.

Karel knibbelte an seiner Unterlippe, während er zusah, wie Arras das Leinentuch aufschlug. Wieder musste er an das merkwürdige Verhalten des Schneiders denken. Eine dunkle Ahnung drückte ihn, als hätte jemand einen Stein auf seine Brust gelegt. Am liebsten hätte er seinem Herrn das Paket entrissen.

»Oh.« Arras hielt ein mit Goldfäden besticktes Hemd hoch und betrachtete es bewundernd. »Ist das nicht wunderschön?«

»In der Tat«, presste Karel hervor, von einer plötzlichen Woge der Eifersucht überrollt.

»Ich will es gleich anprobieren.« Arnulf von Arras streifte das einfache Leinenhemd über den Kopf, das er im Bett getragen hatte.

»Wartet, ich helfe Euch.«

»Nein!« Arras streckte die Hand aus. »Ich mach das allein. Und dann müsst Ihr mich gebührend bewundern.«

Schon hatte der Graf das neue Hemd übergezogen. Mit geschickten Handbewegungen band er die seitlichen Schnürungen zu. Dann drehte er sich hin und her. »Und, gefalle ich Euch, Vranovsky?«

»Ihr wisst, dass Ihr mir in jedem Gewand gefallt, Herr.«

Arras lächelte und kratzte sich gedankenverloren am Arm. »Ja, ich weiß.« Er trat näher. »Mein geliebter Karel. Nichts wird je zwischen uns stehen, das wisst Ihr doch, oder?«

Karel schossen die Tränen in die Augen. »Ja, so ist es.«

Arras kratzte sich am anderen Arm, dann am Hals. »Ich habe das Gefühl, die Stickerei reizt meine Haut.«

»Dann zieht das Hemd aus.«

»Aber es kleidet mich gut, nicht wahr?«

»Das tut es. Ihr seht aus wie ein König.«

Arras schien Karels Antwort gar nicht zu hören. Sein Gesichtsausdruck war mit einem Mal wie versteinert. Er griff sich an die Kehle. »Gütiger Himmel, was ist das?«, röchelte er.

»Mein Gott, was denn?«, fragte Karel beunruhigt.

»Meine Haut.« Arras zerrte am Kragen. »Sie brennt wie tausend Nesseln.«

»Um Himmels willen, zieht das verfluchte Ding aus!« Karel wollte seinem Herrn zu Hilfe eilen, doch der entwand sich ihm, warf sich zu Boden, rollte hin und her, die Augen geweitet, das Gesicht feuerrot. »Hilfe!«, flüsterte er tonlos. »So helft mir doch!«

Karel gelang es, Arras bei den Händen zu fassen und hochzuziehen. Doch gerade als er nach der Schnürung des Hemdes greifen wollte, begann der Graf, wie ein tollwütiger Wolf im Zimmer umherzuspringen. »Ah, dieser Schmerz!«, brüllte er. »So helft mir doch! Ich brenne!« Mit diesen Worten stürzte Graf Arras auf die Fensteröffnung zu.

Noch bevor Karel begriff, was Arras vorhatte, beugte dieser sich hinaus und zerrte dabei an dem Hemd.

In dem Augenblick geschah es. Arras reckte den Oberkörper noch weiter nach draußen, wohl um das Brennen auf seiner Haut mit der kalten Nachtluft zu lindern, und kippte nach vorn. Mit einem gellenden Schrei, der Karel bis in die Tiefen seiner Seele erschütterte, verschwand der Graf in der Tiefe.

* * *

Bisher hatte Elva nicht darüber nachgedacht, was als Nächstes geschehen sollte. Bibbernd stand sie an der Stelle, wo der Weg, der von der Burg herunterkam, in die Landstraße mündete. In einigen Schritten Entfernung erkannte sie den Pfad, der zu dem Steg über den Bach und zur Köhlerhütte führte. Inzwischen war das letzte Tageslicht verglommen, doch der Mond ließ den Schnee weiß leuchten.

Elva rieb sich die Oberarme. Was sollte sie tun? Plötzlich

sehnte sie sich nach ihrem warmen Gemach, nach dem prasselnden Feuer im Kamin, nach einem kräftigen Becher Wein. Aber dann dachte sie an die Schlange. Nein, es gab kein Zurück.

Doch wohin konnte sie gehen? Ihr fiel nur eine Antwort ein. Sie musste zurück nach Hause, nach Trier. Wenn sie ihrem Vater von den Vorfällen auf Burg Arras erzählte, würde er sie nicht wieder dorthin zurückschicken. Er war ein mächtiger Mann. Er würde sie beschützen.

Aber erst einmal musste sie es bis nach Trier schaffen! Der Weg dauerte schon im Sommer bei trockener Witterung zu Fuß mindestens zwei Tage. Und das nur, wenn man die große Landstraße benutzte. Auf der würden sie jedoch gewiss als Erstes nach ihr suchen. Also musste sie im Wald bleiben.

Elva blickte zu dem Pfad. Sie wusste ja nicht einmal, ob er hinter der Köhlerhütte weiterging. Wieder kamen ihr Zweifel. Vielleicht war sie doch zu überstürzt aufgebrochen? Sollte sie umkehren? Noch hatte bestimmt niemand ihre Flucht bemerkt. Aber was dann?

In dem Augenblick gellte ein grauenvoller Schrei von der Burg zu ihr hinunter. Es klang, als hätte der Teufel sich eine arme Seele geholt.

Elva fuhr entsetzt zusammen. Und rannte los.

* * *

Karel stürzte auf den Hof. Schon als er die gekrümmte Gestalt im Schnee liegen sah, wusste er, dass jede Hilfe zu spät kam. Trotzdem warf er sich neben Graf Arras auf den Boden und drehte ihn auf den Rücken. Entsetzt sog Karel die Luft ein. Blut rann von Arras' Stirn in die blickleeren, starren Augen.

»Herr! O mein Gott! Bitte, sagt etwas! Bitte, Herr!« Tränen liefen Karel über die Wangen. Er machte sich nicht die Mühe, sie wegzuwischen.

Nach und nach fanden sich die anderen Ritter und das Gesinde im Hof ein. Großes Gejammer und Geschrei brach aus.

»Was ist passiert?«, fragte der Hauptmann von Arras' Leibgarde mit gepresster Stimme.

Allmählich kam Karel zur Besinnung. Er betrachtete seine Hände. Sie waren blutbeschmiert, und sie brannten wie Feuer. Die Haut war gerötet und warf Blasen. Karel presste die Lippen zusammen.

Er hatte das Hemd angefasst.

Benommen erhob sich Karel und trat zum Hauptmann. »Ein Anschlag auf das Leben unseres Herrn. Mit einem vergifteten Hemd«, sagte er tonlos. »Der Graf wollte das Brennen auf seiner Haut kühlen und stürzte aus dem Fenster.«

»Ein vergiftetes Hemd?« Der Hauptmann starrte ihn ungläubig an. »Wie ist das möglich?«

»Das weiß ich nicht«, presste Karel hervor. »Aber bei Gott, ich werde es herausfinden.« Er wandte sich an einen der Knechte. »Sattel mein Pferd! Auf der Stelle!«

»Was habt Ihr vor, Vranovsky?«

»Ich werde mir den verfluchten Schneider vorknöpfen. Er kann noch nicht weit sein.« Karel blickte zu Arras. Der Anblick der reglosen Gestalt im Schnee zerriss ihm das

Herz. »Kümmert Ihr Euch darum, dass der Graf in der Kapelle aufgebahrt wird? Aber achtet darauf, dass niemand das Hemd berührt.« Er zeigte dem Hauptmann seine Hände.

Der Ritter riss die Augen auf. »Verflucht! Das muss ein Teufelszeug sein.« Er bekreuzigte sich. »Der Herr sei uns gnädig.« Dann klopfte er Karel auf die Schulter. »Ich werde mich um den Leichnam kümmern. Und ich werde sofort nach dem Apotheker rufen lassen. Vielleicht kann er sagen, um was für ein Gift es sich handelt.«

Karel nickte und rannte zu den Ställen, wo sein Pferd bereits auf ihn wartete. Ohne zu zögern, sprang er in den Sattel und preschte los. Während er ins Tal galoppierte, so schnell, wie es Dunkelheit und Schnee zuließen, verbot er sich, an Arnulf von Arras zu denken. Jetzt war nicht der Augenblick für Trauer. Auch wenn es noch so schwerfiel.

Er erreichte die Landstraße und bog in Richtung Mosel ab. Hier im Tal konnte er schneller reiten. Der Vorsprung des Schneiders konnte nicht allzu groß sein, schließlich kam er mit dem Wagen nur langsam voran.

Der Wald war stumm, außer dem dumpfen Schlag der Hufe auf dem Schnee hörte Karel nichts. Nachdem er eine Weile schweigend galoppiert war, tauchte unvermittelt ein dunkler Schatten vor ihm auf. Karel zog die Zügel an und ritt vorsichtig näher. Die Umrisse eines Wagens schälten sich aus der Dunkelheit. Er hing mit zwei Rädern im Graben, kam offenbar nicht aus eigener Kraft heraus.

Karel ballte die Faust und dankte dem Herrn im Himmel. Als er sich dem Wagen näherte, entdeckte er, dass die Tür offen stand. Er ritt noch dichter heran und bemerkte eine zusammengesunkene Gestalt auf dem Bock. Die Zügel hingen locker, der Gaul schien im Stehen zu schlafen.

Karel griff an sein Schwert. Hier stimmte etwas nicht. Er lauschte. Alles war still.

Lautlos glitt Karel aus dem Sattel. Mit der Schwertspitze stieß er den Burschen auf dem Bock an. Er kippte um und sank in den Schnee wie ein Sack Mehl.

Vorsichtig schritt Karel auf die offene Tür zu. Im Inneren des Gefährts war es dunkel. Trotzdem erkannte Karel den Schneider. Der Mann starrte mit weit aufgerissenen Augen in seine Richtung, doch er sah nichts. Er war tot. Jemand hatte ihm die Kehle aufgeschlitzt.

* * *

Die Kommende der Templer in Marseille lag am Ende des Hafens, der durch eine natürliche schmale Bucht geformt war, ganz in der Nähe der Werften und des Liegeplatzes der Galeeren. Von dort konnte Amiel die drei Festungen bewundern, die auf steilen Felsen auf der anderen Seite der Bucht über Marseille wachten. Er war seit zwei Tagen in der Stadt, wie erwartet gab es Hindernisse, allerdings nicht die, mit denen er gerechnet hatte.

Der oberste Verwalter der Genueser Bank hatte die Kreditbriefe der Juden ohne jegliche Gefühlsregung entgegengenommen. Damit verfügte Amiel über die notwendigen Mittel, den Schiffsbau voranzutreiben.

Die Schiffsbauer und ausreichend Männer waren ebenfalls vorhanden, doch es mangelte an Holz. Ein Hindernis, das den gesamten Plan gefährden konnte. Ein Sturm hatte mehrere Schiffsladungen auf den Grund des Mittelmeeres befördert, und jetzt rissen sich alle Werften um jedes gute Stück Holz, das sie bekommen konnten. Amiel hatte alles aufgekauft, was ihm in die Finger gefallen war, auch zum doppelten Preis. Das reichte vielleicht für drei bis vier Schiffe, bei Weitem nicht genug.

Heute wurden sechs Schiffsladungen bestes Holz aus Dalmatien erwartet. Amiel machte sich mit dem Oberschiffsbaumeister und vier Ritterbrüdern auf den kurzen Weg von der Kommende zum Quai des Tours. Auf diesem Platz, direkt am Hafeneingang hinter der Sperrkette, wurde das Holz versteigert.

Um zu zeigen, dass sie sich nicht als Herren der Stadt aufführen wollten, trugen sie zwar ihre weißen Umhänge, aber keine Kettenhemden, und auch der Baucent war im Haupthaus der Kommende geblieben. Sie gingen zu Fuß, es war nur ein kleiner Spaziergang in einer angenehmen Morgenbrise unter einem blauen Himmel. Amiel genoss die würzige Luft und freute sich schon jetzt auf einen kräftigen Fischeintopf, wie es ihn nur in Marseille gab.

An der Mole war eine Tribüne für die Käufer aufgebaut. Wer immer dort Platz nahm, zeigte damit, dass er willens und vor allem vermögend genug war mitzubieten. Amiels Versuch, das Holz vor der Versteigerung zu erstehen, war fehlgeschlagen. Die Händler erwarteten einen deutlich höheren Gewinn als die Summe, die Amiel geboten hatte. Käufer aus Genua, Pisa, Venedig, aus England und dem Heiligen Römischen Reich würden sich gegenseitig überbieten, bis der Preis schwindelerregende Höhen erreichte. Ob es jemanden gab, der Amiel überbieten konnte?

Die Lastschiffe lagen bereits vertäut, alle Kaufinteressenten konnten die Ware begutachten. Der Oberschiffsbaumeister der Templer prüfte jeden Balken sorgfältig und gab Amiel das vereinbarte Zeichen, dass es sich um Baumaterial allererster Qualität handelte.

Bevor sie ihre Plätze ganz oben auf der Tribüne einnahmen, wo sie die Gebote am besten verfolgen konnten, zeigte Amiel dem Hafenmeister die gezeichneten Kreditbriefe, damit er wusste, dass Amiel über unbegrenzte Mittel verfügte.

Bald war kein Platz mehr frei auf der Tribüne, dicht an dicht saßen die Kaufinteressenten, die Stimmung war angespannt.

Der Hafenmeister trat vor die Tribüne und verlas die Beschreibung der Ware. Dann nannte er den Grundpreis, der bereits dreimal so hoch war wie üblich. Ein Raunen ging durch die Menge.

Ein Händler aus Genua sprang auf, zeigte auf Amiel und seine Brüder. »Das haben wir denen da zu verdanken! Sie kaufen Holz zu jedem Preis, als wollten sie die ganze Welt damit einplanken! Wie soll ein ehrlicher Händler da noch mithalten können?«

Amiel hielt seine Brüder zurück, die schon ihre Dolche gepackt hatten. »Lasst ihn reden, es ist nur ein Hund, der kläfft.«

Der Genuese hatte noch lange nicht genug. »Woher haben sie das ganze Gold? Was haben sie vor? Ich kann es Euch sagen. Weil sie das Heilige Land nicht halten konnten, wollen sie jetzt Schiffe bauen und den Okzident mit Krieg überziehen und uns alle unter ihre Knute zwingen.

Was ihnen noch nicht gehört, wollen sie sich mit Gewalt aneignen! Ist es nicht so? Sie wollen einen Templerstaat gründen und alle unterjochen, und sie wollen …«

Weiter kam der Genuese nicht. Eine Stadtwache verpasste ihm eine Ohrfeige und drückte ihn zurück auf seinen Platz. Gerade rechtzeitig. Hätte der Mann seinen Satz zu Ende gesprochen, wäre Amiel nichts anderes übriggeblieben, als ihn zum Zweikampf zu fordern. Solch schmähliche Anschuldigungen durfte er nicht auf dem Orden sitzen lassen.

Er gab sich keinen Illusionen hin: Die Wache war nicht eingeschritten, um die Lügen des Genuesen zu verhindern, sondern um die Versteigerung nicht zu gefährden. Der Hafenmeister würde einen Großteil des erzielten Preises für den Stadtsäckel einbehalten, und davon wiederum würde ein großer Batzen in seine Geldkatze wandern. Blutige Händel störten das Geschäft.

Es kehrte wieder Ruhe ein, doch die Blicke der anderen Händler sprachen Bände. Alle machten die Templer für die Preistreiberei verantwortlich, obwohl es ganz normales Geschäftsgebaren war: Wenig Holz, viele Interessenten, das ergab einen hohen Preis. So war es immer. Und die Templer erwarben die knappen Waren häufig gar nicht für sich selbst.

So wie vor zwei Jahren: Der Sommer war verregnet gewesen, die Ernten größtenteils verdorben. Der Preis für ein Scheffel Korn hatte sich über Nacht verzehnfacht. Die Templer hatten enorme Mengen des teuren Korns gekauft und an Arme verteilt, die ansonsten verhungert wären. So sah es die Regel des Ordens vor. Doch das interessierte niemanden. Die Templer konnten so viel Gutes tun, wie sie wollten, wenn sie als Sündenbock für ein Unheil herhalten mussten, war alles andere vergessen.

Der Hafenmeister hob seinen Stab. Die ersten Gebote wurden abgegeben, noch hielt sich Amiel zurück, er würde erst eingreifen, wenn sich das Feld der Bietenden gelichtet hatte. Die Gebote schossen in die Höhe, der Genuese bot fleißig mit. Kein Wunder, die Flotte des Stadtstaates hatte Federn lassen müssen im Krieg mit Venedig und dessen Verbündeten, zu denen auch die Templer gehörten.

Es dauerte nicht lange, bis Genua alle aus dem Rennen geschlagen hatte. Kurz bevor der Genuese den Zuschlag bekam, hob Amiel die Hand. Der Mann fluchte gotteslästerlich und hielt dagegen, Schweiß stand auf seiner Stirn. Wahrscheinlich hatte er schon jetzt zu viel geboten, hätte den Preis gar nicht zahlen können. Ein riskantes Spiel. Flog es auf, verlor er nicht nur die Ware, sondern auch für ein Jahr und einen Tag die Erlaubnis, in Marseille zu handeln. Der Mann wäre so gut wie ruiniert. Vermutlich hätte er den Betrug sogar mit dem Leben bezahlt, die Genuesen kannten keine Gnade.

Amiel erhob sich und zeigte auf seinen Kontrahenten. »Hört mich an! Wenn Ihr weiterbietet, verlange ich von Euch die Offenlegung Eurer Mittel. Ich vermute, Ihr wollt nur den Preis weiter in die Höhe treiben, um meinem Orden zu schaden. Nehmt Euch in Acht!«

Wieder ging ein Raunen durch die Menge.

Der Hafenmeister fuchtelte mit seinem Stab in Richtung des Genuesen. »Ihr wisst, was Euch blüht, wenn Ihr versucht, uns zu betrügen. Das letzte Gebot hat der Templer abgegeben. Was sagt Ihr?«

Der Genuese starrte Amiel hasserfüllt an, spuckte auf den Boden und zog mit seinen Leuten ab.

Amiel presste die Lippen zusammen. Mit seiner Finte hatte er nicht nur eine Menge Geld gespart, er hatte sich auch den Genuesen zum Todfeind gemacht. Sie mussten auf der Hut sein.

* * *

Die Kälte war wie ein Schwarm winziger Insekten, die von allen Seiten erst in ihre Kleidung und dann in ihren Körper eingedrungen waren. Jetzt summte und krabbelte der eisige Schwarm in ihrem Inneren umher, schwamm durch ihre Blutbahn, machte sich in ihren Fingern und Zehen, in ihren Armen und Beinen breit.

Elva zwang sich, einen Fuß vor den anderen zu setzen, obwohl sie sich vor Erschöpfung kaum noch aufrecht halten konnte. Mehrmals schon hatte sie heute kurz davorgestanden umzukehren. Was für eine irrsinnige Idee, einfach hinaus in die verschneite Landschaft zu rennen, ohne Wegzehrung, ohne warme Decke, ja selbst ohne eine genaue Vorstellung, in welche Richtung sie laufen musste.

Natürlich brauchte sie einfach nur dem Verlauf der Mosel zu folgen, wenn sie nach Trier wollte. Aber da sie die Straße nicht benutzen konnte, musste sie sich einen Weg durch die dichten Wälder bahnen, wo sie den Fluss oft aus den Augen verlor.

Gegen Mittag war sie an eine Stelle gelangt, die sie schon in den Morgenstunden passiert hatte, und so war ihr aufgefallen, dass sie einen halben Tag lang im Kreis gelaufen war. Da war sie in Tränen ausgebrochen. Sie hatte sogar überlegt, ob der Herr im Himmel ihr ein Zeichen gesandt hatte, um sie zur Umkehr zu bewegen. Aber dann hatte sie im Schnee eine frische Blutspur entdeckt, wo ein wildes Tier seine Beute gerissen hatte, und sofort hatte sie wieder den blutgefüllten Bach vor sich gesehen. Was auch immer die Zukunft ihr bringen mochte, ein Zurück gab es nicht.

Die Dämmerung setzte ein, es wurde Zeit, sich einen Platz zu suchen, wo sie einige Stunden ausruhen konnte, ohne Gefahr zu laufen zu erfrieren. Sie hatte einen steilen Abhang erreicht, von dem aus sie das Glitzern der Mosel sehen konnte. Daneben zeichneten sich schmutzige Spuren im Schnee ab. Dort verlief die Straße. Etwas abseits von dieser stand ein baufälliges Gebäude, womöglich ein Schuppen oder ein alter Stall. Das war ihr Ziel. Mit etwas Glück fand sie dort drinnen Reste von Heu oder Stroh, das sie als Schlafstatt nutzen konnte.

Während Elva durch den Schnee gestapft war, hatte sie sich immer wieder gefragt, wer auf Arras einen Grund hatte, ihr nach dem Leben zu trachten. Ihr Gemahl, der sie nur geheiratet hatte, weil er dringend Geld brauchte? Eine der Hofdamen, die selbst ein Auge auf den Hausherrn geworfen hatte? Möglich, schließlich handelte es sich um zwei unverheiratete Cousinen, eine verwitwete Nichte und eine weitere alleinstehende junge Frau aus der Familie des Grafen. Oder Affra? Als Zofe entstammte sie ebenfalls der Familie eines Burgherrn. Vermutlich gefiel es ihr nicht sonderlich, dass sie die Tochter eines Gewürzhändlers bedienen musste.

Und was war mit dem Geist? Elva hatte hin und her

überlegt und war zu dem Schluss gekommen, dass die weiß gewandete Frau ihr wohlgesinnt war. Mindestens zweimal hatte sie versucht, Elva zu warnen. War Isabel von Arras demselben Täter zum Opfer gefallen, der es nun auf Elva abgesehen hatte? Fand sie keine Ruhe, weil ihr Tod ungesühnt geblieben war, ihr Mörder noch frei herumlief?

Elva dachte an Karel Vranovsky, an den unergründlichen Blick seiner stechend blauen Augen, an das unheimliche Räuspern, das sie ständig gehört hatte.

Fröstelnd schüttelte Elva die Erinnerung ab und machte sich vorsichtig an den Abstieg. Der Hang war steil, jeder Schritt ein Wagnis. Sie kam nur langsam voran, hielt sich, wo es nur ging, an Ästen und Zweigen fest. Als sie nur noch wenige Meter von der Straße entfernt war, gab der Boden unter ihren Füßen plötzlich nach. Elva schrie auf, ihre Beine rutschten unter ihr weg, und sie stürzte den Hang hinunter.

* * *

Die Menge löste sich auf, Amiel unterzeichnete die notwendigen Papiere, und wie es Sitte war, stießen der Händler, der Hafenmeister und er auf das abgeschlossene Geschäft an. Seine Brüder umringten sie. Amiel war klar, dass er niemandem mehr den ungeschützten Rücken zukehren durfte. Inzwischen stand die Sonne tief. Sie sollten in die Kommende zurückkehren, bevor es dunkel wurde.

»Ich werde die Wachen verdoppeln«, sagte der Hafenmeister. »Glaubt mir, die Genuesen sind in Marseille nicht gut gelitten.«

»So wie wir«, entgegnete Amiel.

Der Hafenmeister lächelte und wog die Kreditbriefe. »Mir seid Ihr immer willkommen. Gott schütze Euch.«

Das große Geld kennt weder Freund noch Feind. Das hatte Rabbi Isaak gesagt. Wie recht er hatte!

Trotz des Ärgers mit dem Genuesen machte sich Amiel leichten Schrittes auf den Weg, denn er hatte allen Grund, den Tag zu loben. Er hatte das Holz für den Orden erworben. Er hatte zwar das Achtfache des üblichen Preises gezahlt – aber er hätte auch beim Zehnfachen zugeschlagen. Die Sache des Herrn war nicht in Gold aufzuwiegen.

Trotz des nahenden Abends war noch immer viel Volk am Hafen unterwegs. Kurz bevor Amiel mit seinen Brüdern das Tor der Kommende erreichte, stellte sich ihnen der Genuese mit einer Rotte Männer in den Weg. Die Umstehenden wichen zurück, machten Platz, blieben aber in Sichtweite stehen. Alles roch nach einem Kampf, das durfte man sich nicht entgehen lassen.

»Du hast mich beleidigt, Templer«, schnarrte der Genuese.

Amiel zog das Schwert, ebenso seine Brüder. »Ihr seid ein grober und unhöflicher Mensch, aber das sind wir von Eurem Schlage ja gewohnt. Ich bin Amiel de Lescaux, Vertreter des Großmeisters Jacques de Molay, und niemandem außer ihm und dem Papst Rechenschaft schuldig. Wer seid Ihr?«

»Ich bin der wohlgeborene Luigi de Ponzetti, Vertreter der Republik Genua. Wen vertretet Ihr? Einen Großmeister? Wo ist Euer Staat? Ihr seid Vagabunden und Sodomiten!«

Aus den Reihen der Umstehenden hörte Amiel zustimmende Rufe. Die Sache drohte aus dem Ruder zu laufen.

Er durfte die Beleidigungen nicht hinnehmen, aber er wollte auch kein Blutbad anrichten. Amiel und seine Männer hätten die Straßenschläger im Nu getötet. Aber damit hätten sie die Menschen noch mehr gegen sich aufgebracht. Vielleicht konnte er mit Worten den Sieg davontragen. Wozu hatte er Rhetorik studiert?

»Mein Reich ist das Reich Gottes. Er ist mein Herr, und wer Güter anhäuft nur um der Güter willen, der hat sein Seelenheil verwirkt, so wie Ihr, Luigi de Ponzetti. Oder warum seid Ihr und Eure glorreiche Republik nicht bereit, das Kreuz zu nehmen? Wir werden das Heilige Land zurückerobern. Dafür geben wir mit Freude alles Gold dieser Welt her. Doch wer eitel ist und dem schnöden Mammon nachhängt, den wird der Herr vernichten. Den Götzenanbetern ist die Hölle, uns der Himmel. Und nun tretet zur Seite, oder Ihr werdet Eurem Schöpfer schneller von Angesicht zu Angesicht gegenüberstehen, als Euch lieb ist.«

Ponzetti starrte ihn finster an, ohne sich zu rühren.

Amiels Herz schlug schnell, die Angst kroch ihm die Kehle hoch. Wenn Ponzetti nicht nachgab, musste er ihn töten, was einen langen und schwierigen Prozess nach sich ziehen würde. Letztlich würden sie obsiegen, denn nur der Papst und die Heilige Inquisition durften über einen Templer urteilen, aber es würde Monate dauern, bis die Sache geklärt wäre. Eine Verzögerung, die sich Amiel nicht leisten konnte. Er musste dem Genuesen eine Brücke bauen.

»Seid vernünftig, Ponzetti! Ich bin ebenso wenig Sodomit, wie Ihr ein Ketzer seid. Gemein haben wir unsere scharfen Zungen. Und unseren unerschütterlichen Glauben an

Gott. Was haltet Ihr davon, wenn wir unseren kleinen Disput als unentschieden werten?«

Amiel schob sein Schwert in die Scheide.

Ponzetti kniff die Augen zusammen. »Na schön, Templer. Für dieses Mal will ich nachgeben. Aber seid gewarnt! Genua wird nicht zulassen, dass Ihr uns in die Quere kommt.«

»Das werden wir nicht, solange Ihr Euch auf Eure Angelegenheiten beschränkt. Und nun wünsche ich Euch einen angenehmen Abend.«

Ponzetti und seine Leute zogen sich langsam zurück, ohne Amiel und seine Brüder aus den Augen zu lassen. Heiß schoss Amiel die Erleichterung durch die Adern.

Gott steh uns bei, dachte er. Das ist nur der Anfang. An wie vielen Fronten werden wir kämpfen müssen? Und wie oft wird es nicht so glimpflich ausgehen?

* * *

Karel küsste den Ring des Erzbischofs und verneigte sich tief. »Eure Exzellenz.«

»Erhebt Euch, Karel Vranovsky. Ist es wahr, was ich gehört habe? Graf Arras ist tot? Verunglückt?«

»Ein Unglück würde ich es nicht nennen, Eure Exzellenz.« Karel gab sich Mühe, seiner Stimme einen festen Klang zu verleihen. Er musste ein würdevolles Auftreten wahren, auch wenn er am liebsten geheult und gezetert hätte.

Nachdem er am Abend zuvor den ermordeten Schneider gefunden hatte, war er wie der Teufel zurück nach Arras geritten. Dort hatte sich sein schlimmster Verdacht bestätigt:

Elva war spurlos verschwunden. Eine eilig angeordnete Suche in der gesamten Burg war ohne Ergebnis geblieben. Das Miststück war längst über alle Berge.

Also war Karel mit dem ersten Licht des Tages nach Trier aufgebrochen und die ganze Strecke durchgaloppiert. Jetzt war es bereits wieder dunkel. Er hatte es gerade noch geschafft, in die Stadt eingelassen zu werden, bevor die Tore für die Nacht geschlossen wurden. In der Bischofspfalz hatte Karel um eine Unterredung unter vier Augen mit Diether von Nassau gebeten. Zuerst hatte man ihn wegen der späten Stunde nicht mehr vorlassen wollen, doch als er andeutete, dass Graf Arras in der Nacht zuvor auf tragische Weise verstorben war, hatte der Erzbischof plötzlich doch Zeit für ihn.

Karel fühlte sich von der Tragik der Ereignisse überrollt wie vom Karren eines Bierkutschers. Es war, als habe der Herrgott ihn für seine Anmaßung strafen wollen: Da täuschte er vor, Elva trachte ihrem Gemahl nach dem Leben, ohne zu ahnen, dass sie genau dies tatsächlich tat. Wie hatte er nur so blind sein können! Wäre er nicht so in seine eigene Intrige versponnen gewesen, hätte er es bestimmt bemerkt! Denn eine andere Erklärung gab es nicht. Elva hatte das Hemd in Auftrag gegeben, also hatte sie auch dafür gesorgt, dass es vergiftet wurde. Deshalb hatte sie unbedingt dabei sein wollen, wenn Arras es anprobierte; sie hatte sich vergewissern wollen, dass das Gift wirkte! Den Schneider hatte sie bestochen und dann als Mitwisser getötet. Oder töten lassen. Bestimmt hatte Elva weitere Komplizen. Unmöglich konnte sie das alles allein bewältigt haben. Das Weib war irrsinnig. Eine andere Erklärung gab es nicht.

»Kein Unglück! Was soll das heißen?« Der Bischof beugte sich blitzschnell vor. Binnen eines Herzschlags war alle Behäbigkeit aus ihm gewichen, sein Blick war wach wie der eines Adlers.

Karel schluckte hart. »Es ist wahr, dass mein geliebter Herr aus dem Fenster gestürzt ist, dass er sich aus dem Fenster gestürzt hat ...«

Der Geistliche wurde blass, doch er sagte nichts.

»Aber er tat es nur aufgrund der unvorstellbaren Qualen, die ein vergiftetes Hemd ihm bereitete. Er war von Sinnen vor Schmerzen.«

»Ein vergiftetes Hemd?« Der Erzbischof kniff die Augen zusammen. »Wie ist das möglich?«

»Ganz genau weiß ich es nicht«, gab Karel zu. »Ich war zugegen, als der Graf das Hemd überzog. Es war ein Geschenk, noch ungetragen. Plötzlich begann mein Herr zu schreien und sich auf dem Boden hin und her zu rollen. Ich wollte ihm helfen, das Hemd auszuziehen, doch ich kam zu spät.« Karel senkte den Blick. Die Erinnerung daran, wie er hilflos hatte zusehen müssen, wie Arras Todesqualen litt, war mehr, als er aushalten konnte. Doch der Bischof sollte seine Tränen nicht sehen.

»Und dann?«

»Mein Herr warf sich aus dem Fenster, bevor ich eingreifen konnte«, antwortete Karel mit gepresster Stimme. Verstohlen fuhr er sich mit dem Handrücken über die Wange. »Ich glaube nicht, dass er sich aus Verzweiflung in den Tod gestürzt hat, Graf Arras war kein Feigling. Ich vermute, dass er das Brennen auf der Haut mithilfe der kühlen Schneeluft lindern wollte und dabei den Halt verloren hat.«

»Und was macht Euch so sicher, dass es Gift war?«

»Der Hauptmann der Garde hat sofort einen Apotheker kommen lassen, der das Hemd untersucht hat und zu diesem Schluss kam. Der Apotheker nimmt an, dass der Stoff in einem Sud aus den Wurzeln des Eisenhuts getränkt wurde. Das tödliche Gift dieser Pflanze, so meint er, wirkt auch über die Haut.«

»Unfassbar!«

»Ich habe mich höchstselbst an die Fersen des Schneiders geheftet. Als ich seinen Wagen einholte, war er tot. Jemand hat ihm und seinem Knecht die Kehle aufgeschlitzt.«

»Ein Überfall?«

»Ich vermute eher, dass ein Mitwisser aus dem Weg geräumt werden sollte.«

Diether von Nassau rieb sich nachdenklich das Doppelkinn. »Ihr sagtet, das Hemd sei ein Geschenk gewesen …«

Karel ballte die Faust. »Von seiner Gemahlin. Sie gab das Kleidungsstück in Auftrag.«

»Dann sollten wir sie dazu befragen.«

»Das würde ich gern.« Karel hämmerte mit der Faust auf sein Knie. »Graf Arras hatte sie in ihrem Gemach festsetzen lassen, weil es schon vorher einen Zwischenfall gegeben hatte. Jemand hatte den Wein vergiftet. Es gab Hinweise darauf, dass Elva …« Karel biss sich auf die Unterlippe. Wie gut, dass er die zwei überzähligen Muskatnüsse sicherheitshalber in der Truhe in Elvas Gemach versteckt hatte, bevor er heute Morgen in aller Frühe nach Trier aufgebrochen war!

»Fleringens Tochter?« Der Bischof schlug sich mit der flachen Hand auf den Schenkel. »Das kann ich nicht glauben!«

Karel ließ sich von dem Einwurf nicht aus dem Konzept bringen. »Bedauerlicherweise ist das Weib dem Knappen entwischt, der vor der Kammer Wache hielt. Ich habe sofort veranlasst, dass die ganze Burg und die nähere Umgebung abgesucht werden. Keine Spur von dem Miststück.«

»Und Ihr seid sicher, dass niemand sonst …«

»Absolut, Eure Exzellenz.«

»Teufel!« Nassau ballte die Faust. »Wer hätte das von dem Mädchen gedacht!« Eine steile Falte bildete sich auf seiner Stirn. »Jacob Fleringen ist einer meiner wichtigsten Unterstützer hier in Trier. Es wird ihm nicht gefallen, dass seiner Tochter als Gattenmörderin der Prozess gemacht werden soll.«

Karel verstand nicht viel vom Geschäft der Macht. Doch er erinnerte sich dunkel, dass es im vergangenen Jahrzehnt Aufstände in Trier gegeben hatte. Zunächst war Diether von Nassau selbst als Erzbischof nicht willkommen gewesen. Das Domkapitel hatte einen anderen Kandidaten im Auge gehabt. Und dann hatten die Bürger sich erhoben, mit der Folge, dass es nun neben den vierzehn Schöffen auch vierzehn Räte gab, die sich aus den Kaufleuten und Handwerksmeistern rekrutierten. Auch Jacob Fleringen gehörte zu diesem Rat.

Der Bischof klopfte mit der Faust gegen sein Kinn. »Aber so wie die Dinge stehen, kommen wir nicht darum herum. Zwar wurde die Tat auf einer Burg begangen, die mir unmittelbar unterstellt ist und nicht unter die Rechtsprechung der Stadt fällt, aber da es sich bei der Täterin um die Tochter eines ehrbaren Trierer Bürgers handelt, werden die Stadtoberen ein Wörtchen mitreden wollen. Ich muss

Nikolaus von Hagen rufen lassen, den Schultheißen, und am besten auch gleich die Schöffen.« Er seufzte. »Das dürfte ein gefundenes Fressen für sie sein. Vor allem für diesen Unruhestifter Johann Praudom, dem dieser Rat aus Bürgern ohnehin ein Dorn im Auge ist. Dass die Tochter eines Ratsherrn als Mörderin gesucht wird, ist natürlich Wasser auf seine Mühlen. Allerdings …« Ein listiges Lächeln stahl sich auf sein Gesicht. »Was, wenn wir die Metze gar nicht finden? Wenn sie längst da draußen in den Wäldern erfroren ist oder von Wölfen gerissen wurde …«

»Eure Exzellenz, ich …« Karel presste die Lippen zusammen und unterdrückte den Drang, dem Bischof zu widersprechen.

»Habt Dank dafür, dass Ihr mich unverzüglich von den Ereignissen in Kenntnis gesetzt habt.« Der Bischof machte eine Handbewegung, die anzeigte, dass Karel Vranovsky entlassen war.

Zögernd erhob sich Karel. Das Gespräch war nicht so verlaufen, wie er gehofft hatte. Er hatte sich ausgemalt, dass Diether von Nassau sogleich Berittene losschicken würde, um die Wälder nach der Mörderin abzusuchen. Doch das hatte er offenbar nicht vor.

Karel verabschiedete sich mit einem Nicken und ließ sich von der Leibgarde zum Tor führen. Vor der Bischofspfalz kniete er nieder und legte die Hand auf die Brust. »Ich, Karel Vranovsky, werde nicht eher ruhen, bis die Mörderin meines geliebten Herrn Arnulf von Arras gefasst, verurteilt und für ihre Schandtat gerichtet wurde.«

* * *

»Heute Nacht ist es so weit.« Cyprian schaute die vier bis an die Zähne bewaffneten Männer an, die er vor einigen Tagen angeworben hatte. »Ihr kennt den Plan.«

Ihm war nicht wohl bei der Sache, aber er hatte keine Wahl. Morgen würde Amiel aus Marseille zurückkehren. Dann würde er seine Sonderstellung wieder verlieren und nicht mehr einfach so von den Wachen zur Schatzkammer vorgelassen. Er musste handeln. Sofort. Er durfte keinen Augenblick mehr mit der sinnlosen Suche nach einem geheimen Tunnel verschwenden. Tage hatte er damit verbracht, die Gegend zu erforschen und vorsichtig Erkundigungen einzuziehen. Falls es diesen Geheimgang gab, kannte niemand seinen Verlauf. Immerhin hatte er einen Ausgang in der Kirche gefunden. Der ihm aber nichts nutzte. Da hätte er den Schatz auch gleich zum Haupttor hinaustragen können.

Das Flackern der Fackeln spiegelte sich in den Augen seiner Komplizen. Cyprian musste unwillkürlich an den Teufel denken, der allein mit seinem Blick einen Menschen zu Asche zerfallen lassen konnte.

Sie hatten sich in einem Wäldchen, etwa eine Viertelmeile südlich von La Couvertoirade, getroffen, um den Plan noch einmal durchzugehen. Es war später Abend, die meisten Bewohner der Burg hatten sich bereits zur Ruhe begeben. Von den knapp hundert Kämpfern, die Molay in La Couvertoirade zurückgelassen hatte, waren zwanzig mit Amiel nach Marseille geritten. Die meisten Bewaffneten, die noch vor Ort waren, waren Sergenten, die in den Zelten vor den Toren lagerten. Die bereiteten Cyprian keine Sorgen. Innerhalb der Mauern hielten sich neben einem

Dutzend Rittern und dem Komtur nur Knechte, Mägde und Handwerker auf.

Cyprian hatte die vier Söldner nach ganz bestimmten Kriterien ausgesucht. Sie durften keine Verwandten haben, mussten jung genug sein, die Strapazen der Flucht durchzustehen, sie mussten kämpfen können, aber nicht zu gut, damit er sie zum gegebenen Zeitpunkt überwältigen konnte. Denn lästige Zeugen konnte er nicht gebrauchen. Vor allem aber mussten sie ohne Zögern seine Befehle ausführen und bereit sein, schnell und lautlos zu töten. Er hatte vier Männer gefunden, die seinen Anforderungen entsprachen – und die zudem ebenso wie er die Templer hassten.

Damit sie ihm trauten, obwohl er selbst ein Templer war, hatte er ihnen eine stattliche Anzahlung auf ihren Lohn geleistet. Dafür hatte er seinen Dolch versetzen müssen. Aber das machte nichts. Nogaret würde ihn tausendfach entschädigen.

Cyprian händigte zwei Männern jeweils einen Schlauch mit flüssigem Feuer und zwei Feuersteine aus. Es war nicht genug, um La Couvertoirade in Schutt und Asche zu legen, aber es reichte aus, um Chaos und Panik zu verbreiten. Das musste als Ablenkung genügen, damit sie den Schatz unbemerkt nach draußen schaffen konnten.

Die Männer sollten das Feuer in den Gebäuden an der Westmauer entfachen, in der Schmiede und der Scheune, damit sich die ganze Aufmerksamkeit der Brüder dorthin verlagerte. Die Truhe mit dem Schatz würden sie durch ein Fenster im Donjon an der Ostmauer herunterlassen, wo die Brandstifter nach getaner Arbeit warten würden, um sie entgegenzunehmen. Von dort würden sie im Schutz der Dunkelheit und des allgemeinen Durcheinanders nach Norden fliehen. Die anderen beiden Männer brauchte Cyprian, um die Wachen vor der Schatzkammer zu überwältigen.

»Noch irgendwelche Fragen?«

Die Männer schwiegen.

»Dann soll es sein. Gott mit uns!«

»Gott mit uns«, murmelten die Männer.

»Folgt mir!«

Cyprian führte die Männer zurück zur Burg, einzeln schlüpften sie durch die Mannpforte, erregten keinerlei Aufsehen, denn alle trugen den dunklen Mantel eines Sergenten. Die zwei Männer mit den Schläuchen setzten sich ab, die anderen beiden führte Cyprian zum Donjon und wies sie an, in einer dunklen Nische zu warten.

Er selbst trat ein. Einige Ritterbrüder waren noch wach, sie beteten oder pflegten ihre Ausrüstung. Er plauderte mit ihnen, tat so, als würde er sein Kettenhemd auf Schwachstellen untersuchen, und schaute dabei immer wieder zu den Fenstern. Die Zeit verrann. Warum brach kein Feuer aus?

Gerade als er es nicht mehr aushielt und nachsehen wollte, hörte er einen Ruf.

»Feuer! Die Schmiede brennt!«

Endlich! Cyprian rannte zur Tür, die in den Burghof führte, hinter ihm strebten die übrigen Männer nach draußen. Jetzt konnte Cyprian seine Position als Kommandant nutzen.

»Nehmt sofort Eimer auf und bildet eine Kette bis zur

Zisterne!«, rief er. Bis die Männer merkten, dass sie es mit Griechischem Feuer zu tun hatten, würden die Flammen bereits außer Kontrolle sein.

Während seine Brüder losstürmten, stürzte Cyprian zurück ins Haus und hielt nach seinen Komplizen Ausschau. Er fand sie im Flur hinter dem großen Saal, wo sie in der Nähe der Kellertür warteten, die Armbrüste gespannt.

Schweigend stiegen sie in den Untergrund. Vor der letzten Biegung ließ Cyprian die Männer warten. Sie sollten jeden töten, der an ihnen vorbeizukommen versuchte.

Cyprian machte einen Schritt, wäre fast gestolpert. Er mahnte sich zur Ruhe, doch sein Gewissen lehnte sich auf und schrie ohne Unterlass: »Verräter! Verräter! Verräter! Deinen Freund verrätst du! Deinen Glauben und deine Brüder!« Eine andere Stimme in ihm rief: »Wie oft haben sie dich gedemütigt? Wie oft haben sie dich verhöhnt, nur weil du aus dem falschen Schoß gekrochen bist? Wie oft haben sie dich in den Staub getreten?«

Ein dunkles Grollen wehte durch den Tunnel, die Erde bebte leicht. Ein Gebäude war eingestürzt. Sie hatten keine Zeit mehr zu verlieren! Das Feuer fraß sich durch die Burg, viel schneller als erwartet.

Die Männer atmeten schwer, der Angstschweiß stand ihnen auf der Stirn. Cyprian hielt einen Zeigefinger an den Mund, stürzte in den Gang, der zur Schatzkammer führte, und brüllte: »Feuer! Die Kommende brennt! Wir müssen den Schatz in Sicherheit bringen! Ich kenne einen Weg hinaus.«

Doch die Wächter reagierten anders, als Cyprian gedacht hatte. Einer zog sein Schwert. »Halt! Keinen Schritt weiter!«

»Was zum Teufel ...« Weiter kam Cyprian nicht. Ein mächtiger Stoß ließ ihn taumeln, Sand rieselte von der Decke, kleine Steine lösten sich. Der Gang drohte einzustürzen.

Cyprian fing sich, machte einen Schritt auf den Wachmann zu, der ihm einen Hieb mit dem Schwert auf den Oberarm verpasste. Glücklicherweise mit der flachen Seite. Der Bruder wollte ihn nicht verletzen, sondern nur seinen Worten Nachdruck verleihen.

»Befehl von Amiel de Lescaux«, erklärte er. »Der Schatz muss hierbleiben, auch im Fall eines Feuers oder eines Angriffs. Nur der Großmeister oder er dürfen etwas anderes anordnen.«

Cyprian erstarrte. Davon hatte er nichts gewusst. Hatte Amiel ihm das verschwiegen, weil er ihm doch nicht traute? War das eine Prüfung? Und wenn schon. Er musste sich etwas einfallen lassen, und zwar schnell. »Wir müssen den Schatz in Sicherheit bringen! Amiel de Lescaux ist noch in Marseille, der Großmeister in Poitiers! Ich flehe Euch an, nehmt Vernunft an!«

Der Wächter schüttelte den Kopf. »Nur Lescaux oder der Großmeister haben Befehlsgewalt über uns.«

Die drei anderen Wachmänner waren hinter ihn getreten, hielten die Armbrüste bereit. Aber ihre Bewegungsfreiheit war eingeschränkt. Der Gang war so eng, dass nur zwei nebeneinanderstehen konnten und sich bei einem Kampf auch noch gegenseitig behindern würden.

Cyprian überlegte fieberhaft. Er musste die Männer in Sicherheit wiegen.

»Ihr habt natürlich recht«, sagte er. »Lasst niemanden in die Kammer. Ich kümmere mich um die Löscharbeiten und komme später wieder, um nach dem Rechten zu sehen.«

Er neigte den Kopf, trat zurück, die Wächter entspannten sich. Cyprian prägte sich den Standort der vier genau ein, dann zog er sich zurück zu seinen Komplizen.

»Wir müssen sie beseitigen, sie lassen niemanden an die Schatzkammer«, raunte er seinen Männern zu, als er wieder bei ihnen war.

»Sie sind zu viert, wir nur zu dritt.«

»Aber wir sind schlauer«, entgegnete Cyprian. »Schaut her.« Er breitete seinen Mantel aus, der bis zum Boden reichte. »Sie werden glauben, ich hebe die Hände, um ihnen zu zeigen, dass ich nichts Böses im Schilde führe. Ihr werdet euch hinter meinem Mantel verstecken. Sobald ich die Arme senke, erschießt ihr die beiden vorderen Wachleute. Mit den beiden anderen werden wir dann spielend fertig.«

Cyprian wartete nicht auf Antwort, ging los, trat um die Ecke. »Nicht schießen! Ich bin es noch einmal«, rief er.

Der vordere Wachmann blickte ihn argwöhnisch an, ließ jedoch sein Schwert in der Scheide, die Armbrüste seiner Kumpane zielten auf den Boden.

»Ich kann nicht zurück, das Feuer hat den Eingang im Donjon blockiert.« Cyprian lächelte, trat noch zwei Schritte vor, dann ließ er die Arme sinken. Seine Männer schossen sofort, die vorderen Wachen reagierten zu spät, die beiden anderen aber rissen blitzartig die Armbrüste hoch, töteten Cyprians Männer mit einem Schuss.

Verflucht! Cyprian hätte wissen müssen, dass die Ritter, die Amiel für den Wachdienst ausgesucht hatte, zu den Allerbesten gehörten und problemlos mit angeheuerten Söldnern fertig wurden.

Die beiden ließen die Armbrüste fallen, zogen ihre Schwerter und drangen auf Cyprian ein. Dieser zog ebenfalls sein Schwert.

Es stand schlecht für ihn. Seine Gegner waren in der besseren Position. Und sie waren zu zweit.

Donner dröhnte durch den Gang, der Boden unter Cyprians Füßen schwankte, einer der Wachmänner strauchelte. Cyprian sprang ihm entgegen, stach zu und warf sich zur Seite, bevor der andere Wachmann auf ihn eindringen konnte. Er rollte sich ab, sprang auf und ging erneut in Kampfposition.

Schmerz betäubte seinen rechten Arm. Der Mann, den er niedergestochen hatte, hatte ihn erwischt, bevor er zu Boden gegangen war. Aber er hatte dafür mit dem Leben bezahlt. Cyprian sah zu ihm hinunter. Blut sickerte unter dem Wams des Getöteten hervor.

Der andere kam auf Cyprian zu, das Schwert an der Seite führend, bereit zum tödlichen Hieb. Doch plötzlich hielt er inne.

Ein dumpfes Grollen erfüllte das Gewölbe. Viel lauter als das vorangegangene. Es folgte ein Geräusch, als würden tausend Bögen Pergament reißen, so laut, dass es Cyprian fast taub machte. Dann ein Donnerschlag. Steine fielen von der Decke, Staub wirbelte hoch, ein Mann schrie. Der Stollen brach auf der ganzen Länge ein.

Cyprian hob schützend die Hände. Steine prasselten auf ihn herab. Gott hatte ihn verlassen, alles war verloren.

»Herr, sei meiner Seele gnädig«, murmelte er, dann traf ihn ein Felsbrocken am Kopf, und er wurde bewusstlos.

Brüder und Schwestern

Die Nacht war klar, der Mond schien hell, und sie waren bloß noch knapp zwei Meilen von ihrem Ziel entfernt, also hatte Amiel beschlossen, nur eine kurze Rast einzulegen und noch vor dem Morgengrauen weiterzureiten. Dann würden sie am Vormittag die Mauern von La Couvertoirade erreichen. Die Männer schliefen auf dem nackten Boden, eingewickelt in ihre Mäntel. Amiel wachte. Er wollte erst schlafen, wenn sie heil in der Kommende angekommen waren.

In Marseille war alles glatt gelaufen. Seit dem Zusammenstoß mit den Genuesen hatte sie niemand mehr behelligt, der Vorfall hatte sich anscheinend herumgesprochen. Das Holz war wohlbehalten in den Werften angekommen, die Tag und Nacht streng bewacht wurden. Der Komtur von Marseille war ein zuverlässiger und erfahrener Mann. Also war Amiel wie geplant aufgebrochen, um in La Couvertoirade nach dem Rechten zu sehen. In zwei oder drei Monaten würde er zurückkehren und den Fortschritt der Arbeiten überprüfen.

Sie waren so gut vorangekommen, dass sie einen halben Tag früher als erwartet zurück sein würden. Es fehlte nur noch der steile Anstieg auf die Hochebene, für den sie mit der Rast Kräfte sammeln wollten.

Plötzlich stutzte Amiel. Irgendetwas stimmte nicht. Über den Bergen war ein rot glühender Streifen zu sehen, als würde die Sonne bald aufgehen, doch es war noch stockdunkel! Außerdem müsste die Sonne im Osten aufgehen, das Morgenrot aber deutete sich im Norden an.

Alarmiert sprang Amiel auf. Das war nicht die Sonne. Auf der Hochebene loderte ein Feuer, genau dort, wo La Couvertoirade lag! Amiel weckte die Männer. Blitzschnell saßen sie auf.

Amiel gab Fulgor die Sporen, seine Brüder folgten ihm. So schnell es ging, sprengten sie über die schmale, kurvige Straße aufwärts. Kurz vor der Kuppe nahmen sie Brandgeruch wahr, er bestätigte ihre Befürchtungen. Als sie endlich aus dem Wald galoppierten, sahen sie, dass sie sich nicht getäuscht hatten. La Couvertoirade brannte! Mannshohe Flammen schlugen in den Himmel. Wegen der klaren Luft war die Feuersbrunst viele Meilen weit zu sehen.

Im rasenden Galopp ging es La Couvertoirade entgegen. Bald erkannte Amiel, dass nicht die ganze Festung brannte, sondern nur der südliche Teil, wo der Donjon, einige Wirtschaftsgebäude und die Schmiede lagen. Je näher er kam, desto lauter wurde das Geschrei der Männer, die bereits Zelte abgebrochen, die Tiere und einen Teil der Vorräte in Sicherheit gebracht hatten.

Aber warum löschten sie das Feuer nicht? Warum gab es keine Eimerkette?

Endlich erreichte Amiel die Festung, das Südtor war nicht mehr zu passieren. Sie mussten durch das Nordosttor, das an den Chor der Kirche grenzte. Amiel umrundete die halbe Burg, sprang am Tor im Nordosten vom Pferd und packte den erstbesten Ordensritter am Wams.

»Was geht hier vor? Warum wird das Feuer nicht bekämpft?«, brüllte er, um das Tosen der Flammen und das Geschrei der Männer zu übertönen.

»Es ist das Höllenfeuer! Wir sind machtlos.«

Amiel ließ den Mann los. Griechisches Feuer! So wie sie es benutzt hatten, um ihre Angreifer auf hoher See abzuwehren. Goss man Wasser darauf, so brannte es noch heißer und höher. Die Männer machten alles richtig.

»Wo ist der Kommandant des Lagers?«, schrie Amiel. »Wo ist Cyprian Batiste?«

Der Mann hob die Hände, ignorierte die Frage. »Es hat in der Scheune angefangen. Drei Brandherde konnten wir mit Sand löschen. Aber das Feuer ist übergesprungen. Mehrere Gebäude sind schon eingestürzt, auch ein Teil des Donjons. Der Wehrturm der Vorburg ist verloren!«

Und ganz La Couvertoirade, einschließlich des Dorfes. Wenn das Feuer vom Turm auf die Holzkaten übergriff, dann war es nicht mehr zu stoppen. Amiel sank auf die Knie. Erst jetzt wurde ihm klar, dass dies kein Unglück war, kein Versäumnis eines unachtsamen Schmiedes, sondern ein Anschlag. Aber wie hatte das geschehen können? Wer hatte ihnen das angetan? Amiel starrte in die lodernden Flammen. Warum war Cyprian nirgendwo zu sehen? War sein Freund bereits ein Opfer der Flammen geworden?

Darüber durfte er nicht nachdenken. Jetzt galt es, den Untergang von La Couvertoirade zu verhindern und den Schatz zu retten. Amiel schlug mit den Fäusten auf den Boden, Staub wallte hoch. Was hatte der Ritter gesagt? Sie hatten drei Brandherde mit Sand löschen können? Natürlich! Das Feuer musste erstickt werden!

Amiel sprang auf. »Bringt die Trebuchets in Stellung!«, brüllte er und rüttelte den Ritter an den Schultern. »Wir müssen die Türme niederlegen! Alle beide. Den Hauptturm und den Wehrturm!«

Der verblüffte Mann zögerte, Amiel packte ihn am Arm und zerrte ihn mit. »Wir dürfen keine Zeit verlieren.«

Wie Amiel gehofft hatte, waren die Trebuchets nicht in Mitleidenschaft gezogen. Sie standen südöstlich außerhalb der Mauern, wo die Mannschaften Zielübungen absolviert hatten. Er versammelte die Männer, befahl ihnen, die Katapulte so auszurichten, dass die Türme in sich zusammenstürzten, ohne die Häuser der Dorfbevölkerung zu gefährden. »Zielt auf die Fundamente und räumt alles aus dem Weg, was euch daran hindert. Egal, was es ist.«

Die Männer gehorchten. Der wochenlange Drill machte sich bezahlt. In kürzester Zeit standen die Trebuchets an den richtigen Stellen. Und Gott sei Dank waren auch die großen aufgebaut, es hätte Stunden gedauert, sie zusammenzusetzen. Die kleinen zielten auf den Wehrturm am Torhaus, das direkt über dem Dorf lag. Hier war mehr Feinarbeit vonnöten. Ein einzelnes großes Trebuchet wurde auf den Hauptturm gerichtet. Um ein zweites in Stellung zu bringen, hatte Amiel nicht genug Männer.

Auf sein Zeichen eröffneten die Trebuchets gleichzeitig das Feuer. Die Mannschaften verstanden ihr Handwerk, und da sie ohne feindlichen Beschuss arbeiten konnten, dauerte es nicht lange, bis die Fundamente der Türme nachgaben und sie in sich zusammenfielen.

Eine mächtige Staubwolke, so dicht wie ein Sandsturm in der Wüste, hüllte alles ein, nahm dem Feuer den Atem und erstickte es.

Die Männer mit den dreckverschmierten Gesichtern jubelten, ließen Amiel hochleben, fielen auf die Knie und priesen Gott den Herrn.

Amiel aber wusste, dass das Schlimmste noch bevorstand. Zum einen war La Couvertoirade jetzt verwundbar, riesige Breschen klafften in der Mauer, wo die Türme gestanden hatten. Zum anderen musste jemand aus dem Orden für die Katastrophe verantwortlich sein, denn das Feuer war innerhalb der Mauern gelegt worden. Es gab einen Verräter unter ihnen. Und es gab nur eins, worauf er es abgesehen haben konnte: den Schatz.

Es war wie bei dem Überfall auf See, als die angeblichen Piraten genau gewusst hatten, welches Schiff sie angreifen mussten.

Amiel blickte zum Donjon. Der größere Teil stand noch, aber der Einsturz des Turms hatte das ohnehin schon beschädigte Gebäude stark in Mitleidenschaft gezogen. War der Schatz verloren? Wer war der Verräter?

Und wo war Cyprian?

* * *

Als Elva um die Biegung kam und auf der anderen Seite der Mosel die Stadt liegen sah, brach sie vor Freude und Erleichterung in Tränen aus. Es hatte Augenblicke gegeben auf ihrer Flucht, in denen sie nicht mehr daran geglaubt hatte, jemals in Trier anzukommen. Allein drei Tage hatte sie in einem Schweinestall verbracht, weil sie vor Kälte und Hunger einfach nicht mehr weiterkonnte.

Die Körper der Tiere hatten sie gewärmt, und das Futter, das der Bauer ihnen hinwarf, Speisereste, Eicheln und angebrannter Haferbrei, war für Elva allemal gut genug gewesen. Erstaunlich nur, dass der Mann sie nicht entdeckt hatte. Womöglich hatte er sie doch gesehen und besaß ein gütiges Herz. Jedenfalls war sie nach drei Tagen wieder so weit bei Kräften, dass sie weiterziehen konnte. Und dass sie nun dreckig war und nach Stall roch, kam gar nicht so ungelegen. Wer auch immer nach ihr suchte, hielt nach der Gemahlin eines Grafen Ausschau, nicht nach einer zerlumpten, stinkenden Bettlerin.

Zusammen mit einer Gruppe Reisender erreichte Elva die Brücke über die Mosel.

Am Brückentor streckte einer der Wachmänner die Hand aus. »Was willst du, Mädchen? Wir haben schon genug Schmarotzer in der Stadt. Scher dich fort!«

Glücklicherweise hatte Elva sich eine Geschichte zurechtgelegt. »Ich bin Maria, und ich möchte meine Tante besuchen. Ich bin die Nichte der Benedicta, die für den Ratsherrn Jacob Fleringen als Köchin arbeitet.« Ängstlich sah Elva den Wachmann an. Wenn sie sich nur nicht zu gewählt ausgedrückt hatte! Immerhin konnte er ihre Geschichte überprüfen, wenn er wollte. Benedicta hatte wirklich eine Nichte, die Maria hieß.

»Meinetwegen. Aber drück dich nicht auf der Straße herum!« Er musterte sie noch einmal von oben bis unten, rümpfte die Nase und trat zur Seite.

Hastig passierte Elva das Tor. Mit gesenktem Kopf lief sie durch die Brückengasse. Hoffentlich begegnete ihr niemand, der sie kannte! Sie wollte auf keinen Fall erklären müssen, was sie hier tat, allein, in zerrissenen Kleidern, wo sie doch bei ihrem Gemahl auf Burg Arras sein sollte.

Sie erreichte ihr Elternhaus ohne Zwischenfälle. Erleichtert trat sie durch die hölzerne Pforte, die in das große Tor eingelassen war, auf den Innenhof, wo die Fuhrwerke hielten, wenn sie Gewürze aus aller Welt brachten. Der Hof war leer, doch aus dem Lager hörte Elva Geräusche.

Mit klopfendem Herzen schlich sie näher. Immerhin war es möglich, dass Graf Arras jemanden zu ihr nach Hause geschickt hatte, weil er vermutete, dass sie hierherflüchten würde. Was wohl ihr Vater dazu sagen mochte? Sicherlich würde er beben vor Zorn. Doch wenn sie ihm erst erklärt hatte ...

In dem Moment knallte die Tür zum Lager auf. Jost und Veit, ihre beiden Brüder, traten auf den Hof. Bei ihnen war ein dritter Mann, den Elva nicht kannte. Rasch drückte sie sich hinter einen Mauervorsprung. Die drei gingen an ihr vorbei, ohne sie zu entdecken. Als sie durch die Pforte verschwunden waren, durch die Elva kurz zuvor den Hof betreten hatte, stieß sie erleichtert die Luft aus.

Da hörte sie ein Klappern aus dem Lager. Es war also noch immer jemand dort. Vater? Elva fasste sich ein Herz und schritt auf die Tür zu. Sie zögerte kurz, dann zog sie sie auf und trat ins Innere.

Der Duft, der ihr entgegenwehte, eine Mischung aus Anis, Zimt, Koriander und Lorbeer, machte sie augenblicklich benommen. Schlagartig wurde ihr bewusst, wie ausgehungert sie war. Zudem überfielen sie die Erinnerungen an die glücklichen Tage, die sie mit diesen Gerüchen verband.

Elva war so betäubt, dass sie die Person, die vor dem Schreibpult stand, zunächst gar nicht bemerkte.

»Nanu, habt ihr etwas vergessen? Oder habt ihr – Elva!« Leni schlug die Hände vor den Mund. »O mein Gott, Elva! Ich habe mir solche Sorgen gemacht!« Sie stürzte auf Elva zu.

Erleichtert ließ Elva sich in die Arme ihrer großen Schwester fallen und brach in Tränen aus. Leni strich ihr über das Haar und murmelte beruhigende Worte. Doch nur für einen kurzen Moment, dann schob sie Elva von sich weg. »Du musst verschwinden. Jost und Veit sind nur eben kurz ins Wirtshaus gegangen, sie werden nicht lange fortbleiben. Und Vater ist auch gleich wieder da.«

»Aber ich ...«

»Vater darf dich auf keinen Fall hier finden.«

Elva krallte sich an ihrer Schwester fest. »Bitte! Lass mich mit Vater reden, er wird mich verstehen. Ich kann nicht zurück nach Arras!«

»Ja, ich weiß.« Leni sah zu Boden.

»Was weißt du?« Elva spürte, wie etwas sich in ihrer Brust zusammenballte.

»Ich weiß, dass dein Gemahl tot ist und du wegen Mordes gesucht wirst.«

»Nein!« Elva wankte, ihre Beine trugen sie mit einem Mal nicht mehr.

Leni packte sie unter den Armen und hielt sie fest.

»Was ist passiert?«, flüsterte Elva tonlos.

»Du weißt es nicht?«

»Nein. Ich bin geflohen, weil ich Todesangst hatte, weil jemand ...« Elva wusste nicht, wo sie anfangen sollte.

»Dein Gemahl ist aus dem Fenster gestürzt. Angeblich litt er Höllenqualen, weil er ein vergiftetes Hemd trug, das seine Haut verbrannte. Ein Hemd, das du ihm geschenkt hattest.«

Elva schloss die Augen. Der Schneider, den sie vergeblich abzufangen versucht hatte!

»Und der Schneider, der das Hemd gefertigt hat, ist ebenfalls tot. Man hat ihm die Kehle durchgeschnitten. Es heißt, du hättest ihn ermordet, weil er von deiner Schandtat wusste.«

»Gütiger Gott«, flüsterte Elva.

Draußen polterte ein Tor, Hufe trappelten auf den Hof.

Leni wurde bleich. »Vater! Herr im Himmel! Elva, du musst verschwinden!«

Elva sah ihre Schwester verständnislos an. Noch immer fiel es ihr schwer zu begreifen, was diese ihr gerade erzählt hatte. Arnulf von Arras war tot. Das Hemd, das Elva ihm hatte schenken wollen, um ihn für sich zu gewinnen, war vergiftet gewesen. Aber wer hätte Arras töten wollen? Und wie hätte er von dem Hemd wissen können?

»Mach schon, Elva!«, flehte Leni sie an. »Vater wird dich den Bütteln ausliefern, wenn er dich hier findet.«

»Aber ich habe doch nichts ...«

In dem Augenblick wurde die Tür zum Gewürzlager aufgerissen.

* * *

Am Osttor des Louvre wartete die Jagdgesellschaft. Drei Dutzend Ritter, vierzig Knappen, einhundert Treiber und sechs Rudel der besten Hunde. Reif lag wie eine Salzkruste auf Wegen und Wiesen, Nebel stand über dem Boden, doch er war nur dünn wie der Schleier einer Braut, er würde sich verziehen und einem sonnig kalten Tag das Feld überlassen.

Guillaume schwang sich in den Sattel, obwohl seine Gelenke rebellierten. Er wollte zeigen, dass ihn nichts in die Knie zwingen konnte, dass er alles fest im Griff hatte.

Dabei hasste er die Jagd. Sie war Zeitverschwendung und diente nur den niederen Trieben. Aber der König war vernarrt ins Tiere Töten, und wenn der König ihn bat, an einer Jagd teilzunehmen, durfte er nicht ablehnen. Vielleicht konnte er die gute Laune seines Herrn nutzen, um in der Sache der Templer einen Schritt weiterzukommen.

Der Rudelführer blies ins Horn, die Pferde sprengten los, die Treiber hetzten hinterher. Guillaume gab seinem Gaul die Sporen und platzierte sich an Philipps Seite. »Wonach jagen wir denn, mein König?«

»Es geht auf Wildschweine. Die verwüsten die königlichen Gärten, das dürfen Wir nicht zulassen, oder?«

»In der Tat, das dürft Ihr nicht. Immerhin ein Problem, das sich recht einfach lösen lässt. Für alle anderen ist es schwieriger, eine Lösung zu finden. Und kostspieliger.«

Philipp lachte. »Wie immer legt Ihr den Finger zielsicher in die Wunde. König zu sein ist kostspielig. Unser Vater hat Uns ein ruiniertes Reich hinterlassen, an dessen Grenzen sich die Wölfe sammeln, um die Knochen abzunagen. Das Fleisch haben sich längst die Geier von Kirche und Adel geholt. Dreihundert Jahre bräuchten Wir, um Unsere Schulden zu tilgen, Wir haben es berechnet. Wir benötigen gute Nachrichten, Nogaret, sehr gute!«

Guillaume nutzte die Gelegenheit. »Die Templer besitzen einen Schatz, von dem wir nichts wussten. Dagegen sind ihre Reichtümer im Tempel zu Paris ein Almosen. Er ist derart groß, dass sie ein Heer damit kaufen können, mit dem sie das Heilige Land in einem Streich zurückerobern und für Jahrzehnte halten können.«

»Ihr könnt es nicht lassen, Guillaume! Eure Templer rauben Uns noch den letzten Nerv. Aber Wir sind ein Mann der Fairness: Wir machen Euch einen Vorschlag. Wenn Ihr einen größeren Eber als Wir erlegt, werden Wir Euch zuhören. Ansonsten wollen Wir nichts mehr über die Templer hören.«

Guillaume seufzte. »Von meiner Jagdkunst wollt Ihr das Schicksal des Reiches abhängig machen?«

»Unser Schicksal und damit auch das Schicksal des Reiches hing schon an dünneren Fäden. Wir wissen, dass Ihr noch immer mit der Lanze umgehen könnt. Das verlernt man nicht so schnell. Ihr habt so manchen hochfahrenden Ritter in den Sand gestoßen.«

Das hatte Guillaume in der Tat. Doch es lag Jahrzehnte zurück. »Nun denn, mein König, Ihr habt es so gewollt.«

Philipp schlug Guillaume auf die Schulter. »Recht so, mein Bester. Ihr seid noch immer voller Kraft und Saft!«

Nach zwei Meilen scheuchten sie den ersten Keiler auf, einen kräftigen, gesunden Burschen mit riesigen Hauern. Guillaume zögerte nicht lang, gab seinem Ross die Sporen, drängte den König ab und verfolgte den Keiler ins Unterholz. Die Hunde kreisten das Tier ein, Guillaume warf den Speer und traf.

Philipp kam herbeigesprengt. »Ihr seid ein alter Fuchs, Guillaume, *und* gut mit dem Speer. Ihr habt erkannt, dass es wohl keinen größeren Keiler geben wird, und ohne Zögern zugeschlagen. Aber Euren König einfach abdrängen ...« Er knuffte Guillaume in die Seite. »Gut gemacht! Wir können nichts mit Schwächlingen anfangen.«

Seite an Seite ritten sie weiter.

»Also, was habt Ihr zu den Templern zu sagen?«, fragte Philipp aufgeräumt.

»Molay plant die Rückeroberung des Heiligen Landes in einem Streich. Sie verfügen über einen unermesslichen Schatz ...«

Philipp unterbrach Guillaume. »Wir haben von den Plänen gehört. Die Durchführung ist unmöglich, das weiß jedes Kind. Und was für ein Schatz soll das sein? Haben die Rotkreuzler den Gral gefunden? Glaubt Ihr an die Zauberkraft eines Bechers?«

»Wie könnte ich? Das wäre Häresie, Aberglaube, die Verleugnung Gottes.«

Die Treiber schlugen mit Stangen auf das Gebüsch und schrien, um den nächsten Keiler aus dem Unterholz zu scheuchen.

»Was also kann so wertvoll sein wie all das Gold, das man für solch eine Unternehmung bräuchte?« Philipps Gesicht legte sich in Falten.

»Anscheinend haben sie etwas, das den Juden viel wert ist«, rief Guillaume laut, um den Lärm der Hunde und der Treiber zu übertönen. »Vielleicht sind es die Gebeine Mose.«

»Das sind doch Ammenmärchen!« Philipp nahm seine Lanze auf, im Unterholz tat sich etwas.

»Ich habe einen verlässlichen Augenzeugen ...«

»Der Euch aber nicht gesagt hat, worum es wirklich geht! Und woher haben die verfluchten Juden schon wieder so viel Geld? Warum gibt es überhaupt noch Juden?«

»Juden sind nützlich, Templer hingegen ...«

»Seit Jahren liegt Ihr Uns mit den Templern in den Ohren, Nogaret. Das sind keine Ungläubigen, die Wir einfach aus dem Land werfen können! Wann begreift Ihr das endlich? Wenn Ihr die Templer ausmerzen wollt, dann brauchen Wir Beweise, Anschuldigungen, glaubhafte Zeugen, das haben Wir Euch schon hundert Mal gesagt!«

Und hundert Mal hatte ihm Nogaret die Geständnisse von einem Dutzend Templer vorgelegt, echte Geständnisse, die nicht mit der Folter erzwungen worden waren.

Er musste es anders versuchen. »Wie auch immer. Sie lassen Schiffe bauen. Viele Schiffe. Zweihundert riesige Kriegsgaleeren. Und sie werben Söldner an, es sollen Tausende sein.«

Diese enormen Zahlen schienen Philipp nicht zu beeindrucken, er spähte in den Wald. Doch kein Keiler ließ sich blicken.

Guillaume schwieg. Er hörte etwas. Er musste sich beeilen, gleich würde ein Wildschwein aus dem Wald brechen und ihm die Aufmerksamkeit des Königs streitig machen. »Wenn die Templer ohne unsere Beteiligung Jerusalem und das Heilige Land erobern, wird sich Molay als König auf den Thron setzen. Und nicht Euer Sohn, so wie es sein sollte. Die Templer hätten mit einem Mal einen eigenen Staat. Wir würden sie nie wieder loswerden, sie könnten Euch, mein König, wirklich gefährlich werden. Sie wären weder auf unser Land noch auf den Schutz des Papstes angewiesen. Sie könnten sogar ihrerseits auf die Idee kommen, Frankreich unter den Schutz des Ordens zu stellen. Ihnen gehört jetzt schon halb Paris, wie Ihr wisst, sie besitzen nicht nur einzelne Häuser, sondern ganze Stadtteile, sogar einen Hafen an der Seine.«

Philipp packte die Lanze fester. Auch er hatte das angriffslustige Quieken des Keilers gehört. »Das liegt in einer fernen Zukunft. Die Städte Flanderns planen jetzt eine Rebellion, sie scheren sich nicht um Unsere Kronbeamten. Brügge hat schon wieder die Steuern verweigert. Trotz Seeblockade!«

Philipp versuchte wieder abzulenken, sich vor einer Entscheidung zu drücken. Ja, die Flamen waren widerspenstig, am besten würde man sie nicht mehr bekämpfen, sondern Handel mit ihnen treiben. Aber Philipp wollte nicht nachgeben, sein Stolz stand ihm im Weg.

»Umso mehr sollten wir da ernten, wo es keine Mühe macht.

Ich nehme Euch gerne die Sorge um die Templer ab, mein König.«

»Nicht so schnell, Nogaret. Viele glauben, Wir würden das Regieren Unseren Beamten überlassen. Das ist nicht wahr. Wir wissen sehr wohl, was in Unserem Land vor sich geht. Selbst wenn der Orden aufgelöst würde, hätten Wir nichts davon. Das Vermögen würde den Johannitern zufließen oder dem Papst. Wozu also die Mühe? Und das Risiko, dass unsere Absichten verraten werden! Habt Ihr vergessen, dass die Templer Unseren Kronschatz verwalten? Dass Wir bei ihnen Schulden haben, die Wir nie werden begleichen können? Wir haben keine Lust, Uns mit ein paar tausend wütenden Ritterbrüdern herumzuschlagen und zuzusehen, wie Unsere Finanzverwaltung zusammenbricht.«

Die Pferde blähten ihre Nüstern. Gleich war es so weit, gleich würde die Jagd losgehen.

Philipp stellte sich im Sattel auf.

Guillaume hörte die Hunde anschlagen, hob die Stimme. »Dazu wird es nicht kommen. Den Kronschatz werde ich noch diesen Monat in den Louvre verlegen lassen. Und was das Geld angeht – es werden *meine* Beamten sein, die das Vermögen der Templer inventarisieren. Da kann schon mal etwas verloren gehen.« Er grinste den König an. »Und es werden *meine* Beamten sein, die Eure Buchführung übernehmen. Sie werden gerade mit der Hilfe der äußerst entgegenkommenden Templer ausgebildet.«

Philipp rieb sich über das Kinn. »Das ist ja alles schön und gut. Aber der Papst steht uneingeschränkt hinter den Templern. Wir können und wollen Uns nicht gegen den Papst stellen. Nicht jetzt.«

In dem Moment brach der Keiler vor Philipp aus dem Waldsaum und floh über die angrenzende Wiese. Philipp stieß seinem Pferd die Sporen in die Seite, es sprang los, die Hundeführer pfiffen ihre Hunde zurück, Guillaume folgte dem König im gestreckten Galopp. Nach einer Achtelmeile hob Philipp den Speer und schleuderte ihn. Er traf den Keiler in einen der Hinterläufe, der überschlug sich mehrmals und blieb liegen. Noch lebte er. Seine Augen waren in Panik weit aufgerissen. Philipp sprang vom Pferd, riss den Speer aus dem Lauf des Keilers, der vor Angst und Schmerz schrie, fast wie ein Mensch.

Guillaume kam neben dem König zum Stehen, beugte sich zu ihm hinunter. »Und wenn der Papst seine Meinung ändern würde?«

Philipp rammte den Speer in die Brust des Keilers. Der zuckte noch einmal, dann hauchte er sein Leben aus.

»Wenn Clemens die Templer wirklich fallen lässt, wenn er eine Untersuchung gegen sie einleitet, habt Ihr freie Hand, Nogaret.«

* * *

Elva hatte es gerade noch geschafft, hinter eine Kiste mit Zitwerwurzeln zu springen, bevor ihr Vater das Lager betrat. Noch immer konnte sie nicht glauben, dass er sie wirklich den Bütteln übergeben würde, ohne sie vorher anzuhören. Doch andererseits wusste sie, wie streng er war und wie sehr er Frauen verachtete, die sich nicht stumm und demütig in ihr Schicksal fügten.

»Was ist los, Malena?«, polterte er, kaum dass er durch die Tür war. »Du siehst aus, als hättest du einen Geist gesehen.«

»Ach nichts, es ist nur ...«

»Sind die Bücher fertig?«, unterbrach er barsch. »Ich hoffe, du hast die zwei Pfund Gewürznelken nicht vergessen, die gestern mit dem Zug aus Venedig eingetroffen sind. Dieser arabische Halsabschneider hat einen Wucherpreis dafür verlangt. Verfluchte Ungläubige!«

Elva hörte Schritte. Wenn ihr Vater zu Leni an das Schreibpult trat, wäre sie hinter der Kiste nicht mehr sicher.

»Nur noch einige wenige Einträge, Vater.«

»Das ist gut. Dann steht deiner Abreise morgen ja nichts mehr im Wege.« Die Schritte verstummten. Offenbar war ihr Vater mitten im Raum stehen geblieben. »Was ist das für ein Gestank?«

Elva wurde heiß. Hoffentlich gelang es ihrer Schwester, den Vater abzulenken, bevor er seiner Nase folgte.

»Gestank?« Leni schnüffelte lautstark.

»Es stinkt nach Schwein. Riechst du das nicht?« Der Vater setzte sich wieder in Bewegung. Elva hörte einen Deckel klappern. Offenbar suchte er nach der Quelle des aufdringlichen Geruchs.

»Jetzt rieche ich es auch, Vater«, sagte Leni. »Es kommt aus der Ecke dort hinten. Das ist bestimmt eine tote Ratte. Ich kümmere mich sofort darum.«

»Mach das. Und dann pack deine Sachen. Die Tuchhändler, die dich bis Lyon mitnehmen, brechen morgen noch vor Tagesanbruch auf. Du musst dich pünktlich bei ihnen einfinden, sie warten nicht auf dich. In Lyon kümmert sich dann hoffentlich der Geschäftsfreund deines Mannes um dich.« Er schnaubte missbilligend. »Du hättest letzte Woche mit Zavié fahren sollen. Es schickt sich nicht, dass eine Frau allein unterwegs ist.«

»Aber wie hätte ich denn abreisen können, nachdem ich erfahren hatte, was mit Elva geschehen ist! Ich mache mir solche Sorgen. Wie es ihr wohl ergehen mag?«

»Hoffentlich ist sie verreckt!«, stieß ihr Vater hervor. »Das wäre die einzige Möglichkeit, die Schande zu tilgen, die sie über die Familie gebracht hat.«

Unwillkürlich griff sich Elva an die Brust. Hätte ihr Vater ihr einen Dolch durchs Herz gestoßen, es hätte nicht mehr schmerzen können.

»Aber wir wissen doch gar nicht, was wirklich passiert ist«, wandte Leni ein.

»Du bezweifelst das Wort ehrenwerter Ritter?« Schritte

polterten über den Holzboden. »Was bildest du dir ein, dummes Weib?«

Noch ein paar Schritte, und ihr Vater würde sie entdecken. Vorsichtig rutschte Elva um die Kiste herum. Hektisch sah sie sich nach einem Versteck um. In einigen Ellen Entfernung entdeckte sie eine weitere Kiste, die deutlich kleiner war als die mit den Zitwerwurzeln, und in der nichts weiter zu liegen schien als einige alte Leinensäcke. Wenn sie sich ungesehen darunter verkriechen könnte ...

»Das habe ich davon, dass ich eure Erziehung eurer Mutter überlassen habe! Verzärtelt hat sie euch, nicht streng genug war sie. Töchter sind eine Strafe Gottes, sie kosten einen Haufen Geld und machen nur Ärger!«

»Verzeiht, Vater«, sagte Leni in versöhnlichem Ton. »Ich habe mich hinreißen lassen.«

Elva lugte über den Kistenrand. Ihr Vater hatte Leni bei den Schultern gefasst und blickte ihr streng in die Augen. Elva nutzte die Gelegenheit, huschte zu der Kiste, hob die oberen Säcke an und schlüpfte darunter.

Im selben Moment stockte ihr der Atem. Sie hörte, wie Leni einen entsetzten Laut ausstieß, und begriff, dass ihre Schwester gesehen hatte, wie sie unter die Säcke gekrochen war.

Und dass Leni wusste, was in der Kiste war.

Elva wagte kaum zu atmen. Sie hielt ganz still, was ihr nicht schwerfiel, weil sie ohnehin kaum Platz hatte. Sie hatte sich ganz eng einrollen müssen, um sich in die Kiste hineinzuzwängen. Unter den Säcken war es dunkel. Doch sie brauchte kein Licht, um zu wissen, worauf sie lag. Sie kannte den Geruch. Es waren Safranfäden. Eine ganze

Kiste voll. Ihr Versteck war mindestens so viel wert wie fünf prachtvolle Schlachtrösser. Sie hätte sich auch in eine Truhe mit Silbermünzen legen können, ihr Inhalt wäre nicht wertvoller gewesen. Nur dass Silber keinen Schaden nahm, wenn man es zusammenpresste.

Wenn ihr Vater sie hier entdeckte, wenn er sah, wie sie das kostbarste aller Gewürze mit ihrem nach Dreck und Schweinen stinkenden Kleid plattdrückte, würde er sie eigenhändig erwürgen.

* * *

Im Laufe des Vormittags hatte Regen eingesetzt, den Staub aus der Luft gewaschen und die oberflächlichen Glutnester gelöscht. Das Griechische Feuer war ausgebrannt, doch unter den Schuttbergen schwelte es noch immer.

Amiel war von einer schmierigen Staubschicht überzogen, so wie ganz La Couvertoirade. Der Regen hatte inzwischen aufgehört, es war kälter geworden, Nebel war aufgezogen. Sie konnten noch nicht in den Donjon vordringen, weil Trümmer den Eingang versperrten und hier und da nach wie vor Feuer aufflackerten, die sie löschen mussten.

Cyprian wurde immer noch vermisst. Amiel hoffte inständig, dass ihm nichts zugestoßen war. Die Männer hatten berichtet, dass er bei Ausbruch des Feuers im Haupthaus gewesen war und die ersten Löscharbeiten befohlen hatte. Cyprian war nochmals ins Haupthaus zurückgeeilt, danach hatte ihn niemand mehr gesehen. Kurz darauf waren die ersten Gebäude eingestürzt.

Wenn die Aussagen der Männer stimmten, war Cyprian

womöglich nach Ausbruch des Brandes zur Schatzkammer hinabgestiegen, um nach dem Rechten zu sehen und die Wachleute zu warnen. Amiels Mut sank. Wahrscheinlich waren alle fünf Männer verschüttet worden, vielleicht durch die Wucht, mit der der Hauptturm eingestürzt war. Dann wäre es seine Schuld. Er hätte seinen Freund für das Dorf und die Kommende geopfert.

Er würde nicht ruhen, bis er Gewissheit hatte. Falls die Männer noch lebten, falls Cyprian noch lebte, musste er sich beeilen. Zuerst mussten sie den Eingang frei räumen und die Mauern des Donjons abstützen. Dann würde Amiel mit ein paar Leuten in den Keller hinabsteigen.

Er gab die Befehle, wies alle an, die nicht dringend an anderer Stelle gebraucht wurden, mit anzupacken. Dann ließ er zwei Sergenten kommen, von denen er wusste, dass sie früher einmal im Bergbau gearbeitet hatten. Mit ihnen besprach er, wie sie im Kellergewölbe vorgehen sollten.

Als Amiel den Donjon endlich betreten konnte, war es schon lange nach Mittag. Er saß auf heißen Kohlen, aber er wusste auch, dass es Cyprian nicht half, wenn er sinnlos sein Leben aufs Spiel setzte.

Amiel führte die ehemaligen Bergleute zum Kellereingang. Anfangs sah alles gut aus, der Weg war frei, auch der Einstieg hinter dem Weinfass war nicht verschüttet. Erst kurz vor der Schatzkammer kamen sie nicht weiter. Hier war der Gang vollständig eingebrochen.

Amiel drehte sich zu den beiden ehemaligen Bergleuten um. »Wir müssen hier durch.«

Die Männer machten grimmige Gesichter und stürzten sich in die Arbeit. Einige weitere Sergenten gingen ihnen zur Hand. Die eine Hälfte zimmerte im Hof Stützen, die in bestimmten Winkeln zusammengefügt werden mussten, während die andere Hälfte den Schutt wegräumte. Fuß um Fuß arbeiteten sich die Bergleute vor; immer wieder prasselten Steine nieder, doch niemand wurde verletzt. Trotz der kalten Luft schwitzten die Männer ohne Unterlass.

Amiel musste seine Ungeduld zügeln. Im Stollen konnte er nicht helfen, also leitete er die Aufräumarbeiten über Tage. Ständig ging ihm ein Gedanke im Kopf herum: Ich bin schuld an Cyprians Tod! Ich habe ihn in sein Verderben geschickt! Er ist an meiner Stelle gestorben!

Endlich meldeten die Bergleute, dass sie auf etwas gestoßen seien.

Amiels Herzschlag setzte aus. Er schnappte sich eine Fackel, stieg in die Tiefe, rannte durch den Stollen, bis er an die verschüttete Stelle kam. Noch immer lagen Steine und Mörtel auf dem Boden, aber es gab einen Durchlass, groß genug, um sich hindurchzuquetschen.

»Cyprian!«, rief Amiel in das Loch.

Keine Antwort.

Dafür entdeckte Amiel, was die Bergmänner gefunden hatten. Zwei Leichname. Männer in Templerkleidung, doch ihre Gesichter kannte Amiel nicht. Mit Sicherheit gehörten sie nicht zu den Männern, die er zur Wache vor der Schatzkammer eingeteilt hatte. Und sie waren nicht von Steinen erschlagen worden, Armbrustbolzen steckten in ihrer Brust. Amiel wurde kalt. Was war hier geschehen?

Benommen vor Angst kämpfte sich Amiel bis zum Eingang der Schatzkammer vor. Er entdeckte noch einen Körper, bedeckt mit Schutt. Diesmal war es einer seiner Männer.

Als er weitere Steine beiseiteräumte, starrten ihn die Augen eines zweiten Wächters an. Der Mann war ebenfalls tot. Amiel stutzte. Oder doch nicht? Er hielt dem Mann einen Finger an den Hals. Kaum wahrnehmbar pochte die Ader unter seinem Finger. Unglaublich, aber der Mann lebte.

»Es ist vorbei«, rief Amiel. »Ihr seid in Sicherheit. Ich sorge dafür, dass Ihr rausgeholt werdet. Aber sagt mir zuvor: Was ist geschehen? Wo ist Cyprian Batiste?«

Die Lider des Mannes flatterten, seine Pupillen huschten ziellos hin und her. Lange würde er es nicht mehr machen.

»Was ist geschehen?«, wiederholte Amiel.

Der Kopf des Mannes drehte sich zwei Fingerbreit zu ihm hin, doch sein Blick war noch immer leer. Er erkannte Amiel nicht, aber seine Lippen bewegten sich. »Der Schatz ... bewachen ...«

Amiel legte dem Sterbenden eine Hand auf den vom Blut verschorften Kopf. »Ja, Ihr habt Eure Pflicht erfüllt. Wer hat Euch angegriffen?«

Röcheln drang aus der Kehle des Mannes. »Männer ... schützen ... Batiste ...« Er verstummte.

Cyprian war also hier gewesen, hatte versucht, den Wachen beizustehen.

Ein Zittern ging durch den Mann. »Schatzkammer ...«

Sein Blick brach, sein Körper erschlaffte, er war tot.

Amiel zeichnete ein Kreuz in die von Schweiß und Dreck verschmierte Stirn des Wächters. »Ich bitte dich, Herr, nimm diesen treuen Diener in dein Himmelreich auf«, betete er. »Und vergib ihm seine Sünden.« Vorsichtig legte Amiel den Kopf des Toten zurück in den Staub.

Dann erhob er sich. Die Schatzkammer! Cyprian musste dort sein! Hoffentlich hatte der Wächter nicht fantasiert. Und hoffentlich hatte Cyprian mehr Glück gehabt.

Amiel zwängte sich durch den halbwegs freigelegten Gang voran. Er kam nur ein paar Schritte weit, dann war Schluss. Er musste jetzt unmittelbar vor der Schatzkammer sein. Tatsächlich. Die Tür war fast bis unter die Decke mit Steinen verlegt. Und sie war fest verschlossen. Der Schatz war in Sicherheit. Immerhin.

Amiel leuchtete mit der Fackel in jeden Winkel. »Cyprian!«

Keine Antwort.

Doch, da war etwas! Reglos blieb er stehen und lauschte. Schwere Atemzüge. Amiel folgte dem Geräusch, hievte einen großen Steinbrocken zur Seite. »Cyprian? Wo bist du?«

Eine Stimme, so schwach, dass Amiel sie zuerst für eine Einbildung hielt, antwortete. »Amiel …?«

Diese Stimme kannte er. Es war Cyprian! Er lebte!

* * *

Karel Vranovsky winkte den Burschen zu sich. »Und?«

Er hatte am Morgen nach seinem Besuch beim Bischof einigen Tagelöhnern, die an der Anlegestelle am Moselufer auf der Suche nach Arbeit herumlungerten, den Auftrag gegeben, Augen und Ohren offen zu halten. Wer etwas über die flüchtige Grafenmörderin herausfand, dem hatte Karel eine Extrabelohnung versprochen. Die Burschen konnten sich in der Stadt bewegen, ohne aufzufallen. Außerdem kannten sie sich aus. Im Gegensatz zu Karel. Hätte er als Fremder sich umgehört, hätte er nicht viel erfahren.

Karel war sicher, dass Elva in Trier auftauchen würde. Es gab keinen anderen Ort, an den sie sich flüchten konnte. Sie würde bei ihrer Familie Unterschlupf suchen. Und genau dort würde er sie ausfindig machen, früher oder später.

Karel war erst gestern Abend wieder in Trier eingetroffen. Auf Arras hatte es so viel gegeben, das geregelt werden musste, nicht zuletzt die Beisetzung des Grafen. Vorgestern hatte Arnulf von Arras in der Gruft der Kapelle seine letzte Ruhestätte gefunden. Karel hätte sich am liebsten zu ihm unter die kalten Steine gelegt. Ein Leben ohne seinen geliebten Herrn konnte er sich nicht vorstellen, es wäre wie ein Leben mit herausgerissenem Herzen. Aber er musste weiterleben. Er musste Arnulf von Arras' Tod sühnen. Allein dieser Gedanke hielt ihn aufrecht.

Und so stand er nun hier auf dem Marktplatz von Trier und hielt nach seinen Kundschaftern Ausschau. Zwei hatte er schon befragt, doch sie hatten nichts Neues zu berichten gewusst.

»Vorhin ist eine Frau beim Gewürzhändler Fleringen reingegangen«, erzählte der Junge. »Aber die Elva war das nicht.«

Karel zog die Brauen zusammen. »Bestimmt nicht?«

»Ja doch, Herr.« Der Bursche kratzte sich am Arm. Die Haut war an der Stelle schon blutig.

Karel unterdrückte den Drang, dem Kerl auf die Hand zu schlagen. »Was macht dich so sicher?«

»Sie war ganz dürr und dreckig. Hat nach Schweinemist gestunken.«

»Eine Bettlerin also?«, hakte Karel nach. Elva war nicht dumm. Sie wusste, dass sie wegen Mordes gesucht wurde. Sie würde bestimmt nicht einfach so durch Trier spazieren.

»Ja, Herr.« Wieder kratzte sich der Bursche. »Obwohl …«

Karel trat einen Schritt zurück. Es war fast, als könne er das Ungeziefer in den Falten der schmutzigen Cotte seines Gegenübers krabbeln sehen. »Obwohl?«

»Sie ist nicht wieder rausgekommen. Ich habe gewartet und gewartet. Aber nur die Brüder sind vor das Tor getreten, zusammen mit einem anderen Mann. Und dann kam der Vater angeritten.«

»Und da war die Bettlerin noch immer drinnen?«

»Jawohl, Herr.« Hoffnungsvoll streckte der Bursche die Hand aus.

Karel ließ eine Münze hineinfallen. »Wenn es die Richtige ist, gibt es einen Nachschlag. Und zu keinem ein Wort!«

Der Bursche nickte und flitzte davon. Vermutlich, um das Geld in der nächsten Schänke zu versaufen. Karel blickte ihm hinterher, bis er in der Dietrichgasse verschwunden war. Dann drehte er sich, sodass er den Eingang zur Fleischgasse im Blick hatte. Dort, nur ein winziges Stück außerhalb seines Sichtfeldes, lag das Haus des Gewürzhändlers Jacob Fleringen. Karel hatte in Erfahrung gebracht, dass Elvas Schwester Malena morgen mit einem Händlerzug nach Lyon aufbrechen wollte. Das wäre die Gelegenheit für Elva, außer Landes zu fliehen. Es war also kein Zufall, dass diese vorgebliche Bettlerin ausgerechnet heute im Hause Fleringen aufgetaucht war.

Karel schnitt eine Grimasse. Ob Elva sich freuen würde, ihn zu sehen?

* * *

Cyprian hörte eine Stimme seinen Namen rufen. Sie schien von sehr weit weg zu kommen, dennoch erkannte er sie. Amiel! »Amiel ...?«

Bilderfetzen spukten durch Cyprians Kopf. Er versuchte sich zu erinnern, was geschehen war. Er war im Kellergewölbe gewesen, er hatte die Wachmänner angegriffen, die Decke war eingebrochen.

Dann war Amiel plötzlich über ihm. »Ich bin es, Cyprian. Amiel. Ich habe dich gefunden. Jetzt wird alles gut!«

Cyprians Gedanken rasten. Was hatte Amiel vorgefunden? Was wusste er? Er öffnete den Mund, ohne zu wissen, was er sagen sollte.

»Halt still, Cyprian, schone deine Kräfte. Ich weiß Bescheid. Ein Wachmann hat mir gesagt, was geschehen ist.«

Ein heißer Schreck fuhr Cyprian in die Glieder. Unmittelbar gefolgt von Verwirrung. Amiel wusste, was geschehen war. Warum war er dann so freundlich zu ihm?

Es musste daran liegen, dass er noch so benommen war. Das verzerrte seine Wahrnehmung. Amiel war nicht freundlich, das bildete er sich nur ein. In Wahrheit war er wütend. Verletzt. Wahrscheinlich würde Amiel ihm höchstpersönlich den Kopf abschlagen, weil er ihn so enttäuscht hatte. Der Tod war ihm so oder so sicher. Auf Verrat stand der Strang. Unwürdig für einen Ritter.

Cyprian wollte etwas zu seiner Verteidigung sagen, seinem Freund erklären, was ihn zu der Tat getrieben hatte. Aber die Worte klebten in seinem Hals fest.

»Streng dich nicht unnötig an«, flüsterte Amiel. »Alles wird gut. Ich hole dich hier raus.«

Noch immer klang die Stimme freundlich. Nicht ein

Hauch von Wut oder Verbitterung. Cyprian schöpfte Hoffnung. Konnte es sein, dass Amiel keinen Verdacht hegte? Aber wie war das möglich? Hatte er nicht gerade gesagt, dass er mit einem der Wachmänner gesprochen hatte?

»Halte durch, Cyprian, mein Freund«, sagte Amiel sanft. »Ich rufe die anderen, dann schaffen wir dich hier heraus. Hab Geduld. Es wird ein wenig dauern.«

Cyprian brachte nicht mehr als ein schwaches Kopfnicken zustande. Sein Körper schien nicht mehr zu existieren, wollte ihm nicht gehorchen. Jetzt, wo er wach war, setzten auch die Schmerzen ein. In seinem rechten Bein tobte ein Feuer, auf seinem Brustkorb lag so viel Gewicht, das er kaum atmen konnte.

Wie schön wäre es, wenn alle Wachmänner tot wären. Dann könnte er Amiel sagen, dass er die Eindringlinge bemerkt habe und den Wachen zu Hilfe eilen wollte. Alles wäre wie früher. Und Nogaret konnte sich einen anderen Verräter suchen. Aber einer der Wachmänner lebte. Amiel hatte mit ihm gesprochen. Also würde nichts aus seinem schönen Traum werden.

Er hörte Amiel davonkriechen, hörte seine Stimme, die Befehle gab, hörte die Männer, die durcheinanderredeten und sich gegenseitig antrieben. Es schien eine Ewigkeit zu dauern, bis endlich das Gewicht von seinem Brustkorb genommen wurde.

Cyprian hielt die Augen geschlossen. Bis er in Erfahrung gebracht hatte, was Amiel wusste oder zu wissen glaubte, würde er vorgeben, bewusstlos zu sein.

Gottes Wege waren wahrhaftig unergründlich. Wollte der Herr ihn dazu bringen, seine Pläne aufzugeben und den Templern treu zu dienen? Wäre es nicht wunderbar, Amiel wieder ohne schlechtes Gewissen gegenübertreten zu können? Keine Angst mehr vor Entdeckung zu haben?

Aber dann würden auch die Zurücksetzungen und Demütigungen weitergehen. Er war und blieb ein armer Schlucker von niederer Geburt, ein Emporkömmling, der sich den Rang eines Ritterbruders erschlichen hatte, obwohl er doch nur Sergent hätte werden dürfen. Daran würde sich nie etwas ändern. Und wenn die Templer ihn nicht respektierten, so gab es doch andere, denen seine Herkunft egal war.

* * *

Die Verbindungstür zwischen Gewürzlager und Wohnhaus krachte zu. Einen Moment lang herrschte vollkommene Stille, dann hörte Elva Lenis Stimme dicht neben der Kiste.

»Du kannst rauskommen, er ist fort.«

Elva schob die Säcke beiseite und krabbelte aus der Kiste. Wortlos half Leni ihr, die roten Safranfäden von Kleid und Mantel zu zupfen und behutsam wieder zu den anderen zu legen. Zum Schluss strich Leni die Säcke glatt.

Elva blickte an sich herunter. Das ehemals blassblaue Gewand war nun nicht mehr nur braun von Schmutz und Schlamm, sondern gelb gefleckt. Elva hob den Blick und sah, dass trotz der schrecklichen Lage ein Lächeln um Lenis Lippen spielte.

»Dein Kleid sieht aus wie das einer Hübschlerin, und doch ist es wertvoller als das Festtagsgewand einer Königin.«

Nun musste auch Elva grinsen. »Und, gefalle ich dir?« Sie drehte sich hin und her. Es war wie früher, als sie noch kleine Mädchen gewesen waren und dem Vater Streiche gespielt hatten, indem sie die Schilder an den Gewürzsäcken vertauscht oder aus Galgantwurzeln Puppen gebastelt und ihnen Kleider aus Stoffresten geschneidert und Gesichter aufgemalt hatten.

Rasch wurde Leni wieder ernst. »Warte hier! Rühr dich nicht von der Stelle!« Sie verschwand durch die Zwischentür.

Elva blieb allein im Lager zurück. Sie schloss die Augen, sog den betörenden Duft der Gewürze ein. Da kam ihr ein Gedanke. Sie lief zu einem Sack in der Ecke des Raums und knotete ihn auf. Schwarzer Pfeffer. Fast so wertvoll wie Safran. Und vielerorts ein Zahlungsmittel genau wie Geld. Bei ihrer überstürzten Flucht hatte Elva nicht daran gedacht, die Münzen einzustecken, die sie in ihrer Truhe aufbewahrte. Mehr als ein paar Pfennige hatte sie nicht dabei. Elva tauchte ihre Hand in den Sack und ließ die Körner in den Beutel an ihrem Gürtel gleiten, bis er prall gefüllt war.

Gerade als sie den Sack wieder verknotet hatte, kehrte Leni zurück. Sie brachte ein verschnürtes Bündel und eine Decke aus Schafwolle mit.

»Hier ist etwas Wegzehrung.« Sie reichte Elva das Bündel. »Es ist nicht viel. Ein Kanten Brot, ein Stück Käse, zwei geräucherte Würste und ein Schluck Wein. Mehr konnte ich nicht aus der Speisekammer entwenden, ohne dass Vater etwas gemerkt hätte. Aber es muss ja nur bis morgen reichen.«

Elva begriff sofort. »Du willst, dass ich mit dir nach Marseille komme?«

»Aber ja! Uns bleibt keine andere Wahl. Was auch immer du den Leuten erzählst, für sie bist du eine Gattenmörderin.«

»Aber …«

»Zavié wird dich bei uns aufnehmen, sei unbesorgt. Er würde alles tun, um mich glücklich zu machen.« Lenis Gesicht begann zu leuchten.

»Die Händler werden mich nicht einfach so mitnehmen. Sie werden Fragen stellen.«

»Keine Sorge, ich lasse mir etwas einfallen. Sei morgen früh bei der Marienkapelle an der Landstraße, etwa eine halbe Meile flussaufwärts. Weißt du, welche ich meine?«

»Ja, Leni.« Elva umarmte ihre Schwester. »Was würde ich nur ohne dich tun?«

Vom Haus her war ein Poltern zu hören.

Leni löste sich von Elva. »Mach, dass du fortkommst! Wir sehen uns morgen.«

Elva rannte zur Tür und trat auf den Hof. Immer an der Wand entlang schlich sie zur Pforte, die auf die Fleischgasse führte. Im Schuppen nahm sie eine Bewegung wahr. Ohne innezuhalten, beschleunigte sie ihre Schritte, trat hinaus auf die Gasse und mischte sich mit gesenktem Kopf unter die Menschen.

Je näher sie dem Brückentor kam, desto dichter wurde das Gedränge. Schließlich kamen die Menschen ganz zum Stehen. Elva reckte den Hals, um zu sehen, was los war. Zu ihrem Entsetzen erblickte sie mehr als ein halbes Dutzend Wachen, die jeden, der die Stadt verließ, genau kontrollierten. Ihr wurde kalt vor Angst. Selbst wenn die Wachleute sie nicht erkannten, würde allein der Beutel Pfeffer Verdacht erregen. So etwas Kostbares führte eine verschmutzte Bettlerin nicht mit sich, es sei denn, sie hatte es gestohlen.

Elva überlegte hin und her. Sie könnte den Beutel wegwerfen. Oder es darauf ankommen lassen. Aber dann blieb immer noch die Gefahr, dass einer der Wachleute wusste, wie die jüngere Tochter von Jacob Fleringen aussah. Die Tochter, die wegen Gattenmordes gesucht wurde.

Kurz entschlossen machte Elva kehrt. Immer an der Mauer entlang bewegte sie sich in Richtung Osten. Auch am Neuen Tor waren die Wachen verstärkt worden, genau wie Elva befürchtet hatte. Sie lief weiter, vorbei an den Ruinen der Kaisertherme und dann nach Norden, bis sie das kaum bewachte Kuritztor hinter dem Dom erreichte. Tatsächlich taten hier nur zwei gelangweilte Wachleute Dienst, die Elva in ihrem verschmutzten Mantel kaum eines Blickes würdigten. Jetzt musste sie zwar die halbe Stadt umrunden, bis sie wieder bei der Brücke war, aber wenn sie sich sputete, wäre sie dennoch vor Einbruch der Dunkelheit an der Kapelle.

Es dämmerte bereits, als sie an dem riesigen Anwesen außerhalb der Stadtmauer vorbeikam, in dem der mächtige Graf de Ponte wohnte, Thorins Onkel. Kurz darauf erreichte sie das Brückentor. Dort herrschte noch immer Gedränge, aber niemand beachtete Elva, als sie die Stufen zur Brücke emporklomm.

Erst nachdem sie die Mosel heil überquert hatte und die Stadt hinter einer Flussbiegung verschwunden war, beruhigte sich ihr Herzschlag. Elva lief so schnell, wie sie es vermochte, ohne aufzufallen. Allmählich leerte sich die Straße. Finsternis senkte sich über das Land.

Als die Kapelle endlich vor Elva auftauchte, war es fast völlig dunkel. Die Nacht war sternenklar und versprach, eiskalt zu werden. Wie gut, dass Leni ihr die Decke mitgegeben hatte! Elva betrat die Kapelle und stellte beklommen fest, dass sie viel kleiner war, als sie sie in Erinnerung hatte. Der winzige Raum war kaum größer als die Schlafkammer, die sie sich als Kind mit ihrer Schwester geteilt hatte. An der Stirnwand hing ein Kruzifix, davor stand ein steinerner Altar.

Elva blickte sich um. Es gab nicht einmal eine Tür, die vor Zugluft oder wilden Tieren schützte. Resigniert breitete Elva die Decke in der Nische zwischen Altar und Rückwand der Kapelle aus. Für eine Nacht musste es genügen. Auf ihrer Flucht von Arras nach Trier hatte sie die Nächte deutlich unbequemer verbracht. Aber da hatte sie auch noch die Hoffnung gehabt, dass sie bald in Sicherheit sein würde.

Bevor Elva sich zur Ruhe bettete, aß sie ein Stück von dem Brot und trank einen Schluck Wein. Dann kniete sie nieder und betete. Als sie ihren verstorbenen Gemahl in ihr Gebet einschloss, kam ihr ein Gedanke, der sie so erschreckte, dass sie kaum zu Ende sprechen konnte. Ursprünglich hätte *sie* das vergiftete Hemd entgegennehmen sollen. So war es mit dem Schneider vereinbart gewesen.

Was, wenn der Anschlag ihr gegolten hatte? Wenn Arnulf von Arras an ihrer Stelle gestorben war?

Ein sicheres Versteck

Der Atem der Pferde dampfte in der eisigen Morgenluft. Unruhig stampften die Tiere mit den Hufen, so als wüssten sie, dass ihnen eine lange, beschwerliche und vor allem gefährliche Reise bevorstand.

Karel zog die Gugel tiefer ins Gesicht. Er glaubte nicht, dass Jacob Fleringens ältere Tochter ihn von der Hochzeit auf Arras in Erinnerung hatte, doch er wollte kein unnötiges Risiko eingehen. Zumal er die beste Gelegenheit, Elva zu ergreifen, gestern nur knapp verpasst hatte.

Nachdem der Tagelöhner ihm von seinen Beobachtungen vor dem Haus des Gewürzhändlers erzählt hatte, war Karel zum Schultheiß geeilt. Nikolaus von Hagen hatte gezögert, auf einen vagen Verdacht hin eine Durchsuchung des Anwesens anzuordnen, schließlich war Jacob Fleringen nicht irgendein Bauer. Aber er hatte die Wachen an den Haupttoren verstärkt und angeordnet, jeden, der die Stadt verließ, genau unter die Lupe zu nehmen, vor allem allein reisende Frauen. Gebracht hatte es nichts. Entweder war Elva noch in der Stadt, oder sie hatte es trotz der verstärkten Aufmerksamkeit der Wachen irgendwie hinausgeschafft.

Nach der Unterredung mit dem Schultheiß war Karel in die Fleischgasse geeilt und hatte sich im Pferdestall verborgen, von wo aus er das Haus in Ruhe beobachten konnte. Als kurz nach seiner Ankunft eine Frau in den Hof getreten war, hätte er Elva beinahe nicht erkannt. Auf ihrer Flucht war sie noch weiter abgemagert, ihr Gesicht war hohlwangig und blass, und der Mantel, den sie trug, starrte vor Schmutz. Sein Schreck hatte ihr einen winzigen, aber entscheidenden Vorsprung verschafft. Als er nur wenige Augenblicke nach ihr auf die Gasse getreten war, hatte er sie nirgends entdecken können.

Also hatte er beschlossen, sich ihrer Schwester an die Fersen zu heften. Diese Malena würde ihn zu Elva führen, da war er sicher.

In der vergangenen Nacht hatte Karel kaum ein Auge zugetan. Unruhig hatte er sich auf dem Strohsack, der auf dem Boden des Wirtshauses neben all den anderen Strohsäcken mit schnarchenden Leibern ausgebreitet war, hin und her gewälzt und wieder und wieder die Minuten durchlebt, bevor Arnulf von Arras aus dem Fenster gestürzt war. Obwohl er wusste, dass es nichts half, grübelte er ohne Unterlass darüber nach, was er hätte anders machen können, um das Unglück zu verhindern.

Hätte er doch nur das Päckchen selbst geöffnet! Hätte er Arras doch nur daran gehindert, das Hemd überzuziehen! Hätte er doch nur am Nachmittag nicht die Rinderhaut vom Fenster entfernt, weil es dem Grafen zu düster in dem Gemach war! Wäre er doch nur rechtzeitig beim Fenster gewesen, um Arras festzuhalten!

Hätte er es doch nur geschafft, die Metze rechtzeitig von der Burg zu vertreiben, dann hätte sie ihren teuflischen Plan nicht in die Tat umsetzen können!

Ein schriller Pfiff riss Karel aus seinen Gedanken. Der Zugführer gab das Zeichen zum Aufbruch. Nach und nach setzten sich die schwankenden Gefährte in Bewegung, rollten durch die engen Gassen der Stadt auf das Brückentor zu. Dort wurde noch immer scharf kontrolliert, doch da es früh am Morgen war, mussten die Händler nicht lange warten, bis sie an der Reihe waren.

Mit langen Spießen stachen die Wachen zwischen die Stoffballen, um sicherzustellen, dass sich niemand auf den Wagen versteckt hatte. Auch unter die Gefährte stießen die Männer, für den Fall, dass sich jemand zwischen den Rädern festkrallte. Am Schluss wurden alle Reisenden durchgezählt. Dann endlich durfte der Zug das Tor passieren.

Nachdem sie die Brücke hinter sich gelassen hatten, lenkte Karel sein Pferd hinter den Wagen, auf dem Malena Platz gefunden hatte. Was auch immer geschehen mochte, er würde die junge Frau keinen Herzschlag lang aus den Augen lassen.

* * *

Elva schreckte hoch. Sie hatte ein Geräusch gehört, eine Art Schrei. Verwirrt blickte sie sich um. Sie war eingequetscht zwischen rauen Wänden aus nacktem Stein, der Boden unter ihr war hart und kalt.

Da fiel es ihr wieder ein. Die Kapelle!

Sie blickte zur Türöffnung. Es war bereits taghell. Herr im Himmel! Wie spät mochte es sein? Hatte sie etwa den Händlerzug verpasst?

Elva sprang auf, reckte ihre steifen Glieder und trat zum Ausgang der Kapelle. Gerade hatten drei Landarbeiter das Gotteshaus passiert, sie scherzten herum, neckten sich gegenseitig und lachten aus vollem Halse. Vermutlich waren sie es gewesen, die Elva geweckt hatten.

Sie blickte zu den Bergen am anderen Ufer des Flusses. Die Sonne war noch nicht über die Kuppen gekrochen. Allzu spät war es also nicht. Rasch eilte sie zurück in die Kapelle und packte ihre Sachen zusammen.

Kaum war sie fertig, hörte sie erneut Geräusche von draußen. Hufschlag, das Knirschen und Quietschen von Wagenrädern und Stimmen. Das musste der Zug sein!

Elva kauerte sich hinter den Altar. Sie würde erst herauskommen, wenn Leni ihr ein Zeichen gab. Was sie wohl vorhatte? Elva hauchte auf ihre kalten Hände, bewegte die Finger. Möglicherweise musste sie schnell in irgendein Versteck kriechen.

Der Zug befand sich jetzt genau vor der Kapelle. Jemand schrie »Halt!«. Kurz darauf hörte Elva eine Stimme dicht beim Eingang. »Aber nur kurz, junge Frau, wir haben noch einen weiten Weg vor uns.«

»Nur ein Vaterunser für meine verstorbene Mutter«, hörte Elva Leni sagen.

Dann ertönten Schritte. Vorsichtig lugte Elva um den Altar. Leni stand in der Kapelle, hinter ihr ein bulliger blonder Mann, der eine große Truhe aus Weidengeflecht auf dem Rücken trug.

»Stell sie hier ab!«, wies Leni den Mann an.

Der Blonde tat wie ihm geheißen.

Elva begriff den Plan ihrer Schwester. Der Mann musste eingeweiht sein! Bestimmt hatte Leni ihm einen großzügigen Lohn versprochen, wenn er Elva in der Truhe schleppte, bis sich die Gelegenheit für sie bot, in ein anderes Versteck zu schlüpfen.

Gerade wollte Elva hinter dem Altar hervorkriechen, als

sie ein Geräusch hörte, das ihr das Blut in den Adern gefrieren ließ.

Jemand räusperte sich.

Elva erstarrte.

Wieder ertönte das Räuspern, laut und deutlich.

Elva packte ihre Habseligkeiten und presste sich so tief wie möglich in die Nische unter dem Altar. Stumm betete sie, dass Leni nicht nach ihr rufen möge.

Schritte knirschten über den Boden.

»Oh!«, rief Leni mit gekünstelter Stimme. »Wollt Ihr auch ein Gebet für eine sichere Reise sprechen?«

Elva schloss erleichtert die Augen. Leni hatte Karel bemerkt. Aber noch war die Gefahr nicht vorüber.

»Reisen sind immer gefährlich«, hörte Elva Karel sagen. »Vor allem, wenn eine Frau so ganz allein unterwegs ist.«

»Aber ich bin nicht allein!«, widersprach Leni.

In dem Moment ertönte von draußen eine Stimme. »Genug gebetet! Wir müssen weiter!«

»Nun, dann wollen wir mal«, sagte Leni.

»Nach Euch, gnädige Frau.«

»Wenn Ihr darauf besteht.«

»Ach, Euer Knecht hat die Truhe vergessen!« Karel schnalzte abfällig mit der Zunge. »Wenn man dem Gesinde nicht ständig auf die Finger schaut, macht es nichts als Blödsinn.«

»Oh.« Leni klang zerknirscht. »Los, nimm die Truhe auf!«, befahl sie.

Ein Knacken und Ächzen war zu hören, dann schwere Schritte. Damit war Lenis letzter Versuch gescheitert, Elva doch noch aus der Kapelle zu schmuggeln.

»Bis Metz geht es immer an der Mosel entlang«, sagte Leni scheinbar zu niemand Bestimmtem, während sie nach draußen trat. »Man kann den Weg gar nicht verfehlen.«

Elva wusste, was ihre Schwester damit sagen wollte. Elva sollte dem Zug folgen. Früher oder später würde sich eine Gelegenheit ergeben, sie auf einen der Wagen zu schmuggeln.

Der Zug setzte sich in Bewegung. Allmählich wurde es stiller. Noch lange, nachdem nichts mehr zu hören war, blieb Elva reglos hinter dem Altar hocken. War Karel mit dem Zug weitergezogen, oder lauerte er irgendwo draußen?

Als Elva es endlich wagte, aus ihrem Versteck zu krabbeln, waren ihre Beine eingeschlafen, und ihre Schultern schmerzten. Sie bewegte sich vorsichtig hin und her, streckte ihre Glieder, dann spähte sie durch die Türöffnung. Alles wirkte verlassen. Die Landstraße war leer. Elva griff nach ihrem Bündel. Noch einmal blickte sie nach draußen. Da bewegte sich etwas in dem Gebüsch gegenüber der Kapelle!

Elva hielt mitten in der Bewegung inne, ohne den Busch aus den Augen zu lassen. War es nur der Wind gewesen, der durch die Zweige gefahren war? Wie gut, dass es im Inneren des Gotteshauses so düster war, dass man von draußen nicht hereinblicken konnte! Abwartend blieb Elva stehen.

Da! Wieder erzitterten die schneebedeckten Zweige. Vielleicht nur ein Vogel, der in dem dürren Geäst nach Nahrung suchte.

Oder Karel Vranovsky.

Plötzlich hörte Elva Stimmen. Von Trier her näherte sich eine Gruppe Frauen. Mehr als ein halbes Dutzend Bäuerinnen mit leeren Körben, die wohl etwas von ihrer Ernte in der Stadt verkauft hatten. Vor dem Gotteshaus blieben die Frauen stehen und sprachen ein Gebet. Dann packte die eine einige Brotkanten und trockene Pflaumen aus und verteilte die karge Mahlzeit gerecht unter allen. Die Frauen standen genau so, dass sie den Eingang verdeckten.

Elva kam ein Gedanke. Sie räusperte sich vernehmlich, um die Bäuerinnen nicht zu erschrecken, dann trat sie zu ihnen. »Ich könnte etwas zu eurer Brotzeit beisteuern, wenn ich dafür ein Stück mit euch laufen darf«, sagte sie und packte die beiden Würste aus.

»Immer gern! Ihr seid herzlich willkommen.« Die Frauen teilten die Würste, sodass jede ein gleich großes Stück bekam, und nahmen Elva in ihre Mitte.

Während sie aßen, schielte Elva zu dem Gebüsch. Es war so weit weg, dass jemand, der dahinter hockte, unmöglich hören konnte, worüber die Frauen sprachen. Auch dürfte er kaum in der Lage sein, genau zu sehen, was an der Kapelle vor sich ging, ohne aus der schützenden Deckung zu treten. Trotzdem war Elva nicht sicher, ob ihr Plan aufgehen würde.

Nachdem die Rast beendet war, lief Elva inmitten der Frauen flussaufwärts. Obwohl keine von ihnen bewaffnet war, fühlte sie sich auf wundersame Art beschützt. Es fiel ihr schwer, sich am Nachmittag bei einem Dorf von ihren Begleiterinnen zu verabschieden.

Als sie schließlich wieder ganz allein auf der Landstraße stand, blickte sie zurück in die Richtung, aus der sie gekommen war, und hielt nach einem Verfolger Ausschau. Wenn ihre Täuschung geglückt war, wäre sie für eine Weile sicher. Wenn nicht, würde sie es sehr bald wissen.

* * *

Amiel griff nach dem Stein und reichte ihn an seinen Nebenmann weiter. Sieben Tage waren seit dem Feuer vergangen, nun galt es, die Burg schnellstmöglich wenigstens so weit wiederaufzubauen, dass sie gegen Eindringlinge geschützt war. Alle packten mit an, er selbst auch, wenn ihn keine anderen Pflichten von der Baustelle wegriefen.

Die Aufräumarbeiten schritten gut voran, die Mauer war bereits ausgebessert, die Löcher waren mit hölzernen Palisaden gestopft. Aus dem Schutt der Scheune, der Schmiede und den Handwerkerhäusern waren alle brauchbaren Steine herausgeklaubt worden. Die neue Schmiede würde größer werden als die alte, und die Scheune würde ganz aus Stein errichtet werden, um die Brandgefahr zu verringern.

Cyprian war fast schon wieder genesen. Er hatte das Unglück im Keller als Einziger überlebt. Alle vier Wachmänner waren tot, ebenso die zwei Eindringlinge, die sich offenbar als Sergenten verkleidet Zutritt verschafft hatten. Mehr Männer hatten sie nicht gefunden. Doch die beiden hatten bestimmt nicht allein gearbeitet. Jemand aus den Reihen der Templer musste ihnen geholfen haben, ihnen die Kleidung besorgt, das Tor geöffnet und verraten haben, wo der Schatz aufbewahrt wurde.

Eine Glocke ertönte. Es war Zeit, die Non zu beten. Amiel richtete sich auf und spürte den Drachenkopf an seiner Brust. Nachdenklich berührte er das Amulett. Eigentlich hatte er vorgehabt, noch einen letzten Versuch zu machen, seine Schwester zu finden. Aber seit er in Frankreich angekommen war, hatte er noch nicht eine Stunde Muße gehabt, um auch nur darüber nachzudenken, wo er noch suchen sollte. Schmerz schoss durch seine Brust. Schlechtes Gewissen. Verbitterung. Zweifel. Vielleicht jagte er den falschen Zielen hinterher? Aber gab es etwas Wichtigeres, als das Heilige Land für die Christenheit zurückzuerobern?

Amiel bewegte sich mit dem Strom der Männer auf die Kirche zu. Das Gotteshaus war kaum groß genug, um alle zu fassen, deshalb hatten die Sergenten, die in den Zelten lagerten, bisher ihre Gebete im Freien verrichtet, doch angesichts der besonderen Umstände hatte der Komtur angeordnet, dass sich alle zum Gebet bei der Kirche versammelten, wo die Messe bei offenen Türen gefeiert wurde.

Amiel genoss die Stunden der Einkehr, wenn alle zum gleichen Zweck ihre Arbeit niederlegten und gemeinsam die Gebete sprachen. Sie gaben ihm Kraft und erfüllten ihn mit Zuversicht. In diesen Momenten wurde ihm klar, dass er nicht einfach so in die Welt geworfen worden, sondern aus einem ganz bestimmten Grund hier war. Gott hatte eine Aufgabe für ihn, und Amiel würde nicht ruhen, sie zu erkennen und auszuführen.

Morgen nach der Weihnachtsmesse würden sie mit einem großen Tross in die Kommende Sainte Eulalie aufbrechen, dem Hauptsitz der Templer auf dem Larzac, die zwar keine Burg, aber dennoch gut befestigt war, besser zumindest als La Couvertoirade im Augenblick. Ein Teil der Männer würde zurückbleiben, um weiterhin beim Wiederaufbau zu helfen.

Für Cyprian hatte er eine besondere Aufgabe vorgesehen, doch dazu musste sein Freund sich gründlich auskurieren. Es war nicht leicht gewesen, Cyprian davon zu überzeugen, das Bett zu hüten. Zwar hatte er keine schweren Verletzungen davongetragen, nur ein paar Prellungen, Quetschungen und eine große Beule am Kopf, aber der Medicus hatte ihm strenge Bettruhe verordnet. Amiel hatte Cyprian drohen müssen, ihm das Kommando wegzunehmen, sollte er die Anweisungen des Arztes nicht befolgen. Jeden Tag besuchte Amiel seinen Freund, hielt ihn auf dem Laufenden und vergewisserte sich, dass es ihm gutging.

Nach dieser Heldentat konnte der Großmeister nicht mehr umhin, Cyprians Verdienste zu würdigen. Amiel hatte sofort Boten nach Poitiers gesandt, um Molay ins Bild zu setzen und ihn zu warnen, dass die Feinde der Templer vor nichts zurückschreckten und auch in den eigenen Reihen zu suchen waren.

Das hatten auch die übrigen Brüder erkannt, und die Stimmung im Lager war angespannt. Jeder beäugte misstrauisch den anderen, immer wieder wurden Beschuldigungen laut, die sich bisher alle als falsch erwiesen hatten. Denn Amiel ging besonnen vor, ließ jede Aussage gründlich prüfen und glaubte nicht leichtfertig jedes Gerücht.

In den vergangenen Tagen hatten stets dreißig Ritter auf dem Schuttberg Wache gehalten, die anderen waren ständig in Bereitschaft, schliefen mit dem Schwert in der Hand. Auch das trug nicht zur Besserung der Laune bei.

Der Schatz war unversehrt und lagerte nach wie vor in der Kammer, nun zusätzlich bewacht von Amiels besten Männern, die oben vor der Kellertür standen und niemanden auch nur in das Gewölbe hinunterließen.

Gestern Morgen hatte Amiel etwas erfahren, das so ungeheuerlich war, dass er der Angelegenheit sehr diskret nachgehen musste. Denn wenn das Gerücht sich bestätigte, würde die Unruhe noch größer werden: Ein Zeuge hatte Siegmund von Zähringen, den Komtur von La Couvertoirade, in der Scheune verschwinden und wieder herauskommen sehen, kurz bevor sie in Flammen aufgegangen war.

Amiel hatte noch keine Beweise, aber er ließ den Komtur nicht aus den Augen. Und er hatte hinter dessen Rücken Erkundigungen eingezogen, die diese Anschuldigungen zum Teil bestätigten. Außerdem hatte Zähringen angeboten, den Schatz höchstselbst nach Sainte Eulalie zu bringen – damit Amiel sich um den Wiederaufbau von La Couvertoirade kümmern konnte. Ein ungewöhnlicher Vorschlag, denn es stand außer Zweifel, dass Amiel für die Sicherheit des Schatzes verantwortlich war, während der Komtur für das Wohl der Kommende zu sorgen hatte. Doch bevor Amiel den Komtur anklagte, musste er sich sicher sein. Fand er keine Beweise, musste er Molay über seinen Verdacht in Kenntnis setzen. Der Großmeister würde dann entscheiden, wie zu verfahren war.

Die Andacht war beendet, die Männer gingen wieder an die Arbeit. Amiel wollte das Gästehaus an der Ostmauer betreten, wo die Verletzten untergebracht waren, um Cyprian zu besuchen, als sein Adlatus Gernot de Combret sich zu ihm gesellte.

»Herr, darf ich sprechen?«

»Was habt Ihr auf dem Herzen?« Amiel lehnte sich gegen die Hauswand. Sein Rücken schmerzte von der ungewohnten Arbeit in gebückter Haltung. Aus dem Fenster über seinem Kopf hörte er leises Gemurmel und das Stöhnen verletzter Männer. Nicht nur das Feuer, auch die Aufräumarbeiten hatten einige Opfer gefordert, eine Wand war eingestürzt und hatte drei Männer unter sich begraben. Nur einen hatten sie lebend bergen können.

Combret schaute sich um. »Ich habe Erkundigungen über den Verdächtigen eingezogen, so wie Ihr es angeordnet habt.«

»Und?«

»Er ist in der letzten Zeit immer wieder mal für ein oder zwei Tage fort gewesen, die Anlässe waren mehr als fadenscheinig. Wo er wirklich war, weiß niemand.«

Das war für einen Komtur in der Tat äußerst ungewöhnlich. Mehr noch, es war eine Verfehlung. Niemand durfte eine Kommende ohne Führung zurücklassen.

»Außerdem stammt er aus niederem Adel. Das allein ist natürlich kein Vergehen. Aber etwas anderes ist mir aufgefallen.« Combret senkte die Stimme. »Der Mann war vor seinem Eintritt in den Orden Söldner.«

»Das ist mir bekannt. Und es trifft auf viele Brüder zu«, wandte Amiel ein.

»Da ist noch etwas.«

Amiel wurde ungeduldig. »Sprecht, Combret!«

»Vermutlich ist Euch auch das bekannt: Er ist nur auf Empfehlung als Ritterbruder in den Orden aufgenommen worden. Seiner Herkunft nach hätte es nur zum Sergenten gereicht.«

Genau wie Cyprian, dachte Amiel. Und wie viele andere brave Männer. Das alles bewies überhaupt nichts. Außerdem wusste Amiel das bereits. Der Komtur hatte es ihm selbst erzählt.

Er stieß sich von der Wand ab. Während Combret gesprochen hatte, war es über ihnen still geworden. Er schalt sich für seinen Leichtsinn. Hinter dem Fenster hätte jemand lauschen können, und jedes Wort, das in falsche Ohren geriet, konnte ein Unglück auslösen. Hoffentlich war es nicht schon zu spät!

* * *

Eine Woche war vergangen, seit Elva ihre Schwester bei der Marienkapelle zum letzten Mal gesehen hatte. Sie hatte Glück gehabt und sich einer Gruppe Pilger anschließen können, die auf dem Weg von Lübeck nach Santiago de Compostela war und deren Abreise sich derart verzögert hatte, dass der Wintereinbruch sie eingeholt hatte. So musste Elva nicht allein gehen. Das knappe Dutzend Reisende lief an der Mosel entlang, statt den Pilgerweg über den Höhenrücken des Saargaus zu nehmen, weil sich dort angeblich Wegelagerer herumtrieben, die Pilger ausraubten und ermordeten. So konnte Elva sicher sein, dass sie den Händlerzug, der ebenfalls die Strecke über den Gau mied, nicht verpasste.

Unter den frommen Reisenden fühlte Elva sich sicher, zumal auch zwei Frauen dabei waren. Elva hatte den braven Leuten erzählt, dass sie gerade Witwe geworden sei und die Reise für ihren verstorbenen Gemahl angetreten habe, um für sein Seelenheil zu beten. Das war immerhin nicht allzu weit von der Wahrheit entfernt. Irgendwie war Arnulf von Arras' Tod ja wirklich der Grund für ihre Reise. Und für seine arme Seele zu beten fiel ihr nicht schwer. Er war ein guter Mann gewesen, auch wenn sie bis zum Schluss nicht hatte in Erfahrung bringen können, welches geheimnisvolle Leid ihm zu schaffen machte.

Heute war der Tag vor dem Weihnachtsfest. Elvas Mitreisende waren in Eile, denn sie wollten unbedingt am nächsten Tag in Metz ankommen, um die Weihnachtsmesse in der großen Kathedrale zu feiern. Elva war das nur recht. Je früher sie die Bischofsstadt erreichten, desto größer war die Wahrscheinlichkeit, dass der Tuchhändlertross noch nicht weitergezogen war.

Angeblich war es nur noch ein halber Tagesmarsch bis Metz, am Morgen hatten sie Thionville hinter sich gelassen, doch es dämmerte bereits wieder, und weit und breit waren keine Herberge und kein Kloster in Sicht, das Pilger aufnahm. Also würden sie eine weitere Nacht im Freien verbringen müssen.

Vor einigen Tagen hatte Tauwetter eingesetzt, und der Wind, ihr ständiger Reisebegleiter, hatte ihnen nicht mehr ganz so eisig ins Gesicht geschnitten. Doch seit letzter Nacht fror es wieder, und vor einer Weile hatte es angefangen zu schneien. Die Pilger hatten zwei Zelte dabei, ein kleines für die Frauen und ein großes für die Männer. Unter der Plane konnten sie wenigstens etwas von Schnee und Kälte abgeschirmt schlafen. Allerdings hatte sich das Leinen inzwischen so mit Feuchtigkeit vollgesogen, dass die Zelte schwerer waren als ein Sack Äpfel. Elva war mit dem Tragen des Frauenzeltes an der Reihe. Ihr Rücken schmerzte so sehr, dass sie sich kaum noch aufrecht halten konnte. Sie sehnte sich danach, die Last abzulegen, wenigstens für einen Augenblick. Aber vor Einbruch der Nacht würden ihre Weggefährten keine Rast mehr einlegen.

Plötzlich hörte Elva ein Geräusch. Dumpfes Schlagen kündigte Reiter an, die in raschem Tempo von Norden herangaloppierten. Wie jedes Mal, wenn Fremde sich näherten, versteckte Elva sich hinter ihren Mitreisenden.

Die Reiter kamen rasch näher. Die Pilger wichen zur Seite, um sie vorbeizulassen, aber das war offenbar nicht deren Absicht. Kurz vor der kleinen Gruppe drosselten sie das Tempo. Es waren vier Männer in leichter Rüstung, einer von ihnen führte ein Banner mit dem Wappen des Erzbistums Trier bei sich.

Elvas Herz krampfte sich zusammen. Behutsam ließ sie das Zelt von ihrem Rücken zu Boden gleiten und trat ein Stück zurück, bis sie so dicht am Wegesrand stand, dass sie jederzeit im Wald verschwinden konnte.

»Seid gegrüßt, fromme Wandersleute«, rief einer der Reiter. »Wir kommen aus Trier und sind im Auftrag seiner Exzellenz, des Erzbischofs unterwegs, eine Gattenmörderin einzufangen. Das Weib hat seinen Gemahl, einen ehrbaren Burggrafen, niederträchtig durch Gift gemeuchelt. Sie ist vom Ort ihrer Schandtat geflohen und soll auf dem Weg nach Metz sein.«

Aufgeregtes Raunen ging durch die Pilger. Einige bekreuzigten sich eiligst.

Elva vergewisserte sich, dass keiner in ihre Richtung sah, dann schlüpfte sie in den Wald. Nur wenige Schritte vom Weg entfernt erhob sich eine Steilwand. Abrupt blieb sie stehen. Hier war kein Weiterkommen. Hinter sich hörte sie den Reiter fortfahren.

»Seid ihr einer Frau begegnet, die allein unterwegs ist? Sie soll jung und von gefälligem Äußeren sein. Ihre Augen sind blau, die Haare hell wie Flachs.«

Elva hielt die Luft an.

»Nein, uns ist keine Mörderin begegnet«, erwiderte einer der Pilger. »Nur die brave Witwe hier, die sich uns angeschlossen hat. Aber wo …«

»Sie ist verschwunden!«

Mit einem Mal redeten alle durcheinander. Pferde schnaubten, schwere Stiefel landeten auf dem hart gefrorenen Boden. Die Reiter waren aus dem Sattel gesprungen!

Panisch sah Elva in alle Richtungen, hielt nach einem Versteck Ausschau. Nichts.

Doch! Da! Ein Hohlraum in einem toten Baum, kaum größer als ein Suppenkessel. Viel zu klein für eine ausgewachsene Frau. Sie musste es trotzdem versuchen.

Rasch warf sie ihr Bündel auf eine Astgabel, wo es von unten kaum zu sehen war. Dann zog sie sich hoch zu dem Loch. Sie hörte, wie der Wortführer der Reiter den Befehl gab, alles abzusuchen. Sie musste sich sputen. Die Beine steckte sie zuerst in die Öffnung, knickte sie und schob ihren Oberkörper hinterher. Schon hörte sie unter sich Rascheln und Knacken. Die Reiter schlugen mit ihren Schwertern auf jeden Busch, bogen Äste und Zweige auseinander, stocherten in jede Höhlung.

Endlich hatte Elva es geschafft, ganz in dem Loch zu verschwinden. Wie gut, dass sie so abgemagert war! Sie verdeckte die Öffnung von innen mit ihrem Mantel, der inzwischen so dreckig war, dass er sich mit etwas Glück kaum von der Baumrinde unterschied.

Mit angehaltenem Atem lauschte Elva den Geräuschen, dem Schlagen von Schwertern gegen Holz, dem Stapfen von Stiefeln, dem Knacken brechender Zweige. Die Männer nahmen ihre Aufgabe ernst und durchkämmten das Waldstück ausdauernd und gründlich. Als sie endlich von der Suche abließen, kam es Elva vor, als wären Stunden vergangen. Sie hörte, wie erst die Reiter aufsaßen und davonpreschten und dann die Pilger ihren Weg wieder aufnahmen.

Noch lange nachdem nichts mehr zu hören war, wagte Elva nicht, aus ihrem Versteck zu kriechen. Was wenn die Reiter ihr ein Stück moselaufwärts auflauerten? Oder wenn sie einen Mann zurückgelassen hatten?

Während sie in der Dunkelheit hockte und wartete, spürte sie mit einem Mal unter ihren vor der Brust gefalteten Händen die Kette, die sie um den Hals trug. Sie hatte ihren Ehering vom Finger genommen und daran befestigt. Dort hing auch das Amulett. Und der Ring, den Thorin de Ponte ihr im Weinkeller seines Vaters als Liebespfand überreicht hatte. Die Erinnerung an jenen merkwürdigen Nachmittag erschien ihr so fern und unwirklich wie ein verblasstes Bild in einem alten Buch. Sie kam ihr vor wie etwas, das nie wirklich geschehen war, als wäre es ein Traum gewesen oder eine Geschichte, die sie auf dem Marktplatz gehört hatte. Und doch bewies der Ring, dass es sich tatsächlich zugetragen hatte.

Nachdenklich berührte Elva das von ihrer Haut erwärmte Gold.

Zwei Ringe. Zwei Männer. Zwei Versprechen.

War das der Grund? War das Schreckliche, das ihr gerade widerfuhr, die Strafe Gottes, weil sie untreu gewesen war? Weil sie zwei Männern die Ehe versprochen und ihr Wort nicht gehalten hatte?

* * *

Amiel schaute zum Himmel. Wie schnell die Nacht gekommen war! Jetzt endlich konnte er seinen Verdacht gegen den Komtur weiterverfolgen, denn kaum hatten er und sein Adlatus sich vorhin vom Spital wegbewegt, war einer der Templer, der die Bauarbeiten überwachte, zu ihnen gestoßen mit der Hiobsbotschaft, dass ein weiteres Gebäude eingestürzt war. Es handelte sich zwar nur um einen Stall, aber bei dem Unglück waren noch einmal zwei Männer verletzt worden.

Amiel hatte daraufhin verfügt, dass nur noch Gebäude betreten werden durften, die von den beiden Bergleuten freigegeben worden waren.

Jetzt endlich hatte er etwas Muße. Er winkte Combret zu sich, und sie setzten sich auf einen Stein abseits der anderen Männer, die sich um die Feuer geschart hatten und zu Abend aßen.

»Ihr wolltet vorhin, bevor wir unterbrochen wurden, noch etwas über unseren Verdächtigen erzählen. Schießt los!«

Combret versicherte sich, dass niemand sie belauschen konnte. »Der Komtur hat Verbindungen zum König.« Er senkte seine Stimme zu einem Flüstern. »Und zu Guillaume de Nogaret.«

Amiel hob die Augenbrauen. Das war allerdings auch für ihn eine Neuigkeit, und sie erhärtete den Verdacht, dass Siegmund von Zähringen ein doppeltes Spiel trieb. Nogaret war bekanntermaßen ein Feind der Templer. »Ist das sicher?«

»Ich habe keinen Grund, an meiner Quelle zu zweifeln.«

Amiel fällte eine Entscheidung. Er konnte nicht abreisen, ohne die Vorwürfe gegen den Komtur zu klären. »Wir werden Zähringen aufsuchen. Jetzt sofort.«

»Zuletzt habe ich ihn eben bei der Vesper in der Kirche gesehen«, sagte Combret. »Er blieb zurück, nachdem das Gebet beendet war.«

»Folgt mir.« Amiel stürmte los, winkte zwei Ritterbrüdern, die sich ihm, ohne zu fragen, anschlossen.

Amiel postierte die Ritterbrüder am Eingang der Kirche, nachdem er sich vergewissert hatte, dass die Seitenpforte abgesperrt war. Von Zähringen kniete vor dem Altar und betete. Amiel räusperte sich, der Komtur zuckte zusammen, wandte sich um.

»Lescaux! Ihr solltet einen alten Mann nicht so erschrecken.« Er lachte leise.

»Verzeiht, Zähringen, das war nicht meine Absicht.«

»Was führt Euch zu mir? Da Ihr mich im Gebet unterbrecht, nehme ich an, es ist dringend?« Der Komtur erhob sich, nickte Combret zu, blickte dann wieder zu Amiel.

»Ich will nicht drum herumreden. Was habt Ihr in der Scheune gemacht, kurz bevor sie in Flammen aufging?«

Zähringens Gesicht versteinerte. »Ihr beschuldigt mich des Verrats, Lescaux?«

»Das hängt von Euren Antworten ab.«

Combret stellte sich neben Amiel, die Hand am Schwertknauf.

Zähringen entspannte sich, ließ die Arme hängen. »Die Stimmung ist aufgeheizt, Euer bester Freund ist fast ums Leben gekommen. Ich verzeihe Euch Euer ruppiges Vorgehen.« Er hakte seine Daumen im Gürtel ein. »Am Abend, kurz bevor das Feuer ausbrach, war eine Lieferung Porzellan aus Venedig eingetroffen, mit der ich schon nicht mehr gerechnet hatte. Ich habe sie gezählt, verbucht und persönlich in der Scheune gelagert. Alles ist verzeichnet. Drei Teller haben den Brand überlebt. Ein herber Verlust. Prüft die Bücher.«

»Das werde ich. In welchem Verhältnis steht Ihr zu König Philipp und Guillaume de Nogaret?«

»Ah!« Zähringen faltete die Hände. »Daher weht der Wind. Ihr habt gute Leute, Lescaux. Ich mache Euch einen Vorschlag. Begleitet mich in meine Kammer, ich werde Euch Dokumente vorlegen, die mein Verhalten und meine Kontakte erklären.«

War das eine Finte? Wollte Zähringen sie rauslocken, um Hilfe rufen und dann den Spieß umdrehen?

»Was haltet Ihr davon, wenn mein Adlatus die Dokumente herbringt?«

Zähringen hob die Hände. »Euer Misstrauen ehrt Euch. Ich bin einverstanden.« Er wandte sich an Combret. »Ihr findet die Rollen in einer versiegelten Schatulle, die das Zeichen des Großmeisters trägt. Bringt sie her, nur ich darf sie öffnen.«

Combret eilte davon. Zähringen seufzte. »Was ich Euch gleich zeigen und sagen werde, darf Euer Adlatus nicht erfahren, aber ich muss es Euch anvertrauen, damit der falsche Verdacht gegen mich zerstreut wird.«

Amiel versuchte Zähringen einzuschätzen. Er war unbewaffnet, fast sechzig Jahre alt, ein erfahrener Krieger, aber mit dem Alter wurde jeder Kämpfer langsam. Amiel würde im Notfall allein mit ihm fertig werden.

Schweigend warteten sie, bis Combret die Schatulle vor Amiel hinstellte. Sie trug tatsächlich das Zeichen des Großmeisters – den Tempel des Herrn, nach dem der Orden benannt war. Amiel schickte Combret nach draußen, der ohne Murren gehorchte.

»Darf ich?« Zähringen deutete auf die Schatulle. Amiel trat drei Schritte zurück, legte die Hand an sein Schwert.

Zähringen hob die Schatulle auf, zeigte Amiel noch einmal das unversehrte Siegel und erbrach es. Er entnahm ihr eine Pergamentrolle, die wiederum mit dem Siegel des Großmeisters verschlossen war, und reichte sie Amiel. Ohne Zögern erbrach er das Siegel und las.

Teufel! Warum hatte Molay ihm das nicht gesagt! Welche Geheimnisse hatte der Großmeister noch vor ihm? Zähringen war einer der Unterhändler des Ordens, die mit dem König und dem Papst über die Zusammenlegung der Templer und der Johanniter verhandelten. Offenbar fanden diese Gespräche gar nicht in Paris oder Poitiers statt, sondern in einem Kloster in der Nähe von La Couvertoirade.

Und Zähringen hatte einen klaren Auftrag: Die Verhandlungen sollten scheitern. Und zwar dann, wenn Molay es anordnete. So lange sollten die Unterhändler König und Papst hinhalten.

Und jetzt begriff Amiel auch, warum er nicht eingeweiht war. Er hätte dagegen protestiert, Verhandlungen nur zum Schein zu führen. Solche Winkelzüge waren ihm zuwider.

Amiel ließ die Rolle sinken und verbeugte sich tief. »Ich erbitte Eure Vergebung, Zähringen.«

»Ich nehme Eure Entschuldigung an. Ihr habt nur nach

bestem Wissen und Gewissen gehandelt. Ich hätte es genauso gemacht.« Er grinste. »Über Euch und Euren Freund Cyprian Batiste habe ich ebenfalls Erkundigungen eingezogen. Ohne Ergebnis.«

Amiel lachte kurz auf. »Ich hätte es mir denken können. Wir müssen vorsichtig sein. Aber wir dürfen nicht vorschnell handeln, müssen alles gründlich überprüfen, bevor wir mit dem Finger auf jemanden zeigen.«

»Ich hätte nicht vorschlagen sollen, den Schatz nach Sainte Eulalie zu geleiten.«

»Das hat meinen Verdacht erregt, doch jetzt ist er vollständig zerstreut.«

»Dann lasst uns wieder an die Arbeit gehen. Wann brecht Ihr auf?«

»Morgen nach den Laudes, die wir trotz des Weihnachtsfestes nur kurz beten werden.«

Zähringen nickte. »Es wird eine gefährliche Reise werden, mit ungewissem Ausgang. Ihr müsst jederzeit einen Angriff befürchten. Und Ihr kennt das Gesicht Eures Gegners nicht.«

Das mochte so sein. Aber der Gegner kannte Amiels Plan nicht. Niemand kannte ihn. Nicht einmal Cyprian.

* * *

Karel rieb sich die Stirn. Sie war heiß, er hatte Fieber. Wieder schüttelte ihn ein Hustenanfall. Die Männer, die mit ihm in dem Wirtshaus am Tisch saßen, rückten von ihm ab. Das war ihm nur recht, sollten sie ihn meiden, diese Bauerntölpel.

Am Nachmittag war der Händlerzug in Metz eingetroffen. Nur eine Nacht würden die Männer und die Pferde hier rasten, gleich morgen nach der Weihnachtsmesse würde es weitergehen nach Lyon.

Elva war noch nicht aufgetaucht, da war Karel sicher. Sonst wäre ihre Schwester nicht so unruhig. Mehrfach hatte sie nach einer Rast die Weiterreise der Händler verzögert, vermutlich, um Elva die Möglichkeit zu geben, den Wagenzug einzuholen.

Karel hatte hin und her überlegt, ob es ein Fehler gewesen war, den Fuhrknecht an der Kapelle zurückzulassen, statt selbst dort auszuharren. Er war sicher gewesen, dass das kleine Gotteshaus der Ort war, wo sich die Schwestern treffen wollten. Doch aus irgendeinem Grund war Elva nicht dort gewesen. Der Knecht hatte bis zum Abend bei der Kapelle gewartet. Dann hatte er sich auf den Weg gemacht. Zwei Tage hatte er gebraucht, um den Zug wieder einzuholen. Haarklein hatte er Karel berichtet, wer an dem Tag alles an der Kapelle vorbeigelaufen war und wer dort gerastet oder zu einem Gebet innegehalten hatte. Eine einzelne Frau war nicht darunter gewesen.

Vielleicht hatte Elva es nicht rechtzeitig aus der Stadt geschafft. Dort hatte man sie aber auch noch nicht ergriffen. Das hatte Karel von berittenen Männern des Bischofs erfahren, die kurz nach dem Händlerzug in Metz eingetroffen waren. Das Miststück war nach wie vor auf freiem Fuß. Falls sie nicht erfroren war. Immerhin hatten die Männer des Bischofs das Kollegium der dreizehn Geschworenen, das über die Geschicke der Stadt Metz herrschte, über die flüchtige Mörderin in Kenntnis gesetzt. Die Wachen an den Toren wussten Bescheid und waren zu verstärkter Aufmerksamkeit angehalten.

Eine Magd näherte sich mit einem Krug in der Hand, um Karel nachzuschenken. Er schob ihr den Becher hin, und sie goss ihn voll.

»Kann ich Euch sonst noch zu Diensten sein?«, fragte sie und lächelte ihn keck an.

Sie sprach den gleichen Singsang wie alle hier in Metz, eine Art Französisch, aber anders als das bei Hof. Karel musste sich anstrengen, um sie zu verstehen. Allerdings hätte er auch ohne Worte begriffen, was für eine Art von Dienst sie ihm anbot. Die Verbeugung, mit der sie ihm einen Blick in den Ausschnitt ihres lose geschnürten Oberteils gewährte, ließ keinen Zweifel zu.

Mit einer Handbewegung scheuchte er sie weg. Doch das Mädchen schien nicht verstehen zu wollen. Flugs setzte sie sich auf seinen Schoß. »Ihr seid wohl ein etwas schüchterner Geselle.«

»Scher dich fort, dumme Gans!«, stieß er hervor und schubste sie runter.

»Na, na, nicht so grob!«, schnauzte einer seiner Tischnachbarn ihn an. »Hat man dir keine Manieren beigebracht, da, wo du herkommst?«

Karel fluchte innerlich, doch er biss die Zähne zusammen. In einem Zweikampf wäre der Tölpel ihm nicht gewachsen, auch mit zweien von seiner Sorte würde er leicht fertig werden. Doch die Kerle waren mindestens zu sechst. Außerdem wollte er kein unnötiges Aufsehen in der fremden Stadt erregen.

Eine Weile drohte die Situation zu kippen. Der Kerl

hörte nicht auf, ihn zu beschimpfen, offenbar suchte er Streit. Und Karel musste seine ganze Willenskraft aufbringen, um der Versuchung zu widerstehen, ihm eine Lektion zu erteilen, die er sein Lebtag nicht vergessen würde.

Schließlich kehrte wieder Ruhe ein. Die Schankmagd trollte sich, die Männer murrten noch etwas, dann wandten sie sich ab und vergaßen ihn. Karel stieß erleichtert die Luft aus und hob den Blick. Niemand beachtete ihn, abgesehen von einem blond gelockten, jungen Burschen, der an der Theke stand, einen Humpen Bier in der Hand. Der Gelockte war Karel schon ins Auge gefallen, als er das Wirtshaus betreten hatte. Jetzt, da sich ihre Blicke trafen, spürte er ein vertrautes Pulsieren in seinen Lenden, und er schämte sich sofort dafür. Arnulf von Arras war noch keine drei Wochen tot, und schon hielt Karel nach anderen Männern Ausschau!

Hastig kramte er einige Münzen hervor und warf sie auf den Tisch. Nach seiner Ankunft in Metz hatte er einen Teil seines Geldes zu einem horrenden Kurs in hier gültige Münzen umgetauscht. Vorher hatte er noch den Fuhrknecht für seine Wachdienste bezahlt. Wenn das so weiterging, hatte er bald kein Bargeld mehr.

Als Karel sich erhob und durch das Gewühl in Richtung Ausgang drängte, wurde er erneut von einem Hustenanfall geschüttelt. Aus den Augenwinkeln sah er, dass sich das Lockenköpfchen ebenfalls in Bewegung setzte. Er seufzte ergeben.

Draußen trafen sie zusammen. Die Nachtluft war schneidend kalt und brannte auf Karels fiebrig heißer Haut.

»Benötigt Ihr Hilfe mit dem Gepäck, Herr?«, fragte der Bursche. »Ich könnte es für Euch tragen.«

Karel zögerte. Er hatte es nicht weit, Hilfe beim Tragen brauchte er nicht. Er hatte in einem Gasthaus Unterschlupf gefunden, das nicht nur über einen großen Schlafraum verfügte, in dem alle auf dem Boden und auf Bänken nebeneinanderlagen, sondern für zahlungskräftige Gäste auch separate Kammern anbot, mit einem richtigen Bett und einer Truhe für die Habseligkeiten. Andererseits versprach das Lockenköpfchen etwas Zerstreuung, und die konnte er gut gebrauchen.

»Danke, aber …«

»Ihr seht müde aus. Und ein wenig krank. Ihr solltet Euch nicht zu sehr anstrengen.«

Karel leistete keinen Widerstand, als der Bursche ihm das Bündel abnahm, deutete stattdessen in die Gasse, die den kürzesten Weg zum Gasthaus versprach.

Für einen Augenblick beschlich ihn ein ungutes Gefühl, als er dem fremden Schönling in die Dunkelheit folgte. Was, wenn sich der Kerl mit seiner Habe aus dem Staub machte? Oder ihn geradewegs in einen Hinterhalt führte?

Doch dann wurde Karel von einem weiteren Hustenanfall abgelenkt. Er musste stehen bleiben, die Hand vor den Mund gepresst. Seine Brust schmerzte, als hätte jemand ein Feuer darin entfacht. Verflucht! Das fehlte ihm gerade noch! Zwar hatte er längst beschlossen, nicht mit den Tuchhändlern weiterzureisen, sondern hier in Metz auf Elva zu warten. Doch wie sollte er sie finden, wenn er krank darniederlag? Außerdem konnte aus einem solchen Husten schnell etwas Schlimmeres werden. Karel hatte keine Angst davor, seinem Herrn ins Grab zu folgen. Ganz im Gegenteil. Aber er wollte keinesfalls sterben, bevor er seine Mission erfüllt hatte.

* * *

Irgendwann musste Elva eingenickt sein, denn als sie vom Schrei eines Tieres geweckt hochschreckte, war es stockfinster. Sie war so steif gefroren, dass sie es beinahe nicht aus dem Hohlraum schaffte. Als es ihr schließlich gelang, ihren Oberkörper durch die Öffnung zu winden, fehlte ihr die Kraft, sich festzuhalten, und sie stürzte ungebremst aus acht Fuß Höhe auf den Waldboden. Ein heißer Schmerz zuckte durch ihre Schulter und ihren rechten Arm. Vorsichtig bewegte sie sich, gebrochen schien nichts zu sein.

Sie hangelte nach ihrem Bündel und schlich zurück ans Moselufer. Der frische Schnee glitzerte weiß und sorgte dafür, dass sie den Verlauf der Straße erkennen konnte. Sie schob sich einige Hand voll von dem eisigen Nass in den Mund, um den größten Durst zu löschen, rieb sich dann mit den kalten Fingern über das Gesicht, um die Müdigkeit zu vertreiben, und marschierte los.

Niemand begegnete ihr, bis im Morgengrauen am Horizont hohe schwarze Mauern auftauchten. Das musste Metz sein. Elva kniete in dem kalten, nassen Schnee nieder und sprach ein Dankesgebet. Nachdem sie geendet hatte, erhob sie sich und betrachtete nachdenklich die Dächer und Türme. In dieser Stadt würde sich ihr Schicksal entscheiden, das spürte sie mit jeder Faser ihres Körpers.

Als sie gegen Mittag das Tor erreichte, spielten gerade die Turmbläser. Bestimmt riefen sie zur Weihnachtsmesse. Am Tor hatten sich lange Schlangen gebildet. Sofort dachte Elva an die Reiter. Hatten sie dafür gesorgt, dass sie auch in Metz gesucht wurde? Was sollte sie tun?

In diesem Augenblick wurde es vor ihr unruhig. Menschen schubsten und drängelten, jemand rief etwas. Elva verstand kein Wort, doch an der Reaktion der Wachen erkannte sie, dass es um einen Dieb oder Beutelschneider gehen musste. Zwei von ihnen stürmten hinter einem verlumpt aussehenden Burschen her, der sich zwischen den Menschen hindurchzwängte und in einer Gasse verschwand. Die anderen Wächter hatten Schwierigkeiten, die Menge zu beruhigen. Offenbar drängten die Bestohlenen ebenfalls in die Stadt. Immer mehr Leute schoben und drückten auf das Tor zu, bis es kein Halten mehr gab.

In dem allgemeinen Durcheinander schlüpfte Elva ungesehen in die Stadt. Ohne darüber nachzudenken, ließ sie sich vom Strom der Menschen zur Kathedrale treiben, die bis hoch zu den unvollendeten Türmen von einem Baugerüst umgeben war. Drinnen roch es nach Weihrauch und frisch geschlagener Tanne. Überall hingen die grünen Zweige, vor dem Altar waren sie auf dem Boden ausgelegt. Eng an die äußerste Wand gepresst lauschte Elva dem Weihnachtsgottesdienst. Als die Menschen in der Kathedrale in lothringischer Sprache ein Weihnachtslied anstimmten, das sie von zu Hause kannte, liefen ihr die Tränen über die Wangen. Sie weinte um all das, was sie für immer verloren hatte.

Ihre Familie. Ihre Heimat. Ihre Ehre.

Gleichgültig, was wirklich geschehen war, für die Welt würde sie für alle Zeit eine Mörderin sein. Nur Gott wusste, dass sie niemanden getötet hatte. Und er wusste auch, welche Sünde sie in Wahrheit begangen hatte. Sie musste vertrauen, daran glauben, dass der Herr im Himmel seine schützende Hand über sie halten und verhindern würde, dass sie für ein Verbrechen gerichtet wurde, das sie nicht begangen hatte.

Nachdem die Menschen wieder aus dem Gotteshaus geströmt waren, trat Elva nach vorn, kniete nieder und betete stumm für Arnulf von Arras, den Mann, der ihr gleichzeitig so nah und so fremd gewesen war. Und sie bat Gott um Verzeihung dafür, dass sie das Versprechen, das sie Thorin de Ponte so leichtfertig gegeben hatte, nicht hatte halten können. Dass sie ihr Wort so gedankenlos gegeben hatte.

Und das nicht zum ersten Mal. Schon einmal, vor vielen Jahren, hatte sie leichtfertig ein Versprechen gegeben, das sie nie würde halten können. Damals war sie noch ein Kind gewesen und hatte es nicht besser gewusst. Und vielleicht bedeutete ihre Flucht nach Marseille ja, dass sie wenigstens diesen Schwur nach all den Jahren würde einlösen können. Den Namen hatte sie jedenfalls nicht vergessen. Und auch den der Stadt nicht, in der sie nach ihm suchen musste.

Als sie geendet hatte, bat sie Gott darum, sie an einen sicheren Ort zu führen. Dann erhob sie sich, streckte die steifen Glieder und trat vor das Gotteshaus.

Draußen herrschte buntes Treiben. Menschen drängten sich vor einer aus grobem Holz gezimmerten Bühne, auf der ein Krippenspiel aufgeführt wurde. Elva trat näher, sie liebte es, den Darstellern zuzusehen. Weiter hinten auf dem großen Platz spielten wieder Bläser. In einer anderen Ecke drängten sich ebenfalls die Menschen. Dort waren Buden aufgebaut, an denen süßer Würzwein und Leckereien verkauft wurden. Neben den Buden machte sich ein großer Händlerzug fertig für die Reise. Die Kaufleute wollten wohl noch heute aufbrechen.

Kurz kam Elva der Gedanke, dass es Lenis Zug sein könnte, der sich zur Weiterfahrt rüstete. Doch im gleichen Augenblick wurde sie abgelenkt, weil sich hinter ihr jemand räusperte. Zu Tode erschrocken fuhr sie herum. Aber der Mann, der dort stand und sich die Hand vor den Mund hielt, war dick und alt und hatte nicht die geringste Ähnlichkeit mit Karel Vranovsky. Das beruhigte Elva nicht. Ängstlich ließ sie ihren Blick über die Menge schweifen. Ihr Verfolger konnte überall sein. Sie zog die Kapuze ihres Mantels tiefer ins Gesicht, ohne ihre Umgebung auch nur eine Sekunde lang aus den Augen zu lassen.

Vor ihr brachen die Leute in Jubel aus, weil Maria auf der Bühne ihr neugeborenes Kind präsentierte. Elva nutzte die Gelegenheit, um durch eine Lücke zu schlüpfen und sich vorsichtig von der Menschenansammlung wegzubewegen. Sie stieg die Stufen hinunter und schlenderte zwischen den prächtigen Gebäuden hindurch bis zu den Bläsern. Hinter den Musikern öffnete sich eine Gasse, die nach wenigen Schritten auf einem kleineren Platz endete.

Plötzlich hörte Elva einen Gesang, der sie seltsam anrührte. Ein Mann schmetterte mit tiefer Stimme ein Lied. Obwohl sie kein Wort verstand, bewegte die Musik sie so sehr, dass ihr erneut Tränen in den Augen brannten. Elva blieb stehen und lauschte.

Bis sie begriff. Diese Stimme hatte sie schon einmal gehört! Auf ihrer Hochzeit. Das war einer der Gaukler, die auf Burg Arras aufgetreten waren!

Elva stürzte auf den Platz. Tatsächlich. Da stand die ganze Truppe, umringt von Menschen, die andächtig dem Gesang lauschten. Der Feuerschlucker und Milo, der Entfesselungskünstler, hielten Fackeln, die Tänzerin mit den bunten Perlen im Haar lief durch die Menge und sammelte in einem Körbchen Münzen. Eine zweite Frau, die Elva beim Hochzeitsfest gar nicht bemerkt hatte, begleitete den Sänger auf einer Fiedel. Die anderen beiden Mitglieder der Truppe, ein magerer alter Mann mit schütterem Haar und wallendem weißem Bart, der beim Hochzeitsfest magische Tricks vorgeführt hatte, und der rothaarige Muskelprotz, der eine Bank samt der drei darauf sitzenden Knappen hochgehoben hatte, hielten sich im Hintergrund.

Der Sänger beendete seine Darbietung. Die Menschen applaudierten, Münzen klimperten. Langsam zerstreute sich die Menge, der Platz leerte sich.

Unsicher blieb Elva stehen. Sie hatte Gott gebeten, ihr den Weg zu weisen. War das seine Antwort? Sollte sie die Gaukler bitten, sie ein Stück mitzunehmen? Die Truppe war auf dem Weg nach Süden, das hatte ihr Anführer auf dem Hochzeitsfest erwähnt. Aber würden die Gaukler sie einfach so mitnehmen? Sie konnte ihnen keinerlei Bezahlung anbieten, bis auf ein Säckchen Pfefferkörner. Das war zwar fast so viel wert wie ein Säckchen Silber, aber ob sie dafür das Wagnis auf sich nahmen, einer Frau Schutz zu gewähren, die vor dem Richtschwert floh? Sie würden bestimmt Fragen stellen. Was sollte sie ihnen sagen? Als fahrendes Volk gehörten die Gaukler ohnehin zu den unehrlichen Leuten, die schnell in Verdacht gerieten, wenn irgendwo etwas geraubt oder gestohlen wurde. Warum sollten sie sich zusätzlich mit einer Frau belasten, die wegen Mordes gesucht wurde?

»Na, wen haben wir denn da?«

Erschrocken zuckte Elva zusammen.

Vor ihr stand der Anführer der Truppe. Er trug das lange blonde Haar offen, bis auf zwei kleine Zöpfe, die sein scharfkantiges Gesicht rahmten. »Bist du nicht die Grafenbraut?« Er hob den Blick, sah sich suchend um. »Ganz allein unterwegs? Wo ist dein Gemahl?«

»Er ist nicht hier«, antwortete Elva vorsichtig. Wenn die Gaukler nicht wussten, warum sie auf der Flucht war, brauchte sie es ihnen auch nicht zu erzählen. Sie konnte eine Erklärung erfinden.

»Das sehe ich.« Der Blonde rieb sich die Nase.

»Was ist los, Tounin?« Milo trat näher. »Ach, sieh an! Was führt Euch ins wunderschöne Metz, Gnädigste?«

»Ich … ich habe meine Reisegruppe verpasst«, stammelte Elva. »Ich bin auf dem Weg nach Marseille. Meine Schwester wohnt dort.«

»Ihr reist allein nach Marseille?« Milo betrachtete sie argwöhnisch. Elva war sicher, dass ihm der Zustand ihrer Kleidung trotz der einsetzenden Dämmerung nicht entgangen war.

Nach und nach gesellten sich die übrigen Gaukler zu ihnen und bildeten einen Kreis um Elva.

»Eigentlich sollte ich zusammen mit meiner Schwester reisen, aber ich habe mich verlaufen, und nun ist der Händlerzug ohne mich aufgebrochen. Vielleicht könnte ich mich Euch anschließen, bis ich den Zug eingeholt habe?«

»Ts, ts, ts.« Tounin legte den Kopf schief. »Ihr wollt mit uns durch die Lande ziehen? Ich glaube nicht, dass Euer werter Gemahl das gern sähe.«

Die Tänzerin trat näher und blickte Elva tief in die Augen. »Dann ist es also wahr«, flüsterte sie.

»Was ist wahr?«, fragte Milo.

»Nichts«, stieß das Mädchen hervor und wandte sich ab. »Lasst uns weiterziehen.« Sie fügte etwas in einer fremden Sprache hinzu, das Elva nicht verstand.

Die Gaukler setzten sich in Bewegung.

»Ich kann bezahlen!«, rief Elva und knotete den Pfefferbeutel von ihrem Gürtel.

Tounin, der Anführer, hielt inne. »Wie viel?«

Das Mädchen packte ihn am Ärmel. Wieder sagte sie etwas, das Elva nicht verstand.

Tounin legte die Stirn in Falten. »Magali behauptet, dass sie Euch aus der Hand gelesen und Blut gesehen hat.«

Elva krallte ihre Finger um das Pfeffersäckchen und starrte den Anführer der Gaukler fassungslos an.

»Sie sagt«, fuhr dieser ungerührt fort, »dass es sich um Blut handelt, das nicht das Eure ist, aber Euretwegen vergossen wird. Und dass Ihr verflucht seid und Unglück und Tod über die Menschen bringt.«

* * *

Cyprian trat vor das Tor und ließ seinen Blick über die Zelte wandern. Seit sechs Tagen lagerten sie außerhalb der Mauern von Sainte Eulalie. Die Kommende war nur drei Meilen von La Couvertoirade entfernt, lag allerdings nicht auf der Hochebene, sondern in einem Tal.

Obwohl nur rund sechzig Männer mit ihm gezogen waren, bot Sainte Eulalie nicht genug Raum für alle, weshalb die Sergenten wieder auf Zelte ausweichen mussten. Die Ritter nächtigten im Schlafsaal der Kommende, alle bis auf

Cyprian zumindest. Als Kommandant war er bei seinen Männern untergebracht, immerhin mit einem eigenen kleinen Zelt.

Wegen dieser Regelung hatte er nicht mitbekommen, wo genau der Schatz verstaut worden war. Sie hatten ein Dutzend unterschiedliche Truhen, die vier aus der Schatzkammer sowie einige weitere, deutlich kleinere, in denen das Geld und die Dokumente aus La Couvertoirade aufbewahrt wurden, auf einem Karren hertransportiert. Die kostbare Fracht war mit schweren Planen geschützt und mit Ketten gesichert gewesen.

Amiel selbst hatte sich darum gekümmert, dass alles gut verstaut war. Dann allerdings hatte er sich von Cyprian verabschiedet und ihm das Kommando übertragen. Über die Männer, nicht jedoch über den Schatz. Nicht dauerhaft jedenfalls, denn kaum waren sie in Sainte Eulalie angekommen, hatte er die Truhen dem Komtur übergeben müssen, der sie an einen geheimen Ort hatte bringen lassen.

Aber Cyprian würde herausfinden, wo der Schatz sich befand. Und diesmal würde er sich Zeit nehmen und einen todsicheren Plan aushecken. Amiel hatte sie nicht nach Sainte Eulalie begleitet, sondern war mit einigen Vertrauten nach Marseille aufgebrochen. Er musste den Bau der Schiffe überwachen. Mindestens drei Monate würde er fortbleiben, womöglich länger. Erst nach dem Winter wollte er zurückkehren. Es bestand also kein Grund zur Eile.

Einen Nachteil hatte die Sache allerdings. Die vier Truhen sahen vollkommen gleich aus. In La Couvertoirade hatte Amiel ihm gezeigt, in welcher der Schatz lag; hier wusste er es nicht, also würde er alle vier stehlen müssen, was bedeutete, dass er mehr Männer benötigte. Und Lasttiere.

Und noch etwas kam hinzu: Er musste sich länger verstellen. Er verabscheute seine sogenannten Mitbrüder. Seinen Mantel mit dem Tatzenkreuz hätte er am liebsten in den Staub getreten, aber er musste durchhalten, jetzt wo ihm das Schicksal eine zweite Gelegenheit geschenkt hatte.

Und wo es ihm endlich gezeigt hatte, wie hinterhältig und durchtrieben Amiel war. Ein Stich fuhr Cyprian durchs Herz, als er daran dachte. Die Worte, die er vom Krankenbett aus mit angehört hatte, hallten in seinem Kopf, als hätte er sie eben erst vernommen.

Er stammt aus niederem Adel.

Er war Söldner.

Amiel hatte ihn enttarnt, er wusste, dass er den Diebstahl des Schatzes geplant hatte. Es war genau, wie Cyprian von Anfang an vermutet hatte. Amiel hatte ihm ja unten in dem Keller selbst gesagt, dass der Wachmann ihm alles erzählt hatte.

Warum hatte er ihn nicht angeklagt?

Die Antwort lag auf der Hand. Cyprian war für Amiel nur ein Handlanger. Amiel wollte an seinen Auftraggeber, er wollte den Mann im Hintergrund, der die Fäden zog. Sein Freund war ihm nicht einmal so wichtig, dass er ihn zur Rede stellte.

Er stammt aus niederem Adel.

Und das war der Dank dafür, dass Cyprian diesem arroganten Stiefellecker vor all den Jahren das Leben gerettet hatte. Hätte er ihn doch von dem Bären zerfleischen lassen, es wäre ihm recht geschehen!

Cyprian blickte in den Himmel. Nogaret erwartete ihn bei Einbruch der Dämmerung in Millau, einem kleinen Städtchen am Ufer des Tarn, einen zweistündigen Ritt entfernt, in einem Gasthaus namens »La Corniche«.

Die Verabredung bereitete Cyprian Bauchschmerzen. Er hatte versagt, und Nogaret mochte Versager nicht besonders. Um seine Scharte auszuwetzen, musste er ihm etwas anbieten. Am besten einen Plan, wie er doch noch in den Besitz des Schatzes gelangen konnte. Aber bisher hatte er ja nicht einmal in Erfahrung bringen können, wo in Sainte Eulalie der Schatz lagerte. Das allerdings musste Nogaret ja nicht wissen. Ebenso wenig wie die Tatsache, dass Cyprian aufgeflogen war.

Cyprian spürte, wie die Angst ihm das Blut durch die Adern jagte. Möglicherweise ließ Amiel ihn beschatten. Er musste höllisch aufpassen, dass er nicht verfolgt wurde, musste einen Umweg nehmen und sich dreifach absichern.

Cyprian sattelte Bucephalus, gab Bescheid, dass er das Gelände erkunden wolle, für eine Übung, die die Männer bei Kräften und bei Laune halten sollte, und ritt los. Nach einer Viertelmeile bog er von der Straße in den Wald ab, arbeitete sich ins Unterholz vor, stieg ab und ließ Bucephalus sich auf die Seite legen. Er hielt ihm die Nüstern zu und atmete flach, um keine Geräusche zu machen, wartete. Nichts. Niemand war ihm gefolgt.

Noch zweimal wiederholte er die Prozedur, aber das Ergebnis war immer dasselbe. Das bestätigte, was Cyprian schon lange wusste: Auch Amiel de Lescaux machte Fehler. Sein Verfolger hatte ihn verloren.

Es dämmerte, als Cyprian das Stadttor durchquerte. »La

Corniche« war nicht schwer zu finden, es war ein Gasthaus für Wohlhabende, die Speisen rochen frisch, die Gäste waren gut gekleidet.

Cyprian setzte sich an einen freien Tisch, eine Magd fragte ihn nach seinem Begehr. Er bestellte Wein, Brot und Oliven, die Magd knickste und eilte davon. Cyprian schaute sich um, aber keins der Gesichter kam ihm bekannt vor.

Ein kleiner Mann mit wettergegerbtem Gesicht setzte sich zu ihm. »Bitte folgt mir. Ihr werdet erwartet. Eure Bestellung habe ich bereits rückgängig gemacht.«

In Cyprians Nacken kribbelte es. Nogaret wollte ihn nicht in der Öffentlichkeit sprechen. Bedeutete das, dass er ihn hier und jetzt für sein Versagen strafen würde? Ihm brach der Schweiß aus. Was sollte er tun?

Der kleine Mann winkte ungeduldig. »Macht schon! Mein Herr wartet nicht gern.«

Cyprian seufzte und erhob sich. Er folgte dem Fremden durch einige enge Gassen bis zu einem mächtigen Wohnturm am Marktplatz. Sie gingen in die Küche, wo der Mann auf einen üppig gedeckten Tisch zeigte und sagte, er solle sich bedienen. Dann verschwand er ohne ein weiteres Wort.

Cyprian ging davon aus, dass er beobachtet wurde, also ließ er sich nichts anmerken. Dass man ihm Speis und Trank anbot, beruhigte ihn etwas. Oder war es seine Henkersmahlzeit? Er nahm von dem Brot, das noch warm war, und schnitt sich eine dicke Scheibe Schinken ab, der so würzig duftete, dass ihm das Wasser im Mund zusammenlief. Auf dem Speiseplan der Templer stand nur selten

Fleisch. Cyprian biss ein Stück ab, kaute genüsslich und versuchte, sich nicht zu fragen, warum man ihn so lange warten ließ.

Eine Tür quietschte. Cyprian blieb sitzen, zeigte damit, dass er nichts Böses erwartete.

»Ich sehe, es schmeckt Euch.« Nogarets Stimme.

Jetzt kam es darauf an, dass Cyprian sich gut verkaufte. Er stand auf und verneigte sich. »Ich grüße Euch, mein Herr.«

Neben Nogaret stand ein Hüne, offensichtlich sein Leibwächter.

»Ich grüße Euch ebenfalls. Wie ich sehe, seid Ihr wohlauf.«

»Ich hatte großes Glück.«

»Man hat es mir berichtet.«

Cyprian wollte schon fragen, wer, aber er biss sich auf die Zunge. Es war klar, dass Nogaret seine Spione auch in La Couvertoirade hatte. »Ich weiß, dass ich versagt habe ...«

Nogaret hob eine Hand. »Ich bin nicht hier, Euch zur Rechenschaft zu ziehen. Ich bin nicht ganz unbeteiligt an Eurem Versagen. Hätte ich Euch nicht den Floh mit dem Geheimgang ins Ohr gesetzt, hättet Ihr von Anfang an besser planen können. Für diesen Fehler muss sich jemand anderes verantworten.« Ein Schatten huschte über Nogarets Gesicht, verflog jedoch sofort wieder. »Immerhin habt Ihr es offenbar geschafft, dass nicht der Hauch eines Verdachts auf Euch gefallen ist.«

Cyprian schluckte. Nicht einmal der mächtige Guillaume de Nogaret wusste alles. Sein Glück.

Nogaret setzte sich an den Tisch. Seine Bewegungen waren langsam, ja träge. War er krank? Oder erschöpft von der weiten Reise? »Was soll ich mit Euch machen, Batiste?«

Cyprian nahm all seinen Mut zusammen. »Wollt Ihr darauf eine Antwort, oder ist das Eure Art zu sagen, dass Ihr mich nicht mehr braucht?«

Nogaret lachte rau. »Gebt mir eine Antwort. Sagt mir, womit Ihr mir nützlich sein könnt, abgesehen davon, dass Amiel de Lescaux Euch für einen Freund hält.«

»Ich werde einen zweiten Versuch unternehmen, den Schatz an mich zu bringen. Damit versetze ich dem Orden einen lebensgefährlichen Hieb, denn er ist auf den Erlös aus dem Verkauf angewiesen. Nur damit verfügt er über das nötige Kapital, um Schiffe zu bauen und Söldner anzuheuern.«

Nogaret kratzte sich am Kopf. »Ihr wisst noch immer nicht, was in den Truhen ist?«

Cyprian verkniff es sich, Nogaret zu erklären, dass es sich nur um eine einzige Truhe handelte. »Leider nein. Ich weiß nur, dass die Juden ein unvorstellbar großes Vermögen dafür zahlen wollen.«

Nogaret nickte. »Die Sache steht gut für uns. Aber wir müssen Geduld haben. Wir dürfen nichts überstürzen.« Er sah Cyprian scharf an.

»Selbstverständlich«, murmelte Cyprian mit trockenem Hals.

»Kundschaftet alles aus. Entwerft einen Plan. Heuert nur Männer an, wenn es unbedingt nötig ist. Und dann nur solche, auf die Ihr Euch absolut verlassen könnt.«

»Ja, ich ...«

Nogaret hob die Hand, Cyprian verstummte.

»Und das Wichtigste: Schlagt erst zu, wenn Ihr von mir entsprechende Order habt. Ich will nicht, dass Ihr durch eigenmächtiges Vorgehen meine Pläne durcheinanderbringt.«

Cyprian fragte sich für einen kurzen Moment, was das für Pläne sein mochten. Nogaret wollte die Templer entmachten, sie ihrer Reichtümer berauben. Aber wie genau stellte er sich das vor? Was sollte aus dem Orden werden?

Cyprian schüttelte die Fragen ab. Es ging ihn nichts an, solange er auf der Seite der Sieger stand.

»Gibt es noch Fragen? Einwände?«

»Nur eine Kleinigkeit.« Cyprians Herz schlug wie ein Schmiedehammer. »Wenn es so weit ist, braucht Ihr keine Rücksicht auf Amiel de Lescaux zu nehmen.«

Nogaret zog die Brauen hoch.

»Ich schulde ihm nichts. Im Gegenteil. Und er ist nicht besser als alle anderen.«

»Ganz wie Ihr wollt, Batiste.« Nogaret lächelte kalt. »Dann wird Lescaux mit dem Rest der Templer untergehen.«

* * *

Elva hielt sich im Schatten der Arkaden, während sie das Treiben auf dem Markt beobachtete. Heute war der letzte Tag des Jahres. Es war klirrend kalt.

Nachdem der Anführer der Gaukler übersetzt hatte, was die Flötenspielerin über sie gesagt hatte, hatte Elva gar nicht abgewartet, welches Urteil die Truppe fällen würde. Ohne nachzudenken, hatte sie sich in eine Seitengasse verzogen und war davongelaufen. Seither trieb sie sich in der Stadt herum, auf der Suche nach einer Mitreisegelegenheit in Richtung Provence, immer auf der Hut vor Bütteln und Wachleuten.

Zweimal hatte sie versucht, auf dem Markt einen Teil ihrer Pfefferkörner in Geld umzutauschen, oder zumindest in etwas Essbares. Aber beide Händler, die sie angesprochen hatte, hatten sie sofort des Diebstahls bezichtigt, sodass sie flugs hatte verschwinden müssen. Ihr war klar geworden, dass Pfeffer zwar viel wert war, aber dass einem das nichts nützte, wenn man wie eine Bettlerin aussah. Im Gegenteil, schnell wurde man schlimmer Verbrechen verdächtigt.

Schließlich hatte sie einen jüdischen Geldverleiher ausfindig gemacht, der sich bereit erklärt hatte, ihr für zehn Gramm Pfeffer eine Hand voll Münzen zu geben, ohne nach der Herkunft des kostbaren Gewürzes zu fragen. So hatte sie nicht nur etwas zu essen erstehen, sondern auch die folgenden Nächte in einem Gasthaus verbringen können. Zwischen den dicht an dicht liegenden Menschen, die stanken und niesten und husteten, war es zwar nicht sonderlich bequem gewesen, aber immerhin warm.

Heute sollte angeblich ein Tross mit Wagen über Dijon und Avignon nach Marseille aufbrechen, und Elva hoffte, dass sie den Zugführer überreden konnte, sie mitzunehmen. Sie hielt nach den Wagen Ausschau, die sich auf dem Marktplatz sammeln sollten. Noch war nichts zu sehen. Dafür entdeckte Elva ein bekanntes Gesicht. Zwischen den Buden streifte der rothaarige Riese umher, der zu der Gauklertruppe gehörte. Sein leuchtender Haarschopf und sein ebenso auffälliger Bart stachen deutlich aus den übrigen Marktbesuchern heraus. Tounin und seine Leute waren also auch noch in der Stadt.

Elva beobachtete, wie der Kraftprotz an einem Stand stehen blieb und sich verschiedene Stücke Leder zeigen ließ. Plötzlich stürmte ein kleiner Junge auf den Stand zu, rempelte eine Frau in einem kostbaren pelzbesetzten Mantel an, die neben dem Gaukler stand, und griff ihr gleichzeitig an den Gürtel.

Die Frau stolperte, der Rothaarige hielt sie fest. Im gleichen Augenblick verzog die Frau misstrauisch das Gesicht und tastete nach ihrem Beutel. Als sie ihn nicht fand, schrie sie los: »Mein Beutel! Mein Geld! Man hat mich bestohlen! Dieser Lump hier hat mich beraubt!« Sie deutete auf den Rothaarigen.

Sofort sprangen Männer hinzu und setzten den Gaukler fest. Niemand beachtete den Jungen, der im Gewühl verschwand.

Ohne nachzudenken, stürzte Elva zu den Leuten. »Der Mann war es nicht«, rief sie. »Ich habe es genau gesehen. Es war ein Junge, er ist in diese Richtung geflohen.« Elva streckte den Arm aus.

Doch niemand machte sich auch nur die Mühe, in die angezeigte Richtung zu schauen.

»Ach ja?« Einer der Männer, die den Gaukler festhielten, sah sie hämisch an.

»Wenn er den Beutel gestohlen hat, müsste er ihn noch haben«, versuchte Elva es weiter. »Durchsucht ihn, dann werdet Ihr sehen, dass ich die Wahrheit spreche.«

»Und wer bist du?«, fragte der Lederhändler, der hinter

seinem Stand hervorgekommen war, und stemmte die Arme in die Hüften.

»Seine Komplizin, schätze ich«, sagte einer der Männer, die zu Hilfe geeilt waren. »Schaut sie Euch doch an. Sie starrt vor Dreck. Und von hier ist sie auch nicht. Habt Ihr gehört, wie sie spricht? Dieses verfluchte fahrende Volk! Alles Diebe und Halsabschneider!«

In dem Augenblick wurde Elva klar, dass sie einen schrecklichen Fehler begangen hatte. Sie war nicht mehr die Tochter eines angesehenen Kaufmanns oder die Gemahlin eines Grafen, der man mit Respekt begegnete. Sie war eine Ausgestoßene.

Jemand packte sie. »Dann setzen wir am besten gleich beide fest.«

Eine Welle heißer Angst durchflutete Elva. Wenn sie in den Kerker geworfen, wenn sie vor Gericht gestellt wurde, dann würde sich früher oder später auch herausstellen, wer sie war. Und was sie angeblich getan hatte.

Der Rotschopf hatte sich überhaupt nicht gerührt. Obwohl er die Männer, die ihn festhielten, um mehr als einen Kopf überragte und bestimmt doppelt so stark wie sie war, machte er keinen Versuch, sich zur Wehr zu setzen. Im Gegenteil. In sein Schicksal ergeben hielt er den Kopf gesenkt. Warum unternahm er nichts? Er musste doch wissen, welche Strafen ihm drohten! Dieben wurde nicht selten die Hand abgehackt.

Die Männer zerrten Elva und den Riesen über den Marktplatz. Die Leute riefen Schimpfwörter und spuckten nach ihnen. Elva machte sich so klein wie möglich, hielt den Kopf gesenkt. Verzweifelt überlegte sie, wie sie ihren Aufpassern entkommen konnte.

Da ging ein Aufschrei durch die Menge. Alle starrten nach oben. Auch die Männer, die Elva und den Kraftprotz gefangen genommen hatten, blieben stehen und legten ungläubig den Kopf in den Nacken. Neugierig hob Elva den Blick. Und riss fassungslos den Mund auf. Genau über ihr turnte eine bunt gekleidete Gestalt auf einem Seil, das zwischen einem Dach und einem Fenster im Turm der Kirche gespannt war.

Nun zog der Seiltänzer einen Beutel hervor und begann, die Leute auf dem Markt zu bewerfen. Kreischend suchten sie Deckung. Elva brauchte einen Moment, bis sie erkannte, dass es sich um vergammeltes Obst handelte, das an dicken Bäuchen und ungläubigen Gesichtern abprallte. Der Mann auf dem Seil vollführte eine Drehung, und da erkannte sie ihn. Es war Milo.

In dem Augenblick packte jemand ihre Hand und zog sie fort. Elva war zu verdattert, um sich zu wehren. Während sie hinter der fremden Gestalt zwischen den Marktbuden hindurch in eine Gasse stolperte, wurde ihr klar, dass Milo genau aus diesem Grund auf dem Seil herumturnte. Er wollte die Menge ablenken.

Sie rannte immer weiter. Hinter sich hörte sie schwere Schritte. Ein Blick über die Schulter verriet ihr, dass es keine Verfolger waren, sondern der Muskelprotz, der an der Hand der Flötenspielerin hinter ihr herstürzte. Die Hand, die Elva durch die immer enger werdenden Gassen zog, gehörte zu der anderen Gauklerfrau.

Schließlich erreichten sie einen dunklen Winkel direkt an der Stadtmauer. Elva erkannte den Wagen der Gaukler. Der Gaul war eingespannt, der Esel hinten angebunden.

»Da rein!«, befahl die Frau und deutete auf das Gefährt. »Und keinen Mucks.«

Hinter Elva krabbelte der Rotbärtige in den Wagen, der sich sofort in Bewegung setzte. Elva versuchte im Dämmerlicht etwas zu erkennen, was nicht einfach war, da sie ständig hin und her geworfen wurde. In dem Wagen standen drei große Truhen, dazwischen lagen Kleider, Decken, Felle, Seile, Töpfe, Löffel, Messer und anderer Kram wild durcheinander. Vermutlich hatten die Gaukler überstürzt ihre Habseligkeiten zusammengerafft. Elva kroch in die hintere Ecke zwischen zwei Truhen, wo sie etwas besseren Halt hatte, und verharrte reglos.

Der Wagen holperte noch eine ganze Weile, bis er schließlich abrupt stehen blieb. Elva hörte Gesprächsfetzen in der fremden Sprache, die überall in Metz gesprochen wurde und ein wenig wie Französisch klang. Offenbar sprachen die Gaukler auch Lothringisch.

Nach einer halben Ewigkeit rollte das Gefährt wieder an. Die Räder ratterten über Holzbohlen, dann knirschte Schnee. Sie hatten es geschafft! Sie waren aus der Stadt heraus!

Elva stieß erleichtert die Luft aus. Die Gaukler hatten ihr das Leben gerettet. Dann fiel ihr Milo ein. Sie hatte nicht mitbekommen, dass er zu ihnen gestoßen war. Turnte er noch immer auf dem Seil über dem Marktplatz herum? Was würden die Leute mit ihm machen, wenn er herunterkam? Würde er es schaffen, sich in Sicherheit zu bringen?

In dem Augenblick wurde die Plane zurückgeschlagen, und Tounin sprang auf, ohne dass der Wagen seine Fahrt verlangsamte. Er berührte seinen Kumpan an der Schulter. »Alles in Ordnung mit dir, Blésy?«

Der rote Riese nickte. Sein Gesicht war noch immer blass.

Tounin nickte, dann kroch er zu Elva. »Ihr wart sehr mutig vorhin auf dem Markt.«

»Ich hatte gesehen, dass es der Junge war. Da musste ich doch etwas sagen.«

»Das hätte nicht jeder getan.«

Elva streckte die Schultern durch. »Was ist mit Eurem Gefährten? Mit Milo?«

»Der kann sich selbst helfen. Keine Sorge, er wird bald bei uns sein.«

»Das ist gut.« Elva biss sich auf die Lippe. »Was geschieht nun mit mir? Was habt Ihr ...«

»Das kommt ganz darauf an, Elva von Arras.« Tounin sah sie forschend an. Seine blauen Augen schienen bis in ihr Innerstes zu blicken.

»Worauf?«, flüsterte sie.

»Sagen wir es so: Wir wissen, was man über Euch erzählt, dass Ihr wegen Mordes an Eurem Gatten gesucht werdet.«

Elva schluckte und senkte den Blick.

»Wenn Ihr uns nützt, könnt Ihr bei uns bleiben«, fuhr Tounin fort, ohne auf ihre Antwort zu warten. »Wir haben alle etwas zu verbergen. Was Ihr getan habt, spielt für uns keine Rolle. Solange Ihr Euch an unsere Regeln haltet. Wenn wir jedoch das Gefühl haben, dass Ihr uns mehr von Nutzen seid, wenn wir Euch gegen eine ordentliche Belohnung der Gerichtsbarkeit übergeben ...«

Elva fasste sich an den Hals. »Ich verspreche, dass Ihr es nicht bereuen werdet, mich aufgenommen zu haben«, versicherte sie, obwohl sie nicht die geringste Ahnung hatte, ob sie das Versprechen würde halten können. Doch sie hatte keine andere Wahl.

Tounin nickte. »Dann sei es so.« Er krabbelte zurück zum Ende des Wagens und sprang ab.

Elva schloss die Augen. Mit einem Mal musste sie daran denken, wie sie sich als Kind gefragt hatte, wie es wohl wäre, wenn sie statt als Kaufmannstochter als Kind von Gauklern zur Welt gekommen wäre. Nun würde sie ihre Antwort bekommen. Eine Antwort, von der ihr Leben abhing.

Buch II

August 1307

Der Fluch

Elva schlug das Herz bis zum Hals. So große Angst hatte sie seit der Flucht aus Arras nicht mehr gehabt. Obwohl sie inzwischen mehr als einmal in eine brenzlige Lage geraten war. Das Leben bei den Gauklern war ein ständiges Spiel mit dem Feuer.

Elva löste ihren Blick vom Wasser und drehte sich um. Immer mehr Menschen strömten am Ufer der Ardèche zusammen. Nachdem die Prozession und der Gottesdienst in der nahen Kapelle beendet waren, sollte das Fest zu Ehren des heiligen Bernhard von Clairvaux mit Musik, Tanz und einem gegrillten Schwein ausklingen. Es duftete nach kross gebratenem Speck. Musikanten spielten auf, einfache Fiedelspieler vom Hof des Herrn der nahen Burg, die den Gauklern nicht mehr als ein mitleidiges Lächeln entlockt hatten. Wenn Nana ihre Flöte an die Lippen setzte und Caspar die ersten Töne eines Liedes aus seiner schwäbischen Heimat anstimmte, würde niemand mehr diesen Dilettanten Beachtung schenken.

Aber erst würden Elva und Milo ihr Kunststück vorführen und ihrem Publikum den Atem rauben.

Und hoffentlich überleben.

Das Fiedelspiel endete, der Graf stieg auf eine grob gezimmerte hölzerne Tribüne und hob die Arme. Sofort verstummte das Gemurmel der Menge.

»Christenvolk!«, donnerte seine Stimme über die Köpfe hinweg. Mehrere Dutzend Bauern, Tagelöhner, Handwerker und Händler hatten sich am Flussufer versammelt. Jedes Jahr an diesem Tag wurde dem heiligen Mann aus Dijon gedacht, der sich in flammenden Reden für den Heiligen Krieg eingesetzt hatte. »Unerschütterlich im Glauben stehen wir hier und feiern den weisen und frommen Bruder Bernhard, der sein Leben dem Kampf für den wahren Glauben geopfert hat. Heute, wo die heiligen Stätten verloren sind, loben wir seinen Mut mehr denn je. Und wir geben die Hoffnung nicht auf, dass eines Tages wieder ein christlicher König auf dem Thron von Jerusalem sitzen wird. Und so Gott will, wird dieser Tag viel früher kommen, als manche Zauderer denken!«

Die Menge jubelte.

Elva rieb sich über die Arme. Sie hatte die Gerüchte gehört. Die Tempelritter wollten das Heilige Land zurückerobern. Angeblich wurde in Marseille an einer riesigen Flotte gebaut, größer, als sie je ein menschliches Auge erblickt hatte. Obwohl Elva wusste, dass es eine edle Aufgabe war, den heiligen Boden für die Christenheit zurückzuerobern, überfiel sie tiefe Trauer bei dem Gedanken an all die blutigen Schlachten, die dafür ausgefochten werden mussten.

Wieder jubelte die Menge. Elva hatte die letzten Worte des Grafen nicht mitbekommen, doch offenbar hatte er seine Rede beendet, denn die Menschen strömten auseinander.

Neben ihr sprang Tounin auf ein Fass. »Schaut her, liebe Leute, schaut her, wenn ihr ein echtes Wunder sehen wollt. Wenn ihr mit eigenen Augen Zeugen werden wollt, wie der tollkühne Milo und seine tapfere Gefährtin Eleno dem sicheren Tod entfliehen!«

Einige Leute blieben stehen.

»Seht zu, wie Milo und Eleno gefesselt und in einen Sack verschnürt in die tosenden Fluten der Ardèche geworfen werden, von diesem Felsen dort!« Tounin zeigte auf ein gewaltiges Felsmassiv, das sich wie eine von Gott geschlagene Brücke in einem Bogen über den Fluss spannte und von den Einheimischen Pont d'Arc genannt wurde.

Ein Raunen ging durch die Menschenmenge. Einige beäugten Elva und Milo argwöhnisch.

Nana begann, auf der Flöte zu spielen, während Magali mit den Seilen über dem Arm näher trat. Unter großem Spektakel band sie erst ihrem Bruder und dann Elva die Hände auf dem Rücken zusammen. Dann fesselte sie die beiden an Armen und Beinen aneinander. Inzwischen hatte sich eine große Menge um sie versammelt.

»Ja, schaut nur genau hin, prüft die Knoten!«, forderte Tounin die Zuschauer auf.

Elva biss sich auf die Lippe. Normalerweise kam niemand dieser Aufforderung nach, zumindest nicht allzu gründlich. Die Knoten sahen Furcht erregend fest aus, doch sie waren so geschickt gebunden, dass sie mit einem kräftigen Ruck zu lösen waren.

Aber das war nicht alles.

»Und jetzt kommt das Wichtigste«, kündigte Tounin an. »Damit ihr sicher wisst, dass wir euch nicht betrügen, darf einer von euch den letzten Knoten machen.« Er blickte sich unter den Zuschauern um, als würde er nach einem Freiwilligen Ausschau halten. In Wahrheit hatte er längst entschieden. Denn von der Wahl des Helfers aus dem Publikum hing viel ab. Ein kräftiger Handwerker oder Bauer würde sie in ernste Schwierigkeiten bringen, könnte sogar den Tod bedeuten.

»Ihr, Verehrteste, würdet Ihr uns armen Gauklern die Ehre erweisen?« Tounin verneigte sich vor der Gräfin, die neben ihrem Gemahl zu den Schaulustigen getreten war.

Die Frau errötete und sah unsicher zu ihrem Ehemann auf.

»Na geh schon, Weib«, donnerte der Graf. »Und sieh zu, dass du ihn recht fest zuziehst. Wollen doch mal sehen, ob dieses Vagabundenpack uns etwas zu bieten hat.«

Die Frau ließ sich von Magali das letzte Seil reichen. Sie trat hinter Elva und Milo und schlang es mehrfach um ihre Arme, bevor sie einen doppelten Knoten machte. Elva bog die Handgelenke nach außen, so wie sie es Dutzende Male mit Milo geübt hatte. Er tat das Gleiche. Wenn alles gut ging, hatte die Fessel dadurch genug Spiel, dass Elva ihre schmalen Hände zuerst herauswinden und dann Milo helfen konnte, sich ebenfalls zu befreien.

Sie hatten den Trick schon häufig vorgeführt in den vergangenen Monaten. Aber sie hatten sich immer nur aus dem Sack befreit, während sie auf einem Marktplatz standen. Es war Milos Idee gewesen, der Vorführung einen besonderen Reiz zu verleihen, indem sie zusätzlich ins Wasser gestoßen wurden. In einem Sack in den Fluss geworfen zu werden war eine Art der Todesstrafe. Deshalb würde die Darbietung das Publikum ordentlich das Gruseln lehren und ihm viele zusätzliche Münzen entlocken.

Wenn es gelang. Sie hatten es nur ein einziges Mal geprobt, und dabei hatten sie sich nur aus Magalis vorgetäuschten Knoten befreien müssen.

»Seht her, seht her, sie sind verschnürt wie ein Ballen feinste Seide.« Tounin drehte Elva und Milo im Kreis.

Sie konnten nur trippeln, mussten darauf achten, dass sie die aneinandergefesselten Beine gemeinsam bewegten.

Die Leute klatschten und grölten.

»Ruhe!« Tounin hob die Hand. Er hatte Perlen und Bänder in sein langes blondes Haar geflochten, genau wie Magali.

Sofort schwieg die Menge.

»Eleno und Milo, habt ihr noch etwas zu sagen?« Er blickte Elva und Milo an. »Eine letzte Botschaft an uns?«

Sie schüttelten stumm die Köpfe.

»Dann sei es so. Euer Leben ruht in Gottes Hand.« Mit einer dramatischen Geste schlug Tounin das Kreuz.

Dann setzten sie sich in Bewegung. Blésy, der rothaarige Riese, schlug die Trommel. Sonst gab niemand einen Laut von sich, während Tounin und Magali die beiden Gefesselten den schmalen Pfad an der Klippe hinaufführten. Etwa auf halber Höhe unterhalb des Bogens war eine Felskante. Sie lag mehr als dreißig Fuß über der Wasseroberfläche.

Mit jedem Schritt wurde Elva langsamer. Die Angst fraß sich ihre Kehle hinauf. Warum hatte sie sich auf dieses gefährliche Spektakel eingelassen? Warum setzte sie ihr Leben so leichtfertig aufs Spiel?

Sie tat es für Milo, das wusste sie. Er wollte das Abenteuer, suchte immer neue Herausforderungen, gab sich nie mit dem zufrieden, was er schon erreicht hatte. Elva bewunderte ihn dafür. Und ein Teil von ihr war genau wie er: das Mädchen, das sich in winzigen Kisten und Truhen versteckt hatte, das davon geträumt hatte, etwas Besonderes zu können und dafür von den Menschen bewundert zu werden.

Aber jetzt, in diesem Moment, wäre Elva an jedem anderen Ort lieber gewesen als hier, über dem tödlichen Abgrund. Sogar auf Burg Arras.

Das Trommeln wurde wilder und lauter, dann verstummte es abrupt.

Magali kam mit dem Sack. »Komm bloß heil wieder da raus, Bruder«, raunte sie, bevor sie ihn Elva und Milo über den Kopf stülpte.

»Schaut, was noch nie Menschen vor euch geschaut haben!«, brüllte Tounin der Menge zu.

Im gleichen Moment spürte Elva einen Stoß. Sie schrie auf. Kurz segelte sie durch die Luft, hörte Milo in ihrem Rücken keuchend atmen. Dann prallte sie auf etwas Hartes, und im gleichen Moment war überall Wasser.

Einige Wimpernschläge lang war Elva wie gelähmt. Alles drehte sich in ihrem Kopf, sie wusste nicht, wo oben und wo unten war. Erst als sie Milos Ellbogen in der Hüfte spürte, löste sich ihre Erstarrung.

Sie presste die Lippen zusammen, um kein Wasser zu schlucken, und konzentrierte sich ganz auf ihre Hände. Der Sack hatte sich bereits gelöst und trieb über ihnen an die Oberfläche. Während sie langsam auf den Grund sanken, machte Elva die Bewegungen, die sie unzählige Male mit Milo geübt hatte, spürte, wie die falschen Knoten sich lösten, bis nur noch der übrig war, den die Gräfin geknüpft hatte. Sie drehte die Handgelenke, dehnte das Seil, bis sie schließlich eine Hand aus der Schlaufe ziehen konnte.

Allmählich wurde die Luft knapp. Alles in ihr drängte

sie, den Mund aufzureißen und tief Luft zu holen. Aber sie zwang sich, nur an den Knoten zu denken. Rasch befreite sie die zweite Hand, wandte sich Milo zu und hielt das Seil fest, sodass auch er seine Hände herausziehen konnte.

Sie sahen sich an. Hier unten war das Licht türkisgrün und milchig, Milos Gesicht wirkte fast weiß. Er nahm ihre Finger, presste sie an seine Lippen, dann nickte er.

Mit einem einzigen kräftigen Beinschlag stießen sie gemeinsam an die Oberfläche.

Das Wasser sprudelte und gurgelte um sie herum, vom Ufer her dröhnten das Jubeln der Menge und das Klimpern der Münzen zu ihnen, die, wie Tounin richtig vorhergesehen hatte, reichlich in die Holzschalen fielen, die Nana und Magali herumreichten.

Elva ließ sich von Milo ans Ufer helfen. Mit zittrigen Beinen wankte sie an seiner Seite in die Mitte der Menge.

»Ein Hoch auf unsere todesmutigen Helden!«, rief Tounin. »Unsere magischen Bezwinger aller Knoten! Eleno und Milo!«

Noch einmal brandete Jubel auf. Tounin zwinkerte Elva zu, Magali lächelte Milo erleichtert an, Nana blickte mit starrer Miene in ihre Schale, die sich mehr und mehr mit Münzen füllte.

Als sich die Menge langsam zerstreute und anderen Belustigungen widmete, brachte der alte Josefus warme Decken, und Elva hüllte sich dankbar darin ein. Trotz des warmen Sommerwetters fror sie. Wieder einmal hatte sie den Tod herausgefordert und über ihn triumphiert. Doch wie lange würde er dieses Spiel noch mit sich machen lassen?

* * *

Mit einem verächtlichen Grinsen drehte Karel Vranovsky das Gesicht weg, als die Gaukler nur wenige Fuß entfernt an ihm vorbeiliefen.

Eleno. So nannte sich das Weib also jetzt. Was für eine schamlose Hure aus ihr geworden war! Wie sie sich den Bauerntrampeln dargeboten hatte! Ihr Körper hatte sich unter dem nassen Kleid so deutlich abgezeichnet, dass sie auch gleich nackt durch die Menge hätte spazieren können. Und wie sie diesen verlotterten Burschen angehimmelt hatte, diesen provenzalischen Vagabunden, diesen Milo! Wie gut, dass Graf Arras das nicht mehr erleben musste. Er wäre vor Scham im Boden versunken.

Karel blickte der Truppe hinterher. Er brauchte den Gauklern nicht zu folgen, er wusste längst, wo sie lagerten. Aber er konnte noch nicht zuschlagen. Er wartete auf ein offizielles Schreiben aus Trier, das den Grafen, der hier das Sagen hatte, über die wahre Herkunft der Bezwingerin der Knoten in Kenntnis setzte. Und über das grauenvolle Verbrechen, das sie begangen hatte.

Karel würde sich penibel an das Gesetz halten. Er wollte keine billige Rache, er wollte, dass Elva genau die Strafe bekam, die das Gesetz für sie vorsah. Denn er hatte mit seinem Hokuspokus genug Schaden angerichtet. Schon nach Isabel von Arras' Tod hätte er begreifen müssen, dass er einen Teil der Schuld trug. Ähnlich wie Elva hatte er sie mit Geistererscheinungen und Drohungen traktiert. Eigentlich waren es nur dumme Streiche gewesen, damals war er ja noch ein junger Bursche gewesen, und die Eifersucht hatte ihm den Verstand vernebelt. Niemals hätte er gedacht, dass sein harmloser Schabernack so furchtbare Folgen haben würde. Doch dann war Isabel auf der Flucht vor den Regenwürmern, die er in ihrem Bett versteckt hatte, die Treppe hinuntergestürzt und hatte sich das Genick gebrochen.

Arnulf von Arras hatte nie erfahren, wer für den Tod seiner Gemahlin verantwortlich war. Im Gegenteil, er fühlte sich selbst schuldig, weil die Treppe eng und steil war und er noch kurz zuvor befohlen hatte, die Fackel in dem dunklen Korridor zu löschen, um zu sparen. Nur zu gern hatte Arras sich von Karel trösten lassen. Die folgenden Jahre hatten sie in trauter Eintracht verbracht. Bis Graf Arras klar geworden war, dass er kurz vor dem Ruin stand. Und dass er einen Erben brauchte.

Karel seufzte. Und dann hatte er bei Elva mit dem gleichen Unfug angefangen, wohl wissend, welche Folgen seine Streiche beim letzten Mal gehabt hatten. Vielleicht sogar in der leisen Hoffnung, dass wieder ein Unglück geschehen möge. Niemals hatte er damit gerechnet, dass dieses niederträchtige Weibsstück ebenfalls finstere Pläne schmiedete.

Aber sie würde bezahlen. Denn im Gegensatz zu ihm hatte sie ihr Opfer in voller Absicht dem Tod ausgeliefert und ihr Verbrechen heimtückisch vorbereitet und ausgeführt.

Karel wandte sich ab. All das wäre längst erledigt, wenn er Weihnachten in Metz nicht krank geworden wäre. Erst nach seiner Genesung hatte er erfahren, wie knapp Elva ihm entkommen war. Sie hatte sogar in der gleichen

Herberge genächtigt. Die Wirtin hatte es ihm erzählt. Ihr war das merkwürdige Amulett aufgefallen, das die junge Frau um den Hals trug, zusammen mit zwei Ringen. Der zweite Ring war Karel neu, Elva hatte wohl auch ihren Ehering an die Kette gehängt. Aber die Beschreibung des Amuletts mit der ungewöhnlichen Bruchkante und dem Drachen ohne Kopf ließ keinen Zweifel zu.

Und die Wirtin hatte noch mehr zu erzählen gehabt. Sie hatte Elva auf dem Markt beobachtet, wo sie einem riesigen, bärtigen Vagabunden, der auf frischer Tat beim Beutelschneiden erwischt worden war, zur Flucht verholfen hatte. Die Beschreibung des Diebes hatte Karel an etwas erinnert. Und ein wenig Herumfragen auf dem Markt hatte seinen Verdacht bestätigt. Es war einer der Gaukler, die auf Graf Arras' Hochzeit die Gäste belustigt hatten.

Karel hatte noch einige Wochen warten müssen, bis er genesen und der Schnee getaut war, sodass er einigermaßen sicher reisen und der Spur der Truppe folgen konnte. Außerdem hatte er sich neue Geldmittel beschaffen müssen, auch das hatte gedauert.

Der junge Bursche, der ihm an jenem Abend sein Bündel getragen hatte, hatte sich als angenehme, aber kostspielige Zerstreuung erwiesen. Immerhin hatte er Karel gepflegt, ihm heißen Kräuterwein und Rindsbrühe eingeflößt und die glühende Stirn gekühlt. Ohne ihn hätte Karel den Winter womöglich nicht überlebt. Der Junge hatte ihn an ihn selbst erinnert, als er so jung gewesen war und eifrig darum bemüht, seinem Herrn jeden Wunsch von den Lippen abzulesen. Nur dass er selbst niemals Geld für seine Dienste genommen hätte.

Karel erreichte das kleine, schäbige Gasthaus an der Straße nach Avalone. Es war verlassen, alle Menschen waren noch bei dem Fest. Er warf einen Blick in den Stall, um nach seinem Hengst zu sehen. Nur ein weiteres Pferd stand dort. Dessen Besitzer war Karel in den vier Tagen, die er bereits hier weilte, noch nicht begegnet. Karel war offenbar nicht der einzige Gast, der in geheimer Mission unterwegs war.

* * *

Eins musste man dem Papst lassen. Er hatte sich einen angenehmen Platz ausgesucht, um sich auszukurieren. In der altehrwürdigen Abtei Saint-Martin de Ligugé, wenige Meilen von Poitiers entfernt, dem ältesten Kloster des Okzidents, bangten die Ärzte um seine Gesundheit. Paris stöhnte unter der Augusthitze, hier auf dem Land wehte eine angenehme Brise, und hinter den dicken Klostermauern war es angenehm kühl.

Guillaume saß auf einem gepolsterten Sessel neben dem Bett des Papstes. Die Fenster waren mit dunklen Tüchern verhängt, Fackeln spendeten flackerndes Licht. In Dutzenden Schalen glomm Holzkohle, in der alle möglichen Kräuter verbrannt wurden. Clemens hatte die Augen geschlossen, er atmete unregelmäßig. Schon mehrfach in den vergangenen Tagen hatten die Benediktinermönche geglaubt, die Letzte Ölung stünde unmittelbar bevor. Doch noch lebte der Papst. Und das musste Guillaume nutzen.

Auf der anderen Seite des Bettes saß Jacques de Molay auf einem einfachen Holzhocker. Das sollte wohl symbolisieren, dass er bußfertig vor seinen Herrn, den Papst trat. Molay ignorierte Guillaume, seit sie in Poitiers aufeinandergetroffen waren, denn für den Großmeister war Guillaume der schlimmste aller Ketzer, spätestens seit dessen Überfall auf Bonifatius VIII. Außerdem war Guillaume von drei Päpsten exkommuniziert worden. Mit solchen Menschen wollte Molay nichts zu tun haben. Nun, so wie es sich entwickelte, würde Molay ihm bald mehr Aufmerksamkeit schenken *müssen*.

Plötzlich riss Clemens die Augen auf und spuckte ohne Vorwarnung seinen Mageninhalt über das Bett. Guillaume musste sich beherrschen, um sich nicht ebenfalls zu übergeben. Der saure Geruch mischte sich mit dem ätzenden Qualm der Fackeln und drehte ihm den Magen um. Am liebsten wäre er aus diesem dunklen, stickigen Gefängnis geflohen, doch jetzt, wo er kurz davorstand, endlich das Dokument zu erhalten, auf das er seit Monaten hinarbeitete, durfte er nichts mehr dem Zufall überlassen.

Im Laufe des letzten halben Jahres hatte Guillaume die Gerüchte über die Templer von einem Funken zum lodernden Feuer entfacht. Zwar hatten Clemens und der Klerus die Vorwürfe der Sodomie und der Häresie zunächst als Verleumdungen und Hirngespinste abgetan. Als dann aber ruchbar wurde, dass viele Templerbrüder sich gegenseitig die Absolution erteilt hatten, da war der Damm gebrochen. Kein Laie durfte die Absolution erteilen! Und alle Ritterbrüder waren Laien! Auch Molay hatte sich dieses schweren Vergehens schuldig gemacht.

Guillaume fächelte mit der Hand, um den säuerlichen Gestank zu vertreiben. Molay war aufgestanden, um nach einem Mönch zu rufen, der die Sauerei wegmachte. Als der Großmeister sich schwerfällig zurück auf den Hocker sinken ließ, verkniff Guillaume sich ein Lächeln bei dem Gedanken, wie Molay sich vor dem König zu rechtfertigen versucht hatte. Philipp hatte wissen wollen, ob die Templer sich untereinander die Absolution erteilt hätten, weil sie es nicht wagten, einem Priester die begangenen Todsünden zu beichten, die Sodomie, die Anbetung von Götzen und das Bespucken des Kreuzes und der Hostie.

Molay war bleich geworden wie ein Leichentuch. Man habe nur in äußersten Notfällen die Absolution erteilt, wenn keine Zeit mehr gewesen sei, einen Priester herbeizurufen. Außerdem würde man Brüdern, die nach einer Verfehlung bestraft worden seien, nach Verbüßung der Strafe ihren Fehltritt förmlich vergeben, das sei wohl von manchen mit einer Vergebung der Sünden im Namen der Kirche verwechselt worden.

Guillaume hatte jede Silbe genossen, mit der sich Molay selbst das Grab schaufelte. Philipp hatte sich alles angehört und nur eine Frage gestellt: »Warum, Jacques de Molay, Großmeister der Templer, sollen Wir Euch auch nur ein einziges Wort glauben?«

Guillaume hatte sich auf die Zunge beißen müssen, um nicht laut zu lachen. Philipp hatte sich gelangweilt auf seinem Thron geräkelt und mit voller Absicht den Blick von Molay abgewandt, so wie sie es vorher abgesprochen hatten.

Dem ergrauten Großmeister war daraufhin nur eins eingefallen. Überstürzt war er nach Poitiers gereist und hatte den Papst aufgefordert, eine Untersuchung der Vorwürfe einzuleiten.

Genau das hatte Guillaume erreichen wollen. Ließ sich der Papst auf Molays Forderung ein, wovon auszugehen war, schnappte die Falle zu, dann würde Philipp ihm wie versprochen freie Hand lassen. Der König war einverstanden gewesen, dass Guillaume sich ebenfalls nach Poitiers begab, um zu überwachen, was Clemens mit Molay besprach, und die Entscheidung des Papstes zu beschleunigen. Doch Clemens lag seit Wochen schwerkrank darnieder. Und von Tag zu Tag zögerte er seine Entscheidung weiter hinaus.

Guillaume war sich nicht im Klaren darüber, ob Molay dumm war oder gerissen. Für Dummheit sprach, dass er mit seinem Vorstoß in Kauf nahm, dass alles zur Sprache kommen würde: das Aufnahmeritual, die Absolutionen, die übrigen Verfehlungen des Ordens, die Weigerung, sich mit anderen Orden zu verbinden. Öffentliche Verhöre mussten durchgeführt werden, all die Überheblichkeit und Verstocktheit der Templer würde ans Licht gezerrt. Für Gerissenheit sprach, dass der Papst den Orden nicht verurteilen würde, falls er die Untersuchung selbst durchführte. In dem Fall würden die Templer von den Vorwürfen entlastet.

Ein Benediktiner schlüpfte in den Raum, nahm das verschmutzte Laken an sich und breitete ein neues über dem welken Körper des Papstes aus. Ärzte folgten ihm, stritten darüber, ob sie den Papst nochmals zur Ader lassen sollten oder ob er einen Trunk aus Nelken, Pfefferwurz, Mariendistel, Brennnessel und Ingwer trinken solle. Einig waren sie sich darin, dass die Säfte des Papstes sich nicht im Gleichgewicht befanden, dass die Galle im Überfluss war, insofern wäre es nicht förderlich, Clemens zur Ader zu lassen, denn wenn die Galle im Überfluss war, waren die Säfte zu trocken, also musste man das Feuchte fördern. Sie flößten Clemens einen übelriechenden Trank ein.

»Bei Gott dem Allmächtigen«, stöhnte Clemens. »Es fühlt sich an, als würde mein Magen in Flammen stehen.«

Molay erhob sich und ergriff die Hand des Papstes. »Es ist eine Prüfung, die Gott Euch auferlegt. Ihr werdet sie bestehen, so wie Ihr alle Prüfungen bestanden habt.«

Clemens ließ sich auf das Kissen sinken. Die Ärzte verzogen sich, die drei waren wieder allein.

»Wie ich es gesagt habe, mein Herr. Ihr werdet die Prüfung bestehen.«

Der Papst sah ihn an. »Ihr wollt meine Zustimmung zu dieser Untersuchung. Seid Ihr sicher ...«

»Es ist der einzige Weg.«

»Nun denn.«

Molays Augen blitzten auf, er sprang vom Schemel, hastete zur Tür und rief nach einem Schreiber.

Guillaume spitzte die Lippen. Es war so weit.

Der Schreiber kam und setzte sich auf den Schemel, legte ein Schreibbrett auf die Knie und tunkte eine Feder in die Tinte.

Molay stellte sich hinter ihn.

Der Papst hatte die Augen wieder geschlossen. Guillaume griff nach seiner Hand und drückte sie fest. So kurz vor dem Ziel wollte er keine weitere Verzögerung riskieren.

Clemens riss die Augen auf.

Molay sah ihn entschuldigend an. »Bitte verzeiht, Eure Exzellenz, es ist dringend, sonst würde ich Euch nicht so drangsalieren.«

»Ich weiß, Molay, ich weiß.« Clemens richtete sich auf.

Schnell schob Guillaume ihm das Kissen in den Rücken.

Der Papst wedelte mit der Hand in Richtung des Schreibers. »Haltet Folgendes fest und übermittelt es König Philipp von Frankreich.« Clemens schloss die Augen, seufzte und begann. »Ich, Papst Clemens der Fünfte, Vertreter des Simon Petrus auf Erden, Herrscher über die beiden Schwerter ...«

Guillaume zuckte zusammen. Hatte dieser Emporkömmling immer noch nicht gelernt, dass Philipp der Gebieter über die beiden Schwerter war? Dass Philipp sowohl der weltliche Herrscher als auch der Vertreter Gottes auf Erden war? Er musste sich den Papst noch einmal vornehmen. Aber erst, wenn die Templer im Staub lagen.

»... verfüge hiermit, dass die ›Paupres commilitones Christi templique Salomonici‹ vor dem päpstlichen Gericht zu erscheinen haben, um zu den Vorwürfen Stellung zu nehmen, die ihnen gemacht werden.«

Clemens zählte jedes Detail auf. Das musste Guillaume ihm lassen: Was er tat, tat er gewissenhaft. Zuletzt forderte der Papst Philipp auf, zur Wahrheitsfindung beizutragen, und teilte ihm mit, dass er mit der Untersuchung wegen seiner Erkrankung frühestens in der zweiten Oktoberhälfte beginnen könne.

Zischend tropfte das rote Siegelwachs auf das Pergament. Clemens war zu schwach, das Siegel selbst aufzubringen, und reichte es Molay, der es ergriff und kräftig in das Wachs drückte.

»So besiegelst du selbst den Untergang deines Ordens«, murmelte Guillaume so leise, dass niemand ihn hören konnte.

* * *

»Komm mit!« Milo streckte die Hand aus.

Sie waren einen steilen Hang hinaufgekraxelt, hatten sich durch dichtes Gestrüpp gezwängt, das ihnen die Arme zerkratzt hatte. Nun liefen sie an einer Einkerbung im Fels entlang, was wegen der dornigen Büsche und des Gerölls am Boden kaum weniger beschwerlich war. Elva hatte einen kleinen Riss im Ärmel, und so langsam verlor sie die Geduld.

»Wehe, deine Überraschung ist es nicht wert, dass ich mich so quäle«, schnaufte sie atemlos.

Milo lächelte sie an. »Vertrau mir.«

Das tat sie. Sonst würde sie sich nicht an ihn gefesselt ins Wasser werfen lassen. Milo war ihr in den vergangenen Monaten ein treuer Gefährte geworden. Mit ihm hatte sie Dinge erlebt und erfahren, von denen sie nicht einmal gewusst hatte, dass es sie gab. Nicht nur die Kunststücke, mit denen sie ihr täglich Brot verdienten, die Tricks und Kniffe mit Seilen und Knoten oder das Öffnen von schweren Schlössern ohne Schlüssel.

Milo hatte ihr auch seine Muttersprache Provenzalisch beigebracht, einschließlich der Lieder, die seine Amme ihm an der Wiege vorgesungen hatte. Er und seine Schwester Magali stammten aus einer wohlhabenden Familie, sie waren, ähnlich wie Elva, in einem großen Haus aufgewachsen, in dem es an nichts fehlte. Doch dann waren fast alle Familienmitglieder bei einer Fehde umgekommen. Nur Milo und Magali hatten überlebt. Mit Betteln hatten sie sich durchgeschlagen, bis Tounin die beiden aufgegabelt, ihr Talent erkannt und sie in seine Truppe aufgenommen hatte.

Mit Elva war er ebenso verfahren. Nachdem sie ihm vorgeführt hatte, wie sie in eine Kiste kriechen konnte, die so klein war, dass kaum mehr als ein großer Schinken hineinpasste, hatte er gemeinsam mit Josefus Magicus eine Vorführung erdacht, in welcher der Zauberkünstler sie unter einem Tuch verschwinden ließ. Das Publikum geriet jedes Mal außer sich vor Staunen, manche bekreuzigten sich gar und gingen in die Knie, weil sie an ein veritables Wunder glaubten. Die Gaukler gaben Elva den provenzalischen Namen Eleno, und bis auf Milo nannten sie sie auch so, wenn sie unter sich waren.

Inzwischen sprach Elva fast fließend Provenzalisch, sodass trotz der hellen Haare niemand ihre Herkunft anzweifelte, wenn sie mit ihrem neuen Namen vorgestellt wurde. Französisch, das sie ja schon als Kind gelernt hatte, ging ihr so fließend über die Lippen wie Deutsch.

Und noch etwas hatte Milo sie gelehrt. Wenn sie daran dachte, schoss Elva jedes Mal die Röte ins Gesicht. Sie wusste nun, was ihre Schwester gemeint hatte, als sie vom Flug mit den Schwalben gesprochen hatte. Was Milo nachts in seinem Zelt mit ihr machte, hatte nichts mit der Prozedur zu tun, der ihr Gemahl sie allabendlich unterzogen hatte.

Anfangs hatte Elva sich Milos Werben widersetzt. Eine anständige Frau lag nicht bei einem Mann, mit dem sie nicht vermählt war. Aber er hatte nicht aufgegeben. Und ihr war im Laufe der Wochen klar geworden, dass sie nie wieder in ihr früheres Leben zurückkehren würde. Sie galt als Gattenmörderin, sie hatte ihre bürgerliche Ehre verloren. Diese Tür war endgültig zugeschlagen. Und in der Welt, in der sie sich jetzt bewegte, galten andere Regeln. Für die Gaukler war sie Milos Partnerin, bei seinen Vorführungen genauso wie im täglichen Leben. Die Einzige, die sich daran störte, war Nana. Denn sie begehrte Milo ebenfalls.

Milos Schwester hatte Elva zwar anfangs auch misstrauisch beäugt, aber ihr war es nur um das gegangen, was sie in Elvas Hand gelesen hatte, damals nach der Hochzeit. Sie hatte Angst um Milo gehabt. Bis Elva sie daran erinnerte, weshalb sie auf der Flucht war. Das Blut, das Magali gesehen hatte, war längst geflossen, und zwar auf Burg Arras, für Milo bestand keine Gefahr.

Magali selbst hatte nicht einmal einen festen Mann. Sie verbrachte die Nächte mal mit Tounin, mal mit dem Sänger Caspar von Gundelheim, und gelegentlich schenkte sie ihre Gunst auch Blésy, der nach solchen Nächten doppelt so viel Kraft zu haben schien.

Manchmal fragte Elva sich, was Leni von ihr denken würde, wenn sie wüsste, was für ein Leben sie jetzt führte. Ob ihre Schwester sie verurteilen oder ob sie Verständnis dafür aufbringen würde, weil Elva keine andere Wahl geblieben war. Immerhin hatte Leni ihr bei der Flucht helfen wollen und nicht versucht, sie zu überreden, sich zu stellen. Im Laufe der vergangenen Monate hatte Elva einige Briefe an Leni geschrieben, um ihr mitzuteilen, dass es ihr gutging. Sie hoffte noch immer darauf, eines Tages zu ihr nach Marseille zu gelangen. Im Augenblick aber gehörte sie zu der Gauklertruppe, sie war ihnen verpflichtet, und sie genoss ihren Schutz.

Elva schüttelte die Gedanken an Leni ab und folgte weiter dem natürlichen Pfad entlang der Felseinkerbung. Milo war hinter einem Felsbrocken verschwunden. Als sie um das Hindernis herumgestiegen war, entdeckte sie ihn.

Milo stand vor einem Gestrüpp. Als er sie erblickte, bog er einige Zweige auseinander und trat zur Seite, als würde er Elva eine Tür aufhalten. Sie knickste im Scherz und machte einige Schritte auf das dunkle Loch zu, das sich hinter dem Gestrüpp verbarg.

Kaum war sie eingetreten, umfingen sie kühle Luft und absolute Finsternis.

»Milo?«, fragte sie. »Was machen wir hier?«

»Warte noch einen Augenblick.«

Er war hinter sie getreten. Die Zweige schwangen zurück an ihren Platz und nahmen das letzte Licht mit sich.

Elva hörte ein Rascheln und Knistern. Eine Flamme blitzte auf, kurz darauf hatte Milo eine Fackel angezündet.

»Hier entlang«, sagte er und ergriff ihre Hand.

Sie folgte ihm tiefer in die Höhle hinein. Nach einigen Schritten blieb er stehen und hielt die Fackel hoch. »Sieh dir das an!«

Elva riss erstaunt den Mund auf. An der Felswand prangten riesige Zeichnungen in Schwarz und Ockertönen von wilden Tieren, von Stieren, Pferden und Hirschen, aber auch von seltsamen Fabelwesen mit Hörnern auf der Nase. Die Herden wirkten im flackernden Licht lebendig, sie schienen über die nackten Wände zu traben.

»Das ist wunderschön«, flüsterte Elva, von Ehrfurcht erfüllt. »Wer hat das gemalt?«

»Ich weiß es nicht. Aber ich glaube, es ist sehr alt. Diese Höhle hat seit vielen Jahren keiner mehr betreten.«

»Woher weißt du davon?«

»Ich habe sie zufällig entdeckt, als ich vor einigen Tagen bei der Kaninchenjagd von einem Gewitter überrascht wurde und einen Unterschlupf gesucht habe.«

»Und du hast niemandem davon erzählt?«

»Nur dir.« Milo klemmte die Fackel in eine Felsspalte und küsste sie sanft.

Elvas Herz schlug schneller, als er mit den Fingern über die nackte Haut an ihrem Hals strich. »Nicht jetzt, Milo!«

»Warum nicht? Niemand ist hier, wir haben die Höhle für uns.«

Elva warf einen Blick auf das Wandgemälde. Die Tiere wirkten so lebendig, so voller Kraft. »Und wenn jemand kommt?«

»Es kommt niemand. Wer auch immer diese Bilder gemalt hat, er ist lange tot. Außer uns weiß kein Mensch von diesem Ort, er ist unser Geheimnis.« Er sah sie an, im Licht der Fackel schimmerten seine Augen geheimnisvoll. »Aber wenn du nicht willst ...«

Elva lehnte sich mit dem Rücken gegen die kühle nackte Felswand und lächelte. »Worauf wartest du noch?«

Sie schloss die Augen und genoss das Prickeln auf ihrer Haut, als Milo die Bänder an ihrem Kleid löste, es über ihre Schultern streifte und seine Lippen sanft über ihre Brust gleiten ließ.

* * *

Die Sonne stand bereits tief und warf lange Schatten in die engen Gassen von Marseille. Amiel de Lescaux beschleunigte seine Schritte. Doch als er auf den Marktplatz bog, bestätigte sich sein Verdacht. Alle Buden hatten bereits geschlossen. Einige Händler waren zwar noch damit beschäftigt, ihre Waren zusammenzupacken, doch die Reihe mit den Gewürzständen lag schon einsam und verlassen da.

Amiel trat näher. »Zu spät, um noch ein paar Nelken zu bekommen, nehme ich an«, sagte er zu einem Mann, der Öle und Flakons mit Duftwasser in Körben verstaute.

Der Händler beäugte abschätzend den Templermantel mit dem Tatzenkreuz. »Auch für die Ritter des Herrn gelten die Marktzeiten«, brummte er.

Amiel war sich nicht sicher, ob er sich die Missbilligung in der Stimme nur einbildete, und er hatte auch keine Lust, darüber nachzudenken. Er brauchte Nelken, nur darauf kam es an. Sein Adlatus Gernot de Combret wurde von grauenvollen Zahnschmerzen gepeinigt. Zwar hatte der Chirurgicus ihm den faulen Zahn schon gezogen, aber das hatte die Schmerzen nicht gelindert. Im Gegenteil.

Morgen wollten sie nach Sainte Eulalie aufbrechen, zum ersten Mal seit Monaten würde er dort nach dem Rechten sehen, und er wollte Combret an seiner Seite haben. Nelken, so hieß es, betäubten den Schmerz. Also musste er welche haben, koste es, was es wolle.

»Ihr wisst nicht zufällig, wo ich trotzdem noch fündig werden könnte? Die Information wäre mir etwas wert.« Amiel zog eine Münze aus seinem Beutel und spielte damit.

»Das sehe ich.« Der Händler bleckte eine Reihe gelbbrauner Zähne.

»Und? Sind wir im Geschäft?«

»Seht Ihr das Haus dort drüben mit dem großen Tor?« Der Händler deutete über Amiels Schulter.

Amiel drehte sich um. Er kannte das Haus, es war eins der prächtigsten Anwesen am Markt. Aber er hatte sich nie dafür interessiert, wem es gehörte.

»Dort wohnt die Familie Romarin. Sie handelt mit Gewürzen, kauft sie im Orient und liefert sie in den Norden. Die Romarins haben keinen Stand auf dem Markt, denn sie sind Großhändler. Aber vielleicht verkaufen sie Euch unter der Hand ein paar Nelken, wenn Ihr gutes Geld dafür bietet.«

Amiel ließ die Münze in die schwielige Hand des Mannes fallen, bedankte sich und hielt auf das Haus zu. Als er näher kam, sah er, dass das Tor ein Stück weit offen war. Ein Karren stand in der Einfahrt. Knechte waren damit beschäftigt, ihn mit Säcken und Truhen zu beladen. Eine junge Frau begutachtete jedes Frachtstück und notierte es auf einer Wachstafel. Sie war etwa in Amiels Alter und auffällig blond. Ihre Aussprache verriet, dass ihre Muttersprache weder Französisch noch Provenzalisch war, obwohl sie beides fließend beherrschte.

Sie blickte auf und entdeckte Amiel. Erschrocken fuhr sie zurück. »Was wollt Ihr?«

»Euch um eine gute Tat bitten. Ein Freund von mir quält sich mit Zahnschmerzen. Nelken sollen helfen, aber auf dem Markt ist nichts mehr zu bekommen.«

»Euer Freund hat sich einen schlechten Zeitpunkt für sein Leiden ausgesucht.« Ihr Gesicht verriet nicht, was sie dachte, doch Amiel glaubte, teilnahmsvolle Wärme in ihrer Stimme zu hören.

»Ihr habt doch sicher ein mitfühlendes Herz.«

Zwei Knechte schleppten eine Kiste heran. Die Frau bemerkte, dass sie schlecht verschlossen war, und herrschte die beiden wütend an. »Was glaubt ihr zwei Tölpel eigentlich, was ihr da tragt? Sand? Welkes Laub? In der Kiste steckt ein Vermögen, und wenn es feucht wird, ist es wertlos.«

Die zwei ließen die Köpfe hängen und beeilten sich, einen Hammer zu holen, um die Kiste richtig zuzunageln.

»Entschuldigt bitte, Herr ...«

»Amiel de Lescaux.« Er verneigte sich.

»Malena Romarin.« Sie lächelte. »Wartet hier. Und gebt acht, dass niemand etwas auflädt, bevor ich zurück bin.« Sie verschwand hinter dem Wagen.

Amiel musste nicht lange warten. Noch bevor die beiden Knechte mit der Kiste fertig waren, kehrte die Frau zurück. Sie reichte Amiel ein kleines Leinensäckchen.

»Das sollte genügen. Alles Gute für Euren Freund.«

»Was bin ich Euch schuldig?«

»Betet für mich und meine Familie.«

»Vielen Dank. Gottes Gnade sei mit Euch.« Amiel verneigte sich.

Als er sich wieder aufrichtete, bemerkte er, dass die Frau entsetzt auf seine Brust starrte. Er blickte an sich herunter und sah, dass das Amulett aus seinem Wams herausgerutscht war. Malena Romarin betrachtete den Drachenkopf wie eine Erscheinung.

Verlegen schob Amiel die Kette zurück unter seine Kleidung. »Habt nochmals Dank.« Er wandte sich ab und stürzte davon.

Erst als er schon einige Gassen von dem Haus entfernt war, fiel ihm ein, dass die Frau womöglich gar nicht über den Drachenkopf selbst erschrocken war, sondern das Amulett wiedererkannt hatte.

Ob sie dort, wo sie herstammte, Aliénor begegnet war? Ob sie wusste, was mit seiner Schwester geschehen war?

Amiel blieb stehen. Am liebsten wäre er sofort zurückgekehrt. Aber was hätte er der Frau sagen sollen? Außerdem gab es noch einiges zu organisieren, bevor er morgen abreisen konnte. Und der arme Combret wartete auf die Nelken.

Er würde nicht noch einmal mit der Frau sprechen. Aber er würde jemanden anheuern, der diskret Erkundigungen einzog.

* * *

Es war fast wie in alten Zeiten. Sie saßen bei einem guten Wein draußen auf den Felsen, ließen sich den frischen Abendwind um die Nase wehen und sprachen über Gott und die Welt. Früher waren es die Felsen bei Grimaud gewesen, wo sie ihre Ausbildung zum Ritter gemacht hatten, dann die bei der Burg Kolossi auf Zypern. Jetzt hockten sie hier in der Nähe der Kommende Sainte Eulalie und starrten in den Sonnenuntergang.

Cyprian hätte gerne geglaubt, dass alles noch wie früher war, ihre Freundschaft, ihre Treue, ihre Überzeugungen. Aber so war es nicht. Amiel hatte ihn betrogen, vermutlich von Anfang an, ihre Freundschaft war nie ein Bündnis auf Augenhöhe oder eine Verbindung von Herzen gewesen. Wie alle anderen hatte auch Amiel auf den armen Jungen aus den Bergen herabgeblickt, der eigentlich nicht mehr als ein Sergent hätte werden dürfen. Er hatte seine wahren Ansichten nur besser verborgen.

»So ernst, mein Freund?« Amiel sah ihn besorgt an.

»Gibt es nicht Grund genug?«, fragte Cyprian zurück.

»In der Tat. Es braut sich etwas zusammen, die schwarzen Wolken, die sich am Horizont ballen, werden sich zu einem gefährlichen Sturm auswachsen, doch unser Großmeister Molay scheint das nicht zu sehen.«

»Molay sieht einen gezückten Dolch nicht, selbst wenn die Spitze direkt auf seine Brust gerichtet ist.«

»Ich weiß nicht, was ich tun soll, Cyprian.« Amiel fuhr sich über das stoppelkurze Haar. »Ich habe unbedingten Gehorsam geschworen, aber auch, dem Orden zu dienen und alles zu tun, um ihn gegen Feinde zu schützen. Es scheint, als wäre beides nicht mehr miteinander vereinbar.«

Das war die Gelegenheit, das Thema auf den Schatz zu bringen. Wochenlang hatte Cyprian das Versteck überall in der Kommende gesucht. Dann endlich hatte er die Truhen hinter einer gut verborgenen Tür in den riesigen Gewölben des Weinkellers entdeckt. Den Schlüssel bewahrte der Komtur auf, doch es war ein Leichtes gewesen, ihn nachts von dessen Gürtel zu lösen, ohne dass der Alte etwas merkte. Er hatte wie ein Toter geschlafen, weil er des Abends kräftig dem Wein zugesprochen hatte, den Cyprian unbemerkt mit einem Pülverchen versetzt hatte, das selbst einen Bären fällte. Er hätte den Komtur auch töten können, aber das hätte zu viel Aufsehen erregt. So hatte er nur still die Macht über Leben und Tod ausgekostet.

Erst hatte Cyprian frohlockt, als er hinter der verwitterten Tür tatsächlich auf die vier Truhen stieß. Doch dann war ihm aufgefallen, dass etwas nicht stimmte. Eine der Truhen war nicht richtig verschlossen gewesen. Cyprian hatte mit seinem Messer nachgeholfen, das Schloss geknackt, den Deckel aufgeklappt und nichts als Kieselsteine vorgefunden. Da hatte er gewusst, dass Amiel ihn wieder einmal betrogen hatte.

Sein sogenannter Freund hatte ihm nur die Truhen mit dem Gold und den Dokumenten anvertraut, nicht jedoch den großen Schatz für die Juden. Deshalb hatte Amiel den Zug nicht selbst begleitet!

»Immerhin ist der Schatz in Sicherheit«, sagte Cyprian, ohne Amiel anzusehen. »Ich nehme an, er ist gut versteckt.«

Er beobachtete, wie Amiel zusammenzuckte. »Du weißt doch, wo er aufbewahrt wird«, sagte er gedehnt.

»Wohl kaum.« Cyprian tat, als würde er einen Schluck Wein nehmen, ließ Amiel aber nicht aus den Augen. »Keine Sorge, ich verstehe dich. Wenn so viel von einer Sache abhängt, sollte man niemandem trauen, nicht einmal seinem besten Freund. Ich hätte es an deiner Stelle genauso gemacht.« Er klopfte Amiel auf die Schulter.

»Cyprian, ich …« Amiel verstummte.

»Schon gut. Ich respektiere deine Entscheidung. Ich hoffe nur, dass du jemanden eingeweiht hast, dem du blind vertraust. Wenn dir etwas zustoßen sollte …«

Amiel seufzte tief. »Ach, Cyprian, du weißt, dass ich dir blind vertraue. Ich würde mein Leben in deine Hände legen. Aber manchmal …« Er kickte einen Stein mit dem Fuß weg. »Lass uns über etwas anderes reden. Wie ich höre, ist die Olivenernte dieses Jahr reichhaltig ausgefallen. Das ist gut so. Sie wird uns zusätzliche Einnahmen bringen.«

Cyprian unterdrückte ein wütendes Schnauben. Am liebsten hätte er Amiel all seinen Zorn ins Gesicht geschleudert. Behandelte man so einen Freund? War er ein Lakai, der blind Befehlen zu folgen hatte, ohne bei den wichtigen Entscheidungen mitreden zu dürfen? Aber er wusste sich zu wehren. Wenn seine Gegner mit falschen Karten spielten, nur zu, das konnte er auch. Er würde herausfinden, wo der Schatz verborgen war, und er wusste auch schon, was er zu tun hatte.

* * *

Seit drei Tagen schmorte Guillaume in einer Gästekemenate in der Burg Fontainebleau und wartete darauf, dass der König ihn empfing. Zugegeben, er wurde bestens versorgt und bewirtet, Diener schwirrten ständig um ihn herum wie lästige Fliegen und fragten, ob ihm etwas fehle. Doch das Einzige, was ihm fehlte, war die Audienz beim König.

Philipp zog sich des Öfteren nach Fontainebleau zurück und überließ die Regierungsgeschäfte seinen Beamten. Kein Wunder, dass so manch einer behauptete, Frankreich werde in Wahrheit vom Kronrat regiert. Philipp hatte sich immer schon Launen erlaubt, diese Zeiten, in denen er sich weigerte, die Last seines Amtes zu tragen, doch seit dem Tod seiner Gemahlin vor zwei Jahren war es schlimmer geworden. Er hatte Johanna wirklich geliebt, und in den Wochen kurz nach ihrem Tod hatte Guillaume einige Male gefürchtet, er würde den König ebenfalls verlieren.

Guillaume nutzte die Wartezeit, um an der Anklageschrift und den Musterverhören zu arbeiten, mit denen er den Templern in kurzer Zeit die Wahrheit entreißen würde, entweder im Guten oder im Bösen. Wie immer spielte die Zeit eine wichtige Rolle. Die Templer mussten schnell ausgeschaltet werden, die Prozesse durften sich nicht in die Länge ziehen, der Papst musste die Aufhebung des Ordens zu Weihnachten, spätestens aber bis Ostern verkündet haben.

Es klopfte, ein Diener trat ein und brachte eine Nachricht des Königs. Guillaume nahm sie entgegen, wog sie in der Hand. Es gab nur zwei Möglichkeiten: Entweder empfing er ihn, oder er schickte ihn zurück nach Paris. Guillaume erbrach das Siegel und überflog die Zeilen.

»Gott im Himmel sei gedankt!«, rief er aus.

Der Diener schlug das Kreuz. »Seinem Namen sei Ehre«, sagte er.

»Richtet dem König meinen untertänigsten Dank aus.«

Der Diener eilte davon, Guillaume streckte die Glieder. Nur einen Moment später trat ein Offizier der Leibgarde ein und bat Guillaume, ihm zu folgen. Fontainebleau war ein Labyrinth von Fluren, Geheimtüren und Treppen. Schon bald verlor Guillaume die Orientierung. Vor einer Wand ließ der Offizier ihn stehen. Er musste nicht lange warten. Eine unsichtbare Tür schwang auf, ein Lakai führte Guillaume in einen halbdunklen Raum, in dem es nach Weihrauch duftete. Eine Kapelle.

Philipp kniete vor einem goldenen Altar, auf dem eine aufwendig bemalte Statuette der heiligen Muttergottes thronte. Er murmelte vor sich hin, Guillaume schwieg. Es war nicht ratsam, den König in seiner Kontemplation zu stören. Nach einer Weile seufzte Philipp, schlug mehrfach das Kreuz und erhob sich.

»Ah! Nogaret. Mein Kanzler, der Mann mit den tausend Kniffen. Wir haben einen Brief vom Papst bekommen. Eine Untersuchung der Anschuldigungen gegen den Templerorden ist eingeleitet. Clemens selbst wird sie leiten. Dann ist ja alles in besten Händen, und Wir brauchen uns nicht mehr zu kümmern.«

Guillaume rang um Fassung. Das war nicht sein Ernst! Oder doch? Er versuchte, in Philipps Blick zu lesen, aber der König ließ sich nicht anmerken, was er dachte.

Guillaume begann zu schwitzen. Was sollte er tun? Er dachte an ein Täuschungsmanöver, das er beim Schach häufig anwendete. Er musste Philipp einen anderen Gegner geben. Er musste ihn auf eine andere Fährte locken. Beim Schach lenkte er oft die Aufmerksamkeit auf die Dame, positionierte sie in drohender Stellung. Doch matt setzte er den Gegner dann mit Springern, Läufer und Bauern, in dem Moment, wenn dieser die Dame schlug und sich auf der Straße des Sieges wähnte.

»Ich befürchte, mein König, de Got hat eigene Pläne. Wir haben ihn unterschätzt. Er weiß, dass die Templer für ihn eine Schutzmacht sind, die er nach Belieben steuern kann, also sind nicht die Templer, sondern er ...«

Philipp kniff die Augen zusammen. »Ist das wahr?«

»So wurde es mir aus zuverlässiger Quelle zugetragen.«

»Jeder, der in das Amt des Papstes geworfen wird, scheint sich für Gott zu halten.« Der König ballte die Faust, schien sich aber im gleichen Augenblick zu besinnen, wo er sich befand, und löste sie wieder.

»Clemens wird den Orden nicht auflösen. Im Gegenteil ...«, setzte Guillaume nach.

Philipp beugte sich vor. »Ihr wollt es um jeden Preis eigenhändig durchziehen, ja?«, zischte er Guillaume ins Ohr. »Wenn Ihr versagt, werden Wir Euch in eine dunkle Schreibstube versetzen. Dort werdet Ihr für den Rest Eures armseligen Lebens Rechnungen kopieren. Wir können es Uns nicht leisten, in einen Krieg mit dem mächtigsten Ritterorden der Welt zu schlittern. Habt Ihr das verstanden?«

Guillaume schluckte. »Ich werde Euch nicht enttäuschen, mein König.«

Philipp trat zwei Schritte zurück und lächelte. »Ihr habt doch sicherlich schon einen Plan. Raus damit!«

Launisch war der König, schlimmer als ein Weib. Guillaume räusperte sich. »Ich habe genug Zeugen, die die ungeheuerlichen Verbrechen der Templer mit eigenen Augen gesehen haben. Und auch die Ordensbrüder selbst werden beim peinlichen Verhör nicht leugnen können, dass sie Ketzer sind, weil es die Wahrheit ist. Und weil wir die Templer als Erstes verhören werden, damit alles mit rechten Dingen zugeht. Erst wenn sie gestanden haben, werden sie der Inquisition übergeben.«

»Es scheint, dass Ihr keine große Lust habt, Rechnungen zu kopieren.«

Guillaume nickte und verbeugte sich. »Die Templer werden angeklagt, verurteilt, hingerichtet, das Vermögen verschwindet in Euren Schatztruhen. Dem Papst wird nichts anderes übrigbleiben, als den Orden aufzulösen, sobald ihm die Geständnisse vorgelegt werden.«

»Wenn Molay erst im Kerker sitzt, nützt ihm auch der größte Schatz nichts mehr.« Philipp schnalzte mit der Zunge.

»Der Zeitpunkt ist außerordentlich günstig. Der Ruf der Templer ist so schlecht wie noch nie, und sie tun alles, um ihm gerecht zu werden. Die Verhandlungen über die Vereinigung mit den Johannitern dienen nur der Ablenkung. Molay hat schon im letzten Jahr eine Denkschrift verfasst, in der er die Zusammenlegung ausschließt. Sie ist ebenso einfältig wie schlecht formuliert. Wichtig ist, dass wir überraschend zuschlagen. Alle Templer an einem Tag.«

Philipp rieb sich die Hände. »Wenn der Papst gedemütigt, der Templerorden aufgelöst und sein Vermögen in unseren Händen ist, werden Wir die Flamen ein für alle Mal lehren, was es heißt, sich dem König zu widersetzen. Und Edwards Sprössling, der neue König von England und Unser zukünftiger Schwiegersohn, wird schön die Füße stillhalten. Er hat genug Probleme im eigenen Reich. Was schert Uns das Heilige Land? Hat Jesus nicht gesagt, dass Gott überall dort ist, wo man ihn verehrt?«

»So steht es geschrieben, mein König, auch wenn manche das anders sehen.«

Philipp wiegte den Kopf hin und her. Dann schlug er sich mit der flachen Hand auf den Oberschenkel. »Wir werden Euch alle Vollmachten erteilen, damit Ihr Euren Plan in die Tat umsetzen könnt.« Philipp wandte sich ab und verließ ohne ein weiteres Wort die Kapelle.

Guillaume atmete tief durch, kniete vor der Jungfrau nieder und bekreuzigte sich. Nach vielen Rückschlägen und Jahren des Wartens lag die Vollendung seiner Rache endlich greifbar vor ihm. Kein Templer würde überleben, das war er seinen Eltern schuldig.

***

Elva dehnte ihre Arme und Beine. Wenn sie für den Zaubertrick in die enge Kiste kriechen musste, verspürte sie danach immer eine Zeit lang Schmerzen im Rücken und in der Hüfte. Und heute waren die Zuschauer besonders lang um den leeren Schemel geschlichen, hatten ihn von allen Seiten beäugt und nach ihr gesucht.

Wenn Josefus das nachtblaue Tuch über ihr ausbreitete und Tounin die Menge mit ein paar Feuertricks ablenkte, kroch sie von dem schützenden Tuch unter Magalis Kleid und von dort in die Kiste, über der Milos Schwester stand. Sobald sie sicher in ihrem Versteck war, raffte Magali ihr Gewand und setzte sich auf die Kiste, die so klein war, dass keiner im Publikum sie ernsthaft als Versteck in Erwägung zog. Auf dem gleichen Weg ging es dann wieder auf den Schemel, wenn Josefus sie zurückzauberte.

Sie waren in Saint-Abroix, einem kleinen Städtchen südöstlich der Ardècheschlucht. Vorher hatten sie abgestimmt. Ein Teil der Gaukler hatte dafür plädiert, dass sie nach Avignon und von dort nach Marseille ziehen sollten. Unter ihnen Elva. Aber Tounin, den es eher nach Westen zog, hatte sich durchgesetzt. Elva vermutete, dass er in Marseille Feinde hatte, denen er nicht über den Weg laufen wollte. Jeder von ihnen hatte eine Vergangenheit, über die er nicht sprach. Im Frühjahr hatten sie wegen Nana einen Bogen um Lyon geschlagen.

Tounin hatte das Geld in seinem Beutel verstaut, im Lager würde er es verteilen. Sie packten ihre Sachen zusammen und machten sich auf den Weg. Die Zelte standen auf einer Wiese vor den Toren der Stadt.

Schon von Weitem sahen sie den Rauch.

»Verflucht, was ist das?«, stieß Tounin hervor und beschleunigte seine Schritte.

Sie hatten Blésy als Wache im Lager zurückgelassen. Er hatte sich die Hand verstaucht und konnte deshalb nicht auftreten. Aber auch mit nur einer einsatzfähigen Hand nahm er es noch immer mit einem halben Dutzend Angreifer auf, sollte es jemand auf das Lager abgesehen haben.

Sie ließen einige Sträucher hinter sich, die ihnen die Sicht genommen hatten, und Elva erkannte, dass die Zelte in Flammen standen. Ihr schossen die Tränen in die Augen. Die Zelte, der Wagen, der Esel, der auf den Namen Titou hörte, waren ihr Zuhause. Sie rannte los.

Auch die anderen stürmten auf den Lagerplatz zu. Als sie näher kamen, sah Elva, dass Blésy eins der Zelte eingerissen hatte und mit bloßen Händen Erde auf die Flammen schaufelte, um sie zu ersticken.

Zum Glück war ihm nichts geschehen!

Alle halfen, das Feuer zu löschen. Sie brachten ihre Habseligkeiten aus den Zelten in Sicherheit und schleppten Wasser heran, um die Flammen zu löschen. Als es geschafft war, ließen sie sich erschöpft auf dem Boden nieder. Sie waren verdreckt, Husten kratzte in ihren Kehlen. Die Zelte waren völlig zerstört. Was darin gewesen war, war ebenfalls zum größten Teil unbrauchbar. Lediglich der Wagen war unversehrt. Und auch der Esel, der in einiger Entfernung an einen Baum gebunden war, hatte nichts abbekommen. Alles stank bitter. Der Qualm brannte in Nase und Augen.

»Was ist geschehen?« Tounin sah Blésy an.

»Ich habe Titou Wasser gebracht. Als ich zurückkam, roch ich das Feuer. Es züngelte am Fuß der Zelte, an mindestens einem halben Dutzend Stellen gleichzeitig. Ich habe sofort versucht, es auszutreten. Aber ich konnte nicht überall gleichzeitig sein.« Blésy raufte sich die Haare. »Das war keine Unachtsamkeit. Jemand hat das Feuer gelegt.« Er warf Elva einen Blick zu, schaute aber sofort wieder weg.

»Das Weib ist schuld.« Nana spuckte auf den Boden. »Seit sie dabei ist, geschehen ständig solche Dinge.«

»Du redest von Eleno?«, fragte Tounin mit scharfer Stimme.

»Aber sie war bei uns, als das Feuer ausbrach«, wandte Magali ein. »Genauer gesagt unter meinem Kleid.«

»Ich sage ja nicht, dass sie es gelegt hat«, verteidigte sich Nana. »Aber sie bringt Unglück. Erst die Achse. Dann die Brücke. Und jetzt das Feuer. Früher ist nie so etwas passiert.«

Elva senkte den Blick. Es stimmte, seit sie bei den Gauklern war, hatte es einige merkwürdige Vorfälle gegeben. Vor einigen Wochen war plötzlich die Achse des Wagens gebrochen. Mitten auf der Straße, ohne ersichtlichen Grund. Milo und Tounin hatten sie repariert und dabei festgestellt, dass jemand das Holz angesägt hatte. Einige Zeit später hatten sie eine hölzerne Brücke passiert und wären beinahe ins Wasser gestürzt, als sich einige Bretter lösten. Wieder schien jemand nachgeholfen zu haben.

Es war fast, als hätte der böse Geist, der Elva auf Burg Arras das Fürchten gelehrt hatte, sie bis hierher verfolgt.

Aber die Vorfälle hatten erst vor einigen Wochen begonnen, lange nachdem sie aus der Burg geflohen war.

»Du solltest dich schämen, Nana«, fuhr Milo die Musikantin mit den großen blauen Augen an. »Wie kannst du nur so einen Blödsinn behaupten? Der Achsbruch und die Brücke waren erst im vergangenen Monat, da war Elva schon über ein halbes Jahr bei uns. Was für ein dämlicher Fluch soll das sein?«

»Natürlich beschützt du sie! Schließlich willst du weiter in ihren warmen Schoß kriechen.«

»Hüte deine Zunge!« Milo sprang auf.

»Gebt Ruhe!«, brüllte Tounin dazwischen. »Es hilft nichts, wenn wir uns gegenseitig beschuldigen. Aber wir sollten die Augen offen halten. Jemand will uns Böses. Und ich weiß nicht, ob er uns alle meint oder jemanden im Besonderen.« Er hielt inne und sah jeden Einzelnen an. »Falls einer von euch weiß, was diese Anschläge zu bedeuten haben oder wem sie gelten, sollte er es besser sagen.«

»Die Gräfin wird wegen Mordes gesucht«, murmelte Caspar kaum hörbar.

»Und du auch, wenn ich mich richtig erinnere«, zischte Milo ihn an.

Caspar presste die Lippen zusammen.

»Genug davon.« Tounin erhob sich. »Wir müssen von hier verschwinden. Noch heute. Alle packen mit an. Geht die Sachen durch, ladet auf den Wagen, was noch brauchbar ist, und macht euch fertig zur Abreise. Wir ziehen weiter nach Westen. Es geht nach Alès. Und danach in Richtung Pyrenäen.«

Wortlos machten sich alle an die Arbeit.

Elva war so elend wie schon lange nicht mehr. Bisher hatte sie sich bei den Gauklern sicher und angenommen gefühlt. Sie war eine von ihnen gewesen. Aber nun war es, als hätte jemand einen unsichtbaren Keil zwischen sie und die anderen getrieben. Jemand, der ihr schon auf Arras das Leben zur Hölle gemacht hatte. Vielleicht war sie wirklich verflucht.

Nachdenklich berührte Elva ihr Amulett. Sie hatte ein Versprechen gegeben und es nicht gehalten. Ob es daran lag? Ob dem Schmuckstück Zauberkräfte innewohnten?

Das Amulett

Die Hitze flirrte, die Luft stand still. Die Zikaden lärmten ohrenbetäubend, ansonsten war nichts zu hören. Die kleinen Tiere schienen die einzigen Lebewesen zu sein, denen die sengende Sonne nichts ausmachte. Abgesehen von Milo.

Elva wischte sich über die nasse Stirn. Es war bereits Mitte September, aber der Sommer war noch einmal zurückgekehrt und lähmte das Land. Seit einigen Tagen lagerten sie in der Nähe eines Ortes namens Montclus am Ufer eines Flusses, der Cèze hieß. Der Fluss war fast ausgetrocknet, nur noch ein schmales Rinnsal wand sich durch das Tal.

Unterwegs hatten sie auf einem Markt einige Ellen festen Leinenstoff besorgt, den sie zwischen drei Bäume gespannt hatten. So hatten sie tagsüber Schatten und nachts ein schützendes Dach. Aber das Stoffdach ersetzte nicht die Zelte. Deshalb hatten Nana und Magali angefangen, ein neues zu nähen. Elvas Hilfe hatte Nana abgelehnt. Aber Blésy ging ihnen zur Hand, vermaß den Stoff und schnitt ihn zurecht. Er war erstaunlich geschickt darin, und Elva fragte sich, was für ein Leben er geführt haben mochte, bevor er zu den Gauklern stieß.

Sie waren doch nicht weiter nach Westen gelaufen, sondern hatten sich wieder in Richtung Rhônetal gewandt. Elva glaubte, dass Milo Tounin dazu überredet hatte. Er wusste, wie sehr sie sich danach sehnte, ihre

Schwester zu sehen, und er betonte immer, dass Elva nur auf Zeit bei ihnen weilte. Das Leben einer Fahrenden sei nicht das ihre, sagte er stets, ihr sei ein anderes Schicksal bestimmt.

Elva war ihm dankbar, und deshalb hatte sie sich darauf eingelassen, ihm trotz der brütenden Hitze den Hang hinauf zu folgen. Diesmal wollte er ihr keine geheimnisvolle Höhle zeigen, sondern ein neues Kunststück einstudieren, wofür er Elvas Hilfe brauchte. Er wollte auf einem hoch in der Luft gespannten Seil bis in die Mitte spazieren und dann Bälle auffangen, die Elva ihm zuwarf, und damit jonglieren.

Auf dem Seil balancieren konnte er gut, aber dabei mit Bällen zu jonglieren machte die Übung schwerer. In den letzten Tagen hatte er auf einem zwischen zwei Bäumen gespannten Seil geübt, jetzt wollte er es endlich hoch in der Luft probieren.

»Hier ist es gut.« Milo setzte den Beutel auf dem Boden ab und machte sich daran, das Seil auszupacken.

»Wo?« Elva blickte sich um.

Sie standen an einem steilen Hang, tief unter ihnen wand sich das schmale Rinnsal der Cèze. Einige schroffe Felsen neigten ihre Nasen über den Abgrund.

»Von dem Baum hier zu dem da drüben werde ich das Seil spannen.« Milo deutete auf eine verkrüppelte Eiche, die sich an den Felsen direkt vor ihnen krallte, und dann auf einen ähnlich kargen Baum auf einem zweiten Felsen in etwa dreißig Schritt Entfernung.

Elva blickte zweifelnd von Fels zu Fels, dann in die Kluft, die sich dazwischen auftat. »Ich weiß nicht recht.«

»Aber ich.« Milo war bereits zu der Eiche geklettert und schlang das Seil um den Stamm. »Komm, hilf mir!«

Elva krabbelte zu ihm, kontrollierte den Knoten und hielt das Seil, während Milo in einem Bogen zu dem anderen Felsen kletterte. Als er angekommen war, machte sie einen Knoten in das vordere Ende, damit es schwerer war, und warf ihm das Seil zu.

Geschickt fing Milo es auf und befestigte es an dem anderen Baum. Er drückte es einige Male kräftig nach unten, um die Spannung zu prüfen, und nickte zufrieden.

Elva presste die Lippen zusammen. Milo war sehr gewandt auf dem Seil, er lief darüber, als wäre es eine breite, gepflasterte Straße. Trotzdem hatte sie Angst. Solange er über festem Boden übte, riskierte er nicht mehr als einen gebrochenen Arm. Aber wenn er hier einen Fehltritt machte ...

Sie wusste, dass sie ihn nicht davon würde abhalten können, sie hatte es oft genug vergeblich versucht. Milo liebte das Abenteuer, das Spiel mit dem Feuer. Das machte ihn so mitreißend, so lebendig. Wenn er ihretwegen darauf verzichten müsste, würde er seine Lebensfreude verlieren.

Außerdem hatte sie nicht das Recht, etwas Derartiges von ihm zu verlangen. Sie teilten zwar das Bett, aber sie waren nicht Mann und Weib. Es war mehr so, dass sie Freunde waren, die sich gegenseitig Wärme gaben.

»Elva? Hörst du mich?«

Elva schreckte aus ihren Gedanken auf. »Ich ... ich habe ...«

»Schon gut. Ich weiß ja, dass du Angst hast. Keine Sorge, ehe du dich versiehst, stehe ich vor dir und hole mir einen Kuss als Belohnung ab.« Er grinste.

Elva setzte ein zuversichtliches Lächeln auf. »Dann ab mit dir! Wie lang soll ich noch warten?«

»Hast du die Bälle?«

Elva bückte sich und kramte sie aus dem Beutel. Drei mit trockenen Erbsen gefüllte Lederbälle, so klein, dass sie gut auf ihren Handteller passten. »Ich bin bereit!«, rief sie Milo zu.

»Wünsch mir Glück!« Er griff nach dem Seil und schwang sich hoch, bis er darauf saß. Dann schloss er die Augen, verharrte kurz reglos.

Elva wartete atemlos. Milo brauchte immer einen Moment, um sich zu konzentrieren, bevor er sich auf das Seil stellte.

Jetzt war er so weit. Mit einer schnellen Bewegung ging er in den Stand und machte zwei vorsichtige Schritte. Er streckte den Rücken durch und lächelte Elva an, dann lief er leichtfüßig bis in die Mitte des Seils.

Elva hielt die Luft an.

Im Schatten hinter dem Baum auf dem gegenüberliegenden Felsen bewegte sich etwas, und Elva war für einen Wimpernschlag abgelenkt. Doch als sie die Augen zusammenkniff, um besser zu sehen, war da nichts.

»Wirf den ersten Ball!«, forderte Milo sie auf.

Elva wog den Ball in ihrer Hand. Ob alles gutging, hing auch davon ab, wie gut sie warf. Milo hatte lange mit ihr geübt. Anfangs hatte sie den Arm viel zu weit vom Körper weggehalten und den Ball nicht rechtzeitig losgelassen. Aber mit der Zeit waren ihre Würfe fester und präziser geworden.

Sie zielte und warf.

Milo musste kaum den Arm ausstrecken, um den Ball zu fangen. Ein guter Wurf.

Erleichtert atmete Elva auf.

»Jetzt den nächsten!«, rief Milo.

Elva holte aus, doch sie kam nicht mehr dazu zu werfen.

Das Seil ruckte und sackte ein Stück nach unten.

Milo geriet ins Wanken, ruderte mit den Armen. »Verfluchte Hölle, was ist das?«

Elva sprang zu der Eiche, doch auf ihrer Seite war der Knoten fest. Herr im Himmel, warum hatte sie den anderen Knoten nicht kontrolliert?

»Elva?« Milo stand mit ausgebreiteten Armen auf dem Seil, das nun wie ein lächelnder Mund nach unten durchhing.

»Setz dich!«, rief Elva ihm zu. »Halt dich fest! Auf dieser Seite ist alles fest. Wenn der Knoten drüben sich ganz löst, kann ich dich hochziehen!«

Milo lächelte sie an. »Keine Angst, wir schaffen das!« Er ging in die Hocke.

In dem Augenblick ruckte es erneut.

Elva sah das Seilende wie eine Peitsche durch die Luft wirbeln und in der Tiefe verschwinden.

Milo kippte nach hinten und entschwand aus ihrem Blickfeld.

Kein Schrei.

Nur ein Rascheln, als würde der Wind durch das Laub fahren, und das Kollern von Steinen.

Und dann Stille.

* * *

Amiel rieb sich den Schweiß von der Stirn. Dass es aber auch ausgerechnet heute, wo er durch staubiges Gelände reiten musste, so heiß war!

Die Tage in Sainte Eulalie waren viel zu schnell vergangen. An der Seite Cyprians und der anderen Ritterbrüder hatte Amiel sich endlich wieder als Kämpfer für die Sache Gottes gefühlt, nicht als Baumeister und Finanzverwalter. Auch wenn er wusste, welch große Ehre es bedeutete, dass Molay ihm den Bau der Schiffe in Marseille anvertraut hatte, kam er sich manchmal zur Seite gedrängt vor. Für diese Arbeit war er nicht dem Orden beigetreten. Aber er wollte nicht unbescheiden sein. Ein Tempelritter leistete an dem Platz, an den er gestellt wurde, sein Bestes, so lautete die Regel, alles andere wäre unwürdig und vermessen.

Außerdem war er für den Schatz verantwortlich. Um ihn zu schützen, hatte er mehr als eine eigenmächtige Entscheidung getroffen, was Molay ihm hoffentlich verzeihen würde, wenn er davon erfuhr. Bislang hatte Amiel dem Großmeister nicht mitgeteilt, wo sich das Heiligtum der Juden nun befand, es war ihm zu gefährlich erschienen, ein Schreiben mit solch prekärem Inhalt einem Boten anzuvertrauen. Zu viel konnte unterwegs geschehen.

Manchmal reizte es Amiel, noch weitreichendere Entscheidungen allein zu treffen. Es fiel ihm zunehmend schwerer, Molays Vorgehen ohne Widerspruch hinzunehmen.

Amiel klopfte Fulgor auf den Hals. Er sollte sich an seinem Hengst ein Beispiel nehmen. Der hinterfragte nie einen Befehl seines Herrn.

Die Straße wurde breiter, je näher sie der Rhône kamen.

Nur Gernot de Combret begleitete Amiel. Offiziell waren sie mit der gleichen Eskorte wie vor zwei Wochen zurück nach Marseille aufgebrochen. Doch nach einigen Meilen hatten Combret und er sich abgesetzt, um beim wahren Versteck des Schatzes nach dem Rechten zu sehen.

Etwa ein halbes Dutzend Mal war Amiel im vergangenen halben Jahr dort gewesen, um sich zu vergewissern, dass alles in Ordnung war. Niemand außer Combret und den Männern, die die Truhe bewachten, wusste, wo sie stand.

Nach dem missglückten Raub zu Weihnachten hatte Amiel lange überlegt, wie er vorgehen sollte. Er hatte schließlich den Plan gefasst, die Truhen offiziell von La Couvertoirade nach Sainte Eulalie zu schaffen, aber den größten Schatz des Ordens heimlich woandershin zu bringen. Und zwar an einen Ort, der nicht auf französischem Territorium lag. Als er in Paris Zeuge geworden war, wie der König gierig auf die Reichtümer der Templer gestarrt hatte, war ihm endgültig klar geworden, dass von Philipp eine ernsthafte Bedrohung ausging.

Also hatte er bei einem verschwiegenen Zimmermann eine Truhe mit ähnlichen Maßen anfertigen und mit einem ganz speziellen Schließmechanismus versehen lassen. Dann hatte er den Schatz aus der ursprünglichen Truhe in sein neues Versteck umgebettet. Um den kostbaren Inhalt nicht mit bloßen Händen zu berühren und dadurch zu entweihen, hatte er Handschuhe getragen. Allein hätte er es nicht bewerkstelligen können, Gernot de Combret hatte ihm geholfen. Sein treuer Adlatus hatte eingewilligt, sich die Augen verbinden zu lassen und die Last zu schleppen, ohne zu sehen, was er da trug.

Amiel war froh gewesen, dass Cyprian zu diesem Zeitpunkt noch zu entkräftet gewesen war, um ihm zu helfen, denn es wäre ihm schwergefallen, von seinem Freund zu verlangen, nicht anzuschauen, was er selbst anschauen durfte.

Danach hatte er das nun leere Behältnis mit Kieselsteinen gefüllt, die vier Truhen in Leinensäcke eingeschlagen und sie für den Abtransport bereitgestellt. Die Truhe mit dem Schatz hatte er ebenfalls in Tücher gewickelt und zu seinem eigenen Reisegepäck gebracht.

Am Tag des Aufbruchs hatte er Cyprian das Kommando übergeben. Sein Freund war zwar noch schwach, aber er sprudelte vor Tatendrang und würde sicherlich alles tun, damit der Zug sicher in Sainte Eulalie ankam. Allerdings hatte er Cyprian nicht erzählt, dass er in Wahrheit das Ablenkungsmanöver befehligte. Amiel hatte gewollt, dass Cyprian überzeugend war, dafür hatte er ihn anlügen müssen. Der dankbare Stolz in Cyprians Augen hatte Amiel beinahe das Herz gebrochen. Er hasste es, seinen Freund zu hintergehen, auch jetzt noch, doch es erschien ihm nach wie vor als das Sicherste.

Dem Komtur von Sainte Eulalie hatte Amiel wiederum eine Nachricht geschickt mit dem Auftrag, die vier Truhen an einem Ort zu verstecken, den nur er kannte. Er hatte dies getan, um Cyprian zu schützen. Der Schatz wäre einmal beinahe gestohlen worden, während Cyprian für ihn verantwortlich war. Sollte irgendwer einen weiteren Versuch unternehmen, konnte sein Freund nicht in Verdacht geraten, wenn er das Versteck gar nicht kannte. Nach dem peinlichen Zwischenfall mit Zähringen wusste Amiel, wie leicht ein Bruder aus einfacheren Verhältnissen in Verdacht geriet. Davor wollte er Cyprian bewahren.

Es knackte. Amiel zog die Zügel an und hob die Hand. Sofort blieb auch Combret stehen. Die Pferde hielten völlig still, nur die Geräusche des Waldes waren zu hören. Vögel sangen, Laub raschelte, der Wind säuselte in den Blättern.

Aber das Knacken war anders gewesen.

Amiel befürchtete jedes Mal Verfolger, wenn er zum Versteck des Schatzes ritt. Cyprian ahnte, dass die Truhe für die Juden gar nicht in Sainte Eulalie lagerte, das hatte er Amiel deutlich zu verstehen gegeben, und er war vermutlich nicht der Einzige. Sicherlich gab es Gerüchte. Amiel konnte auch nicht ausschließen, dass der Zimmermann etwas verraten hatte oder dass jemand die anderen Truhen ausfindig gemacht, mit Gewalt geöffnet und die Kieselsteine entdeckt hatte.

Kein Knacken mehr, keine anderen verräterischen Geräusche. Nach einer Weile nickte Amiel seinem Begleiter zu, und sie ritten weiter. In Saint-Esprit, wo neben der alten Holzbrücke über die Rhône eine neue aus Stein gebaut wurde, würden sie in einer Herberge nächtigen. Von dort aus konnten sie noch immer so tun, als wären sie auf der großen Landstraße entlang des Flusstals auf dem Weg nach Marseille.

Morgen würden sie sich dann zu ihrem wahren Ziel begeben, nach Richerenches, einer der ältesten Kommenden der Templer und ihrem einstigen Hauptsitz. Richerenches war nicht nur sehr gut befestigt, es lag auch in der Provence. Somit stand es nicht unter der Herrschaft des französischen Königs.

In Sainte Eulalie hatte Amiel erfahren, dass der Papst auf Drängen Molays eine Untersuchung der Vorwürfe gegen die Templer eingeleitet hatte. Einige Brüder glaubten, dass sie nun endlich den dummen Gerüchten ein Ende setzen und beweisen könnten, dass es keine teuflischen Rituale gab, kein Anbeten von Götzen und keine Unzucht untereinander.

Amiel war sich da nicht so sicher. Er befürchtete, dass es gar nicht darum ging, die Wahrheit herauszufinden. Der König brauchte Geld, die Templer hatten es. Und jetzt, da sie bei ihrer eigentlichen Aufgabe, die Stätten und die Pilger im Heiligen Land zu schützen, angeblich jämmerlich versagt hatten, waren sie schwach und angreifbar. Wenn Molay erst die Flotte gebaut hätte und in den Krieg gezogen wäre, war es zu spät, den Orden zu entmachten. Also würde der König bald zuschlagen. Und sein alter Weggefährte de Got, der nun Papst war und eigentlich die Templer vor dem Zugriff weltlicher Mächte schützen sollte, würde ihn nicht daran hindern.

Deshalb war es gut, dass der Schatz außerhalb von Philipps Einflussbereich aufbewahrt wurde. Und dass möglichst wenige Menschen sein Versteck kannten.

Als sie das Tal der Ardèche erreichten, wanderten Amiels Gedanken zu der jungen Frau in Marseille, die sein Amulett angestarrt hatte, als hätte es eine Bedeutung für sie. Sein Kundschafter hatte ihm vor drei Tagen eine Nachricht zukommen lassen. Malena Romarin stammte ursprünglich aus Trier, war die Tochter des Kaufmanns Jacob Fleringen.

Diese Information brachte ihn nicht weiter. Vermutlich hatte er ihre Reaktion falsch gedeutet. Oder die Frau hatte aus einem ganz anderen Grund auf das Amulett gestarrt, vielleicht war der Drachenkopf für sie der Beweis, dass die Templer heidnische Mächte anbeteten und mit dem Teufel im Bunde standen.

* * *

Als Elva Milo erblickte, wusste sie, dass sie zu spät kam. Sein Körper lag verrenkt zwischen Gesteinsbrocken, der Kopf war blutverschmiert, und ein Bein stand in einem merkwürdigen Winkel vom Körper ab.

Elva brach in Tränen aus und sank vor ihm auf die Knie. »Oh, Milo, warum habe ich dich nicht davon abgehalten?«, schluchzte sie. »Warum habe ich nicht darauf bestanden, dass wir an einer weniger gefährlichen Stelle üben?«

Sie presste ihr Gesicht in seine Haare, sog den Duft seines Körpers ein und spürte doch, dass er nicht mehr da war.

Lange kniete sie so bei ihm, bis sie einsah, dass sie die anderen holen musste, allein konnte sie Milo nicht zurück ins Lager tragen. Behutsam drehte sie ihn auf den Rücken, faltete seine Hände und sprach ein Gebet.

Dann kletterte sie den Hang wieder hinauf. Sie wollte das Seil einholen, sich anschauen, was von dem Knoten übrig war, und vielleicht eine Erklärung finden. Milo hatte immer so genau darauf geachtet, dass alles korrekt befestigt war. Trotz aller Waghalsigkeit hatte er sein Leben nie leichtfertig aufs Spiel gesetzt.

Außer Atem kam sie an der Stelle an, wo noch immer

Milos Beutel lag. Der Anblick ließ ihr erneut die Tränen in die Augen schießen. Rasch wandte sie den Blick ab und machte sich daran, das Seil hochzuziehen.

Als sie das Ende in der Hand hielt, erstarrte sie.

Ihr Herz setzte einen Schlag aus, ihr Blick schoss zu dem anderen Felsen.

Tatsächlich, der Rest des Seils war dort noch um den Baum geschlungen. Sie hielt nicht das Ende in der Hand. Das Seil war gerissen. Nein, nicht gerissen, dafür war das Ende viel zu glatt.

Jemand hatte das Seil mit einem Messer durchtrennt.

Der Schatten!

Elva fröstelte.

Und plötzlich war alles wieder da. Die merkwürdigen Ereignisse auf Burg Arras. Der grauenvolle Tod ihres Gemahls. Die Anschläge auf die Gaukler, die für sie wie eine Familie waren – doch das war aus und vorbei. Milos Tod war ihre Schuld. Ihr dunkler Schatten, ihr Fluch war ihr bis hierher gefolgt.

Doch warum hatte er Milo getötet und nicht sie?

Elva hörte ein Knacken und fuhr herum. Aber da war niemand.

Trotzdem musste sie machen, dass sie fortkam. Sie ließ das Seil an Ort und Stelle, packte nur Milos Beutel und machte sich auf den Rückweg zum Lager.

Die Gaukler würden sie totprügeln, wenn sie erfuhren, dass Milo ihretwegen gestorben war. Und vermutlich hatte sie es verdient. Vielleicht wäre es besser so, vielleicht würde der Fluch mit ihrem Tod enden.

Aber sie wollte nicht sterben, nicht so.

Der Wagen kam in Sicht. Alle saßen ums Feuer, wo Blésy ein Kaninchen an einem Stock briet.

»Da seid ihr ja.« Magali sah Elva an und lächelte. Dann runzelte sie die Stirn und wurde bleich. »Was ist passiert?«

»Ich habe versucht, es ihm auszureden«, sagte Elva leise. »Aber er wollte unbedingt über dem Abgrund üben.«

Magali sprang auf, stürzte zu Elva und schüttelte sie. »Wo ist Milo? Was ist passiert?«

Elva wagte nicht, ihr in die Augen zu sehen. »Er ist tot«, flüsterte sie.

»Nein!« Magali stieß einen Schrei aus.

Nana stürzte sich wütend auf Elva. »Das ist deine Schuld! Du hast ihn umgebracht!«

Elva verteidigte sich nicht.

Tounin erhob sich, sein Gesichtsausdruck war starr. »Wo ist er?«

»Wenn ihr dem Pfad den Hang hinauf folgt, seht ihr zwei aus dem Berg herausragende Felsen«, antwortete Elva mit belegter Stimme. »Darunter in der Schlucht liegt er.«

»Du wartest hier!« Tounin tippte Elva auf die Brust. »Josefus bleibt bei dir. Alle anderen kommen mit!«

Sie machten sich schweigend auf den Weg.

Elva rieb sich über das Gesicht. Am liebsten hätte sie sich auf dem Boden zusammengerollt und ihrem Kummer hingegeben, aber sie musste stark bleiben. Sie hatte das durchgeschnittene Seil absichtlich an Ort und Stelle zurückgelassen. Hätte sie es mitgebracht, hätte Tounin sie sofort fesseln lassen. Und zwar so, dass sie sich nicht befreien konnte.

Nun hatte sie etwas Vorsprung, musste nur Josefus überrumpeln, um zu entkommen. Sie ging zu ihrem Bündel und vergewisserte sich, dass alles darin war. Viel war es nicht. Etwas Geld, ihr Anteil an dem, was sie mit ihren Auftritten verdient hatten. Ein Rest Pfefferkörner als eiserne Reserve, ihr Mantel, Pergament, Tintenfass und Feder, die sie sich besorgt hatte, um Leni hin und wieder ein Lebenszeichen zu schicken. Sie hatte keine Ahnung, ob einer ihrer Briefe angekommen war. Aber sie hatte sie nummeriert, damit Leni wusste, wie viele es sein mussten.

Elva knotete das Bündel zu und erhob sich.

Erschrocken fuhr sie zurück.

Josefus stand dicht vor ihr. »Was hast du vor, Eleno?«

»Ich glaube, es ist besser, wenn ich meiner Wege gehe. Ich bringe euch Unglück. Ohne mich seid ihr besser dran.«

Er betrachtete sie argwöhnisch. »Was ist da oben auf dem Felsen geschehen?«

Elva zögerte. Josefus hatte nie ein böses Wort ihr gegenüber verloren. »Jemand hat das Seil durchgeschnitten. Ich war auf der anderen Seite. Ich habe einen Schatten gesehen.«

»Und du glaubst, dass dieser Unbekannte es deinetwegen getan hat?«

»Ich weiß nicht, ob es ein Mensch war oder der Teufel persönlich. Aber ich bin sicher, dass Milo aus dem gleichen Grund sterben musste wie mein Gemahl Graf Arras. Niemand in meiner Nähe ist sicher.«

Josefus nickte. »Dann solltest du verschwinden, bevor die anderen wiederkommen.«

»Sie werden dich für meine Flucht verantwortlich machen.« »Lass das meine Sorge sein.«

Elva umarmte den alten Mann mit Tränen in den Augen.

»Sag ihnen, dass ich sehr dankbar bin für die Zeit, die ich bei euch verbringen durfte. Dass ich viel gelernt und jeden von euch in mein Herz geschlossen habe.«

* * *

Als am Horizont die Mauern der Kommende auftauchten, zog Cyprian die Zügel an. Weiter musste er dem, der sich sein Freund nannte, nicht folgen, er wusste nun, was Amiels Ziel war.

Richerenches also. Hätte er sich denken können. Eine gute Wahl. Früher einmal eine wichtige Kommende, nun aber nicht mehr von großer Bedeutung. Außerdem nicht auf französischem Territorium. Sicher vor Philipps Zugriff.

Aber nicht vor seinem.

Cyprian warf einen Blick über die Schulter und blickte zum Horizont. Die Sonne stand schon tief. Verflucht! Er hatte nicht einkalkuliert, dass Amiel die Nacht in einem Gasthaus verbringen und erst heute sein Ziel erreichen würde. Und nun würde Cyprian eine weitere Nacht von Sainte Eulalie fernbleiben. Wie sollte er das erklären?

Cyprian verzog das Gesicht. Das sollte seine geringste Sorge sein. Nur noch wenige Wochen, dann wäre seine Zeit bei den Templern nichts weiter als ein böser Traum, dann stünde er in den Diensten des französischen Königs, säße womöglich an dessen Seite, während dieser den Orden zerschlug.

Was für ein Triumph!

Er würde aufsteigen wie ein Komet, während seine Noch-Brüder im Kerker schmachteten und ihn auf Knien anflehten, ein gutes Wort für sie einzulegen. Was scherte ihn da, was sie heute von ihm dachten?

Cyprian wendete sein Pferd und ließ es antraben. Er musste Nogaret die frohe Kunde mitteilen, und zwar so schnell wie möglich. In Gedanken formulierte er den Brief, unverfängliche Worte, die für niemanden eine besondere Bedeutung hatten, außer für den Adressaten.

Die Sonne war schon fast untergegangen, als Cyprian an einer Weggabelung in der Nähe des Rhôneufers ankam. Wenn er sich beeilte, erreichte er die Brücke bei Saint-Esprit noch vor Anbruch der Nacht.

Da erblickte er in einiger Entfernung eine Gestalt und erschrak. Er war so damit beschäftigt gewesen, Amiel und seinen Schoßhund, diesen Schleimlecker Gernot de Combret, nicht aus den Augen zu verlieren, dass er nicht darauf geachtet hatte, ob er selbst verfolgt wurde. Wie nachlässig von ihm! Er gab dem Pferd die Sporen. Wenn es jemand gewagt hatte, sich an seine Fersen zu heften, würde er es gleich erfahren. Und falls nötig, würde sein Verfolger diese Dreistigkeit mit dem Leben bezahlen.

***

Elva hörte Hufschlag und blickte auf. Ein Reiter in weißem Mantel galoppierte auf sie zu. Ein Ritter des Templerordens. Hastig schlug sie sich ins Unterholz, kämpfte sich mit klopfendem Herzen durch Gestrüpp und niedrig hängende Äste, bis sie so weit von der Straße weg war, dass sie sich sicher fühlte.

Wie im Traum war sie gestern gelaufen, weiter und weiter, ohne darauf zu achten, welche Richtung sie eingeschlagen hatte. Sie hatte das Dorf Montclus mit der mächtigen Burg passiert, ein Anblick, der düstere Erinnerungen an ihre erste Flucht weckte, und sich danach Richtung Norden in die Wälder geschlagen. Denn sie war davon ausgegangen, dass man sie am Flussufer oder auf der Straße zuerst suchen würde.

Immer wieder hatte sie innegehalten und gelauscht, bei jedem Knacken im Unterholz war sie zusammengefahren. Aber sie war keiner Menschenseele begegnet.

Als es dunkel geworden war, hatte sie sich unter einen Busch gelegt, um etwas auszuruhen, allerdings kein Auge zugetan.

Also war sie lange vor dem Morgengrauen wieder aufgebrochen. Kurz nach Sonnenaufgang war sie zu ihrer Überraschung auf die Ardèche gestoßen und hatte beschlossen, an dem Fluss entlangzulaufen. Er mündete in die Rhône, und die würde sie nach Marseille führen.

Am Nachmittag hatte sie Saint-Esprit erreicht. In dem Ort führte ein hölzerner Steg über die Rhône, neben dem eine Steinbrücke gebaut wurde. Die Brücke war zugleich der Grenzübergang, Zöllner durchwühlten ihr Bündel und hielten ihre schmutzigen Hände auf, um den Brückenzoll zu kassieren.

Am anderen Ufer fühlte sich Elva einigermaßen sicher. Sie wusste gar nicht, ob die Gaukler sie überhaupt suchten. Aber sie wollte trotzdem so viele Meilen wie möglich zwischen sich und ihre ehemaligen Kameraden bringen.

Immer wenn sie an Magali, Blésy, Nana und die anderen dachte, wurde ihr schwer ums Herz. Die kleine Truppe war ihr zur Familie geworden. Es wäre ihr schon schwergefallen, sie im Guten zu verlassen, unter diesen Umständen jedoch zerriss es ihr das Herz vor Kummer.

Die Sonne ging gerade unter. Elva horchte. Niemand verfolgte sie. Trotzdem beschloss sie, im Wald zu bleiben. Die große Landstraße nach Süden erschien ihr zu gefährlich, lieber wollte sie sich auf kleinen Wegen und Pfaden abseits der großen Reiserouten durchschlagen. Es war nicht leicht, zwischen den Bäumen die Richtung beizubehalten. Zumal es inzwischen dämmerte. Elva musste sich ständig neu orientieren. Zudem war sie unendlich erschöpft. Ihre Füße brannten, die Zehen waren wundgescheuert, ihre Beine waren schwer wie Blei, doch eine innere Unruhe trieb sie weiter.

Endlich stieß sie auf einen schmalen Pfad, und das Laufen wurde leichter. Allerdings war es fast völlig dunkel, sie musste sich bald einen Rastplatz suchen. Aber immer, wenn sie an eine geeignete Stelle kam, entschied sie, noch ein Stück weiterzulaufen. Mehr und mehr wurde ihr klar, dass es nicht die Gaukler waren, vor denen sie floh. Es war die unbekannte Macht, die wie ein Schatten über ihr schwebte.

Das Unglück.

Der Fluch.

Wenn es sich um eine übernatürliche Kraft handelte, würde sie ihr auch in den dunkelsten Wäldern nicht entkommen, das wusste sie. Aber wenn es ein Mensch war, jemand aus Fleisch und Blut, dann war sie ihm nicht völlig hilflos ausgeliefert.

Abrupt blieb Elva stehen. Der Pfad endete unvermittelt

an einem Abhang. Elva trat an die Kante. Einige Fuß unter ihr lag ein Weg, halb verschüttet unter Erde und Steinen. Offenbar war ein Stück vom Hang abgerutscht.

Elva packte ihr Bündel fester und machte sich an den Abstieg.

Plötzlich gaben die Steine unter ihr nach. Elva rutschte. Sie versuchte, das Gleichgewicht zu halten; jetzt zahlte sich aus, dass sie in den letzten Wochen so viel geübt hatte. Sie fing sich, schlitterte auf den Füßen den Hang hinunter und kam vor einem dornigen Gestrüpp zum Stehen.

Sie lachte erleichtert auf – nur um im nächsten Moment vor Angst zu erstarren. Vor ihr stand ein Wildschwein und blitzte sie mit seinen kleinen Schweinsaugen böse an. Was jetzt? Sollte sie einfach stehen bleiben, bis das Tier erkannte, dass sie ihm nichts Böses wollte? Sollte sie wegrennen?

Hinter sich hörte Elva ängstliches Quieken. Sie musste sich nicht umdrehen, um zu wissen, dass sie zwischen der Bache und ihren Frischlingen stand. Sie musste weg. Sofort. Sie holte tief Luft und rannte los. Sie hatte keine fünf Schritte gemacht, als sie im Oberschenkel einen furchtbaren Schmerz spürte und hochgehoben wurde. Die Bache warf sie wie eine Strohpuppe in die Luft, Elva prallte auf den Boden, Schmerz flutete durch ihren Körper, dann verlor sie das Bewusstsein.

Als sie erwachte, war das wütende Tier verschwunden. Die Bache hatte es nicht auf sie abgesehen, sondern nur ihren Nachwuchs schützen wollen. Ihr Glück. Sonst wäre sie jetzt tot.

Starr vor Schreck und Schmerz blieb Elva liegen. Ihr

Bein stach wie von einem Dolch durchbohrt, Blut sickerte aus einer Fleischwunde an ihrem Oberschenkel. Ihre Arme und ihr Gesicht brannten von den Blutergüssen und Kratzern, die sie sich beim Aufprall zugezogen hatte.

Nachdem sie wieder halbwegs zu sich gekommen war, versuchte Elva aufzustehen, doch ihr Bein gehorchte ihr nicht.

Sie schloss die Augen und sammelte ihre Kraft. Versuchte es noch einmal. Nichts.

Sie probierte es wieder und wieder. Doch das Einzige, was sie schaffte, war aus dem Gestrüpp heraus in eine kleine Mulde zu kriechen, wo sie völlig entkräftet liegen blieb.

»Lieber Gott, steh mir bei«, betete Elva verzweifelt. »Lass mich nicht in dieser Einsamkeit zugrunde gehen wie ein wildes Tier.«

Dann bettete sie ihren Kopf auf ihr Bündel, schloss die Augen und fiel trotz der Schmerzen im Bein in einen fiebrigen Schlaf.

* * *

Amiel blickte mit gerunzelter Stirn zum Himmel. Schwarze Wolken ballten sich über ihm zusammen. Ein Gewitter lag in der Luft. Es würde die dringend nötige Abkühlung bringen und die letzte Sommerhitze endgültig vertreiben.

Er sollte sich rechtzeitig einen trockenen Platz suchen. Anders als auf dem Weg nach Richerenches war er nun allein unterwegs. Schweren Herzens hatte er Combret zurücklassen müssen, den abermals so heftige Zahnschmerzen quälten, dass er nicht einmal in der Lage war, sich von seinem Lager zu erheben. Da Amiel schnellstmöglich nach Marseille zurückkehren musste und von der kleinen Besatzung in Richerenches niemand abkömmlich war, hatte er sich ohne Begleitung auf den Weg machen müssen.

Auf dem ganzen Ritt von Sainte Eulalie nach Richerenches hatte Amiel das Gefühl gehabt, verfolgt zu werden. Vermutlich waren es Hirngespinste, geboren aus der Angst vor einem zweiten Raubversuch und den bedrohlichen Entwicklungen in Paris. Denn er war äußerst vorsichtig gewesen und hatte nicht die geringsten Hinweise darauf entdeckt, dass es tatsächlich einen Verfolger gab.

Jetzt kribbelte schon wieder eine dunkle Vorahnung in seinem Nacken. Dabei konnte es diesmal kein Verfolger sein. Wenn ihm tatsächlich jemand nach Richerenches nachgeritten war, wusste er nun, wo der Schatz versteckt war, und brauchte Amiel nicht weiter zu beschatten.

Es sei denn, er hätte es gar nicht auf den Schatz, sondern auf Amiel selbst abgesehen.

Das Kribbeln verstärkte sich.

Unsinn, sagte Amiel sich. Niemand verfolgt dich. Es ist nur das Gewitter, das dich unruhig macht.

Er gab Fulgor die Sporen und ritt so schnell, wie es auf dem schmalen Weg möglich war. Noch etwa eine Meile, dann würde er das Rhônetal erreichen, dort war die Straße breiter, und es gab reichlich Wirtshäuser und andere Möglichkeiten, vor dem Regen Schutz zu suchen.

Als Amiel um eine Biegung kam, musste er einem Haufen Erde und Geröll ausweichen. Im Vorbeireiten sah er etwas Blaues am Wegesrand liegen. Er hatte die Stelle schon passiert, als ihm klar wurde, was er gesehen hatte, und er die Zügel anzog.

Kurz entschlossen kehrte er um.

Tatsächlich, in einer Mulde neben einem dichten Dorngestrüpp lag eine Gestalt. Eine Frau mit langen blonden Haaren. Ihre Kleidung war vollkommen verdreckt, Blut klebte an ihrem Bein. Sie schien zu schlafen. Oder war sie …

Amiel zögerte. Er durfte seine Ankunft in Marseille nicht wegen einer Bettlerin hinauszögern. Andererseits sah das Gewand, das die Frau trug, trotz des Schmutzes nicht ärmlich aus. Zudem gebot ihm die christliche Nächstenliebe, wenigstens nachzusehen, wie schwer die Frau verletzt war. Vielleicht konnte er ihr seinen Weinschlauch und etwas Brot dalassen und dann aus dem nächsten Dorf Hilfe herschicken.

Amiel saß ab und näherte sich vorsichtig, die Hand am Schwertknauf. Es bestand auch die Möglichkeit, dass es ein Hinterhalt war, dass im Unterholz rechts und links des Weges die Komplizen der Frau darauf warteten, auf ihn loszustürmen.

Er erreichte die reglose Gestalt und berührte vorsichtig ihre Schulter.

Sie stöhnte und drehte den Kopf, sodass er ihr Gesicht sehen konnte.

Amiels Herz stolperte. Die Wangen waren zerkratzt und dreckverkrustet, trotzdem war er sicher, nie zuvor etwas Schöneres gesehen zu haben.

Er kniete neben der Frau nieder und strich ihr sanft über das Gesicht. »Wacht auf! Ihr könnt hier nicht liegen bleiben«, sagte er auf Französisch.

Die Frau öffnete die Augen.

Amiels Herz schlug einen Purzelbaum. Schwindel erfasste ihn, als würde ihn jemand durch die Luft schleudern. Noch nie hatte er etwas Ähnliches empfunden. Er versuchte sich zu sammeln, zu tun, was zu tun war. Er musste nach der Wunde am Bein sehen, der Frau etwas zu trinken einflößen, doch er schaffte es nicht, auch nur einen Finger zu rühren.

»Wo bin ich?«, fragte die Frau mit schwacher Stimme.

»In Sicherheit.« Amiel lächelte sie an, schalt sich im gleichen Atemzug für die Albernheit und zwang sich, den Blick von ihrem Gesicht loszureißen und den Trinkschlauch von seinem Gürtel zu lösen.

Behutsam flößte er der Verletzten einige Schlucke verdünnten Wein ein. So viele Fragen brannten ihm auf der Zunge. Wer seid Ihr? Woher kommt Ihr? Was ist mit Euch geschehen?

Was macht Ihr mit mir?

Amiel presste die Lippen zusammen. Es war ihm nie schwergefallen, sein Keuschheitsgelübde einzuhalten. Manchmal staunte er, wenn andere Brüder Andeutungen über ihr Leben machten, bevor sie dem Orden beigetreten waren. Amiel hatte nie etwas zu diesen Geschichten beizusteuern. Er hatte sich nie auf diese Art für eine Frau interessiert, hatte nie das Verlangen gespürt, von dem andere mit fiebrigen Augen berichteten. Für ihn hatte immer seine Berufung im Mittelpunkt seines Denkens gestanden. Seine Aufgabe. Sein Dienst am Orden und an Gott. Das konnte er nicht von allen Brüdern behaupten. Immer wieder wurden Verstöße gegen das Keuschheitsgelübde bekannt, einige Brüder hatten sogar Kinder gezeugt.

Jetzt dämmerte Amiel zum ersten Mal, wovon die anderen gesprochen hatten. Aber es würde nichts ändern. Er war Mönch. Er war ein Ritter des Tempels. Sein Gelübde war ihm heilig. Was immer er fühlen mochte, sein Wille würde stärker sein.

Er räusperte sich. »Ich werde Euch ins nächste Dorf mitnehmen, wo man Eure Verletzung versorgen kann.«

Die Frau verzog ängstlich das Gesicht. »Nein. Ich ...« Sie verstummte.

Verwundert betrachtete Amiel sie. Sie hatte Angst, das war nicht zu übersehen. Vor ihm? Weil er ein Templer war? Oder war sie auf der Flucht? Lag sie deshalb ganz allein im Wald?

Sie setzte sich auf. Es bereitete ihr Schmerzen, das sah Amiel ihr an. »Wenn Ihr mir etwas zu trinken und zu essen dalassen könntet, wäre ich Euch sehr dankbar. Mehr braucht Ihr nicht für mich zu tun.«

Sie sprach mit einem fremd klingenden Akzent, es hörte sich ähnlich an wie bei dem Komtur Siegmund von Zähringen, der aus der Nähe von Köln stammte.

»Ich kann Euch nicht schwer verletzt hier zurücklassen«, sagte er fest entschlossen. Obwohl er genau das am liebsten getan hätte. Ihm war schwindelig, sein Herz flatterte wie ein junger Vogel im Netz. Diese Frau brachte alles durcheinander, woran er glaubte und wofür er lebte. Je schneller sich ihre Wege wieder trennten, desto besser.

»Macht Euch keine Sorgen um mich.« Sie lächelte.

Doch Amiel sah, wie entkräftet sie war.

Am Hals hatten die Dornen ihr einen besonders tiefen Schnitt beigebracht. Amiel beugte sich ein Stück vor, um ihn näher zu betrachten.

Ihm stockte der Atem.

Nein. Unmöglich.

Er schloss die Augen, öffnete sie wieder.

Es war noch immer da. Das Amulett. Der Drache ohne Kopf.

Tränen schossen ihm in die Augen. Er zog die erschrockene junge Frau in seine Arme, hielt sie fest und weinte hemmungslos.

Die falsche Schwester

Elva schwirrte der Kopf, ihr Herz schlug wild. Als der Templer sie eben wachgerüttelt hatte, war er ihr wie eine Erscheinung vorgekommen. Ein gut aussehender junger Mann in weißen Kleidern, der über ihr kniete und ihr Wein einflößte. Für einen Augenblick hatte sie tatsächlich geglaubt, dass dies das Jenseits war, das Reich Gottes.

Doch dann hatte der Fremde sehr irdische Dinge gesagt, und sie hatte begriffen, dass sie noch lebte und ihr Retter aus Fleisch und Blut war. War es derselbe Mann, vor dem sie gestern Abend geflohen war?

Er hielt sie noch immer in seinen Armen und weinte. Dazwischen murmelte er etwas auf Provenzalisch, das sie nur halb verstand. Ein Wort jedoch hörte sie klar und deutlich: Schwester.

Endlich entließ der Tempelritter sie aus der Umarmung, fasste sie bei den Schultern und sah sie an. Sein Gesicht war tränennass, die Augen gerötet, doch sie glänzten überglücklich.

Er deutete auf das Amulett. »Erinnerst du dich daran, woher du das hast?«

Elva nickte, unfähig, die Lippen zu bewegen. Sie fühlte sich gleichzeitig benommen und hellwach. Ihre Gedanken rasten.

Der Ritter griff unter sein weißes Gewand und zog eine Kette mit einem Anhänger hervor.

Elva erstarrte. Der Drachenkopf!

»Erinnerst du dich an mich? Weißt du, wer ich bin?«, fragte der Fremde mit heiserer Stimme.

»Amiel?«

»Oh, Aliénor! Du lebst!« Wieder schloss er sie in die Arme.

Elva ließ es geschehen, zu benommen, zu verwirrt, um eine Entscheidung zu treffen. Ein Teil von ihr war glücklich, erleichtert, der andere fühlte sich elend. Was sollte sie tun? Sie hatte den jungen Mann nicht angelogen, nichts gesagt, das nicht der Wahrheit entsprach, und dennoch, musste sie nicht ...

Andererseits würde dieser mächtige Ritter vermutlich alles für seine Schwester tun. Sie brauchte seinen Schutz. Gott würde ihr verzeihen. Schließlich hatte er ihr den Fremden geschickt, um sie zu retten.

Amiel ließ sie los, kniete nieder und betete. Dann wandte er sich ihr zu. »Was ist geschehen? Wie ...?«

»Ich ...« Elva räusperte sich. Noch war Zeit, die Wahrheit zu sagen.

»Entschuldige, liebste Schwester. Du bist am Ende deiner Kräfte, und ich malträtiere dich mit dummen Fragen, die du mir auch später noch beantworten kannst.« Er legte die Stirn in Falten.

Elva wagte nicht, etwas zu sagen. Ihr Herz schlug noch immer wie ein Schmiedehammer. Das schlechte Gewissen legte sich wie eine eiserne Klammer um ihre Brust. O Gott, was sollte sie nur tun?

Amiel schien eine Entscheidung getroffen zu haben. »Eigentlich war ich auf dem Weg nach Marseille. Dringende Aufgaben erwarten mich dort. Aber auf zwei Tage darf es nicht ankommen. Nicht, wenn es um so viele verlorene Jahre geht.« Er berührte sanft ihre Wange mit seinen Fingerspitzen.

Ein Schauder durchlief Elva. Es war, als hätte Milo sie berührt, aber tausendfach verstärkt. Sie presste die Lippen zusammen und senkte hastig den Blick. »Und nun?«, fragte sie leise auf Provenzalisch.

»Ich bringe dich nach Richerenches zu meinen Brüdern. Mein Adlatus Gernot de Combret ist dort, ihm werde ich dich anvertrauen. Eigentlich ist es strengstens verboten, dass Frauen sich in den Räumlichkeiten der Tempelbrüder aufhalten. Aber in diesem besonderen Fall wird Gott verzeihen, wenn wir eine Ausnahme machen. Ich werde nur Combret einweihen, er ist absolut verlässlich. Allen anderen werde ich erzählen, dass du ein neuer Sergent bist, der sich von einer Kampfverletzung erholen muss.«

Die Klammer um Elvas Brust zog sich zusammen. Wie konnte sie das tun? Wie konnte sie verantworten, dass dieser brave Mann ihretwegen ein solches Risiko einging?

Andererseits würde sie ohne ihren Retter am Wegesrand verhungern oder verbluten. Doch wenn sie ehrlich zu sich war, musste sie zugeben, dass das nicht halb so furchtbar wäre wie die Vorstellung, Amiel fortreiten zu sehen, in der Gewissheit, ihn für immer zu verlieren.

Herr im Himmel, was war nur in sie gefahren! Sie kannte diesen Mann doch gar nicht! Sie wusste nur, dass er ein Ritter des Templerordens war und Keuschheit und ein Leben in Armut gelobt hatte und dass er eine Schwester namens Aliénor hatte, die ihm offenbar sehr am Herzen lag.

»Halt dich an mir fest!«, forderte Amiel sie auf.

Sie bat Gott stumm um Verzeihung für ihre Selbstsucht, schlang die Arme um seinen Hals und ließ sich von ihm zu seinem Pferd tragen.

Er setzte sie in den Sattel. Dann kehrte er noch einmal um, um ihr Bündel zu holen. Er befestigte den Beutel am Sattel, schwang sich hinter sie auf das Pferd und griff nach den Zügeln.

»So können wir nicht sehr schnell reiten«, erklärte er. »Aber wenn wir gut vorankommen, sind wir noch vor Anbruch der Dunkelheit in Richerenches.«

»Danke, dass du das für mich tust«, flüsterte Elva.

»Wie könnte ich das nicht für dich tun?«, fragte er zurück und ließ das Pferd lostraben. »Du bist meine geliebte Schwester, ich würde alles für dich tun.«

* * *

Amiel fühlte sich, als würde ein Schwarm Hornissen in seinem Kopf herumschwirren. Einerseits war er unendlich glücklich und zugleich erleichtert gewesen, als ihm klar geworden war, dass die junge Frau seine Schwester Aliénor war. Andererseits war er seltsam enttäuscht. Das Durcheinander seiner Gefühle musste von dem unerwarteten Zusammentreffen herrühren. Es würde sich wieder legen.

So viele Jahre hatte er nach Aliénor gesucht, ohne echte Hoffnung, sie je zu finden, da war es nur natürlich, dass die unvermittelte Begegnung mit ihr ihn vollkommen durcheinanderbrachte.

Das zumindest redete er sich ein. Und darüber hinaus wollte er nicht nachdenken. Zumal er dringendere Probleme zu lösen hatte. Er musste seine Schwester in die Kommende schmuggeln. Er musste seine Familie informieren, Aliénor musste möglichst schnell an einem sicheren Ort untergebracht werden.

Er musste … Aliénors Körper sackte gegen seine Brust. Erschrocken hielt er die Luft an.

Langsam rutschte die junge Frau zur Seite.

Hastig packte er zu. Seine Schwester musste vor Erschöpfung wieder eingeschlafen sein. Sie sollten eine Pause einlegen, aber er wollte noch heute die sicheren Mauern von Richerenches erreichen.

Plötzlich hörte er ein dumpfes Grollen.

Das Gewitter? War es jetzt über ihnen? Noch war kein einziger Tropfen gefallen, aber der Wind hatte deutlich aufgefrischt.

Wieder hörte Amiel das Geräusch. Jetzt klang es mehr wie ein dumpfes Poltern, als würde ein sehr schwerer Gegenstand auf sie zurollen.

Im gleichen Augenblick begriff er. Sein Blick schoss nach rechts, wo sich eine steile Felswand über dem Weg erhob. Gleichzeitig riss er die Zügel herum und trat Fulgor kräftig in die Flanken.

Aber es war zu spät.

Ein riesiger Felsbrocken krachte auf den Weg, genau vor die Beine des Hengstes. Er stieg und wieherte vor Schmerz auf.

Amiel packte Aliénor und riss sie in die andere Richtung vom Sattel. Hart landeten sie auf dem Boden. Fulgor stürzte ebenfalls. Amiel schaffte es gerade noch, sich mit seiner Schwester im Arm zur Seite zu rollen, bevor der schwere Pferdekörper zu Boden ging.

Keuchend blieb Amiel liegen. Neben ihm stöhnte Aliénor leise.

Amiel griff nach seinem Schwert und horchte. Alles blieb

still, bis auf Aliénors Stöhnen und das laute Schnauben des Pferdes.

Sanft legte er seine Schwester auf dem Boden ab und sprang auf die Beine. Er wankte, sein rechter Arm hing schlaff herab, er hatte ihrer beider Sturz damit abfangen müssen. Aber auch einarmig war er ein guter Kämpfer. Er würde Aliénor bis zum letzten Blutstropfen verteidigen.

Noch immer blieb es still.

Nachdenklich betrachtete Amiel den Felsen. Manchmal lösten sich große Gesteinsbrocken einfach so aus der Wand. Vor allem nach heftigem Regen. Aber es hatte seit Tagen nicht geregnet. Und außerdem mochte Amiel nicht an einen solchen Zufall glauben.

Der Verfolger, den er die ganze Zeit auf dem Weg nach Richerenches gespürt hatte, musste dahinterstecken. Merkwürdig, dass er erst jetzt zuschlug.

Es sei denn ...

Hastig kniete Amiel sich neben seine Schwester. »Aliénor! Komm zu dir! Wir müssen hier weg!«

Sie schlug die Augen auf, starrte ihn verwirrt an. Dann schien sie sich zu erinnern. Schlagartig setzte sie sich auf. Ihr Blick schoss hin und her, blieb erst an dem verletzten Tier und dann an dem Felsbrocken hängen. »Sie haben mich gefunden.«

»Wer? Wer hat dich gefunden?«

»Die Gaukler. Sie wollen – nein, das kann ich dir nicht erklären. Bring dich in Sicherheit. Sie wollen mich.«

»Die Gaukler? Etwa dieselben wie damals? Warst du all die Jahre bei ihnen? Lebt dieser Teufel mit den weißen Haaren noch?«

Aliénor sah ihn verständnislos an. »Nein. Ja. Ich meine …« Sie verstummte, senkte den Blick.

In dem Augenblick knackte es.

Amiel sprang auf. »Wir müssen hier weg, auf der Stelle.«

Er zog Aliénor in den Stand. Dann trat er zu Fulgor. Das Tier litt furchtbare Schmerzen, das sah er sofort. Amiel hockte sich neben sein Pferd. Beide Vorderbeine waren gebrochen. Er schloss die Augen. Er hatte keine Wahl.

»Sieh besser nicht hin«, sagte er zu Aliénor.

Dann zog er seinen Dolch, setzte ihn an Fulgors Hals und durchtrennte die Schlagader. Es fühlte sich an, als würde er sich selbst die Kehle durchschneiden. Das Blut spritzte aus der Wunde, und obwohl Amiel schon viele Menschen und Tiere hatte sterben sehen, vermochte er kaum die Tränen zu unterdrücken. Fulgor war ihm ein treuer Freund gewesen.

Als Fulgors kurzer Todeskampf zu Ende war, reinigte Amiel sich notdürftig von dem Blut, nahm seine Schwester beim Arm und führte sie vom Weg fort ins Unterholz. Sie kamen nur langsam voran. Aliénor humpelte mit schmerzverzerrtem Gesicht. Er konnte sie nicht richtig stützen, weil er das Schwert die ganze Zeit kampfbereit in der gesunden Hand hielt. Sein rechter Arm war noch immer unbrauchbar. Die Schmerzen waren erträglich, aber er fürchtete, dass das nicht so bleiben würde.

Trotz allem musste er froh sein, dass er nicht schwerer verletzt war. Hätte er das Poltern nicht im letzten Moment gehört und die Zügel herumgerissen, wäre es vermutlich schlimmer ausgegangen.

Allerdings würden sie nun keinesfalls heute noch in

Richerenches eintreffen. Warum war er allein aufgebrochen? Combret hatte ihn beschworen, wenigstens einen Ritter als Geleitschutz mitzunehmen, hatte sogar angeboten, sich ihm trotz der furchtbaren Schmerzen anzuschließen, aber Amiel hatte es abgelehnt. Seine Vermessenheit hätte ihn beinahe das Leben gekostet, und die Gefahr war noch nicht vorüber. Er nahm sich vor, in Zukunft demütiger zu sein.

Aliénor knickte ein.

Amiel ließ das Schwert fallen und packte zu, bevor sie auf dem Boden aufschlug.

»Geh fort«, keuchte sie. »Ich halte dich nur auf. Und ohne mich bist du nicht in Gefahr.«

»Unsinn!« Behutsam setzte er sie auf der Erde ab, hob sein Schwert auf und schob es in die Scheide.

Sie waren erst wenige hundert Fuß von der Unfallstelle entfernt, doch das Unterholz war dicht, niemand konnte sich ihnen nähern, ohne dass sie ihn rechtzeitig hörten.

Aliénor presste die Hand auf die Wunde an ihrem Oberschenkel. Sie hatte wieder angefangen zu bluten.

Kurz entschlossen riss Amiel ein Stück von seinem Umhang ab und wickelte es um ihr Bein. Gott würde ihm die Entweihung des frommen Gewandes verzeihen.

»Danke«, murmelte Aliénor.

»Und kein Wort mehr davon, dass ich dich irgendwo zurücklasse. Das wird nicht geschehen.«

»Aber ich kann kaum laufen. Und du kannst nur einen Arm benutzen.«

»Wir schaffen das. Gemeinsam.« Amiel löste einen Schlüssel von seinem Gürtel. »Was auch immer die Gaukler von dir wollen, liebste Schwester, der Felsbrocken eben galt mir. Ich hüte einen sehr wertvollen Schatz für meinen Orden. Schon zwei Mal hat jemand versucht, ihn zu stehlen. Der letzte Versuch wurde durch meinen guten Freund Cyprian vereitelt. Nun befindet der Schatz sich in einem besseren Versteck. Aber ich fürchte, dass unsere Gegner das Geheimnis gelüftet haben. Alles, was ihnen fehlt, um an den Schatz zu gelangen, ist dieser Schlüssel. Ich möchte, dass du ihn aufbewahrst. Sollte mir etwas zustoßen, bringst du ihn dem Ritter des Templerordens Cyprian Batiste. Du findest ihn in der Kommende Sainte Eulalie. Du kannst ihm blind vertrauen, so wie du mir vertrauen würdest.«

»Aber bei dir ist der Schlüssel doch viel sicherer!«

»Irrtum. Die Räuber werden glauben, dass ich ihn niemals aus der Hand geben würde, komme, was wolle. Und sie haben recht. Genau aus diesem Grund ist er bei dir sicher.«

Zögernd nahm Aliénor den Schlüssel entgegen. »Ich werde versuchen, mich deines Vertrauens würdig zu erweisen.«

»Das wirst du, ich weiß es.«

Sie sah ihn wortlos an.

Ihr Blick traf Amiel wie ein Dolchstoß ins Herz. Erschrocken sah er zur Seite. Was war nur mit ihm los?

* * *

Karel Vranovsky zog die Zügel an, als er die Kuppe erreichte und die Stadt sich vor ihm ausbreitete. Dicke Mauern, unzählige Dächer, dahinter der Hafen und das glitzernde Meer.

Marseille. Niemals hätte er erwartet, je diese Stadt zu sehen. Niemals hätte er gedacht, je das Meer zu sehen. Sein Herz schlug schneller, der Anblick des geheimnisvoll schimmernden Wassers weckte eine ungekannte Sehnsucht in ihm. Über das Meer konnte man in ferne Länder reisen, deren Namen so fremd klangen, dass es einem so vorkam, als gäbe es sie gar nicht wirklich, als wären sie Sagen und Heldenliedern entsprungen.

Karel hatte Bilder gesehen von Tieren, die unfassbar lange Hälse hatten oder Hörner im Gesicht statt neben den Ohren. Er wusste nicht, ob es diese Wunderviecher wirklich gab, aber wenn, hätte er sie gern einmal gesehen.

Der kühle Wind frischte auf und wehte ihm ins Gesicht. Rasch rief er sich zur Ordnung. Er war nicht hergekommen, um schwärmerischen Gedanken nachzuhängen, sondern um seinem geliebten Herrn zur Gerechtigkeit zu verhelfen.

Dass Elva ihm an der Ardèche im letzten Moment entwischt war, ärgerte Karel maßlos. Einen Tag bevor der ersehnte Brief aus Trier eingetroffen war, waren die Gaukler weitergezogen. Nun hatte er immerhin etwas Schriftliches in der Hand, und beim nächsten Mal würde es schneller gehen.

Die Spur der Fahrenden hatte er schnell wieder aufnehmen können. Doch der zuständige Edelmann hatte kein Interesse daran gezeigt, eine Frau festsetzen zu lassen, die so weit von seinem Herrschaftsgebiet entfernt einen Mord begangen haben sollte. Was scherte ihn das?

Karel hatte hin und her überlegt, ob er von seinen eisernen Prinzipien abweichen und sie selbst ergreifen sollte.

Aber gegen die Übermacht der Gaukler fühlte er sich nicht gerüstet.

Erst der vermeintliche Unfall dieses Seiltänzers hatte daran etwas geändert. Nun hätte er sich höchstens noch mit den Gauklern darüber streiten müssen, wer dafür sorgen durfte, dass Elva ihre gerechte Strafe erhielt.

Und wie diese aussehen sollte.

Doch bevor er hatte zuschlagen können, war Elva plötzlich verschwunden. Karel hatte die ganze Gegend abgesucht, aber keine Spur von ihr gefunden. Hatten die Gaukler sie umgebracht, ohne dass er es mitbekommen hatte, und ihre Leiche so gut versteckt, dass er sie nicht hatte finden können?

Möglich. Doch er glaubte nicht daran. Elva lebte. Das spürte er. Es konnte nicht anders sein.

Und wenn die Metze wieder auf der Flucht war, gab es nur einen Ort, wo sie sich sicher fühlen konnte. Bei ihrer Schwester in Marseille. Deshalb hatte Karel sich dorthin aufgemacht. Leni würde ihn früher oder später zu Elva führen. Daran hatte er keinen Zweifel.

* * *

Elva lief einen dunklen Korridor hinunter. Sie musste sich an den grob behauenen Wänden entlangtasten, weil sie kaum etwas sehen konnte. Hinter sich hörte sie keuchenden Atem. Jemand war ihr dicht auf den Fersen, jemand, der ihr Böses wollte.

Sie beschleunigte ihre Schritte, stolperte über einen Stein und konnte sich gerade noch abfangen. Ihr Atem ging stoßweise, in ihrer Seite stach und pikste es. Am liebsten hätte sie sich einfach auf den Boden geworfen. Sie war so unendlich müde, sie wollte nicht mehr wegrennen. Aber sie durfte nicht innehalten.

Schon hörte sie ihren Verfolger näher kommen.

Sie warf einen Blick über die Schulter, aber da war nichts zu sehen.

Plötzlich öffnete sich der Gang zu einem großen Saal mit gewölbter Decke. Fackeln steckten in eisernen Haltern an den Wänden, die mit Bildern von fremdartigen Tieren und Fabelwesen bemalt waren. Der Raum war erfüllt von Wiehern, Schnauben und Brüllen.

In der Mitte stand ein einziger Gegenstand auf dem Boden. Eine riesige Truhe mit einem dicken, rostigen Schloss. Elva bewegte sich auf die Truhe zu. Sie hielt mit einem Mal einen Schlüssel in der Hand, den sie zuvor gar nicht bemerkt hatte.

Sie kniete nieder, sperrte auf und hob den Deckel an. Da quoll Blut aus der Truhe, schwappte auf ihre Füße und spritzte ihr ins Gesicht.

Entsetzt sprang Elva auf und taumelte rückwärts. Ein Schrei entfuhr ihr, und im gleichen Moment wachte sie auf.

»Aliénor«, wisperte eine Stimme an ihrem Ohr. »Alles ist gut. Es war nur ein Traum.«

O Gott! Mit einem Schlag fiel ihr alles wieder ein.

Amiel de Lescaux. Der Name, den sie so viele Jahre lang mit Leid, Blut und Todesschreien verbunden hatte. Der Mann, dessen bloßer Anblick ihr Herz rasen ließ. Und der Schuldgefühle in ihr weckte, die sie zu ersticken drohten.

Zögernd schlug sie die Augen auf. Es war noch dunkel, doch der Himmel hatte sich grau gefärbt. Amiels Gesicht war so dicht über ihrem, dass sie seinen Atem auf ihrer Haut spürte. Er hatte die Stirn besorgt in Falten gelegt.

Gestern nach der kurzen Rast hatten sie sich noch eine Weile durch den Wald gekämpft, doch weit waren sie nicht gekommen. Das Gewitter, das schon seit Stunden in der Luft gelegen hatte, war losgebrochen wie der gerechte Zorn des Allmächtigen. Glücklicherweise waren sie rechtzeitig auf einen uralten hohlen Baum gestoßen, der ihnen etwas Schutz vor dem Unwetter und möglichen Verfolgern bot, also hatten sie beschlossen, bis zum nächsten Morgen auszuruhen.

Elva hatte Amiel noch einmal beschworen, ohne sie weiterzuziehen. Aber sie war sehr erleichtert gewesen, als er nichts davon hatte hören wollen.

Er schien fest davon überzeugt, dass der Attentäter es auf seinen geheimnisvollen Schatz abgesehen hatte. Doch Elva wusste es besser. Der Felsen war ihretwegen den Hang hinuntergestürzt. Sie war es, die das Unglück anzog wie ein Topf Honig die Bienen. Entweder hatten die Gaukler sie gefunden und versucht, sie zu töten. Doch das hielt sie für unwahrscheinlich. Sie traute keinem aus der Truppe zu, dass er sich auf diese Art für Milos Tod rächen würde. Nicht einmal Nana, obwohl sie nie einen Hehl daraus gemacht hatte, dass sie Elva nicht ausstehen konnte.

Oder der Fluch hatte sie wieder eingeholt.

So musste es sein. Die böse Macht, der zuvor bereits Arnulf von Arras und Milo zum Opfer gefallen waren, hätte diesmal beinahe Amiel und sie getötet. Noch einmal würden sie nicht so viel Glück haben. Wenn sie nicht wollte, dass Amiel starb, musste sie ihn verlassen.

Amiel hatte sich aufgesetzt und reichte ihr den verdünnten Wein. »Hier, trink.«

Dankbar nahm sie den Schlauch entgegen. Er war fast leer. Sie trank einen Schluck und gab ihn zurück.

Schweigend verschloss Amiel ihn wieder, ohne selbst davon zu trinken. »Sobald es hell ist, versuchen wir weiterzukommen. Etwa zwei Meilen von hier gibt es ein kleines Dorf. Mit etwas Glück können wir uns dort einen Esel besorgen.«

Elva sah, dass seine Augen sich verdunkelten.

»Du trauerst um dein Pferd.«

»Fulgor hat mir nicht nur gute Dienste geleistet. Er war mein Kamerad. Und das schnellste Pferd des Ordens.«

»Es tut mir leid.« Ihre Stimme war so heiser, dass sie kaum ein Wort hervorbrachte.

Amiel lächelte. »Wenn Fulgor der Preis war, den ich zahlen musste, um dich zu finden, habe ich es gern getan. Endlich habe ich meinen Schwur einlösen können.«

»Was für einen Schwur?«

»Meine Schwester zu finden. Ich habe es unserer Mutter an ihrem Totenbett versprochen. Sie hat bis zu ihrem Ende fest daran geglaubt, dass du noch lebst.«

Sie hat sich getäuscht, dachte Elva.

»Allerdings habe ich mein Versprechen ohne eigenes Zutun erfüllt«, fügte Amiel mit zerknirschter Miene hinzu. »Wenn ich ehrlich bin, hatte ich längst aufgegeben. So lange hatte ich vergeblich nach dir gesucht, und als ich am wenigsten damit rechnete, lagst du plötzlich vor mir am

Wegesrand. Ich wäre beinahe an dir vorbeigeritten!« Er nahm ihre Hände. »Erinnerst du dich an den Jahrmarkt? An den Wahrsager mit dem weißen Haar? Hat er dich entführt?«

Elva schluckte. Sie hielt es nicht länger aus. Und wenn es ihnen beiden das Herz zerriss, sie musste ihm die Wahrheit sagen. »Amiel, ich ...« Sie brach ab.

»Schscht.« Er legte ihr den Finger auf die Lippen. »Ich sehe, wie du dich quälst. Du musst nichts erzählen, wenn es schmerzvolle Erinnerungen in dir weckt. Ich habe dich gefunden, das ist alles, was zählt.«

Elva spürte Tränen aufsteigen. »Ich ... ich ...«

»Schscht«, wiederholte er und nahm sie in den Arm. »Sei still, ich will gar nichts hören.«

Sie ließ sich von ihm halten, weinte leise und nahm sich vor, ihm die Wahrheit zu gestehen, sobald sie sicher in der Kommende angekommen waren.

* * *

Guillaume las den Haftbefehl noch einmal durch. Seine Augen schmerzten, sein Rücken fühlte sich steif an wie ein Eichenbalken. Die ganze Nacht hatte er an den Formulierungen gefeilt und war dann im Morgengrauen, ohne einen Bissen zu essen, aufs Pferd gestiegen und die sieben Meilen bis nach Maubuisson ohne Pause durchgeritten. Dorthin hatte der König den Kronrat einberufen, nur den engsten Kreis, den neuen Großsiegelbewahrer Gilles Aycelin de Montaigut, den Kämmerer Enguerrand de Marigny, den Konnetabel Gaucher de Châtillon und Guillaume.

Philipp nutzte die Abtei gern für geheime Treffen. Seine Großmutter hatte sie gegründet, dort fühlte er sich von ihrem Geist behütet und inspiriert.

Guillaume rollte das Dokument zusammen, schob es in eine Lederhülle und presste es sich an die Brust. Immerhin hatten die Strapazen sich gelohnt. Das Dokument war juristisch unumstößlich. Humbert, der Großinquisitor von Frankreich, hatte sich fast nass gemacht vor Eifer, als der König ihm den Auftrag erteilte, die Verhöre vorzubereiten. Aber bevor er auch nur einen Templer zu sehen bekäme, hätte Guillaume schon alle Geständnisse, die er brauchte. Der Papst würde zuerst schäumen vor Wut, dass man seine Rechte mit Füßen trat, und kurz darauf vor Angst nur so zittern. Und zwar sobald ihm klar wurde, dass sein Leben an einem seidenen Faden hing. In Frankreich gab es nur ein Gesetz: das des Königs.

Mit der Einleitung der Untersuchung des Ordens hatte de Got versucht, das Schicksal der Templer in die Hand zu nehmen, aber bisher war nichts passiert. Clemens war noch immer kränklich, lag nach wie vor in der dunklen Klosterzelle. Der Beginn des Prozesses war für Mitte Oktober anberaumt. Bis dahin würde der Papst niemanden mehr haben, den er vernehmen konnte. Alle Baillis in Frankreich würden den Haftbefehl zusammen mit der Aufforderung erhalten, das Siegel erst im Morgengrauen des Freitag, den dreizehnten Oktober, zu erbrechen und die in dem Schreiben aufgeführten Befehle unverzüglich auszuführen. So würde es keine Warnungen geben. Kein Templer würde ihnen entgehen.

Guillaume würde sich die Freude nicht nehmen lassen,

Molay persönlich zu verhaften. Der hatte sich in seinem Tempel in Paris verkrochen und gab sich der Illusion hin, bald zum König von Jerusalem gekrönt zu werden.

Die Uhr der Klosterkirche schlug. Zeit für das Treffen. Guillaume stieß die Tür zu der Klosterzelle auf, in die er sich nach seiner Ankunft zurückgezogen hatte. Die Lederhülle mit dem Dokument hielt er fest in der Hand. Jetzt fehlte nur noch das Siegel des Königs. Ein winziger Schritt trennte ihn von der Erfüllung seines Gelübdes. Besser konnte es nicht laufen.

Bis auf eine Kleinigkeit. Der Schatz der Juden war noch immer nicht in seinen Händen. Darum würde er sich rechtzeitig vorher kümmern. Nicht dass die Truhen im Zuge der Verhaftungen in die falschen Hände gerieten. Hoffentlich fand dieser Versager Batiste bald heraus, wo der Schatz versteckt war!

Guillaume stapfte durch die Arkaden des Kreuzgangs. Der König hatte sie ins Refektorium bestellt. Niemand sonst wusste von dem Treffen, und keiner der anderen Teilnehmer wusste, worum es ging.

Philipp begrüßte alle herzlich, er schien bester Laune zu sein. Sie nahmen an einer kleinen, reich gedeckten Tafel Platz. Guillaume lief das Wasser im Mund zusammen. Er brach sich ein Stück Brot ab, tunkte es in eine fette Bratensoße und steckte es sich in den Mund. Mit verdünntem Wein spülte er nach, er schmeckte köstlich, ebenso wie das getrocknete Obst.

»Wir sind erfreut, Euch mit solch gesegnetem Appetit zu sehen, dass er Eure Ohren vor Unseren Worten versperrt, lieber Nogaret.«

Guillaume verschluckte sich fast. Er hatte sich tatsächlich so dem Genuss hingegeben, dass er Philipps Worte nicht gehört hatte.

Guillaume schluckte hastig die Feige hinunter, die er soeben in den Mund geschoben hatte. »Verzeiht, Eure Majestät, ich war in der Tat …«

»Schon gut«, beschwichtigte der König. »Habt Ihr den Haftbefehl?«

Die Mitglieder des Kronrates erstarrten für einen Moment. Philipp liebte es, Menschen zu erschrecken.

Guillaume unterdrückte mit Mühe das triumphierende Grinsen, das ihm in den Mundwinkeln zuckte. »Aber ja, mein König.«

»Dann lasst Uns hören, wer der Gerechtigkeit zugeführt werden wird.«

Kein Laut war mehr zu hören, alle hatten das Essen und Trinken unterbrochen und starrten Guillaume an. Das Pergament schabte, als er es aus der Hülle zog. Er kannte den Text auswendig, trotzdem hielt er den Blick auf die Worte geheftet, trug die Anklage mit fester Stimme vor und endete mit dem Satz, der ihm der liebste war: »So ergeht im Namen des Königs und der Heiligen Inquisition der Befehl, alle Mitglieder des Ordens der Templer zu verhaften und unverzüglich von den Beamten des Königs zu ihren Verbrechen zu befragen.«

Schweigen senkte sich über den Kronrat. Philipp hielt die Augen halb geschlossen, aber Guillaume wusste, dass er jeden genau beobachtete.

Der Konnetabel erhob sich. »Meine Männer stehen Euch zur Verfügung, falls Ihr sie braucht. Ich werde alle nötigen Befehle erteilen.« Er warf einen Blick auf den Großsiegelbewahrer. »Ich kann auf diesen nutzlosen Orden gut verzichten.«

Philipp nickte unmerklich, der Konnetabel nahm Platz und lächelte fein. Guillaume stieß die Luft aus, die er unwillkürlich angehalten hatte. Châtillon war der Einzige, der die Verhaftung wirklich hätte verzögern können.

Marigny erhob sich. Er stammte aus niederem Adel, Philipp hatte seine Fähigkeiten erkannt und ihn in ein Amt erhoben, das bei anderen Herrschern nur dem Hochadel vorbehalten war. Er wusste, was er zu verlieren hatte.

»Mein König! Darf ich davon ausgehen, dass das Vermögen dieser Verbrecher eingezogen wird?« Seine Stimme kratzte.

Philipp nickte.

»Dann wird es mir eine Ehre und ein Vergnügen sein, meine Beamten damit zu beauftragen sicherzustellen, dass nicht allzu viel davon in die Hände des Papstes gelangt.«

Marigny hatte verstanden, er würde keinerlei Widerstand leisten. Das vereinfachte und beschleunigte das Prozedere erheblich. Nogarets Männer hätten zwar ausgereicht, um die Bücher im Sinne des Königs zu bearbeiten, aber mit Marignys Hilfe konnten sie noch mehr abzweigen als geplant.

Blieb noch Aycelin, der Großsiegelbewahrer. In seinem Gesicht arbeitete es. Ihm war klar, dass das Vorgehen des Königs eindeutig eine Verletzung der Rechte des Papstes darstellte. Es war ein Raubüberfall, nichts weiter. Der Großsiegelbewahrer war zugleich Erzbischof von Narbonne und vom Papst eingesetzt, seine Güter unterstanden der

Kirche. Clemens konnte ihm jederzeit alles nehmen: Amt, Würde und Reichtum.

Aycelin erhob sich langsam. »Mein König.« Er mied Guillaumes Blick. »Ich zweifele nicht daran, dass den Templern der Prozess gemacht werden muss. Allerdings hat der Papst bereits eine Untersuchung eingeleitet.«

Philipp gähnte. »Ja und? Das ist Uns bekannt. Ebenso wie die Tatsache, dass Unser geschätzter Heiliger Vater sehr krank ist, sich weder in Paris noch in Poitiers aufhält, also nicht imstande ist, die Lage richtig einzuschätzen. Wir müssen handeln. Die Templer sind eine ernste Gefahr. Oder seht Ihr das anders?«

»Ich werde den Papst von der Dringlichkeit der Angelegenheit unterrichten und ihn dazu bringen, den Prozess sofort zu eröffnen. Er wird auf mich hören, das ist gewiss.«

Philipp sprang aus dem Stuhl, hob drohend den Zeigefinger, doch seine Stimme blieb sanft, als spräche er zu einem guten Freund. »Nichts dergleichen werdet Ihr tun, mein Bester. Der Papst hat ausreichend Gelegenheiten gehabt, die Templer zur Rechenschaft zu ziehen, und keine einzige hat er genutzt. Wir fordern Euch auf: Setzt das Siegel unter das Schreiben.«

Aycelin griff an seinen Gürtel, wo er das Siegel in einem Beutel aus Samt verwahrte. »Verzeiht, mein König, das kann ich nicht tun. Ich erbitte Eure Vergebung.«

Philipp seufzte, hielt die Hand auf. »Das Siegel, Aycelin. Bitte. Jetzt. Sofort.«

Guillaume hielt die Luft an. Der Großsiegelbewahrer stellte sich offen gegen den König, und der König blieb vollkommen ruhig?

Aycelin reichte dem König das Siegel und warf den leeren Beutel auf den Tisch. »Hiermit trete ich als Euer Kanzler von all meinen Ämtern zurück, mein König. Gleichzeitig versichere ich Euch meiner unverbrüchlichen Treue.«

Aycelin war nicht dumm. Er war Philipp zuvorgekommen, indem er sein Amt aufgab, aber dem König schwor, sich dessen Vorhaben nicht in den Weg zu stellen. Er wusste, dass Philipp ihn als Vermittler zwischen Krone, Kirche und ausländischen Mächten brauchte. Und gleichzeitig konnte der Papst dem Erzbischof keinen Vorwurf machen, denn er hatte vor Philipp nicht gekuscht. Doch würde dem König das genügen?

Philipp wog das Siegel in der Hand. Schaute einen nach dem anderen an. »Nogaret! Ihr werdet den Haftbefehl siegeln und mit Uns unterzeichnen. Wir glauben nicht, dass Euch das schlaflose Nächte bereitet.«

Guillaume verbeugte sich tief. »Es ist mir eine Ehre, mein König.« Seine Unterschrift neben der des Königs! Guillaume hätte nicht gedacht, dass dieser Tag ihm solch einen Triumph bringen würde.

Philipp selbst erhitzte das Siegelwachs in einer kleinen Pfanne über einer Kerze und goss es auf das Pergament. Guillaume wartete einen Moment, bis das Wachs die richtige Temperatur hatte, dann drückte er das Siegel hinein. Es zeigte Philipp auf dem Löwenthron, mit den Insignien der Macht in Händen.

Philipp nahm die Feder und malte schwungvoll seinen Namen unter das Dokument. Dann reichte er Guillaume die Feder, der sich bemühte, besonders schön zu schreiben. Mit Sand löschte Guillaume die Tinte und prüfte die Festigkeit des Siegels. Alles bestens. Schnell rollte Guillaume den Haftbefehl zusammen, schob ihn wieder in die Schutzhülle und gab dem König das Siegel zurück. »Mein König, um Euren Befehl umzusetzen, bedarf es noch vieler Vorbereitungen. Darf ich mich zurückziehen?«

»Ihr dürft, aber habt Ihr nicht etwas vergessen?« Er blickte auf das Siegel in seiner Hand.

»Verzeiht, mein König, ich verstehe nicht.«

Philipp ließ das Siegel in den Samtbeutel gleiten. »Wir brauchen einen neuen Siegelbewahrer. Da Ihr, wie Wir Uns soeben selbst versichern konnten, gut damit umgehen könnt, möchten Wir Euch das Siegel anvertrauen.«

Er hielt Guillaume den Beutel hin. Guillaume zögerte. Damit war er de facto Kanzler des Reiches. Sein Herz schlug schneller. Nicht im Traum hätte er damit gerechnet, als Kanzler nach Paris zurückzukehren.

»Unser Arm wird müde«, sagte der König.

»Verzeiht, Majestät«, stotterte Guillaume und nahm den Beutel in Empfang.

Philipp hob eine Augenbraue. Dann stand er auf. »Wir danken Euch, meine Herren. Und Wir vertrauen darauf, dass Euch bewusst ist, dass vom Gelingen unseres Plans auch Eure Zukunft abhängt.«

Mehr musste Philipp nicht sagen. Alle verneigten sich tief vor dem König, der das Refektorium schnellen Schrittes verließ. Ebenso eilig stürmte der ehemalige Großsiegelbewahrer aus dem Raum. Guillaume warf einen sehnsüchtigen Blick auf die Speisen, von denen er kaum gekostet hatte, dann marschierte er ebenfalls hinaus.

Er schwang sich auf sein Pferd und galoppierte seiner

Garde voraus nach Paris zurück. Noch heute würde er alle Baillis anweisen, die Templer unauffällig zu beobachten, ihre Wehrfähigkeit zu erkunden und festzustellen, wie viele Ritter und Sergenten in den jeweiligen Kommenden anwesend waren. Danach würde er die Gens du Roi einteilen. Niemand durfte ihm entgehen.

Kaum war er zu Hause angekommen, als ein Bote ihm einen Brief übergab. Er war von Cyprian Batiste. Endlich!

Guillaume überflog die Zeilen. Batiste schwor, er wisse, wo der Schatz sei. Er habe ihn mit eigenen Augen gesehen. In der Kommende Richerenches. Was für ein Glückstag!

Aber es gab Probleme: Richerenches lag in der Provence und somit außerhalb des Machtbereiches des Königs. Dort konnte Guillaume nicht einfach so an die Tür klopfen, die Bewohner festsetzen und sich nehmen, was er haben wollte.

Wenn man ihn erwischte, würde er lange Zeit in Gefangenschaft verbringen. Und Philipp würde ihn vierteilen lassen, weil er auch dem Ruf des Königs damit schadete. Andererseits musste er sich ja nicht erwischen lassen. Richerenches lag weit entfernt von jeder größeren Stadt oder Burg.

Allerdings war die Kommende gut befestigt. Er musste einen Überraschungsangriff führen, und er wusste auch schon, wie er ohne den Einsatz von Gewalt die Tore öffnen konnte. Guillaume setzte ein Schreiben an Cyprian Batiste auf, das ein Eilbote sofort überbringen würde. Er rechnete die Tage durch. Die Zeit war knapp, aber wenn alles nach Plan lief, würde er rechtzeitig zur Verhaftung von Jacques de Molay zurück in Paris sein und selbst an die Pforte des Tempels klopfen.

* * *

Ein weiterer Tag war vergangen, die Sonne senkte sich über den Horizont. Ihre rot glühenden Strahlen beleuchteten die Mauern von Richerenches. Endlich waren sie am Ziel. Amiel hätte vor Erleichterung fast geweint.

Niemals zuvor hatte er solche Strapazen ausgestanden. Dabei hatte er eine strenge Ausbildung zum Ritter absolviert und so manche Schlacht geschlagen. Doch im Kampf, Seite an Seite mit seinen Brüdern, hatte er immer gewusst, was zu tun war und wofür er litt. Die vergangenen vier Tage waren ein einziges Auf und Ab zwischen Freude und Leid, zwischen Furcht und Hoffnung gewesen.

Am größten war die Angst vor seinen eigenen Gefühlen. Er kannte sich selbst nicht wieder. Er war nicht mehr der Mann, der er noch letzte Woche gewesen war. Seine ganze Hoffnung ruhte darauf, dass er zu seinem alten Selbst zurückfinden würde, wenn er erst wieder bei seinen Brüdern war.

Doch ein Blick auf die Frau an seiner Seite ließ ihn ahnen, dass es so einfach nicht sein würde.

Zwei Tage hatten sie gebraucht, das Dorf zu erreichen, in dem Amiel sich Hilfe erhoffte. Erst waren sie recht gut vorangekommen, doch Aliénors Bein hatte wieder geblutet, sie hatten lange rasten müssen. Als sie bemerkt hatten, dass sie noch immer verfolgt wurden, hatte Amiel beschlossen, das nächste Wegstück in der Nacht zurückzulegen. Auch wenn es mühsamer war, kamen sie im Schutz der Dunkelheit sicherer voran.

Immerhin hatten sie in dem Dorf tatsächlich einen Esel

erwerben können, wenn auch zu einem unverschämt hohen Preis. Danach waren sie schneller vorwärtsgekommen. Aliénor hatte auf dem Esel gesessen, und er war nebenhergelaufen. Bei jedem auffälligen Geräusch hatten sie innegehalten und gehorcht. Manchmal hatten sie sich im Unterholz versteckt.

Meistens waren es Bauern gewesen, die von der Arbeit auf dem Feld heimkehrten, oder Pilger oder fahrende Händler, und ihre Vorsicht wäre nicht nötig gewesen. Aber einige Male war das Geräusch verstummt, ohne dass jemand auftauchte, obwohl Amiel sicher war, dass er das Schnauben eines Pferdes näher kommen gehört hatte.

»Ist das deine Kommende?«, fragte Aliénor.

»Ja. Noch eine Viertelmeile, dann sind wir in Sicherheit.«

»Was willst du deinen Brüdern erzählen?«

»Die Wahrheit. Dass du meine Schwester bist.« Er überlegte. »Zumindest den Komtur und meinen treuen Adlatus Combret muss ich einweihen. Den anderen werde ich sagen, dass du ein Sergent unseres Ordens bist, den ich schwer verwundet aufgefunden habe.« Er zog seinen Mantel aus. »Niemand darf sehen, dass eine Frau ins Kloster eingelassen wird. Streif den hier über. Und wenn wir ans Tor kommen, ziehst du die Kapuze über den Kopf und hältst den Blick gesenkt. Sag auf keinen Fall etwas, auch nicht, wenn du direkt angesprochen wirst. Ich regele alles. Wenn jemand fragt, nenne ich dich Elgast. Du sprichst nicht, weil du ein Schweigegelübde abgelegt hast.«

Aliénor zog den Mantel an. »Was würde passieren, wenn die Leute erfahren, dass ich nicht dein Bruder bin?«

Amiel dachte an die hässlichen Gerüchte, die über die Rituale des Ordens kursierten, an die Untersuchung des Papstes. »Das würde unseren Gegnern in die Hände spielen. Sie suchen nach einem Vorwand, um die Templer anzuklagen und zu vernichten.«

»Aber warum?«

»Weil wir reicher und mächtiger sind als der König von Frankreich. Das gefällt ihm nicht.«

»Ich dachte, ihr hättet Armut gelobt.«

»Das haben wir auch. Niemand von uns hat persönlichen Besitz, abgesehen von seiner Kleidung, seinen Waffen und seinen Pferden. Aber der Orden ist unermesslich reich. Wir brauchen das Geld, um das Heilige Land für die Christen zurückzuerobern.« Amiel entdeckte eine steile Falte auf Aliénors Stirn. »Du missbilligst unsere Ziele?«

»Wie könnte ich so vermessen sein?« Sie zögerte. »Aber der Gedanke, dass du in den Krieg ziehst ...« Sie brach ab, senkte den Blick.

Amiel ergriff ihre Hand. »Ich verspreche dir, dich nie wieder ohne Schutz zurückzulassen, wohin auch immer meine Pflichten als Tempelritter mich führen.« Dann senkte er ebenfalls den Blick, damit sie nicht sah, wie aufgewühlt er war.

Im letzten Licht des Tages erreichten sie die Kommende. Amiel wurde unverzüglich von seinen Brüdern eingelassen und führte seine Schwester in eine Kammer, in der bei Bedarf der Seneschall, der Großmeister oder andere wichtige Gäste nächtigten. Ein einfaches Bett, ein Schemel und eine kleine Truhe standen darin.

»Warte hier, und mach niemandem die Tür auf!« Er deutete auf den Riegel. »Ich bin gleich wieder bei dir.«

Zuerst suchte Amiel den Komtur Guillaume Hugolin auf.

»Nanu, was macht Ihr schon wieder hier, Lescaux? Und was ist mit Eurem Arm?«

»Ich bin in einen Überfall geraten. Mein Pferd ist tot, ich selbst bin zum Glück nur leicht verletzt.« Er hob den Arm, den er sich in dem Dorf in eine Schlinge hatte legen lassen. Er konnte ihn schon wieder recht gut bewegen, aber er wollte ihn lieber ganz ausheilen lassen, bevor er ihn zum Arbeiten benutzte.

»Gütiger Herr! Was ist geschehen?« Der Komtur bekreuzigte sich.

»Nicht der Rede wert.« Amiel winkte ab. »Allerdings hat mich der Herr wohl nicht ohne Hintergedanken an jenen Ort geführt.« Amiel hatte sich überlegt, Hugolin eine leicht veränderte Version der Wahrheit zu erzählen. »In einem der Wagen, die von den Räubern überfallen wurden, saß meine Schwester. Ich konnte sie retten. Da niemand sonst überlebte, sah ich mich gezwungen, sie mit hierherzubringen.«

Der Komtur riss die Augen auf.

»Ich weiß, es ist gegen die Ordensregeln. Doch ich hoffe, es ist eine Übertretung, die angesichts der Umstände verzeihlich ist. Niemand hat sie gesehen, sie trug meinen Umhang, als wir das Tor passierten. Nun ist sie oben in der Kammer für hohe Gäste.«

»Und was gedenkt Ihr als Nächstes zu tun?« Hugolin schien die Angelegenheit unangenehm zu sein, doch immerhin verlangte er nicht von Amiel, seine Schwester unverzüglich fortzubringen.

»Ich werde meine Familie informieren und sie so schnell wie

möglich abholen lassen. Deshalb werde ich nur kurz ausruhen und noch vor dem Morgengrauen erneut aufbrechen. Euch bitte ich, für einige Tage Stillschweigen zu wahren. Ihr müsst Euch nicht um meine Schwester kümmern. Damit werde ich meinen Adlatus beauftragen. Wisst Ihr, wie es ihm geht?«

»Eine Kräuterfrau war vor zwei Tagen hier. Sie hat ihm einen Sud gebracht, mit dem er regelmäßig den Mund ausspülen soll. Es scheint zu helfen.«

»Gut.« Amiel wandte sich zum Gehen. »Ich weiß, dass ich Euch in eine unangenehme Lage bringe. Ginge es nicht um meine Schwester, würde ich niemals etwas Derartiges von Euch verlangen. Kann ich mich trotzdem auf Eure Diskretion verlassen?«

»Ihr habt großes Vertrauen in mich. Erst der Schatz, nun Eure Schwester.«

Ein Vertrauen aus der Not geboren, dachte Amiel. Er kannte den Komtur von Richerenches nur flüchtig, aber der alte Mann galt als weise und unbestechlich.

»Ich werde Euer Geheimnis wahren, Amiel de Lescaux.«

»Danke.« Amiel nickte dem Alten zu und suchte Gernot de Combret auf, der schon von der Rückkehr seines Herrn gehört hatte und voller Sorge war.

Schnell setzte Amiel ihn in Kenntnis. Combret verzog keine Miene, nickte nur grimmig, als Amiel ihn bat, sich in seiner Abwesenheit um Aliénor zu kümmern.

»Nun kommt mit, dann stelle ich Euch meine Schwester vor«, sagte er schließlich.

Schweigend stiegen die Männer in die obere Etage des Hauptgebäudes, wo die kleine Kammer lag.

Amiel klopfte. »Ich bin es, mach auf!«

Schritte waren zu hören, die Tür wurde aufgezogen. Aliénor trug noch immer den weißen Umhang und blickte ängstlich von Amiel zu Combret.

Amiel schloss die Tür. »Aliénor, das ist mein Adlatus und Vertrauter Gernot de Combret. Er wird sich in meiner Abwesenheit deiner annehmen. Nur er und der Komtur sind eingeweiht. Du darfst niemals die Kammer allein verlassen und keinesfalls mit irgendwem außer Combret sprechen. Das ist sehr wichtig!«

»Du gehst fort?« Aliénor sah ihn mit großen Augen an.

»Ich muss nach Marseille. Zehn oder zwölf Tage vielleicht. Ich werde versuchen, so schnell wie möglich zurückzukehren. Von Marseille aus werde ich einen Boten zu einem unserer Brüder schicken, damit er dich abholen und auf seine Burg bringen lässt.«

Amiel bemerkte entsetzt, wie sehr ihn die Vorstellung schmerzte, Aliénor einem seiner Brüder anzuvertrauen und sie womöglich sehr lange nicht wiederzusehen – vielleicht nie wieder.

Er verstand nichts von der Liebe, aber er kannte die Lieder, in denen sie besungen wurde. Er stellte sich vor, dass es sich so anfühlen musste, wenn das Herz hoffnungslos für eine Frau entflammt war.

Aber Aliénor war seine Schwester! Er konnte nicht so für sie empfinden, er durfte es nicht. Außerdem war er Mönch, er dürfte es nicht einmal, wenn sie nicht seine Schwester wäre.

Er knetete seine Hände. »Ich breche morgen in aller Frühe auf. Wir sehen uns, wenn ich zurückkehre.« Abrupt wandte er sich ab und hastete auf die Tür zu.

»Amiel!«

Zögernd drehte er sich um.

»Dein Mantel!« Sie zog ihn aus und reichte ihn ihm. Ganz unten am Saum fehlte das Stück, das er um ihr Bein gewickelt hatte.

Amiel nahm ihn entgegen. »Danke«, presste er hervor. »Combret wird dafür sorgen, dass du frische Kleidung bekommst. Am besten Gewänder, wie sie die Sergenten tragen, dann fällst du nicht sofort als Frau auf, sollte dich doch jemand zu Gesicht bekommen.«

Ohne sie noch einmal anzusehen, stürzte er aus der Kammer. Draußen musste er sich für einen Augenblick an die Wand lehnen.

»Geht es Euch gut, Herr?«, fragte Combret besorgt.

»Bestens.« Amiel zwang sich zu einer aufrechten Haltung. »Ich bin nur sehr erschöpft.«

»Das ist nur allzu verständlich.« Combret sah ihn an.

»Dann auf!« Amiel setzte sich in Bewegung. »Ich brauche ein Pferd, Vorräte und einen verlässlichen Bruder als Begleitung. Noch vor Sonnenaufgang muss alles für unsere Abreise bereit sein.«

Nur die Vernunft hielt ihn davon ab, sich sofort auf den Weg zu machen, davonzugaloppieren, so weit weg wie möglich von der Frau, die sein Herz derart in Aufruhr versetzte, dass er sich selbst nicht wiedererkannte.

* * *

Elva schreckte hoch. Ein Geräusch hatte sie geweckt. Verwirrt blickte sie sich um. Wo war sie? Auf Arras? Im Zelt bei Milo? Im Wald bei Amiel?

Fahles Morgenlicht umriss die Konturen eines Schemels,

auf dem ihr Bündel lag, und einer kleinen Truhe in der Ecke des Raums. Sie war in der Kommende Richerenches, in der kleinen Kammer, als dienender Bruder getarnt.

Wieder hörte sie etwas. Es kam von draußen vor dem Fenster. Jetzt bemerkte sie, dass es das Scharren eines Tores war, gefolgt von Hufschlag auf Holzbohlen.

Amiel!

Elva sprang von ihrem Lager auf und stürzte zu dem schmalen Fenster. Der Himmel war grau. Auf der kleinen Straße, die von der Kommende wegführte, ritten zwei Männer Seite an Seite. Der rechte war Amiel. Elva erkannte ihn an seiner Körperhaltung und daran, wie er den rechten Arm vor die Brust presste.

Ihr Herz krampfte sich zusammen. Amiel war gestern beim Abschied so harsch und abweisend zu ihr gewesen, dass sie ihn kaum wiedererkannt hatte. Hatte es daran gelegen, dass sein Adlatus zugegen war? Oder war er aus irgendeinem Grund verärgert? Hatte sie etwas falsch gemacht? Hatte er die Wahrheit herausgefunden?

Elva wurde abwechselnd heiß und kalt. Nein, die Wahrheit konnte er nicht wissen, sonst hätte er sie sofort davongejagt. Aber was war es dann?

Die Reiter waren inzwischen so klein, dass Elva sie kaum noch erkennen konnte. Schließlich verschwammen sie mit der Morgendämmerung.

Elva wandte sich vom Fenster ab. Unter dem Schemel stand eine Waschschüssel. Gernot de Combret hatte ihr gestern noch Wasser, Kleidung und Verbandszeug gebracht, aber sie war zu erschöpft gewesen und einfach so ins Bett gesunken.

Sie wusch sich, legte einen neuen Verband an und streifte die frischen Gewänder über. Das Stück von Amiels Mantel, das ihr bisher als Verband gedient hatte, rollte sie auf und verstaute es in ihrem Bündel. Vielleicht war dieses kleine Stück Stoff alles, was ihr von ihm blieb.

Es klopfte. »Ich bin's, Gernot den Combret. Seid Ihr wach?« Elva entriegelte die Tür. Das Laufen bereitete ihr noch immer Schwierigkeiten, doch die Wunde heilte schnell.

Combret trug ein Tablett in die Kammer und stellte es auf dem Bett ab. Ein Kanten Brot lag darauf, ein Stück Käse und ein Krug mit Wein samt Becher.

»Braucht Ihr sonst noch etwas?«, fragte er, ohne sie direkt anzusehen.

Seine Aufgabe bereitete ihm offensichtlich große Gewissensqualen. Er war ein ansehnlicher junger Mann mit kräftigen Schultern und wachen Augen, der in dem weißen Templermantel eine imposante Erscheinung abgab. Wäre er kein Mönch, hätte er vermutlich ihre blauen Augen und ihr langes blondes Haar bewundert und mit ihr geschäkert.

»Ich würde gern einen Brief schreiben. An meine ... an eine Freundin in Marseille. Sie vergeht sicherlich vor Sorge um mich.«

Combret zögerte kurz, bevor er antwortete. Doch er schien nichts Anstößiges an ihrem Anliegen zu finden. »Ich bringe Euch Schreibzeug. Nachher reitet ein Bote des Komturs in die Stadt, er kann Euer Schreiben mitnehmen.«

»Danke. Amiel ist schon fort, nehme ich an?«

Natürlich wusste sie es, aber vielleicht konnte Combret

mehr sagen, vielleicht hatte Amiel ihr noch etwas ausrichten lassen, bevor er aufbrach.

»Ja«, erwiderte der Ritter. »Dann bringe ich Euch jetzt das Schreibzeug.«

Elva hatte gerade den ersten Schluck von dem Wein genommen, als er zurückkehrte. Er trug ein kleines Pult und stellte es ans Fenster. Als er es aufklappte, kamen mehrere Bögen Pergament, ein Tintenfass, Siegelwachs und eine Feder zum Vorschein.

»Ich danke Euch vielmals«, sagte Elva.

Er verneigte sich stumm und verließ die Kammer.

Elva verriegelte hinter ihm die Tür. Nachdenklich aß sie ein Stück Brot mit Käse, dann ging sie zum Pult und tauchte die Feder in die Tinte.

In die obere Ecke des Pergaments schrieb sie groß und deutlich die Zahl Dreizehn. Sie fragte sich, ob Leni die anderen zwölf Briefe alle erhalten hatte, ob sie schon ungeduldig auf den nächsten wartete. Nun, wenn sie es irgendwann nach Marseille schaffte, würde sie es erfahren.

Meine über alles geliebte Schwester,

seit ich dir zum letzten Mal geschrieben habe, hat sich so viel zugetragen, dass ich gar nicht alles zu Pergament bringen kann. Deshalb nur so viel: Ich bin nicht mehr bei den Gauklern. Schlimme Dinge sind passiert, an denen ich keine Schuld trage, die aber dennoch meinetwegen geschahen. Ein wunderbarer, anständiger Mann ist tot, und ich kann nicht aufhören, um ihn zu weinen.

Auf meiner Flucht bin ich von einer Bache verletzt worden. Ich dachte schon, dass dies das Ende wäre, doch dann wurde ich von einem Ritter des Templerordens gerettet – nicht von irgendeinem, sondern einem ganz besonderen. Aber davon kann ich dir im Augenblick noch nicht erzählen. Ich bin in der Kommende Richerenches, und sobald ich ganz genesen bin, werde ich eine Möglichkeit finden, zu dir nach Marseille zu kommen.

Gott schütze dich und deine Familie

Elva

Als sie geendet hatte, las Elva den Brief noch einmal durch. Sie zögerte. Wenn Gernot de Combret oder jemand anders ihre Worte las, wusste er, dass sie nicht Amiels Schwester war, sondern eine Betrügerin. Außerdem könnte die Erwähnung von Richerenches auch ihre Beschützer in Bedrängnis bringen.

Sie zögerte. Dann griff sie zum Löschstein und vernichtete alles, was sie geschrieben hatte, bis auf die Zahl in der oberen Ecke.

Die neue Fassung war deutlich kürzer.

Geliebte Leni,

mir geht es gut und ich bin an einem sicheren Ort. Sobald es mir möglich ist, versuche ich, zu dir nach Marseille zu kommen.

Gott schütze dich!

E.

Ein Licht in dunkler Nacht

Der kleine Templergutshof Bayle unterstand der Kommende in Aix-en-Provence und war nur mit einem Sergenten besetzt, Raymond Perdigoni, der als Custos fungierte. Daneben gab es außer dem Kaplan nur einige Knechte aus den umliegenden Dörfern. Von den wenigen Männern abgesehen waren die Mauern verlassen. Ein guter Ort, um möglichst unbemerkt von etwaigen Spionen oder Verfolgern die Nacht zu verbringen.

Amiel streckte den Rücken durch. Seine Muskeln waren hart wie Stein. Vom langen Ritt, von der verkrampften Armhaltung, von den Sorgen, die ihm im Nacken saßen. Eigentlich hatten sie bis Marseille durchreiten wollen, doch der Gaul, den seine Brüder ihm gegeben hatten, lahmte etwas, und er selbst brauchte mehr Pausen, als ihm lieb war.

Also würden sie hier in Bayle eine zweite Nacht verbringen, bevor es morgen nach Marseille ging.

Gerade hatten sie das Tischgebet gesprochen, nun nahmen sie schweigend ein einfaches Mahl ein. Nach dem Essen ging Amiels Begleiter noch einmal zu den Pferden, um nachzusehen, ob sie gut versorgt waren. Amiel blieb allein mit dem Custos zurück.

»Darf ich fragen, wie es mit der Flotte vorangeht?« Perdigoni nahm einen Schluck Wein.

»Schnell, aber nicht schnell genug, wenn Ihr mich fragt. Habt Ihr gehört, dass der Papst nun ganz offiziell die Vorwürfe gegen die Templer untersuchen lassen will? Ich halte das für gefährlich.«

»Aber die Gerüchte sind doch vollkommen haltlos. Die Untersuchung wird zeigen, dass die Templer nichts tun, was gegen Gottes Gebote verstößt.«

Noch jemand, der nicht begriff, worum es wirklich ging. Amiel schüttelte den Kopf. »Glaubt Ihr das wirklich? Unter der Folter hat schon so mancher gestanden, was er nie auch nur gedacht, geschweige denn getan hat.«

»Aber wer redet denn von Folter? Ihr glaubt doch wohl etwa nicht diese albernen Gerüchte?«

Amiels Nackenhaare stellten sich auf. »Was für Gerüchte?«

»Unsinn, der hinter vorgehaltener Hand erzählt wird.«

»Bitte, Bruder, drückt Euch klar aus! Wovon in Gottes Namen sprecht Ihr?«

Perdigoni kratzte sich am Kopf. »Angeblich hat der König seinem Bluthund Nogaret freie Hand gegeben. Es soll der Befehl an alle Kommandeure der Gens du Roi ergangen sein, die Templer gefangen zu nehmen.«

Amiel fasste sich an die Brust. »Ist das wahr?«

»Nur ein albernes Gerücht, sage ich doch. Oder glaubt Ihr, dass Guillaume de Nogaret morgen an die Tore aller französischen Kommenden klopft und unsere Brüder in Ketten legen lässt? Wir sind nur dem Papst Rechenschaft schuldig, der König darf uns gar nicht verhaften lassen.«

»Aber der Papst hat einer Untersuchung zugestimmt«, wandte Amiel mit belegter Stimme ein. Kälte kroch ihm in die Glieder, und ein Gefühl, das ihn an das Flirren der Luft kurz vor einem Gewitter erinnerte oder an die Stille vor einem Erdbeben.

Der Custos winkte ab. »Er wird die Templer wohl kaum der Inquisition übergeben.« Er lachte, aber es klang verunsichert.

»Wie könnt Ihr da so sicher sein?«

Perdigoni schwieg betroffen.

Amiel ballte die Fäuste und löste sie wieder. Es fiel ihm schwer, seine Wut darüber zu unterdrücken, dass so viele einfache, ungebildete Männer zu den Templern gehörten. Sergenten wie Perdigoni, die die Tragweite von Ereignissen nicht begriffen, selbst wenn man sie mit der Nase darauf stieß. Andererseits war Jacques de Molay ein hochgebildeter Mann, und auch er erkannte die Gefahr offenbar nicht. Amiel seufzte. Wäre er nur im Juni beim Generalkapitel in Paris dabei gewesen! Vielleicht hätte er verhindern können, dass der Großmeister dem Papst die Untersuchung geradezu aufdrängte. Sah er denn nicht, dass er sich damit sein eigenes Grab geschaufelt hatte? Und nun war es womöglich zu spät, das Ruder noch herumzureißen.

Amiel traf eine Entscheidung. »Ich brauche Pergament und Tinte. Und einen zuverlässigen Boten. Von diesen Gerüchten muss Molay erfahren. Er muss Maßnahmen ergreifen. Er kann die Templer im Norden nach La Rochelle kommandieren. Er kann die Reichtümer und die Dokumente, die in Paris lagern, mit der Flotte, die dort vor Anker liegt, in Sicherheit bringen lassen, nach England oder Schottland, wo der französische König nicht an sie herankommt. Und ich kann das Gleiche in Marseille veranlassen, kann die Flotte nach Kolossi beordern.«

Der Custos war blass geworden. »Haltet Ihr das nicht für überzogen, Lescaux?«

»Ganz im Gegenteil, ich hoffe inständig, dass es noch nicht zu spät ist.«

Der Custos erhob sich. »Ich werde besorgen, wonach Ihr

verlangt. Bei dem Boten muss ich allerdings passen. Außer mir ist niemand hier, und ich darf meinen Posten nicht verlassen.«

»Dann schicke ich meinen Mann.«

Perdigoni blieb bei der Tür stehen. »Ich kann nicht nachvollziehen, dass Ihr die Gerüchte so ernst nehmt, aber solltet Ihr recht haben, will ich alles in meiner Macht Stehende tun, um Euch zu unterstützen.«

»Ich danke Euch.«

Amiel lief unruhig im Saal hin und her, während er auf die Rückkehr des Custos wartete. Er musste seine Brüder warnen. Er musste den Schatz in Sicherheit bringen. Vor allem aber musste er seine Schwester beschützen.

Bei dem Gedanken an Aliénor schoss ihm die Hitze in den Kopf. Sein Herz schlug hart gegen die Brust. Er presste die Faust vor den Mund. Er musste das in den Griff kriegen! Die Templer waren in Gefahr, der ganze Orden drohte, vernichtet zu werden, und er ließ sich, anstatt all seine Sinne auf die Rettung seiner Brüder zu konzentrieren, wie ein wilder Hengst von einem Strudel aus sündigen Gefühlen mitreißen!

* * *

Karel Vranovsky bückte sich und tat so, als würde er etwas an der Schnürung seines Stiefels richten. Dabei beobachtete er die Toreinfahrt.

Elvas Schwester wohnte in einem großen Haus am Marktplatz, denkbar ungeeignet für eine Beschattung. Tagsüber beäugten die Händler jeden misstrauisch, der sich zu lang zwischen den Ständen herumtrieb, ohne etwas zu kaufen. Und nachts erregte ein Fremder auf dem großen leeren Platz erst recht Aufmerksamkeit. Also blieb Karel nichts anderes übrig, als so oft wie möglich an dem Anwesen vorbeizuschlendern und darauf zu achten, ob sich etwas tat.

Elva war nicht bei ihrer Schwester, so viel stand fest. Aber sie musste irgendwann auftauchen. Wohin sonst sollte sie fliehen?

Als Karel sich aufrichtete, hörte er Hufschläge näher kommen. Es war nach Mittag, die Händler begannen gerade damit, ihre Waren einzupacken. Ein Reiter in weißem Templermantel hielt vor dem Tor der Romarins. Neugierig schlich Karel näher. Was hatten die Gewürzhändler mit den Templern zu schaffen? Machten sie miteinander Geschäfte? Oder schuldete Zavié Romarin den Gotteskriegern Geld, wie so viele?

Karel hatte sich unauffällig über die Familie umgehört. Sie war sehr angesehen in Marseille, es gab keine Gerüchte über Geheimnisse oder Leichen im Keller. Dass die Schwester der Hausherrin im fernen Trier einen Mord begangen hatte, schien hier niemand zu wissen.

Karel hatte das Tor erreicht und spähte vorsichtig in den Hof. Er entdeckte den Templer, der gerade einen Brief aus seinem Ärmel zog und ihn Leni überreichte. Sie warf einen Blick auf das Pergament, und ihre Augen leuchteten auf. Schnell legte sie dem Boten eine Münze auf die Handfläche und bedankte sich.

Karel feixte. Er hätte schwören können, dass diese Nachricht von Elva kam. Nichts deutete darauf hin, dass Leni einen heimlichen Geliebten hatte, also gab es nur diese Erklärung für ihre leuchtenden Augen.

Der Bote machte kehrt und bewegte sich auf das Tor zu. Karel trat zurück und drückte sich an die Hauswand. Der Bote bestieg sein Pferd, ohne ihn zu beachten, und ritt davon. Karel beugte sich vor und äugte wieder durch das Tor. Lenis Augen flogen über die Zeilen, dann presste sie das Pergament an die Lippen und bekreuzigte sich.

»Leni?« Irgendjemand rief aus dem Haus nach ihr.

Elvas Schwester faltete das Pergament zusammen und sah sich suchend um.

Karel wurde heiß. Ein Blick in seine Richtung, und sie würde ihn sehen, möglicherweise sogar erkennen. Aber er musste mitbekommen, wo sie das Schreiben versteckte!

Schließlich trat Leni durch eine Tür direkt neben der Toreinfahrt. Karel schlich sich heran, bis er in eine kleine Kammer blicken konnte, in der nichts weiter als eine Truhe und ein Schreibpult standen. Auf der Truhe lag eine Wachstafel samt Griffel, daneben stapelten sich Pergamentrollen auf dem Boden, ordentlich mit Leinenstreifen zu Bündeln geschnürt. Auf dem Pult stand ein Tintenfass.

Leni hob es an und ließ den gefalteten Brief darunter verschwinden. Offenbar wollte sie ihrem Mann nichts von Elvas Brief erzählen. Kein Wunder. Karel glaubte nicht, dass Zavié Romarin es billigte, dass seine Frau Kontakt zu einer Mörderin hielt.

Gerade rechtzeitig, bevor Leni wieder aus der Kammer trat, stürzte Karel zurück auf die Straße. Zu seinem Bedauern schloss sie die Tür ab, bevor sie im Wohnhaus verschwand.

Karel zog sich zum Brunnen zurück, ließ sich in dessen Schatten nieder und dachte nach. Was hatte Elva mit den Templern zu schaffen? Hatte sie etwa bei ihnen Unterschlupf gefunden? Aber wo? In fast jeder Stadt gab es eine Kommende. Elva konnte überall sein.

Karel schüttelte den Kopf. Er mochte nicht glauben, dass Elva bei den Ordensrittern untergekrochen war. Man sagte ihnen nach, dass sie sich mit Knaben vergnügten, aber mit Weibern hatten sie nichts zu schaffen. Kluge Männer!

Wenn Karel das Rätsel lösen wollte, musste er an den Brief kommen. Das ging nur, wenn Leni die Kammer wieder aufschloss. Karel erhob sich. Von seinem Platz aus konnte er die Toreinfahrt nicht sehen. Er musste handeln, und zwar schnell. Noch heute Nachmittag. Wenn das Tor erst geschlossen war, gab es für ihn kein Hineinkommen mehr. Und das Versteck unter dem Tintenfass war mit Sicherheit nur vorübergehend. Wer konnte schon sagen, wo Leni den Brief verbergen würde, sobald sie die Zeit dafür fand? Er musste handeln, solange er noch wusste, wo der Brief war.

Während Karel sich unauffällig auf das Tor zubewegte, formte sich in seinem Kopf ein Plan. Er lugte in den Hof. Alles wirkte still.

Lautlos bewegte er sich weiter. Der Hof war tatsächlich leer. Aus einem der Lagerräume hörte er das Poltern von Kisten und Stimmengemurmel, doch es war niemand zu sehen.

Das war die Gelegenheit!

Karel zog sich die Kapuze über den Kopf und hoffte, dass Leni keine Gelegenheit haben würde, ihn genauer zu betrachten.

Die Schreibstube besaß nur ein einziges kleines Fenster. Es war vergittert und führte zum Hof. Karel sammelte etwas Stroh vom Boden auf und band es zusammen. Dann drückte er sich in eine Ecke, holte Feuersteine aus seinem Beutel und schlug sie zusammen. Bald flogen die ersten Funken. Er entzündete das Stroh. Als die Flammen loderten, warf er die Strohfackel durch die Gitterstäbe. Er zielte in die Richtung, in der die Pergamentrollen lagen.

Im gleichen Moment erhob er die Stimme. »Feuer!«, rief er auf Französisch. »Es brennt!«

Sofort stürzten mehrere Gestalten aus dem Lager. Leni war darunter, ebenso ihr Mann Zavié und drei Knechte.

Karel zeigte auf das Fenster, aus dem es tatsächlich verbrannt roch. »Feuer! Dort in der Kammer!«

Leni zerrte den Schlüssel von ihrem Gürtel und sperrte die Tür auf. Sie hatte Karel kaum angesehen, ihre ganze Aufmerksamkeit war auf die Kammer gerichtet.

Karel presste die Lippen zusammen. Jetzt kam es darauf an.

Kaum war die Tür offen, schob Zavié seine Frau zur Seite. Karel verstand seine Worte nicht, weil er Provenzalisch sprach, aber es war unmissverständlich, dass er sie aufforderte, draußen zu warten. Dann verschwand er in der Kammer.

Karel nutzte die Gelegenheit und schlüpfte hinter ihm hinein, bevor ihn irgendwer daran hindern konnte. Sein Plan hatte perfekt funktioniert, einige Pergamentrollen standen in Flammen. Es war nur ein kleines Feuer, das Zavié im Handumdrehen gelöscht haben würde.

Aber Karel würde nicht mehr als einen Wimpernschlag

brauchen. Mit zwei langen Schritten war er bei dem Tintenfass, fischte den Brief hervor und schob ihn unter seinen Gürtel. Dann machte er, dass er davonkam. Bevor irgendwer auf die Idee kam, sich zu wundern, wer dieser Fremde war und warum ausgerechnet er das Feuer als Erster entdeckt hatte.

Beim Hinausstürmen begegnete sein Blick kurz dem von Leni. Sie runzelte die Stirn, riss im nächsten Moment entsetzt die Augen auf. Doch er war schon weg, als sie reagierte, warf sich zwischen die Marktbuden, in das Durcheinander aus Händlern, die ihre Waren verpackten, und letzten Kunden, die hofften, noch etwas zu ergattern.

Karel blieb erst stehen, als Seitenstechen ihn zum Halten zwang. Er war in einem Teil der Stadt gelandet, der ihm völlig fremd war. Hier standen nur vereinzelte Häuser, vielmehr ärmliche Hütten, zwischen denen auf kleinen Feldern Gemüse angebaut wurde.

Schwer atmend ließ Karel sich auf einer niedrigen Mauer nieder und zog den Brief hervor. Mit zitternden Fingern faltete er ihn auseinander und las. Dann knüllte er ihn wütend zusammen und schleuderte ihn zu Boden.

Ich bin an einem sicheren Ort. Nichts als leere Phrasen. Das konnte überall sein. Kein Hinweis darauf, wo Elva sich versteckt hielt. Nicht einmal eine Andeutung.

»Verfluchte Hexe! Teufelsbraut!« Karel trat mit dem Fuß nach dem zusammengeknüllten Pergament. »Ich kriege dich, verlass dich drauf!«

Er brauchte eine Weile, bis er seine Fassung zurückgewonnen hatte. Dann wurde ihm rasch klar, was er zu tun hatte. Er musste den Templer finden, der den Brief überbracht hatte.

***

Elva zog die Knie an und schlang die Arme um die Beine. Amiel war seit sechs Tagen weg, laut seinem Adlatus würde er mindestens eine weitere Woche fortbleiben. Und sie war in dieser Kammer gefangen und wusste nicht, was sie tun sollte. Nach dem Leben mit den Gauklern, wo sich fast alles unter freiem Himmel abgespielt hatte, kamen ihr die vier Wände um sie herum besonders eng und bedrückend vor. Manchmal lief sie stundenlang von einer Seite zur anderen, fest davon überzeugt, den Verstand zu verlieren.

Mehr als einmal hatte sie die Entscheidung getroffen, die Templerkommende zu verlassen. Es wäre für alle das Beste. Amiel wäre vor ihrem Fluch geschützt, sie musste nicht weiter mit der Lüge leben, und die anderen Templer würden nicht hineingezogen, sollte man Elva entdecken. Sie hatte sogar schon ihr Bündel gepackt, heimlich etwas von den Mahlzeiten abgezweigt, die Combret ihr brachte.

Doch jedes Mal hatte sie es sich im letzten Augenblick anders überlegt. Die Vorstellung, Amiel nie wiederzusehen, ihm niemals sagen zu können, wer sie wirklich war und welches Schicksal seine Schwester ereilt hatte, erschien ihr unerträglich.

Die Sonne senkte sich. Ein weiterer langer Tag endete. Am Horizont tauchte ein einsamer Reiter auf.

Elvas Herz schlug schneller, obwohl sie wusste, dass es nicht Amiel sein konnte. Elva ließ die Gestalt nicht aus den Augen. Je näher sie kam, desto dunkler wurde es. Schließlich sah sie kaum mehr als einen Schatten, der sich auf die Kommende zubewegte.

Irgendwann verschwand die Gestalt unterhalb der Mauer aus ihrem Blickfeld. Elva setzte sich auf das Bett. Vielleicht war es ja der Bote mit einer Nachricht von Leni. Das wäre immerhin ein Lichtblick.

Nichts rührte sich. Allmählich wurde Elva schläfrig. Sie nahm einen Schluck Wein. Ihr Nachtmahl hatte sie längst gegessen, etwas kalten Fisch, Gemüse und Brot. Die Speisen der Templer waren einfach, aber schmackhaft.

Es klopfte.

Elva fuhr zusammen.

»Ich bin es, Amiel!«

Vor Schreck verschüttete Elva etwas von ihrem Wein. Amiel? Heute schon? Also war er der Reiter gewesen! Gütiger Himmel! Bedeutete das etwas Gutes oder etwas Schlimmes?

Hastig stellte sie den Becher ab, fuhr sich mit den Fingern durch die Haare und strich das Gewand glatt. Im gleichen Atemzug schalt sie sich für ihre Dummheit. Amiel betrachtete sie als Schwester, und in den schlichten Templerkleidern sah sie ohnehin mehr wie ein Knabe denn wie eine junge Frau aus.

Mit klopfendem Herzen zog sie die Tür auf. »Amiel?«

»Aliénor.«

Eine Weile standen sie stumm da.

Dann trat Amiel überstürzt ein und verriegelte die Tür hinter sich. Mitten im Zimmer blieb er stehen, sein Atem ging schwer, sein Blick war auf seine Stiefel gerichtet.

»Ich hatte dich nicht so früh zurückerwartet«, sagte Elva verlegen. »Du musst erschöpft sein vom langen Ritt. Möchtest du etwas Wein?«

»Ja, bitte.«

Er ließ sich den Becher reichen und leerte ihn in einem Zug. »Du musst weg hier«, sagte er, als er ihn absetzte. »Es braut sich etwas zusammen gegen die Templer in Frankreich, aber auch hier in der Provence sind wir nicht mehr sicher.«

»Aber ich …«

»Ich werde dafür sorgen, dass du zu unserer Familie gebracht wirst. Schon morgen.« Er schenkte sich Wein nach und nahm einen großen Schluck.

»Schon morgen!« Entsetzt starrte Elva ihn an. Sie hatte Amiel belogen, um ihr Leben zu retten, aber sie konnte nicht eine ganze Familie glauben lassen, sie habe ihre verlorene Tochter wiedergefunden.

»Ja. Es ist das Beste für alle. Denn ich kann nicht auf dich aufpassen, ich habe heilige Pflichten, die ich erfüllen muss.« Er trat ans Fenster und starrte nach draußen.

Sie stellte sich hinter hin. »Amiel? Ich muss mit dir reden.« Sie berührte seine Schulter.

Er zuckte zusammen, wich zur Seite, als wäre ihm die Berührung unangenehm. »Dafür ist jetzt keine Zeit.«

»Amiel, bitte! Es ist wichtig!«

»Ich muss fort. Es gibt viel vorzubereiten.« Er stellte den Becher ab und ging zur Tür.

»Nein, warte!«

Amiel blieb stehen, drehte sich aber nicht um.

Offenbar ertrug er es kaum, mit ihr in einem Raum zu sein. Aber es konnte nicht daran liegen, dass er die Wahrheit herausgefunden hatte, sonst würde er nicht davon reden, sie zu seiner Familie zu schicken. Es musste einen anderen Grund für seine Schroffheit geben. Eine leise, süße Ahnung stieg in ihr auf.

»Hör mich an, bitte«, beschwor sie ihn. »Es wird nicht lange dauern. Danach kannst du mich verurteilen, mich verstoßen. Aber lass mich sagen, was ich zu sagen habe.«

Er drehte sich um. »Verurteilen? Ich verstehe nicht.« Zum ersten Mal sah er sie richtig an.

Elva nahm ihren Mut zusammen. »Ich bin nicht deine Schwester, Amiel. Mein Name ist Elva von Arras.«

Amiel fasste sich an die Stirn, als hätte ihn ein Schwindel erfasst. »Nein!«

»Es ist die Wahrheit.«

»Aber das Amulett!«

Elva setzte sich aufs Bett. »Deine Schwester hat es mir anvertraut. Ich sollte es dir übergeben. Das war vor vielen Jahren. Ich habe nicht geglaubt, dass ich dir je begegnen würde. Die Wege des Herrn ...« Sie brach ab.

Amiel ließ sich auf dem Schemel vor ihr nieder. Sein Gesicht zeigte eine Mischung aus Entsetzen, Trauer und Ungläubigkeit.

»Als ich hilflos am Wegesrand lag und du mich für deine Schwester hieltest, dachte ich, du würdest mir vielleicht nicht helfen, wenn ich dir die Wahrheit sage.« Elva seufzte. »Ich habe es sofort bereut. Aber ich wusste nicht, wie ich den Fehler eingestehen sollte, ohne alles noch schlimmer zu machen.«

»Was ist mit Aliénor geschehen?«, fragte Amiel mit gepresster Stimme. »Wo ist sie?«

»Deine Schwester ist tot«, flüsterte Elva. »Es tut mir so leid.«

Amiels Lippen wurden zu einem dünnen Strich.

Elva sprach hastig weiter. Sie durfte jetzt nicht den Mut verlieren. »Ich wuchs in Trier auf. Das ist die Hauptstadt eines Kurfürstentums an der Mosel.«

Etwas blitzte in Amiels Gesicht auf, fast so, als würde der Name eine Erinnerung in ihm wachrufen. Aber er starrte sie weiterhin mit finsterer Miene an, ohne etwas zu sagen.

»Ich bin die Tochter eines Gewürzhändlers. Meine Familie macht seit Jahrzehnten Geschäfte mit den Romarins aus Marseille. Meine Schwester ist mit Zavié Romarin verheiratet.«

Wieder das Aufblitzen.

»Als ich ein kleines Mädchen war, geschah ein schreckliches Unglück vor den Toren der Stadt. Es hatte wochenlang geregnet, und die Erde war aufgeweicht. An einigen Stellen waren Teile des Ufers in die Mosel gerutscht. Eines Tages ging ich mit meiner Mutter zu einer kleinen Kapelle außerhalb der Stadt. Sie betete dort regelmäßig für ihren ersten Sohn, den sie verloren hatte, als er noch ein Säugling war. Ich begleitete sie oft. Aber wir kamen nicht weit. Auf der anderen Seite der Brücke über die Mosel hatte ein Erdrutsch zwei Wagen mit Reisenden umgeworfen und die Böschung hinuntergerissen.«

Elva stockte, als die Erinnerung sie übermannte. Am liebsten hätte sie sich die Ohren zugehalten, um die Schreie der Sterbenden nicht mehr zu hören.

»Einige Reisende waren sofort tot«, fuhr sie leise fort. »Von Steinen oder ihren eigenen Wagen erschlagen. Andere waren schwer verletzt. Meine Mutter half, die Verwundeten zu bergen. Ich wartete etwas abseits. Plötzlich hörte ich eine leise Stimme. Jemand rief etwas auf Französisch. Ich war acht Jahre alt, hatte bereits angefangen, die Sprache zu lernen, aber viel verstand ich nicht. Ich rief nach meiner Mutter, doch sie war mit einem Mann beschäftigt, dem es das halbe Bein abgerissen hatte. Also folgte ich der Stimme auf eigene Faust.«

Amiel stöhnte auf. »War unter den Reisenden ein Mann mit weißen Haaren und farblosen Augen?«

Überrascht sah Elva ihn an. »Ja. Er war einer von denen, die bei dem Unglück starben.«

Amiel stieß etwas zwischen den Zähnen hervor, das Elva nicht verstand. »Was geschah weiter?«

Elva leckte sich über die Lippen. »Ich fand ein junges Mädchen, etwa so alt wie meine ältere Schwester Leni, vielleicht dreizehn oder vierzehn. Sie lag eingeklemmt unter einer Truhe. Ihre Beine waren ganz verdreht, Blut lief aus ihrem Mund, sie musste große Schmerzen haben. Ich wollte Hilfe holen, doch sie hielt mich fest. Immer wieder sagte sie einen Namen und zeigte auf das Amulett, das sie um ihren Hals trug. Ich verstand kaum etwas, aber ich begriff, dass sie wollte, dass ich das Amulett an mich nehme und es ihrem Bruder Amiel übergebe, damit er weiß, was aus ihr geworden ist. Ich war verzweifelt, ich wusste nicht, was ich tun sollte. Ich war noch so klein. Also gab ich ihr mein Wort.

Dann rührte sich die junge Frau mit einem Mal nicht mehr. Ich begriff sofort, dass sie tot war. Ich nahm das Amulett an mich, prägte mir den Namen Amiel de Lescaux ein, in der festen Absicht, mein Versprechen eines Tages einzulösen.

Seither habe ich es immer getragen. Und als meine Schwester Zavié Romarin heiratete, erschien es mir sogar möglich, dass ich den Bruder der jungen Frau eines Tages finden könnte, wenn ich Leni in der Provence besuchte.

Aber im vergangenen Herbst wurde ich mit Graf Arnulf von Arras verheiratet, und es sah nicht so aus, als würde ich je in meinem Leben das Kurfürstentum Trier verlassen.«

Elva zögerte. Sollte sie Amiel wirklich erzählen, dass sie in ihrer Heimat als Mörderin galt? Würde er ihr glauben, dass sie unschuldig war?

»Und? Was hat Euch hergeführt?« Amiels Stimme klang wie das Klirren von Eis.

Elva entging nicht, dass er vom vertraulichen Du zum Ihr gewechselt hatte. Und das wohl kaum aus Respekt.

»Mein Gemahl wurde ermordet, mir wurde die Tat angelastet, ich musste fliehen. Ich wollte bei meiner Schwester in Marseille Unterschlupf finden, sie war die Einzige, die an meine Unschuld glaubte. Deshalb schloss ich mich in Metz einer Truppe Gaukler an, die auf dem Weg nach Süden waren. Mehr als ein halbes Jahr lang zog ich mit ihnen von Stadt zu Stadt. Doch dann starb Milo, der Mann, mit dem zusammen ich einen Entfesselungstrick einstudiert hatte, bei einem Unfall. Wieder sah es so aus, als wäre ich dafür verantwortlich, wieder musste ich fliehen.«

Elva faltete die Hände und blickte auf ihren Schoß. »Ich bringe Unglück über die Menschen.«

»Was geschah mit dem Leichnam meiner Schwester?«, fragte Amiel.

»Sie bekam ein christliches Begräbnis. Allerdings wusste

keiner der Überlebenden, wie sie hieß. Sie reiste mit dem weißhaarigen Mann, der ebenfalls zu Tode kam.«

Amiel erhob sich und streckte die Hand aus. »Der Schlüssel.«

Schockiert sah Elva ihn an. Sie hatte erwartet, dass er sie anschreien, dass er ihr Vorwürfe machen würde. Das hätte sie verstanden, sie hatte es nicht besser verdient. Diese Kälte jedoch machte ihr Angst.

»Ich kann nicht sagen, wie sehr ich das alles bedaure«, sagte sie leise.

»Der Schlüssel«, wiederholte Amiel ungerührt.

Elva löste den Schlüssel, den Amiel ihr anvertraut hatte, von ihrem Gürtel.

Amiel nahm ihn entgegen. »Ich lasse Euch Eure alten Kleider bringen und sorge dafür, dass Ihr morgen früh nach Orange gebracht werdet. Von dort könnt Ihr dann nach Marseille weiterreisen.« Er zögerte. »Danke, dass Ihr Euch in der Stunde ihres Todes um meine Schwester gekümmert habt.«

Er wandte sich zur Tür.

Der Boden öffnete sich unter Elvas Füßen. War das der Abschied? Würden sie so auseinandergehen?

»Amiel, bitte verzeih mir«, sagte sie mit bebender Stimme und stand auf. »Bitte glaub mir, dass ich –«

Er hob die Hand, ohne sich zu ihr umzudrehen. »Ich habe genug gehört.«

Er entriegelte die Tür, trat nach draußen und knallte sie hinter sich zu. Während Elva seine Schritte verhallen hörte, sank sie auf den Boden. Sie war als Mörderin verfolgt worden, hatte mit anhören müssen, wie ihr eigener Vater sie verstieß, hatte sich hinter einem Altar und in einem hohlen Baum vor ihren Häschern verstecken müssen; sie hatte ihren Freund Milo in den Abgrund stürzen und sterben sehen. Aber so elend wie jetzt hatte sie sich nie zuvor gefühlt.

* * *

Amiel stürzte zu Gernot de Combret, der allein im großen Saal saß und seine Stiefel putzte. »Bringt der Frau ihre Kleider. Sie wird uns morgen früh verlassen.«

Combret ließ die Bürste sinken. »Herr?«

»Fragt nicht.«

Amiel ließ sich neben seinen Adlatus auf die Bank fallen und vergrub das Gesicht in den Händen.

Aliénor war tot!

Die Frau oben in der Kammer war nicht seine Schwester!

Seine ganze Welt stand Kopf.

Immerhin bedeutete das, dass er keine widernatürlichen Gefühle hegte, sondern die völlig gewöhnlichen Versuchungen des Fleisches verspürte, die jeden Mann erfassen konnten. Er hatte sich für unangreifbar gehalten, hatte sich eingebildet, dass er gegen derartige niedrige Gelüste gefeit war, und war eines Besseren belehrt worden, hatte seine Lektion in Demut erhalten. So einfach war das.

Und nun würde er die Frau wieder loswerden und sich seinen Aufgaben widmen. Die waren schwer genug und würden ihn rasch vergessen lassen, dass es eine Elva von Arras gab.

Immerhin wusste er jetzt, was aus Aliénor geworden war. Sein Verdacht hatte sich als richtig erwiesen. Der Weißhaarige hatte seine Schwester entführt, und für viele Jahre hatte sie bei ihm leben müssen. Der Himmel allein wusste, was sie hatte durchstehen müssen. Amiel rieb sich das Gesicht.

»Herr?«

Amiel schreckte hoch. Offenbar hatte Combret ihn schon mehrfach angesprochen. »Ja?«

»Die Kleider Eurer Schwester, ähm, der jungen Frau. Ihr hattet mich angewiesen, sie zu verbrennen.«

»Ach ja. Dann besorgt etwas anderes, von einer der Frauen aus dem Dorf.«

»Heute Abend noch?«

»Erledigt es morgen früh gleich als Erstes.« Amiel betrachtete seinen Mitbruder. Es war nicht schwer zu erraten, was er dachte. Eine Schwester, die doch keine Schwester war, heimlich in die Kommende geschmuggelt. Er musste eine Erklärung liefern. »Ich dachte wirklich, ich hätte Aliénor gefunden«, sagte er leise. »Meine Schwester wurde als kleines Mädchen von Vagabunden geraubt.«

Combret riss die Augen auf.

»Sie trug ein Amulett, genau wie diese Frau, Elva. Ich habe mich täuschen lassen.«

Combret berührte seinen Arm. »Ich werde mich um sie kümmern. Diskret. Ihr könnt Euch auf mich verlassen. Überlasst alles mir. Ihr habt andere Pflichten.«

»Danke.« Amiel hatte Gernot bei seiner Ankunft von den unheilvollen Gerüchten erzählt. Sie waren sich einig, dass sie hier in der Provence erst einmal sicher waren. Aber auf Dauer mussten sie einen besseren Ort für den Schatz finden. Am besten wäre es, die Truhe den Juden zu übergeben, dann wären sie die Verantwortung los. Aber das musste Molay in die Wege leiten, Amiel war dazu nicht befugt. Er wusste nicht einmal, wie er Kontakt zu den Männern aufnehmen konnte, denen er in La Couvertoirade das Heiligtum gezeigt hatte.

Er erhob sich. »Ich werde mich einige Stunden ausruhen. Ihr wisst, was Ihr zu tun habt.«

Amiel glaubte nicht, dass er auch nur einen Herzschlag lang Schlaf finden würde. Elvas Blick ging ihm nicht aus dem Sinn. Die Trauer und Verzweiflung in ihren Augen.

Aber er würde nicht schwach werden. Er würde der Versuchung des Satans widerstehen und sein Gelübde nicht brechen, nicht einmal in Gedanken.

* * *

Das Talglicht flackerte. Elva hatte das Gefühl, seit Stunden in die Flamme zu starren. Sie wusste, was sie zu tun hatte, aber jede Faser ihres Körpers sträubte sich gegen das Unvermeidliche.

Sie presste das Stück Stoff ans Gesicht, den Streifen von Amiels Mantel, der mit ihrem Blut getränkt war. Und mit ihren Tränen. Dann griff sie zu Feder und Pergament und begann zu schreiben. Es waren nur wenige Worte nötig, alles, was sie sagen konnte, hatte sie bereits gesagt. Außerdem musste der Brief unverfänglich sein. Sie konnte nicht vorhersehen, wer am nächsten Morgen als Erster die Kammer betreten und den Brief finden würde.

Ich bedauere zutiefst, was geschehen ist. Bitte verzeiht mir, wenn es Euch möglich ist. Ich werde in Gedanken immer bei Euch sein. Lebt wohl!

E.

Sie faltete das Pergament und schrieb »Amiel de Lescaux« auf die Vorderseite. Danach nahm sie das Amulett ab und legte es zusammen mit dem Brief auf den Schemel.

Ihr Bündel war bereits geschnürt. Wie gut, dass sie ein paar Vorräte gehortet hatte! Das einzige Problem war die Kleidung. Gernot de Combret hatte ihr ihre alten Kleider noch nicht gebracht, und sie hatte keine Ahnung, wo Amiel sie versteckt hatte. Sie konnte nicht riskieren, die Sachen zu suchen. Also blieb ihr nichts anderes übrig, als in den braunen Gewändern eines Sergenten zu fliehen. Sie würde sich so bald wie möglich etwas Neues zum Anziehen besorgen. Immerhin hatte sie noch einen Teil der Pfefferkörner und einiges Geld von ihrem letzten Auftritt mit Milo.

Sie würde sich bis Marseille durchschlagen, wo ihre Schwester sie, so Gott wollte, bei sich aufnehmen würde.

Elva streifte ihre Stiefel über und blies die Talglampe aus. Im milchig trüben Mondlicht, das durch das Fenster hineinschien, stellte sie sich an die Tür und horchte. Halb hoffte sie, auf der anderen Seite etwas zu hören. Amiel, der zu ihr kam, um sich mit ihr zu versöhnen. Aber im Gang vor der Kammer herrschte absolute Stille.

Vorsichtig schob Elva den Riegel zurück und zog die Tür auf. Draußen war es vollkommen dunkel. Hoffentlich fand sie den Weg hinaus! Sie hatte die Kammer nicht ein einziges Mal verlassen, seit sie in Richerenches war, nicht einmal für einen Besuch auf dem Abtritt. Ein Knecht hatte jeden Morgen den Eimer geleert, den sie vor der Tür abgestellt hatte, und gereinigt zurückgebracht. Ihre Ankunft lag eine Woche zurück, und sie erinnerte sich nur vage, wie sie hergekommen war.

Am Ende des Ganges stieß sie auf eine Treppe. Von unten schimmerte etwas Licht herauf. Elva schlich Stufe für Stufe hinab, bis sie den Treppenabsatz erreichte. Ein weiterer Gang erstreckte sich vor ihr. Etwa auf halber Strecke erkannte sie die Umrisse einer Türöffnung, von dort kam das Licht.

Elva bewegte sich dicht an der Wand entlang. Ihr Bein schmerzte bei jedem Schritt, obwohl die Wunde fast verheilt war. Sie wagte kaum zu atmen. Als sie die Türöffnung erreichte, spähte sie um die Ecke. Ein großer Saal breitete sich dahinter aus, leer bis auf einen grob gezimmerten Tisch und zwei Bänke. Auf einer davon saß Gernot de Combret. Seine Stiefel standen neben ihm und glänzten frisch geputzt. Er hielt eine Nadel in der Hand, flickte im Licht einer Talglampe, die auf dem Tisch stand, einen Mantel.

So lautlos wie möglich bewegte sich Elva an der Tür vorbei. Erst als sie das Ende des Ganges erreichte, wagte sie wieder zu atmen. Es ging einige Stufen hinunter zu einer verwitterten Holztür. Sie war verriegelt.

Als Elva den Riegel bewegte, quietschte er leise. Erschrocken hielt sie inne. Doch nichts rührte sich. Elva zog die Tür auf und atmete erleichtert aus, als ihr die kühle Nachtluft entgegenschlug. Sie hatte es fast geschafft.

Der Mond war von dünnen Wolken bedeckt, sein Licht

war fahl, ließ die Konturen der Gebäude scharf hervortreten. Genau vor Elva war das große Getreidelager der Kommende, etwas weiter links erhob sich die Kirche. Sie wandte sich nach rechts.

Während sie im Schatten der Mauer auf das Tor zuschlich, musste sie an ihre Flucht aus der Burg Arras denken. Damals hatte sie sich genauso davongestohlen, ohne zu ahnen, dass sie wenig später wegen Mordes gesucht werden würde.

Der Gedanke erschreckte sie so sehr, dass sie stehen blieb und sich ans Herz fasste. Amiel! War er in Gefahr? War er tot? Von der gleichen dunklen Macht gemeuchelt, die Arnulf von Arras und Milo getötet hatte?

Gütiger Gott, nein! Das durfte sie nicht einmal denken! Sie musste daran glauben, dass es Amiel gutgehen würde, solange sie sich von ihm fernhielt. Dass der Fluch nur wirksam war, wenn sie sich in seiner Nähe aufhielt.

* * *

Amiel erhob sich vom kalten Steinboden der Kirche. Seine Knie schmerzten, sein Rücken war steif, der gerade erst verheilte Arm fühlte sich taub an.

Er schlug das Kreuz. Er hatte den Herrn um Vergebung gebeten für die Schwäche seines Fleisches, dafür, dass er der Versuchung beinahe erlegen wäre. Und er hatte um ein Zeichen gebeten, um einen Hinweis, was er tun sollte. Sein ganzes Leben, alles, woran er geglaubt, wofür er gekämpft hatte, seit er denken konnte, schien in Auflösung begriffen. Der Orden marschierte auf den Untergang zu, ohne es zu merken. Die Rückeroberung des Heiligen Landes war in weite Ferne gerückt, und er selbst war vom frommen, niemals seine Pflichten vergessenden Ritter zum jämmerlichen, liebeskranken Hornochsen herabgesunken.

Wenn doch nur Cyprian hier wäre! Mit seinem Freund könnte Amiel über seine Sorgen sprechen. Cyprian kannte sich mit den Dingen des Lebens aus, die Amiel fremd waren, er hatte von den Versuchungen gekostet, bevor er dem Orden beigetreten war. Er würde bestimmt Rat wissen.

Amiel trat aus der Kirche. Am meisten schmerzte ihn, mit welch harschen Worten er Elva verlassen hatte. Natürlich war es schrecklich, dass sie ihn belogen hatte, aber sie hatte aus Verzweiflung gehandelt, Todesangst hatte sie gelenkt. Hatte er wirklich das Recht, sie dafür zu verurteilen? Und hatte sie nicht bei der ersten Gelegenheit ihren Fehler zugegeben?

In Wahrheit war Amiel gar nicht so erbost gewesen, wie er getan hatte. Aber wenn er sich nicht zu dem abweisenden Verhalten gezwungen hätte, wäre er vermutlich vor ihr auf die Knie gefallen und hätte wirre Liebesschwüre gebrabbelt. Seine äußere Härte hatte ihn vor sich selbst geschützt.

Er presste die Handflächen an die Schläfen und schloss die Augen. »Lieber Gott, was soll ich tun?«, flüsterte er. »Hilf mir! Zeig mir den rechten Weg! Lass mich in dieser schweren Stunde nicht allein!«

Als er die Augen wieder aufschlug, erblickte er einen dunklen Fleck vor seinen Füßen, der sich vom regelmäßigen Muster des Steinbodens abhob. Er bückte sich und griff danach. Es war ein Feigenblatt, dessen tiefgrüne Oberfläche im silbernen Mondlicht schimmerte.

Amiel betrachtete das Blatt. Hatte Gott ihm ein Zeichen geschickt? Aber was wollte er ihm sagen?

Die Feige stand für die Vereinigung von Mann und Frau, sie symbolisierte die fleischliche Liebe, ebenso wie die Farbe Grün. War das Blatt eine Warnung oder eine Aufforderung?

Amiel hielt es nicht länger aus. Er stürzte zurück ins Haupthaus und rannte die Treppe hinauf. Vorsichtig klopfte er an die Kammertür. »Elva, ich bin es, Amiel.«

Keine Antwort.

Schlief sie? Oder wollte sie ihn nicht sehen?

Wieder klopfte er und flüsterte ihren Namen. Hoffentlich hörte ihn keiner seiner Brüder! Vor allem nicht Combret. Wie sollte er seinem Adlatus seinen Sinneswandel erklären? Er verstand ihn ja selbst nicht.

Noch immer rührte sich in der Kammer nichts.

Sollte er umkehren? Aber was, wenn es Elva nicht gutging? Vielleicht war sie krank. Oder gestürzt. Er konnte nicht fortgehen, bevor er sich vergewissert hatte, dass sie wohlauf war.

Ohne große Hoffnung rüttelte er am Griff. Die Tür schwang auf!

Amiel schlich in die Kammer. »Elva?«

Keine Antwort. Allmählich gewöhnten sich seine Augen an die Dunkelheit. Das Bett war leer, Elva verschwunden.

Eine düstere Ahnung erfasste ihn. Er stürzte zurück zur Tür. Erst als er schon fast wieder im Korridor war, registrierte er, was er aus den Augenwinkeln gesehen hatte. Auf dem Schemel lagen das Amulett und ein gefaltetes Pergament.

Amiels Beklemmung wuchs. Er griff nach dem Amulett und hielt es fest, während er zum Fenster trat, um die Worte zu lesen, die Elva an ihn gerichtet hatte.

Während seine Augen über die wenigen Zeilen flogen, zog sich etwas in Amiels Brust schmerzhaft zusammen. Er betrachtete das Amulett, schloss seine Finger darum und ballte sie zur Faust.

* * *

Karel rieb sich die Augen, sie brannten, sein ganzer Körper brannte und war steif und unbeweglich. Erschöpfung und Zweifel lasteten schwer auf seinen Schultern. War es wirklich seine Aufgabe, Elva von Arras zu jagen, um sie ihrer gerechten Strafe zuzuführen? Zweifelte er damit nicht an, dass der Allmächtige ohnehin dafür sorgen würde, dass Gerechtigkeit waltete? Ohne dass er seinen jämmerlichen Beitrag dazu leistete?

Karel stampfte mit den Füßen auf. Die Kälte steckte ihm in den Gliedern. Dabei war die Nacht gerade erst angebrochen. Sobald es in der Kommende ganz dunkel war, würde er seinen Posten verlassen und sich etwas ausruhen.

Aber nur für einige Stunden. Es hatte ihn so viel Mühe gekostet, Elvas Spur wieder aufzunehmen, noch einmal wollte er sie nicht verlieren.

Außerdem hatte er einen Entschluss gefasst. Mit dem offiziellen Schreiben aus Trier fühlte er sich befugt, Elva eigenhändig festzusetzen, auch ohne die Erlaubnis des jeweiligen Landesherrn. Er würde sie bei der ersten Gelegenheit schnappen und nach Trier verfrachten. Wenn es an einer

Landesgrenze Ärger gab, würde er das Dokument präsentieren und sich als Beamter des Erzbischofs ausgeben.

Und wenn alle Stricke rissen, gab es noch immer die Möglichkeit, dass die Metze verunglückte. Niemand würde Elva von Arras vermissen, niemand suchte nach ihr, niemand wusste, wo sie sich aufhielt. Außer ihm. Also würde ihn niemand für ihren Tod belangen.

Das Einzige, was ihn davon abhielt, sofort zu dieser Maßnahme zu greifen, war sein Wunsch, seinem geliebten Herrn öffentlich Gerechtigkeit widerfahren zu lassen. Wenn seine Mörderin in einer Schlucht krepierte wie dieser Gaukler, mit dem sie sich herumgetrieben hatte, würde Arnulf von Arras' Tod nie offiziell gesühnt werden.

Karel schreckte hoch, als er ein Geräusch hörte. Ihm waren schon wieder die Augen zugefallen. Er brauchte dringend Schlaf. Aber in der Kommende brannte noch immer Licht.

Wieder hörte er etwas. Schritte! Sie kamen vom Hof der Kommende. Jemand trieb sich da draußen herum. Vermutlich ein Knecht, der sich vergewisserte, dass alle Türen fest verriegelt waren.

Karel reckte sich. Jeder Muskel in seinem Körper schmerzte von dem Gewaltritt, den er hinter sich hatte. An dem Abend, nachdem er Elvas Brief gestohlen hatte, war er zuerst zu der Kommende der Templer in Marseille gelaufen, in der Hoffnung, den Boten dort aufzutreiben. Aber ihm war kein Vorwand eingefallen, unter dem er an das Tor hätte klopfen können. Also war er von Schankstube zu Schankstube geirrt, bis er in einer ein halbes Dutzend Sergenten des Ordens erspäht hatte, grobschlächtige Männer in braunen Gewändern, für die nicht die gleichen Regeln galten wie für ihre weiß gekleideten Ritterbrüder und die auch nicht die gleiche Bildung besaßen. Es war ein Leichtes gewesen, sich zu ihnen zu gesellen und sie mit einigen Krügen Wein gesprächig zu machen.

Im Laufe des Abends erfuhr er einiges über den Orden, über den Bau einer riesigen Flotte, mit der das Heilige Land zurückerobert werden sollte, und über einen angeblichen Schatz, mit dem dieses Unternehmen bezahlt werden sollte.

Karel glaubte nicht einmal die Hälfte von dem, was die Männer erzählten. Die Ritter weihten ihre niederen Brüder nicht in ihre Pläne ein, also erfanden diese irgendwelche abenteuerlichen Geschichten, um sich wichtigzutun.

Als er die Hoffnung schon fast aufgegeben hatte, erwähnte einer der Männer schließlich, dass an dem Tag ein Bote aus der Kommende Richerenches gekommen wäre und dass der stellvertretende Marschall angeblich mehrfach dort gewesen sei in den letzten Monaten.

Karels Puls war angestiegen, doch er hatte sich nichts anmerken lassen. »Aber es kommen doch sicherlich ständig Boten aus allen möglichen Kommenden im Land.«

»Na ja, das stimmt schon.«

»Also sind auch heute mehrere gekommen, nehme ich an«, hatte Karel weitergebohrt.

»Nein. Heute kam nur der eine aus Richerenches. Und dabei ...«

»Pssst«, hatte einer der anderen Sergenten ihn angezischt, der offenbar etwas mehr Grips im Kopf hatte. »Das geht niemanden etwas an. Halt endlich dein Plappermaul.«

Kurz darauf hatte Karel sich verabschiedet. Er hatte erfahren, was er wissen wollte. Elva war in Richerenches.

Gleich am nächsten Morgen war er aufgebrochen, hatte immer nur kurz gerastet, sich keine Ruhe gegönnt. Heute Nachmittag war er in dem Dorf eingetroffen, das zur Kommende gehörte. Es bestand nur aus etwa einem Dutzend Häusern, und alle Bewohner arbeiteten auf irgendeine Weise für die Templer. Karel hatte behutsam einige Erkundigungen eingeholt, aber von einer Frau bei den Ritterbrüdern wusste niemand etwas. Daraufhin hatte Karel Posten bezogen.

Doch Elva war nicht dumm. Sie würde sich nicht blicken lassen. Morgen musste er sich einen Vorwand ausdenken, um in die Kommende zu kommen.

Ein Licht erlosch, jetzt war es fast vollständig dunkel hinter den Mauern. Hier würde heute Nacht nichts mehr geschehen. Karel löste sich aus dem Schatten. Er würde sich zur Ruhe begeben und morgen früh wiederkommen.

Da hörte er ein Scharren.

Mitten in der Bewegung hielt er inne.

Die Mannpforte im großen Tor schwang auf, eine Gestalt huschte nach draußen.

Karel erkannte die braunen Gewänder eines Sergenten. Neugierig betrachtete er den Mann. Er war klein und schmal, vermutlich sehr jung, fast noch ein Knabe. Karel runzelte die Stirn. Die Templer nahmen angeblich keine Kinder auf, keine Pagen, keine Knappen, nur fertig ausgebildete Kämpfer.

Die Gestalt schob die Pforte zu und schlich an der Außenmauer entlang. Karel kniff die Augen zusammen.

Jetzt wurde es interessant. Warum sollte ein Sergent des Ordens sich um diese Zeit aus der Kommende schleichen? Bestimmt hatte er keinen offiziellen Auftrag. Also ging es um etwas Geheimes. Ein Stelldichein? Oder verbotene Geschäfte?

Die Gestalt erreichte die Mauerecke und blieb stehen. Sie hob den Kopf, um sich umzusehen. In dem Augenblick fiel das Mondlicht direkt auf ihr Gesicht.

Karel dankte Gott.

* * *

Elva schaute sich um. Sie hatte das Gefühl, beobachtet zu werden. Als hätte die Nacht Augen. Sie stellte sich diese Augen als die von Karel Vranovsky vor, meinte sogar, sein ständiges Räuspern zu hören, dabei war er der Letzte, den sie hier so fern von Trier zu treffen erwartete. Andererseits schien er der Einzige zu sein, dem ernsthaft daran gelegen war, die vermeintliche Mörderin seines Herrn zu strafen.

Sie schüttelte die furchtbaren Erinnerungen ab. Aus der Kommende herauszukommen war leichter gewesen, als sie gedacht hatte. Die Mannpforte war mit einem Fallriegel versehen, so gelangte man leicht vor das Tor, aber nicht wieder hinein, denn wenn man die Tür zuzog, rastete der Riegel wieder ein.

Jetzt musste sie nur noch aus dem Blickfeld der Kommende verschwinden, bevor jemand sie entdeckte. Aber das sollte nicht schwierig sein. Alles war dunkel und verlassen, die Bewohner hatten sich längst zur Ruhe begeben.

Elva wollte nicht mehr als eine oder zwei Meilen im

Mondlicht der Straße folgen und dann den Rest der Nacht an einem trockenen Platz ausruhen. Es war unwahrscheinlich, dass Amiel nach ihr suchen ließ, wenn er ihr Verschwinden bemerkte. Schließlich hatte er sie ohnehin fortschicken wollen. Vermutlich würde er froh sein, diese Sorge vom Hals zu haben.

Elva presste die Lippen zusammen. Sie spürte, wie ihr die Tränen kamen, und schluckte sie mühsam hinunter. Sie musste sich zusammenreißen. Später würde sie sich erlauben zu trauern.

Gerade wollte sie weitergehen, da knirschten Schritte in ihrer Nähe. Sie schlug die Hand vor den Mund, um den Schreckensschrei zu ersticken, und blickte panisch in alle Richtungen.

»Ist da jemand?«, rief sie auf Französisch, wohl wissend, dass ihre Stimme sie verraten konnte.

Niemand antwortete, aber sie hörte erneut Schritte.

Erschrocken drückte sie sich gegen die Mauer. Würde sie jetzt erfahren, welche finstere Macht sie verfolgte? Würde sich die Schattengestalt offenbaren, die den Bach unterhalb von Burg Arras mit Blut getränkt, die die Zelte der Gaukler angesteckt und Milos Seil zerschnitten hatte?

»Elva?«, flüsterte eine Stimme neben ihr.

Ihr Herzschlag setzte aus. »Amiel!«

Er streckte die Hand aus. »Komm mit mir zurück in die Kommende. Hier bist du nicht sicher.«

Elva sah ihn an. »Was macht es für einen Unterschied, ob ich jetzt oder morgen früh fortgehe?«

»Ich möchte nicht, dass dir etwas zustößt.«

Verwirrt versuchte Elva, in seinem Gesicht zu lesen. Woher wusste er, dass sie hier draußen war? Ließ er sie beobachten?

»Es wäre besser, wenn du mich einfach gehen ließest«, sagte sie mit belegter Stimme. »Ich scheine anderen Menschen Unglück zu bringen. Außerdem hast du eine wichtige Aufgabe.«

Amiel griff nach ihrer Hand. »Du bist frei zu gehen, wohin du willst, aber bei Tag und in Begleitung meines Adlatus. Heute Nacht gehst du nirgendwohin, und wenn ich dich mit Gewalt daran hindern muss.« Er griff an seinen Gürtel.

Erst glaubte Elva, er würde sein Schwert ziehen. Aber dann nahm er einen kleinen Gegenstand aus seinem Beutel und hielt ihn ihr hin. »Außerdem möchte ich, dass du das zurücknimmst.« Auf seiner Hand lag das Amulett, der Drache ohne Kopf.

»Es gehörte deiner Schwester, sie wollte, dass du es bekommst.«

»Und ich möchte, dass du es trägst. Du würdest mir eine große Freude damit machen.«

Elva nahm das Amulett. Ihre Beine zitterten so sehr, dass sie fürchtete, sie könnten unter ihr wegknicken.

»Und jetzt komm! Bitte!«

Sie folgte ihm stumm zurück zur Mannpforte. Amiel hatte ein Stöckchen zwischen Rahmen und Türblatt geschoben, sodass sie sich mühelos von außen aufziehen ließ.

Bevor Elva ihm nach drinnen folgte, blickte sie noch einmal über die Schulter. Einen Moment lang glaubte sie, einen Schatten zu sehen, eine Gestalt, die gegenüber unter einem Olivenbaum im Dunkeln stand und sie beobachtete. Doch als sie die Augen zusammenkniff und noch einmal hinschaute, war sie nicht mehr sicher.

* * *

Amiels ganzer Körper kribbelte und flirrte, als er Elva an der Hand zurück zur Kammer führte. Er wusste, dass heute Nacht etwas geschehen würde, das sein Leben, sein Schicksal für immer verändern würde. Das ihn ins Paradies katapultieren würde oder in die ewige Verdammnis.

Oder beides.

In diesem Augenblick war er nur froh, dass er Elva rechtzeitig gefunden hatte. Dass sie sicher war. Bei ihm.

Auf dem Weg durch die stille Kommende sprachen sie kein Wort. Erst als Amiel die Kammertür hinter ihnen verriegelt hatte, atmete er auf.

»Wie kommst du darauf, dass du anderen Menschen Unglück bringst?«, fragte er, um das Schweigen zu brechen.

Elva legte ihr Bündel auf dem Boden ab und sah ihn ernst an. »Erst starb mein Gemahl unter mysteriösen Umständen, es hieß, ein vergiftetes Hemd hätte ihn umgebracht. Ein Hemd, das ich für ihn als Geschenk anfertigen ließ. Und dann stürzte Milo, der Gaukler, in eine Schlucht. Kurz bevor es geschah, sah ich einen Schatten an dem Baum, um den das Seil geknotet war, auf dem er balancierte. Und als ich später nachschaute, entdeckte ich, dass jemand das Seil durchgeschnitten hatte.«

»Und die Gaukler dachten, du hättest es getan.«

»Ich habe nicht gewartet, bis sie es entdeckt haben.«

»Du glaubst, diese Dinge wären deinetwegen geschehen?«

»Menschen in meiner Nähe sterben unter merkwürdigen Umständen. Das lässt sich nicht leugnen.«

Amiel trat näher und streifte ihr die Kapuze vom Kopf.

Ihr blondes Haar schimmerte in dem silbrigen Mondlicht, das durch das Fenster in die Kammer fiel. »Ich glaube nicht an Flüche und böse Geister.«

Elva biss sich auf die Lippe, aber sie sagte nichts, richtete ihren Blick auf die Wand hinter ihm.

»Du etwa?«, fragte er.

»Du hast nicht erlebt, was ich erlebt habe.«

Amiel ahnte, dass sie ihm nicht alles erzählte hatte, was ihr widerfahren war. Doch er wollte sie nicht nötigen, Dinge noch einmal zu durchleben, die ihr Schmerzen bereiteten. »Meine Erfahrung sagt mir, dass hinter allem faulen Zauber immer ein Mensch steckt.«

»Und was ist mit dem Teufel, der in die Menschen fahren kann, der jede beliebige Gestalt annehmen kann, um seine schändlichen Taten zu begehen?«

»Und warum sollte der Teufel es auf dich abgesehen haben?« Amiel griff nach ihren Händen, die Berührung war wie ein Blitzschlag. Ein Gedanke kam ihm. Vielleicht war der Teufel in Gestalt dieser Frau in sein Leben getreten, um ihn in die Sünde zu stürzen, um ihn davon abzuhalten, seine Pflichten zu erfüllen. Er schluckte hart.

Elva schien zu bemerken, wie heftig er mit sich rang. »Du solltest jetzt gehen«, sagte sie, ohne seine Hände loszulassen.

»Ja, das sollte ich.« Er trat näher, beugte sich vor, bis sein Gesicht ganz dicht an ihrem war. »Aber ich will nicht.«

»Bist du sicher?«

»Ja.«

Sie stellte sich auf die Zehenspitzen, küsste ihn sanft auf den Mund.

Die Berührung brannte wie Feuer, war zugleich süß und furchteinflößend. Noch nie hatte er etwas Derartiges gespürt. Ihm wurde schwindelig, die Welt begann sich zu drehen. Er wankte, suchte mit den Armen nach Halt. »O Gott, ich …«

Elva nahm sein Gesicht in ihre Hände. »Hast du etwa noch nie mit einer Frau …?«

»Ich bin Mönch, ich habe ein Gelübde geschworen.«

Elvas Augen verdunkelten sich. »Dann solltest du jetzt wirklich gehen. Du darfst dich nicht meinetwegen ins Unglück stürzen.« Sie wich zurück.

»Nein.« Er schrie fast, blickte sie zerknirscht an, als er ihr erschrockenes Gesicht bemerkte. »Ich bleibe ein Ritter des Ordens, ich werde treu zu meinem Glauben und zu meinen Brüdern stehen und alles tun, um sie und den Schatz vor Schaden zu bewahren. Egal, was zwischen uns geschieht.«

Er trat näher, strich mit den Fingerspitzen über die weiche Haut ihrer Wange und räusperte sich verlegen. »Allerdings habe ich nicht die geringste Ahnung, was zu tun ist.«

Elva lächelte. »Aber ich.«

Er erwiderte ihr Lächeln, legte seinen Mantel und sein Kruzifix ab und zog sie in seine Arme. »Dann sollst du heute Nacht meine Lehrmeisterin sein.«

Karel beugte sich vor. »Ihr habt richtig gehört, ich habe es mit eigenen Augen gesehen.«

Der Mann bekreuzigte sich. »Teufel und Verdammnis! Aber ich hab's ja immer gewusst. Wer sich so hinter Mauern verschanzt, hat etwas zu verbergen.« Seine Augen flammten begierig auf. »Habt Ihr beobachtet, wie die beiden ... na, Ihr wisst schon.« Er machte eine eindeutige Geste.

Karel unterdrückte seinen Abscheu. Was für ein widerlicher Wurm. Wetzte sich das Maul über die sündigen Praktiken der Tempelritter, konnte es aber gar nicht abwarten, sich in Einzelheiten zu suhlen.

»Ich habe gesehen, wie der Junge vor dem Alten niederkniete und dieser sich entblößte.«

»Nicht doch!« Der Wirt leckte sich die Lippen.

»In dem Moment habe ich mich rasch abgewandt. Niemand sollte seine unsterbliche Seele mit einem derart verkommenen Anblick besudeln.«

»Ihr habt ganz recht.« Der Mann schaffte es kaum, seine Enttäuschung zu verbergen.

Karel dachte an Arnulf von Arras. Es war nichts Verkommenes an dem gewesen, was sie verbunden hatte. Die Kirche verbot es, aber hatte sich nicht sogar der Sohn Gottes mit einem Kreis von Jüngern umgeben? War die Liebe zwischen Männern nicht allein deshalb edel und rein, weil kein sündiges Weib beteiligt war? Weil es die Vereinigung zweier der höchsten Wesen bedeutete, die der Herrgott geschaffen hatte?

Karel spürte, wie ihm die Röte ins Gesicht schoss. Gütiger Himmel, in was für Gedanken verstieg er sich da? Sein Blick schoss zu dem Wirt, der seine Verlegenheit jedoch anders zu interpretieren schien.

»In der Tat, Ihr habt recht«, wiederholte er.

»Man sollte etwas unternehmen.« Karel konzentrierte sich, um das Gespräch wieder in die von ihm gewünschten Bahnen zu lenken. Er wollte die Dorfbewohner aufstacheln, sie dazu bewegen, sich gegen die Ritter der Kommende zu wenden und sie zu zwingen, den vermeintlichen Lustknaben herauszurücken. Nur so würde er an Elva herankommen.

Gestern Nacht hatte er schändlich versagt. Er hatte nur einen Augenblick gezögert, mit sich gerungen, und in dieser kurzen Zeitspanne war ihm ein anderer Mann zuvorgekommen.

Gerade als Karel zu Elva treten und sie packen wollte, war ein Tempelritter durch die Mannpforte getreten und hatte sich zu Elva gesellt. Er hatte mit ihr gesprochen, und im ersten Moment war Karel das Ganze so merkwürdig vorgekommen, dass er glaubte, er habe sich getäuscht und bei der braun gekleideten Gestalt handle es sich tatsächlich um einen Sergenten der Templer. Doch dann war die Person dem Ritter zurück in die Kommende gefolgt und hatte sich auf der Schwelle noch einmal umgedreht. Es war Elva, daran bestand kein Zweifel.

Karel hatte sich umgehört. Er wusste nun, dass der Templer, den er gesehen hatte, nicht irgendein Ritter, sondern stellvertretender Marschall war, betraut mit dem Bau der Flotte in Marseille. Was hatte dieser hochrangige Ordensmann mit Elva zu schaffen?

Der Wirt riss ihn zurück in die Gegenwart. »Wir können nichts machen, wir sind einfache Bauern und Handwerker. Der Orden ist mächtig, er gibt den meisten von uns Arbeit, und er untersteht nur dem Papst.«

»Aber der Papst ist weit weg.«

Der Wirt zuckte mit den Schultern. »Ich halte mich aus den Angelegenheiten der hohen Herren heraus, ich habe meine eigenen Sorgen.« Er nahm einen Krug, füllte ihn mit Wein und brachte ihn zu einem Tisch, an dem zwei Pilger saßen, die die Nacht im Gästehaus der Kommende verbracht hatten.

Karel verzog das Gesicht. Dieses Pack war überall auf der Welt gleich. Es zerriss sich das Maul, aber es kuschte, wenn es darauf ankam.

Immerhin, der Funke war entzündet. Er würde weiterschwelen. Karel musste nur dafür sorgen, dass die Glut reichlich Nahrung bekam und zum Feuer wurde.

* * *

Amiel drehte sich um die eigene Achse und vermaß den Raum mit seinen Augen. Dann blickte er wieder auf die Steinplatte zu seinen Füßen. Er musste es wagen, und er musste die Entscheidung auf eigene Verantwortung fällen.

Von Molay hatte er noch immer keine Antwort, auch von den Komturen der übrigen Kommenden hatte er nichts gehört, doch das wunderte ihn nicht. Sie hatten sich bestimmt ebenfalls an den Großmeister gewandt, um von ihm Befehle zu erhalten. Hoffentlich warteten nicht alle darauf, dass Molay sich rührte, sondern brachten von sich aus Dokumente und Wertgegenstände in Sicherheit. Wenn die Gerüchte stimmten, die der Custos von Bayle aufgeschnappt hatte, würden die Männer des Königs binnen Monatsfrist zuschlagen. Das gab ihnen nicht viel Zeit.

In der Provence hatte der König nichts zu sagen, doch Amiel traute auch Karl von Anjou nicht, der hier regierte. Amiel kniete nieder und sprach ein Gebet. Als er sich erhob, spürte er ein Knistern in seinen Gewändern. Er zog das Feigenblatt hervor, und ein Lächeln stahl sich auf sein Gesicht. Sündige Gedanken schossen ihm in den Sinn, hastig bekreuzigte er sich erneut und trat nach draußen.

Regen peitschte ihm ins Gesicht, aber das störte ihn nicht. Er schritt kräftig aus. Er hatte endlich einen Plan gefasst, es gab viel zu tun. Am Morgen hatte er seinen Adlatus zusammen mit einem der anderen Ritter nach Marseille geschickt. Combret sollte dort einige der Dinge erledigen, die er selbst hatte tun wollen. Arbeiter mussten bezahlt werden, Wareneingänge und das Fortkommen der Bauarbeiten überprüft werden. Amiel hatte Combret die nötigen Vollmachten ausgestellt. Er hoffte, dass der junge Mann der Aufgabe gewachsen war, aber bisher hatte Combret ihn noch nie enttäuscht.

Als Amiel ihm mitgeteilt hatte, dass die Frau in der Kammer doch noch eine Weile bleiben würde, hatte Combret nicht mit der Wimper gezuckt. Wenn er das Verhalten seines Herrn missbilligte, ließ er es sich nicht anmerken.

Das Voranschreiten der Bauarbeiten in Marseille war im Augenblick Amiels geringste Sorge. Er hatte endlich einen Platz ausfindig gemacht, wo der Schatz sicher sein würde, selbst wenn alle Templer der Gier des Königs zum Opfer fielen. Und Elva würde für den Orden das Geheimnis hüten.

Bei dem Gedanken spürte Amiel ein Kribbeln im Nacken. Jacques de Molay würde ihn verfluchen und mit Schimpf und Schande aus dem Orden werfen, wenn er je erfuhr, dass Amiel ihr größtes Geheimnis einer Frau anvertraute.

Aber Amiel wusste es besser.

Er erreichte die Kommende und eilte durch das Tor. Mit federnden Schritten sprang er die Stufen hinauf und klopfte an. »Elva?«

Dielenbretter knarrten, die Tür schwang auf. »Amiel!« Ihre Augen strahlten.

Hastig zog er die Tür hinter sich zu und bedeckte ihr Gesicht mit Küssen. Sie zog ihn an sich, er spürte, wie das Verlangen von ihm Besitz ergriff. Am liebsten hätte er ihr die Kleider vom Leib gerissen und all die wunderbaren Dinge mit ihr getan, die sie ihm in der vergangenen Nacht gezeigt hatte.

Aber er durfte nicht. Nicht jetzt.

Er machte sich los. »Ich muss dir etwas zeigen.«

Sie wurde sofort ernst. »Was denn?«

»Komm mit!«

»Am helllichten Tag? Was, wenn mich jemand sieht?«

»Es ist niemand da. Combret ist auf dem Weg nach Marseille, der Komtur musste nach der Herde sehen, er ist mit dem Hirten bei den Weiden auf der anderen Seite des Waldes und wird erst am Abend zurück sein. Um die übrigen drei Ritterbrüder kümmere ich mich.«

»Und die Knechte und die Sergenten?«

»Die stellen keine Fragen. Zieh den Mantel an und streif die Kapuze über den Kopf.«

Elva gehorchte.

An der Tür küsste Amiel sie noch einmal. »Ich weiß jetzt, warum der Herr dich zu mir geschickt hat. Er hat dich für eine ganz spezielle Aufgabe vorgesehen.«

Elva öffnete den Mund, doch er legte ihr den Finger auf die Lippen. »Warte ab.«

Ohne jemandem zu begegnen, stiegen sie die Treppe hinab ins Erdgeschoss, passierten einen Durchgang hinter dem Kapitelsaal und erreichten eine weitere Stiege, die in den Keller des Haupthauses führte. Zwei Sergenten standen auf dem Treppenabsatz. Amiel vergewisserte sich, dass Elva den Kopf tief gesenkt hielt.

»Ich muss mit den Wachleuten unten im Verlies sprechen«, sagte Amiel.

Die Sergenten traten zur Seite.

Amiel ließ Elva vorangehen. Im Kellergewölbe übernahm er wieder die Führung. Er zog eine Fackel aus einer Wandhalterung und sah Elva an. »Am Ende dieses Gangs liegt das Verlies. Darin befindet sich etwas, das ich dir zeigen möchte. Die Ritter, die es bewachen, haben Anweisung, nur mich und Männer in meiner Begleitung einzulassen. Nicht einmal der Komtur hat Zutritt. Halte den Kopf weiterhin gesenkt.«

Schweigend gingen sie den Gang entlang. Mit jedem Schritt wurde es Amiel mulmiger. Wenn er aufflog, würde ihn nicht einmal mehr seine hohe Position im Orden retten. Doch er war fest davon überzeugt, dass er das Richtige tat.

Schließlich erreichten sie den kleinen Vorraum vor dem Verlies. Die drei Wachen nahmen Haltung an, als sie ihn erblickten.

»Alles ruhig hier unten?«, fragte er.

»Keine Vorkommnisse«, antwortete einer, ein altgedienter Haudegen, den Amiel aus Marseille kannte.

»Gut. Ich muss mit meinem Diener ins Verlies.«

Die drei Männer machten anstandslos Platz. Amiel trat vor die schwere Tür und löste den Riegel. Rasch trat er in das Verlies und zog Elva hinter sich her.

Als sich die Tür hinter ihnen schloss, stieß er erleichtert die Luft aus und wischte sich über die Stirn. Er hob die Fackel an und blickte sich um. Alles sah genauso aus wie bei seinem letzten Besuch. In den Ecken rotteten fauliges Stroh und vertrocknete Exkremente vor sich hin, eine rostige Kette baumelte an der Wand. Darunter stand die Truhe, die der Zimmermann in La Couvertoirade für ihn gebaut hatte.

Amiel spürte, wie Elva neben ihm schauderte. Er legte ihr den Arm um die Schultern. »Keine Angst!«, flüsterte er.

»Wenn ich meinen Häschern nicht entkommen wäre, hätte ich an so einem Ort auf meinen Prozess gewartet«, sagte sie leise.

»Niemand wird dir etwas antun, Liebste, nicht, solange ich lebe.« Er strich ihr übers Gesicht. Dann trat er an die Truhe. »Hier drin ruht der größte Schatz der Templer«, erklärte er. »Etwas, das so kostbar ist, dass wir für seinen Wert die größte Streitmacht aufstellen können, die die Menschheit je gesehen hat.«

»Das bedeutet, dass ihr den Schatz verkaufen müsst.«

»Das haben wir bereits getan.«

»Wer hat so viel Geld, um einen solchen Schatz zu erwerben?«

»Die Juden.«

Elva starrte ihn an. »Wofür würden die Juden all ihre Reichtümer hergeben?«

Amiel antwortete nicht.

Elva schlug die Hand vor den Mund. »Ist das wahr?«

Amiel nickte. Elva war klug, sie hatte sofort begriffen, was sich in der Truhe verbarg. Er deutete auf ihren Gürtel. »Und du bewahrst den Schlüssel auf.«

»Gütiger Herr!« Elva starrte ihn erschrocken an. »Das kann ich nicht!« Sie tastete nach dem Schlüssel, den Amiel ihr gestern Nacht, nachdem sie vor Gott zu seiner Gemahlin geworden war, erneut anvertraut hatte, und schüttelte den Kopf.

Wenn er noch Zweifel gehabt hätte, wären sie nun endgültig beseitigt. »Du musst«, sagte er mit fester Stimme. »Gott hat dich für diese Aufgabe auserwählt. Wenn den Templern etwas zustößt, wenn tatsächlich geschieht, was ich befürchte, musst du das Geheimnis für uns hüten.«

»Aber ich bin doch nur …«

»Schscht! Gerade deshalb bist du die Richtige für diese Aufgabe. Niemand wird darauf kommen, dass ausgerechnet du unseren Schatz aufbewahrst. Das habe ich dir doch erklärt.«

Elva blickte sich in der Zelle um. »Wenn der König die Kommende überfallen lässt, werden seine Männer die Truhe mitnehmen und das Schloss gewaltsam aufbrechen.«

»Das würde ihnen schwerfallen, es ist ein besonderes

Schloss. Wird es aufgebrochen, wird der Inhalt durch Stahlfedern zerstört. Aber dazu wird es nicht kommen.« Amiel hatte lange hin und her überlegt, ob er die Truhe wirklich mit einem Mechanismus versehen sollte, der im Notfall ihren Inhalt vernichtete. Doch er war zu dem Schluss gelangt, dass es auch den Juden lieber sein musste, wenn ihr Heiligtum zerstört würde, als dass es in die Hände von Frevlern geriet, die es entweihen könnten.

»Weil Richerenches nicht in Frankreich liegt?«

»Ich fürchte, das wird uns auf Dauer nicht schützen, nein. Weil wir die Truhe an einem Ort verstecken werden, wo niemand nach ihr suchen wird. Einem Ort, der unter dem Schutz Gottes steht.«

»Wir?«

»Ja, wir. Nur du und ich, Elva. Niemand sonst soll erfahren, wo der Schatz ist, so besteht keine Gefahr, dass das Versteck unter der Folter verraten wird.«

»O mein Gott, Amiel, du glaubst doch nicht, dass der König die Templer der Inquisition übergeben wird!«

Selbst im schwachen Licht der Fackel erkannte Amiel, dass Elva blass geworden war. Tränen schimmerten in ihren Augen.

»Ich weiß es nicht, Liebste, ich weiß es nicht.«

»Und wenn sie dich foltern?«, flüsterte sie mit Tränen in den Augen.

»Dann werde ich an dich denken und alle Qualen der Hölle mit Freuden ertragen.«

* * *

Elva blickte sich nach allen Seiten um, bevor sie die Kapuze vom Kopf streifte und den Mantel abwarf. Sie beugte sich über den Brunnen und zog den Ledereimer nach oben. Mit beiden Händen schöpfte sie Wasser, benetzte Gesicht und Hals, wusch sich Dreck und Staub ab.

Erst als der Eimer leer war, richtete sie sich auf. Nie zuvor war sie so erschöpft gewesen, nie zuvor so glücklich.

Tagsüber schuftete sie an Amiels Seite, gemeinsam bereiteten sie das neue Versteck für den Schatz vor, heimlich, ohne dass einer von Amiels Brüdern etwas davon mitbekam. Nicht einmal der Komtur von Richerenches, Guillaume Hugolin, war eingeweiht, obwohl er mit Sicherheit ahnte, was Amiel vorhatte. Schließlich ließen sich Bauarbeiten selbst von so geringem Ausmaß nicht völlig im Verborgenen durchführen. Zumal Elva und Amiel jedes Mal, wenn sie die Arbeit unterbrachen, alles so herrichten mussten, dass niemand etwas bemerkte.

Und nachts liebten sie sich, bis die Glocke zur Prim läutete und Amiel sie verließ, um mit seinen Brüdern zu beten und danach einige Stunden Schlaf zu bekommen. Amiel begehrte sie mit stiller Ernsthaftigkeit, ganz anders als Milo, der immer für einen Spaß gut gewesen war.

Elva hatte Amiel nicht erzählt, dass sie auch mit Milo das Lager geteilt hatte. Milo war ein guter Freund gewesen, fast wie ein Bruder, so hatte sie es ihm erzählt. Dass der Mann, mit dem sie gegen ihren Willen verheiratet worden war, sie berührt hatte, akzeptierte Amiel, obwohl er sogar auf Arnulf von Arras gelegentlich eifersüchtig zu sein schien. Dass Elva sich einem weiteren Mann hingegeben hatte, noch zudem völlig freiwillig, hätte er wohl nur schwer ertragen.

Elva wunderte sich selbst gelegentlich über das, was sie mit Milo verbunden hatte. Damals bei den Gauklern war sie überzeugt gewesen, dass sie nie wieder zu der Gesellschaft gehören würde, die sie ausgestoßen hatte, dass es keine Rolle spielte, deren Regeln zu brechen. Und auch vor dem Angesicht Gottes hatte sie sich nichts vorzuwerfen gehabt. Milo war ihr Gemahl gewesen, auch wenn sie die Verbindung ohne Versprechen, ohne Zeremonie und kirchlichen Segen eingegangen waren. Niemals wäre sie ihm untreu gewesen oder hätte ihn verlassen. Erst der Tod hatte sie geschieden.

Und nun war sie wieder nur vor Gott mit einem Mann vereint. Doch diesmal war alles anders. Was sie für Amiel empfand, hatte sie nie zuvor empfunden. Sie würde alles für ihn tun, auch wenn es ihr selbst schadete. Auch wenn es bedeutete, sich von ihm zu trennen und ihn nie wiederzusehen.

Denn genau das würde geschehen, sehr bald schon. Sie würden Abschied nehmen. Für immer.

Es gab keinen anderen Weg. Amiel brach ihretwegen täglich das Gelübde, das ihm so viel bedeutete, brachte damit nicht nur sich selbst, sondern auch seine Mitbrüder in Gefahr. Gerade in diesen Zeiten, in denen den Templern schreckliche Dinge nachgesagt wurden, in denen sie der Häresie und der Sodomie beschuldigt wurden, wäre es eine Katastrophe, wenn herauskäme, wie Amiel seine Nächte verbrachte.

Und dann war da noch der Fluch. Jeden Tag rechnete Elva damit, dass die merkwürdigen Vorfälle wieder losgingen, dass Krüge zu Bruch gingen, Bilder von der Wand fielen oder irgendwo in der Kommende ein Feuer ausbrach.

Oder dass Amiel etwas zustieß.

Das war die schrecklichste Vorstellung von allen. Wenn Amiel ihretwegen leiden müsste, vielleicht sogar zu Tode käme, könnte sie mit der Schuld nicht weiterleben.

Schritte knirschten.

Hastig zog Elva sich an und verbarg ihre Haare unter der Kapuze.

Im gleichen Augenblick stand Amiel vor ihr. »Zu spät, dich zu verstecken, ich habe dich erkannt!«, scherzte er und vergewisserte sich, dass sie allein waren, bevor er ihr einen Kuss auf die Wange drückte. »Wir haben es fast geschafft. Morgen können wir die Truhe in ihr neues Versteck bringen.«

Unwillkürlich tastete Elva nach dem Schlüssel. »Und dann?«

Amiel presste die Lippen zusammen. »Dann bringe ich dich an einen sicheren Ort, am besten zu deiner Schwester. Dort hütest du das Geheimnis, bis …«

»Bis du den Schlüssel holen kommst«, sagte sie schnell.

Amiel senkte den Blick. »Ich bete jeden Tag, dass die Untersuchung die Unschuld der Templer ans Licht bringen wird, dass alles gut ausgeht. Aber ich glaube nicht daran. Es kann sein, dass wir alle sterben müssen.«

Elva griff nach seinem Arm. »Dann bring dich in Sicherheit.«

Amiel senkte den Kopf. »Ich kann nicht mit dir fliehen.«

»Das verlange ich auch nicht von dir. In meiner Nähe wärest du ebenfalls in Gefahr. Flieh über das Meer nach Zypern. Nimm deine Brüder mit. Wenn ich weiß, dass du irgendwo in Frieden und in Sicherheit lebst, kann ich ertragen, dich niemals wiederzusehen.«

Amiel umfasste ihre Hände. »Aber ich weiß nicht, ob ich das aushalte.«

»Du bist stark, Amiel.«

Er sah sie an. »Ich glaube, du bist stärker als ich.«

Eine Glocke begann zu läuten.

»Ich muss zum Gebet«, sagte Amiel. »Warte in der Kammer auf mich.«

Elva blickte ihm hinterher, bis er in der Kirche verschwunden war. Sie liebte Amiel, aber sie wusste, dass sie das Richtige tat. Notfalls musste sie für sie beide stark sein.

Kurz darauf klopfte Elva am Fenster der Kammer ihre staubigen Gewänder aus. Sie sehnte sich danach, endlich wieder ein Kleid zu tragen. Manchmal stellte sie sich vor, wie es wäre, mit Amiel auf ein Fest zu gehen, sich mit ihm auf dem Tanzboden zur Musik zu drehen, richtig als Mann und Frau. Oder mit ihm über den Markt zu spazieren, von Bude zu Bude zu schlendern und Stoff, Seife oder ein Huhn fürs Abendessen zu kaufen.

Sie seufzte und streifte die Gewänder wieder über. Es würde ihnen nicht vergönnt sein, jemals solch gewöhnliche Dinge gemeinsam zu tun. Ihnen blieb nichts anderes übrig, als die wenige Zeit, die ihnen miteinander vergönnt war, auszukosten und in ihrer Erinnerung festzuhalten.

Elva trat zurück ans Fenster und blickte nach draußen. Ihr Rücken schmerzte, ihre Arme und Beine waren schwer von der ungewohnten Arbeit. Trotzdem war sie nicht müde, ganz im Gegenteil, Vorfreude kribbelte in ihr wie Blasen in einem Topf voller kochendem Wasser. Heute Nacht würde sie Amiel lieben wie nie zuvor, jeden Herzschlag ihres

Beisammenseins würde sie genießen und nicht ein einziges Mal an morgen denken.

Gerade als Elva sich vom Fenster wegdrehen wollte, entdeckte sie zwischen den Olivenbäumen vor der Mauer eine Gestalt. Ein Mann stand dort und blickte zu ihr hinauf.

Elva erschrak. Hatte er sie beim Ausklopfen der Kleider beobachtet? Hatte er erkannt, dass sie eine Frau war?

Der Mann bemerkte, dass sie zu ihm hinunterstarrte, und drehte sich schnell weg. Nicht schnell genug. Elva hatte sein Gesicht erkannt. Karel Vranovsky hatte sie gefunden.

* * *

Dieses verfluchte Knie! Seit Guillaume von Philipp in der Abtei Maubuisson zum Kanzler ernannt worden war, hatte er es nicht mehr gespürt. Freude und Stolz hatten die Marter vorerst beendet. Es war eine Erlösung gewesen.

Doch jetzt schoss ihm wieder ein scharfer Schmerz das ganze Bein hinauf bis in die Hüfte, sobald er sich in die Steigbügel stellte. In einem Gewaltritt waren sie in vier Tagen von Paris bis vor die Tore der Königsburg Saint Montan geeilt. Die Burg lag an der Rhône, dem Grenzfluss zum römisch-deutschen Reich, zu dem auch die Provence gehörte, und nur zehn französische Meilen von Richerenches entfernt. Dort befand sich der Schatz der Templer, wenn Cyprian Batiste nicht gelogen hatte. Guillaume hatte Philipp gesagt, er müsse in einigen Gemeinden kontrollieren, ob die Anweisungen bezüglich der geplanten Verhaftungen auch befolgt würden, und deshalb könne er einige Tage nicht am Kronrat teilnehmen. Der König hatte die Lüge geschluckt.

Obwohl Guillaume lange genug an seinem Plan gefeilt hatte, hatten die Vorbereitungen für die Maßnahmen gegen die Templer mehr Zeit in Anspruch genommen als erwartet, fast zwei Wochen hatte es gedauert, bis alles bereit war. Hunderte Kopien des Haftbefehls waren versandt worden, alle versiegelt und erst am festgesetzten Tag zu öffnen. Genauso hatte Guillaume es mit den Juden gemacht, nur dass diese nicht in den Kerker geworfen, sondern vertrieben worden waren.

Hoffentlich war nichts durchgesickert! Ein einziger Beamter, der das Schreiben zu früh öffnete und sein Maul nicht halten konnte, genügte, um dem Plan zumindest schweren Schaden zuzufügen. Bisher gab es jedoch keinen Hinweis darauf, dass Molay oder irgendein anderer Templer etwas von ihrem bevorstehenden Untergang ahnte.

Ansonsten hätte der Orden sofort Gegenmaßnahmen ergriffen, Molay hätte alle Kräfte zusammengezogen und den Tempel zu Paris in eine uneinnehmbare Festung verwandelt. Und er hätte den Papst in Kenntnis gesetzt.

Aber keiner von Guillaumes Spionen hatte etwas Ungewöhnliches berichtet. Keine Truppenbewegungen, keine Boten, die in alle Richtungen ausschwärmten. Guillaume wollte gar nicht daran denken, was das bedeutet hätte. Es hätte zum Krieg geführt, mit ungewissem Ausgang. Er wusste, wie die meisten Templer kämpften: verbissen und mit Todesverachtung. Aber so weit würde es nicht kommen.

Guillaume schüttelte die düsteren Gedanken ab. Seine

Männer und er waren als Dominikaner verkleidet gereist und gaben vor, im Auftrag der Inquisition nach Ketzern zu suchen. Das sicherte ihnen freies Geleit, auch in der Provence, niemand stellte Fragen, die Dominikaner waren als die Hunde des Herrn gefürchtet. Man ging ihnen möglichst aus dem Weg, denn wo ein Dominikaner war, war der nächste Scheiterhaufen nicht weit.

Die Gitterwagen für die Gefangenen hatte Guillaume nicht mitführen können – sie wären viel zu langsam gewesen. Er hatte sie in Saint Montan in Auftrag gegeben, wo er später auch die Gefangenen aus Richerenches unterbringen würde, bis er sie nach Paris verlegen konnte. Es war bedauerlich, dass die Zeit so knapp war. Guillaume musste am zwölften Oktober wieder in Paris sein, mit oder ohne Schatz, denn er wollte persönlich miterleben, wie der Großmeister der Tempelritter im Morgengrauen des Dreizehnten verhaftet und ins Verlies geworfen wurde.

Sie lagerten außer Sichtweite der Festung, Guillaume hatte den Hauptmann seiner kleinen Garde zur Burg geschickt, um im Namen der Dominikaner die Wagen abzuholen. Auch der Burgherr durfte nichts von Guillaumes Anwesenheit erfahren. Erst wenn der Schatz in seinen Händen war, konnte er das Visier hochklappen. Dann würde ihm der König zu Füßen liegen und ihm alles verzeihen.

Am späten Vormittag brachte der Hauptmann die Wagen. Alles war glatt gegangen. Gott stand Guillaume zur Seite. Den Rest des Tages verbrachte er ausnahmsweise nicht mit der Sichtung von Dokumenten. Er stand kurz vor dem größten Triumph seines Lebens und wollte seine Seele reinigen, bevor er Richerenches nehmen würde wie eine Jungfrau. Bis in den Abend betete er, wusch sich, legte frische Kleidung an. Während seine Begleiter ein karges Mahl zu sich nahmen, betete er erneut und verfiel in einen Zustand, der jeden Gedanken auslöschte, sein pures Ich zum Vorschein und ihm Gott nahebrachte. Hatte er richtig gehandelt? Alles in ihm antwortete mit einem klaren Ja.

Noch vor Mitternacht brachen sie auf. Langsam tasteten sie sich vor, vermieden jedes laute Geräusch. Den Pferden hatten sie Tücher um die Hufe gebunden, die Kettenhemden waren bestens geölt, ebenso das Zaumzeug; schwarze Umhänge machten sie fast unsichtbar. Sie kamen gut voran, selbst die Überquerung der Rhône brachten sie ohne Zwischenfälle hinter sich.

Sie näherten sich von Nordwesten über die Ebene, die sich um Richerenches erstreckte. Äcker und Wiesen reihten sich aneinander, durchbrochen von Waldstücken und einzelnen Höfen.

Die Nacht ging auf die Stunde zu, in der die Menschen am tiefsten schliefen. Guillaume und seine Männer duckten sich in eine Bodenwelle, sie waren noch einen Steinwurf vom Haupttor der Kommende entfernt. Nichts rührte sich.

Guillaume nickte dem Hauptmann zu. Jetzt würde sich erweisen, wie gut sein Plan war und wie zuverlässig – oder, besser gesagt, wie gierig Cyprian Batiste. Der Hauptmann stieß den Ruf eines Käuzchens aus.

* * *

Amiel wusste nicht, wo er war. Er schaute an sich herunter und erschrak. Er stand auf Reisigbündeln, vermummte Gestalten zeigten auf ihn und klagten ihn der Hurerei, der Sodomie und der Ketzerei an. Er wandte seinen Blick nach rechts. Dort stand Elva, ebenfalls auf einem Scheiterhaufen. Ein Mann riss sich die Kapuze vom Kopf, zum Vorschein kam der König. Doch er war kein schöner Mann mehr, sondern eine hässliche Fratze, wie von Lepra entstellt. Der König nahm eine Fackel und legte sie an Elvas Scheiterhaufen. Sogleich loderten die Flammen auf, Elva schrie vor Schmerz.

Jemand rüttelte Amiel an der Schulter. Er wachte auf, der Albtraum verblasste, aber die Angst steckte ihm immer noch in den Gliedern, Schweiß stand auf seiner Stirn.

»Amiel!«, flüsterte ein Bruder.

Amiel konnte sein Gesicht nicht sehen, so dunkel war es, aber an seiner Stimme erkannte er Zacharias, einen jungen Burschen, der erst vor wenigen Monaten in den Orden aufgenommen worden war.

»Hört Ihr es nicht?«

Amiel stöhnte. Er rief sich in Erinnerung, wo er war. In der Kommende Richerenches. Im Dormitorium, wo ein Dutzend Ritter und Sergenten sich mit ihm nach der Prim wieder zur Ruhe gelegt hatten. Noch immer meinte er, Elvas nackten Körper unter seinen Händen zu spüren. Sie waren kurz eingeschlafen, nachdem sie sich wie Ertrinkende geliebt hatten. Dann war er wie immer aus Elvas Kammer geschlichen, um rechtzeitig zum ersten Gebet in der Kirche zu sein. Und wie immer hatte es ihn ungeheure Kraft gekostet, Elva allein zu lassen.

Amiel horchte angestrengt. Ja, da war ein Hämmern auf Holz. Es musste von der Hauptpforte kommen, vom Torhaus, das im Nordwesten der Kommende lag. Was war mit dem Bruder, der zur Wache eingeteilt war? Warum erschien er nicht, um ihm Bescheid zu geben? Es war tiefe Nacht, es war dunkel, es war kalt. Vielleicht war der Wachmann eingeschlafen oder hatte sich in den Turm zurückgezogen. Amiel würde ihn dafür streng bestrafen, denn die Zeiten waren unsicher. Er hatte den strikten Befehl ausgegeben, niemanden einzulassen, es sei denn, er persönlich befahl es.

Amiel erhob sich vom Strohsack, legte sein Wams an und ergriff sein Schwert. »Ich bin gleich wieder da, schlaft weiter, Zacharias. Sicher ist es ein Reisender, der Schutz sucht. Ich werde ihm Einlass gewähren und ihm unsere Gastfreundschaft anbieten.«

Zacharias nickte, doch Amiel war sich sicher, dass der junge Mann nicht mehr so schnell einschlafen würde. Er war ein gewissenhafter und ernster Ritterbruder, eine Bereicherung für den Orden und eine Gefahr für Amiel, denn Zacharias nahm die Regel sehr genau und hatte seine Augen überall. Doch bisher hatte er keinen Verdacht geschöpft, dass der verletzte Sergent, der in der Kammer neben dem Dormitorium untergebracht war, ein Geheimnis haben könnte. Zumindest ließ er sich nichts anmerken.

Vom Haupthaus, in dem das Dormitorium, der Kapitelsaal und das Refektorium lagen, bis zum Haupttor neben dem Ziegenstall war es nicht weit. Es war dasselbe Tor, durch das er Elva vor einer Woche gefolgt war, als er sie beinahe verloren hätte. Müde tapste Amiel an der Mauer entlang, eine Fackel in der Hand. Nach einigen Schritten warf einen

Blick nach oben. Irgendwo dort lag Elvas Kammer. Sie war von hier aus nicht zu sehen, denn das Fenster öffnete sich zur Außenseite der Kommende.

Das unstete Licht der Fackel zeichnete Amiels Schatten auf die Wand des Ziegenstalls. Die Tiere waren von dem Lärm aufgeschreckt worden, einige meckerten aufgeregt.

Jetzt hörte Amiel nicht nur das Klopfen, sondern auch das Gezeter des Wachmanns, der Gott sei Dank weder schlief noch vor dem eiskalten Wind hinter die Mauern des Turms geflüchtet war.

»Ihr könnt nicht rein, niemand kann rein«, rief er, anscheinend schon zum wiederholten Mal, so wütend klang er.

Das Klopfen am Tor ging erneut in ein Hämmern über.

Der Wachmann stöhnte. »Ihr könnt so viel Lärm machen, wie Ihr wollt. Ich werde nicht öffnen. Es kann aber sein, dass ich Euch einen Topf voll Ziegenscheiße überkippe, wenn Ihr nicht ablasst. Mein Herr liegt zur Ruhe, und ich werde ihn nicht stören.«

Der Wachmann tat seine Pflicht, kam Amiels Befehl nicht nur nach, sondern hatte ihn erweitert, in dem er seinen Schlaf schützen wollte.

Das Hämmern hörte auf. Von jenseits des Tores kam eine Stimme. »Ihr müsst mich einlassen«, flüsterte jemand. »Ich führe wichtige Neuigkeiten mit mir. Es geht um Leben und Tod.«

Amiel stutzte. Das konnte doch nicht wahr sein! Das war eindeutig Cyprians Stimme.

»Das kann ja jeder behaupten«, bellte der Wachmann.

Amiel hob die Hand, ein Zeichen, dass er schweigen

sollte. Ein mulmiges Gefühl machte sich in Amiel breit. Einerseits freute er sich über die Ankunft seines Freundes, andererseits verhieß dessen Erscheinen nichts Gutes. Cyprian hätte nicht hier sein dürfen. Hatte der König bereits zugeschlagen? Waren die Brüder erschlagen, war Molay verhaftet, der Orden in Gefahr?

»Öffne das Tor!«, befahl er der Wache. »Ich kenne den Mann.«

Der Bruder gehorchte, ohne zu zögern. Die Torhälften schwangen auf, Cyprian führte sein Pferd am Zügel, blieb mitten auf der Schwelle stehen.

Amiel winkte ihm. »Schnell, komm rein, wer weiß, wer da draußen lauert.«

Der Wachmann war neben Amiel getreten, die Hand am Schwertknauf.

Cyprian lächelte. Doch das Lächeln wirkte verkrampft.

Amiel fuhr der Schreck in die Glieder. Brachte sein Freund so schlechte Neuigkeiten?

Er hörte ein Geräusch, ein Knacken, das aus dem Schatten hinter der Mauer zu kommen schien. Ein schrecklicher Verdacht stieg in Amiel auf. War Cyprian ein Köder? Hatte man ihn gezwungen, den Feinden Zugang zur Kommende zu verschaffen? Amiel griff nach den Zügeln, um Cyprians Pferd schnell über die Schwelle zu ziehen, doch sein Freund schlug ihm auf die Hand.

Der Wachmann reagierte sofort, zog sein Schwert, ging auf Cyprian los.

Amiel hörte das Sirren, doch es war zu spät. Der Armbrustbolzen schlug in die Stirn des Wachmanns ein, der stürzte ohne einen Laut tot zu Boden.

Amiel griff an seine Seite, doch Cyprian schlug ihm das Schwert aus der Hand, bevor er es erheben konnte, und schon waren vier Männer über ihm, vermummte Gestalten in nachtschwarzen Gewändern, die ihn zu Boden drückten, ihm auf den Kopf schlugen und den Mund zuhielten.

Mindestens zwei Dutzend weitere Männer mit Armbrüsten, Speeren und gezogenen Klingen stürmten in den Hof. Amiels Magen verwandelte sich in einen Steinbrocken, er versuchte sich zu befreien, er musste seine Brüder warnen. Er wollte sich losreißen. Doch die Männer hieben ihm in die Seite, die Kräfte versagten ihm.

Die Erkenntnis, dass Cyprian ihn verraten hatte, gab ihm den Rest. Wie lange stand er schon in den Diensten des Königs und dieses Ketzers Guillaume de Nogaret? Nach und nach dämmerte Amiel die ganze Wahrheit. Eins fügte sich zum anderen. Cyprian war nicht der Retter von La Couvertoirade, er war der Brandstifter! Der sterbende Wächter in dem eingebrochenen Stollen hatte ihm nicht sagen wollen, dass Cyprian sie hatte verteidigen wollen, sondern dass er der Verräter war. Doch Amiel hatte Cyprian derart blind vertraut, dass er die Worte des Wächters missverstanden hatte.

Tränen der Wut und der Enttäuschung brannten in Amiels Augen. Nur gut, dass niemand sie sah. Er war nicht besser als Molay, genauso blind und überheblich. Verrat lauerte überall, und jetzt mussten Unschuldige für Amiels Dummheit büßen.

Und Elva.

Amiels Herz krampfte sich zusammen. Hätte er sie doch nur nach Marseille gebracht! Hätte er doch nur nicht so eigennützig gehandelt! Er musste etwas tun. Jammern half nicht. Amiel entspannte die Muskeln, und tatsächlich, der Griff der Männer lockerte sich etwas. Er nahm alle Kräfte zusammen, streckte Arme und Beine so abrupt, dass sein Bewacher seinen Mund freigeben musste.

»Alarm!«, brüllte Amiel, so laut er konnte. »Flieht!«

Gegen die Übermacht konnten sie nicht kämpfen, aber wenn nur ein Mann, wenn nur Elva entkommen konnte, dann würde der Überfall nicht unbemerkt bleiben.

Die Quittung für seinen Warnruf waren Hiebe in den Magen und auf den Kopf. Amiel sackte zusammen, ihm blieb die Luft weg. Alles war verloren. Und es war seine Schuld.

* * *

Elva war schlagartig wach, als sie Amiels Schrei hörte. Ruckartig setzte sie sich auf.

Sie war ohnehin nicht sehr tief eingeschlafen, nachdem Amiel sie verlassen hatte. So viele Dinge gingen ihr im Kopf herum, immer und immer wieder. Die Gedanken liefen so schnell im Kreis, dass ihr manchmal schwindelig davon wurde. Wollte sie Amiel wirklich verlassen? Konnte sie ohne ihn leben? Aber durfte sie bei ihm bleiben und damit sein Leben gefährden?

Angespannt horchte sie auf weitere Geräusche. Laute Rufe waren zu hören, das Klirren von Waffen und das Poltern von Schritten auf der Treppe.

Heiß fuhr Elva die Angst in die Glieder. Es war zu spät, sich Gedanken über die Zukunft zu machen. Karel hatte sie gefunden und war mit dem Pöbel aus dem Dorf über die Kommende hergefallen. Sie alle würden sterben, und es war ihre Schuld!

Elva sprang aus dem Bett. Vielleicht würde Karel Amiel am Leben lassen, wenn sie sich stellte. Hastig legte sie die Beinlinge an, schlüpfte in das Wams, das ihr viel zu groß war, warf sich den braunen Umhang über und zog die Gugel über den Kopf, die ihr Gesicht vollständig verbarg. Sie drückte ihr Ohr an die Tür. Kampfgeschrei war zu hören, doch es kam aus dem unteren Stockwerk, hier oben war alles still.

Vorsichtig öffnete Elva die Tür, trat in den Flur und spähte durch eins der Fenster auf den Innenhof. Im Schein der Fackeln konnte sie erkennen, dass nicht die Dörfler mit Dreschflegeln und Keulen auf die Ritterbrüder und Sergenten losgingen, die schlaftrunken ins Freie taumelten, sondern Soldaten in Kettenhemden. Männer ohne Wappen, bewaffnet mit Armbrüsten, Schwertern und Piken, die nachtschwarze Umhänge abwarfen und die Templer angriffen.

Das mussten die Schergen des Königs sein. Oder waren es die des Papstes? Amiel hatte recht gehabt. Der Orden sollte zerschlagen werden, und das war der Anfang. Oder war es das Ende? Gab es den Orden schon gar nicht mehr?

Elva hörte einen schrillen Schrei. Ein junger Ritterbruder, von dem sie wusste, dass er Zacharias hieß, sank zu Boden, drei Armbrustbolzen in der Brust.

Elva fasste sich an den Hals. Angst schnürte ihr die Kehle zu. Wo war Amiel? Immer mehr Männer strömten durch das Tor. Die Ritterbrüder waren hoffnungslos in der Unterzahl.

Ein Befehl erscholl: »Lasst ein paar am Leben«, rief ein Mann über den Hof, der nicht aussah wie ein Kämpfer, sondern wie ein Steuereintreiber.

Elva musste fliehen, wenn nicht um ihrer selbst willen, dann um den Schlüssel in Sicherheit zu bringen, den Amiel ihr anvertraut hatte. Aber sie konnte nicht weg, bevor sie nicht wusste, was mit ihrem Liebsten geschehen war. Sie kniff die Augen zusammen und suchte den Hof ab. Da! Männer zerrten Amiel auf die Beine. Er blutete am Kopf, versuchte sich zu befreien, aber vier Angreifer hielten ihn fest, ein fünfter fesselte ihm die Hände auf den Rücken. Amiels Widerstand erschlaffte, dennoch hielt er sich aufrecht.

Der Mann, der den Befehl erteilt hatte, nicht alle zu töten, baute sich vor Amiel auf. »Amiel de Lescaux. Sieh einer an! Einer der schlimmsten Templer überhaupt. Und einer der dümmsten.« Amiel spuckte dem Mann ins Gesicht, der ihm daraufhin mit der Faust in den Magen schlug.

Amiel knickte ein, stöhnte, richtete sich wieder auf. »Guillaume de Nogaret, Ihr seid ein Verbrecher! Ihr wisst genau, dass Ihr hier keinerlei Befugnisse habt. Karl von Anjou herrscht über Richerenches, das Teil des römisch-deutschen Reiches ist. Ihr werdet mir nicht glaubhaft machen können, dass Karl oder gar der deutsche König diesen heimtückischen Überfall befohlen hat. Wenn Johann von Luxemburg davon erfährt, wird er es Euch büßen lassen!«

»Macht Euch keine Sorgen, Lescaux. Niemand wird irgendetwas erfahren. Denn ich werde Euch und Eure Männer mitnehmen. Ihr seid in einer Kommende jenseits der Rhône verhaftet worden. So einfach ist das. Besonders pikant ist, dass Ihr versucht habt, Euch dort zu verkriechen, und zwar auf der Flucht, weil man Euch wegen Brandstiftung verfolgte.«

»Seid Ihr von Sinnen, Nogaret? Was faselt Ihr da?«

Nogaret bleckte die Zähne. »Schaut Euch um. Einige Eurer Männer sind bereits tot. Sie werden auf ihren Lagern im Schlaf verbrennen, weil Ihr die Kommende angezündet habt. So wie La Couvertoirade. Einige andere werden Euch Gesellschaft leisten und mir Geständnisse liefern, die Euch überführen werden.«

Amiel zerrte an seinen Fesseln. »Ihr seid ein gottloser Hund, Nogaret.«

»Das wird man von Euch ebenfalls behaupten, wenn bekannt wird, dass Ihr den Schatz der Templer an Euch bringen wolltet, um gemeinsame Sache mit den Mamelucken zu machen. Ihr hasst Philipp, unseren gütigen und gerechten Herrscher, so sehr, dass Ihr ihn mithilfe der Ungläubigen stürzen wolltet. Dafür gibt es keine Gnade und keine Verzeihung, weder im Diesseits noch im Jenseits. Es wird nicht lange dauern, und Ihr werdet die Wahrheit sprechen. Meine Folterknechte verstehen ihr Handwerk.«

Elva schossen die Tränen in die Augen. Wie konnte Gott so etwas zulassen? Warum fällte er diesen Schurken Nogaret nicht mit einem Blitz, den er vom Himmel schleuderte? Amiel hatte niemandem etwas Böses getan.

Oder war das die Strafe für die Verletzung seines Gelübdes? Wenn ja, so trug sie die Schuld daran. Sie hätte ihn abweisen müssen. Jetzt war es zu spät. Gottes Zorn war unerbittlich. Niemand würde seiner Strafe entrinnen.

Sie hörte ein Geräusch hinter sich.

Und eine Stimme. »Na, wen haben wir denn hier? Sollen wir den Hänfling kaltmachen?«

Elva erstarrte zu Eis.

»Nein«, sagte eine andere Stimme. »Den nehmen wir mit. Dieses schwächliche Bürschchen brauchen wir nur kitzeln, und schon erzählt er uns alles, was wir hören wollen.«

* * *

Cyprian fühlte sich besser als je zuvor in seinem Leben. Selbst der Höhepunkt im Schoß einer Frau war nichts im Vergleich zu diesem Triumph. Nogaret war noch gerissener, als Cyprian gedacht hatte. Was für eine unglaubliche Finte, Amiel für die Zerstörung von La Couvertoirade und Richerenches verantwortlich zu machen! Der Sieg war endgültig und unumkehrbar. Bald würde er als Graf von Villeneuve-sur-Lot über eigenes Land verfügen, über stattliche Einkünfte, eigene Ritter und einen Sitz im Kronrat des Königs. Nogaret war ein Mann der Tat, der alles umsetzte, was er sich vornahm. Cyprian würde noch viel von ihm lernen können und eines Tages dessen Position als Kanzler, als Großsiegelbewahrer und als wichtigster Berater des Königs übernehmen. Vorüber waren die Zeiten des Bittstellers und Sklaven.

Nur eines verstand Cyprian noch immer nicht: Warum hatte Amiel ihn überhaupt eingelassen, wenn er ihn doch längst enttarnt hatte? Welche Strategie steckte hinter seiner Heuchelei? Cyprian hätte nicht in Richerenches sein dürfen, warum hatte Amiel das nicht misstrauisch gemacht?

Amiel hatte offenbar nicht mit einem Hinterhalt gerechnet. Die Ritterbrüder waren erst durch seinen Warnruf auf den Überfall aufmerksam geworden. Sie hatten nicht kampfbereit auf den Zinnen gewartet, um Nogarets Männer niederzumähen. Cyprian hatte gezittert vor Angst, als er ans Tor hämmerte, darauf gefasst, einen Trick anwenden zu müssen, damit Amiel ihm öffnete. Stattdessen war er einfach so eingelassen worden. War Amiel wirklich so vermessen, sich für unfehlbar zu halten? Genau wie Molay?

Als Cyprian begonnen hatte, Richerenches zu beobachten und Erkundigungen einzuziehen, hätte er beinahe in einem Moment der Schwäche Amiel aufgesucht, um sich mit ihm auszusprechen, alles zu gestehen und seinen Freund um Verzeihung zu bitten. Doch dann hatte er erfahren, dass sich der tugendhafte Amiel de Lescaux einen Lustknaben hielt. Jeder im Dorf sprach davon. Da war ihm klar geworden, wie grundlegend er sich in seinem vermeintlichen Freund getäuscht hatte.

Und vermutlich war Amiel nicht der einzige Bruder, der sich zu solchen Handlungen hinreißen ließ. Die Anschuldigungen gegen den Orden mussten wahr sein, auch wenn Cyprian selbst nie etwas davon mitbekommen hatte. Bestimmt waren es vor allem die hohen Würdenträger, die schamlos ihren Lastern frönten. Deshalb hatten sie ihn nicht dabeihaben wollen. Weil er nicht war wie sie. Der Orden der Templer war ein Sündenpfuhl, dem es wegen seiner Macht und Verschwiegenheit gelungen war, seine ungeheuren Verbrechen vor der Welt zu verbergen.

Nachdem Cyprian die Wahrheit über Amiel erfahren hatte, hatten ihn nicht mehr die geringsten Gewissensbisse geplagt. Er hatte Nogarets Nachricht mit den Anweisungen für ihn entgegengefiebert. Einige Tage hatte er unter freiem Himmel verbringen müssen. Er hatte eine kleine Höhle gefunden, in der er ein Feuer entfacht hatte, um sich ein wenig aufzuwärmen. Jeden Tag hatte er den Ort aufgesucht, an dem ein Bote die heißersehnte Nachricht ablegen sollte. Gestern war es so weit gewesen, und heute schon triumphierte er über seine ehemaligen Brüder!

Er betrachtete Amiel, und nicht die Spur von Mitleid oder Reue regte sich in seiner Brust. Wie oft mochte sein falscher Freund davon geträumt haben, mit ihm das Bett zu teilen? Widerlich! So viele Jahre hatte sich Amiel verstellt, und er selbst hatte nichts gemerkt. Cyprian schüttelte sich bei dem Gedanken an die vielen Umarmungen und Berührungen. Deswegen wollte sich Amiel immer so überschwänglich verabschieden, und deswegen fielen seine Begrüßungen immer so innig aus. Amiel gehörte auf den Scheiterhaufen, so oder so.

Der Widerstand der Templer war schnell zusammengebrochen. Drei Ritter, zwei Sergenten und ein Schäfer waren tot, zwei Ritter und vier Sergenten gefesselt und wehrlos. Nur schade, dass der Komtur nicht zugegen war. Der weilte seit einigen Tagen auf einem der benachbarten Güter der Templer, wo er nach dem Rechten sah. Aber den würde es auch noch erwischen. Es war nur eine Frage der Zeit, bis Karl von Anjou die Templer auch in seinem Herrschaftsgebiet einsperren ließ. Schon bald würde der Papst eine Bulle herausgeben, die genau das allen Christen befahl, das hatte Nogaret geschworen, um seinen Männern die Angst vor Verfolgung zu nehmen und die Rechtmäßigkeit seiner Handlungen zu unterstreichen.

Jetzt war es an der Zeit, die Gefangenen zu verladen. Der erste Wagen wurde in den Hof gefahren und alle Gefangenen bis auf Amiel hineingeworfen. Mit drei Männern Geleitschutz holperte der Wagen vom Hof. Sofort nachdem er das Tor passiert hatte, rollte der zweite Wagen herein. Der war für Amiel gedacht. Cyprian nickte den Männern zu, die den Widerling festhielten. Hätten sie gewusst, dass sie einen Sodomiten anfassten, sie wären augenblicklich zurückgewichen.

Amiel zappelte wie ein Fisch im Netz, er warf Cyprian einen hasserfüllten Blick zu. Cyprian zeigte nur auf den Gitterwagen, die Soldaten warfen Amiel hinein und banden ihm auch die Füße, sodass er verschnürt war wie ein Ballen Seide.

»Sind wir so weit?« Cyprian sah Nogaret fragend an.

Der setzte zum Sprechen an, doch vom Haupthaus her rief einer der Soldaten: »Wartet! Wir haben noch ein Bürschchen gefunden. Er wollte sich verstecken. Aber uns entgeht nichts. Er ist der Letzte.«

Die Soldaten schleiften einen jungen Burschen auf den Hof, der den Mantel eines Sergenten trug und die Kapuze tief ins Gesicht gezogen hatte. Er wurde zu Amiel in den Wagen geworfen und an Händen und Füßen gebunden.

»Verschließt den Wagen«, befahl Cyprian und genoss das neue Gefühl der Macht.

Doch Nogaret hob eine Hand. »Einen Moment, mein Bester. Es wird noch jemand in dem komfortablen Gefährt reisen. Eine kleine Überraschung, extra für Euch.«

Hatte Nogaret den Komtur erwischt? Oder einen anderen hohen Würdenträger?

»Ich liebe Überraschungen«, sagte Cyprian und grinste breit.

Nogaret klatschte drei Mal in die Hände. Sechs Mann warfen sich auf Cyprian, entwaffneten und banden ihn an Händen und Füßen. Alles ging so schnell, dass er nicht reagieren konnte. Cyprian war so bestürzt, dass er nicht ein Wort herausbrachte; in seinem Kopf toste ein Sturm, der seine ganze Welt hinwegfegte und ihm jegliche Kraft nahm.

Nogaret trat zu ihm und gab ihm eine leichte Ohrfeige. »Hast du Bauerntölpel wirklich geglaubt, ich würde dich zum Grafen erheben? Gar zum Mitglied des Kronrats?«

Die Soldaten lachten schallend und schlugen sich auf die Schenkel, verstummten jedoch, als Nogaret die Hand hob. Sein Gesicht verzog sich zu einer Fratze. »Du wirst ebenso brennen wie alle anderen, und weil du ein von Gott verlassener Verräter bist, werde ich anordnen, dich schön langsam zu schmoren. Vorher wirst du meinen besten Folterknecht kennenlernen, als Vorgeschmack auf die Hölle. Du hast nicht einen Funken Ehre im Leib, Cyprian Batiste. Du bist nicht mehr wert als die Exkremente eines Hundes.«

Cyprian fühlte sich, als wäre er von einer Herde wilder Pferde überrannt worden, benommen vor Schmerz und Entsetzen. Wie hatte er nur so dumm sein können? Er versuchte etwas zu sagen, doch außer einem kehligen Laut brachte er nichts hervor.

Wieder ohrfeigte ihn Nogaret, diesmal fester. Schmerz zuckte Cyprian durch den Kopf.

»Schweig, oder ich lasse dir an Ort und Stelle die Zunge herausschneiden.« Er winkte dem Kutscher zu. »Ihr müsst zurück nach Frankreich, schnell. Und lasst euch nicht erwischen!« Nogaret wandte sich ab, strebte auf das Haupthaus zu. »Und jetzt hole ich, was des Königs ist.« Er lachte schallend und verschwand im Inneren des Gebäudes.

Cyprians Glieder waren taub. Er konnte sich nicht bewegen, nicht sprechen, nicht denken. Seine Kehle war so eng, dass er fürchtete, ersticken zu müssen. Er fühlte sich hochgehoben, dann für einen Moment gewichtslos. Doch der Aufprall auf die harten Bohlen des Wagens zerrte ihn in die Realität zurück. Er verkroch sich in die hinterste Ecke, rollte sich auf der Seite zusammen und zitterte, als hätte er Sumpffieber.

»Lieber Gott«, betete er stumm. »Vergib mir meine Schuld und gewähre mir einen schnellen Tod.«

* * *

Langsam kam Amiel wieder zu Verstand. Er musste an seinen Albtraum denken. Hatte Gott ihm den Traum gesandt, um ihn vor Verrat zu warnen? Er betrachtete das Häufchen Elend, das einmal sein bester Freund gewesen war. Amiel konnte es noch immer nicht glauben. Warum? Warum hatte Cyprian ihn und den ganzen Orden ans Messer geliefert?

Dass Cyprian den Großmeister hasste, konnte Amiel verstehen. Aber warum hatte er Amiel verraten? Und all die anderen Brüder, mit denen er Seite an Seite gekämpft hatte, auf Aruad und im Ionischen Meer? Er sah Cyprian zittern und leise weinen.

Der verratene Verräter, dachte Amiel, hat sein Schicksal selbst besiegelt. Und obwohl Amiel noch nie in seinem Leben so enttäuscht worden war, obwohl er allen Grund gehabt hätte, Cyprian, der es nicht einmal fertigbrachte, ihm in die Augen zu schauen, abgrundtief zu hassen, wünschte er dem früheren Freund weder Folter noch Scheiterhaufen. Sein Gewissen würde beides für ihn sein, jetzt und in Ewigkeit.

Amiel suchte Elvas Blick, doch sie hielt den Kopf gesenkt. Als sie nicht unter den Gefangenen war, hatte er gehofft, ihr wäre tatsächlich die Flucht gelungen. Er hatte gebetet, den Herrn angefleht. Doch dann hatte die Soldaten sie im letzten Moment aus dem Haupthaus geschleift. Amiel versuchte nicht daran zu denken, was die Männer mit ihr anstellen würden, wenn sie erst die Wahrheit herausfanden. Das musste er irgendwie verhindern, auch wenn er keine Ahnung hatte, wie. Jetzt musste er erst einmal dafür sorgen, dass ihre Tarnung so spät wie möglich aufflog.

»Siehst du, Elgast«, sagte er laut. Er betonte ihren Decknamen, damit sie wusste, dass sie sich auf keinen Fall zu erkennen geben durfte. »So ist es mit den Menschen. Niemand ist das, was er zu sein vorgibt.«

Der Wagen holperte über einen Stein, Amiel kippte auf die Seite und stieß sich den Kopf. Elva hatte den Stoß mit einer geschmeidigen Bewegung abgefangen. Cyprian suhlte sich weiterhin in seinem Selbstmitleid und schenkte den beiden keine Beachtung.

»Sicherlich wird sich bald alles aufklären, Elgast«, fuhr Amiel fort. Es beruhigte ihn zu sprechen, so fühlte er sich nicht ganz so hilflos. »Manche Menschen täuschen sich, wenn sie andere verdächtigen. Auch mir ist das schon passiert. Ich habe dir doch von dem Unglück in La Couvertoirade erzählt. Die Burg ist in Flammen aufgegangen, wir mussten die Türme zerstören, damit das Feuer nicht auf das Dorf übergreifen konnte. Männer kamen ums Leben. Ich habe Nachforschungen angestellt, und mein Verdacht richtete sich auf jemanden, der vollkommen unschuldig war. Seit eben weiß ich, dass der wahre Schuldige ein hinterhältiger Verräter war, derselbe, der heute zum zweiten Mal mein Vertrauen so schändlich missbraucht und uns den Henkern ausgeliefert hat. Aufgrund von Hinweisen, Zeugenaussagen und dem seltsamen Verhalten des Mannes, den ich im Visier hatte, kam ich zu dem Schluss, der Komtur von La Couvertoirade müsse den Brand gelegt haben. Weit gefehlt. Aber schon damals gab ich nichts auf Gerüchte und sagte dem Komtur rundheraus, was ich glaubte. Er hatte Beweise für seine Unschuld, und niemand kam zu Schaden. Wie sich herausstellte, hatte der Komtur sogar sein Leben für den Orden aufs Spiel gesetzt, weil er sich allein immer wieder auf eine gefährliche Mission begeben hatte.«

Elva hielt den Kopf gesenkt. Amiel konnte nicht in ihrem Gesicht lesen, was sie dachte. Er blickte über ihren Kopf hinweg. Nogaret schien sich seiner Sache sehr sicher zu sein. Der Gitterwagen wurde nur von drei Soldaten begleitet, zwei ritten vor dem Wagen her und der dritte saß neben dem Kutscher. Sein Pferd hatte er am Wagen festgebunden.

Doch mehr Männer waren auch nicht nötig. Es gab keine Möglichkeit, dem rollenden Gefängnis zu entkommen. Die Gitter waren aus fingerdickem Eisen, zwei schwere Schlösser, die nur von außen erreichbar waren, sicherten die Tür, und der Boden bestand aus zwei Zoll dicken Eichenbohlen. Außerdem waren sie an Händen und Füßen gefesselt.

Amiel konnte nicht einmal aufstehen, die Fesseln waren so fest angelegt, dass sie ihm das Blut abschnürten. Niemand konnte aus einer solchen Falle entkommen. Amiel musste sich eingestehen, dass er verloren hatte.

»Ach, Elgast«, sagt Amiel mit brüchiger Stimme. »Es tut mir so leid, dass ich dich nicht in Sicherheit gebracht habe, dass du für meine Dummheit büßen musst. Aber wie hätte ich das ahnen können? Der Mann, dem ich am meisten vertraut habe, hat mich verkauft für ...«, Amiel stockte, wandte sich an Cyprian. »Ja, wofür eigentlich? Hat Nogaret dir Amt und Würden versprochen? Einen Titel? Hat er dich zum Großmeister der Templer machen wollen? Bist du wirklich so dumm? So gierig? So vom Hass zerfressen? Warum nur?«

Cyprian gab keinen Laut von sich.

»An dir ist jeder Atemzug verschwendet!« Amiel spürte Wut aufsteigen. Wut auf Cyprian, aber mehr noch auf sich selbst. Seine Überheblichkeit und seine Selbstüberschätzung hatten ihn blind gemacht und zu Fall gebracht. Er hatte alles haben wollen und alles verloren. Die Strafe für diesen Fehler war hart, und Gottes Botschaft deutlich: Das Heilige Land konnte nicht zurückerobert werden, zumindest nicht mit Kriegern wie ihm, die über ihre eigene Anmaßung stolperten. Aber warum ließ Gott Elva leiden? Wollte er ihn damit umso härter strafen?

* * *

Jedes Wort traf Cyprian wie ein Peitschenhieb. Zuerst hatte er geglaubt, Amiel wolle ihm voller Häme entgegenschleudern, er habe schon immer gewusst, dass er der Verräter gewesen war. Doch dann kam die Sprache auf den Komtur von La Couvertoirade. Amiel hatte *ihn* in Verdacht gehabt, nicht Cyprian.

Er stammt aus niederem Adel. Er ist nur auf Empfehlung in den Orden aufgenommen worden.

Was er von seinem Krankenlager aus gehört hatte, war nicht auf ihn bezogen gewesen. Alles war anders, als er angenommen hatte. Amiel hatte ihn nie verdächtigt und ihn auch nicht verfolgen lassen. Er hatte immer treu zu Cyprian gestanden, hatte ihn befördert und dafür sogar den Großmeister ausgetrickst. Amiel hatte an ihn geglaubt. Deshalb hatte er so ahnungslos das Tor der Kommende geöffnet! Alles hatte Cyprian falsch verstanden, ja er hatte es falsch verstehen wollen, weil er damit sein Gewissen hatte beruhigen können.

Das Zittern ließ nach, die Tränen trockneten. Hätte er sich doch Amiel anvertraut, als es noch möglich gewesen war, dem Unglück zu entrinnen! Amiel hätte ihm verziehen. Und Cyprian wäre bereit gewesen, weiter für Nogaret zu spionieren und alles an Amiel weiterzugeben.

Wenn, wenn, wenn ... Es war zu spät.

Er hatte den Tod verdient, keine Frage. Doch vor der Folter und dem Scheiterhaufen graute ihm. Kein Mensch konnte den Torturen der Folterknechte widerstehen. Cyprian hatte die tapfersten Männer auf der Folterbank den Henker um einen schnellen Tod anflehen hören. Und auf dem Scheiterhaufen gaben die Opfer Laute von sich, die nicht von dieser Welt waren. Einmal war er Zeuge der Verbrennung von Ketzern geworden, und noch immer gellten ihm in so mancher Nacht ihre Schreie in den Ohren.

Vielleicht konnte er Nogaret dazu bringen, wenigstens Amiel zu verschonen? Was konnte er ihm bieten? Die Antwort war ernüchternd. Nichts. Alles was Nogaret wollte, hatte er. Den Schatz, Amiel, den ganzen Orden.

Cyprian presste die Lippen zusammen. Konnte ein Mensch tiefer sinken? Er musste wenigstens Amiel um Verzeihung bitten. Er drehte den Kopf, sein Blick fiel auf den Sergenten, der seltsame Verrenkungen machte. Amiel war verstummt, wie gebannt starrte er auf den Jungen.

Cyprians Gedanken stockten. Trotz allem war Amiel ein Sodomit. Er hatte die schlimmste aller Sünden begangen, und dafür würde er für alle Ewigkeit im Höllenfeuer brennen. Amiel hatte ihn nicht verraten, das mochte die Wahrheit sein, aber die Seele seines Freundes war ebenso schwarz wie seine eigene. Sie würden sich in der Hölle wiedertreffen.

Plötzlich rutschte dem Knappen die Kapuze vom Kopf. Im fahlen Licht der Dämmerung erkannte Cyprian sofort, dass er sich auch diesmal getäuscht hatte. Amiel hatte gegen die Regel des Ordens verstoßen, kein Zweifel. Aber er war kein Sodomit. Er hatte eine Frau in die Kommende geschmuggelt!

Überrascht blickte Cyprian von der Frau zu Amiel und wieder zurück. Er bemerkte den Schmerz und die Sorge in den Augen seines Freundes. Die Frau bedeutete ihm viel. Und Cyprian brachte es nicht über sich, ihn dafür zu verurteilen. Ganz im Gegenteil, er verstand Amiel gut. Die

Frau war nicht nur wunderschön, sie schien auch klug und mutig zu sein.

Cyprian presste erneut die Lippen zusammen. Jetzt gab es nichts mehr, weswegen er Amiel hassen konnte. Aber unendlich viel, das er ihm schuldete.

Könnte er seinen Fehler doch wiedergutmachen! Könnte er irgendwie wenigstens das Schlimmste verhindern! Aber selbst wenn sie sich wie durch ein Wunder aus dem rollenden Gefängnis befreien könnten, würden die Wachen sie sofort ergreifen und in Stücke hauen.

Cyprian ließ den Kopf hängen. Mit seiner maßlos dummen Selbstsucht hatte er seinen besten Freund, dessen Geliebte und die Brüder der Kommende Richerenches ihren Mördern ausgeliefert. Und er hatte den kostbarsten Schatz der Templer dieser gierigen Bestie Nogaret vor die Füße gelegt wie ein Hündchen seinem Herrn einen Knochen.

* * *

Elva blickte ängstlich zu dem Verräter. Cyprian, Amiels bester Freund. Es musste furchtbar für ihn sein, sich so in dem Mann getäuscht zu haben.

Sie erkannte in Cyprians Augen, die von ihr zu Amiel und wieder zurückschossen, dass er bemerkt hatte, dass sie eine Frau war. Warum war sie auch so ungeschickt gewesen, die Kapuze vom Kopf rutschen zu lassen? Wenn Cyprian jetzt die Soldaten alarmierte, war alles zu spät.

Sie wartete mit klopfendem Herzen ab, was er tun würde. Doch er schwieg und starrte zu Boden. Vielleicht heckte er einen Plan aus, wie er den größten Nutzen aus seinem Wissen ziehen konnte, doch darüber wollte Elva nicht nachdenken.

Also beschäftigte sie sich wieder mit ihren Fesseln. Immerhin hatte sie ein wenig Zeit gehabt, sich zu wappnen, bevor sie gefesselt worden war. Zudem hatten die Schergen es eilig gehabt. Als Elva sich umgedreht und ihnen die Hände hingehalten hatte, war ihr fast das Herz stehen geblieben vor Angst. Würden sie ihre List durchschauen und sie auf der Stelle töten? Würden sie an ihren Händen erkennen, dass sie eine Frau war, und sich sofort über sie hermachen?

Doch nichts dergleichen war geschehen. Die Männer waren so mit sich selbst beschäftigt gewesen und von sich überzeugt, dass sie nicht mit einer List rechneten. Als sie das Seil um ihre Hände schlangen, kreuzte Elva die Handgelenke, so wie sie es mit Milo geübt hatte. Die Männer hatten den Knoten zwar ordentlich strammgezogen, aber nicht bemerkt, dass ihre Handgelenke zu viel Spiel hatten.

Sie konzentrierte sich auf ihre Aufgabe. Jetzt kam der schwierige Teil. Machte sie eine falsche Bewegung, zog sich der Knoten so eng zu, dass sie ihn nicht mehr aufkriegte. Sie schob ihre gefesselten Füße unter den Körper und kniete sich hin, damit sie ihre Arme besser bewegen konnte. Allerdings war sie jetzt auch dem Rumpeln des Wagens hilfloser ausgeliefert. Vorsichtig drehte sie das rechte Handgelenk. Der Knoten zog sich nicht fester. Gut. Jetzt musste sie das linke Handgelenk drehen und dabei so weit wie möglich abknicken.

Der Verräter beobachtete sie verstohlen.

»Lieber Gott, gib, dass er weiter schweigt«, betete Elva

stumm. Sie sah zu Amiel. Ein winziger Funke Hoffnung glomm in seinen Augen. Er wusste, welche Fähigkeiten sie besaß, doch er schien nicht daran zu glauben, dass diese ausreichten, um sie zu befreien. Außerdem drückte ihm die Enttäuschung über seinen Freund aufs Gemüt.

Sie nickte ihm aufmunternd zu, er lächelte zaghaft, bevor er einen argwöhnischen Blick auf den Verräter warf.

Der Wagen krachte auf einen Stein, Elva verlor das Gleichgewicht und kippte hilflos vornüber. Herr, steh mir bei, dachte sie. Wenn sie die Hände jetzt durch die Gewalt des Aufpralls gegeneinanderdrehte, war alles umsonst gewesen.

Doch Amiel hatte verstanden, was vor sich ging, er bäumte sich auf, schnellte ihr wie eine Bogensehne entgegen und fing sie mit seinem Körper auf. Er stöhnte vor Schmerz, ihre Schulter hatte ihn im Magen erwischt. An ihn gelehnt gelang es ihr mit einer letzten Bewegung, eine Hand aus der Schlinge zu ziehen. Die Fessel glitt zu Boden.

Elva nahm die Arme vor den Körper, richtete sich auf und rieb sich die Handgelenke.

Der Verräter schaute Elva an, dann schloss er kurz die Augen. »Ihr seid eine bemerkenswerte Frau«, sagte er mit weicher, aber brüchiger Stimme.

»Und Ihr seid der übelste Mensch, dem ich je begegnet bin.« Elva hatte kein Verständnis für diesen Wurm. Er verkörperte alles, was sie verachtete.

»Bindet mich los, ich bitte Euch, vertraut mir, ich kann die Schlösser öffnen.«

»Euch losbinden? Ihr seid …« Ihr fehlten die Worte. Sie wandte sich ab, krabbelte hinter Amiel, löste seine Handfesseln. Dann befreiten sie ihre Füße.

Elva rechnete jederzeit damit, dass Cyprian Alarm schlug, doch er schien einen anderen Plan zu haben.

»Amiel«, sagte er mit flehender Stimme. »Bitte, verzeih mir. Ich wollte das alles nicht, ich wollte, dass Nogaret dich verschont, und dann, in La Couvertoirade dachte ich, du verdächtigst mich, hättest mich immer schon verachtet wegen meiner niederen Herkunft, und da brach alles in mir zusammen. Ich dachte, du verstellst dich und lässt mich verfolgen und ...« Er schüttelte den Kopf. »Ich bin so ein Idiot.«

»Seit wann hast du mich betrogen?«, zischte Amiel. »Seit wann hast du hinter meinem Rücken den Orden ausspioniert? Hast *du* Nogaret darauf gebracht, uns auf dem Ionischen Meer anzugreifen? Hast *du* La Couvertoirade in Brand gesteckt? Weißt du, wie viele unschuldige Menschen deinetwegen sterben mussten und wie viele noch sterben werden?« Amiels Stimme bebte vor unterdrückter Wut. »Ich sollte dich hier und jetzt mit bloßen Händen erwürgen. Aber das werde ich nicht tun. Du sollst deiner gerechten Strafe zugeführt werden.« Er stockte. »Ich habe dich geliebt wie einen Bruder.«

Amiel so zu sehen, zerrissen zwischen Enttäuschung, Wut und Schmerz, schnitt Elva tief in die Seele. Je eher sie von diesem Verräter fortkamen, desto besser. Am Ende hatte er noch Erfolg mit seiner vorgetäuschten Reue, mit dem Gift, das er Amiel ins Ohr träufelte.

Elva inspizierte die Gitterstäbe. Sie würde sich mit einiger Mühe hindurchzwängen können, für Amiel aber standen sie zu eng beieinander. Hätte sie nur ein Peterchen, dann hätte sie sich durch die Stäbe quetschen und die Schlösser von außen öffnen können.

Amiel legte ihr die Hände auf die Schultern. »Du musst gehen, Liebste. Mach, dass du nach Orange kommst, geh zur dortigen Kommende und warne meine Brüder, erzähl ihnen, was geschehen ist. Sie werden wissen, was zu tun ist.«

Elva liefen die Tränen über die Wangen. »Ich kann dich nicht allein lassen. Das bringe ich nicht fertig. Kannst du das nicht verstehen? Ich möchte lieber im Tod mit dir vereint sein, als jeden Morgen aufzustehen und daran denken zu müssen, dass man dich gerade foltert oder auf den Scheiterhaufen schickt.«

»Denk an das, was du bei dir trägst«, erinnerte Amiel sie leise. »Deine Verantwortung gilt nicht nur dir selbst.«

»Ich kann helfen«, ertönte eine Stimme von unten.

Elvas Kopf zuckte herum, eine verächtliche Bemerkung lag ihr auf der Zunge. Cyprian mochte Amiel um den Finger wickeln, doch an ihr würde er sich die Zähne ausbeißen.

»In meinem Wams, direkt über meinem Herzen ist ein Diebschlüssel eingenäht. Nehmt mir die Fesseln ab, ich kann die Schlösser öffnen.« Er schaute Amiel an. »Ich meine es ernst. Ich erwarte keine Vergebung, das wäre unbillig. Aber ich werde tun, was ich kann, um euch beiden zu helfen. Wenn ich nur gewusst hätte ...«

»Du bist und bleibst ein Lügner – oder du hast keine Ahnung«, zischte Elva. »Du musst die Schlösser von außen öffnen. Deine Schultern sind zu breit, um dich durch die Gitterstäbe zu zwängen. Aber ich komme hindurch. Immerhin hast du mir verraten, wo sich das Peterchen befindet. Dafür danke ich dir.« Elva riss Cyprians Wams über dem Herzen auf und verspürte Lust, mehr als den Diebschlüssel herauszureißen. Er hatte die Wahrheit gesagt. Sie hielt das Werkzeug hoch, beäugte es. »Eine sehr gute Arbeit. So ein schönes Peterchen sieht man selten.«

Amiel hob die Augenbrauen.

»Ich bin noch nie irgendwo eingebrochen, Liebster. Keine Sorge. Aber ich weiß, wie man damit umgeht. Ich habe meinen Lebensunterhalt damit verdient, Knoten zu lösen und Schlösser zu öffnen. Hast du das vergessen?«

Sie steckte sich den Diebschlüssel in den Gürtel und quetschte sich durch die Gitterstäbe. Es ging einfach und schnell, sie hatte sich schon durch engere Löcher gezwängt.

Der Wagen rumpelte über den Weg, übertönte alle Geräusche. Zum Glück fühlten sich die Wachen so sicher, dass sie keinen von ihnen als Nachhut hinterherreiten ließen. Vom Kutschbock aus konnte man nicht sehen, was sich am hinteren Ende abspielte, die Rückenlehne versperrte die Sicht. Der Wagen hätte halten müssen, der Kutscher oder der Soldat hätten absteigen und herumgehen müssen. Und die Männer, die vorwegritten, konnten erst recht nichts sehen. Von da drohte also keine unmittelbare Gefahr.

Das Gitter bot Elva Halt, im Nu war sie zur Tür geklettert. Amiel streckte seine Arme durch die Stäbe und umschlang ihre Hüfte, um sie festzuhalten. Sie zog den Diebschlüssel hervor, er war perfekt gebogen, aus hartem Eisen mit einem großen Griff. Sie steckte ihn in das erste Schloss, erspürte, wo der Bart greifen musste. Noch ein wenig zurück, jetzt! Sie drehte das Peterchen, das Schloss sprang auf und fiel.

Amiel löste eine Hand von ihrer Hüfte, fing es auf und legte es vorsichtig auf den Wagenboden. Jetzt das zweite. Kaum hatte Elva den Schlüssel im Schloss, als der Wagen anfing zu tanzen wie ein betrunkener Bär. Der Weg war mit tiefen Löchern übersäht, Elva und Amiel wurden hin- und hergerissen, als stünden sie in einem schweren Sturm an Deck eines Schiffes.

Der Schlüssel rutschte aus dem Schloss, fiel auf den Weg. Amiel ließ Elva los, sie sprang herunter, klaubte den Schlüssel auf, rannte und sprang wieder auf den Wagen auf. Ihre Lunge wollte platzen, so sehr hatte sie sich anstrengen müssen. Sie zitterte am ganzen Leib, fast wäre ihr der Schlüssel aus der schweißnassen Hand geglitten.

Wieder bockte der Wagen, aber diesmal waren Amiel und Elva darauf vorbereitet. Sie fingen den Schlag ab, Elva rammte den Schlüssel ins Schloss und drehte. Das Schloss sprang auf. Elva jubelte innerlich und reckte eine Faust in die Luft. Milo wäre stolz auf sie gewesen. Doch die Zeit lief ihnen davon. Am Horizont war bereits ein Silberstreif zu sehen.

* * *

Dankbarkeit durchströmte Amiel. Ohne Elva, die Frau, die er liebte, wäre er wie ein Lamm zur Schlachtbank geführt worden. Nichts hätte er tun können, er wäre hilflos seinen Feinden ausgeliefert gewesen.

Doch Elva hatte ihn gerettet. Sie hatte so viel Mut bewiesen wie der tapferste Ritter. Mit kühlem Kopf hatte sie schon einen Plan zu ihrer Rettung geschmiedet, als er noch ungläubig versucht hatte, Cyprians Verrat zu begreifen. Cyprian. Amiel wandte sich um, schaute ihm in die Augen. Da war kein Hass mehr und kein Hochmut, nur Trauer.

»Warte«, sagte er zu Elva. »Er hat mir einmal das Leben gerettet. Ich schulde ihm etwas. Und jetzt kann er uns nicht mehr gefährlich werden.«

Sie schüttelte den Kopf, sah ihn flehentlich an.

»Ich kann nicht anders. Ein Leben für ein Leben.« Er stolperte zu Cyprian, löste mit wenigen Handgriffen die Fesseln. »Ich kann dir nicht verzeihen. Bete, dass Gott es tut.« Amiel stürzte wieder zur Tür.

Gemeinsam mit Elva sprang er nach draußen.

Plötzlich blieb der Wagen stehen. »Was zum Teufel ist da hinten los? Der Wagen ist schneller geworden«, rief der Kutscher. »Es fehlt Gewicht.«

Elva und Amiel rannten los. Das hatten sie nicht bedacht.

»Zwei wollen fliehen«, rief der Soldat auf dem Bock seinen Begleitern zu. »Hinterher! Schnell!«

Amiel warf einen Blick über die Schulter.

Der Kerl mit dem schwarzen Umhang sprang vom Kutschbock, die anderen beiden rissen die Pferde herum, zogen die gespannten Armbrüste von den Schultern.

»Elva«, schrie Amiel. »Sie haben Armbrüste. Wir müssen runter vom Weg.« Er schlug einen Haken, riss Elva mit sich, hörte das Sirren eines Bolzens und gleichzeitig einen furchtbaren Schrei.

Der Bolzen schlug zehn Fuß vor ihm in den Boden ein. Amiel wandte sich um, ohne stehen zu bleiben. Cyprian war aus dem Wagen auf das Pferd des Schützen gesprungen und hatte dem Mann ein Messer durch die Kehle gezogen, genau in dem Augenblick, als der abdrücken wollte. Der Ritter war sofort tot gewesen, der Schuss fehlgegangen. Wo hatte Cyprian das Messer her? War es auch irgendwo eingenäht gewesen? Hatte er es im Stiefelschaft versteckt?

Der andere Ritter hatte noch nicht geschossen, nun legte er an.

Cyprian klammerte sich an den toten Ritter und benutzte ihn als Schild. »Flieh, Amiel«, brüllte er. »Alles Glück dieser Welt sei dein.«

»Ich verzeihe dir«, flüsterte Amiel. »Gott wird es dir berichten.« Er packte Elvas Hand fester und rannte weiter, drehte sich jedoch noch einmal um, als sie hinter einem Baum Deckung gefunden hatten.

Aus sicherer Entfernung beobachtete Amiel, wie Cyprian mit dem Pferd seines toten Feindes herumwirbelte und sich auf den zweiten Ritter warf. Die Armbrust löste sich, der Bolzen fuhr Cyprian in die Seite. Doch es gelang ihm noch, sein Messer mit voller Wucht zu werfen. Sein Feind trug keine Rüstung – ein tödlicher Fehler. Das Messer fuhr ihm ins rechte Auge. Schreiend fiel der Angreifer vom Pferd.

Elva packte Amiel am Arm. »Cyprian hat sein Versprechen eingelöst«, sagte sie sanft. »Jetzt müssen wir ihn verlassen. Wir müssen verschwinden, die Gefahr ist nicht vorüber. Irgendwo in der Nähe ist der zweite Wagen samt seinen Bewachern.«

Elvas Berührung und ihre Worte rissen Amiel aus seiner Starre. Elva hatte recht. Trauern musste er später. Sie rannten einen Hügel hinauf. Dort reckte sich der Waldsaum schwarz in den anbrechenden Tag. Oben angekommen drehte sich Amiel noch einmal zu seinem Freund um. Zwei Feinde hatte er niedergestreckt, der dritte war bei dem Versuch, sein Pferd loszubinden, unter das Wagenrad geraten, die Zugpferde waren durchgegangen, hatten den Ritter mitgeschleift und ihn samt Wagen und Kutscher eine Böschung hinuntergestürzt. Die beiden Männer lagen zermalmt unter den Trümmern des Wagens.

Der Bolzen hatte Cyprian letztlich gefällt. Seine toten Augen waren zum Himmel gewandt, mit ausgebreiteten Gliedern lag er auf dem Weg. Amiel sank auf die Knie, faltete die Hände. »Gott sei deiner Seele gnädig.«

Elva strich ihm zärtlich über die Haare. »Er hat aufrichtig Buße getan, Liebster. Gott wird ihm vergeben, so wie du ihm vergeben hast.« Sie zögerte einen Moment. »Und ich auch.«

Amiel erhob sich, nahm Elva in den Arm. »Was wäre ich nur ohne dich.«

***

Sie liefen den ganzen Tag, gönnten sich nur kurze Verschnaufpausen. Zu trinken fanden sie reichlich an einem Bach. Zu essen gab es nur einige Hände voll halb verfaulter Trauben von einem Weinstock, die bei der Lese übersehen worden waren. Doch Elva und Amiel waren es gewöhnt, mit wenig auszukommen.

Wann immer sich Schritte, Hufschläge oder das Knarren von Wagenrädern näherten, versteckten sie sich im Unterholz und harrten aus, bis alles wieder still war. Elva wäre am liebsten auf dem schnellsten Weg nach Marseille geeilt, bei ihrer Schwester wären sie vorerst sicher. Doch Amiel hatte darauf bestanden, dass sie nach Südwesten liefen, Richtung Frankreich, in die Arme des Feindes.

»Nogaret wird nicht damit rechnen, dass wir diesen Weg nehmen«, hatte er erklärt. »Er wird davon ausgehen, dass wir nach Süden oder Osten fliehen. Tiefer in die Provence.«

»Das wäre auch besser, da wären wir sicher.«

»Wir sind nirgendwo mehr sicher«, hatte Amiel grimmig erklärt. »Der Feind kann überall lauern.«

»Aber wohin willst du?«

»Erst zu meinen Brüdern in die Kommende von Orange. Sie müssen wissen, was passiert ist, dass die Tempelritter nicht einmal mehr außerhalb Frankreichs sicher sind vor dem gierig ausgestreckten Arm des Königs.«

»Und von dort nach Marseille«, hatte Elva hoffnungsvoll ergänzt. Orange lag noch in der Provence, auf dem Weg nach Marseille kamen sie ohnehin dort vorbei.

»Mal schauen«, hatte Amiel ausweichend geantwortet und sie zur Eile angetrieben.

Mehr hatte sie nicht aus ihm herausgebracht. Den ganzen Tag sprach er kaum. Es musste der Schock über den Verrat seines besten Freundes sein. Aber wohl auch über den des Königs. Philipp hatte alle Gesetze missachtet, sogar Ländergrenzen überschritten, um – um was? Den Schatz an sich zu bringen?

Als der Abend dämmerte, stießen sie auf ein verlassenes Gehöft. Die Mauern waren halb verfallen und mit Schlingpflanzen überwuchert, die Dächer von Haus, Stallungen und Scheune zum Teil eingestürzt, doch die Ruine versprach Schutz vor Kälte, Wind und wilden Tieren.

Elva legte eine Ecke des Schweinestalls, wo das Dach noch intakt war, mit Laub aus, das sie auf dem Hof aufsammelte, damit sie halbwegs bequem schlafen konnten. Amiel fand einen Feigenbaum, an dem einige späte Früchte hingen.

Wortlos kauten sie auf ihrem kärglichen Mahl.

»Hast du inzwischen entschieden, wohin es gehen soll, nachdem wir die Brüder in Orange gewarnt haben?«, fragte Elva schließlich.

Amiel sah sie lange an. »Eine dreifache Verantwortung lastet auf mir und zerrt mich in verschiedene Richtungen: Der Orden verlangt, dass ich nach Paris eile, um den Großmeister ins Bild zu setzen; der Schatz verlangt, dass ich nach Richerenches zurückkehre und mich vergewissere, ob er sicher im Versteck ruht. Und du ...« Er verstummte.

»Ich will dir keine Last sein, Amiel.«

»Das bist du auch nicht.« Er nahm ihre Hand. »Du hältst mich aufrecht, du gibst mir Kraft. Außerdem würde ich ohne dich noch immer wie die Maus in der Falle sitzen. Vielleicht läge ich sogar schon auf der Streckbank, und dieser Teufel Guillaume de Nogaret würde versuchen, das Versteck des Schatzes mit glühenden Zangen aus mir herauszufoltern. Unfassbar! Ich kann nicht glauben, dass der König eine solche Schandtat angeordnet hat!«

»Hat Nogaret auf eigene Faust gehandelt?«

Amiel schüttelte den Kopf. »Warum sollte er? Er könnte nichts mit dem Schatz anfangen, ohne vor der Welt zu offenbaren, welch schreckliches Verbrechen er begangen hat.«

»Vielleicht geht es ihm um etwas ganz anderes? Menschen sind zu den grauenvollsten Dingen fähig, wenn sie von Hass oder Rachedurst getrieben werden.« Elva dachte an Karel Vranovsky, an das Gesicht unter den Bäumen vor der Kommende, und blickte sich unwillkürlich um. Hatte er ihre Verhaftung beobachtet? Wusste oder ahnte er, dass Elva unter den Gefangenen war? Hatte er die Wagen womöglich verfolgt?

»Ich weiß nicht.« Amiel kaute auf einer Feige und schluckte. »Warum sollte Nogaret den Templern übelwollen? Soweit ich weiß, stammt er aus einer Katharerfamilie. Die Tempelritter haben sich nie an den Ketzerverfolgungen beteiligt, im Gegenteil, viele Männer katharischen Glaubens haben im Orden Schutz gefunden.«

»Dann steckt also wirklich der König dahinter.« Elva rieb sich nachdenklich ihre geschundenen Füße. Sie hatte die Stiefel ausgezogen, aber dicht neben sich gestellt, falls sie überstürzt aufbrechen mussten.

»Davon müssen wir ausgehen. Und das bedeutet, dass die Gerüchte stimmen. Der König will gegen den Orden vorgehen. Vielleicht war das der Anfang. Vielleicht hat er es schon längst getan. Vielleicht sind die Brüder in den französischen Kommenden schon vor Tagen verhaftet worden.«

»Dann könnte es sein, dass wir in Orange niemanden vorfinden.«

»Das glaube ich nicht.« Amiel schlug sich auf die Oberschenkel. »Orange liegt in der Provence. Philipp wird es nicht wagen, auf fremdem Herrschaftsgebiet Verhaftungen vorzunehmen. Richerenches war eine Ausnahme, weil dort der Schatz versteckt ist. Weil mein bester Freund den Feinden verraten hat, wo er zu finden ist.«

»Glaubst du, sie haben ihn aufgespürt?«

»Den Schatz?« Amiel rieb sich über die Stirn. »Ich weiß es nicht. Die Truhe ist gut versteckt, und Nogaret hatte nicht viel Zeit, danach zu suchen, wenn er sich nicht am helllichten Tag auf fremdem Territorium erwischen lassen wollte. Oder er ist noch abgebrühter, als ich ahne, und schiebt das Verbrechen tatsächlich mir in die Schuhe. Ich weiß nicht, was ich glauben soll. Aber es spielt ohnehin keine Rolle mehr.«

»Was willst du damit sagen?« Elva betrachtete ihn bestürzt.

»Es wird keinen Kreuzzug geben, für den wir das Geld bräuchten, das der Schatz uns bringt. Vielleicht wird es bald nicht einmal mehr den Orden des Tempels geben.«

»Sag nicht so etwas, Amiel! Der Papst wird nicht zulassen, dass das geschieht. Er wird Philipp mit Exkommunikation drohen.«

»Der Heilige Vater ist ein Schwächling. Und er erinnert sich noch gut, was mit Päpsten geschieht, die dem König im Weg sind.«

Elva verstand nicht viel von den Ränken und Intrigen der Mächtigen. Es erschien ihr unvorstellbar, dass einem mächtigen Ritterorden das Gleiche zustoßen sollte wie ihr, dass den Templern Verbrechen zur Last gelegt wurden, die sie nicht begangen hatten, und dass sie den Lügen und Intrigen ebenso hilflos ausgeliefert wären wie die junge Kaufmannstochter, die man zu Unrecht des Mordes bezichtigte.

»Und nun?«, fragte sie.

»Nogaret glaubt, er kommt mit diesem Verbrechen durch.« Amiel ballte die Faust. »Aber das wird er nicht, ich werde nach Paris gehen und ihn vor Gott und der Welt anklagen.«

Elva drückte erschrocken seine Hand. »Wie willst du das anstellen? Er hat den König hinter sich! Es wäre dein sicherer Tod!«

»Dann sei es so!« Amiel sprang auf und begann, unruhig in dem Stall hin und her zu laufen.

»Und was ist mit mir?«, fragte Elva leise. »Mit uns?«

Amiel blieb abrupt stehen. »Wir hatten nie eine Zukunft«, erwiderte er mit rauer Stimme. »Das haben wir beide von Anfang an gewusst.«

* * *

Elva schlief noch, als Amiel aus einem unruhigen Schlaf erwachte. Am Vorabend hatten sie sich ein letztes Mal geliebt, so innig, so leidenschaftlich, dass Amiel das Gefühl gehabt hatte, mit Elva zu verschmelzen. Im Moment der Vereinigung hatte er keine Trauer gefühlt, keinen Schmerz, keine Angst. Nur unbeschreibliches, tiefes Glück.

Wenn alles gutging, würden sie heute im Laufe des Nachmittags Orange erreichen. Dort würde Amiel den Komtur über die Ereignisse in Richerenches unterrichten. Elva würde er von seinen Brüdern sicher nach Marseille bringen lassen, er selbst würde nach Paris aufbrechen. Er musste persönlich mit Jacques de Molay sprechen, musste ihm das Versteck des Schatzes mitteilen, und er musste dem Großmeister zur Seite stehen, wenn es hart auf hart kam.

Amiel streifte seine Stiefel über. Ohne Schwert fühlte er

sich nackt und schutzlos. Er betrachtete seine schlafende Geliebte. In einem anderen Leben wäre er gern an ihrer Seite alt geworden. Doch der Herr im Himmel hatte anderes mit ihm vor.

Er beugte sich hinunter und küsste sie sanft auf die Stirn. »Aufwachen, Liebste! Wir müssen weiter!«

Verschlafen setzte sie sich auf. Einen Moment lang schaute sie verwirrt hin und her, doch als sie Amiel erblickte, breitete sich ein Lächeln auf ihrem Gesicht aus.

Amiel hielt ihr die ausgestreckte Hand entgegen. »Es gibt halb vertrocknete Feigen zum Frühstück, ist das nicht großartig?«

»Oh, das ist wunderbar, Feigen hatte ich schon lange nicht mehr!« Grinsend nahm Elva die Frucht entgegen und biss hinein.

Wenig später brachen sie auf. Amiel hatte sich vorgenommen, den letzten gemeinsamen Tag auszukosten und ihn möglichst nicht durch finstere Gedanken an die Zukunft zu verderben. Er wollte die Erinnerung an diese glücklichen Stunden in seinem Herzen hüten, damit sie ihm die dunklen Stunden erhellten, die ihm mit Sicherheit bevorstanden.

Zunächst lief alles glatt. Sie hielten sich auf schmalen Pfaden und kleinen Straßen, mussten nur wenige Male anderen Reisenden ausweichen. Mehrfach versteckten sie sich, weil sie glaubten, hinter sich Schritte auf dem steinigen Boden zu hören, doch jedes Mal verharrten sie im Gestrüpp, ohne dass irgendwer ihr Versteck passierte.

Unruhe ergriff Amiel, aber er schob das Gefühl beiseite. Es konnten nicht die Verfolger sein. Warum sollten Nogarets

Männer sie stundenlang beschatten, statt sie unverzüglich zu ergreifen? Schließlich waren sie unbewaffnet und daher leichte Beute.

Gegen Mittag rasteten sie an einem Bach auf einer Waldlichtung. Im Sommer wäre er ausgetrocknet, aber jetzt, Anfang Oktober, sprudelte kristallklares Wasser über die glattgeschliffenen Steine. Sie stillten ihren Durst und saßen danach einfach nur da, lauschten dem Murmeln des Wassers und dem Rascheln der Blätter in den Bäumen.

Plötzlich hörte Amiel noch etwas. Brechende Zweige. Schnaufender Atem. Ein Tier?

Erschrocken sprang er auf und fuhr herum. Nichts.

Elva hatte sich ebenfalls aufgerappelt.

Amiel drückte sie hinter einen dicken Baumstamm und bückte sich nach einem schweren Knüppel. Als er sich aufrichtete, vernahm er wieder ein Geräusch. Ein Sirren. Und im nächsten Moment explodierte ein brennender Schmerz über seinem Herzen. Amiel erstarrte. Der Schmerz schien ihn auseinanderzureißen. Nur noch halb bei Bewusstsein spürte er, wie Elva ihn stützte und behutsam auf den Boden bettete.

Schluchzend beugte sie sich über ihn. »Amiel, Liebster! Bleib bei mir! Alles wird gut!«

Amiel wusste es besser. »Elva!« Er wollte noch mehr sagen, aber das Brennen in seiner Brust nahm ihm den Atem.

»Sprich nicht! Du darfst dich nicht anstrengen.«

»Elva!«, wiederholte er. Es kostete ihn unendlich viel Kraft, die Augen offen zu halten und Worte zu formen. Der Schmerz wütete in seinen Eingeweiden, eine kalte Lähmung fraß sich von den Füßen seinen Körper hinauf.

»Du musst fliehen! Sofort. Bring dich in Sicherheit! Dich und den Schatz.«

»Nein, nein«, schluchzte Elva. »Ich lasse dich nicht sterbend zurück. Ohne dich gehe ich nirgendwohin.«

»Du musst.« Amiel spürte, wie ihm die Sinne schwanden. Kaum noch nahm er wahr, wie Elva erschrocken aufblickte, als wäre jemand auf die Lichtung getreten. Er sammelte seine letzten Kräfte. »Flieh, Liebste!«, flüsterte er. »Tu es für mich!«

Dann umfing ihn Dunkelheit.

Tod und Teufel

Elva schrie vor Schmerz, als Amiel leblos in sich zusammensackte. Es war ihr gleichgültig, wer sie hörte, es war ihr gleichgültig, ob die Angreifer einen zweiten Bolzen abfeuerten, der auch ihr Herz durchbohrte. Ohne Amiel wollte sie nicht weiterleben.

Sie berührte sein bleiches Gesicht mit den Händen, Tränen verschleierten ihren Blick. Am liebsten hätte sie Gott verflucht. Wofür strafte er sie so grausam? Warum hatte er nicht ihr Leben genommen und Amiel verschont? Dann wäre die Welt endlich von diesem Fluch befreit!

Elva fasste sich an die Brust und streifte die Kette mit dem Amulett und den zwei Ringen. Sie hatte auch den Schlüssel zu der Truhe an die Schnur gehängt. Der Schatz! Er war Amiels Vermächtnis. Wenn der Schlüssel in die Hände der Feinde geriet, war Amiel umsonst gestorben.

Äste knackten. Dumpfe Schritte näherten sich.

Elva sprang auf und versteckte sich hinter einem Baum. Auch wenn alles in ihr danach schrie, sich neben Amiel zu legen und nie wieder aufzustehen, durfte sie ihm das nicht antun. Sie musste nach Marseille zu ihrer Schwester und dann mit Lenis Hilfe irgendwie Kontakt zum Großmeister der Tempelritter aufnehmen. Ihm musste sie den Schlüssel übergeben, das war sie Amiel schuldig.

Das Knacken und die Schritte wurden lauter. Doch keine weiteren Bolzen kamen herangesirrt.

Warum hatten die Angreifer nur einen Schuss abgegeben? Warum hatten sie Elva verschont? Hatte sie so tief am Boden ein schlechtes Ziel abgegeben? Wollten sie keine Bolzen verschwenden?

Elva kam ein anderer Gedanke, der ihr einen heißen Schreck durch die Glieder jagte: Wollte man sie lebend, um sie zu schänden, bevor man sie ermordete?

Sie begann zu zittern.

Ein Schnauben ertönte am anderen Ende der Lichtung. Die Angreifer führten Pferde mit sich, deshalb klangen die Schritte so dumpf, deshalb kamen sie im Wald nur langsam voran.

Elva warf einen letzten Blick auf Amiel. »Das ist nicht mehr mein Geliebter«, sagte sie zu sich. »Das ist nur noch sein toter Körper, seine leere Hülle.« Sie wischte sich die Tränen aus dem Gesicht und rannte los.

Zweige peitschten ihr ins Gesicht, Ranken zerrten an dem viel zu großen Templergewand, aber sie hielt nicht inne. Sie rannte und rannte, bis das Dickicht sich mit einem Mal lichtete und sie auf einer breiten Landstraße stand.

Außer Atem blieb sie stehen und horchte. Kein verdächtiges Knacken hinter ihr. Aber vielleicht spitzten die Verfolger ebenfalls die Ohren. Unsicher blickte Elva nach rechts und links. Bei ihrer Flucht durch das Unterholz hatte sie jegliche Orientierung verloren. Sie wusste nicht, in welcher Richtung Marseille liegen musste. Sie richtete ihren Blick in den Himmel, doch dunkle Wolken verdeckten die Sonne, die sich mittlerweile tief im Westen befinden musste.

Ein lautes Krächzen ertönte, ein Rabe flatterte auf und flog in einen Baum. Höchste Zeit zu verschwinden!

Elva wandte sich nach rechts. Es spielte keine Rolle, in welche Richtung sie floh. Erst einmal musste sie ihre Verfolger abschütteln, dann konnte sie sich Gedanken darüber machen, wohin sie lief. Vielleicht ergab sich sogar die Gelegenheit, zu der Lichtung am Bach zurückzukehren und Amiels Leichnam zu bergen. Später, wenn die Gefahr vorüber war.

Elva blickte zurück, um sich die Stelle einzuprägen, an der sie aus dem Wald getreten war.

In dem Moment senkte sich von hinten ein Schatten über sie, und sie wurde zu Boden gerissen. Schmerzhaft landete sie auf dem Bauch. Ein schwerer Körper warf sich auf sie, spitze Knie pressten sich in ihren Rücken, starke Hände drückten ihr Gesicht in die feuchte Erde, sodass sie kaum noch Luft bekam.

»Hab ich dich endlich«, murmelte eine Stimme.

Elva versuchte gar nicht erst, sich gegen ihren Angreifer zur Wehr zu setzen.

Amiel, warte auf mich! Bald bin ich bei dir!, war das Letzte, was sie dachte, bevor sie das Bewusstsein verlor.

* * *

Guillaume musste sich nur Cyprian Batistes Gesicht in Erinnerung rufen, damit sich seine Laune hob. Hach, was für eine Freude hatte es ihm bereitet, diesen Wurm zu zertreten. Allerdings hatte er es über dieser Genugtuung versäumt, Amiel de Lescaux zu fragen, wo genau der Schatz versteckt war.

Batiste hatte ihm versichert, dass sie nicht lange würden

suchen müssen, denn Richerenches bot nicht viele Verstecke. Es gab nur einen gewöhnlichen Keller, keine Katakomben, keine Fluchttunnel oder geheimen Kammern. Batiste hatte geschworen, dass die Truhe mit dem Schatz innerhalb der Kommende verborgen sein musste und deshalb leicht zu finden wäre. Inzwischen wusste Guillaume, dass es ein Fehler gewesen war, dem Urteil des abtrünnigen Templers zu vertrauen.

Gestern hatte er, kaum dass die beiden Wagen mit den Gefangenen fort waren, zuerst die Kellerräume samt Verlies abgesucht, doch da war nichts gewesen. Also hatte Guillaume seine Leute losgeschickt und ihnen befohlen, jedes Gebäude zu durchkämmen, jeden Stein umzudrehen und auf frische Spuren an Wänden oder im Boden zu achten.

Am liebsten hätte er die Kommende Stein für Stein abgetragen. Doch dazu fehlte ihm die Zeit. Als seine Männer auch nach Stunden nichts gefunden hatten, hatte er fluchend zwei von ihnen losgeschickt, die Lescaux zurückholen sollten. Die Wagen waren zu dem Zeitpunkt bestimmt längst wieder in Frankreich gewesen, was gut war, denn dann drohte ihm kein Ärger, weil er auf fremdem Staatsgebiet das Recht beugte.

Deshalb war Guillaume davon ausgegangen, dass es bis zum Abend dauern würde, bis seine Leute mit dem Gefangenen zurückkehrten. Doch inzwischen war eine Nacht vergangen, und noch immer waren sie nicht zurück.

Allmählich wurde der Boden unter seinen Füßen zu heiß. Wenn er hier erwischt wurde, wäre dies das Ende seiner Karriere. Nein, nicht seiner Karriere, es wäre sein Ende. Die Dörfler hielten bislang die Füße still, es hatte sich herumgesprochen, dass Vertreter der Heiligen Inquisition einige Templer verhaftet hatten, die der Ketzerei beschuldigt wurden, und offenbar hatte es vorher schon Gerüchte über Lustknaben gegeben. Das kam Guillaume sehr gelegen.

Die Bauerntölpel waren eine Sache. Aber er musste damit rechnen, dass Templer aus anderen Kommenden auftauchten oder ein Bote vorbeikam. Oder eine Gruppe Pilger. Die wären nicht so leicht zu täuschen. Deshalb hatte Guillaume zur Sicherheit Wachen auf den Türmen der Kommende postiert, die jeden melden mussten, der sich nahte, egal ob Freund oder Feind.

Noch vor dem Morgengrauen hatte er die restlichen Männer wieder zur Suche angetrieben. Sie schlugen Wände ein, rissen Dielen aus dem Boden, doch außer Nichtigkeiten und einem Haufen Dokumente fanden sie nichts. Keine Truhe. Keinen Schatz.

Gegen Mittag ließ er die Suchtrupps zusammenrufen. Die meisten Männer stanken gotterbärmlich, denn sie hatten sich die Nebengebäude vorgenommen. Doch weder im Ziegenstall noch im Schweinestall, noch bei den Pferden oder unter dem Misthaufen war auch nur ein Hinweis auf den Schatz zu finden gewesen.

Guillaume klaubte einen Stein vom Boden auf und warf ihn gegen die Wand der Kirche. Die Männer wichen entsetzt zurück.

Einer wagte zu sprechen. »Herr, das ist das Haus Gottes …«

Guillaume riss seinen Dolch aus dem Gürtel, der Mann erbleichte. »Wer hat dir erlaubt zu sprechen, du Nachgeburt einer Hure?«

Der Mann fiel auf die Knie. »Verzeiht, Herr, ich …«

»Schweig!«, donnerte Guillaume und zeigte mit der Messerspitze auf die Kirche. »Gott mit Steinhaufen, Tand und Gold anzubeten ist Götzendienst. Schau hin, Dummkopf! Nichts als goldene Kälber! Gott braucht kein Gold, keinen Tand, keine Paläste und Hallen. Gott ist allmächtig! Das ist nichts als Eitelkeit der Menschen. Wir leben nur aus seiner Gnade, und er hat für jeden von uns eine Aufgabe. Woher ich das weiß? Gott spricht zu mir! Er sendet mir Zeichen!«

Guillaume ließ das Messer sinken. »Steh auf, Mann! Dir wird nichts geschehen. So wie mir. Hat Gott einen Blitz auf mich herabfahren lassen? Nein!«

Guillaume nahm einen weiteren Stein und schleuderte ihn an die Kirchenwand. Diesmal beherrschten sich die Männer, niemand verzog eine Miene. Guillaume packte einen dritten Stein, und da dämmerte es ihm. Lescaux war ein frommer Templer, der ebenso an die Macht Gottes glaubte wie er. Der überzeugt war, Gott stünde an seiner Seite. Wem also würde Lescaux das Kostbarste anvertrauen, das er besaß? Guillaume warf den dritten Stein auf die Kirche. Gott, wem sonst! Der Schatz musste in der Kirche sein.

Oberflächlich hatten sie dort bereits nachgesehen. Aber natürlich hatte es niemand gewagt, im Haus Gottes Wände einzureißen. Guillaume glaubte auch nicht, dass Lescaux das getan hatte. Blieb nur noch die Unterwelt. Er musste die Bodenplatten herausheben lassen.

»Männer, ich weiß, wo der Schatz verborgen ist.« Guillaume betrachtete seine Untergebenen. Er musste behutsam vorgehen. Wenn sie sich schon einnässten, weil er einen Stein auf die Kirche warf, würden sie sich sicherlich weigern, selbst Hand an das Haus Gottes zu legen, wenn er es nicht schaffte, sie zu überzeugen. »Ihr habt geschworen, Gott und dem König zu dienen. Ist das wahr?«

»Ja«, antworteten sie im Chor.

»Ihr habt geschworen, euer Leben zu geben für Gott und den König. Ist das wahr?«

Auch diesen Schwur bestätigten die Männer. »Dann werde ich euch jetzt beim Wort nehmen.«

Die Männer atmeten hörbar ein.

»Euer Leben müsst ihr heute nicht geben, aber ihr müsst mir bedingungslos vertrauen. Denn die Aufgabe, die ich für euch habe, verlangt euch alles ab. Vertraut ihr mir?«

Zögerlich bejahten die Männer. Guillaume hatte sie so weit. »Gott selbst hat mir das Zeichen gesandt. Er zeigte auf die Kirche. Der Schatz der Templer muss in dieser Kirche verborgen sein. Wir müssen den Boden aufreißen. Habt keine Angst. Die Kirche ist durch die widerlichen Zeremonien, die die Templer dort abgehalten haben, entweiht. Eure Seelen sind nicht in Gefahr. Gott will es!«

»Gott will es«, riefen die Männer und reckten die Fäuste in die Luft.

Guillaume hatte gewonnen. »Dann auf, ihr tapferen Streiter Gottes!«

Die Männer stürmten los. Jetzt, da die Kirche in ihren Augen kein Haus Gottes mehr war, würden sie nicht eher ruhen, bis sie das Innerste nach außen gekehrt hatten. Schon flogen die ersten Bodenplatten auf den Hof. Guillaume lehnte sich im vorderen Teil der Kirche gegen eine Säule und beobachtete die Hunde, die er von der Kette gelassen hatte. Wie einfältig die Menschen doch waren. Sie würden ihre eigene

Mutter zerfleischen, wenn sie glaubten, dass Gott es wollte. Würde er das auch tun? Es spielte keine Rolle. Denn im Gegensatz zu ihnen wusste Guillaume, was Gott wirklich wollte.

Schnell wurden die Steinplatten aus dem Boden gestemmt, und bald erhoben sich überall in der Kirche kleine Erdhügel. Wie die Maulwürfe gruben die Männer, mit jedem Werkzeug, dessen sie habhaft werden konnten: Spaten, Hacken, Suppenkellen, einem Helm, einem Teller aus Blech und sogar mit dem Schwert eines Templers. Doch niemand verkündete einen Fund. Die Zeit verrann unaufhörlich, Guillaume wurde nervös.

Endlich rief einer der Männer nach ihm und winkte. Guillaume stieg über die Schuttberge, bis er den Mann erreichte. Der zeigte auf das Loch zu seinen Füßen. Zwischen Erdbrocken lugte eine Holzkiste hervor.

Guillaume schlug sich mit der geballten Faust in die Handfläche. Er war am Ziel.

* * *

Elva spürte, wie jemand ihr mit der flachen Hand ins Gesicht schlug und ihren Namen rief.

»Elva! Wach auf! Elva!«

Amiel! Elva schlug die Augen auf, doch im gleichen Augenblick kehrte die Erinnerung zurück. Amiel war tot! Sie hatte ihn sterbend auf der Lichtung zurückgelassen, hilflos seinen Feinden ausgeliefert. Das Letzte, woran sie sich erinnerte, war, wie ihr Angreifer ihr das Gesicht in den Waldboden presste, so fest, dass ihr die Luft wegblieb. Irgendwer musste sie auf den Rücken gedreht haben.

Elva blickte nach oben und entdeckte ein Gesicht, halb bedeckt von einem struppigen Bart. Die Augen, die sie besorgt musterten, lagen tief in den Höhlen, das helle Haar stand wirr vom Kopf ab.

Wer war der Fremde? Und woher kannte er ihren Namen?

Vorsichtig setzte Elva sich auf. Wie lange war sie ohnmächtig gewesen? Wo war ihr Angreifer?

Die Antwort auf die zweite Frage erhielt Elva, als sie sich vorsichtig umschaute und einen zweiten Mann ausgestreckt auf dem Boden erblickte. Er rührte sich nicht. Blut sickerte aus einer riesigen Wunde an seinem Hinterkopf. Ein rotbraun befleckter Stein lag neben dem Toten.

Elva konnte nur einen Teil des Gesichts sehen, doch sie erkannte den Mann sofort. Es war Karel Vranovsky.

»Ich musste ihn erledigen«, erklärte der Fremde. »Er wollte dich umbringen.«

Erst jetzt bemerkte Elva, dass er ihre Muttersprache benutzte. »Wer seid Ihr? Warum ...?«

»Du erkennst mich nicht?« Der Mann lächelte und rieb sich über den Bart. »Ich sehe wohl ein wenig zerzaust aus. Das Leben in der Wildnis hinterlässt Spuren. Aber warte, bis ich beim Barbier war, Liebste.«

Elva öffnete den Mund. Dann erkannte sie ihn.

»Thorin!«

Er strahlte sie an. »Ja, ich bin es, mein Engel.«

»Aber ... aber was machst du hier? Wie hast du mich gefunden?« Verwirrt rieb Elva sich die Stirn, Dreck und Erde blieben an ihren Fingern kleben.

Thorin zog ein Tuch hervor und tupfte ihr behutsam das

Gesicht ab. »Dieser Mistkerl hätte dich beinahe umgebracht.«

Ein Knacken ließ Elva zusammenfahren. Entsetzt blickte sie zum Waldsaum. Aber da war niemand.

»Nur ein Hase«, sagte Thorin beruhigend.

Elva sah ihn an. »Ich werde verfolgt.«

»Nicht mehr.« Thorin warf dem Leichnam von Karel Vranovsky einen abschätzigen Blick zu.

»Da sind noch andere«, sagte Elva zögernd. Wie sollte sie anfangen, Thorin zu erklären, wer alles hinter ihr her war? Und warum.

»Die Franzosen?« Thorin winkte ab. »Die hat der Templer erledigt, der mit euch im Wagen saß. Bevor es ihn selbst erwischt hat.« Thorin deutete auf Karel. »Dein Schatten aus Arras hat den anderen Tempelritter auf der Lichtung kaltgemacht.«

Elva schloss die Augen. »Er ist also wirklich tot?«

»Der Templer?«

Sie nickte, wagte es nicht, Thorin anzusehen. Aus irgendeinem Grund, den sie selbst nicht ganz begriff, wollte sie nicht, dass Thorin sah, wie sehr Amiels Tod sie schmerzte.

»Mausetot. Ja.« Thorin legte ihr sanft den Arm um die Schultern. »Niemand wird dir mehr etwas antun, jetzt, wo ich bei dir bin.«

Elva schlug die Hände vors Gesicht. So viele Gedanken, so viele Fragen rauschten ihr durch den Kopf. Aber sie fand nicht die Kraft, sie in Worte zu fassen. Der Schmerz fraß sie alle auf.

* * *

Guillaume beorderte alle Männer zur Fundstelle. Er konnte es kaum erwarten. Worin bestand der Schatz? Bald würde er es wissen. Die Männer schufteten, bis ihnen der Schweiß die Stirn herunterrann. Immer mehr von der Holzkiste kam zum Vorschein. Sie war länglich. Fast wie ein Sarg. Also doch Reliquien? Lag Moses in diesem Sarg? Oder Abraham?

Schon hatten die Männer Seile unter der Kiste hindurchgeführt und hoben sie aus der Grube heraus. Sie maß etwas mehr als drei Ellen in der Länge und eine in der Breite.

»Öffnet sie«, befahl Guillaume. Doch das war nicht so einfach. Die Eichenbohlen waren dick und der Deckel mit vielen Nägeln gespickt. Guillaume spähte nach draußen. Die Schatten wurden bereits lang. Er wollte keinesfalls eine weitere Nacht an diesem Ort verbringen.

»Nun macht schon!«, drängelte er.

Knirschend gab der Deckel nach. Fauliger Geruch entströmte der Kiste. Guillaume scheuchte ein paar Männer zur Seite, hielt die Luft an und beugte sich vor. In der Kiste lag eine halbverweste Leiche.

Guillaume unterdrückte einen Fluch. Wären es die sterblichen Überreste eines der Vorväter, dürften nur noch Knochen übrig sein. Dieser Mann war erst vor wenigen Jahren verstorben.

Aber vielleicht lag der Schatz darunter? Guillaume packte einen Spaten und drückte den Leichnam zur Seite, doch da war nichts. Ätzende Wut flammte in ihm auf. Mit einem gezielten Hieb trennte er dem Toten den Kopf ab, die Männer stöhnten vor Entsetzen auf. Diesem Menschen war die Pforte des Paradieses für alle Zeiten verwehrt.

Guillaume scherte das nicht. Er warf den Spaten weg. Wo, bei allen Heiligen, war der verdammte Schatz? Oder gab es überhaupt keinen? War alles eine Finte? Nein, unmöglich. In Marseille hatte Lescaux mit Kreditbriefen der Juden völlig überteuertes Bauholz bezahlt, das hatten Guillaumes Spione herausbekommen. Also musste der Schatz existieren. Blieb nur eine Möglichkeit. Die Templer hatten ihn den Juden bereits übergeben. Aber müsste Batiste das nicht bemerkt haben?

Hufschlag drang in die Kirche. Guillaume fuhr herum. Die Wachen hatten nicht Alarm geschlagen. Also mussten es die Männer sein, die er losgeschickt hatte, um Lescaux zurückzuholen. Endlich! Nun würde er erfahren, was er wissen wollte!

Guillaume stürmte hinaus. Doch nur die zwei Reiter waren dort. Lescaux war nicht zu sehen.

Als sie absaßen, packte Guillaume einen von ihnen an der Kehle. »Wo ist Lescaux? Wenn er Euch entwischt ist, dann Gnade Euch Gott!«

»Herr, es ist nicht unsere Schuld. Wir haben den Wagen in einer Schlucht gefunden. Der Kutscher und die drei Wachleute sind tot. Ebenso Batiste. Er hat wohl zu fliehen versucht und dabei zwei Ritter erschlagen. Lescaux und der Sergent müssen entkommen sein. Wir haben alles abgesucht, keine Spur von ihnen.« Der Mann senkte das Haupt.

Guillaume stieß ihn von sich. Er bebte vor Zorn. Egal, ob Lescaux tot oder entkommen war, Guillaume würde nicht erfahren, wo der Schatz versteckt war. Er blickte zum Himmel. Die Sonne stand schon tief. Er musste eine Entscheidung treffen, handeln. Er stieß die Wache zur Seite, rannte zurück in die Kirche, überzeugte sich davon, dass sich unterhalb des Sarges nicht doch noch etwas verbarg. Dann rief er alle Männer zusammen.

»Legt die Toten auf die Lager, nehmt Fackeln, verstreut Stroh in den Gebäuden. Setzt alles in Brand. Ich will Richerenches brennen sehen!«

Schweigend gingen die Männer ans Werk. Guillaume wusste, dass ihnen nicht wohl dabei war, eine Kirche niederzubrennen, auch wenn er ihnen versichert hatte, sie sei entweiht. Sie zweifelten an seinen Worten, denn er hatte auch behauptet zu wissen, wo der Schatz liege. Das spielte keine Rolle. Wer nicht gehorchte, den würde er zu den toten Templern betten.

Schon züngelten die ersten Flammen hoch. Die Männer stürzten aus den Gebäuden, als sei ihnen der Teufel auf den Fersen, und vielleicht war es ja auch so.

Guillaume saß auf, zog sich den schwarzen Mantel fest um die Schultern und schlug die Kapuze über seinen Kopf. Aus dem Ziegenstall drang ängstliches Meckern. Die Tiere rochen das Feuer, wollten fliehen, doch sie waren eingesperrt. Guillaume schenkte ihnen keine Beachtung.

Er gab das Zeichen zum Aufbruch und trieb sein Pferd an, das sofort in den Galopp sprang. Guillaume sprengte durch das Tor, wandte sich nach links auf den Weg, der zur Brücke über die Coronne führte. Hinter der Brücke bog er rechts ab und ließ sein Pferd laufen, so schnell es konnte. Hinter sich hörte er seine Männer, die mitzuhalten versuchten.

Guillaume drosselte nicht das Tempo. In seinem Nacken kribbelte es, er wollte nur noch weg. Einen ketzerischen

Papst zu überfallen war eine Sache, das hatte ihn nicht eine Minute Schlaf gekostet. Ein Haus Gottes zu entweihen war etwas ganz anderes. Er bildete sich ein, die Schreie der sterbenden Ziegen zu hören, hätte sich am liebsten die Ohren zugehalten, denn sie klangen fast wie Menschen auf dem Scheiterhaufen.

Da tauchte eine Kapelle vor ihm auf. Er riss an den Zügeln, sein Pferd wieherte und blieb so plötzlich stehen, dass er fast aus dem Sattel geflogen wäre.

Sein Hauptmann hielt atemlos neben ihm.

Guillaume zeigte auf die Kapelle. »Ich werde Gott um Beistand bitten und für die Seelen der Toten beten. Ihr sorgt dafür, dass ich Ruhe habe.«

Der Hauptmann nickte, Guillaume stieß die Tür zur Kapelle auf. Sie war rechteckig, von West nach Ost ausgerichtet und maß ungefähr zwölf Fuß in der Länge und zehn in der Breite. Guillaume trat über die Schwelle. Ein seltsamer Geruch empfing ihn. Als stünde er auf einem frisch gepflügten Feld.

Er blickte sich um. Ein kleiner Altar aus hellem Kalkstein trug ein Kreuz aus Olivenholz. Guillaume sank nieder, mit der rechten Hand berührte er das Kreuz. Er senkte den Kopf auf die Brust. »Du, Herr, regierest mich, und an nichts wird es mir mangeln. Du hast mich geführt auf den Weg der Gerechtigkeit. Deine Barmherzigkeit folgt mir all die Tage meines Lebens. Herr, ich bitte dich, vergib mir meine Sünden!«

Die Schmerzen in seinem Knie verschwanden. Guillaume weinte ein paar Tränen der Freude, denn Gott hatte ihn erhört und Leid von ihm genommen. Dann erhob er sich, schlug dreimal das Kreuz. Von der Kommende her erklang eine Glocke, doch der Ton wurde jäh abgeschnitten. Ihm folgte ein dunkles Grollen. Die Kirche musste eingestürzt sein.

Guillaume verließ die Kapelle, wandte seinen Blick nach Osten, dorthin, wo die Kommende von Richerenches wie ein Johannisfeuer brannte. Er deutete auf die tobenden Flammen und sagte mit fester Stimme: »Niemand soll den Schatz besitzen. Gott wollte es so!«

* * *

Als Elva das nächste Mal aufwachte, war es dunkel. Ruckartig setzte sie sich auf und stieß sich den Kopf an etwas Hartem.

»Au!«

»Elva? Geht es dir gut?«

Sie hörte ein Knirschen und ein Rascheln, dann tauchte eine schattenhafte Gestalt neben ihr auf. Thorin. Sie hatte also nicht geträumt, er hatte ihr tatsächlich das Leben gerettet.

»Wo sind wir?«

»In einer Höhle. Du bist wieder in Ohnmacht gefallen, ich habe dich hergetragen.« In seiner Stimme schwang Stolz mit. Womöglich hatte er sie stundenlang durch die Wildnis geschleppt.

»Ich bin dir zu großem Dank verpflichtet«, sagte sie, noch immer verwirrt.

»Unsinn. Du bist meine Verlobte. Wir gehören zusammen, ich würde alles für dich tun.«

Elva rieb sich den schmerzenden Kopf. Was Thorin sagte,

ergab keinen Sinn. Oder doch? War sie an das Versprechen gebunden, das sie ihm im Weinkeller seines Vaters gegeben hatte, jetzt, wo ihr erster Gemahl gestorben war? Wusste Thorin überhaupt von Arnulf von Arras? Wusste er, wie der Graf zu Tode gekommen war? Wusste er, was man ihr vorwarf?

Im Grunde wollte Elva über das alles gar nicht nachdenken, sie wollte sich verkriechen und um ihre große Liebe trauern. Aber sie hatte sich geschworen, Amiels Vermächtnis zu ehren und in seinem Namen den Schatz der Templer in die rechtmäßigen Hände zu übergeben. Thorin konnte ihr dabei helfen. Also riss sie sich zusammen.

»Du hast mir noch nicht erzählt, wie du mich gefunden hast.« Thorin ergriff ihre Hände. »Ich habe dich nie verloren, ich war immer in deiner Nähe.«

Elva sah ihn an, doch in der Dunkelheit konnte sie sein Gesicht nicht erkennen, nur einen winzigen Schimmer dort, wo seine Augen lagen. »Ich verstehe nicht.«

»Das Schicksal hat uns auseinanderreißen wollen, aber es ist ihm nicht gelungen«, sagte Thorin. »Nachdem wir uns ewige Liebe geschworen hatten, brach ich mit meinem Vater zu einer Geschäftsreise auf. Wir wollten ein halbes Jahr später zurück sein, doch auf dem Meer im hohen Norden gerieten wir in einen Sturm. Fast die gesamte Mannschaft ging über Bord. Mein Vater und ich überlebten, das Schiff strandete stark beschädigt an einer fremden Küste. Wir mussten uns ohne Geld und ohne Kenntnis der Landessprache durchschlagen bis zu einem Handelsstützpunkt, wo man den Namen de Ponte kannte. Doch dort dauerte es nochmal Monate, bis wir mit einem Handelszug heimreisen konnten. Manchmal dachte ich, wir würden nie mehr heimkehren, dann gab mir das hier Kraft.«

Er zog den Ärmel hoch und hielt den Arm in den Lichtschimmer, der von draußen hereindrang. Um sein Handgelenk war ein verdrecktes, zerschlissenes Band geknotet.

»Erinnerst du dich an das Liebespfand, das du mir gegeben hast? Es war mein Licht in den dunkelsten Stunden.« Er hielt den Stoff kurz an seine Lippen und schloss die Augen. »Als ich endlich wieder in Trier war, eilte ich als Erstes zu eurem Haus, um dir die frohe Kunde zu überbringen, dass ich wohlauf bin. Doch dort erfuhr ich von deinem Vater, dass du erst Tage zuvor dem Grafen von Arras zur Frau gegeben worden warst. Natürlich wusste ich, dass man dich gezwungen hatte. Niemals hättest du aus freien Stücken den Schwur gebrochen, den du mir gegeben hast.«

Thorin machte eine Pause, als erwarte er eine Bestätigung.

Elva wusste nicht, was sie sagen sollte.

Dann fuhr Thorin fort. »Als ich wenige Wochen später hörte, dass du des Gattenmordes bezichtigt würdest und auf der Flucht seist, machte ich mich sofort auf, um dir zu helfen. Ich hatte keine Ahnung, wo du dich versteckt hattest. Aber ich fand heraus, dass es noch jemanden gab, der dich um jeden Preis finden wollte, wenn auch aus einem anderen Grund: Karel Vranovsky. An seine Fersen habe ich mich geheftet. Als er im Winter in Metz deine Spur verlor, suchte ich auf eigene Faust, doch leider vergeblich. Zurück in Metz kam ich gerade rechtzeitig, um erneut die Verfolgung von Vranovsky aufzunehmen, der offenbar etwas wusste, was ich nicht herausgefunden hatte. Also wurde ich wieder zu seinem Schatten. Als du vor den Gauklern flohst, verlor Vranovsky deine Spur. Ich jedoch nicht. Ich war froh, den Kerl los zu sein, ich brauchte ihn nicht mehr. Aber dann tauchte er in Richerenches wieder auf. Nun ja, jetzt kann er keinen Schaden mehr anrichten.« Thorin griff nach ihrer Hand. »Ich war immer in deiner Nähe, Elva. Immer bereit, dich zu schützen.«

Thorins Worte sollten beruhigend klingen, doch aus irgendeinem Grund machten sie Elva Angst. »Warum hast du dich nicht früher zu erkennen gegeben?«, fragte sie.

»Ich habe auf die richtige Gelegenheit gewartet. Immer waren andere Menschen um dich herum. Oder dieser Karel war in der Nähe. Er sollte mich nicht bemerken.«

Elva nickte, obwohl sie nicht sicher war, ob Thorin das in der Dunkelheit sehen konnte, und obwohl sie seine Erklärung nicht verstand.

»Jetzt brauchst du keine Angst mehr zu haben, Elva«, sagte Thorin mit fester Stimme. »Vor niemandem. Ich bringe dich als meine Verlobte zurück nach Trier. Niemand wird es wagen, der Braut eines de Ponte auch nur ein Haar zu krümmen.«

Elva wurde schwindelig. »Lass uns erst nach Marseille gehen«, sagte sie rasch. »Zu meiner Schwester.«

»Nein, Elva, ich bringe dich sofort zurück nach Trier. Weder in der Provence noch in Frankreich bist du sicher. Was, wenn die Gaukler noch immer nach dir suchen?«

Das war ihre geringste Sorge. »Bitte, Thorin! Im Haus meiner Schwester wird mir nichts geschehen.« Ihre Stimme klang weinerlich, und sie hasste sich dafür. Aber sie war am Ende ihrer Kräfte, und sie musste Thorin dazu bringen, sie nach Marseille zu begleiten. Wenn sie erst bei Leni war, würde sich alles andere finden.

»Also gut.« Er ließ ihre Hand los.

Elva spürte, wie Thorins Finger ihr Gesicht suchten und behutsam über ihre dreckverkrusteten Wangen strichen. Die Berührung war ihr unangenehm, aber sie stieß ihn nicht weg.

»Also gut«, wiederholte er. »Ich bringe dich zu deiner Schwester. Aber wir bleiben nicht lang. Die Reise von Marseille nach Trier ist weit und beschwerlich, und ich möchte zu Hause ankommen, bevor der Winter die Straßen unpassierbar macht.«

* * *

Guillaume und seine Männer hatten fünf Tage bis Paris gebraucht, von der Morgendämmerung bis in die Nacht waren sie geritten, auf schlechten Wegen und in unwegsamem Gelände. Jetzt endlich tauchte die Stadt vor ihnen auf, und Guillaume dankte Gott dafür, dass sie die Reise gut überstanden hatten.

Er wechselte nur rasch die Kleidung und begab sich danach geradewegs zum Louvre. Er musste sich zurückmelden und die aufgelaufenen Nachrichten abarbeiten. Sein Pult würde bis an den Rand mit Dokumenten bedeckt sein. Den ganzen Ritt über hatte er zu Gott gebetet, er möge nicht zulassen, dass Amiel de Lescaux seine Brüder warnte. Am liebsten hätte er einige Männer in der Provence zurückgelassen, um nach dem Flüchtigen zu suchen. Aber er hatte nicht genug Leute und Lescaux einen zu großen

Vorsprung. Außerdem wäre er dann vielleicht doch noch aufgeflogen.

Kaum war er vor dem Palast vom Pferd gestiegen, als sein Erster Schreiber François Aran ihm entgegeneilte. »Herr, endlich, da seid ihr ja.«

Aran schnaufte. Er war so dick, dass Guillaume sich wunderte, wie er sich überhaupt auf den Beinen halten konnte. Dafür arbeitete sein Kopf umso flinker.

Guillaume musste an diesen anmaßenden Verräter Cyprian Batiste denken, der nicht einen Bruchteil von Arans Verstand besessen hatte. Schade, dass er ihm entwischt, dass er tot war. Und verflucht sollte er sein, weil er Lescaux zur Flucht verholfen hatte. Guillaume ärgerte sich über diesen dummen Fehler, die beiden zusammen in einen Karren gesperrt zu haben. Lescaux hatte Batiste umgedreht, davon war Guillaume überzeugt. Diese Templer waren wirklich äußerst gefährlich. Ein Grund mehr, sie auszulöschen, allesamt.

»Der König will, dass Ihr morgen zur Beisetzung seiner Schwägerin erscheint.«

Guillaume fasste sich erschrocken an die Brust. Catherine tot? Wie konnte das sein? Sie war gesund gewesen, nicht mehr ganz jung mit ihren zweiunddreißig Jahren, aber nichts hatte auf irgendein Leiden hingedeutet. »Um Himmels willen, was ist geschehen? Wie kann das sein?«

Aran wischte sich den Schweiß von der Stirn. Obwohl es unangenehm kalt war, schwitzte er. »Es ging ganz schnell. Sie ist während eines Spaziergangs einfach umgefallen und war tot. Charles ist untröstlich. Er hat seine Catherine wirklich geliebt.«

So war es wahrscheinlich. Zumindest hatte Guillaume keine gegenteiligen Gerüchte gehört. Charles de Valois war ein Mann von hoher Moral, zumindest, was seine Frau anging. Natürlich würde Guillaume zur Beisetzung erscheinen und Catherine die letzte Ehre erweisen. Sie war eine der wenigen Frauen gewesen, die Guillaume respektiert hatte. Vier Kinder hatte sie geboren, zwei Mädchen und zwei Erben. Sie hatte geschickt Politik gemacht und immer darauf geachtet, nicht zwischen die Mühlsteine der Macht zu geraten.

»Philipp lässt Euch ausrichten, er habe einen ganz besonderen Gast eingeladen.«

Guillaume kniff die Augen zusammen. Er hasste Kunstpausen.

»Jacques de Molay«, ergänzte Aran schnell. »Ihr sollt Euch um ihn kümmern, ihn in Sicherheit wiegen. Es gehen offenbar Gerüchte um, dass den Templern der Prozess gemacht werden soll.«

War Lescaux also doch schneller gewesen? Guillaume würde die Wachmannschaften verdoppeln und ihnen einschärfen, sofort Alarm zu schlagen, sollten mehr als zehn Ritterbrüder in Waffen außerhalb des Tempels zusammen gesehen werden.

»Molay wird an der rechten Seite des Sarges gehen und die Verstorbene mit ins Grab senken«, erklärte Aran. »Ein hohe Ehre, die man keinem Feind gewährt.«

Guillaume begriff. Philipp hatte sich selbst übertroffen, um Molay zu blenden. Diese Einladung würde dem Großmeister schmeicheln, seine Eitelkeit würde ihm den Verstand vernebeln. »Ich nehme an, der Großmeister ist sich der Ehre bewusst?«

»Molay hat sich artig bei Philipp bedankt.«

Nur einen Tag nach der Beerdigung würde Guillaume zuschlagen. Der Großmeister und seine lächerlichen Tempelritter würden wie blinde Wölfe in die Falle gehen. Der Tag der Beerdigung wäre Molays letzter Tag in Freiheit.

Sie begaben sich in die Schreibstube. Es gab keine dringenden Geschäfte. Nur die alltäglich wiederkehrende Arbeit, die Aran allerdings zum Großteil bereits zu Guillaumes vollster Zufriedenheit erledigt hatte.

Guillaume ließ nach den Spionen rufen, die die Templer überwachten. Es gab keine ungewöhnlichen Aktivitäten. Weder waren die Wachen verstärkt worden, noch hatte Molay Truppen nach Paris beordert. Zurzeit logierten vierzig Ritterbrüder und an die sechzig Sergenten im Tempel. Genug, um die Burg monatelang zu verteidigen, sollten sie gewarnt werden. Zu wenig, um Guillaumes Gens du Roi zu entgehen, waren sie erst einmal in der Burg.

Bis spät in den Abend erledigte Guillaume den fälligen Schriftverkehr, so lange, bis trotz des Leseglases die Buchstaben vor seinen Augen verschwammen.

Guillaume ließ sich nach einem einfachen Mahl nach Hause eskortieren, begab sich unverzüglich zu Bett, schlief sofort ein und wachte bereits vor dem Morgengrauen wieder auf. Nach dem Morgengebet holte ihn eine Eskorte des Königs ab. Endlose Begrüßungen, Beileidsbekundungen und natürlich ein üppiges Mahl später ging es endlich los. Quälend langsam bewegte sich der Tross. Guillaume hasste diese Rituale. Wichtig war nur, dass der Verstorbene die Letzte Ölung erhalten hatte und von seinen Sünden freigesprochen wurde. Genau das war seinen Eltern verweigert worden. Nur er hatte, einsam und verlassen auf dem Hügel vor Caraman, den Segen für seine Eltern gesprochen.

Hunderte Gäste waren gekommen, keiner wollte sich das Begräbnis einer so hochgestellten Persönlichkeit entgehen lassen. Alle Glocken von Paris läuteten, ein Dutzend Bischöfe schritt vor dem Sarg her, sang Lieder und verbreitete den Geruch von Weihrauch und Myrrhe. Catherines Kinder folgten hinter dem Sarg in einer Sänfte, Charles ging vorneweg, neben ihm Philipp.

Philipp hatte Nogaret hinter Molay zum Tragen des Sarges eingeteilt. Molay hielt sich aufrecht, sein Haupthaar war wie immer kurz bis an die Ohren, sein Bart grau und wohl ein gutes Jahr nicht geschnitten worden. Er musste über sechzig Jahre alt sein, Guillaume beneidete ihn um seine unverwüstliche Gesundheit.

»Es sind immer die Besten, die zu früh gehen, ist es nicht so, Molay?« Guillaume musste das Gespräch wieder in Gang bringen, das seit einiger Zeit versiegt war.

»Dann sind wir nicht die Besten«, gab Molay spitzlippig zurück.

Guillaume musste sich ein unschickliches Lachen verbeißen. Molay war kein Schwachkopf. »Gute Antwort, Großmeister. Eure Zunge ist scharf wie eh und je.«

»Und mein Schwert ebenfalls.«

Was wollte er damit sagen? Dass er doch wusste, was bevorstand? Nein, das war unmöglich. »Das ist gut zu wissen, denn der König kann Männer wie Euch brauchen.«

»Ihr wisst genau, dass ich ein Mann Gottes und des Papstes bin.«

»Aber ja. Daran will ich gar nicht rütteln. Aber vielleicht

gäbe es ja eine Möglichkeit, Eure Interessen mit denen des Königs zu verknüpfen? Ich habe nachgedacht, wisst Ihr? Es macht keinen Sinn, sich zu zerstreiten, wenn man doch dieselben Ziele verfolgt.«

»Ist das so? Will Philipp nun doch einen Kreuzzug? Das wäre mir neu. Was ich weiß, ist, dass Philipp Geld braucht. Aber das Kapitel hat beschlossen, Philipp keine weiteren Kredite zu gewähren.«

Ja, das hatte das Kapitel, und es war einer der Sargnägel für die Templer gewesen. Hätten sie Philipp weiterfinanziert, wäre ihnen die Auflösung sehr wahrscheinlich fürs Erste erspart geblieben. Philipp hatte um einen Kredit nachgefragt, der die Ausgaben des Hofes für ein Jahr gedeckt hätte. Nicht mehr. Die Templer hätten die Summe in ihren Schatztruhen gar nicht vermisst – jetzt mussten sie alles hergeben. »Das meine ich gar nicht. Philipp hat Geldgeber aufgetan, die ihm bereitwillig unter die Arme greifen.«

Was Molay jetzt wohl dachte? Dass er einen Fehler gemacht hatte? Dass Philipp neue Verbündete gewonnen hatte?

»Das höre ich gerne. Dann kann er ja bald seine Schulden bei uns begleichen. Also, worum geht es, Nogaret?«

Fanfaren erklangen. Der Zug war an der Kirche angekommen.

»Was haltet Ihr davon, wenn ich Euch morgen im Tempel besuche? Dann können wir den Vorschlag des Königs in aller Ruhe besprechen. Ich bin mir sicher, er wird Euch überraschen.«

»Das soll mir recht sein, Kanzler. Könnt Ihr sehr früh kommen?«

»So früh Ihr wollt, Großmeister.«

»Ich erwarte Euch noch vor den Laudes.«

»Ich werde da sein«, rief Guillaume über den Lärm der Trompeten hinweg. »Ich werde da sein! Halleluja! Gelobt sei der Herr!«

* * *

Seit fast einer Woche war Elva nun mit Thorin unterwegs. Obwohl sie ein Pferd hatten, kamen sie nur langsam voran. Manchmal ritten sie zu zweit, manchmal führte Thorin das Tier am Zügel, während Elva im Sattel saß. Inzwischen hatten sie die Stadt Aix hinter sich gelassen, und es war nicht mehr weit bis Marseille.

Es dämmerte bereits, bald mussten sie sich eine Bleibe für die Nacht suchen. Am Himmel ballten sich dunkle Wolken, ein scharfer, eisiger Wind blies von Norden.

Elva warf Thorin, der neben dem Pferd lief, einen verstohlenen Blick zu. Noch immer wusste sie nicht, was sie von ihm halten sollte. Er hatte so viele verschiedene Gesichter, die sie nicht miteinander in Einklang bringen konnte, sodass er ihr wie ein Buch erschien, das in jeder Zeile in einer anderen Sprache geschrieben war.

Immerhin kümmerte er sich gut um sie und war aufrichtig um ihr Wohl bemüht. Er hatte ihr auf dem Markt in Orange frische Kleidung besorgt, während sie vor den Toren der Stadt auf ihn gewartet hatte. Außer einer weißen Cotte, einem blauen Kleid und einem grauen Lodenumhang hatte er Wein und Vorräte für mehrere Tage mitgebracht.

Obwohl es sich gut anfühlte, nach all den Monaten auf

der Flucht frische, saubere Kleidung zu tragen, hatte es Elva wehgetan, das Templergewand zu verbrennen. Doch Thorin hatte darauf bestanden. Zu Recht. Auch wenn im Augenblick wohl keine unmittelbare Gefahr drohte.

Thorin hatte sich auf ihre Bitte hin unauffällig umgehört. In Orange wusste niemand von Verhaftungen oder Anschlägen auf den Orden, weder in Frankreich noch in der Provence. Und auch in den anderen Orten, die sie passierten, hatte niemand etwas Derartiges gehört. Vielleicht war es dem König wirklich nur um den Schatz gegangen, und die Templer waren gar nicht in Gefahr.

Als die Flammen den braunen Habit mit dem Tatzenkreuz verschlangen, hatte Elva mit den Tränen gekämpft. Es war, als hätte das Feuer ihre letzte Verbindung zu Amiel gekappt. Aber das stimmte natürlich nicht. Amiel würde für immer in ihrem Herzen sein, egal was geschah.

Außerdem war da noch der Schlüssel.

Thorin hatte sie mit Fragen gelöchert, was es mit dem Schlüssel an ihrem Hals auf sich habe. Sie hatte ihm erzählt, dass bei den Gauklern noch eine Truhe stand, die ihren Besitz enthielt. Er hatte ihr nicht geglaubt, das hatte sie ihm angesehen, aber er hatte nicht weiter nachgebohrt.

Dafür hatte Thorin darauf bestanden, dass sie seinen Ring am Finger trug. Elva hatte nicht gewagt, ihm diese Bitte abzuschlagen. Arnulf von Arras' Ring hatte er in Orange verscherbelt.

»Dich verbindet nichts mit diesem Mann, außer Schmerz und Leid, warum solltest du den Ring behalten?«, hatte Thorin erklärt. »Wenn wir ihn zu Geld machen, hat er wenigstens noch einen Nutzen.«

Elva war es nicht recht erschienen, aber sie hatte keine Einwände erhoben. Denn sie hatte inzwischen herausgefunden, wie schnell Thorins Stimmung umschlagen konnte. Eine Kleinigkeit, ein unbedachtes Wort, und unbändige Wut flackerte in seinen Augen auf. Zwar wurde er nie gewalttätig, dennoch fürchtete Elva seine Launen, zumal sie oft nicht wusste, womit sie seinen Ärger erregte.

Außerdem schien er es nicht zu mögen, wenn sie eigenständig Entscheidungen fällte oder gar etwas besser wusste oder konnte als er. Kein einziges Mal hatte er zugelassen, dass sie ihn in eine der Städte begleitete, an denen sie auf ihrer Reise vorbeikamen, immer hatte sie in einem Versteck vor den Toren warten müssen. Dabei sprach sie viel besser Französisch als er und zudem Provenzalisch.

Thorin sagte jedes Mal, er bestehe zu ihrem Schutz darauf, dass sie von niemandem gesehen wurde. Aber Elva war davon überzeugt, dass das nur die halbe Wahrheit war.

Andererseits war Thorin bemüht, ihr jeden Wunsch von den Augen abzulesen. Er trug sie auf Händen, schien sie aufrichtig zu lieben. Vielleicht fügte sich nun wirklich alles so, wie es von Anfang an bestimmt gewesen war. Sie gehörte zu Thorin, ihm hatte sie ewige Treue geschworen. Und warum auch nicht? Er war ein guter, anständiger Mann.

Wenn sie erst ihre Pflicht gegenüber Amiel erfüllt hatte, wäre es vermutlich das Beste, Thorin zu heiraten. Ihre Liebe zu Amiel würde sie immer im Herzen tragen, nichts würde je etwas daran ändern. Aber das würde sie nicht daran hindern, Thorin eine treue Ehefrau zu sein.

Nur nach Trier konnte sie nicht zurückkehren. Dort

würde man ihr auf der Stelle den Prozess machen. Selbst wenn alle anderen bereits vergessen hätten, was ein Jahr zuvor auf Burg Arras geschehen war, würde ihr Vater darauf beharren, dass sie ihrer gerechten Strafe nicht entging.

Sie musste Thorin davon überzeugen, mit ihr in Marseille zu bleiben. Er konnte von dort aus die Geschäfte seines Vaters auf den Mittelmeerraum ausweiten. Sie würde einen Weg finden.

»Halt!« Thorin zog die Zügel an und deutete auf die verkohlten Überreste einer Bauernkate. »Dort werden wir die Nacht verbringen.«

Elva betrachtete zweifelnd das eingestürzte Dach, dann die schwarzen Wolken am Himmel. »Wenn es regnet, sind wir völlig ungeschützt«, gab sie zu bedenken.

»Unsinn!« Thorin winkte ungeduldig. »Steig ab!«

Elva zögerte.

»Ich bin dein Bräutigam«, erinnerte Thorin sie. »Glaubst du etwa, ich würde dich an einem Ort die Nacht verbringen lassen, an dem du Schaden erleiden könntest?«

»Natürlich nicht.« Elva rang sich ein Lächeln ab und ließ sich aus dem Sattel gleiten.

Thorin nahm sie in Empfang. »So ist es brav, Liebste.« Er drückte ihr einen Kuss auf die Stirn. Mehr als solche keuschen Zärtlichkeiten hatte er bisher nicht gewagt, und Elva war heilfroh darüber.

»Du weißt, dass ich alles für dich tun würde, Liebste«, murmelte er. »Wirklich alles.«

* * *

Guillaume hatte die ganze Nacht kein Auge zugetan. So viel konnte noch fehlgehen, so viel stand auf dem Spiel. Molay konnte in letzter Minute einen Hinweis von Lescaux erhalten haben, die Ritterbrüder konnten sich in selbstmörderischer Manier der Verhaftung widersetzen.

Ein neuer Gedanke kam Guillaume, und ein heißer Schreck durchzuckte ihn. Hatte er selbst gestern auf der Beerdigung Molays Misstrauen geweckt? Hatte er zu dick aufgetragen? Vielleicht hatte Molay Sicherheitsmaßnahmen getroffen? Schützen auf den Zinnen postiert? Seine Reiterei in Kampfstellung gebracht? Außerdem mussten die Verhaftungen alle zeitgleich geschehen. Hatten alle Baillis die Befehle rechtzeitig erhalten?

Guillaume riss die Decke zur Seite, schwang die Beine über die Bettkante und stöhnte. Das Knie! Ein scharfer Schmerz schoss ihm bis in den Kopf. Er erstarrte, spürte in sich hinein. Der Schmerz klang ab. Vorsichtig trat er auf. Sein Knöchel zwickte ein bisschen, doch das Knie ließ ihn nicht im Stich. Der Herr im Himmel war auf seiner Seite.

Oder war der Schmerz ein Zeichen Gottes, die Templer zu verschonen? Nein. Selbst wenn er wollte, dazu war es zu spät. Die Verhaftungen ließen sich nicht mehr aufhalten. Es gab kein Zurück. Er wollte auch nicht mehr zurück. Endlich wäre seine Rache vollendet. Endlich würde der Schlange der Kopf abgeschlagen, die seine Eltern an den Henker ausgeliefert hatte.

Guillaume schüttete sich Wasser ins Gesicht, es erfrischte ihn, vertrieb die Schwere der Nacht und die schlechten Gedanken. Die Turmuhr schlug die vierte Stunde. Jetzt würden überall in Frankreich die Gens du Roi zuschlagen. In den meisten Kommenden befanden sich keine gerüsteten Ritter, sondern alte Männer und Knechte, die die Höfe bewirtschafteten. Die wenigsten Kommenden waren gut befestigt, alle anderen leichte Beute. Außerdem kamen die Männer im Namen des Königs und der Heiligen Inquisition. Niemand würde ihnen den Zugang verwehren. Außer in Paris lagen nur in La Couvertoirade und Sainte Eulalie größere Kräfte der Templer. Doch La Couvertoirade war noch immer durch das Feuer beschädigt, und in Sainte Eulalie würde das Heer den Gens du Roi unter die Arme greifen.

Guillaume rasierte sich sorgfältig, rieb die Haare mit Bärfett ein, damit sie ihre Fülle nicht verloren. Er legte seine beste Tunika an, darüber den Surcot, den er nur bei feierlichen Anlässen trug, und setzte sich die Kappe aus golddurchwirktem Stoff auf. Schließlich ließ er sich einen Haferbrei bringen und zwang sich, ihn zu essen. Ein leerer Magen war ein schlechter Ratgeber. Auf dem Tisch in seiner Schreibstube lag der Haftbefehl für die Templer und insbesondere ihren Großmeister Jacques de Molay, den er höchstpersönlich gesiegelt und neben Philipp unterschrieben hatte.

Guillaume hätte ihn nicht mitnehmen müssen, aber alles sollte rechtmäßig vonstattengehen. Er schmunzelte, steckte den Haftbefehl in die große Innentasche des Surcot. Dann rief er Massimo, der ihn heute begleiten würde. Es schadete nichts, jemanden an seiner Seite zu wissen, der es mit vier Männern aufnehmen konnte.

Sie ritten zum Louvre, wo die Gens du Roi bereits warteten. Es waren mehr als hundert Mann, die Elitetruppe des Königs. Guillaume hielt sich nicht mit Reden auf, sondern gab das Zeichen zum Aufbruch. Fackelreiter bildeten die Vorhut, dann kamen die Schützen, Guillaume ritt in der Mitte, den Abschluss bildeten die besten Schwertkämpfer der Garde. Molay würde keinen Verdacht schöpfen. Der Kanzler des französischen Reiches ritt immer unter starker Bedeckung.

Es war stockdunkel, die Dämmerung würde erst in der siebten Stunde anbrechen, bis dahin würden die Templer bereits in ihren eigenen Verliesen sitzen. Guillaume hatte die Parole ausgegeben, mit gnadenloser Härte vorzugehen. Nur die Würdenträger sollten auf jeden Fall lebend ergriffen werden. Wer Widerstand leistete, würde ohne Gnade niedergestreckt.

Die Türme des Tempels kamen in Sicht. Fackeln erleuchteten sie, Wachmänner zeigten auf Guillaume und seine Leute. Eine Glocke wurde geläutet. Guillaume setzte sich an die Spitze des Trupps.

»Wer dort?«, rief eine Stimme, als er das Haupttor erreichte.

»Guillaume de Nogaret, der Kanzler und Siegelbewahrer des Königs, wünscht Euren Großmeister zu sprechen!« Er spürte sein Herz im Hals schlagen. Doch er hatte kaum Zeit, sich Sorgen zu machen.

Sofort wurde das Tor geöffnet, Molay kam ihm auf einem Pferd entgegen. Er wollte seinen Gast auf Augenhöhe empfangen. Das würde ihm nichts nützen.

»Ich grüße Euch, Guillaume de Nogaret«, sagte Molay. »Seid willkommen im Tempel der Ritter des Herrn.«

»Ich danke Euch, Jacques de Molay, für Eure Gastfreundschaft.« Molay ritt voraus in den Hof. Guillaume folgte ihm. Er kannte den Tempel, er war oft genug hier gewesen, sowohl um die Arbeit der Templer zu prüfen als auch um für den König zu betteln. Diese Erniedrigung würde er nie wieder durchstehen müssen.

Mindestens fünfzig Fackeln erleuchteten den Innenhof. Alle Ritterbrüder hatten sich versammelt, keiner trug eine Waffe. Guillaume wähnte sich in einem Traum. Konnte es wirklich so einfach sein? Misstrauisch blickte er zu den Zinnen hoch. Dort standen Wächter, allerdings nur mit Fackeln bewaffnet. Die Speere waren an die Mauern gelehnt. Bevor sie sie erreichen konnten, wären sie tot. Molay bemühte sich, einen guten Eindruck zu machen, zu zeigen, dass er in Frieden mit dem König leben wollte. Aber der König wollte nicht in Frieden mit ihm leben.

Guillaumes Plan war aufgegangen. Der Tempel fiel ihm wie eine reife Frucht in die Hand.

Molay stieg vom Pferd, Guillaume ebenfalls. Die Gens du Roi schwärmten aus, besetzten die Zinnen, kreisten die Ritterbrüder ein und richteten Armbrüste auf sie. Ängstliches Murmeln wurde laut. Fragen schwirrten durch den anbrechenden Tag. Guillaume war gerne bereit, sie zu beantworten. Er gab sechs Schwertkämpfern der königlichen Garde ein Zeichen. Die zogen blank und hielten Molay die Schwertspitzen vor die Nase. Der wich einen Schritt zurück, in seinen Augen flackerte Unsicherheit.

»Ich hatte Euch eine Überraschung versprochen, Molay. Ich habe gehört, Templer lieben Überraschungen.« Guillaume dachte an Batiste, zog den Haftbefehl aus seinem Surcot und hielt ihn Molay hin. »Vom König gesiegelt und unterschrieben.«

Molays Augen blitzten auf. »Zieht sofort Eure Leute ab, Nogaret. Ihr könnt mir zeigen, was Ihr wollt. Ihr wisst doch ...«

»Ja, ja, Molay. Ihr langweilt mich. Nur der Papst kann, darf, soll ... wo ist er denn, Euer Papst? Wo sind seine Truppen? Er hat sich auf sein Krankenlager zurückgezogen, kann nichts unternehmen, will nichts unternehmen.« Nogaret trat dicht an Molay heran. Die Schwertspitzen kitzelten den Großmeister am Hals. »Euer Papst ist ein Feigling. Er ist schwach. Er wird Euch nicht retten können, denn Eure Verbrechen sind so groß, dass der König einschreiten muss, um die Seelen der Christen zu schützen.«

Nogaret trat zurück und erhob die Stimme. »Im Namen Philipps des Vierten von Frankreich erkläre ich Euch und jeden, der sich Templer nennt, alle Ritter und Sergenten und sonstigen Gehilfen des Ordens der Templer, für verhaftet. Ihr seid der Sodomie, der Ketzerei und okkulter Praktiken angeklagt.«

»Nogaret!«, schrie Molay. »Ihr verletzt Recht und Gesetz! Der Papst wird das nicht hinnehmen!«

Das hat dein Mitbruder Lescaux auch behauptet, alter Mann, dachte Nogaret. Und wenn schon! Drei Päpste haben mich gebannt, und nichts ist geschehen. »Schweigt! Oder ich lasse Euch knebeln. Ihr werdet bald die Gelegenheit haben, die Wahrheit zu verkünden.«

»Wo ist Humbert? Wo ist der päpstliche Inquisitor? Nur er darf uns vernehmen!«

»Ihr wollt nicht hören?« Guillaume reckte die Faust in

die Luft. Sofort begannen die Gens du Roi, die Ritterbrüder niederzuwerfen, ihnen Fesseln anzulegen und die Burg zu stürmen. Molay wurde geknebelt, er ließ es widerstandslos über sich ergehen. Einige Ritter versuchten zu kämpfen, doch sie lagen schnell in ihrem Blut. Guillaume legte Molay höchstpersönlich die Fesseln aus Eisen an. Das würde ab jetzt der einzige Schmuck sein, den Molay tragen sollte. Bis zu seinem Tod.

Endlich war einer der schlimmsten Geißeln der Menschheit das Handwerk gelegt. Den Orden der Tempelritter gab es nicht mehr. Die juristischen Feinheiten würden folgen.

Mit einem Griff riss Guillaume dem Großmeister das Schlüsselbund vom Gürtel. »Sperrt ihn allein in eine Zelle, und setzt ihm ein paar Ratten als Gesellschaft hinein. Und vergesst nicht, ihn am Schlafen zu hindern.«

Molay wurde fortgezerrt, ein letzter hasserfüllter Blick traf Nogaret. Der winkte ein Dutzend Männer zu sich und hieß sie, ihm zu folgen. Philipp hatte ihm befohlen, als Allererstes die Dokumente zu verbrennen, die ihn in eine missliche Lage hätten bringen können: Bettelbriefe an Molay, Schuldverschreibungen, Verpfändungen von Gütern, die der Krone schon lange nicht mehr gehörten.

Guillaume öffnete die Tür zu der Kammer, in der die Dokumente und Bücher lagerten. Es waren Hunderte, eher Tausende. Es würde Wochen dauern, sie zu lesen und zu entscheiden, welche für den König gefährlich waren. Nun gut. Es gab für alles eine Verwendung.

Guillaume zeigte auf die Pergamentberge. »Ich glaube, unsere Männer frieren. Schafft alles in den Hof und verbrennt es zu Asche.«

Auf dem Weg zurück nach draußen warf Guillaume noch einen Blick in die Schatzkammern. Bei allen Heiligen! Mit dem Gold würde Philipp einige Probleme lösen. Endlich konnten sie wieder gutes Geld prägen, mit einem Silbergehalt, der dem Wert der Münze entsprach. Endlich konnte am Louvre weitergebaut werden. Endlich konnten sie die Truppen aufstocken.

Die Johanniter würde er mit ein paar Brosamen abspeisen. Nur ein Problem gab es noch. Lescaux und Molay hatten recht: Der Papst würde das Vorgehen des Königs geißeln. Guillaume musste Clemens klarmachen, dass er bei ihm nicht denselben Fehler begehen würde wie bei Bonifatius. Doch dafür konnte er sich Zeit nehmen. Solange Clemens siech darniederlag, ging keine Gefahr von ihm aus. Und wenn Guillaume erst einmal die Geständnisse der Templer hatte, konnte auch der Papst sie nicht mehr retten. Er musste die Ketzer nur zum Reden bringen. Am besten zuerst Molay – und zwar mit allen Mitteln.

Die Hüterin des Templerschatzes

Zwei Tage waren seit der erfolgreichen Verhaftung der Templer vergangen. Noch immer glühte der Scheiterhaufen, in dem das Archiv des Ordens zu Asche verbrannt war. Guillaume hatte allen Grund, zufrieden zu sein. Trotzdem hatte er wieder kaum ein Auge zugemacht. Es gab zu viel zu tun. Bis tief in die Nacht hatten er, François Aran und seine treuesten Schreiber die Schätze der Templer inventarisiert und drei Listen angelegt: eine, in die das tatsächliche Vermögen sorgsam eingetragen wurde; eine mit den Summen, die sogleich in Philipps Schatztruhen verschwanden, und eine, die man dem Papst übergeben würde.

Die Summe auf dieser letzten Liste war nichts im Vergleich zu den Schätzen, die Guillaume für die Krone sicherte. Der Papst würde das Silber den Johannitern zukommen lassen, die sich leicht ausrechnen konnten, dass Guillaume sie übervorteilt hatte. Aber sie würden nicht klagen, denn sie würden zusätzlich alle Kommenden und Landgüter sowie die Privilegien der Templer erhalten.

Das würde jedoch nicht von heute auf morgen passieren, und solange würden auch diese Einkünfte in die Truhen des Königs fließen. Also war es sinnvoll, sich nicht allzu sehr zu beeilen. Zuerst musste der Templerorden aufgelöst werden, dann bedurfte es langwieriger Verhandlungen mit dem Papst, und schließlich würde man beginnen, die Güter zu überschreiben, was insgesamt vier oder fünf Jahre dauern würde.

Philipp konnte sich glücklich schätzen, dass Guillaume so umsichtig gehandelt hatte. An die zwanzig Truhen voller Silber hatte Guillaume letzte Nacht zur königlichen Münze bringen lassen.

Guillaume hatte sich in den Gemächern des Großmeisters eingerichtet, die dreimal so groß waren wie seine eigenen. Molay hatte wahrhaftig wie ein König residiert. Im Kamin flackerte ein Feuer, das Bett war gepolstert und die Decken aus bester englischer Wolle gewebt.

Guillaume hatte sich die Zeit genommen, Molays private Korrespondenz zu studieren. Der Großmeister hatte von jedem Brief, den er verschickt hatte, eine Abschrift angefertigt. Guillaume hatte nichts Belastendes finden können, im Gegenteil. Molay schrieb immer wieder davon, wie sehr er dem Papst und auch Frankreich verbunden sei. Dass er Philipp nicht mochte, war kein Geheimnis, aber in keinem seiner Briefe klagte er den König an oder beschimpfte ihn. In einem seiner letzten Schreiben äußerte er die Hoffnung, dass die Vorwürfe, die man gegen die Templer erhob, bald ausgeräumt sein würden, sodass sich der Orden in Ruhe der Eroberung des Heiligen Landes widmen könne. Der Brief bewies, dass Molay nichts geahnt hatte von dem Schicksal, das ihm bevorstand. Guillaume warf die Dokumente ins Feuer und schaute zu, wie sie verbrannten.

Heute musste er Molays Gemächer wieder räumen. Philipp würde hier einziehen. Der Tempel war die stärkste Burg von Paris, hier konnte ihm der Pöbel nichts anhaben. Außerdem wollte Philipp damit klarstellen, dass die Templer nie wieder zurückkehren würden.

Fanfaren erschollen. Sie kündigten den König an. Philipp

kam viel zu früh. Die Morgendämmerung hatte gerade eingesetzt, Guillaume hatte den König erst gegen Mittag erwartet. Er klatschte in die Hände, wies seine Diener an, die Kammer schnellstens freizumachen, dann eilte er die Treppe hinab, um Philipp zu begrüßen.

Als er ins Freie trat, erkannte er selbst im schwachen Licht der Fackeln sofort, dass etwas vorgefallen sein musste. Philipp blickte ihn grimmig an, schwang sich vom Pferd und zeigte auf ihn.

»Mitkommen!« Mehr brachte der König nicht über die Lippen.

Guillaume fühlte Übelkeit aufsteigen. Mit großen Schritten stapfte Philipp geradewegs zur Treppe, die in die Kellergewölbe führte, wo die Arrestzellen und die Schatzkammer lagen.

Guillaume hetzte hinterher, gefolgt von zehn Mann der Leibgarde des Königs. Immer tiefer stiegen sie die Stufen hinab, vorbei an den Zellen, in denen Molay und Pairaud, die Anführer des Ordens, in Einzelhaft saßen, vorbei an den Kerkern, in denen die übrigen einhundertsechsunddreißig Templer in Gruppen von etwa drei Dutzend Mann eingepfercht waren. Ihre Notdurft mussten sie an Ort und Stelle verrichten. Ihnen standen pro Kerker zwei Eimer zur Verfügung.

Der Gestank war unglaublich, das Jammern groß. Molay würde an der Einsamkeit zugrunde gehen, die anderen an der Enge und der Ungewissheit, was auf sie zukam. Niemand würde das lange durchhalten. Und wer doch noch Widerstand leistete, dem würden die Henkersknechte die Zunge lösen. Der Wunsch der Templer, dieser Vorhölle zu entkommen, würde schnell übermächtig werden, und sie würden bezeugen, was immer Guillaume wünschte.

Was wollte Philipp hier? Überprüfen, ob Nogaret genug von den Reichtümern der Templer abzweigte? Oder Molay höchstselbst verhören?

Sie stiegen weiter hinab in die Tiefen des Tempels, an einen Ort, von dem nicht ein Laut an die Oberfläche dringen konnte. Dort wartete ein dunkles Loch auf einen Missetäter, der dazu verurteilt worden war, die letzten Jahre seines Lebens in gebeugter Haltung zu verbringen und letztlich in den eigenen Exkrementen zu sterben. Seit Langem war niemand mehr dort eingesperrt worden, auch Guillaume war davor zurückgeschreckt, einen der Templer hier lebendig zu begraben.

Philipp zeigte auf das Loch. »Darin werdet Ihr verschwinden, Guillaume de Nogaret. Aber nicht allein. Wir werden Molay zu Euch sperren, dann könnt Ihr Euch ein wenig darüber unterhalten, wie unklug es ist, sich einen König zum Feind zu machen.«

Guillaume zuckte zusammen. Der König musste vom Überfall auf Richerenches erfahren haben. Vielleicht auch vom Überfall auf die Templerflotte. Guillaume fuhr der Schreck in die Glieder. Er war erledigt. Ohne den Schatz der Templer hatte er nichts in der Hand, um sich zu verteidigen, um den König von der Richtigkeit seiner eigenmächtigen Handlungen zu überzeugen. »Mein König ...«

»Kein Wort«, donnerte Philipp, zog ein Dokument hervor und warf es Guillaume vor die Füße.

»Baufet, Pizdoue, Melun, Comte – sagen Euch die Namen etwas?« Guillaume nickte vorsichtig. Baufet war der

Bischof von Paris, Pizdoue der Vogt der Händler, ein mächtiger Mann, und die beiden anderen waren die Vertreter des Hochadels.

»Sie wollen wissen, was zum Teufel im Land vorgeht. Sie drohen mit Verweigerung der Abgaben, sie drohen, ihre Ritter zurück auf ihre Burgen zu rufen, um einem Schicksal wie dem der Templer zu entgehen. Sie scheißen sich in die Beinlinge, Nogaret! Und sie schäumen vor Wut. Sie wollen die Seine blockieren!«

Guillaume bückte sich nach dem Dokument, rechnete mit einem Fußtritt, doch der König ließ ihn gewähren. Mit zitternden Händen las Guillaume. Sie hatten es gewagt. Ein Tribunal war angesetzt worden. Für heute Mittag. In wenigen Stunden musste sich der König für die Verhaftung der Templer verantworten. Im Haus der Händler in der Rue St. Denis, direkt unterhalb des Grand Châtelet, wo der königliche Vogt residierte. Eine Anmaßung sondergleichen.

Guillaume war dennoch erleichtert. Alles war besser, als dass Philipp von seinem ungesetzlichen Überfall in der Provence erfahren hätte. Mit einem Tribunal von aufsässigen Untertanen konnten sie fertig werden, schließlich verfügte Guillaume über ein Studium der Rechtswissenschaften und eine scharfe Zunge.

»Ihr habt die Kontrolle verloren, Nogaret«, stieß Philipp hervor. »Was, glaubt Ihr, passiert, wenn Wir dort erscheinen?«

Philipp würde sein Gesicht verlieren, natürlich. Ein König, der sich vor ein Tribunal ins Haus der Händler zitieren ließ, war schwach. Ging er nicht hin, würde man gegen ihn rebellieren. Die Barone waren allein nicht stark genug, schlossen sich ihnen aber die reichen Bürger, die Herren der Handelshäuser und der Klerus an, konnten sie den König in die Knie zwingen.

Damit hatte Guillaume nicht gerechnet. Baufet, der Bischof, da war sich Guillaume sicher, würde nicht Ernst machen, aber er nutzte die Situation, um Philipp daran zu erinnern, dass die Kirche nicht zu seiner Dienerschaft gehörte, mit der er tun und lassen konnte, was er wollte. Und für den Vogt der Händler war es ein gefundenes Fressen, Stärke zu zeigen, um wiedergewählt zu werden und neue Privilegien von der Krone zu erpressen.

Er sank auf die Knie, betete, dass er die richtigen Worte wählte. »Mein König, ich gebe zu, das habe ich nicht bedacht. Ich nehme Euer Urteil reumütig an.«

Philipp zog Guillaume hoch, sein Gesicht noch immer wütend. »Verdammt, Nogaret, Ihr seid ein Fuchs, Ihr wisst, wie man mit Menschen umgeht, auch mit Königen. Was werdet Ihr *tun*?«

Guillaume wusste nicht mehr, wo ihm der Kopf stand. Noch nie hatte er Philipp so aufgebracht erlebt. Er hatte sich bereits mit Molay in dem Loch gesehen, doch Philipp schien vor allem zu wollen, dass Guillaume für ihn die Kastanien aus dem Feuer holte. »Ich würde vorschlagen, dass ich an Eurer Stelle hingehe und erkläre …«

»Allerdings, Nogaret, allerdings. Genau das haben Wir erwartet. Das ist die Galgenfrist, die Wir Euch einräumen. Befriedet die Aufrührer. Oder verbringt Eure letzten Tage mit Molay im Loch. Unsere Garde wird bis dahin ein Auge auf Euch haben, nur zur Sicherheit.«

Philipp schnippte mit den Fingern und machte sich an den Aufstieg. Sechs Mann blieben zurück und nahmen Nogaret in die Mitte, als auch er aus der Unterwelt wieder ans Licht krabbelte. Nie hatte Nogaret den Anblick des Himmels so genossen wie in diesem Augenblick. Doch noch war die Gefahr nicht gebannt.

* * *

Als Elva vor dem Haus absaß, knickten ihr die Knie ein. So oft hatte sie sich vorgestellt, wie es sein würde, endlich bei ihrer Schwester in Marseille anzukommen. So oft hatte sie nicht mehr daran geglaubt, die Stadt je zu erreichen. Doch jetzt war sie hier!

Es war kurz vor Mittag, der Marktplatz vor dem Haus mit Menschen, Lärm und Düften gefüllt, mit dem quirligen Leben einer Stadt, wie Elva es aus Trier kannte. All die neuen Eindrücke, die Erschöpfung, aber auch die Erleichterung, endlich am Ziel zu sein, ließen Elva schwindeln.

Thorin griff ihr rasch unter die Arme. »Hoppla, Liebste. Du musst sehr erschöpft sein.«

»Erschöpft und glücklich«, antwortete Elva. Und in diesem Augenblick stimmte es. Sie war überglücklich, endlich bei Leni zu sein. Auch wenn ihr das Herz noch immer schwer war, weil sie die Liebe ihres Lebens verloren hatte.

Thorin strahlte sie an. »Natürlich bist du glücklich. Endlich hat sich alles so gefügt, wie es immer schon sein sollte. Komm!« Er hakte sich bei ihr unter, hielt in der anderen Hand die Zügel und führte sie durch das offene Tor in den Hof.

Ein Junge stand dort, vielleicht fünf oder sechs Jahre alt, und musterte sie neugierig. Das musste Lenis ältester Sohn sein.

»Bist du Felip?«, fragte Elva auf Provenzalisch.

Der Junge nickte.

»Kannst du deine Mama herholen? Sag ihr, dass sie Besuch hat, von ihrer Schwester.«

Er flitzte davon.

»Was hast du zu dem Burschen gesagt?«, fragte Thorin. Argwohn schwang in seiner Stimme mit.

»Das ist mein Neffe, ich habe ihn gebeten, Leni zu holen.«

Thorin brummte etwas. Doch Elva achtete nicht darauf, denn in dem Augenblick trat Leni aus der Haustür. Als sie ihre Schwester erblickte, stieß sie einen freudigen Schrei aus.

»Elva! Du bist es wirklich!«

Elva stürzte Leni entgegen und fiel ihr in die Arme. Sie weinte und lachte gleichzeitig, und ihrer Schwester erging es ebenso.

Schließlich machte Leni sich los und betrachtete sie mit gerunzelter Stirn. »Du bist kräftiger geworden, Schwesterlein, ich wette, in eine Kiste mit Zitwerwurzeln passt du nicht mehr hinein.«

Elva lächelte. »Da wäre ich nicht so sicher. Ich habe fleißig geübt.« Wehmut flog sie an, als sie an die Gaukler dachte. Sie hatte sich nie von ihnen verabschieden, sich nie bedanken können für alles, was sie für sie getan hatten.

»Ach, ist das so?« Leni schüttelte den Kopf. »Oh Elva, du musst mir alles erzählen! Komm mit ins Haus!«

In dem Augenblick ertönte ein lautes Räuspern.

Thorin! Für einen kurzen Moment hatte Elva ihn völlig vergessen. Sie drehte sich um.

»Komm zu uns!« Sie warf ihrer Schwester einen raschen Blick zu, doch sie schien den jungen Mann nicht zu erkennen. »Leni, das ist Thorin de Ponte. Erinnerst du dich an ihn?«

Leni starrte Thorin überrascht an. »Thorin? Du liebe Güte, wie groß du geworden bist! Als ich dich zum letzten Mal gesehen habe, hast du mit meiner Schwester Äpfel aus dem Garten des Bischofs geklaut.«

»Das ist lange her«, erwiderte Thorin steif.

Elva fiel ein, dass Thorin ja ebenso wie sie noch ein Kind gewesen war, als Leni mit vierzehn Jahren geheiratet hatte und nach Marseille gezogen war. »Thorin hat mir das Leben gerettet«, sagte sie rasch, denn sie erkannte die Zeichen in Thorins Gesicht. Er war kurz davor, die Beherrschung zu verlieren.

Leni wurde schlagartig ernst. »Wenn das so ist, bin ich dir ewig zu Dank verpflichtet, Thorin de Ponte.«

In dem Augenblick ertönte Hufschlag, und ein Reiter sprengte in den Hof.

Zu Tode erschrocken wich Elva zurück, doch dann erkannte sie ihren Schwager Zavié, der aus dem Sattel glitt und auf sie zustürmte. Als er Elva sah, blieb er wie vom Donner gerührt stehen.

»Elva?« Er blickte zu Leni, dann wieder zu Elva. »Wie um alles in der Welt bist du hergekommen?« Er sprach Französisch, sodass auch Thorin ihn verstehen konnte.

»Das ist eine lange Geschichte«, sagte Leni schnell. »Elva

wird sie uns beim Essen erzählen.« Sie zwinkerte Elva zu, was vermutlich bedeutete, dass Zavié nur eine bereinigte Version ihrer Flucht hören durfte.

»Kommst du aus Frankreich, hast du etwas gesehen?«, fragte Zavié und packte Elva bei den Schultern.

Aus den Augenwinkeln sah Elva, wie Thorin einen Schritt auf sie zumachte. Beschwörend sah sie ihn an. Er hielt inne, doch sein Blick blieb wachsam auf Zavié gerichtet.

»Was soll ich gesehen haben?«, fragte Elva ihren Schwager.

»Die Verhaftungen.«

»Verhaftungen?«, fragten Leni und Elva gleichzeitig.

»Der König hat alle Templer Frankreichs verhaften lassen. Im ganzen Land auf einen Schlag. Vorgestern im Morgengrauen. Überall erzählt man davon. Und die Templer im restlichen Europa sollen folgen. Auch hier in Marseille sind sie nicht mehr sicher.«

Elva schlug die Hand vor den Mund. Dann hatten die Gerüchte also doch gestimmt. Der König wagte es tatsächlich. Wie gut, dass Amiel das nicht mehr miterleben musste. Elvas Hand glitt hinunter zu der Kette, die um ihren Hals hing. Der Schlüssel war mit einem Mal viel schwerer. Wem konnte sie das Geheimnis der Templer anvertrauen, wenn keiner von ihnen mehr frei war?

»Das sind schreckliche Neuigkeiten«, sagte Leni. »Aber ich lasse mir davon nicht die Freude darüber verderben, dass meine Schwester wohlbehalten bei uns eingetroffen ist.« Sie nahm Elva bei der Hand. »Kommt ins Haus, alle beide. Ihr müsst müde sein, und hungrig.« Sie drehte sich noch einmal um. »Zavié, sorgst du bitte dafür, dass die Knechte sich auch um Thorins Pferd kümmern? Er ist ein Freund aus Trier, und er hat Elva das Leben gerettet.«

Zavié blickte überrascht zu Thorin, den er bisher offenbar gar nicht bemerkt oder für Elvas Diener gehalten hatte. Er schien etwas sagen zu wollen, überlegte es sich jedoch anders und rief auf Provenzalisch nach dem Stallburschen.

Leni zog Elva ins Haus. Als sie über die Schwelle traten, griff Thorin rasch nach Elvas anderer Hand, so als hätte er Angst, Leni könne sie ihm wegnehmen.

»Denk an dein Versprechen«, raunte er ihr zu. »Nicht mehr als ein paar Tage, dann brechen wir nach Trier auf.«

* * *

Die Eskorte hatte Guillaume nicht eine Sekunde aus den Augen gelassen und war auch nicht von seiner Seite gewichen, als er sich kurz vor der Mittagsstunde auf den Weg zum Haus der Händler machte.

Der Hauptsitz der Kaufleute strahlte vor allem eins aus: Reichtum. Es war keine Festung, sondern ein Palast mit kostbaren Verzierungen, edlen Hölzern und Marmor. Guillaume warf einen Blick auf das Grand Châtelet. Dorthin, in die Kerker des Turms, gehörten die Aufrührer. Er seufzte. Noch war der König auf diese Querulanten angewiesen, aber ihre Tage waren gezählt. Mit großen Schritten näherten sie sich der Alleinherrschaft des Königs. Und das Gold der Templer half dabei.

Baufet empfing ihn in vollem Ornat an der Pforte. »Immerhin schickt uns der König seinen Kanzler und Großsiegelbewahrer. Dass er sich selber herbemühen würde, hätte ich auch nicht erwartet. Seid Ihr ermächtigt, Entscheidungen zu treffen?«

Nogaret lächelte verbindlich. »Ich bin ermächtigt, alles in die Wege zu leiten, was notwendig sein sollte, um Schaden von König, Reich und Volk abzuwenden. Auch wenn ich dafür das Heer einsetzen muss.«

»Ihr schätzt die Lage falsch ein, Kanzler. Ich würde mich an Eurer Stelle nicht auf rohe Gewalt verlassen, wenn es um die Händler, den Adel und den Klerus geht. Vom Pöbel will ich erst gar nicht reden, mit dem habt Ihr Eure eigenen Erfahrungen.«

Es stand schlimmer, als Nogaret gedacht hatte. Der Bischof ließ sich nicht einschüchtern, im Gegenteil, er hatte mit eiskalter Stimme geantwortet, so als wartete die Versammlung nur darauf, losschlagen zu können.

Der Bischof geleitete Guillaume in den großen Sitzungssaal, in dem an die hundert Menschen versammelt waren. Die Händler auf der rechten Seite, auf der linken Adel und Klerus. Guillaume kannte fast alle beim Namen, kannte ihre Herkunft, ihren Stand, ihr Vermögen und wusste ihre Loyalität zum König einzuschätzen.

Kein Zweifel, hier war genug Macht versammelt, um Philipp erheblichen Ärger zu bereiten. Aber es waren auch viele Männer darunter, die treu zum König standen. Die konnten nur aus einem Grund hergekommen sein: weil sie wirklich Angst hatten. Weil sie verunsichert waren. Weil sie dachten: Wenn die Templer, die unter dem Schutz des Papstes stehen, einfach so ausgeschaltet werden können, was ist dann mit uns? Wird der König uns auch einfach beseitigen, wenn er an unser Geld will?

Guillaume hatte dem König gegenüber nicht gelogen. Damit hatte er nicht gerechnet. Ein Fehler. Denn wenn er es genau bedachte, war die Angst berechtigt. Philipps Goldhunger war noch lange nicht gestillt, er würde nie gestillt sein.

Guillaume, der Bischof und einige weitere Würdenträger stellten sich auf das Podest an der Kopfseite des Saales. Auch hier hatten die Händler nicht gespart: Fresken schmückten die Decke, zolldicke Teppiche, in die der Kreuzweg eingewebt war, bedeckten die Wände, die Säulen waren mit Mustern aus Goldfarbe geschmückt.

Der Bischof begann ohne Umschweife, erhob die Stimme, das Predigen war er ja gewöhnt. »Uns ist zu Ohren gekommen, dass Jacques de Molay und seine Ritterbrüder vor zwei Tagen mitten in der Nacht festgenommen und in ihrer eigenen Burg eingekerkert worden sind. Wie es scheint, sind auch andere Kommenden in der Nähe von Paris von Verhaftungen betroffen. Ich frage Euch, Kanzler des Königs: Was geht hier vor?«

Guillaume musste die Wahrheit sagen, über kurz oder lang würden aus allen Teilen Frankreichs Nachrichten über die Verhaftung der Templer eintreffen. Das war nicht zu vertuschen.

Er räusperte sich. »Der König hat alle Templer in Frankreich festsetzen und ihre Güter beschlagnahmen lassen.«

Die Versammlung heulte auf, als habe man jedem Einzelnen mit einem Hammer auf den Daumen geschlagen.

Graf Comte, ein vierschrötiger Kerl, der üblicherweise nichts fürchtete, rief: »Nur der Papst darf so etwas anordnen! Die Templer stehen unter seinem Schutz!« Er schüttelte drohend die Faust.

Der Bischof schlug mit seinem Stab auf den Boden. Ruhe kehrte ein. Er zeigte auf Guillaume. »Der Kanzler wird Rede und Antwort stehen.«

Guillaume ergriff das Wort. »Das ist richtig. Und der König hätte nie so gehandelt, wenn es nicht unabdingbar gewesen wäre, um Euch und das Reich, ja die gesamte Christenheit zu schützen.«

»Das sind leere Worte, Guillaume de Nogaret«, rief Comte. »Erklärt Euch!«

»In wenigen Tagen werden die Templer bestätigen, was wir schon seit Langem befürchten. Sie sind Ketzer, und sie wollten das Reich des Satans auf Erden errichten, Papst und König vom Thron stürzen! Wir mussten handeln.«

»Diese dummen Gerüchte haben wir auch gehört«, sagte der Bischof angriffslustig. »Aber wir sind uns einig, dass da nicht viel dran ist. Ich kann mir nicht vorstellen, dass es dem König nicht aufgefallen wäre, wenn die Templer, die seit Jahren in seiner unmittelbaren Umgebung seine Bücher führen, Ketzer sind. Oder ist er so blind?«

Guillaume wurde heiß. Er musste anders vorgehen. Er musste sie bei ihrer Angst packen, musste seine Deckung ein wenig lupfen. Er wandte sich an die Versammlung und breitete die Arme aus. »Es muss Euch unheimlich vorkommen, dass Männer, die als untadelig galten, plötzlich wegen Ketzerei verhaftet wurden. Noch dazu Diener des Papstes. Auch sieht es so aus, als würde der König die Rechte des Heiligen Stuhles ignorieren, doch das ist nicht der Fall. Der König handelt sozusagen im Namen des Papstes, der schwer erkrankt ist und sich in ärztlicher Behandlung befindet.« Guillaume zeigte auf den Bischof. »Ist es nicht so?«

»Ja, so ist es. Der Papst ist krank. Aber Clemens hat eine eigene Untersuchung angestrengt ...«

»... die verschoben ist auf unbestimmte Zeit«, ergänzte Guillaume.

Der Bischof nickte grimmig.

Die Versammlung wurde ruhiger, aber Guillaume hatte sie noch lange nicht überzeugt.

Graf Comte meldete sich. »Hat der Papst dem König den Auftrag erteilt, die Templer in den Kerker zu werfen?«

»Bruder Humbert, der Großinquisitor ...« Guillaume wurde von Comte unterbrochen.

»... hat nichts zu sagen, nichts zu entscheiden. Nur der Papst kann den Hund Gottes von der Leine lassen.«

Viele lachten grimmig. Guillaume mochte Humbert ebenso wenig wie die meisten hier. Der Dominikaner war ein besessener Ketzerjäger, der hinter jeder Ecke den Antichristen hervorlugen sah. Der Papst würde ihn früher oder später offiziell auffordern, sich mit den Templern zu befassen. Doch das nutzte Guillaume im Augenblick nichts. Er musste der Versammlung jetzt etwas anbieten, das sie von seiner Lauterkeit überzeugte und ihren Interessen entgegenkam.

Er hatte keine Wahl, er musste den Einsatz erhöhen. »Euer Misstrauen weist Euch als Männer aus, die sich im Leben auskennen. Deswegen nehme ich es Euch auch nicht übel, im Gegenteil. Ich werde Euch einen Eid leisten: Binnen zwei Monaten wird der Papst unser Handeln offiziell gutheißen. Wenn nicht, werden wir alle Templer freilassen und den angerichteten Schaden ersetzen. Das schwöre ich bei Jesus Christus und der heiligen Muttergottes.«

Im Saal wurde es totenstill. Der Bischof schaute Guillaume mit leicht schräg gelegtem Kopf an. Er wusste wohl nicht so recht, was er mit diesem Versprechen anfangen sollte. Gut so. Guillaume hatte sie verwirrt, hatte ihnen nicht nur die Dame als Opfer geboten, sondern gleich all seine Figuren.

Aber das war offenbar noch immer nicht genug. Comte meldete sich erneut zu Wort. »Schwört, dass Ihr von Eurem Amt zurücktretet, wenn der Papst Euer Handeln tadelt. Leistet diesen Schwur, dann wollen wir zwei Monate warten.« Applaus brandete auf.

Bevor Guillaume den Schwur bereitwillig ablegen konnte, meldete sich Pizdoue, der Vogt der Händler, zu Wort. »Noch eine Kleinigkeit, die Euch sicher keine Probleme bereiten wird. Viele von uns haben große Summen bei den Templern deponiert. Ihr müsst uns garantieren, dass nichts verloren geht und dass Ihr jedem, der es wünscht, alle Beträge auszahlt, die er belegen kann. Schwört es bei Gott!«

Guillaume schluckte hart, dann hob er die rechte Hand. »Ich schwöre es bei Gott.«

Pizdoue nickte, der Graf nickte, dann der Bischof und schließlich alle Männer der Versammlung. Damit war Guillaumes Schwur anerkannt. Sie würden zwei Monate stillhalten. Jetzt war es notwendiger denn je, Clemens die Daumenschrauben anzulegen. Gelang Guillaume das nicht, würde er sich in dem Loch wiederfinden, mit seinem ärgsten Gegner als Zellengenossen.

* * *

Elva sah zu, wie die Sonne langsam im Meer versank. Sie verschwand im Dunst, noch bevor sie die Wasseroberfläche erreichte. Der Hafen war einer von Elvas Lieblingsplätzen in Marseille. Das bunte Treiben, die vielen Menschen, die Gerüche, die Schiffe, die von weiten Reisen und fernen Ländern erzählten. Und das Meer. Nie zuvor hatte Elva so viel Wasser gesehen.

Sooft sie konnte, kam Elva an diesen Ort, am liebsten am späten Nachmittag, wenn die Sonne sich senkte und die Arbeiter nach und nach die Kais verließen, um in den Schenken ein karges Mahl und einige Becher Wein zu sich zu nehmen.

Manchmal gelang es ihr, sich unbemerkt davonzustehlen, doch meistens tauchte Thorin früher oder später auf und leistete ihr Gesellschaft. Thorin ließ sie nicht gern allein. Selbst wenn sie mit Leni zum Markt ging, entdeckte Elva ihn irgendwo zwischen den Ständen. Und auch wenn sie ihn nicht sah, glaubte sie ständig, seinen Blick zu spüren.

Jedes Mal, wenn sie ihn darauf ansprach, versicherte er, dass er nur um ihr Wohl besorgt sei, dass er sich Sorgen mache, dass die Gaukler oder irgendjemand anderes, der ihr Böses wollte, plötzlich auftauchen könnte.

Elva wollte ihm gern glauben, aber seine übermäßige Fürsorge war ihr unheimlich. Einmal hatte sie versucht, mit Leni darüber zu sprechen, doch diese hatte sie nicht verstanden.

»Thorin ist ein anständiger, wohlerzogener Mann«, hatte sie erklärt. »Und er vergöttert dich. Du kannst dich wirklich glücklich schätzen.«

Vielleicht hatte Leni recht. Vielleicht fühlte sie sich von Thorin bedrängt, weil ihr Herz noch immer von Amiel erfüllt war. Wie sollte ein anderer Mann je seinen Platz einnehmen?

Elva hatte Leni nichts von Amiel erzählt, nur berichtet, dass sie beim Orden der Templer für einige Zeit Zuflucht gefunden habe. Auch Milo hatte sie nur als einen der Gaukler beschrieben, mit dem sie durch Frankreich gezogen und der auf tragische Weise ums Leben gekommen war.

Als Elva von den Templern sprach, saß Zavié mit ihnen am Tisch. Bei der Erwähnung des Ordens verdunkelte sich sein Gesicht, und er erhob sich wortlos und verließ den Raum.

»Sei ihm nicht böse«, hatte Leni sie gebeten. »Die Templer waren nie besonders gelitten in Marseille, weil sie sich hier wie die Herren der Stadt aufführen, und vollauf verscherzt haben sie es sich, als sie im vergangenen Jahr das ganze Bauholz zu überteuerten Preisen aufkauften. Ich habe allerdings einen kennengelernt, der sehr höflich und zuvorkommend war. Und weißt du, was?« Leni hatte sich vorgebeugt. »Er trug ein Amulett, das aussah, als wäre es die andere Hälfte von deinem.«

Elvas Herz hatte höher geschlagen. Ihre Schwester hatte Amiel gekannt! Am liebsten hätte sie Leni die ganze Geschichte erzählt. Aber sie war sich nicht sicher, ob ihre Schwester nicht entsetzt sein würde, wenn sie erfuhr, dass sie sich einem Mönch hingegeben hatte, der ihretwegen seine Gelübde gebrochen hatte. Außerdem wusste sie nie, wo Thorin gerade war. Er durfte auf keinen Fall erfahren, was Amiel ihr wirklich bedeutet hatte.

Also sagte sie nur: »Es war die andere Hälfte, du hast richtig gesehen. Das Amulett gehörte seiner Schwester. Deshalb nahm er mich in der Kommende auf, als er es erkannte. Er wollte mir helfen, weil ich seiner Schwester in der Stunde ihres Todes beigestanden habe.«

»Ist er in Marseille?«

Elva waren die Tränen in die Augen geschossen. »Nein, er ist tot.«

Seit fast zwei Wochen waren sie nun in der Stadt. In den ersten Tagen hatte Thorin ständig darauf gedrängt, dass sie baldmöglichst nach Trier aufbrechen müssten. Doch in letzter Zeit hatte er nicht mehr davon gesprochen. Elva wollte gern glauben, dass er sich diese wahnwitzige Idee aus dem Kopf geschlagen hatte, aber sie tat es nicht. Er führte etwas im Schilde.

Deshalb musste sie auf der Hut sein. Denn sie hatte einen Entschluss gefasst. Sie würde nicht heiraten. Weder Thorin noch sonst jemanden. Sie würde zurückgezogen leben wie eine Nonne, und ihre Aufgabe würde es sein, den Schlüssel aufzubewahren und das Geheimnis des Schatzes zu hüten, bis die Zeit kam, es anderen anzuvertrauen. Sie war der einzige Mensch, der wusste, wo die Truhe versteckt war, sie trug die Last der Verantwortung für etwas, das viel größer und bedeutender war als sie selbst. Amiel hatte darauf vertraut, dass sie dieser Aufgabe würdig war. Sie würde ihn nicht enttäuschen.

Elva rieb sich über die Arme. Die Sonne war inzwischen ganz verschwunden, es wurde schnell dunkler, und kalter Nebel waberte vom Meer her in die Stadt. Auf dem Marktplatz wurde heute ein Fest gegeben. Die Händler und die Winzer aus der Gegend feierten den jungen Wein. Sie hatten Zelte aufgebaut mit Tafeln, die sich unter den köstlichsten Speisen bogen. Zavié Romarin und seine Familie waren auch geladen. Und später am Abend würden Musikanten aufspielen. Zum Tanz auf dem großen Platz durften alle kommen, nicht nur die zum Festmahl geladenen Gäste.

Elva hatte nicht der Sinn nach Feiern gestanden, und zu ihrer Überraschung hatte Thorin sich ihr sofort angeschlossen. Den Abend würde sie also allein mit ihm verbringen. Elva fröstelte und zog sich den Mantel enger um die Schultern. Ohne große Eile machte sie sich auf den Weg zum Haus der Romarins.

Als sie gerade durch eine besonders enge Gasse lief, hörte sie ein Knirschen hinter sich. Sie fuhr herum und sah einen Schatten in einer Mauernische verschwinden.

Sie beschleunigte ihre Schritte, doch ihr Verfolger ließ sich nicht abschütteln. Erneut blieb sie stehen und drehte sich um.

»Wer ist da? Was wollt Ihr von mir?«, fragte sie mit zitternder Stimme.

Stille.

»Thorin? Bist du das?«

Da endlich trat die Gestalt aus dem Schatten.

»Thorin! Herr im Himmel! Hast du mich erschreckt!«

»Ich schätze es nicht, wenn du dich allein am Hafen herumtreibst.« Er trat dicht vor sie und packte ihre Arme. »Ich schätze es grundsätzlich nicht, wenn du in der Stadt umherläufst und dich den Männern präsentierst wie eine Hübschlerin.«

»Aber Thorin! Ich habe doch nur zugesehen, wie die

Sonne untergeht.« Elva wollte sich losmachen, doch er hielt ihre Arme fest umklammert.

»Im Hafen, ja, wo sich das ganze Gesindel herumtreibt! Kerle, denen bei deinem Anblick die Augen aus dem Kopf fallen, weil sie wochenlang kein Weib zu sehen gekriegt haben! Du gehst nicht mehr dorthin, ich verbiete es!«

»Du hast mir nichts zu verbieten!«, rief Elva wütend. »Was fällt dir ein? Lass mich los! Du tust mir weh!«

Doch er packte nur noch fester zu. »Ich bin dein Verlobter, du hast mir zu gehorchen!«

Sie sah das gefährliche Funkeln in seinen Augen. »Thorin«, sagte sie sanfter. »Bitte!«

Tatsächlich ließ er sie los. »Du musst verstehen«, sagte er und fuhr sich mit der Hand über den Kopf. Den Bart hatte er gestutzt, doch das blonde Haar stand noch immer wirr in alle Richtungen. »Nach allem, was ich auf mich genommen habe, will ich dich nicht gleich wieder verlieren.«

»Das verstehe ich doch.«

»Du verstehst gar nichts!«, fuhr er sie an.

Erschrocken zuckte sie zurück.

»Du hast ja keine Ahnung, wie es für mich war, nach den vielen Monaten des Umherirrens völlig entkräftet zu Hause einzutreffen, nur aufrecht gehalten von der Aussicht, die geliebte Braut wiederzusehen, um dann zu erfahren, dass sie einen anderen geheiratet hat.«

»Das tut mir sehr leid«, sagte Elva leise.

»Das weiß ich doch.« Er tätschelte ihre Wange. »Deshalb habe ich dir nicht gegrollt. Sondern nur dem lächerlichen Schwachkopf, der es gewagt hat, dich mir wegzunehmen.

Aber er hat dafür bezahlt.« Ein zufriedenes Grinsen breitete sich auf Thorins Gesicht aus.

»Er muss sehr gelitten haben«, erinnerte Elva ihn.

»Ich weiß. Das war die Absicht.«

Elvas Herzschlag setzte aus. »Was soll das heißen, Thorin?«

»Ich habe den Schneider bestochen, damit er mich das Gewand präparieren lässt. Dieser Schwachkopf dachte, es ginge nur um einen dummen Streich. Nun ja, ich habe selbst nicht damit gerechnet, dass der Feigling sofort aus dem Fenster springt. Der Schneider kriegte es mit der Angst zu tun, mit Mord wollte er nichts zu tun haben. Also musste ich dafür sorgen, dass er den Mund hielt.«

»Du hast Graf Arras und den Schneider getötet?« Elva griff sich an die Kehle.

»Es ließ sich nicht vermeiden. Beinahe hätte ich auch diesen Karel um die Ecke gebracht, als er sich in Trier an deine Fersen heftete. Glücklicherweise erkannte ich rechtzeitig, wie nützlich er war.« Wieder fuhr Thorin sich durchs Haar.

Die Geste erinnerte Elva ein wenig an Tounin, wenn er auf einem Marktplatz stand und sich in der Begeisterung der Menge sonnte. Ihr kam ein Gedanke.

»Die seltsamen Dinge, die auf Burg Arras geschehen sind. Das Kästchen mit der Ratte, der Kronleuchter, der blutgetränkte Bach. Warst du das auch?«

Thorin runzelte die Stirn. »Davon weiß ich nichts. Das muss dein spezieller Freund Vranovsky gewesen sein. Vermutlich war er eifersüchtig.«

»Eifersüchtig?«

Thorin schnitt eine Grimasse. »Hast du es nicht bemerkt?

Du warst nur die Nebenfrau des Arnulf von Arras. Die wahre Herrin der Burg war Karel Vranovsky. Arras war ein widerlicher Sodomit. Er hat den Tod verdient.«

Elva schwirrte der Kopf. Einerseits verstand sie nun endlich einige Dinge, die ihr die ganze Zeit ein Rätsel gewesen waren, andererseits warfen die Antworten neue Fragen auf. »Und die Geschehnisse bei den Gauklern? Die angesägte Brücke, die brennenden Zelte. War das auch Karel?«

Thorin schnalzte mit der Zunge und schüttelte den Kopf. »Natürlich nicht. Zu so etwas wäre dieser Schwachkopf gar nicht in der Lage gewesen.«

»Du also? Aber warum?«

»Ich musste dich doch irgendwie den Klauen dieser Bande entreißen, und ich konnte es wohl kaum mit einer solchen Überzahl aufnehmen.«

»Und Milo?«, fragte Elva mit zitternder Stimme. Sie dachte an den Schatten, den sie an jenem Nachmittag auf dem Felsen gesehen hatte. Tränen liefen ihr übers Gesicht.

»Ich habe gesehen, wie dieses Schwein dich in die Höhle geführt hat.«

»Du warst dort?«

»Ich habe euch gehört. Dieses Grunzen und Schmatzen.« Er schüttelte sich. »Widerlich!«

»O Gott, Thorin!« Elva schluchzte auf.

»Keine Sorge, jetzt ist es vorüber.« Wieder tätschelte er ihr Gesicht. »Niemand wird dir je wieder etwas antun.«

Elva starrte ihn fassungslos an. Plötzlich musste sie an den irren Lück denken. Vor nicht allzu langer Zeit hatte sie befürchtet, wie er zu werden. Jetzt begriff sie, dass es nicht sie war, sondern Thorin, den der gleiche Irrsinn gepackt hatte wie den jungen Burschen aus ihrer Heimatstadt.

Thorin griff nach ihrer Hand. »Komm mit!«, sagte er. »Ich muss dir etwas zeigen.« Er zog sie zurück in Richtung Hafen.

Elva biss sich auf die Lippe. Was sollte sie nur tun? Sie war allein mit einem wahnsinnigen Mörder, während die ganze Stadt beim Tanz war.

»Nicht heute, Thorin«, sagte sie so sanft wie möglich. »Ich bin müde. Lass uns nach Hause gehen.«

»Du wirst bald genug Zeit zum Ausruhen haben.« Er zerrte sie weiter.

»Thorin! Bitte!«

»Sträub dich nicht so, dummes Weib!«

Elva beschloss, sich wenigstens für den Augenblick zu fügen. Wenn sie brav mitspielte, ergab sich vielleicht später eine Gelegenheit, ihm zu entkommen. Immerhin hatte er ihr bisher kein Haar gekrümmt. Alles, was er tat, diente dazu, sie zu beschützen. Er würde ihr nichts zuleide tun.

Sie waren schon fast wieder am Hafen, als ihr ein neuer Gedanke kam. Abrupt blieb sie stehen.

Thorin wandte sich um. »Was ist denn nun schon wieder?«

»Was ist mit Amiel?«, flüsterte Elva. »Wer von euch beiden hat die Armbrust abgefeuert?«

Es war fast dunkel, aber der Mond schien, sodass Elva Thorins Gesicht genau sehen konnte.

Er verdrehte die Augen. »Redest du von dem Tempelritter? Welche Rolle spielt das? Er ist tot. Nur darauf kommt es an.«

»Wer?«

Thorin trat ganz dicht vor sie hin. Seine Augen flackerten. »Schlag dir den lächerlichen Kuttenträger aus dem Kopf!«, zischte er wütend.

Elva schluckte. »Ich will eine Antwort, Thorin.«

Er zog verächtlich die Oberlippe hoch. »Wenn ich es nicht getan hätte, wäre er von den Leuten des Königs in den Kerker geworfen worden. Was macht es also für einen Unterschied? Immerhin war es so kurz und schmerzlos.«

Elva schluchzte laut auf. »Du Bestie!« Sie schlug mit den Fäusten auf seinen Brustkorb. »Du hast Amiel ermordet, du Ungeheuer!«

Thorin packte ihre Hände, doch sie hörte nicht auf, trat nach ihm, spuckte ihm ins Gesicht.

Da legte Thorin seine Hände um ihren Hals. »Halt endlich still, du dumme Gans«, zischte er.

Sie trat weiter nach ihm, doch ihre Kräfte ließen nach, ihr Kopf schwirrte, flimmernde Punkte tanzten vor ihren Augen. Sollte er sie doch erwürgen. Lieber wäre sie tot als für den Rest ihres Lebens an ihn gekettet.

Noch einmal trat sie mit voller Wucht zu.

Thorin heulte auf vor Schmerz und ließ sie los.

Elva drückte sich an ihm vorbei und rannte um ihr Leben.

* * *

Guillaume de Nogaret schob die Klappe zurück an ihren Platz, die das kleine Guckloch in der Wand verdeckte, durch das er seinen Gefangenen beobachten konnte, streckte den Rücken durch und ließ die Finger knacken. Die Stunde der Wahrheit war gekommen.

Nachdem es ihm gelungen war, das Tribunal hinzuhalten, war Philipp wieder bester Laune gewesen. Vor allem, als er in den Tempel eingezogen war und die Schätze bewundert hatte, die nun zum größten Teil in seine Truhen wanderten.

»Mein lieber Nogaret«, hatte er gesagt und Guillaume dabei auf die Schulter geklopft. »Wie gut, dass Wir Euch haben. Niemand sonst hätte den Schneid gehabt, sich mit allen anzulegen und sie so hinters Licht zu führen.«

Und dann hatte der König etwas hinzugefügt, das Guillaume nicht in seinen kühnsten Träumen erwartet hätte. »Ihr habt etwas gut bei Uns. Wenn Ihr Hilfe braucht, um de Got zu überzeugen, werden Wir uns gern mit Unserem alten Freund treffen und ihm einige Dinge erklären. Als Gastgeschenk werden Wir unsere Armee mitbringen.« Philipp hatte gegrinst wie ein kleiner Junge, dem man ein schönes Spielzeug versprochen hat.

»Seid Unserer Unterstützung jederzeit gewiss, mein lieber Nogaret«, hatte er seine Ansprache geendet. Dann war er nach Fontainebleau aufgebrochen, um wichtige Gäste zu empfangen und Außenpolitik zu betreiben.

Noch hatte Guillaume Philipps Versprechen nicht eingefordert. Vielleicht würde der Papst auch ohne zusätzlichen Druck einknicken. Bisher hatte er jedenfalls noch nicht viel unternommen, sondern lediglich die Kardinäle Frédol und Suisy nach Paris geschickt, mit dem Auftrag, sich erklären zu lassen, was genau da vor sich gehe. Ansonsten schien es so, als täte er alles, um den Templern nicht wirklich helfen zu müssen.

Damit war die Vereinbarung, die Guillaume mit der Versammlung der Bürger getroffen hatte, zwar nicht vom Tisch. Die Frist saß ihm nach wie vor im Nacken. Aber es sah gut aus.

Deshalb konnte Guillaume wieder einigermaßen schlafen, die Albträume, die Philipps Drohung, ihn in das Loch zu stecken, ausgelöst hatten, waren verschwunden. Auch sein Knie ließ ihn in Ruhe. Aber er hatte etwas entdeckt, das ihm Sorgen machte. Sein Stuhl hatte sich seltsam verändert. Immer wieder erschienen schwarze Brocken darin, manchmal war er gänzlich schwarz. Die Ärzte hatten die Köpfe gewiegt, was kein gutes Zeichen war, und sich wie stets nicht festgelegt. Was auch immer seinen Körper heimsuchte, Guillaume hatte das Gefühl, keine Zeit verlieren zu dürfen. Er musste das Verfahren in Gang bringen, es galt, Geständnisse von den Templern zu pflücken, sie aufzuzeichnen und aus ganz Frankreich nach Paris zu schicken, damit der oberste Ketzerjäger Bruder Humbert sie als Henkersschwert gegen den Templerorden einsetzen konnte.

Heute stand das erste Verhör des Großmeisters auf der Tagesordnung. Fast zwei Wochen saß Molay bereits in Einzelhaft, nahe genug an den Folterkammern, um die Schmerzensschreie seiner Brüder laut und deutlich zu hören. Die Wachen berichteten Guillaume jeden Tag von seinem Zustand. Vier Tage lang hatte er fast ohne Unterbrechung nach dem Papst gerufen. Dann war er still geworden. Kein einziges Wort hatte er seitdem von sich gegeben. Guillaume hoffte, dass er nicht schon jetzt völlig gebrochen war und sich in sich selbst zurückgezogen hatte.

Guillaume hatte Molay am Morgen mitteilen lassen,

dass er ihn heute aufsuchen werde, ihn aber noch bis zum Abend schmoren lassen. Vor einer Stunde hatte er ihm eine Waschschüssel bringen lassen und befohlen, dem Gefangenen ein gutes Mahl vorzusetzen, das er in dem Raum mit dem Guckloch in der Wand einnehmen musste. So konnte Guillaume sich ein Bild vom Zustand seines Widersachers machen, ohne dass dieser ahnte, dass er beobachtet wurde.

Guillaume trat von der Wand weg und ordnete an, Molay in den Verhörraum zu bringen und auf eine Bank zu setzen, die Hände mit einer Eisenkette so gefesselt, dass er keine Gefahr darstellte.

Die Haft hatte den Großmeister um zehn Jahre altern lassen. Seine Augen lagen tief in den Höhlen, aber sie waren nicht matt und tot, sondern hell und lebendig. Mit Sicherheit hatte er sich eine Strategie zurechtgelegt. Was musste Molay erreichen? Dass das Verfahren in die Hände des Papstes zurückkehrte. Nur so bestand die Aussicht, dass die Vorwürfe niedergeschlagen wurden. Doch das würde nicht geschehen.

Guillaume betrat den Raum, ließ die Wachen vor der Tür warten. Den Untersuchungsrichter würde er später herbeirufen, wenn es darum ging, Molays Geständnis aufzuzeichnen, oder wenn dieser etwas nachhelfen musste, damit Molay die Wahrheit sprach. Guillaume setzte sich Molay gegenüber, achtete dabei auf einen sicheren Abstand. Es hätte ihn nicht gewundert, wenn Molay versucht hätte, ihn mit bloßen Händen zu erwürgen oder ihm die Kehle durchzubeißen.

»Ist das Mahl ausreichend und wohlschmeckend gewesen?«, fragte er sein Gegenüber, das ihn mit seinen steingrauen Augen ausdruckslos ansah.

»Für eine Henkersmahlzeit sicherlich.« Molays Stimme klang rau.

Guillaume hob die Augenbrauen. »Ich bitte Euch, Großmeister. Niemand trachtet Euch nach dem Leben. Ganz im Gegenteil. Ich werde darauf achten, dass Ihr bei bester Gesundheit bleibt.«

»Dann übergebt mich dem Papst. Ihm gegenüber werde ich mich äußern.«

»Und alle Anklagepunkte leugnen, natürlich. Das dient nicht der Wahrheitsfindung.«

»Aber Euer Rechtsbruch, der dient der Wahrheit?«

»Immer höre ich, der König habe das Recht gebrochen. Haben die Templer uns denn nicht gezwungen? Hat nicht der Papst uns gezwungen? Mein lieber Molay.« Guillaume beugte sich in vertraulicher Manier vor, aber nur so weit, dass Molay ihn nicht zu fassen bekommen konnte. »Es sind Dinge in Eurem Orden geschehen, die sind so furchtbar, dass ich sie kaum aussprechen kann. Ich besitze Geständnisse von Ritterbrüdern, die freiwillig zu mir kamen, weil sie um ihr Seelenheil fürchteten.« Guillaume lehnte sich zurück, hob einen Zeigefinger. »Freiwillig, Großmeister! Und deswegen werden wir diese tapferen Männer wieder in den Schoß der Gemeinschaft aufnehmen. Und zwar als geachtete Ritter, die für Gott, König und den Papst eintreten werden.«

»Eure Zunge ist so glatt und so spitz wie die der Schlange. Was Ihr auch sagt, es ist eine Lüge.«

Guillaume seufzte. Molay war dickköpfiger, als er gedacht hatte. Unter der Folter hätte er alles gestanden, aber genau das wollte Guillaume vorerst nicht. Ihn zu foltern wäre das letzte Mittel. Der Großmeister musste ein freiwilliges Geständnis ablegen, damit ihm alle anderen folgten und das Verbot des Ordens unumgänglich wurde. Dann konnte Molay so oft widerrufen, wie es ihm gefiel. Guillaume hoffte sogar, dass er das tun würde. Denn dann konnte keine Macht der Welt ihn vor dem Scheiterhaufen bewahren.

»Gebt acht, Großmeister, was ich Euch jetzt sage: Der Papst hat Euch fallen lassen. Oder warum seid Ihr noch mein Gast? Er bereitet gerade eine Bulle vor, in der er die gesamte Christenheit auffordert, die Templer gefangen zu nehmen, wo immer sie sich aufhalten mögen. Alle sollen der Inquisition übergeben werden, und Ihr wisst, dass die Hunde des Herrn nicht zimperlich vorgehen.«

Molay spuckte auf den Boden. »So wie Ihr. Nicht umsonst habt Ihr mich neben einer Folterkammer eingesperrt. Tag und nach höre ich das Geschrei der gequälten Brüder.«

»Es sind Sodomiten. Sie sind verstockt. Der Großinquisitor hat keine Wahl. Es sei denn …«

Molay sollte selber darauf kommen, was Guillaume von ihm wollte.

In Molays Augen flackerte ein Hoffnungsschimmer. »Es sei denn, ich lege ein Geständnis ab.«

»So ist es. Und Ihr bestätigt es vor namhaften Zeugen, vor Professoren, Bischöfen und Kardinälen. Dann wäre ich gezwungen, das Verfahren an den Papst abzugeben, und in kürzester Zeit könnte ich alle Templer, die Eurem Beispiel folgen, als reuige Sünder in die Freiheit entlassen. Nichts wäre mir lieber.«

Molay verfiel in Schweigen, seine Stirn furchte sich wie

ein frisch gepflügter Acker. Er dachte nach, rang um eine Entscheidung, die seinen Orden retten konnte, oder zumindest seine Brüder. Hoffentlich trug Guillaumes Saat Früchte.

»Braucht Ihr Bedenkzeit?«, fragte er mit sanfter Stimme.

»Nein. Ruft den Untersuchungsrichter und den Schreiber.«

»Das, mein lieber Molay, ist eine weise Entscheidung.« Guillaume fühlte sich leicht wie eine Feder im Wind. Wieder war Molay auf ihn hereingefallen.

Nur eine Viertelstunde später hatten sich die Personen eingefunden, die für die Aufnahme eines rechtsgültigen Geständnisses notwendig waren: zwei Zeugen, ein Schreiber, der Untersuchungsrichter und ein Notar, der die Rechtmäßigkeit des Verfahrens bestätigte.

Der Untersuchungsrichter begann die Vernehmung, verlas die Anklagepunkte und fragte Molay, ob er sich schuldig bekenne.

Der erhob sich, seine Fesseln zwangen ihn jedoch in eine gebückte Haltung. »Ich, Jacques de Molay, Großmeister des Ordens der ›Armen Ritterschaft Christi und des salomonischen Tempels zu Jerusalem‹, verkünde hiermit als Wahrheit: Bei meiner Aufnahme in den Orden habe ich, wenn auch widerwillig, Christus verleugnet. Als man mir auftrug, auf das Kreuz zu spucken, habe ich danebengespuckt, und niemand hat es bemerkt. Die Aufnahme in den Orden ist, soweit mir bekannt ist, immer auf diese Weise vollzogen worden, zumindest war es so, wenn ich, was selten vorkam, die Aufnahme vorgenommen habe. Doch niemand hat mir nahegelegt, mich in einem Zustand von Hitze mit meinen Ordensbrüdern zu vereinigen. Das ist nichts als üble Verleumdung. Auch habe ich nie Baphomet angebetet. Weiterhin sind alle anderen Anklagen falsch. Dies verkünde ich am vierundzwanzigsten Oktober des Jahres 1307. Gelobt sei Gott!«

Eifrig kratzte die Feder des Schreibers über das Pergament.

Guillaume konnte es kaum abwarten, die Unterschrift des Großmeisters unter dem Geständnis zu sehen. Zwar hatte er nur zwei Punkte der Anklage eingestanden, aber das genügte vollkommen, um den Papst zu zwingen, die Templer in der ganzen Christenheit verfolgen zu lassen und den Orden zu verbieten. Denn Molay hatte gestanden, dass ausnahmslos jeder Ritterbruder bei der Aufnahme in den Orden das ungeheure Verbrechen begangen hatte, das Kreuz zu bespucken und Jesus Christus zu verleugnen. Jetzt hatte Guillaume den Großmeister in der Falle. Die Tage des Templerordens waren gezählt.

* * *

Keuchend erreichte Elva die Stelle, an der sie erst vor Kurzem den Sonnenuntergang beobachtet hatte. Das Viertel lag da wie ausgestorben. Alle waren zum Tanz, selbst die Nachtwächter hatten vermutlich ihre Runde abgebrochen und vergnügten sich. Wurden sie entdeckt, käme sie das teuer zu stehen, aber die Menschen glaubten ja immer, dass es nicht sie, sondern andere träfe.

Elva musste stehen bleiben, sie bekam kaum Luft, fasste sich an die Kehle. Thorin hätte sie beinahe erwürgt. Tränen schossen ihr in die Augen. Er war ihr Fluch, er hatte ihr Leben zerstört und die Menschen ermordet, die ihm im Wege standen. Und jetzt wollte er sie wie eine Sklavin besitzen. Was für ein Ungeheuer. Eher würde sie sterben, als sich in die Klauen dieser Bestie zu begeben.

Sie zuckte zusammen. Waren das Schritte? Schnell drückte sie sich hinter einige Fässer. Fieberhaft überlegte sie. Es gab nur einen Weg, sich zu retten. Sie musste Thorin entwischen und sich bei Leni und ihrem Mann in Sicherheit bringen. Wenn ihre Schwester erst sah, was Thorin ihr angetan hatte, würde sie begreifen, dass er kein guter Mann war.

Vorsichtig ließ sie sich auf die Knie sinken und spähte hinter den Fässern hervor. Der Mond stand hell am Himmel, zwei Gassen führten zurück zum Marktplatz, beide waren eng und dunkel, die Häuser warfen harte Schatten. Elva machte sich so klein wie möglich, wie eine Katze rollte sie sich zusammen. So war sie fast unsichtbar. Immer wieder trug der Wind Musikfetzen durch die Gassen zu ihr. Ihre Rettung war so nah und doch so fern!

Da! Wieder ein Geräusch. Es schien aus der linken Gasse zu kommen. Das Herz schlug Elva bis in den Hals, Angst schnürte ihr die Kehle zu. Wenn sie sich beeilte, konnte sie die rechte Gasse erreichen und hätte genug Vorsprung, um vor Thorin auf dem Marktplatz zu sein. Sie griff an das Amulett und sagte leise: »Ich werde dich immer lieben, Amiel. Wünsch mir Glück!«

Sie holte tief Luft, sprang auf und rannte los. Zu spät bemerkte sie die Gestalt, die sich aus einem Hauseingang löste. Es war Thorin, der ihr ein Brett vor die Brust schmetterte. Der Schlag fühlte sich an, als liefe sie mit voller Wucht gegen eine Mauer. Es riss ihr die Beine weg, sie fiel mit dem Rücken hart auf das Pflaster, ihre Sinne schwanden, ihre Glieder gehorchten ihr nicht mehr.

Thorins Gesicht tauchte über ihr auf. »Du machst es mir nicht leicht, mein Schatz. Aber du scheinst diese Spiele zu lieben. Du willst gejagt werden? Du willst gezähmt werden? Du willst niedergeworfen werden? All das kannst du haben. Aber übertreibe es nicht. Denk an deine Schwester und an deinen Schwager. Wenn du noch einmal zu fliehen versuchst, wirst du in ihrem Blut waten. Du weißt, ich halte meine Versprechen.«

Er lächelte, aber es war kein warmes Lächeln, sondern eine hässliche, verzerrte Fratze. »Ich will doch nur das Beste für dich. Die anderen Männer haben dich schlecht beeinflusst. Du liebst nur mich, ich weiß es, und bald wirst du es auch wieder wissen. Wir gehen zurück nach Trier, du wirst mich heiraten, und wir werden unzählige Kinder haben und glücklich sein.«

Elva wollte ihn anschreien, er sei verrückt und sie werde nirgendwohin gehen, aber nicht nur ihre Glieder, auch ihre Stimme gehorchte ihr nicht. Außer einem Röcheln brachte sie nichts zustande.

Thorin strich ihr über die Haare. »Verzeih mir, aber ich musste so hart zuschlagen. Manchmal ist das nötig. Du weißt ja: Wenn du gehorsam bist, werden wir im Paradies auf Erden leben.«

Er zog ein Tuch hervor und knebelte Elva. »Damit du nicht auf dumme Gedanken kommst«, flüsterte er.

Dann pfiff er eine lustige Melodie vor sich hin und

richtete sich auf. Er hob sie hoch und warf sie sich wie einen Mehlsack über die Schulter. Mit langen Schritten setzte er sich in Bewegung, wobei er weiter das Liedchen vor sich hin pfiff. Wo wollte er hin? Bestimmt nicht in Lenis Haus. Wollte er sich jetzt gleich auf den Weg nach Trier machen?

Wenn es so war, würde sich früher oder später eine Gelegenheit zur Flucht ergeben. Er konnte sie unterwegs nicht Tag und Nacht bewachen. Die Reise dauerte mehr als zwei Wochen. Sie musste nur zum Schein auf seinen Wahnsinn eingehen, dann würde er unvorsichtig werden.

Elva versuchte zu erkennen, welchen Weg Thorin nahm. Sie konnte nichts sehen, aber sie hörte Meeresrauschen und das Kreischen von Möwen. Sie waren nicht weit gegangen, sie waren noch immer am Hafen.

Dann begriff sie. Thorin brachte sie zu einer der Reedereien! Der Herrgott stehe mir bei, dachte sie. Thorin will übers Meer.

Sie stöhnte lautlos. Von einem Schiff konnte sie unmöglich fliehen. Sie versuchte zu strampeln, aber außer ein paar Zuckungen brachte sie nichts zustande. Der Aufprall auf den Rücken hatte sie gründlich außer Gefecht gesetzt.

Plötzlich blieb Thorin stehen und legte sie auf dem Boden ab. Er machte sich neben ihr an etwas zu schaffen, doch sie konnte nicht sehen, was es war. Dann packte er sie wieder – und stopfte sie in eine Kiste.

O Gott! Sollte sie in diesem Gefängnis wochenlang übers Meer fahren?

Sie versuchte, aus der Kiste zu krabbeln. Langsam kehrte

das Gefühl in ihre Beine und in ihre Arme zurück. Aber es reichte nicht, um sich zu befreien.

Thorin beugte sich über sie und tätschelte ihr die Wange. »Keine Sorge, Liebste, du musst nicht lange da drin eingesperrt bleiben. Ich habe alles unter Kontrolle. Das Schiff läuft aus, sobald es hell ist. Ich habe es gekauft, unsere Geschäfte gehen gut, weißt du? Du wirst eine reiche Frau sein, ich werde dir alles kaufen, was du begehrst. Das Meer ist ruhig, der Wind weht kräftig. Sobald wir auf hoher See sind, lasse ich dich frei. Dann werden wir heiraten, und nichts kann uns mehr trennen.«

Elva wurde übel. Niemals würde sie diesem Widerling ihr Jawort geben. Eher würde sie von Bord springen und im Meer ertrinken. Im Tod konnte Thorin ihr nichts mehr anhaben, dann wäre sie mit Amiel vereint. Sie hätte ihm ihren Hass gern entgegengeschleudert, doch der Knebel hinderte sie daran, auch nur ein einziges verständliches Wort zu äußern.

»Schon gut, Liebste«, säuselte Thorin. »Streng dich nicht so an. Ich weiß doch, was du sagen willst.«

Er stieß sie tiefer und griff nach dem Deckel. Obwohl genug Löcher in die Seitenwand gebohrt waren, damit sie atmen konnte, brach ihr der Angstschweiß aus, als es schlagartig stockdunkel wurde. Sie zitterte am ganzen Leib. Ein Donnerschlag fuhr ihr wie heiße Eisen in die Ohren. Thorin nagelte die Kiste zu! Der Krach war kaum zu ertragen. Sie hätte sich gern die Ohren zugehalten, und inzwischen war auch ausreichend Kraft in ihre Arme zurückgekehrt, doch in der Kiste war nicht genug Platz, um auch nur einen Finger zu rühren.

Plötzlich hörten die Schläge auf.

»Tretet vor«, rief Thorin. »Wer seid Ihr und was wollt Ihr?«

»Ich bin Amiel de Lescaux, und ich verlange, dass Ihr Elva sofort freilasst!«

* * *

Thorin de Ponte sah genauso aus, wie Leni ihn beschrieben hatte. Ausladendes Kinn, Knollennase, kleine tiefliegende Augen, welliges Haar, das ihm bis zum Kinn reichte. Seine Gestalt war durchaus stattlich, und er hatte kräftige Arme und breite Schultern. Doch der Mann war kein Kämpfer, und er trug kein Schwert, sondern die Kleidung eines reisenden Handelsmannes. Trotzdem musste Amiel auf der Hut sein, denn in de Pontes Blick loderte Angriffslust.

Elvas Schwester waren fast die Augen aus dem Kopf gefallen, als er plötzlich vor ihr gestanden hatte. Auf dem Marktplatz war ein großes Fest im Gange, und er hatte sich durchfragen müssen, bis er endlich die Gemahlin von Zavié Romarin vor sich hatte.

»Aber Ihr seid tot«, hatte sie erstaunt gesagt.

Also hatte Elva ihr von ihm erzählt. Und Leni hatte sofort gewusst, wer er war, obwohl er seine Templergewänder gegen die Kleidung eines Ziegenhirten getauscht hatte. Elva musste das Amulett erwähnt haben, daran hatte sie ihn wiedererkannt.

»Ich bin verletzt worden, aber ich habe überlebt. Brave Hirten fanden mich, als sie nach einer entlaufenen Ziege suchten. Sie pflegten mich, bis ich wieder bei Kräften war.« Er hatte Leni am Ärmel gepackt. »Sagt mir, geht es Elva gut?«

Leni hatte ihn argwöhnisch angesehen. »Ja, sie ist wohlauf.«

»Ist sie hier?« Er hatte bereits überall auf dem Marktplatz nach ihr Ausschau gehalten, sie aber nicht entdeckt.

»Sie ist mit Thorin am Hafen, nehme ich an. Sie ist oft dort.« Und dann hatte sie ihm erklärt, dass Thorin Elvas Verlobter war, den sie schon aus ihrer Heimatstadt Trier kannte.

Erst war Amiel von einer Welle der Eifersucht überrollt worden, und er hatte gekeucht vor Schreck, weil er so etwas noch nie empfunden hatte. Doch im nächsten Augenblick war ihm klar geworden, dass Elva sich niemals so schnell mit einem anderen Mann eingelassen hätte. Also musste etwas anderes dahinterstecken. Er hatte sich den Mann beschreiben lassen und war losgestürmt. Trotz der Erschöpfung nach der langen Reise, trotz der Schmerzen in der Brust, trotz seines verletzten Arms.

Unterwegs wäre Amiel beinahe einer Stadtwache in die Arme gelaufen. Im letzten Moment war ihm eingefallen, dass er seinen weißen Mantel mit dem roten Kreuz nicht mehr trug und deshalb nicht in Gefahr war.

Er hatte erfahren, dass die Kommende unter Bewachung stand, seit in ganz Frankreich alle Brüder verhaftet worden waren. Die Templer waren Gefangene in ihrem eigenen Haus. Karl von Anjou wartete sicherlich darauf, was der Papst anordnete, bevor er auch die Brüder in der Provence in den Kerker werfen ließ. Und die Juden hatten sicherlich längst die Kreditbriefe gesperrt. Die Arbeiten waren eingestellt, die Arbeiter und Schiffsbauer entlassen.

Er hätte alles dafür gegeben, dass seine düsteren Vorahnungen falsch gewesen wären. Aber er hatte recht behalten. Und nun war es zu spät. Molay hatte nicht hören wollen. Nichts konnte die Templer jetzt noch retten. Nogaret würde seine Beute nicht mehr loslassen, der Papst würde sie verraten, sobald es um seine eigene Haut ging.

Doch im Augenblick zählte für Amiel nur eins: Elva. Als er Thorin entdeckt hatte, über eine Kiste gebeugt und damit beschäftigt, sie zuzunageln, waren seine letzten Zweifel verflogen. Thorin de Ponte führte Böses im Schilde. Er wollte Elva entführen. Oder, schlimmer noch, er wollte sie im Hafenbecken versenken.

Amiel musste Elva aus den Klauen dieses Monsters befreien. Aber wie? Sein rechter Arm war noch geschwächt von dem Anschlag mit dem Felsbrocken, den linken konnte er überhaupt nicht benutzen. Der Bolzen war in seine linke Brustseite eingeschlagen, doch Gott hatte ihn so gelenkt, dass keine lebenswichtigen Organe verletzt wurden. Die Ziegenhirten hatten das Geschoss entfernt und die Blutung gestoppt. Sie hatten Erfahrung mit solchen Verletzungen, auch wenn sie meist Tiere versorgten.

Zwei Tage war er bewusstlos gewesen. Als er zu sich gekommen war, hatte er die Wunde genäht und war vor Schmerz und Erschöpfung einen weiteren Tag in tiefen Schlaf gefallen. Nach einer Woche war er von seinem Lager aufgestanden. Danach hatte er sich schnell erholt. Von seinem Mantel hatte er die Kreuze entfernt und trotz des fehlenden Stücks auf dem nächstbesten Markt gutes Geld dafür bekommen, mit dem er Nahrung und Reise bezahlen konnte. Er musste sich einem Handelszug anschließen, zu Fuß hätte er Marseille nicht erreicht. Seine Begleiter hatten ihm sogar ein Schwert besorgt, nachdem sie erfahren hatten, dass er ein geübter Kämpfer war.

»Wo ist Elva?«, zischte Amiel, zog das Schwert und trat auf Thorin zu, der einen Schritt zurückwich. Amiel holte ihn ein und setzte ihm das Schwert an die Kehle. »Hast du sie in die Kiste da gesteckt?«

»Ich weiß nicht, wovon Ihr sprecht.« De Ponte leckte sich über die Lippen.

»Du lügst! Das ist das Einzige, was du kannst. Du bist ein ehrloser Hund.«

De Ponte rührte sich nicht. »Mit einem Schwert in der Hand kann man leicht großspurig auftreten«, keuchte er. »Legt es weg, dann kann ich Euch vielleicht helfen.«

Amiel schnaubte verächtlich, Schmerz fuhr ihm durch die Brust. »Ich zähle bis drei, dann hebst du den Deckel ab und zeigst mir, was darin ist. Ist Elva nicht in der Kiste, schlage ich dir einen Finger nach dem anderen ab, bis du mir sagst, wo sie steckt.«

»Schon gut, Mann. Regt Euch nicht auf. Ja, sie ist in der Kiste, denn sie hat mich gebeten, sie vor Euch in Sicherheit zu bringen. Sie fürchtet Euch, wusstet Ihr das nicht?«

Hätte seine Brust nicht so geschmerzt, hätte Amiel schallend gelacht. Dieser de Ponte war dermaßen dreist, dass es ihm fast imponierte. »Das wird sie mir gleich selbst sagen, meinst du nicht?« Amiel hob das Schwert. »Eine falsche Bewegung, und dein Kopf landet, wo er hingehört. In der Gosse. Eins …«

De Ponte zog den Deckel mit einem Ruck von der Kiste. Die wenigen Nägel, die er bereits eingeschlagen hatte, hatten seiner Kraft nichts entgegenzusetzen. Er zog Elva heraus und nahm ihr den Knebel ab. Ihre Lider flatterten, sie taumelte, sank zu Boden.

Entsetzt entdeckte Amiel, dass sie rote Flecken am Hals hatte. Dieser gottlose Dreckskerl musste sie fast umgebracht haben. Wut übermannte Amiel. Er hob das Schwert, auch mit einer Hand konnte er de Ponte mühelos mit einem Hieb töten.

Sein Widersacher wich hastig zurück. Er stand jetzt ganz dicht am Hafenbecken, den Blick lauernd auf Amiel gerichtet. Das Wasser glitzerte schwarz. Amiel holte aus und setzte zum Hieb an.

Mit einer einzigen ruckartigen Bewegung riss de Ponte die noch immer halb benommene Elva hoch und hielt sie vor sich.

Amiel fuhr zurück und ließ das Schwert sinken. »Feigling!«, rief er. »Versteckst dich hinter einem Weib! Komm hervor und kämpfe wie ein Mann!«

Er musste Thorin de Ponte dazu bewegen, Elva loszulassen. Solange sie in seiner Gewalt war, waren Amiel die Hände gebunden. Der Wahnsinnige brachte es fertig, mit seiner Geisel ins Wasser zu springen. Das musste Amiel auf jeden Fall verhindern. Denn in einem Zweikampf ohne Waffen, noch dazu im Wasser, wäre er seinem Gegner nicht gewachsen.

De Ponte grinste und hob eine Hand, die andere umschlang noch immer Elvas Hüfte. »Ich gebe mich geschlagen. Ihr könnt sie haben. Was soll ich schon gegen einen Ritter ausrichten?«

»Komm her und kämpfe wie ein Mann!«, wiederholte Amiel.

»Ein verlockendes Angebot, Ritter, aber wir beide wissen, wie der Kampf ausgehen würde, nicht wahr?« De Ponte bewegte sich rückwärts an der Kaimauer entlang, ohne Elva loszulassen, bis er auf der Höhe eines Schiffes war. Dann stieß er Elva weg und sprang an Bord. Er bückte sich hinter die Reling, und Amiel wusste im selben Moment, dass er einen weiteren schlimmen Fehler begangen hatte. De Ponte tauchte wieder auf, in der Hand eine gespannte Armbrust.

»Ihr Templer seid wie die Schafe.« Er lachte schallend und legte auf Amiel an.

* * *

Elvas Herz raste, in ihrem Kopf drehte sich alles. Amiel lebte! Am liebsten hätte sie sich einfach in seine Arme geworfen. Aber das durfte sie nicht. Noch nicht. Nicht, solange Thorin nicht überwältigt war.

Noch immer benommen nahm sie kaum wahr, wie Thorin an Deck des Schiffes sprang. Dann sah sie etwas aufblitzen. Eine Armbrust!

Thorin rief etwas, aber sie hörte nicht hin. Sie stieß einen tierischen Schrei aus, überwand mit einem Satz die zehn Fuß zwischen sich und Amiel und warf sich in die Schusslinie. Der Bolzen zischte los, doch er flog über ihre Köpfe hinweg.

Thorin hatte die Waffe nach oben gerissen, um Elva nicht zu treffen. Sie umbringen wollte er also nicht. Er wollte etwas viel Schlimmeres. Er wollte sie ein Leben lang unter seine Knute zwingen.

Elva klammerte sich an Amiel fest, bedeckte sein Gesicht mit Küssen, Tränen rannen ihr über die Wangen. »Ich dachte, du wärst tot!«

Dann wandte sie sich zu Thorin um. »Du wirst mich nicht bekommen, Thorin de Ponte, du armseliger Wurm.«

Thorin warf die Armbrust weg. »Du bist verhext von diesem Templer, der dich mit seinen widerwärtigen Ritualen zu seiner Sklavin gemacht hat«, schrie er und hob ein Schwert. Hinter der Reling musste ein ganzes Arsenal an Waffen liegen. »Ich werde dich befreien von ihm und seinem Bann. Ihr denkt, ich kann nicht kämpfen?« Seine Stimme überschlug sich. »Ihr glaubt, ich bin ein Feigling? Dann werde ich Euch jetzt eines Besseren belehren, Amiel de Lescaux.«

Amiel schob Elva zur Seite.

Sie hielt ihn fest. »Du bist verletzt, Liebster, du kannst nicht kämpfen. Thorin ist stark wie ein Bär. Er hat mich davongetragen wie eine Feder. Und er ist der Raserei verfallen. Er wird nicht ruhen, bis du tot bist. Lass uns fliehen. Wir müssen es nur bis zu meiner Schwester schaffen.« Elva streichelte Amiel die Wange. Das Gefühl, Amiel mehr zu lieben als ihr eigenes Leben, raubte ihr fast die Sinne. »Bitte!«

Thorin kam mit hocherhobenem Schwert näher. Er sah nicht mehr aus wie ein Händler, er sah aus wie der Teufel: schwarz, drohend und mächtig. Mit einem Hieb schlug er die Kiste, in der er sie hatte entführen wollen, entzwei. Sein Wahn verlieh ihm zusätzliche Kräfte.

»Er mag stark sein«, flüsterte Amiel, »aber er ist kein geübter Kämpfer. Zu einem guten Schwertkämpfer gehört mehr als rohe Kraft. Er kann vielleicht gut Holz spalten, doch das genügt nicht. Es bedarf jahrelangen täglichen Trainings und vieler Kämpfe. Vertrau mir. Selbst mit einer Hand und verletzt bin ich ihm überlegen. Halt mir nur den Rücken frei, und bleib immer weit genug von seinem Schwert weg. Ich kann nicht gleichzeitig kämpfen und dich beschützen.« Er machte sich los und ging in Kampfstellung.

Elva verstand nichts vom Krieg und vom Kampf. Das Einzige, was sie darüber wusste, war, dass Krieg immer furchtbares Leid verursachte. Benommen wich sie drei Schritte zurück, ihr wurde schwindelig, sie ging in die Knie, ihr schwanden erneut die Kräfte.

Thorin rückte vor, das Schwert mit beiden Händen hoch erhoben.

»Das soll wohl die Wacht des Falken sein, du Bauer«, rief Amiel. »Deine Haltung ist schlecht. Du machst es mir leicht.«

Thorin verzog das Gesicht. Gut so, dachte Elva. Je wütender Thorin war, desto besser. Wer wütend war, machte Fehler.

Wie Figuren eines Bühnenspiels tänzelten Thorin und Amiel im fahlen Licht des Vollmondes umeinander. Amiel ungelenk aufgrund seiner Verletzungen, Thorin schwerfällig, aber voller ungebremster Stärke wie ein wilder Stier.

Amiel blieb stehen, hielt sein Schwert gesenkt, die Spitze berührte fast den Boden.

Elva biss sich auf die Lippe. Hatten ihn die Kräfte verlassen? Sie musste all ihre Beherrschung aufbringen, um nicht zu ihm zu stürzen.

Thorin stieß einen Schrei aus, stürmte zwei Schritte nach vorne und ließ die Klinge niedersausen. Amiel vollführte einen Kreisschritt zur Seite, schlug seine Klinge von unten gegen Thorins Schwert. Thorin strauchelte, Amiel schwang sein Schwert nach links, dann nach rechts, doch Thorin hatte sich gefangen und außer Reichweite der Waffe seines Gegners in Sicherheit gebracht. Immerhin war sein Wams am Bauch aufgeschlitzt. Zwei Zoll näher, und er wäre tot gewesen.

»Ist das alles, de Ponte? Sieh es ein! Du gehst besser nach Hause.«

»Ich werde dir deine Eier abschneiden, du lächerlicher Mönch, und sie den Schweinen verfüttern.« Er griff nach hinten und zog einen langen Dolch hervor.

Elva schrie auf.

Amiel taumelte drei Schritte zurück auf die Häuserzeile zu, stand nun fast mit dem Rücken an der Wand.

»Zwei Waffen gegen eine!« Thorin lachte laut. »Jetzt sieht es schon anders aus, meint Ihr nicht, Kuttenträger?«

Thorin warf sich Amiel entgegen, die Klingen der Schwerter prallten aufeinander. Amiel drehte sich zur Seite, doch er war nicht schnell genug. Thorin stach mit dem Dolch zu und traf Amiels rechten Arm.

Der stöhnte vor Schmerz auf, Blut sickerte aus seinem Ärmel. Er ging in die Knie. Doch es gelang ihm, Thorin mit einem weiteren Schlag den Dolch aus der Hand zu schleudern. Die Waffe flog durch die Luft und landete irgendwo in der Dunkelheit.

Thorin wich zurück, hielt sich den Bauch, dort, wo Amiel ihn zuvor mit dem Schwert erwischt hatte, und atmete schwer. Der Kratzer schien tiefer zu sein, als Elva gedacht hatte. Aber Amiel war selbst verletzt. Sein rechter Arm hing schlaff an der Seite herunter. Mit hängendem Kopf kniete er auf dem Boden.

Thorin schnaubte triumphierend. »Na, großer Kämpfer? Das war es wohl.«

Elva hatte genug gesehen. Sie musste Amiel zu Hilfe kommen, egal wie. Allein konnte er Thorin nicht besiegen. Sie sah sich um. Womit konnte sie Thorin stoppen? Schwere Bohlen und Bretter lagen herum. Nichts, das sie hätte anheben können. Doch, es gab etwas, das nicht zu schwer war! Sie rappelte sich auf, musste aber auf allen vieren kriechen, so schwach war sie. Sie krabbelte zurück zu der Kiste, die ihr Gefängnis hätte werden sollen. Dort lag der Hammer, mit dem Thorin den Deckel hatte festnageln wollen.

Elva packte das Werkzeug und richtete sich auf. Alles drehte sich, ihre Beine trugen sie kaum. Als sie sich umwandte, sah sie, wie Thorin das Schwert hob. Es lagen nur zwanzig Fuß zwischen ihnen, er war so nah, und doch zu weit weg. Was sollte sie tun?

Thorin setzte zum tödlichen Hieb an. Amiel schien es gar nicht zu bemerken. Elva holte aus, warf den Hammer und traf Thorin an der Schulter. Doch er wankte nicht einmal. Das Schwert schoss auf Amiels Kopf zu wie das Beil eines Henkers. Es würde ihm den Schädel spalten.

Da schrie Amiel laut auf und schnellte zur Seite. Thorins Schwert schlug auf Stein, Funken sprühten. Mit ungeheurer Kraft, die Elva ihm nicht mehr zugetraut hätte, stieß

Amiel zu. Sein Schwächeanfall war eine Finte gewesen, sogar Elva war darauf hereingefallen.

Thorin gab keinen Laut von sich, kippte zur Seite und war tot.

Amiel ließ das Schwert fallen. Er atmete stoßweise, hielt sich den verletzten Arm.

Elva taumelte zu ihm. »Verzeih, Liebster, dass ich Thorin geglaubt habe, als er mir sagte, dass du tot bist. Ich war so dumm, diesem Monster zu vertrauen.«

»Dumm war nur ich«, sagte Amiel noch immer außer Atem. »Ich hätte mit dir weggehen müssen, schon in Richerenches, ich hätte die Zeichen erkennen müssen.«

Elva nahm seinen Kopf in die Hände und küsste ihn mit all der Liebe, die sie für ihn empfand.

Plötzlich hörte sie ein Geräusch. Das Rumpeln eines Wagens näherte sich, verhaltene Stimmen ertönten. Elva blieb fast das Herz stehen. Das mussten Thorins Männer sein, die das Schiff für die Abreise bereitmachen wollten. Nahm das Unglück denn nie ein Ende?

Sie wollte mit Amiel fortlaufen, doch waren beide am Ende ihrer Kräfte.

Ein Karren hielt neben ihnen.

Eine dunkle Stimme, die Elva nicht kannte, raunte: »Hier sind sie.«

»Gott sei Dank, du lebst!«, sagte eine andere, die Elva sehr wohl kannte. Es war Leni.

Elva stolperte zu ihrer Schwester und umarmte sie.

Leni machte sich los. »Was ist mit Thorin?«

»Er ist tot. Er wollte mich entführen. Amiel hat ihn im Zweikampf besiegt.«

»Ich bin so froh«, sagte Leni. »Nachdem der Templer mit dem Drachenkopf bei mir auf dem Markt war und sich so besorgt nach dir erkundigt hat, kamen mir plötzlich einige Dinge merkwürdig vor. Ich hörte mich um und erfuhr, dass Thorin ein Schiff gekauft hat und morgen in aller Frühe in See stechen wollte. Da du mir nichts davon erzählt hast, wusste ich gleich, dass er nichts Gutes im Schilde führte.«

Amiel kam zu ihnen gehumpelt, die Stirn besorgt in Falten gelegt.

Leni schlug erschrocken die Hand vor den Mund, als sie seinen verletzten Arm sah. »Herr im Himmel, hat Thorin Euch das zugefügt?«

»Er hätte mich schon einmal beinahe getötet«, erwiderte Amiel. »Einen weiteren Versuch wird es nicht geben.«

»Wir müssen uns sputen, Herrin«, sagte einer von Lenis Begleitern.

»Ich weiß.« Sie fasste Elva an den Händen. »Wir haben keine Zeit zu verlieren. Wenn die Stadtwachen von dem Kampf Wind bekommen, müsst ihr beide weit fort sein. Ein Templer und eine Gattenmörderin, niemand wird euch glauben, dass ihr in Notwehr gehandelt habt.«

Sie zeigte auf den kleinen Karren, der von zwei Männern gezogen wurde. Zögernd sah Elva Amiel an.

»Es sind treue Knechte«, beteuerte Leni. »Wenn du mir vertraust, kannst du auch ihnen vertrauen. Und jetzt rauf auf den Wagen.«

Amiel brauchte Hilfe beim Aufsteigen, auch Elva versagten die Kräfte. Leni half ihr hinauf.

»Mach's gut, kleine Schwester, wir bleiben in Kontakt«, flüsterte sie.

Elva legte sich neben Amiel und schmiegte sich an ihn. Leni deckte sie mit einem schwarzen Tuch zu.

Als die Finsternis sie einhüllte, wäre Elva am liebsten sofort wieder vom Karren gesprungen. Amiel hielt sie sanft fest. Der Wagen setzte sich in Bewegung. Elva entspannte sich. In Amiels Armen fühlte sie sich sicher, auch wenn ihre Zukunft ebenso dunkel war wie das Tuch, das sie vor neugierigen Blicken verbarg.

Paris, Frankreich, November 1309

Es dämmerte bereits, als Amiel de Lescaux durch die Gassen von Paris hastete. Obwohl er einige Vorsichtsmaßnahmen ergriffen und sich zusätzlich rasiert und das Haar mit Henna gefärbt hatte, damit man ihn nicht erkannte, brach ihm beim Anblick jedes Menschen, der ihm begegnete, der Schweiß aus.

Drei Jahre waren vergangen, seit der König auf einen Schlag alle Templer in Frankreich hatte verhaften lassen. Alle zumindest, deren er habhaft werden konnte. Die Brüder in der Provence waren im folgenden Januar festgesetzt worden. Auch in anderen Ländern hatte es Verhaftungen und Prozesse gegeben, doch nirgendwo war man so gründlich vorgegangen wie in Frankreich.

Viele Brüder waren gestorben. Andere hatte man freigelassen, nachdem sie gestanden hatten, was man von ihnen hören wollte.

Amiel erreichte den Tempel, blieb stehen und betrachtete die wuchtigen Mauern. Als er zum letzten Mal hier gewesen war, war dieser Ort das Zentrum der Macht des Ordens gewesen. Jetzt war er der Schauplatz seiner tiefsten Demütigung.

Er klopfte an das Tor. Sein Herz schlug so wild, als wolle es ihm aus der Brust springen.

»Wer ist da?«, schnarrte eine Stimme auf der anderen Seite der schweren Eichenbohlen.

»Bruder Josephus. Ich komme, dem Gefangenen Molay die wöchentliche Beichte abzunehmen.«

»Ihr seid spät dran.«

»Verzeiht einem alten Mann, dass er nicht mehr der Schnellste ist.« Bruder Josephus war Amiel ähnlich in Größe und Statur, sonst hätte Amiel nicht gewagt, dessen Rolle einzunehmen. Aber er war mehr als zwanzig Jahre älter. Amiel musste darauf achten, dass sein Gesicht im Schatten blieb.

»Tretet ein, beeilt Euch!« Die Mannpforte wurde aufgezogen.

Ein Wachmann begleitete ihn bis hinunter in den Kerker. Als Amiel durch die vertrauten Gänge schritt, wurde ihm schwer ums Herz, und er musste die Tränen unterdrücken. Die Templer waren nicht frei von Schuld gewesen, keine Frage. Sie hatten Fehler gemacht. Ihr größter war, sich für unangreifbar zu halten. Aber ihre Absichten waren immer die besten gewesen.

Sie erreichten ein niedriges Gewölbe, in dem es nach Feuchtigkeit und Verwesung stank. An der Wand steckte eine Fackel, die unruhig flackerte und rußte. Vor einer schmalen Holztür stand ein weiterer Wachmann mit einem dicken Schlüsselbund am Gürtel.

»Bruder Josephus für den Gefangenen«, sagte der erste Wachmann.

»Der Alte kann es bestimmt kaum erwarten, von seinem sündigen Treiben zu berichten.« Der zweite Wachmann nahm das Schlüsselbund und sperrte die Tür auf. »Hinein mit Euch.«

Amiel trat über die Schwelle.

Hinter ihm krachte die Tür zu.

Amiel schauderte. Für einen Moment durchzuckte ihn

die schreckliche Vorstellung, sie könnte verschlossen bleiben und er müsste für alle Zeit in der Finsternis der Kerkerzelle ausharren.

Allmählich gewöhnten sich seine Augen an das Dämmerlicht, das durch den Türspalt sickerte. Ihm gegenüber an der Wand stand ein Mann. Erst dachte Amiel, man hätte ihn in die falsche Zelle geführt, so sehr hatte der Großmeister sich verändert. Sein ehemals ordentlich gestutzter Bart war grau und zottelig. Das Haupt, das stets kurz geschnittenes Haar geziert hatte, von filzigen Strähnen bedeckt.

»Großmeister«, sagte Amiel leise.

Der Alte kniff die Augen zusammen. »Lescaux, seid Ihr das?«

»Ja, Meister.« Amiel zog die Kapuze vom Kopf.

»Gütiger Himmel!« Der alte Mann trat näher und betrachtete ihn. Tränen glitzerten in seinen Augen. »Ihr lebt!«

»Ja, Meister. Ich konnte mich in Sicherheit bringen.«

»Ich habe versagt.« Molay senkte den Blick.

»Sagt nicht so etwas«, widersprach Amiel, obwohl er ihm innerlich zustimmen musste. Aber es war zu spät für Vorwürfe.

»Doch, das habe ich. Glaubt nicht, dass ich mir dessen nicht bewusst bin. Ich werde in die Geschichte eingehen als der letzte Großmeister des Ordens der Tempelritter, der Großmeister, der den Orden in den Untergang führte.«

»Es war nicht zu verhindern.« Amiel setzte an, dem alten Mann die Hand auf die Schulter zu legen, zögerte jedoch.

Molay sah ihn an. »Eure Warnung hat mich damals rechtzeitig erreicht. Ich wollte nicht glauben, dass der König es wirklich wagt, den Orden zu zerschlagen. Aber da ich immer viel auf Euer Urteil gegeben habe, ließ ich dennoch einige Maßnahmen ergreifen. Nur zur Sicherheit. Unsere wichtigsten Schriftstücke sind an einem sicheren Ort. Sie bleiben der Nachwelt erhalten und werden denen, die es wissen wollen, die Wahrheit über die Templer erzählen. Denn die Geschichte wird immer von den Siegern geschrieben, und die werden kein gutes Haar an uns lassen.«

»Die Flotte?«, fragte Amiel. Er hatte gehört, dass die Templerschiffe, die an der Atlantikküste in La Rochelle vor Anker gelegen hatten, wenige Tage vor den Verhaftungen in See gestochen waren. Mit unbekanntem Ziel.

Molay lächelte. »Ich habe sie nach Westen geschickt. Angeblich gibt es dort Land, das noch nie ein Christ betreten hat.«

Amiel hob erstaunt die Brauen. Es wunderte ihn, dass der Großmeister die Männer nicht nach Zypern geschickt hatte, oder an einen anderen sicheren Ort, wo sie ihre Kräfte sammeln und gemeinsam Widerstand leisten konnten.

»Viele haben sich gerettet«, sagte er nach einer Weile. Dass manche davon sich mit falschen Geständnissen freigekauft hatten, erwähnte er nicht. Er wollte auch keinen von ihnen verurteilen. Die Folter brach die tapfersten Krieger.

»Nicht in allen Ländern wurden unsere Brüder so unerbittlich niedergeworfen wie in Frankreich.« Der Alte starrte auf seine schmutzigen dürren Hände.

Auch das wusste Amiel. Erst kürzlich hatte er auf verschlungenen Wegen Nachricht von seinem ehemaligen Adlatus Gernot de Combret erhalten. Ihm war es gelungen, sich nach Lissabon durchzuschlagen. Die Könige von Kastilien und Aragon, insbesondere aber der portugiesische König akzeptierten die Verhaftungen der Templer und die Beschlagnahme der Ordensgüter nicht und schützten die Brüder in ihren Ländern.

Amiel räusperte sich. »Meister, ich könnte Euch helfen. Ich könnte ...«

Molay hob die Hand. »Kein Wort davon. Ich habe mein Schicksal angenommen.«

Amiel senkte den Blick. Es zerriss ihm das Herz, den Mann, den er trotz seiner Fehler immer glühend bewundert hatte, dem er blind in jede Schlacht gefolgt wäre, so gebrochen zu sehen.

»Ihr solltet jetzt gehen, Lescaux. Meine Beichte dauert nie besonders lang. Was soll ein alter Mann wie ich hier drin schon für Sünden begehen?« Er zögerte. »Was ist übrigens mit Bruder Josephus? Geht es ihm gut?«

»Er schläft einen tiefen Schlaf, aus dem er ohne Erinnerung aufwachen wird.« Mit einem Lächeln dachte Amiel an Elva, an den Lederbeutel mit dem Pulver, den sie ihm vor seiner Abreise in die Hand gedrückt hatte, zusammen mit einer genauen Anweisung, wie es zu dosieren war. Sie schaffte es noch immer, ihn zu überraschen.

»Gut so. Geht jetzt!«

»Eins noch, Meister: der Schatz der Juden. Er liegt sicher in einem Versteck. Habt Ihr Anweisungen für mich?«

»Hütet ihn gut. Ich vertraue darauf, dass Ihr am besten beurteilen könnt, wann es Zeit ist, ihn zu benutzen.«

Amiel zögerte. »Ihr solltet wissen, dass ich meine Gelübde gebrochen habe. Ich habe ein Weib. Und ein Kind.«

Molay sah ihn lange schweigend an. »Dann gebt das Geheimnis an Euren Sohn weiter, wenn die Zeit gekommen ist, Lescaux. Eure Familie soll es hüten, bis andere Zeiten anbrechen.«

Amiel schluckte. Dann nickte er. »Wie Ihr befehlt, Meister.« Er zögerte. Am liebsten hätte er den Alten zum Abschied in die Arme geschlossen, aber er traute seinen Gefühlen nicht. Vermutlich würde er in Tränen ausbrechen und so laut schluchzen, dass er die Wachen alarmierte. Also wandte er sich ab und klopfte an die Tür, die sofort aufschwang.

Auf der Schwelle drehte Amiel sich noch einmal um. Doch Molay hatte sich bereits weggedreht. Für einen Wimpernschlag sah es so aus, als würden die Schultern des Alten beben. Aber vielleicht war es auch nur das zuckende Licht der Fackel.

Paris, Frankreich, März 1314

Die Glocken von Notre-Dame läuteten, doch heute wurde hier keine Messe zelebriert. Heute wurde der Großmeister der Templer in dem Gotteshaus abgeurteilt. Endlich. Guillaume II. de Nogaret, Sohn des Kanzlers, Großsiegelbewahrers und Vertrauten des Königs, ballte die Fäuste. Sein Vater hatte sich so gewünscht, diesen Augenblick noch mitzuerleben, doch er war vor vierzehn Monaten einen qualvollen Tod gestorben. Und Guillaume wusste, dass manche hinter vorgehaltener Hand behaupteten, Gott habe ihm dieses Schicksal auferlegt, weil er die Templer zu Unrecht habe verhaften lassen.

Dabei hatte niemand ernsthaft gegen die Zerschlagung des Ordens protestiert. Bereits sechs Wochen nach der Verhaftungswelle war der Papst eingeknickt und hatte mit einer Bulle die Festnahme aller Templer in der gesamten Christenheit angeordnet. Ein schwacher Versuch, den Prozess an sich zu reißen, zugegeben, aber zum Scheitern verurteilt.

Guillaume blickte zum Glockenturm. Das Läuten bedeutete, dass das Urteil gefällt war, und für ihn gab es nur einen Richterspruch, den er zu akzeptieren bereit war: Tod auf dem Scheiterhaufen.

Immerhin hatte der Prozess nicht lange gedauert. Das mochte ein gutes Zeichen sein. Und keine wildgewordenen Templer hatten dazwischengefunkt, so wie vor vier Jahren, als sich vierundfünfzig von ihnen zusammenrotteten und in den Louvre einzudringen versuchten, um den König zu ermorden. Alle waren festgesetzt und wenig später abgeurteilt und hingerichtet worden. Nicht jedem hatte das gefallen. Guillaume und sein Vater aber hatten ein Freudenfest gefeiert.

Heute hatte der König dafür gesorgt, dass es keine Zwischenfälle geben würde. Die ganze Stadt war von den Gens du Roi gesichert, die durch die Armee verstärkt wurden. Soldaten standen in drei Reihen um die Kirche, niemand konnte entkommen, niemand konnte den Prozess stören.

Der Papst hatte eine Kommission von Geistlichen und Gelehrten einberufen, unter der Leitung des Erzbischofs von Sens, Philippe de Marigny, die über die vier verbliebenen Anführer der Templer urteilen sollten: Jacques de Molay, den Großmeister, Geoffroy de Gonneville, den Meister von Aquitanien-Poitou, Hugues de Pairaud, den Visitator von Frankreich, und Geoffroy de Charney, den Meister der Normandie.

Aus der Königsburg Gisors, in deren Kerker sie die letzten vier Jahre verbracht hatten, ohne ein Wort von sich zu geben, waren sie hierhergebracht worden, damit über ihr Schicksal entschieden werden konnte.

Eine gewisse Bewunderung hätten sie Guillaumes Vater mit ihrer Sturheit abgetrotzt – dennoch hätte er nichts anderes gewollt, als dass sie auf dem Scheiterhaufen brannten. Vor allem Molay. Erst wenn er tot war, war das Gelübde, das Guillaume am Sterbebett seines Vaters abgelegt hatte, erfüllt: nicht eher zu ruhen, bis der ehemalige Großmeister in den Flammen jämmerlich zugrunde gegangen und damit der Eid seines Vaters erfüllt war, dessen Eltern zu rächen.

Die Richter berieten sich hinter verschlossenen Türen. Nicht einmal Guillaume hatte man Zutritt gewährt, obwohl es doch sein Vater gewesen war, der den Prozess eingeleitet hatte.

Als der letzte der neun Glockenschläge verklungen war, öffnete sich das Portal, das zwischen den zwei mächtigen Türmen winzig wirkte. Die Richter schritten hindurch, angeführt von Philippe de Marigny. Er trug vollen Ornat, mit Gold und Silber durchwirkte Gewänder. In der Rechten hielt er den Hirtenstab, in der Linken das Dokument mit dem Urteil. Sein Gesichtsausdruck verriet nichts. Er warf einen flüchtigen Blick auf die Angeklagten, setzte sich auf den Bischofsstuhl und erhob seine Stimme.

»Volk von Paris! Hört, wie Gott uns aufgegeben hat, die zu strafen, die sich schuldig gemacht haben der Verbrechen gegen ihn und seine Kirche. Trotz aller Mühen und reiflicher Überlegung können wir nicht glauben, dass die Angeklagten wahrhaft reuige Büßer sind. Sie haben Geständnisse abgelegt, diese jedoch widerrufen, um dann erneut Geständnisse abzulegen. Das zeugt von Wankelmut, und wir befürchten, dass sie, sollten sie in die Freiheit entlassen werden, ihre Verbrechen fortsetzen werden. Daher ordnet das Gericht im Namen Gottes und des Papstes die lebenslange Einkerkerung der vier Angeklagten an. Im Kerker sollen sie sich im Gebet auf den Tag vorbereiten, an dem der Herr sie zu sich ruft.«

Guillaume sprang auf und wollte Widerspruch einlegen, doch der Großmeister kam ihm zuvor.

Molays Stimme donnerte über den Vorplatz. »Das ist nicht rechtens! Ich habe alles gestanden, meine Verbrechen gebeichtet, und ich schwöre, dass ich nichts zurücknehmen werde. Nach dem Gesetz der Barmherzigkeit müsst Ihr mir die Absolution erteilen und mich wieder in den Schoß der Kirche aufnehmen.«

»Mein Meister spricht die Wahrheit«, rief Charney. »Das Urteil ist nicht rechtens!«

Guillaume fasste sich an die Stirn. Die beiden mussten doch wissen, was ihnen blühte! Dass ihnen nun der Scheiterhaufen sicher war! Eine Anzweiflung des Urteils kam einem Widerruf des Geständnisses gleich, egal, was sie sagten oder schworen.

Guillaume setzte sich wieder. Das Urteil musste in Todesstrafe abgeändert werden. Sicher würde Marigny es sogleich verkünden, doch sein Mund blieb stumm. Anscheinend fehlten ihm die Worte. Er schaute hilfesuchend zu den Kardinälen, die stur geradeaus blickten. Diese verfluchten Pfaffen! War es denn so schwer, einen verstockten Ketzer dem Feuer zu überantworten? Sein Vater hätte ihnen die Därme aus dem Leib reißen lassen! Doch Guillaume hatte keine Macht. Er war seinem Vater nicht in die Politik gefolgt, sondern war zufrieden und glücklich mit seiner Grafschaft, die er mit Hingabe zum Blühen gebracht hatte.

Marigny erhob sich, schlug mit dem Hirtenstab auf die Holzbohlen. »Das Gericht tritt erneut zusammen, um über das Urteil zu beraten. Bis dahin übergebe ich die Gefangenen dem Vogt von Paris.« Er drehte sich um und verschwand in der Kathedrale, die Geistlichen und die Gelehrten folgten ihm tuschelnd.

Guillaume raufte sich die Haare und floh von seinem Platz. Er musste zum König, sofort. Er zwängte sich durch die Menge, sprang auf sein Pferd und preschte zum Louvre. Als Sohn des ehemaligen Kanzlers wurde er eingelassen, und sein Anliegen wurde dem König vorgetragen. Es dauerte nicht lange, bis man ihn in den Thronsaal führte. Guillaume verbeugte sich tief und wartete, bis Philipp ihn ansprach.

»Nun?«

»Lebenslänglich, mein König, dabei haben Jacques de Molay und Geoffroy de Charney gegen das Urteil protestiert. Darauf steht die Todesstrafe!«

»Das haben Wir bereits vernommen.«

Guillaume verharrte in seiner Verbeugung. Der König hatte ihm nicht gestattet, sich aufzurichten. »Molay wird für alle Zeiten ein Stachel in Eurem Fleisch sein, mein König.«

»Und in Eurem, Nogaret. Vor allem in Eurem. Habt Ihr nicht ein Gelübde abgelegt?«

»Ja, so ist es wohl.«

»Stellt Euch aufrecht hin, Nogaret, bei Gott, Ihr seid doch kein Bettler, der um einen Kanten Brot bittet.«

Guillaume erhob sich und betrachtete den König voller Bewunderung. Philipp hatte nichts von seiner beeindruckenden Wirkung verloren, nichts von seiner aufrechten Haltung und seinen wachen und klaren Augen.

Er zeigte auf Guillaume. »Seit sieben Jahren zehren Wir vom Vermögen der Templer, ein Verdienst Eures Vaters. Ich denke, da bin ich Euch einen Gefallen schuldig.« Er klatschte in die Hände, ließ einen Schreiber rufen, der sogleich erschien.

»Schreibt! Wir, König Philipp und so weiter, sprechen hiermit das Urteil über Jacques de Molay und Geoffroy de

Charney. Sie werden der reinigenden Kraft des Feuers überantwortet, denn nur so können ihre Seelen gerettet werden, denn sie lehnen sich gegen Gott, den König und die Kirche auf, indem sie den Richtspruch über ihre ketzerischen Verbrechen in Frage stellen. Das Urteil ist sofort zu vollziehen. Gegeben einen Tag nach dem Fest des heiligen Georg. Lasst es siegeln und übergebt es dem Kanzler.«

Der Schreiber eilte davon.

»Mein König«, sagte Guillaume, er hörte seine eigene Stimme zittern. »Ich danke Euch von ganzem Herzen ...«

»Schon gut, Nogaret. Molay wäre in der Tat ein ständiges Ärgernis. Er ist kaum zu beugen. Es könnte sein, dass sich die Templer erneut sammeln, solange er lebt. Sein Tod dient uns allen.«

Philipp rief den Hauptmann der Wache und erklärte ihm, worum es ging. »Wir verbrennen die Ketzer nicht auf Unserem Herrschaftsgebiet. Richtet alles auf der Insel Ludwigs des Heiligen aus. Sie gehört der Abtei von Saint-Germain-des-Près. Wir werden sagen, es sei nicht Unsere Absicht gewesen, die Rechte des Abtes zu verletzen. Der oberste Gerichtshof wird es bestätigen, nicht wahr, Nogaret?«

»Das wird er, mein König, ohne Zweifel.« Der oberste Gerichtshof würde es nicht wagen, eine Entscheidung gegen den König zu fällen. Eine schöne Finte. Der König beschmutzte nicht sein Herrschaftsgebiet, und der Abt würde sich mit einer Entschädigung und einer Entschuldigung zufriedengeben. Guillaume schnitt eine Grimasse. Sein Vater hatte ihm die Schliche und Finten der Politik erklärt, in der Hoffnung, er würde doch noch in seine Fußstapfen treten. Doch das Wissen darum hatte Guillaume nur noch mehr abgeschreckt.

»Wir beginnen, wenn es dunkel ist. Dann leuchtet das Feuer schöner, was meint Ihr, Nogaret?«

»Eine ausgezeichnete Idee. Darf ich ...«

»Aber natürlich. Ihr sitzt neben meinem Bruder, Wir werden die Wache anweisen, Euch gebührend zu empfangen.«

Guillaume verbeugte sich tief. »Ihr seid zu gütig, mein König.«

»Ihr glaubt nicht, wie sehr Wir Euren Vater vermissen, mein Guter.« Philipps Stimme klang weich wie Samt. »Wir sehen uns heute Abend. Im Anschluss an die Hinrichtung geben Wir ein Fest. Ihr seid herzlich willkommen.«

Guillaume machte drei Schritte rückwärts, dann richtete er sich auf, wandte sich zur Tür und verließ den Thronsaal. Jetzt würde alles gut werden.

Als die Dämmerung einsetzte, ritt Guillaume zur Île de la Cité. Der Weg war mit Fackeln und Wachen gesäumt. Am Ufer in Höhe der Westspitze lagen Boote bereit, die die Zuschauer zur Insel brachten. Zwei mehr als mannshohe Scheiterhaufen ragten in den Abendhimmel. Guillaume hatte noch nie einer Hinrichtung auf dem Scheiterhaufen beigewohnt. Er war gespannt, ob die Verurteilten ehrenvoll in den Tod gehen würden oder schreiend wie die Weiber.

Ein Page führte Guillaume zu einer Tribüne, die mit den Insignien des Königs geschmückt war, und zeigte auf einen Platz. Er war der Erste. Er ließ sich nieder, und schon eilte ein Diener herbei, reichte ihm Wein und Trauben. Nach und nach füllte sich die Tribüne. Schließlich erklangen

Fanfaren, Philipp schritt unter Applaus zur Tribüne, nahm auf dem erhöhten Königsstuhl Platz, nickte Guillaume zu und setzte sich.

Guillaume war sich bewusst, dass er es dem Ruhm seines Vaters verdankte, dass er dieses eine Mal hier neben dem Bruder des Königs sitzen durfte. Wie es wohl sein mochte, fast jeden Tag den König zu sehen, ihn zu beraten und Macht in den Händen zu halten, die selbst einen Papst in die Knie zwingen konnte?

Erneut erklangen die Fanfaren. Der königliche Ausrufer trat vor die Tribüne, verkündete das Urteil und befahl, die Delinquenten zum Scheiterhaufen zu führen. Die Wachen zerrten zwei Männer herbei. Der ältere mit dem grauen Bart musste Molay sein. Er musste an die siebzig Jahre alt sein. Genau wie der andere Templer trug er ein weißes Büßergewand. Beide hielten sich aufrecht, sie schienen nicht die geringste Angst zu haben. Das würde sich ändern, sobald sie an die Pfähle gefesselt waren und die ersten Flammen ihnen die Beine versengten.

Molay wehrte die Tritte und Schläge der Wachen nicht ab. Erst als er vor dem Scheiterhaufen stand, ließen sie von ihm ab. Erneut wurde das Urteil verlesen, und die beiden wurden gefragt, ob sie noch etwas zu sagen hätten. Molay bat darum, dass man seine Arme nicht fessele, damit er betend mit gefalteten Händen sterben könne. Doch diese Gnade wurde ihm zu Recht verwehrt. Er stieg auf den Reisighaufen, hielt seine Hände nach hinten, der Henker band ihn fest an den Pfahl und zog die Seile stramm. Molay stöhnte leise. Das musste schmerzhaft sein. Recht so!

Mit dem anderen Verurteilten verfuhr der Henker genauso. Dann stieg er vom Scheiterhaufen herab und ergriff eine Fackel. Fragend blickte er zum König.

Philipp kratzte sich am Kinn. »Habt Ihr noch etwas zu sagen, Molay? Wenn ja, dann beeilt Euch.«

Molay hob den Kopf. »Nichts von dem, was mir, meinem Orden und meinen Brüdern vorgeworfen wurde, ist wahr!«, rief er mit fester Stimme. »Nur die Folter und falsche Beteuerungen haben uns dazu gebracht zu lügen. Ich gehe in den Tod mit der Gewissheit, dass Gott alle richten wird, die sich an mir und meinen Brüdern vergangen haben. Den Verräter, Betrüger und Lügner Guillaume de Nogaret hat Gott bereits abberufen. Auch Euch, Philipp, wird er binnen Jahresfrist vor sein Gericht laden. Ebenso Eure Marionette Bertrand de Got, die zu Unrecht Papst genannt wird. Ich aber trete reinen Gewissens vor Gott den Allmächtigen! Mehr habe ich nicht zu sagen.«

»Wenn Ihr meint.« Philipp gähnte und hob die Hand.

Trotz der lässigen Haltung bemerkte Guillaume, dass der König blass geworden war. Glaubte er etwa, was der Alte da brabbelte?

Rasch wandte Guillaume sich wieder dem Richtplatz zu. Der Henker legte die Fackel nacheinander an die beiden Scheiterhaufen. Molays wollte nicht gleich brennen, Qualm stieg auf, doch dann schlugen die ersten Flammen hoch.

Molay biss die Zähne aufeinander, so laut, dass man sie knirschen hörte. Immer mehr Qualm breitete sich aus, anscheinend war das Holz, aus dem der Scheiterhaufen aufgeschichtet worden war, feucht. Noch immer hielt Molay den Mund fest geschlossen.

Eine Böe trug den beißenden Qualm zur Tribüne, alle mussten husten. Dann drehte der Wind, vertrieb den Rauch und gab den Blick auf den Scheiterhaufen frei. Die ersten Flammen leckten an Molays Füßen. Gleich würde er schreien, niemand konnte das aushalten. Molay öffnete den Mund, doch er schrie nicht, sondern atmete tief ein, sog den Qualm in seine Lunge.

Guillaume schnappte nach Luft. Selbst auf dem Scheiterhaufen war Molay noch ein gerissener Hund. Er hustete einmal, dann sog er weiter den Rauch ein, bis sein Kopf wie vom Blitz getroffen vornüberfiel. Der Geruch von verbranntem Fleisch drang Guillaume in die Nase. Er kämpfte mit der Übelkeit, die sich seine Kehle hochfraß. Bevor er sich übergeben musste, nahm er einen großen Schluck aus seinem Weinbecher. Die Übelkeit wich.

Die Flammen hüllten Molay nun vollständig ein, doch er gab nicht einen Laut von sich.

Guillaume lächelte vor sich hin. Sein Vater wäre glücklich gewesen, das mit ansehen zu dürfen. Molay war tot, die Eide und Gelübde waren erfüllt. Doch am besten war, dass Molay sich selbst getötet, indem er den Rauch tief eingeatmet hatte. Die Qual des Verbrennens hatte er sich dadurch erspart – aber seine Seele würde ewig in der Hölle wehklagen. Selbstmördern war der Weg in den Himmel versperrt. Besser konnte es nicht sein.

Der andere Templer quiekte wie ein Schwein, das abgestochen wurde, als die Flammen sein Fleisch versengten. Eine ganze Weile dauerte es, bis er endlich tot in sich zusammenfiel. Guillaume spürte kein Bedauern und kein Mitleid. Eigentlich hätten alle Templer verbrannt werden müssen, doch viele waren vor ihrer Verhaftung geflohen, andere hatte man nach halbherzigen Geständnissen laufen lassen.

Doch davon ließ Guillaume sich nicht die Laune verderben. Er genoss das Fest, sprach dem guten Wein und dem Essen zu. Den König traf er nicht mehr, auch nicht dessen Bruder oder sonst jemanden aus der königlichen Familie. Das war ihm egal. Noch einen Dienst musste er seinem Vater leisten, dann konnte dieser endlich in Frieden ruhen.

Früh am nächsten Morgen brach Guillaume nach Saint-Félix-de-Caraman auf. Und genau dort, wo seine Großeltern verbrannt worden waren, vergrub er das Messer seines Vaters.

Richerenches, Grafschaft Provence, April 1316

Elva stieg die letzten Stufen hinauf und erreichte die Plattform des Turms. »Hier oben steckst du! Hätte ich mir denken können.«

Lächelnd drehte Amiel sich um. »Von hier aus hat man die beste Aussicht.«

Elva trat neben ihn und ließ den Blick schweifen. Direkt unter ihnen lagen die nur teilweise wieder aufgebauten Überreste der niedergebrannten Kommende und das Dorf. Dahinter erstreckte sich die Ebene, die sich rund um Richerenches ausbreitete. Die Coronne, ein schmales Flüsschen, das im Sommer kaum Wasser führte, schlängelte sich in einem von Bäumen und Gestrüpp gesäumten Bett in Richtung Westen, nur wenige Gebäude ragten zwischen den Weiden und Feldern hervor, die sich bis zum Horizont erstreckten. Eins davon war die kleine Kapelle Saint Alban unweit des Ufers der Coronne. Trotz all der Jahre, die inzwischen vergangen waren, setzte Elvas Herzschlag jedes Mal aus, wenn sie die Kapelle erblickte, und eine Mischung aus Freude und Kummer überwältigte sie.

Niemand wäre auf die Idee gekommen, dass dieses unscheinbare kleine Gebäude das größte Geheimnis der Templer barg. Und einen der größten Schätze der Menschheit.

Elva erinnerte sich gut an den Moment, als Amiel sie in den Keller der Kommende geführt hatte, um ihr zu zeigen, was dort aufbewahrt wurde. Beim Anblick der kostbaren Truhe und ihres unendlich wertvolleren Inhalts hatte sie die Hände vor den Mund geschlagen.

»Ist das tatsächlich die Bundeslade?«, hatte sie geflüstert. »Sind das die Gesetzestafeln, die der Herrgott Moses übergeben hat?«

»Die Juden zumindest halten sie für echt«, hatte Amiel erwidert. »Und sie haben sie auf Herz und Nieren geprüft. Ich war dabei und habe es mit eigenen Augen gesehen.«

»Woher habt ihr sie?«

»Das weiß ich nicht. Ich weiß nur, dass wir sie den Juden verkaufen werden, um mit dem Erlös den größten Kreuzzug zu finanzieren, den die Welt je gesehen hat. Wir werden das Heilige Land für die Christenheit zurückerobern.« Amiels Augen hatten voller Feuer gelodert. Aber Elva hatte noch etwas anderes in ihnen gesehen. Spuren von Zweifel.

Sie wandte ihren Blick von dem Gotteshaus ab und sah ihn an. »Manchmal denke ich, dass ihr die Lade nicht an die Juden hättet verkaufen dürfen«, sagte Elva. »Dass Gott euch deshalb gezürnt und den Orden vernichtet hat. Schließlich sind die Gesetzestafeln auch für die Christen heilig.«

»Nicht so wie für die Juden. Wir haben einen neuen Bund mit dem Sohn Gottes geschlossen.« Er presste die Lippen zusammen, bevor er weitersprach. »Aber ich bin mir nicht mehr sicher, ob es recht gewesen wäre, mit dem Erlös einen blutigen Krieg zu führen, bei dem viele Unschuldige gestorben wären. Ist es nicht letztlich gleich, wo man den Herrn verehrt? Ist es nicht wichtiger, dass das Gebet von Herzen kommt?«

Elva schlang ihre Arme um seine Hüften. »Ich bin jedenfalls froh, dass du hier bei mir bist«, sagte sie. »Und nicht auf einem blutigen Schlachtfeld Hunderte Meilen entfernt.«

»Das bin ich auch.« Er presste sie an sich.

Eine Weile verharrten sie so.

Dann machte Amiel sich los. »Nächste Woche wird Aliénor acht Jahre alt. Dann werde ich mit ihr sprechen.«

Elva trat von ihm weg und spähte hinunter in den Hof der ehemaligen Kommende, wo ihre Tochter, die sie nach ihrer verstorbenen Tante benannt hatten, damit beschäftigt war, den beiden Hofhunden beizubringen, wie man einen Stock apportierte. »Ist das nicht zu früh? Sie ist doch noch ein Kind!«

»Je eher sie in ihre Aufgabe eingeführt wird, desto besser.«

Elva seufzte. »Vermutlich hast du recht. Es ist nur so: Als ich in ihrem Alter war, habe ich mich in Kisten voller Nelken oder Pfeffer versteckt, mich von meinen großen Brüdern suchen lassen und keinen Gedanken an etwas Wichtigeres verschwendet als das bestmögliche Versteck.«

Manchmal schmerzte es sie, dass sie ihre Familie nie wiedergesehen hatte. Ihr Vater und ihre Brüder hielten sie vermutlich für tot. Nur Leni besuchte sie regelmäßig. Sie war inzwischen Großmutter, und Zavié trug sie noch immer auf Händen. Weil er seine Frau so sehr liebte, hatte er deren Schwester nie verraten, obwohl er regelmäßig nach Trier reiste. Er hatte sogar geholfen, Thorins Leiche verschwinden zu lassen. Auch wenn Amiel ihn in Notwehr getötet hatte, wäre er in Lebensgefahr geraten, wenn er sich ausgerechnet zu einer Zeit, als die Templer überall in Europa verhaftet wurden, für die Tötung eines angesehenen Kaufmannssohns hätte verantworten müssen.

Amiel zog die Brauen hoch. »Ist es das, was du für unsere Tochter anstrebst? Dass sie lernt, wie man sich in winzigen Truhen versteckt und wie man Fesseln löst und Schlösser ohne Schlüssel öffnet? Möchtest du, dass sie eine Gauklerin wird?«

»Warum nicht? Das ist ein sehr ehrenwerter Beruf.«

»Nicht immer«, murmelte Amiel, und seine Miene verfinsterte sich.

Elva wusste, dass er an den Wahrsager mit den merkwürdigen Augen und den weißen Haaren dachte, der seine Schwester entführt hatte.

»Keine Sorge«, sagte sie rasch. »Das möchte ich nicht. Obwohl diese Kenntnisse durchaus von Nutzen sein können, wie du nur zu gut weißt.«

»Das ist wahr. Und dafür bin ich deinem Lehrmeister Milo auf ewig dankbar.« Er sah sie an. »Was ist nun? Bist du einverstanden, dass ich mit Aliénor spreche?«

»Ja, das bin ich. Allerdings wäre dein Großmeister es wohl kaum. Ich vermute, dass er entsetzt wäre, wenn er wüsste, dass der wertvollste Schatz der Templer nun schon zum zweiten Mal einer Frau anvertraut werden soll. Hat er dir nicht ausdrücklich befohlen, die Verantwortung deinem Sohn zu übertragen?«

Amiel lächelte und küsste Elva auf die Nasenspitze. »Jacques de Molay war ein weiser Mann. Aber von Frauen hatte er nicht die geringste Ahnung.«

Fakten und Fiktion

Die Templer! Allein das Wort genügt, um eine Vielzahl an Bildern zu erzeugen: Ein mächtiger Orden, der von einem Tag auf den anderen vernichtet wurde; ein gigantischer Schatz, der nie gefunden wurde; ein Geheimbund, der bis heute existiert und im Dunkeln Einfluss auf die Geschicke der Welt ausübt.

In vielen Büchern und Filmen sind die Templer und ihr Schicksal verarbeitet worden, und man möchte meinen, alles sei über diesen Orden erzählt, nur noch nicht von allen. Weit gefehlt! Niemand konnte bis heute das Dunkel der Geschichte erhellen und die Rätsel lösen, die uns die Templer nach wie vor aufgeben: Was wurde aus dem riesigen Archiv des Ordens? Wo ist die Flotte geblieben, die wenige Tage vor der Verhaftung der Templer von La Rochelle ausgelaufen ist? Warum rannte der Orden blind in sein Verderben? Gibt es tatsächlich bis heute Wächter oder Wächterinnen des Schatzes? Diese Fragen haben uns neugierig gemacht, und wie immer haben wir sie auf unsere Art beantwortet.

Als wir mit den Recherchen zu *Die Hüterin des Templerschatzes* begannen, wurde uns schnell klar, dass es beim Thema Templer ungewöhnlich viele Leerstellen in der Geschichtsschreibung gibt, die im Widerspruch stehen zu ebenso vielen äußerst präzisen Daten.

Ein Beispiel, das zur Legendenbildung beigetragen hat: Es ist genau überliefert, wann und wo Jacques de Molay, der letzte Großmeister der Templer, auf dem Scheiterhaufen starb. Aber niemand hat festgehalten, was er unmittelbar vor seinem Tod gesagt hat. So entstand die Legende von Molays Fluch. Angeblich prophezeite der Großmeister, dass seine beiden größten Widersacher ihm binnen Jahresfrist ins Grab folgen würden.

Und so geschah es: Molay verbrannte am 18. März 1314 auf dem Scheiterhaufen, der Papst starb fast genau einen Monat nach dem Großmeister im April 1314 auf dem Krankenbett. König Philipp IV. verunglückte wenige Monate später im November 1314 bei einem Jagdunfall tödlich.

Dennoch ist der Untergang der Templer für uns kein mystisches Ereignis, sondern das Ergebnis von Handlungen und Entscheidungen von Menschen mit Gefühlen, Bedürfnissen und Motiven.

Aber wir erzählen nicht Historie nach, sondern nutzen die historischen Ereignisse, um Geschichten von fiktiven und realen Menschen zu erzählen: Erfunden sind unsere Protagonisten Elva von Arras und Amiel de Lescaux, deren Schicksale miteinander und mit dem der Templer verflochten sind.

Die realen historischen Persönlichkeiten stellen wir so dar, wie sie uns aufgrund der unterschiedlichen Quellen der Geschichtsschreibung plausibel erscheinen: Ob zum Beispiel Guillaume de Nogaret, der Kanzler und Großsiegelbewahrer des Königs, bei der Vernichtung des Templerordens eher williges Werkzeug war oder treibende Kraft, ist unter Historikern umstritten. Wir haben ihn zum Antagonisten unserer Helden gemacht, denn einige Quellen berichten, dass er aus einer Katharerfamilie stammte und entweder sein Großvater oder seine Eltern als Ketzer verbrannt wurden, womöglich denunziert von Tempelrittern. Dieses persönliche Motiv als Triebfeder hinter dem Untergang dieses mächtigen Ordens hat uns gereizt.

Auch bei den Schauplätzen haben wir Realität und Fiktion kombiniert. Burg Arras, die zum Schreckensort für Elva wurde, gibt es tatsächlich; sie ist bestens erhalten, wenn auch nicht mehr im mittelalterlichen Zustand, und zu besichtigen. Den Burgherrn Graf Arnulf von Arras haben wir jedoch erfunden.

Die Burg Entrecasteaux, auf der Amiel aufwuchs und seine Schwester verlor, ist ebenso real wie die Burg Grimaud, wo Amiel zum Ritter erzogen wurde. Der Blick vom Donjon auf St. Tropez und das Mittelmeer ist atemberaubend!

Alle Kommenden der Templer, die wir als Schauplätze ausgewählt haben, hat es gegeben, und auch sie sind noch heute zu besichtigen. Hier und da haben wir allerdings die historischen Abläufe angepasst: Sowohl die Kommende Richerenches als auch die Templerburg La Couvertoirade sind Opfer von Flammen und Zerstörung geworden, jedoch erst nach der Zeit, in der *Die Hüterin des Templerschatzes* spielt.

Auch die Kapelle Saint Alban außerhalb der Mauern von Richerenches gibt es tatsächlich, und sie wurde nachweislich von Templern erbaut. Angeblich weiß niemand, welchem Zweck sie diente, wo doch in der Kommende ein großes Gotteshaus stand. Wir haben für uns diesen Zweck jedenfalls gefunden …

Für Elvas besondere Fähigkeiten gibt es einen Namen:

Hypermobilität, ein Syndrom, bei dem die Gelenke stark überdehnbar sind, normalerweise begleitet von großen Schmerzen, die unserer Protagonistin zum Glück erspart bleiben.

Wie immer haben wir auch diesmal ein Phänomen ins Mittelalter verlegt, das es »offiziell« noch nicht so lange gibt: Stalking. Aber warum sollte es nicht auch im 14. Jahrhundert schon Menschen gegeben haben, die so auf einen anderen fixiert waren, dass sie jegliches Maß, ja sogar den Verstand darüber verloren haben?

Hunderte Details, über die es widersprüchliche Quellen gab, haben wir diskutiert und uns auf eine für uns glaubwürdige Version geeinigt. Wer kann schon mit Sicherheit sagen, was wirklich geschehen ist?

Wir wissen jedenfalls: Wäre Amiel de Lescaux, ein Mann mit Weitblick und eigenem Kopf, Großmeister gewesen, die Geschichte wäre anders verlaufen, der Templerorden wäre wahrscheinlich nicht zerschlagen worden, und uns wären viele schöne Geschichten entgangen. Zum Beispiel die von Elva von Arras – der Hüterin des Templerschatzes.

August 2016
Sabine Martin

Glossar

Abakus	Mittelalterliches Rechengerät, bei dem mittels Kugeln, Holz- oder Glasperlen auf einem Brett die Grundrechenarten ausgeführt werden konnten. Auch das Ziehen von Quadrat- und Kubikwurzeln war möglich. Den Abakus gibt es seit etwa 3000 Jahren.
Abtei von Maubuisson	Dorthin zog sich Philipp zurück, wenn er Ruhe brauchte. Die Abtei wurde 1236 von seiner Großmutter, Blanka von Kastilien, gegründet.
Achtern	Beim Schiff der hintere Teil, ab mittschiffs, also der Mitte des Schiffs.
Adlatus	Diener. Aus dem Lateinischen: ad latus = zur Seite. Wird heute eher scherzhaft gebraucht.
Bailli	Französische Bezeichnung für Vogt
Baphomet	Im christlichen Mittelalter ein Götze, der auch als Satan angesehen wurde. Die Anbetung Baphomets galt daher als schwere Sünde, die den Templern vorgeworfen wurde. Man kann davon ausgehen, dass dieser Vorwurf nicht haltbar ist.

Bärfett	Fett von Bären, Grundlage vieler Salben. Man sagte dem Bärfett alle möglichen heilenden Eigenschaften nach.
Bruche	Art Unterhose im Mittelalter. Weit geschnitten. Bauern trugen sie auch als Arbeitshose. Verdeckt wurde die Bruche in der Regel von Beinlingen und Überbekleidung.
Bug	Vorderer Teil des Schiffes.
Bundeslade	Verschollenes Heiligtum der Juden. In der Bundeslade sollen sich die Gesetzestafeln befinden, die Gott Moses überreicht hat, sowie der Stab Aarons und ein Krug mit Manna.
Castrum de Avalone	Alter Name von Vallon Pont d'Arc
Cellerar	Kellermeister in einem Kloster
Cotte	Kleidungsstück, ähnlich einer Tunika mit langen Ärmeln
Custos	Gutsverwalter
Denier	Weit verbreitete Währung im mittelalterlichen Frankreich, die rechnerisch 2,083 Gramm Silber enthielt. Entsprach im Wert dem mittelalterlichen Pfennig. Zwölf Denier ergaben einen Sou, zwanzig Sou ergaben einen Livre, also entsprachen 240 Denier einem Livre bzw. einem Pfund Silber.

Diebschlüssel	Auch Peterchen. Doppelt gebogener Eisendraht, ein Werkzeug zum Öffnen einfacher Buntbart- und Besatzungsschlösser
Donjon	Wohn- und Wehrturm französischer Burgen des Mittelalters
Dormitorium	Schlafsaal in einem Kloster oder einer Kommende
Eisenhut	Giftige Pflanze, die bei Kontakt mit der Haut sehr schmerzhafte Reaktionen und Ausschläge auslösen kann. Bei Verzehr genügen wenige Gramm, um einen Herzstillstand herbeizuführen.
Erdbeerbaum	Weit verbreitetes Heidekrautgewächs im Mittelmeerraum. Die Früchte ähneln Erdbeeren.
Fock	Kurzer Mast am Bug eines Segelschiffes, erster Mast von vorn
Freunde Gottes	Auch »Amics de Diu« (okzitanisch), was wiederum eine Übersetzung des Namens der slawischen Glaubensgemeinschaft der »Bogomilen« ist und eine der Bezeichnungen, die die Katharer für sich selbst verwendeten. Die Katharer wurden im Mittelalter verfolgt und als Ketzer verbrannt, weil sie unter anderem die Autorität der katholischen Kirche nicht anerkannten.

Fuß (Maß)	Längenmaß, bei dem es erhebliche lokale Unterschiede gab. Zwischen 27 und 33 Zentimetern.
Fusta	Kleine wendige Kriegsgaleere mit wenig Tiefgang, die vor allem von Piraten des östlichen Mittelmeerraumes benutzt wurde.
Galeere	Einzige Kriegsschiffform des Mittelalters. Verfügte über einen Rammsporn. Wurde von der Antike bis ins späte Mittelalter meist von Soldaten oder Freien gerudert, nicht von Sklaven. Sklaven waren teuer und oft nicht verfügbar. Lastsegler waren Galeeren und Fustas im Kampf unterlegen.
Galgantwurzel	Ein Ingwergewächs, das ähnlich wie Ingwer aussieht und im Mittelalter über arabische Händler von Asien nach Europa gebracht wurde.
Gens du Roi	Über ganz Frankreich verteilte bewaffnete Männer mit polizeiähnlichen Aufgaben. Sie rekrutierten sich aus Bürgern und Handwerkern. Allgemein wurden als Gens du Roi auch Verwaltungsbeamte bezeichnet, die dem König dienten.

Gran	Gewichtsangabe, die seit der Antike verwendet wird. Ein Gran oder Grän wurde über die Jahrhunderte unterschiedlich bemessen. Das Gewicht variiert zwischen 40 mg und 70 mg, das entspricht in etwa dem Gewicht eines Gerstenkornes.
Griechisches Feuer	Militärische Brandwaffe. Wurde auch »Seefeuer« oder »Römisches Feuer« genannt. Die genaue Zusammensetzung ist nicht bekannt. Das Griechische Feuer ließ sich nicht mit Wasser löschen.
Großsiegelbewahrer	Der »Garde des Sceaux de France« war eines der Großämter der französischen Krone. Unter Philipp IV. war der Großsiegelbewahrer in der Regel auch der Kanzler und damit oberster Justizbeamter. Guillaume de Nogaret bekleidete das Amt von 1307 bis zu seinem Tod 1313.
Gugel	Kopfbedeckung in Form einer Kapuze, die auch die Schultern bedeckt und die später eine lange Spitze erhielt
Habit	Ordenstracht

HaSchem	Da die Juden den Namen Gottes, JHWH, nicht aussprechen dürfen, verwenden sie im Gebet und im Alltag die Synonyme HaSchem (Der Name) und Adonai (Mein Herr).
Heck	Hinterer Teil des Schiffes
Horen	Stundengebete, die den Tagesablauf in Klöstern vorgeben. Es gibt sieben Stundengebete, das erste je nach Jahreszeit um zwei bis vier Uhr nachts, das letzte zwischen acht und zehn Uhr am Abend.
Kaplan	Geweihter Priester, der aber nicht als Pfarrer einer Gemeinde vorstand. Kapläne wurden oft als Militär- oder Krankenhausgeistliche eingesetzt und im Mittelalter gegen gute Bezahlung »verliehen«. Kapläne waren auch die Hausgeistlichen eines Fürsten.
Karacke	Großraumfrachtsegler des hohen und späten Mittelalters. Bis zu 40 Meter lang. Wenig Tiefgang, hochseetüchtig. Bauchige Form. Größer als die größten Hansekoggen. Ladung bis zu 500 Tonnen oder 250 Lasten. Frachtsegler waren Galeeren und Fustas im Kampf unterlegen.

Katharer	Christliche Glaubensbewegung vor allem im Süden Frankreichs vom 12. bis 14. Jahrhundert. Die Katharer wurden während des Albigenserkreuzzugs als Ketzer gnadenlos verfolgt und vernichtet.
Konnetabel	Oberbefehlshaber der Armee und oberster Gerichtsherr. Eines der höchsten Großämter unter Philipp IV.
Last	Maßeinheit für das Ladungsgewicht. Eine Last entspricht 2000 kg. Hansekoggen fassten bis zu 120, die größten Karacken bis zu 250 Lasten.
Leseglas	Ein gewölbtes Glas, das wie eine Lupe auf den Text gelegt wurde, um ihn zu vergrößern. Obwohl die brechende Wirkung von Glas schon lange bekannt war, wurde die Brille in Europa erst um die zweite Hälfte des 13. Jahrhunderts erfunden. Für die meisten Menschen war sie ohne Bedeutung, denn sie konnten weder lesen noch schreiben. Für Mönche, Juristen und Kaufleute war sie jedoch eine epochale Erfindung.
Meile, französische	Eine französische Meile entspricht 3898 Metern.
Postulant	Jemand, der die Aufnahme in einen Orden erbittet

Refektorium	Speisesaal in einem Kloster oder einer Kommende
Schanzkleid	Militärische Schutzverkleidung an Schiffen, Erhöhung und Verstärkung der Reling
Sergent	Ein sogenannter dienender Bruder, nicht zu verwechseln mit den arbeitenden Brüdern, die nicht kämpfen konnten oder durften. Sergenten legten ebenso wie die Ritterbrüder das Gelübde ab und nahmen am Ordensleben teil. Sie stammten nicht aus dem Adel, weshalb sie keine Ordensritter werden konnten. Die Sergenten waren in der Regel gut ausgerüstet und machten den größten Teil des Templerheeres aus. Auf einen Ordensritter kamen etwa zehn Sergenten.
Sodomit	Im Mittelalter wurden nicht nur Menschen, die mit Tieren ihren Geschlechtstrieb befriedigten, Sodomiten genannt, sondern auch Homosexuelle. Geschlechtsverkehr unter Männern galt als eine der schwersten Sünden überhaupt und wurde in der Regel mit dem Tod bestraft.

Surcot	Ähnlich wie die Cotte eine Ärmeltunika, getragen von beiden Geschlechtern und allen Ständen. Sozusagen die »Jeans« des Mittelalters.
Theriak	Theriak oder »Himmelsarznei« war das Universalheilmittel des Mittelalters, dessen wichtigster Bestandteil Opium war. Viele Quacksalber trieben mit Theriakfälschungen Schindluder. In der Antike war es als Antidot gegen Schlangengifte entwickelt worden.
Trebuchet	Im späten und hohen Mittelalter wurden ausschließlich Trebuchets (auch Triboken genannt) als Wurfgeschosse eingesetzt. Katapulte waren wegen der Verwendung von Sehnen als Spannfeder zu empfindlich gegen Feuchtigkeit. Außerdem erreichten die großen Triboken deutlich höhere Reichweiten mit wesentlich schwereren Geschossen.
Ungarische Küste	Anfang des 14. Jahrhunderts gehörten zum Königreich Ungarn weite Gebiete der adriatischen Küste.

Weihnachten	Bereits im 14. Jahrhundert wurden Klöster und Kirchen, aber auch Häuser zum Weihnachtsfest mit Zweigen von immergrünen Pflanzen geschmückt: von Nadelbäumen, Misteln und Eiben. Die Tradition stammt aus vorchristlicher Zeit, als das Grün Fruchtbarkeit symbolisieren sollte.
Zitwerwurzeln	Zitwer gehört wie Galgant zu den Ingwergewächsen. Das Gewürz wurde im Mittelalter auch als Heilpflanze verwendet.
Zollfreiheit	Für Pilger und Geistliche herrschte Zollfreiheit.

Verzeichnis der historischen Personen

Die Templer

Charney, Geoffroy de	Provinzmeister der Normandie
Gonneville, Geoffroy de	Provinzmeister von Aquitanien-Poitou
Hugolin, Guillaume	Komtur der Kommende Richerenches zu Anfang des 14. Jahrhunderts
Molay, Jacques de	Letzter Großmeister des Templerordens von 1294 bis 1314
Pairaud, Hugues de	Ordensmeister der Templer für die Provinz Frankreich
Pairaud, Humbert	Visitator der Templer in Frankreich und England 1261 bis 1275, Onkel von Hugues
Perdigoni, Raymond	Custos der Kommende Bayle zu Anfang des 14. Jahrhunderts
Tortavilla, Petrus de	Letzter Komtur der Kommende von Paris bis zu ihrer Auflösung 1307, Großpräzeptor und Visitator der Templer in Frankreich ab 1296

Der Hof Philipps des Schönen

Aycelin, Gilles I.	Kanzler und Großsiegelbewahrer Philipps IV. 1307 und 1310 bis 1311
Baufet, Guillaume de	Leibarzt des Königs und Bischof von Paris von 1304 bis 1319
Belleperche, Pierre de	Siegelbewahrer von Philipp IV. von 1306 bis 1307
Charles de Valois	Der jüngere Bruder von Philipp IV.
Catherine de Valois	Zweite Ehefrau von Charles de Valois
Châtillon, Gaucher V. de	Konnetabel, General und Oberbefehlshaber der Truppen unter fünf französischen Königen von 1302 bis 1329
Johanna von Navarra	Gattin von Philipp IV.
Marigny, Enguerrand de	Bauminister und Schatzmeister unter Philipp IV. von 1304 bis 1314
Nogaret, Guillaume de	Rechtsgelehrter, Kanzler und Großsiegelbewahrer Philipps IV. von 1307 bis 1309 und 1311 bis 1313
Nogaret, Guillaume II. de	Sohn von Guillaume de Nogaret
Philipp IV., genannt »der Schöne«	König von Frankreich 1285 bis 1314

Päpste und Klerus

Bonifatius VIII.	Papst von 1294 bis 1303, der ein Attentat überlebte, das von Guillaume de Nogaret im Auftrag Philipps IV. ausgeführt wurde
Clemens V./Bertrand de Got	Papst von 1305 bis 1314, der 1309 die päpstliche Residenz nach Avignon verlegte
Frédol, Bérenger de	Kardinal, von Clemens V. nach der Verhaftung der Templer nach Paris geschickt
Humbert (auch Ymbert oder Imbert), Guillaume	Dominikaner, Theologe und Jurist, Großinquisitor von Frankreich und Beichtvater von Philipp IV.
Marigny, Philippe de	Erzbischof von Sens, von Clemens V. zum Leiter der päpstlichen Untersuchungskommission gegen die Templer ernannt
Suisy, Etienne de	Kardinal, von Clemens V. nach der Verhaftung der Templer nach Paris gesandt

Trier

Hagen, Nikolaus von	Schultheiß von Trier ab 1302
Nassau, Diether von	Erzbischof von Trier von 1300 bis 1307
Praudom, Johann	Schöffe und Anführer beim Aufstand in Trier 1304

Europäische Herrscher

Edward I. von England	König von England von 1272 bis 1307
Edward II. von England	König von England von 1307 bis 1327 und Philipps IV. Schwieger-sohn ab 1308
Johann von Luxemburg, genannt »der Blinde«	König von Böhmen 1311 bis 1346, Vater von Kaiser Karl IV.
Karl II. von Anjou	König von Neapel ab 1285

Sonstige

Floryan, Esquiu de	Herkunft nicht geklärt, aber möglicherweise ein Mönch, der die Templer 1305 erst beim spanischen und dann beim französischen König denunzierte

Melun	Familienname eines nordfranzösischen Adelsgeschlechts
Pizdoue, Guillaume	Vogt der Händler von Paris 1304 bis 1314